「第一屆竹塹學國際學術研討會」於國立新竹教育大學國際會議廳隆重開幕

許明財市長、陳惠邦校長、林紀慧副校長、林榮洲局長,及在場與會學者
於開幕式後合影

李歐梵院士為竹塹學研討會帶來第一場專題演講：「文學上的地方精靈」

第二場：清領迄日治時期的竹塹學研究，學者於台上進行討論。
主持人為蔡英俊教授

座談會主持人李喬先生，與談學者范文芳教授、陳銘磻老師、
彭瑞金教授、黃美娥教授、何明星校長

第二場專題演講「主體性與翻譯：談臺灣文學和客家文學」，
由杜國清教授主講

會場中與會人員正在專心聆聽

會場外放置竹塹學相關叢書及學者著作，茶敘時間可自由翻閱

第四場：竹塹傳統藝文及地方風物，由顏崑陽教授主持

由市府社會處武麗芳處長指揮「新竹竹社」表演詩詞吟唱

閉幕典禮時，陳惠邦校長致詞

第三天參訪行程，於新竹玻璃工藝博物館合影

第三天參訪行程，北埔老街踩踏，於慈天宮合影

學術論文集叢書

傳統與現代

——第一屆臺灣竹塹學國際學術研討會論文集

陳惠齡　主編

魂歸何處

杜國清[*]

四顧何茫茫，東風搖百草

一回頭　　悠悠路上
曾經相逢的　　一個個走了
沒入　　不斷遠去的終極
那身影　　再也看不見了

晚風急急　　在草上吹逼
吹過山坡　　吹向海岸
夕陽在海上　　奄忽萬年
焉得不老？　　幾經遲疑
拋下最後一眼　　黯然
落入幽冥的深淵

此生餘幾？　　我在岸上沉思
還有多少夕陽　　讓我
帶著睇念　　走向無極的終點？
未來　　仍會不斷湧來
排山倒海　　將我淹沒

有人說　　葉落歸根
有人說　　魂歸故鄉
〈Genius loci〉
有人說　　旅人一去不返
〈No Traveler Returns〉
想起　　旅途中病倒的芭蕉
他的夢魂　　仍在枯野上迴繞
我的遊魂　　竟繞成一個問號？

斷根之後　　一團枯蓬
滾過荒野　　四顧茫茫
在岸上　　滾起晚風
隨著我的呼吸　　陣陣
吹向海上……

---

[*]　聖塔芭芭拉加州大學東亞語言文化研究系教授。

　　今年十一月回臺參加國立新竹教育大學舉辦的第一屆竹塹學國際學術研討會，呼應李歐梵先生對〈地方精靈〉（genius loci）的見解，即興朗讀七〇年代初抒寫故鄉葫蘆墩的一首「鄉愁」。念及近年來，親友一一去世，歲月催人，倍感鄉土情懷，不能自已。人生如旅，一生漂泊海外，不知日後魂歸何處，乃抒所懷，就正於方家陳惠齡教授，並對盛情邀請與會，聊表謝意。

代序

竹塹騷風盛古今，先賢拓墾力肩任。
鄉音振起菁莪育，雅韻賡延道統深。
講座專題盟國際，論文學術聚儒林。
詩詞祝賀新書作，藻思篇篇字字金。

————新竹市竹社理事長　李秉昇　敬題於塹城

文化交流樂主賓，專題闡述最堪珍。
全球學者揮長處，竹塹鄉賢性率真。
盛事豐隆充爾備，珠璣璀璨赫然陳。
詩情細數來年會，再播書香啟後人。

————新竹市竹社常務理事　許錦雲　敬題於塹城

其一

塹城雅會記聞韶，句句珠璣字字驕。

鄉土深耕勤作岸，傳承道統一肩挑。

其二

學術交流煥斗杓，蓬萊汐谷博天驕。

人文科技春風譜，旭日高台聳碧霄。

其三

儒雅從來逸興饒，波翻墨海北臺驕。

論文把臂騷風振，竹塹風華正此朝。

其四

春暖儒林夜似潮，菁莪孕育賦桃天。

書成付梓同聲慶，一脈斯文道不銷。

——新竹市竹社總幹事　武麗芳　敬題於塹城

編序

陳惠齡

一 會議緣起：「北地文學之冠」的新竹

　　連橫所美稱「文學尤為北地之冠」的竹塹，位於臺北與臺中之間，文化發達早於兩地。跨越三百年以上的「竹塹人文地理」全景，內容包覆豐碩，不同族裔作家輩出，匯聚出多元的文化風貌，並留下許多優秀的藝文創作與學術佳構。明鄭、清領階段「傳統的竹塹」，除了鄭用錫、林占梅兩大文士家族所奠基的文人社群與在地詩社之外，又如查元鼎、林維丞、楊浚、林豪等人，也匯聚出流寓文士與本地才俊的多元文學發展風貌；乙未割臺之後的「現代的竹塹」，文人新秀如林鵬霄、蔡啟運、陳濬芝、魏清德、張純甫、黃旺成、吳濁流、龍瑛宗、呂赫若、陳秀喜、杜潘芳格等，更踵繼前賢偉業，呈顯了本土創作的新猷；至於「當代的竹塹」，則坐擁地理與人文的絕佳優勢，外接政經文治重鎮的臺北與國家門戶的桃園，內有臺灣經濟命脈的科學園區和工業技術重鎮，以及科技專業的一流學府環繞，遊目所見盡是山村眷戶與閩客小城風光。於新竹縣市出生或長年客居，或短暫棲身之政經名流、藝文作家與業界顯達，多薈萃於斯，諸如梅貽琦、張學良、辛志平、沈君山、李澤藩、鄧雨賢、鄧南光、江文雙（江上）、邵僩、鄭愁予、李能棋（李喬）、史作檉、黃瑞娟（黃娟）、彭鏡禧、李歐梵、林柏燕、張忠謀、李遠哲、范文芳、席慕蓉、馮菊枝、張系國、劉菊英（六月）、李丌（愛亞）、徐仁修、彭瑞金、袁瓊瓊、陳銘磻、王裕仁（苦苓）、張守禮、蔡詩萍、劉魏銘（劉還月）、張堂錡（童顏）、謝岱玲（法藍西斯）等等，可謂群賢畢

至，少長咸集。傳統與現代的共構，新與舊的交替，並存於竹塹的歷史洪流，新竹即以一種奇特的方式發展多元人文景致，並開創新的深度與新的廣度。

地方學是臺灣近幾年各地政府所重視的主流趨勢，例如花蓮學、臺中學、彰化學、南瀛學（臺南）、打狗學（高雄）、金門學、苗栗學、澎湖學等等，而且行之有年，卓有成效。新竹文藝風氣既自清領時期即享有盛名，新竹縣市歷年雖也有地方文史活動，但規模遠舉的竹塹地方學研究則起步較遲。國立新竹教育大學中國語文學系因而研擬規畫「第一屆臺灣竹塹學國際學術研討會」，並由我負責整體計畫。我之所以願意投注推動竹塹學的動能，主要緣於兩次應邀參加花蓮縣文化局主辦「花蓮文學研討會」，在參與活動中發現花蓮學已連續舉辦了六屆。相較於後山歷史文化與學術資源，我風城歷史底蘊原是豐厚得多，但卻從未見有較正式或國際性的竹塹學學術活動，遂大為感歎：花蓮能，彰化能，苗栗能，屏東能，為什麼原享有「北地文學之冠」的新竹不能嘗試建構出屬於新竹在地學術歷史文化風貌與特色的「竹塹學」？因而萌動籌辦初衷，二〇一二年即積極展開籌備竹塹學術研討會的前置作業，包括請益學界前輩有關籌辦研討會的可行性，其間並獲得新竹教育大學陳惠邦校長、本系黃雅莉主任與全系師生的支持，以及學界前輩如黃美娥教授、許俊雅教授、陳建忠教授、王文進教授等鼓舞，更因新竹市政府對「第一屆臺灣竹塹學國際學術研討會」計畫書的肯定，挹注經費與襄贊。除此之外，計畫案也獲得行政院國家科學委員會的補助與指導。顯見各界對於籌辦「竹塹學術研討會」的肯定、關注與期許。由新竹師範轉型而來的新竹教育大學，本是新竹最富地方性教育特色的學府，結合地方政府在地文化資源與學校教育資源，也是責無旁貸。因此「第一屆臺灣竹塹學國際學術研討會」遂由國立新竹教育大學（中國語文學系）與新竹市政府（文化局）聯合主辦，並於民國一〇二年十一月八日至九日，假國立新竹教育大學國際會議廳隆重舉行。

二　會議宗旨：從「傳統竹塹」到「現代新竹」

　　第一屆竹塹學會議以「傳統與現代──竹塹學術三百年」為主軸，目的在開啟過去與未來、傳統與現代、學界與民間、地方與國際的充分對話，藉以探索並建構新的竹塹地方文史。研討會以「竹塹」為命題，乃植基於「竹塹」名詞襲用已久的事實，因而將「竹塹」一詞視為隱喻性符碼的「地方意識」，並取「大新竹」之義，即以今日新竹市及新竹縣為限（新竹縣市比鄰而居，往來交通頻繁，實有共源共生的關係），強調由地方的視角出發，凝視在傳統歷史中所銘刻的地方記憶。藉由方志中所浮露的「傳統竹塹」以至「現代新竹」的完整風貌，一方面冀能結合在地研究與文化資產，發展新竹獨特之在地文化研究地方學，一方面也希望透過風城多面向的研究和論述，來構建竹塹學的文化殊趣、文學脈絡與學術特色。職是之故，計畫之初即設定為「國際性會議」規模，目的是為了拓展臺灣新竹區域文化的研究方法與學術視野，並提高臺灣竹塹地方學術的能見度。因此廣邀相關領域的海內外學者，參與討論，期能探討自明鄭、清領時期以迄當代所見關於竹塹風物民情、自然地誌、漢學傳播、經學思想、古典文學、民間文學、在地作家作品研究、鄉土語言、語文教育、族群文化、在地文學等各種型態的紀錄或書寫，而深入探討竹塹學的多元文化風貌。在正式研討會前，除架設「第一屆臺灣竹塹學國際學術研討會」專屬網站（https://sites.google.com/site/zhuqianstudies/）外，並於會議前兩個月，陸續透過系列專題講座，作為宣導，諸如邀請作家陳銘磻先生、臺灣文學館館長李瑞騰教授、陳正勳導演、武麗芳處長，分別就報導文學、區域文學、新竹影像博物館和詩諺采風等講授論題。本次學術會議外部研究和內部研究並重，統攝內容為：一、全球化與地方感交匯中的竹塹學，二、竹塹學的認識論與方法論，三、竹塹區域的文化視角與文學研究，四、竹塹區域的作家與作品，五、傳統與現代的竹塹學術，六、竹塹區域的多元族群與書寫現象，七、竹塹的自然地理環境與在地書寫。

　　「第一屆臺灣竹塹學國際學術研討會」為提昇竹塹學研究專業的學術水

平與論文規範，因此採取邀稿方式，特別邀請來自香港、美國、日本、中國大陸、馬來西亞等國際學者，以及國內各公私立大學知名教授的共同與會，將竹塹三百年文史呈現在學界與民眾面前。承蒙海內外研究竹塹學領域諸多學界前輩的大力支持，正式會議內容，則含專題演講二場、會議場次六場，發表論文十九篇、座談討論會一場，另於第三場次研討會後，特別邀請「新竹竹社」表演詩詞吟唱，展現新竹在地傳統藝文活動。兩天議程結束隔天（11月10日）並安排與會學者參訪活動，主要行程為竹塹城觀光和新竹在地人文歷史景點，諸如城隍廟、辛志平校長故居、新竹玻璃工藝博物館等新竹在地標記與地方風物，以及吳濁流故居/紀念館、北埔金廣福、老街踩踏等采風活動。藉著田野調查式的地方巡禮，讓與會學者專家實際體驗自己論述筆下的新竹，所具有「可讀性」與「可參觀性」的地方特質。

　　整體而言，本次研討會舉辦目標有四：

（一）藉由廣邀國際及國內知名學者，發展臺灣新竹區域學術文化及文學
　　　研究。

（二）經由跨領域學術研究者之交流對話，促進竹塹學術多元研究風氣。

（三）透過前輩學者引領青年研究者，發揮地方鄉土研究傳承傳統。

（四）提供學界與地方文史研究者互動場域，推廣在地文學文化學術走入
　　　民間。

　　第一屆竹塹學國際會議不負所託，終能圓滿落幕。就研討會規模與研討議題的深度廣而言，相信無論對國內學界或國際學界來說，應當都具有重新認識臺灣地方研究的重要意義。

三　論文集收錄：留取英華寫竹塹

　　第一屆竹塹學研討會在新竹教育大學陳惠邦校長大力挹注下，不僅於會前購置竹塹學相關圖書，陳校長並允諾長期補助購置竹塹學相關圖書，充實本校館藏，提供日後研究所需。此次會議為國內首度籌辦新竹在地學術研討會，而今會議的具體成果——《傳統與現代——第一屆臺灣竹塹學國際學術

研討會論文集》即將順利出版，在此也至盼每兩年能陸續召開會議，並漸次將每屆會議論文集彙輯成為竹塹學系列叢書，為研究者提供寶貴的竹塹學術參考文獻。

本論文集收錄與會專家學者佳構鉅作，十分可觀，除了其中有二篇論文因尊重作者另有考量而未能收錄外，總計收錄了十七篇論文，二篇專題講稿和一篇座談會實錄逐字稿。兩場專題講稿，一為中央研究院李歐梵院士主講的「文學中的『地方精靈』（genius loci）」。李院士提點「Genius Loci」，蘊含「地方精神」或「場所精神」之義，並闡述地方精神從「居屋」、「住的場所」，發展至「城鎮」的範圍，並具有一種空間的意義，這個意義即是「地方的靈魂」。所謂「地方精神」，也涵攝一種個人或集體記憶，不只是文字的紀錄，也是視覺性的記憶。另一專題講稿則是美國加州大學聖塔芭芭拉校區東亞語言文化研究系杜國清教授主講的「主體性與翻譯：談臺灣文學和客家文學」。杜教授主要就臺灣文學以及客籍作家作品英譯的情況，談論臺灣文學的主體性與代表性，以及翻譯和原著的藝術性與再創性的問題。

至於座談會則以「臺灣竹塹學的回顧與前瞻」為論題，邀請小說家李喬先生擔任主持人，李喬先生並預擬十個座談論題：一、竹塹自然人文變遷概要，二、生態特色的古今變化，三、古典文學、詩社與當代文學人，四、龍瑛宗與吳濁流專題，五、大音樂家：林昭亮等專題，六、大漫畫家劉興欽專題，七、1895竹塹，十八尖山，雞卵面之戰與姜紹祖，八、佛教印順法脈在新竹，九、竹塹學的未來，十、新竹科學園區的文化初探。與談學者專家計有散文家陳銘磻老師、彭瑞金教授、范文芳教授、黃美娥教授、何明星校長等人，分就議題而發表卓見，最後主持人總結：「竹塹學」應該跨越學界和民間攜手合作，共同努力的一種整體文化建構工程，而且必須確立「田野調查」的方法論，並與過去、未來呈現對話關係。

至於十七篇刊載的會議論文，分從各種面向探討竹塹學論題，專業投注與熱情參與的學者專家撰文凝構思慮，各具特色。如王幼華〈清代竹塹文人查元鼎生平與著述考論〉一文，不僅增補查元鼎一生行跡，也詳細考證了查氏相關著作。張重崗〈關於叛亂的敘述：《東瀛紀事》及其他〉一文，則從

林豪私家著述《東瀛紀事》入手，探討史著的體例、義理等等，並藉此討論地方士人社群的成長及其話語權的爭奪現象。詹雅能〈臺灣擊鉢吟的推手──蔡啟運生平事蹟及其詩社活動探析〉一文，藉由田調訪談所得，並佐以現有文獻史料，蒐羅蔡氏相關詩社活動紀錄，冀能呈顯蔡啟運「以詩為性命」的終極價值。黃美娥〈發現「魏清德」的意義──《魏清德全集》導論〉一文，主要就《魏清德全集》收集、整理、出版之編輯過程與全集各卷編排內容，呈顯提要式的說明，並就經歷過殖民統治的作家個案意義──如曾任《臺灣日日新報》漢文部主任的魏清德，提供更具辯證性的思考。許俊雅〈知識養成與文學傳播：《黃旺成先生日記》（1912-1924）呈現的閱讀經驗〉一文，則取徑《黃旺成先生日記》所載閱讀書目，以理解日治下臺灣知識份子如何進行選擇、吸收、轉化、重組，並建構自身知識系統的思維活動，並藉此觀察殖民時期圖書管制與時代歷史脈絡種種。上述五篇論文或從地方文士詩文集及其相關作品，或蒐集珍貴史料文獻，除了澄清竹塹文史資料內容與歷史事實的聚合或反差外，也提出了另一種研究竹塹學的方法論及詮釋觀點。

武麗芳〈塹城竹社話從頭〉一文，以「竹社」為核心，考源歷經清領、日治，以迄現代，在竹塹地區活動已達一百五十年的古典詩社。林佳儀〈竹塹北管子弟軒社活動考察──起源年代、空間分佈及演出盛況〉一文，則從竹塹城市發展的脈絡，考察子弟戲傳統的北管子弟軒社的空間分布及其活動現況，兩篇論文皆能呈現新竹在地詩社曲藝文化活動現象。另楊晉龍〈臺灣光復前竹塹士人詩作使用《詩經》探論〉一文，則從詩經「傳播史」和「用經」角度，探討臺灣光復前新竹士人詩作引用《詩經》的表現，頗能宏觀勾勒新竹傳統文士與現代漢學思想傳播現象。

有關新竹地方風物的論述方面，則有丁威仁〈竹塹文學獎新詩組得獎作品研究〉一文，藉由一九九七至二〇一二年竹塹文學獎新詩組得獎名單的相關統計，歸納得獎詩作的主題趨向，以及評審結構。陳惠齡〈地景、歷史與敘事：竹塹文學的地方詮釋及其文化情境〉一文，則從清領階段八景與園林詩文，日治與國府時期的「北埔」書寫，以迄「當代新竹」的藝文現象，探

述竹塹地方詮釋與文學想像。吳貞慧〈新竹在地化華語師資培訓課程設計與實施——以竹教大碩班華語文教學實習課為例〉一文，則以新竹教大於二〇一二年開設之新課程「華語文教學實習課」為例，考察新竹在地化華語師資培訓課程及教學種種。上述三篇論文，提出觀察和討論的議題，有助於新竹在地藝文和語文教學變遷歷程的考察。

至於新竹在地作家作品探析方面，則有王惠珍〈文學地景的想像與重構：以跨時代作家龍瑛宗的故鄉書寫為例〉一文，將龍瑛宗跨時代的故鄉書寫，分為戰前和戰後階段進行分析討論，以說明龍瑛宗書寫故鄉北埔的文學特徵與意義。蔡振念和許芷若合撰〈呂赫若小說中的女性主題〉一文，則就女性在時間與空間交疊下，飽受「經濟」與「父權」的壓迫，以論呂赫若女性小說的主題。另朱雙一〈新竹藝文作家的老兵書寫和眷村敘事〉一文，則藉由新竹作家、導演等有關老兵與眷村題材的作品，探討新竹老兵書寫和眷村敘事的豐富內涵。豐田周子〈光復後初期臺灣文學與臺灣「新女性」形象——試論吳濁流〈ポツダム科長〉中玉蘭的地位〉一文，則對照比較文本和現實中彼時的臺灣女性，以此考察作家筆下光復後初期臺灣「新女性」形象及其局限性。這四篇藉由新的閱讀、觀看和詮釋角度的論文，使竹塹作家作品的豐富內涵得到更全面的展現。

針對東亞文化交往現象，而提出平行與影響研究之比較性議題，則有莊華興〈東亞邊緣現代性歷程的「零餘者」：以黃錦樹與龍瑛宗小說為中心〉一文，藉由小說創作中的零餘者形象，考察來自東亞邊緣地區的兩位小說家，在經歷帝國—殖民現代性過程後，如何思考身份問題與身處的歷史位置。垂水千惠〈日籍作家筆下的新竹——以日影丈吉〈騷動的屍體〉為中心〉一文，則說明若要將〈騷動的屍體〉解讀為「新竹」文學，則值得探討的是作品中以「新竹市」和「竜潭庄」作為相對的兩處地點，並由此延伸的空間意義。上述兩篇論文或從書寫者自身的「在地問題」，或從「他者化」的地理空間，表現出竹塹的歷史與文化樣貌，課題資料極具新穎性。

綜觀上述十七篇論文的研究議題，藉由臺灣竹塹學研究與國際學術的交流對話，遑論是從作家考證、作品闡發，或就文學社會學，或依傳播脈絡來

論證，或是從比較文學式的分析，來進行研討，皆有助於理解竹塹學術所呈現歷史風貌與文化衍異的狀態，由此也預見竹塹學術多元研究的開拓性與來日榮景。

四　誌謝：涓滴可以成河

我原本久居陽光燦爛的南臺灣，自執教新竹教育大學以來，初不習慣新竹的九降風與冬春濕漉的陰雨，然而每週穿梭於風城街衢巷弄中，久而久之，竟也成了一種暖烘烘的召喚，而籌畫會議過程中，與民間詩社接洽商談，更感受到種種物心人意，在在讓人敬重與珍重。藉由籌辦竹塹學研討會，使我踏出親炙新竹地土的第一步，舉家並於去歲炎夏遷居，長作風城客，新竹已然是我的新鄉土。

回顧第一屆竹塹學研討會的舉辦與論文集的出版，尤其感謝每一位協助者與參與者：講演、主持、發表、講評、座談等專家學者，以及踴躍出席的群眾。特別感謝全程參與會議的陳惠邦校長和林紀慧副校長，以及前任新竹市許明財市長、文化局林榮洲局長、社會處武麗芳處長和新竹市竹社李秉昇理事長於研討會經費挹注和諸多作業流程的協助；本系前主任黃雅莉教授給予我自主統籌的揮灑空間，以及全系師生和系辦行政助理的情義相挺，還有正副總幹事劉世誼和謝秉憲辛勤奔走，本系中文組和華語組以及大學部學生的動員投入。第一屆會議論文集的出版，也要特別感謝臺北萬卷樓圖書公司梁錦興總經理、張晏瑞副總、吳家嘉執編、林秋芬校對等大力協助，以及謝秉憲和楊雨蓉兩位同學悉心校訂，使論文集得以順利問世。

很慶幸第一屆「竹塹學」國際學術研討會，地方政府與我校合辦建立良好的合作模式，藉此也展現新竹在地厚實的文化潛力。未來隨著「竹塹學」的漸漸推展，新竹在地文史工作者、藝文工作者的參與和整合、在地傳統詩社、傳統曲藝的考掘等等，相信必能對竹塹在地文化的宣揚，大有助益。透過「竹塹學」活動的深植與多元激盪，甚至能擴大與產業界的結合，發展出屬於在地的文化產業。

　　最後我要將讚美歸給上帝，是祂讓籌備團隊的效率「快如母鹿的蹄」，又能「穩行在高處」而不致撞跌。每當遭遇困難時，祂的杖祂的竿都安慰我，使我在內心深處重新得力。我們雖都將是時光下的過客，然而文化薪傳得以不絕最大的因素，正因為斯土斯民的過客能發揮愛鄉愛土的情懷，我們也期望這竹塹學的文化列車，能從昔時、今時，繼往開來直到永遠。

目次

文學中的地方精靈

李歐梵[*]

　　非常感謝這次大會的邀請，我其實是沒有資格來這邊演講的，因為我不是專門研究臺灣文學的人，唯一有一個特別的關係，就是我是當年新竹師範附小畢業的，而且後來我就以最後一名考進了新竹中學，新竹中學畢業以後，我就到臺灣大學念外文系。

　　另外一個特別的淵源，也就是我這次來貴校最主要的原因，貴校以前叫做新竹師範。我父母親在新竹師範教了很多年書，當時我父親和母親都是這裡的音樂教員，多年以後，我們才搬到臺北去。所以對我來講，我的成長就是在這個城市。我在當年新竹師範的教職員宿舍住了好幾年，小學最後那兩年就是在這個宿舍裡面度過的，請容我先做一點個人的回憶，然後再把個人的回憶帶到文學的主題，這是我一種迂迴戰術。

　　我記得當時印象最深的是，在我大概不到十歲，我的妹妹大概八歲的時候，父母親帶我們到新竹來。剛開始我們從福州坐最後一班飛機飛到臺北。住在臺北的時候，又等了一段時間。當時是在光復以後，情況很亂，我父親有一位教育界的朋友是臺中師範校長，原本他邀請我們到臺中，但這位朋友被免職了，或者辭職了，後來就沒有辦法讓我們到臺中去了。就在我父親轉往其他地方求職的時候，便在新竹師範找到了一份工作，所以我們一家人對新竹非常感激，如果沒有這個淵源的話，我們也不知道會流浪到什麼地方去。

---

[*]　香港中文大學冼為堅中國文化講座教授。

　　我父母親說「新竹」這個城市的名字很好聽,「新的竹子」,有中國山水的畫意,結果到了新竹師範之後,就被安插在學校的宿舍,那個宿舍非常的簡陋,每家人不管有多少的兒女,都是住在一個很小的房間裡,房間與房間之間是連在一起的,有二十多家人共用一個廁所,當然有分男廁跟女廁,當時我記得很清楚,現在當然都已經拆掉了。各位或許看過王文興的《家變》,其中有一段描寫去廁所的情況,那個情況就是我幼時的印象,那種蛆在那個糞坑裡面密密麻麻排出來的感覺。然後完了以後,就聽到一段很美妙的音樂,那正是我的感覺。

　　我父母親當年是在南京中央大學音樂系畢業的,所以他們到了新竹之後,特別是我父親,就希望把音樂教育帶到新竹師範來。這也造成了我另外一個非常重要的影響,在我的書本裡有寫過,在一個月光明亮的夜晚,我父親主持全校的音樂欣賞會,他不知道在什麼地方找到了一張舊的唱片,這張唱片有世界最優美的小提琴曲,各位知道我是一個大樂迷,雖然我不是搞音樂的,可是我的音樂興趣幾乎超過文學。在這張唱片其中一面的第一首歌是一首短曲,名為〈中國花鼓〉,第二首歌是〈維也納的異想曲〉,第三首歌是〈愛之喜〉,而第四首歌叫做〈愛之悲〉。父親過世後我就用〈愛之喜〉、〈愛之悲〉來紀念他,並且寫了一篇文章,講述當年在新竹師範對我一生影響最大的那一天晚上。當時我就覺得,這麼美的一個情況,這麼美的一個時辰,我怎麼樣把這記住呢?當時的我已經相當早熟了,沒有想到要從事文學研究,我就想也許音樂是我將來的志向,因為我父母親都是音樂人,我父親在新竹師範以及臺灣教育界教了很多年書,據說他為臺灣各國民小學寫了近百首的校歌,現在有沒有人用我不知道,但他訓練出一批批的學生,其中包括後來任職於新竹師專的楊兆禎老師,我現在不知道楊老師是不是還在新竹?
(臺下:已經過世了)

　　已經過世了?我記得他後來過年過節都到我們家裡來跟我父親學習,現在講起來都是說不完的故事。我父親在新竹最重要的一個回憶,就是在東門城上指揮新竹各學校的合唱團唱一首歌,那個場景我已經不記得了,但那張照片還是掛在我們家裡,我父親當年氣宇軒昂,不到四十歲的年紀,拿著指

揮棒在那裡指揮，而我當然是在場的觀眾。我當時就想，將來一定要去學指揮，像我父親一樣。新竹中學畢業的時候，我文科的成績很好，數理不好，卻僥倖被保送到臺灣大學，大家都說：「你既然可以保送，一定要學醫」，因為在當時學醫被認為是最好的出路，但我的興趣在文史，後來就進了外文系。我心目中認為利用外文系，將來可以去學音樂。我父親說：「你讀什麼都可以，就是不能夠讀音樂，你看我這一輩子，最多指揮個重要儀式而已」。我的指揮夢因此而沒有辦法完成，迷迷糊糊的變成了一個教授。沒有想到，大概在三、四年或是五、六年前我在美國退休之後，我的母校臺灣大學的交響樂團，特別請我回去指揮一場七十幾分鐘的表演，這是我一生中最大的成就。後來我現在任教的香港中文大學聽到這個消息，就在我回去之後也請我指揮香港中文大學的三個樂團加上合唱團唱三分鐘的歌，我在想，如果父親在天之靈，知道他的兒子終於圓了夢的時候，也會在天堂上微笑一聲吧！

　　我對於新竹的記憶永遠是很溫馨的，這種溫馨的記憶使得我早年時候就產生了各式各樣的浪漫理想。在當時白色恐怖的環境下，大家的心情一定是鬱悶的，我父母親的心情更是鬱悶，可是從來不會跟我們孩子講他們心裡的感覺，唯一的消遣就是帶我們去看電影。我的父母親因為都是教育家，所以對於子女的教育非常寬容。我從小就喜歡看電影，父母親總是答應我說：「可以，準備好了之後，我們就帶你去看電影」，即使明天要考試，今天晚上也照樣去看電影。因為當時他們怕像我這種男孩子太野了，所以就帶我看歌舞片、音樂片。我個人不喜歡看愛情片，一直到後來進了中學以後看了一部電影《學生王子》，當時我就在目前可能是臺灣唯一的一家電影博物館，當時的國民大戲院那裡，不停地看《學生王子》，電影裡面的歌我全部都會背、都會唱，雖然現在年紀大了歌詞忘了，但我依舊覺得非常的浪漫。最近有一位同事，在《皇冠雜誌》裡面找到一篇短短的讀者投書，有三位新竹中學的學生說：希望《皇冠雜誌》多刊載《學生王子》的歌詞，那三個人裡面，一位是詹行戀先生，他今天沒有來，是新竹中學的體育教練，另一位我的老同學，現在住在高雄，我五月去講學的時候見到他，最後一個就是在下。除了《學生王子》之外，我在新竹中學校刊裡面寫過一篇文章，他們敢

不敢登我不知道，我說我當時有一門一定翹的課，那就是軍訓，下午上課的時候我們幾個朋友就騎了單車，從當時的學府路，一路騎向電影院，當時的我們有點像電影《童年往事》裡的角色，每個人穿著舊校服一路騎到學府路底，然後轉到東門，就到了國民大戲院，一進到電影院之後，我們就忘記原本身處的世界，覺得好似進入了一個迷幻似的世外桃源裡面，不管看什麼電影，電影院裡面空間越黑暗，電影情節越是一知半解，越是覺得自己進入了另外一個世界。

現在回想起來，為什麼我特別要提到這些音樂和電影有關係的東西呢？因為多年之後我看到了一位義大利非常有名的小說家伊塔羅‧卡爾維諾，Italo Calvino 寫的自傳，自傳裡面第一篇文章就描寫他當年於義大利戰後，在電影院裡面因著失落而寫關於生活美滿的一個經驗，那篇文章名為〈自己的空間〉，後來我借用這篇文章篇名在臺灣出版的我一本電影回憶錄，來紀念童年的這段回憶。我記得這本書裡面有一篇文章提到，我個人除了《學生王子》這部最喜歡的電影以外，還有另外一部也深得我心的《羅馬假期》，記得當時身邊的女同學看完了之後，就非常喜歡奧黛麗赫本，還會把頭髮剪成赫本頭，而我認同的反而是在這部電影裡面飾演記者的一位美國大明星，Gregory Peck，Gregory Peck 演一個記者和這位公主周遊羅馬，公主從宮殿裡面跑出來，兩個人從早上玩到晚上，第二天公主就偷偷回到宮殿裡面，最後在公主記者招待會場上，他以記者身分去訪問公主，兩個人脈脈含情。電影最後的鏡頭是所有其他的記者都走了，留下 Gregory Peck 飾演的這個角色，一個人從宮殿裡面一步一步地走出來。我為了看那個鏡頭，把這部電影看了六遍，每次到了那個鏡頭的時候，便把情境連結到自身，覺得自己就像那名記者一樣想像著：我什麼時候可以見到我心目中的公主？沒有想到幾十年以後我的公主已經坐在這裡。

也許在我把這三個鏡頭結合在一起之前，應該需要再敘述一個鏡頭的場景，之後我便可以把這個童年的回憶總結起來。而最後這個鏡頭勢必要辛酸一點，已經忘記事件發生確切的年份，印象中當時的生活非常艱苦，我的母親罹患了結核症，這種結核症是產生於背部骨頭裡的，除了服用從醫院拿回

來的藥物，還必須睡在用石膏做成的架子上，時間長達一年至兩年才可能痊癒，我的母親就在這段時間突然變成一個癱瘓的病人。當時我年紀還小，還在就讀竹師附小六年級，我父親的工作是教書，他在家裡最喜歡聽舒伯特的音樂，可是為了養活全家人的生計，要在這二十多家人的後院養鴨子謀生，我們也變成了養鴨人家，這是我第一次看到父親很煩躁的樣子，在勞累工作後還必須完成各類繁瑣的事情，而這段期間我的母親一動也不能動，有時必須請醫生到家裡來，再送母親到醫院去，我猜當時父親心目中已經覺得母親沒有希望了，惡化只是遲早的事，可是沒有想到，憑著他們兩個人的一種毅力，我的母親在一年到兩年的期間完全康復了，但是也大概從那之後，我母親的個性完全改變了，從一位非常堅強的女性變成了一個柔弱的女子。這段經歷我大概沒有和家人仔細的提過，是藉著這次的主題演講看了幾篇龍瑛宗的文章，而讓我突然想到父親的這段經歷，我想當年龍瑛宗先生年輕的時候，可能和我父親也有類似的生活經驗。龍瑛宗先生也是新竹人，他作為一位作家，在小說裡面提到和一位日本朋友初到臺北聽貝多芬《田園交響曲》，後來那名日本朋友去應徵皇軍等等的這些回憶，雖然和我父親與我似乎隔很遠，可是在臺灣這個環境裡面其實是相通的。我後來查了一下資料，發現龍先生生於一九一〇年，和我父親是同年，雖然我並不清楚他們之間是否認得彼此？但認識的機率是很大的。因為新竹在當時的教育界、文藝界，學家之間幾乎都有所交流，都是朋友。比如說李遠哲院士的父親，李澤藩先生，就是我父親的好朋友，兩個人常常在新竹師範或是新竹中學打籃球，回想當初我為什麼可以以最後一名考進新竹中學呢？我的數學成績其實是有落差的。但因為我父親認得當年新竹中學的教學長，我已不記得他的名字，印象中他的外號叫做「羅胖子」，因為他長得很胖。所以當時的這種環境，特別是對於這種所謂用個很奇怪的名詞，個人也不是非常了解為何要使用這個語詞，這個詞的意義就是所謂低級知識分子，相對於在大學教書的高級知識分子，低級知識分子並不是很有名氣的，或者只是普通知識分子，基本上是以教育為主，他們構成了一個小城文化的風光。如果我們要用一個比較學術上的方式來替「小城文化的風光」做一種回憶式的總結的話，應該怎麼做？

　　當時我答應來演講這個主題的時候，就決定不能只講個人的回憶，怕大家覺得太悶了，而且內容不夠學術，所以急中生智想出了一個題目來，這個題目叫做「地方精靈」，或者說「文學上的地方精靈」。這個題目是有一點典故的，這個典故是從拉丁文出來的，拉丁文的「地方精靈」便是「Genius Loci」，我將「Genius」翻成「精靈」的意思，「Loci」就是「location」，中文指的是「地方」的意思。後來我發現有一本建築上的書，就叫做《Genius Loci》，我特別請教香港大學一位建築系的同事，我說你們建築界講不講《Genius Loci》？同事認為這本書是陳腔老調，是當年學生時期人手一本的教科書，但到了現今大家都不讀了。我後來發現這本書有一個非常好的臺灣譯本，名為《場所精神》，個人認為譯者可能是一位哲學家，叫做施植明，雖然我不認得他，但要特別向他致敬，因為這本書非常難讀。這個奇怪的名詞，和這本以前我沒有讀過的書，為什麼對我個人經驗有這麼大的啟發呢？

　　這就是我今天要講的真正的題目了，請容我再提一提個人怎麼第一次接觸到這一個名詞，因為我也不懂拉丁文，一開始並不知道甚麼叫做「Genius Loci」。追溯到多年以前，在一次到布拉格遊覽的行程裡，見到布拉格漢學界非常有名的一位漢學家，叫 Oldrich Kral，中文名字大概翻作克勞，來過臺灣，當時這位學者招待我駕車到捷克各地去遊覽，不知在什麼樣的情況下，他就使用了這個字彙「Genius Loci」，我表示聽不懂這個字詞的意義，後來這名學者就大笑，他說：「你連這個字都聽不懂，你們美國的漢學家真是要命，我們歐洲的任何人都知道這個字」，後來我發現他有一點吹牛，可是至少有一部份是有道理的，因為這個字在當時捷克人的心目中，是非常重要的。這個字如果翻成中文就是「地方精神」，或者說「場所精神」，施先生的翻譯叫做「場所精神」，他為什麼要用「場所」這個字呢？因為這個精神本來是從「居屋」、「住的場所」，發展至「城」的範圍，賦予它一種空間的意義，這個意義變成了此地方的靈魂。

　　精靈的敘述便是從這裡開始的，歐洲的城市裡最有靈魂的、最有精靈的古老城市就是布拉格，果然我在歐洲最喜歡的城市也就是布拉格。布拉格和新竹當然一點關係都沒有，可是如果我是在香港出生香港長大的話，我不見

得會喜歡布拉格。記得當時在布拉格的查理士橋上行走，望向橋上的兩排雕像，我就感覺到這個城市裡面有個中古時代的鬼魂，陰魂不散。爾後我走到了一條小街，那條小街是當年卡夫卡曾經寫入小說的一條小街，外號是「侏儒街」，因為房子非常的矮小，讓我聯想到原來我們一直以為他作品中的超現實，其實非常寫實，他寫的就是他生活中的布拉格。布拉格的房子看起來很高，房屋內室的隔間沒有門，所以有些老舊的布拉格房屋必須從地下室鑽出來才能夠找到門，而布拉格一般的酒吧也都是在地下，如果去布拉格喝啤酒一定是走到地下去，那裡別有洞天，而這一種地下室情懷的象徵意義非常明顯，因為有一位布拉格作家寫了一本書就是講布拉格那種鬼魂的精神，這位寫建築學書籍《Genius Loci》的作家也可能是歐洲人，叫做 Norberg-Schulz，他提到布拉格建築為什麼有自己的精神呢？因為他的宮殿內容納了自然和人為的各種因素，他對於自然因素的結論便是，把捷克波西米亞草原裡面的山和水和橋，融匯到一個布拉格悠長歷史裡面的中古教堂，而宗教戰爭和文學藝術使得布拉格這個城市有一種特別的信仰或者是精靈。

　　捷克人之所以會喜歡布拉格，正是因為他們認為布拉格本身就有一種靈性，那靈性如果用文學或者是音樂來解釋的話，你就可以察覺出來。當時二十世紀初的捷克作曲家 Janacek，他基本上用的就是一種既現代又鄉土的語言，把捷克民謠的節奏加上他所學到的現代作曲技巧合在一起，製造出來某一種的靈性歌謠。卡夫卡的小說也是如此，所以後來米蘭昆德拉就拚命地鼓吹捷克的作家和藝術家，其實他背後講的就是這種捷克所獨有的東西。而這一種說法對我們現在探討的臺灣文學或是廣義的中國文學來講似乎沒有什麼關係。因為在中文語境裡面，大家講的不是一個城市如何涵蓋一個鄉村或者一個歷史的東西。在西方，當你講到歐洲文化的時候，基本上從羅馬時期開始，都是以城市來做代表，城市的空間是教堂、是廣場、是街道，可是布拉格最特別的就在於，它除了這一些城市的代表以外，還有鄉土的感覺，建造在這個城市裡面，這個鄉土的感覺和城市裡面的歷史，和城市的靈魂合在一起。

　　中國的城市感沒有那麼的強，杜甫的長安也不見得描寫得這麼像希臘羅

馬的城市，因為中國沒有希臘羅馬式的廣場，長安的街道是橫的直的，它的街道安排是非常好的，它有中國古代所謂的天朝座標系統，怎麼面向如何北啊南啊都有，這個傳統一直繼承到現在的天安門廣場，天安門廣場其實過去是比較小型的，後來從蘇聯政府借用過來後，演變成一種政治意義，可是這個中國城市的傳統，沒有辦法完全代表中國文化裏面的精靈。

中國是一種城市式的鄉村，或者是一種鄉土式的小鎮、小城，這個城可以很大，比如說開封、揚州、杭州，也可以很小，就像是我和老婆最近去的邊疆小城，我們去各個城市景點遊玩的時候，腦子裡一首一首的詩就背出來了，當我們遊覽到杜甫所描寫的長安，就聯想到「國破山河在」這一段句子，仔細想一想，「這個中國的美學本身，基本上就是把一種鄉村、小城，或者是一種廣義的田園美學，放在人口聚居的城市裡」，以上不是我個人的言論。當然後來最有代表的城市就是蘇州，你也可以說杭州，杭州重水，蘇州重花，各種庭園的美學在蘇州裡面是一個代表。最近我們又去了一趟蘇州，每到蘇州庭園的時候心中就想作古詩，但是每當到了寒山寺我都不敢上去遊玩，因為遊客太多了。然而這次竟然沒有失望的心情，因為寒山寺現在長什麼樣已經不重要了，重要的在於寺廟的牆上掛滿了後人所寫的詩，紀念寒山寺的詩；到此一遊的詩，所以眾詩成峰，襯托出這一個寒山寺的靈性。而這個寒山寺的靈性也是一首詩帶出來的，現在我已經找不出姑蘇城外到客船，煙雨濛濛的地點了，可是那一種感覺，是從一種文化、歷史、文學的靈性裡面，把這個特別的景點賦予一層一層新的意義，這個新的意義統治了中國的建築。所以如果完全用西方建築學的標準來看中國建築的話，我們也許可以說是一無可取。可是如果把文化的記憶放進去的話，除了幾個像布拉格這種老城之外，西方恐怕很難比得上我們，因為西方注重的是一種所謂monument 一種堅固的，物質性的，蓋得很高的這種東西來代表他們歷史的持續。

中國文化歷史的循序是在我們腦子裡，是在我們寫的字裡面，是在我們的集體回憶裡，所以用這個尺度再來澄清、審視我個人的回憶裡頭，我發現原來我個人那麼幾片回憶照樣可以用相當理論性的語言來把它重新解釋，怎

麼解釋呢？就是我個人剛剛講的那幾個例子，全部都是和我的視覺和聽覺有關，這就很時髦了，什麼叫做很時髦呢？現在年輕一代孩子，看書的少，看電影的多了，上網的多了，大家都進入了一種所謂視覺聽覺的文化，也有人研究：「其實一個人類的回憶，文字回憶不是那麼早，可能是聽覺、視覺的回憶要早於文字的回憶，可是文字的回憶寫成書本之後，那個回憶是永遠不能磨滅的，特別是在文化優秀的國家民族裡，不會抹滅……」，這句話不是我講的，是 Eco 講的，所以他認為電腦沒有辦法完全取代文字，文字印出來的書本，它的形式可以改變。

　　如果廣義來講的話，我們可以說，其實一個地方不管表面上看起來怎麼樣的普通，沒有特色，可是當你進去之後，有的地方就是沒有靈性；有的地方就是有靈性，這個靈性不是客觀的，完全是主觀的。今天早上好像有一位朋友才說，你如果喜歡，住過了一個地方，便會有感情的，因為已經產生了記憶，所以這樣的地方在你的眼裡便四處充滿了靈性。正如我今天坐車過來，沿路已經忘記街道的方向，因為新竹整個變了，可是我還記得當年的新竹師範門口那條路叫做南大路，我從新竹中學逃學下來的路叫做學府路，我還記得有東門城牆，所以我每次看著東門城牆都想流眼淚，因為現在能夠保持這個城牆的太少了，北京的城已經被拆掉了，當年兩位有名的建築大師曾經為這件事情非常傷心，只剩現在的南京尚保有一點殘存的城牆。在現代化潮流之下，這些集體記憶僅存的建築已經越來越少了，可是我認為沒有關係，因為我們心目中還是有各自文化的記憶，有我個人的記憶，新竹對於我的意義就在於現在還有那個電影博物館，這件事對我來講太重要了，如果全臺灣要找一家博物館紀念它的話，那我個人會選擇「國民大戲院」，因為我在那裡面得到的童年的豐富性。我當時不知不覺地想要讀文學，可能都跟我逃學在國民大戲院看電影有關係，現在回想起來，我在當時看了其他的片子也直接影響到現在的研究。比如說我最近正在寫的一篇尚未完成的論文，就是研究林琴南翻譯的《Ivanhoe》，《Ivanhoe》是一部電影，當時的片子裡面叫做《薩克遜劫後英雄傳》，那是個人首次在電影裡面接觸到英國歷史，我不知道什麼是「Anglo-Saxon」？什麼是 Norman。爾後也在新竹另外一家電

影院「新世界」首次接觸到由當時 Errol Flynn 主演的《羅賓漢》，所以電影裡面的人物，直接進到了我幼年的意識裡面，讓我對於西方的歷史產生了興趣，總覺得外國是一種很奇妙的國家，尤其在看了許多西部片後興起將來想到美國西部的心願。像這類的例子太多太多了。不只是我個人，我想當時候在我們那一代的人都有這種感覺。

我上次來新竹最值得紀念的就是拜訪國民大戲院，交通大學聽說我有這段淵源，就招待我去參觀國民大戲院，那天下午我們幾個朋友去了以後，當時的博物館館長李先生，請我們進到戲院裡面，他說我要給你一個驚喜，我們幾個人就上到樓上坐到我當年坐過的椅子，然後他說：「好！我們現在演電影了！」他把《學生王子》所有唱歌的鏡頭剪成半個鐘頭放映給我看，我看的時候真的流眼淚了，好像童年又回來了。當時的印象十分深刻，後來我在香港買到了《學生王子》的 DVD，並且把所有的版本、所有的 DVD 全部買了，寄給中學時期跟我一起看的朋友，包括我剛剛講的那兩個同學，這也代表我想維繫這個紀念，我們現在生活在一個所謂後現代的全球化，科技的時代，我們的記憶已經不可能那麼完整，而我們記憶就是這些斷片所造成的，這些斷片裡面不只是文字的紀錄，而是視覺性的記憶。把這些記憶連在一起的契機對每個人來說都不一樣，有些人是因為背詩背的很多，像我太太；而我的記憶，因為父母親的關係帶來音樂的記憶，由一首歌曲想到一個鏡頭，於是整個記憶又回來了，那麼這一些音樂就可以連結到文學，甚至於個人的回憶場景。

再舉一個很小的例子，又是跟電影有關的「海角七號」，記得最後那一段，臺灣的歌手和一個日本的歌手一起唱歌，唱什麼歌呢？他們說：「原來我們兩個都會唱同一首歌！」他們唱的便是舒伯特的《Linden tree》——《菩提樹》（註：影片中的歌曲應為「野玫瑰」，此處誤植），我第一次聽到這首歌是在新竹中學中午吃便當的時候，中午休息時，老師播出那幾張同樣的老唱片，裡面就有這首歌，除了這首舒伯特還有一首非常好聽但唱法技巧艱難的樂曲《魔王》，因為必須一個人唱三個角色，然後還有《圓舞曲》、《田園交響曲》等等，我常常會想，那些唱片從哪裡來的？在當時的環境

下，可能就是日本殖民時代遺留下來的。所以我這次看到了龍瑛宗寫《田園交響樂》的時候，我就想到當年我在臺大吃喝的「田園咖啡館」，也就是王文興寫〈大地之歌〉的地方，以及後來的「野人咖啡館」，想到大家在這些公共空間裡面所喚起的文化記憶，這些東西其實也就把我們的這些片段，把不同地方的文化精靈連結在一起，這是靠一個所謂旋律，一個歷時性的東西，把他聯繫起來。

當然各位是研究文學的，所以容我最後稍微談一談我個人的一些文學經驗，我有想到幾點：我怕講完太長又怕太短，（臺下：還有25分鐘）

小朋友，那時間還很長嘛，我要多吹點牛才能講的完，不然一下子就講完沒什麼好講的。

只好講一講龍瑛宗了，這兩天才看的，所以這叫做惡性補習。因為我偶然發現，龍瑛宗也是新竹人，我本來也是想看一看呂赫若的小說，因為上次講舒伯特的時候，清華一位研究臺灣文學的朋友說：「好像呂赫若也喜歡音樂！」我說我不知道，也是因為這個關係我想去研究呂赫若。可是一直沒有時間，結果在書店裡面沒有買到呂赫若其他作品，卻買到了這本《杜甫在長安》，偶然從葉石濤先生的序裡面發現他是客家人，是新竹人，那麼好，我們就用這個辦法，從我剛剛講這些亂七八糟的辦法來看看是不是可以從呂赫若的幾篇小說、短篇小說裡面，看出一些回憶或者是說個人的意義出來。這本書裡面除了他講到的《田園交響曲》之外，你可以看的出來，他有三篇短篇小說是用一種散文的文體談到他三代人的經驗，從曾祖父、祖父、父親，到他自己，他用了一個化名，小說裡面的人物叫做「杜南遠」，我猜「杜」可能跟杜甫有關係，他不是有一篇小說叫做〈杜甫在長安〉嗎？至於「南遠」，不知道有沒有各位同行研究？這兩個字可能有他的意義，可能是指遠行到那個南部的地方。他開始是講述當時他的曾祖父怎麼樣來到臺灣住在這一帶，當時客家人來的時候，閩南人已經先到了，跟香港的情況完全一樣，就是客家人是被逼住在山區，就是靠海的地方也有人佔領，可能山區裡面有當時的原住民，泰雅族，所以他一開始就講到了，他的外祖父常常會遇難，看到泰雅族把人殺掉砍掉人頭，這一個斷頭的意象，在小說裡面出現了好幾

次，有一次是在主角的夢裡面，老是有一個斷頭的意象，這個頭是一個滿清時代中國人的頭，一個辮子的頭，一個像是夢魘一樣的東西。

這三篇散文式的短篇小說，〈夜流〉、〈斷雲〉、〈勁風與野草〉，帶起他的一個想像的回憶，因為在他的心目中，外祖父、祖父，都是別人告訴他的，他們家裡很窮，根本不讀書的，也不會有族譜，所以一定是別人告訴他的，他在他的小說語言裡面，把他的族譜用另外一種方式寫出來。這三篇文章是他用日文寫的，後來他自己改寫成中文，雖然我日文已經還給老師了，可是我知道一點日文的文法，日文裡面的句法和中文是不太一樣的，往往和德文一樣，他一個句子裡面可以容納很多東西，把各種哲理性的敘述的語言，放在一個句子裡面，這就是一段，中文的白話是不可能這樣寫的，因為太長了。所以如果我們把他的小說還原出他的日文，你可以看的出來，他的句子可能更抒情，而改寫成中文白話的時候，某些地方看起來有點勉強，所以抒情的散文便成了他小說本身的一個重要支撐點。這樣說來我們是不是應該叫這三篇「小說」呢？「小說」是一個西方的名詞，中國傳統裡面沒有這個名詞，而且二十世紀初的時候，真正寫抒情詩的小說，不在少數，這是一種偶合，Joyce 的短篇小說照樣是抒情的，照樣是故事性不強的，他的都柏林人裡面，最後那篇小說，就是講一樣的，裡面講唱歌的。那更不用說德國的幾個短篇小說了，很多是詩人寫的，像海涅寫的作品。

卡夫卡的短篇小說，你說他是散文也可以，你說他是散文詩也可以，你說他是小說也可以，你說他是寫實也可以，是做夢也可以，魯迅的〈野草〉是小說還是散文詩？魯迅的《朝花夕拾》，表面上是回憶他的過去，可是讀起來有點像小說，而魯迅的小說〈社戲〉讀起來像散文，所以抒情的散文和抒情的小說應該是可以混在一起，也許當時人很自覺的或是很不自覺的把這一種的文體放到他們個人的回憶裡去，這和我們在課堂裡面學到所謂寫實主義的小說非常不同，你如果用一種經典寫實主義的立場，這個 Lukacs，先不要談他，更早，十八世紀的，或是 Lukacs 研究的巴爾札克，就是以巴爾札克來講十八世紀的經典詩寫實小說的寫法，你又可以發現這些小說不管是短篇還是長篇，都有點囉嗦，為什麼呢？他的細節，他的物質上的細節描寫

的非常多，人物也不少，巴爾札克的短篇長篇中篇合在一起，多的不得了，我到現在還沒有看完，而巴爾札克的小說，包括後來左拉的小說背後，都有一個大城市，就是巴黎，你研究巴黎，不研究寫實主義的小說，你只知道現在的巴黎，班雅明的巴黎，但你前面的巴黎不知道，可是法國的盧森，照樣是小說的啟蒙，有跟你們說這個小城市嗎？應該有。我想用這種種的例子提供一個經驗，就是也許在歐洲的二十世紀初，現代主義剛剛興起的時候，他的抒情性質非常重要，什麼是抒情性的現代主義？就是他要打破寫實主義的客觀傳統，為什麼要打破寫實主義的的重要傳統？正是因為他們這些作家覺得詩、藝術、音樂要合在一起，在個人的生活經驗裡面，特別當你想到個人和自然環境，個人和地區精靈的關係的時候，你不可能用那樣客觀的寫實辦法來把它寫出來，再進一步我們可以說，在佛洛伊德創造無意識之前，已經有所謂的抒情性，片段性的回憶出來，不信你看尼采，尼采的東西都是片段性的抒情，當然他寫的是哲學，不是文學，也有人說他寫的是文學不是哲學，那是另外一個問題。

　　因此我們就發現，在龍先生當年，那麼困難的環境裡，他得到的文學的靈感是甚麼？他自己在一篇文章裡面講，他小學的時候，或是還沒有讀書，開始唸私塾，日據時代，老師教他三字經，用臺灣話講三字經，後來皇民政策出現了，不准講中文的東西，他偷偷地在家裡看了一本「商務印書館」的小學教材，小學一年級的教材，我認為這個是真的，雖然我沒有考證這個問題，求證這個問題，但這個是很值得研究的。臺大一位教授開始研究這個問題，他提出的就是我的問題。龍先生說他第一次讀到的，是他學習日文的時候，是日文的拼音 a i u e o。他讀到的中文的第一本，偷偷看到的這個，大概是民國初期，商務印書館出的教材。他應該是講得很清楚，大概在一九一幾年的時候，讀本的第一課是「天、地、日、月、山、水、土、木」這幾個字，用楷書寫的大字。這幾個字像「天、地、日、月、山、水、土、木」，都可以是代表中國田園美學的宇宙觀，字都很簡單，適合小孩子練習寫字。魯迅的啟蒙老師教他三個字，一個是「天」、一個是「地」、一個是「人」，「天地人」。可能當時的小學生都從這裡開始。例如第一課是「荷花初開，

乘小舟入湖中，晚風吹來四面清香，有一老人提小光」，「入城市，買魚兩尾，步行回家」，現在用時髦的話說，這就是英文 minifiction，很短的一個小說式的句子。他描寫的是最簡單不過的一個小故事，句子非常的簡單，基本上都是押韻的。如果是真的話，他這個意象所代表的完全是田園風光。這個田園風光最後以「買兩尾魚」做收尾。龍先生在後文提到說：「這和日本文法很不一樣」可是他不知不覺流露出來的，是一種中國式的田園美學。這個美學呢，就是和山水畫差不多。山水人物，人物是在一個山水意境裡面走出來。

我最近剛剛校完〈赤壁賦〉，所以我就想到〈後赤壁賦〉裡面，他們幾個朋友喝酒的時候，有一個朋友釣了一尾大魚出來。釣了一尾大魚出來這個意象呢，經過一千年以後，到了民國時代，它怎麼樣重新表現出來呢？豐子愷，非常敏感的豐子愷，是繼承了那種田園式的東西，把它改造成了自己的畫。沒有想到這些在教科書裡面，同樣的出現。那麼這個教科書是誰編的？不知道。可能就是像豐子愷那一類的人編出來的。這個教科書經過傳播，到了年輕的龍先生手裡的時候，變成這個樣子。他用這種辦法來回憶當時他怎麼樣來讀中文。後來他繼續說，說他被逼念日文，可是也從日文裡面發現了別有洞天，因為他從日文裡面看到了西蒙的童話、安徒生童話，進到了另外一個美好的世界。後來他交到了日本朋友，他的第一次的，不能說是性經驗，我們如果用一種所謂 Bildungs 的說法，就是成長小說的說法。他第一次，可能有點小說味道，我猜是真的。他第一次跟女性的交往，就是和一位比他大幾歲的日本的醫生。有一天，下大雨，回去不了，於是呢，醫生就說：「你住在我家裡好了。」他說：「不大好意思。」醫生說：「沒有關係，我們再請一對夫婦跟我們一起睡，睡在日本的榻榻米上面。」半夜裡面，他就發現有一隻腳慢慢慢慢慢摸到他的腳上面。那一段是完全很直接就是一種性經驗的寫法。這種的感受，是在他當時第一次求職，這位杜南遠求職到南投一個銀行裡面做事。這個銀行後來變成彰化銀行，這是做事的時候，第一次個人的經驗。這種有感覺的、有姓名的知識份子，將他對於地方上的感情，放進到他個人的成長敘述，變成小說，或者變成散文的時候，就構成了他這

麼一種寫法。那麼你如果完全用一種客觀式的，理論式的，文法式的眼光來審視龍先生的這三篇小說的話，那沒有什麼好看的，可是如果你真的是南投人，或者是新竹人，或者是你對於古詩有興趣，或者是你對豐子愷的畫還覺得蠻有味的，會越看越有味道，如果你能對讀的話，把日文看成中文來重新對讀的話。

所以很奇怪的就是，為什麼「海角七號」最後那一場，或者說「海角七號」開始的時候，有人批評他對於日本殖民主義捧得太厲害了，那一段愛情故事，我認為如果沒有那一段日本的愛情故事的話，「海角七號」沒什麼可看的，他講的就是回憶，這個很獨特的很複雜的回憶，怎麼從當時那種田園式的，殖民主義下的田園式美景，一下子進到後現代的田園美景，有喝著酒啊，有各種臺灣的喧囂啊，最後呢當然是一種通俗電影要有圓滿的終場，就是年輕一代，兩個人合唱同樣舒伯特的歌曲，他們不是聽馬勒，是舒伯特，宮崎駿喜歡馬勒，可是我們的「海角七號」是舒伯特，我一看到那個鏡頭就想到我的爸爸。因為我爸爸當時在家裡掛了兩個像，一個是貝多芬的像，一個是舒伯特的像，他後來作曲的時候，每次都說為什麼舒伯特在這個和弦這麼寫，我就寫不出來，他時常有這種感嘆，我想當時那一代研究音樂的人，就是我父親那一代，在臺灣研究音樂的人，都受到日本，包括教育界，都受到日本文化裡面中的德國因素的影響。

所以裡面也說到，當時的日本知識份子，都喜歡德國哲學，都喜歡哲學和音樂，這條線只有在這種個人的回憶裡面才出來，如果這樣再繼續聯想，我就會發現，其實一個文學的地方精靈，一個藝術的地方精神，如果你們把這個想像，或者是回憶的這種範疇拉遠的話，是一定會超越任何一個時代的。而不是狹義的政治，或者是狹義地對地方的看法的這種感受。我常常覺得自己很幸運，就是只有我們這些被社會所遺棄的學文學的人，被社會所邊緣化的，被資本主義所邊緣化的，喜歡文學、喜歡音樂的人才感受的到。所以我最後要跟各位講一句話共勉，就是雖然我現在很窮，至少是中等，不能說太窮、相當窮，可是我的精神生活，要比一般的大富翁豐富得多，謝謝各位！

王幼華提問

李教授您好，我是苗栗聯合大學華文系的王幼華老師，我想剛才您講的一些經驗，我感覺非常的熟悉，因為我住在竹南、頭份，從小就很喜歡到新竹看電影，您剛剛講的一些電影也是我年輕的時候非常喜歡的電影，所以很有親切感。另外我想請教您的一個問題就是，您的自我定位，您現在已經到了一定的年齡，您的一生對自我定位是怎麼樣的？

李：

我的一生的自我定位是什麼？這是一個非常好的問題。我一生定位好幾次了，現在還在定位，我的第一本中文書在臺灣出版，書名是《西潮的彼岸》，就是想在中西文化裡面找到自己的定位，這本書裡面其實是一些散文一些雜文而已。當時我出版之後其實有一點心理不安，因為我不知道西潮的彼岸是什麼，西潮的彼岸應該是中國文化呢？還是說我看到解脫了，我知道解脫了，我知道佛家呢？當時我就覺得算了，反正隨便取個名字，這個名字是從蔣夢麟的《西潮》那本書出來的，這是第一次的定位。

第二次的定位就是我在美國教書的時候是教中國現代文學的，我的定位是，我到底是做文學的還是做別的？因為我對於西方的文學興趣非常大，可是我並沒有教比較文學，我被逼教中國現代文學。其實我的興趣不是中國現代文學，我後來教著教著，就覺得應該把這個範圍擴展，所以在文化研究興起之前，我已經開始做文化研究了，可是我的這種文化研究不是現在這種比較時髦的文化研究，我這個是研究各種文化的積累，交錯。其實我做的是比較文化的研究，所以我有一種學術上的認同。為什麼我提早從哈佛退休呢？其實有一個內在的原因，今天我可以第一次告訴各位，就是我覺得我不適合教中國現代文學，因為比我好的人太多了，王德威先生就是一個很明顯的例子，所以我現在已經放手不管中國現代文學了。

那麼做什麼呢？這是第三次的定位了。在香港，我是做學者的？還是非學者的文化研究？我當時就說我做了三十年的學問，夠了，我要自由身，反正退休了嘛。在香港教一兩年書，參與香港裡邊的文化生活，於是寫大量的

文章，一發不可收拾，寫了大量音樂和電影的文章之後，發現我變成了一個樂評家，當然因為我太太的關係，在香港住了七年以上，變成香港的居民，我發現一個另外的定位，就是我是香港人？還是大陸人？還是臺灣人？還是美國人？我的立場就是護照越多越好，身分證越多越好，因為我覺得在現在全球化時代，「根」當然是很重要的，任何人都應該有它的根，我個人是比較特別，因為我對於鄉土的根不是那麼濃厚，一般臺灣來的，或廣東來的，都是一樣的，自己那個根是非常重要的，我非常贊同這個觀念，可是我覺得在我個人情況裡面，這個根為什麼不重要呢？因為我從小有知覺的時候，就已經離開了我的出生地河南，我這個河南的記憶是非常痛苦的，因為當時我跟父母親在河南西部逃難被日本人用機關槍掃射，沒有打死，然後結束以後，開始有記憶了，我們到了上海，到了南京，最後到了福州，在我心目中最美好的記憶也是最痛苦時候的記憶，最窮的時候，是在福州，福州對我來說印象非常好，為什麼呢？因為我父母親在福州的一個音樂學院教書，我第一次在那裡接觸到西方歌劇，然後到了臺灣來以後，很明顯的我是外省人，我很多同學都是外省人，外省人等著回大陸，可是我心目中對於大陸，特別是對於河南的印象不是那麼好，我到現在都很少回去，因為都是痛苦的記憶，加上當時的宣傳，我不會覺得中共會怎麼好，我也沒有那麼政治性。所以，我就是用我自己的方式來逃避，在中學裡面我就是要找回我自己，當然是因為我父母親是學西方音樂的影響，使我對於西方文化的興趣很大，當我開始做自己的選擇的時候，我就沒有辦法走當時大家要走的一個路，就是學醫，然後學科學，學法律，然後才是學文科。我父親最後說：你學法律好了，將來賺錢多一點等等，他說那話是一種諷刺喔，我說不行，我既然音樂學不成，我要學文學，可是當時沒有想說要學文學，文學只是一個幌子，不敢選文學，文學只是自己的一個興趣。我有寫過我當時只想當一個外交官，到美國學習國際關係之後，徹底失望，現在的國民黨大老連戰就讀芝加哥大學的時候，是我的學生。我一到那裡發現國民黨政府是這個樣子，我對於外交官的夢徹底失望了，於是我做什麼呢？我既不是大陸人，又不是臺灣人，又不是美國人，然後到了芝加哥的一個風天雪地的地方，我看的是法國的存

在主義，但將來要做什麼我不知道，迷迷糊糊地走上了漢學之路，就是當時無路可走的時候，就申請到哈佛去。當年膽子也很大，念中國近代史，當時中國近代史是什麼我不知道，因為我念書都是跟西方文學有關的，到了那裡，好像我有寫過，一位猶太裔的美國老師 Benjamin Schwartz，讓我眼界大開，他是從一種西方比較文化的觀點，從現代審視中國的傳統，包括中國的政治文化，因為他的影響，我才走向了中國思想史、現代思想史的主題，而沒有從思想史裡面進到文化，進到文學。現在回來呢，你這個問題，又引出一大堆我個人的說法。在這個時辰我覺得我是新竹人，回到香港我又變成香港人，可是如果我要再過幾年回到河南，我不會是河南人，我不可能是河南人，因為距離太遠了，我也完全沒有回河南的這種心情，這和我的文學界的同行，像瘂弦啦、高信疆啦，我的好朋友，他們到河南到自己的鄉下，和我完全沒有什麼衝突，你如果說要讓我到鄉下去的話，香港已經沒有鄉下了，可是我對於香港的第一個記憶，一九七〇年的中文大學教授記憶就是沙田，沙田的馬料水是很鄉土的地方，我到那裡去和那些老太太，賣菜的老太太學講廣東話，是沙田的鄉土勾起了我對於新竹的回憶。對我來講，也許今天的題目，大家很關心的就是，地方的精神永遠就是小城的回憶，地方的回憶，而不是大城裡的回憶，我對於臺北的回憶，不見得那麼深，當然臺北在臺灣大學的過程，我經歷過人生的第一次戀愛，失敗了。至於新竹呢，則充滿了憧憬，新竹女中學生不知道有沒有來？我對新竹充滿了憧憬，充滿了浪漫的嚮往，所以人生一到了我這個年歲的時候，我就覺得其實正是把這些個人的經驗積累之後，豐富了我個人認同的混亂，我甚至於大言不慚的說，越混亂越好，因為在這個年代不可能只是一個認同，主要就是說，影響我背後的意義就是，我沒有根哪！如果說有根的話，就是廣義的根，我知道我將來的根是什麼，因為我歐梵，李歐梵嘛！我太太開始信佛了，我以後就要聽梵音了，瑩笑煙花出梵天，非常的自然，謝謝！

主體性與翻譯：
談臺灣文學和客家文學

杜國清[*]

　　關於臺灣客籍作家的作品，我不是這方面的研究者，而這次接受竹塹學國際學術研討會的邀請與會，在許多客籍作家和學者之前班門弄斧，惶恐之外，我想，也許可以藉這個機會，談談我所瞭解的臺灣文學以及客籍作家作品英譯的情況；另一方面也可以順便到竹塹地區一訪，多瞭解孕育臺灣客籍作家的地理風土人情、以及臺灣學術界對客家文學的研究情況。因此，也就不顧淺陋，從主體性與翻譯的關聯角度，談談臺灣文學與客家文學的一些看法，請各位學者方家指正。

臺灣文學／客家文學的英譯回顧

　　關於臺灣文學英文翻譯，我一向非常關心，過去也寫了幾篇文章，表達種種看法，包括〈臺灣文學形象及其國際研究空間——從英日翻譯的取向談起〉（2000）、〈從《臺灣文學英譯叢刊》到臺灣文學英譯展望〉（2003）、〈臺灣文學的主體性、傳統、歷史、與古典作品〉（2004）、〈超越中國？翻譯臺灣！〉（2005）、〈從李喬作品探討臺灣文學外譯問題〉（2007）、〈臺灣文學的主體性、傳統、與翻譯〉（2010）、〈臺灣文學走向世界，路有多遠？〉

---

* 聖塔芭芭拉加州大學東亞系賴和吳濁流臺灣研究講座教授。

（2011）等。

在回顧臺灣文學的英文翻譯之前，我想首先介紹我在一九九六年創刊的一份專門譯介臺灣文學的英文刊物：《臺灣文學英譯叢刊》（*Taiwan Literature: English Translation Series*）。這份刊物的發起，正值臺灣文學研究崛起的時候，順應當時的時代背景，《叢刊》出版的宗旨，表明在於將臺灣出版的有關臺灣文學的聲音，亦即臺灣本地的作家和研究者對臺灣文學本身的看法，介紹給英語的讀者，以期促進國際間對臺灣文學的發展和動向能有比較切實的認識，進而加強從國際的視野對臺灣文學的研究。

《臺灣文學英譯叢刊》每年出版兩集，已經邁入第十七年，出版了三十二集，每集設定一個主題，以專輯的方式，介紹臺灣文學的各個側面和特殊風貌。過去譯介的主題包括「臺灣原住民文學」、「臺灣民間文學」、「臺灣兒童文學」、「臺灣女性文學」、「日治時期的臺灣文學」、「日治時期臺灣通俗小說」、「臺灣民間說唱故事」、「臺灣文學與客家文化」等；此外，以專輯的方式譯介的作家有：賴和、吳濁流、楊熾昌、翁鬧、巫永福、龍瑛宗、張文環、葉石濤等。我們下一集即將出版的是鍾肇政專輯。

就選譯的作品而言，許多臺灣文學史上的名作，已經翻譯了不少，包括賴和的〈一桿「稱仔」〉、〈鬥鬧熱〉、陳虛谷的〈榮歸〉、蔡秋桐的〈興兄〉、楊守愚的〈瑞生〉、巫永福的〈首與體〉、楊逵的〈送報伕〉、呂赫若的〈牛車〉、翁鬧的〈殘雪〉、〈戇爺〉、〈可憐的蕊婆〉、朱點人的〈秋信〉、龍瑛宗的〈植有木瓜樹的小鎮〉、張文環的〈閹雞〉、王昶雄的〈奔流〉、李喬的〈泰姆山記〉、〈孟婆湯〉、〈尋鬼記〉、鍾肇政的〈阿枝和他的女人〉、〈中元的構圖〉、〈白翎鷥之歌〉，以及吳濁流的〈先生媽〉、〈功狗〉、〈臭銅〉等等。

其中，關於客籍作家的作品，我們推出四個專輯：「賴和吳濁流專輯」（2004年月）、「臺灣文學與客家文化專輯」（2005年1月）、「龍瑛宗專輯」（2011年7月），以及預定明年（2014）一月出版的第三十三集「鍾肇政專輯」。前面提到的李喬的三篇小說之外，我們也譯介了鍾理和的〈還鄉記〉、〈竹頭庄〉，呂赫若的〈木蘭花〉，鄭煥的〈蛇果〉，吳錦發的〈消失的男性〉和〈燕鳴的街道〉等。詩作方面有吳濁流、龍瑛宗、以及杜潘芳格、利

玉芳、曾貴海、張芳慈、黃恆秋、林外等的作品。評論方面，我們選譯了李喬的〈客家文學、文學客家〉、〈文學的爭與不爭：臺灣文學的名實〉、鍾肇政的〈淺談『大河小說』〉、彭瑞金的〈臺灣客家作家作品的特質〉、黃榮洛的〈臺灣客家人的信仰文化〉，黃恆秋的〈客家文學的省思與前瞻〉等。

　　以上，《叢刊》所譯介的客籍作家的作品，只是掛一漏萬，值得特別一提的是，美國哥倫比亞大學出版社，曾在一九九八年到二〇〇八年之間陸續出版齊邦媛教授主編的《臺灣現代華語文學》（*Modern Chinese Literature from Taiwan*），以小說為主，共十八本，包括客籍作家李喬的《寒夜》和吳濁流的《亞細亞孤兒》。可惜，聽說這一出版計劃，已不再繼續。另一方面，最近我們看到了客委會贊助出版的兩本英文選集：《賴和小說》（*Lai He Fiction*）和《鍾肇政短篇小說選》（*Chung Chao-cheng's Anthology of Short Stories*）。這兩本的譯者都是 Joe Hung（中央通訊社董事長洪健昭），所選的作品基本上是根據前衛出版的《臺灣作家全集》中的《賴和集》和《鍾肇政集》。因此，我們下一集的「鍾肇政專輯」，特地選譯其他還沒被翻譯過的優秀短篇小說，例如〈雲影〉、〈溢洪道〉、〈戰地病院〉、〈大度山風雲〉、以及一般不太注意的三篇童話故事。

文學作品的四個要素

　　進一步談論「臺灣文學」或「客家文學」的翻譯時，我們必須先界定什麼是「臺灣文學」或「客家文學」，以及思考應該選擇怎樣的作家和作品來翻譯，才能具有代表性的問題。

　　關於「臺灣文學」作品的界定和翻譯，首先必須釐清「臺灣文學」或「客家文學」的概念。美國學者阿勃拉姆斯（M. H. Abrams）提出與一件藝術作品的整個情況有關的四個要素：「作品」、「觀眾」、「藝術家」和「宇宙」，作為研究或評論的切入點。劉若愚教授在《中國文學理論》一書中，以文學作品為對象，將這四個要素改稱為「作品」、「作家」、「讀者」和「宇宙」。「作家」和「讀者」的意思相當明確，而「作品」指的是藉以創作的語

言和表現形式;「宇宙」是指藝術作品所涉及的「人和動作、觀念和感情、素材和事件,以及超感官知覺的素質」。就文學作品而言,「宇宙」是指作品所描述的內容或所呈現的內涵,亦即一般所說的文學作品的「世界」。關於文學作品的翻譯或評論,在理論上也離不開「作品」、「作家」、「讀者」和「宇宙」或「世界」這四個考察的觀點。

當我們考察「臺灣文學」時,在這四個基本要素中,什麼才是構成「臺灣文學」不可或缺的必要條件呢?作者和讀者都必須是臺灣人嗎?作品藉以創作的語言必須是中文或臺灣話嗎?我們只要知道臺灣在日治時期有許多作品是用日文寫的,而作者有許多是日本人;如果他們的作品不能摒除在「臺灣文學」之外,那麼,這個答案就是否定的。因此,在界定什麼是「臺灣文學」時,最重要的一個基本要素是作品所呈現的「世界」;這個「世界」必須與臺灣有關才能名符其實稱為「臺灣文學」。換句話說,「臺灣文學」的「世界」,必須與臺灣的時空有關,至於「作者」是否臺灣人或福佬人或客家人,「讀者」的母語是哪種臺灣話或外國話、甚至哪種方言,「作品」所使用的語言是中文或日文或英文等等,都不是作品成為「臺灣文學」的必要條件。同樣地,當我們在考察「客家文學」時,文學作品所呈現的「世界」,不論是社會現實或思想精神,都必須與「客家」有關,才能稱為「客家文學」。至於作者,未必是客家人,使用的語言是也不一定是客家話,這點以下再進一步說明。

「臺灣文學」與「客家文學」

在臺灣文學的發展史上,「臺灣文學」這一概念的自覺和崛起,主要是在七○年代鄉土文學論爭之後,而在八○年代後半解嚴以後,隨著臺灣文學和語言系所在大學的設立,逐漸明確。呼應「臺灣文學」崛起的這一趨勢,客家意識也逐漸抬頭;「客家文學」或是使用客家話的創作,應運而起,什麼是「客家文學」相關的議題,也成為學術界探討的對象。

關於「客家文學」、「客家文化」、「客籍作家」、乃至「客家學」的看

法，見仁見智，未有定論。根據《臺灣客家文學與客家學發展之研究》（劉
煥雲、黃尚煃、張民光合著），有不少學者都參與探討，例如羅肇錦的〈何
謂『客家文學』〉、黃恆秋的〈臺灣客家文學的省思〉、王幼華的〈闡釋、發
展與推廣──臺灣的客家文學〉、彭瑞金的「臺灣客家文學的可能性及其以
女性為主導的特質」、葉石濤的「臺灣客屬作家」、盧斯飛「客家文學研究芻
議」等。

　　羅肇錦在「何謂『客家文學』」中，認為：

> 舉凡創作時用客家思維（包括全用客家話寫作；或部分客家特定特有
> 詞使用客家話，其他用國語，都是用客家話思維的創作），而寫作時
> 情感根源不離客家社會文化，這樣的作品就是『客家文學』。

羅肇錦的觀點，針對作品的「世界」和使用的「語言」，而將「客家思維」
和「客家話寫作」相提並論，可以代表一般客家人的看法，可是客籍評論家
彭瑞金卻持有不同的見解。他認為：「客家文學」的驗證端在客家意識的有
無，語言實在其次。……質是，臺灣客家文學充其量只是臺灣客屬作家的一
種文學表現。（見「臺灣客家文學的可能性及其以女性為主導的特質」一
文。）

　　彭瑞金認為不具備客家意識的文學作品，即使使用客家話來創作，充其
量也只能稱作「客籍作家文學」，不能稱為「客家文學」。檢驗「客家文學」
的兩個必要條件，從「客家思維」和「客家話寫作」，轉為強調作者是否具
有「客家意識」，以及作品是否具有「客家文化」的特質。

　　然則，何謂「客家意識」？什麼是「客家文化」的特質？這是沒有定論
的兩個議題。彭瑞金認為作者必須具有意識或認同到自己的客家身份，寫出
來的作品必須具有客家文化要素，才能成為「客家文學」。回顧四百年來的
歷史，漢人移民到臺灣，閩客雜居，在社會上、生活上、文化上、語言上互
相影響的結果，客家人的部落群居很難保持不受外來的影響，許多客家的傳
統風俗習慣，面對時代的變遷，在全球化、現代化之下，都已面臨消失。因
此，他認為：「沒有客家語言，又怎能寫出豐富的客家文學？試問：沒有客

家生活，哪來客家文化？沒有客家文化，哪來客家文學？」

進而，彭瑞金直截地指出臺灣客家文化即將消失，「客家文學」的發展，也已面臨日暮黃昏。他說：

> 如果客家文學這首歌還要唱下去，那麼新一代的客家作家，大家就責無旁貸的要回到客族社會裡去，深入地去瞭解當下客族人的受、想、行、識，才有新的客家文學，否則客家文學知識鍾理和、吳濁流、鍾肇政、李喬，下面呢？如果接不下去，哪來客家文學？（見〈客家文學的黃昏〉一文。）

在此，我不是要對「客家文學」今後的發展，提出任何建言。我只是，針對上面所提到的「客家文學」兩個要素：「客家意識」與「客家話寫作」這兩點，從文學理論中對作品所呈現的「世界」和創作所使用的「語言」這兩個側面，進一步加以說明。

前面說過，根據文學的四個構成要素，界定任何族群的文學時，最重要的是作品所呈現的「世界」，而其他的「作者」、「讀者」和「語言」等都不是絕對的。羅肇錦和彭瑞金所強調的「客家意識」，所關切的正是作品所呈現的「世界」。這是「客家文學」之所以成立的必要條件。換句話說，「客家文學」所描述或呈現的「世界」必須與客家的人民、土地、社會、歷史、文化有關；一篇文學作品之所以被稱為「客家文學」，這是不可或缺的正當理由。所謂「客家意識」，該是指作為客家人必然具有的「人和動作、觀念和感情、素材和事件，以及超感官知覺的素質」。「客家意識」是作者的主觀認知，正像作者的創作立場或意識形態，是無可避免的，然而作者的主觀意識並非文學作品獲得正當化的主要理由，否則這樣的作品難免成為意識形態的宣示，或假借文學為達宣揚立場的目的。正如「臺灣文學」必須與臺灣有關，「客家文學」當然也必須與客家有關，而所關乎的精神世界，離不開人民和土地，以及對由此衍生的社會、歷史、文化各方面的知性認知、以及根據生活經驗和生命情感而產生的感受情懷。超越意識形態，將這種認知和感受，以藝術的形式呈現出來，亦即在表現上具有語言文字的審美價值，才是

文學「世界」的主要內涵。

　　關於「客家意識」或「客家思維」，彭瑞金和羅肇錦的觀點，側重在前面所說的作品所描述的「世界」。彭瑞金認為，客家族群迄今已有一千五百年的歷史了，必然擁有凝聚此一族群的內在聚合力量，所謂客家文化抑或客家族群特質的存在因素。一個作家的「客家意識」，意指在作品中呈現出客家族群獨特文化內涵的意圖，亦即「將自己族群的血淚成長史，以及由悲愴歷史造就的民族特質，寫成屬於自己的文學。」否則，「不特別具備客家意識的文學作品，充其量只能稱作『客籍作家文學』，卻不應冠以『客家文學』之名。」（見〈從族群特性看客家文學的發展〉、與〈臺灣客家文學的可能性〉。）

　　進而言之，就文學作品的創作媒介而言，語言只是作品藉以表現的創作手段，不是作者的創作目的。創作的目的在於創造出藝術作品、藉以呈現作者所感受、構思、想像、意圖、創造的理念世界或情境，亦即透過語言文字、作品所呈現的文學世界或藝術境界。藉以創作的語言，雖然含有族群的特殊文化因素，由於現實環境的變遷，文學的創作語言並非都是與生俱來，亦非一成不變。因此中文有從古代漢語到現代白話的古今代嬗，而臺灣由於歷史的演變，也有了從日文到中文的淪替，而在全球化的進展中，英文也有凌駕其他語言之勢。因此，語言很難是界定一個國家或地方文學的必要或充分條件，尤其是具有外來移民的歷史背景和多族群、多元文化社會的臺灣。

　　作品的文學內涵，比作者所屬的族群或作為創作媒介的語言更為重要。這個觀點，彭瑞金教授在論述客家文學時，多次提到一個特殊的例子。美國知名作家，普立茲文學獎得主，詹姆斯・密契納（James A. Michener, 1907-1997）所描寫的客家人在夏威夷的移民故事，可以用來加以說明。

　　　　非客家人描寫客家事物的文學作品，雖然不是客家文學積極追求的目
　　　　標，卻也應涵蓋在廣泛的定義裡，那麼以寫《好望角》一書成名的美
　　　　國作家密契納，應佔客家文學的一席之地。密契納以夏威夷的歷史為
　　　　素材，寫成『夏威夷』一書，之中有三分之一的篇幅描寫一個偶然來

到夏威夷的客家女子，及其蔓衍的家族；透過一個身世畸零卻有著傳奇一生的女子，作者交代了客家人的形成和歷史，也將客家族民族的特質，經由文學筆法透徹地表達出來，反而搶得客家文學的首功。（見〈從族群特性看客家文學的發展〉一文）

顯然，「客家文學」的「世界」是超越客家「語言」和客籍「族群」的。「客家文學」，顧名思義，應該是「書寫客家」的文學，而不是「客家書寫」的文學，因為「客家文學」的作者不一定是客家人，而創作的語言也不是非客家話不可。尤其是「客籍作家」的概念，並沒有實質的意義，正如論及「臺灣文學」的定義時，「閩南人作家」或「臺籍作家」的要素，並非是必要的，也無助於論證「臺灣文學」的「世界」所蘊含的實質內容。根據這點，賴和自認「我本客屬人，鄉語竟自忘；淒然傷懷抱，數典愧祖宗」，而將他歸為「客籍作家」，認為他的作品屬於「客家文學」是否具有實質的意義，容有斟酌的餘地。

翻譯的先決條件：作品的選擇與主體性

在《臺灣文學英譯叢刊》十六集（2005年1月）的「臺灣文學與客家文化」專輯中，我們翻譯了黃恆秋的〈客家文學的省思〉和彭瑞金的〈臺灣客家作家作品的特質〉。在「卷頭語」的概述中，對「客家文學」的定義和客家文化的特質，我們引述了彭瑞金教授的看法；他將客籍作家作品的特質，一般而論，歸納為以下三點，值得參考：一、將族群的強項精神，充分反映在文學活動上；二、以人與土地的關係解釋生活的文學；三、凸顯客家族群背後的偉大女性。

對「臺灣文學」或「客家文學」的概念和特質有所釐清之後，我們可以進一步來談論作品的翻譯問題。首先，作品的選擇標準該是臺灣文學翻成外文的先決條件。翻譯時，如何選擇具有代表性的作家和作品，可以看出譯者的眼光和品味。我一向認為臺灣文學的主體性（subjectivity）存在於經典作

品中，而選譯經典作品，該是一個明智的判斷。在「臺灣文學的主體性、傳統、與翻譯」一文中，我一再強調翻譯作品的選擇標準與臺灣文學主體性和經典作品的關聯：

> 臺灣文學的主體性與臺灣的社會歷史發展息息相關。主體性該是作品在文學史上能否成為古典的試金石。臺灣文學的古典作品，必然在精神意識上具有臺灣的主體性，而在創作手法上，也必須表現出世人共通的人性真實和人生經驗，亦即同時具有臺灣主體意識的特殊性以及藝術處理人性的普遍性。這也是臺灣文學的創作品之所以值得欣賞和譯介成外文的正當理由。……基於對臺灣文學的定義及其經典作品特色的認定，使臺灣文學英譯或翻成其他外文時，具有一定的代表性和正當性，也可以作為臺灣文學外譯時，對作家和作品選擇取向的參照指標。

總而言之，「臺灣文學」的主體性，存在於臺灣文學的古典作品中，而所呈現出來的文學「世界」的時空，必然與臺灣這塊土地及其人民、社會、歷史、文化在過去、現在和未來的發展息息相關。「客家文學」的主體性，並無二致，必須與客家人自一六八三年大批入墾臺灣的遷徙歷史、現實環境、和生活經驗息息相關，也存在於與客家意識有關的古典作品的「世界」中。

臺灣文學／客家文學的翻譯問題

　　臺灣文學的外譯工作，不論是譯成英文、日文、或其他語言，包含兩個基本條件：選擇具有代表性作家與作品、以及如何將作品翻譯成外文而不失原作的品質和風貌。前者是關於臺灣文學的主體性與代表性的問題，後者是關於翻譯與原著的藝術性與再創性的問題。一旦翻譯的對象決定之後，主要的問題在於翻譯的技巧和效果，這涉及再現原著的內涵和表現技巧。內涵包括歷史、社會、文化等的背景和情境，而表現技巧包括形式、語言、風格等藝術性和文學性。翻譯者對臺灣的歷史、文化、社會情況必須有一定的瞭

解，對語言表現的特色也必須具有掌握原文和以外文再現的能力，才能完成臺灣文學外譯的工作，展現出與原作相應的文學品質。

換句話說，臺灣文學的外譯工作包括「語言與文化」以及「文學與文化」這兩個層面，也是「文學研究」與「翻譯研究」這兩種專業訓練的結合，如何培養出「語言」、「文學」和「文化」三者都能兼顧的翻譯人才，該是臺灣文學外譯工作的一個必要條件。

我在二○○七年參加李喬作品研討會時，針對「從李喬作品探討臺灣文學外譯問題」，我曾提出一些看法，同樣也適用於我們對翻譯客家文學一般的探討。

> 李喬的長篇故事，與臺灣的歷史、時代、族群、社會進展息息相關，而在大河小說中，作者個人隱然投入歷史的大浪中，為時代作見證，為先人開拓臺灣這塊土地的艱苦歲月立下了寫照。……長篇小說之外，作為「人間、人性的探索者」，李喬在追求創新的短篇小說中，常見的主題仍是臺灣的人間或地獄的眾生相；痛苦、窮困、饑餓、死亡、離別、愛恨、罪惡、救贖等生活的掙扎和生命的極限狀況，以及現代社會都市人企圖解脫生活壓力的心靈變形或心象風景，莫不反映出臺灣特定的時代背景和地域特色。

總之，不論是長篇鉅構或短篇小說，李喬的作品都離不開「臺灣這塊土地及其人民、社會、歷史、文化」，承續而且發揚了臺灣文學傳統的主體性，這是無可置疑的。他的大河小說，具有強烈的歷史使命感和透視歷史的視野，而短篇小說傾向藝術表現的經營，具有高度的文學性，因此造成在翻譯上的特殊困難：

> 李喬作品的外譯，尤其是像《寒夜三部曲》這種大河小說，在翻譯上面臨的問題遠超過語言表現、人物刻畫、故事情節等技巧面。李喬的大河作品所涉及的龐大複雜的歷史背景、社會情況、文化傳統、多語環境等，需要對作品所根據的外在史料和社會文化各方面都具有一定的瞭解和知識，對翻譯者而言是一大挑戰。(〈從李喬作品探討臺灣文

學外譯問題〉〉

李喬小說中反映臺灣歷史處境、涉及許多語言的問題，其混雜使用的對話，使得翻譯者在處理語言表現時更加困難。總而言之，除了語言的多樣複雜之外，有關歷史、社會、族群、和文化上的問題，更是翻譯李喬作品必須克服的難題。歸根結柢，文學作品離不開語言和文化，因此文學作品的翻譯，不只是語言的問題，也是文化的問題，而且是跨文化的問題，也是「語言與文化」、「文學與文化」互相關聯的問題。因此，臺灣文學的翻譯者，也必須才學兼備，具有臺灣文學、文化研究、外語能力這三方面的知識、學養和才華，才能勝任翻譯出接近理想的作品。

臺灣文學要走向世界

最後，從事臺灣文學的外語翻譯，乃至對客家文學的翻譯，主要的目的是希望能獲得世界讀者的瞭解和肯定。這是一項任重道遠的工程，必須有長遠的計畫和永續經營的決心，才能逐漸完成。為此我曾寫了一篇「臺灣文學走向世界，路有多遠？」的文章，其中的一些想法，也可以作為這一講題的結語。

在這篇短文中，我對臺灣文學的英譯工作，提出三個理想的目標：一、選譯的作家和作品必須具有代表性；二、譯者必須對中英語言和文化具有相當的學養才能得心應手；三、文學翻譯與學術研究結合並行。必須這三方面的條件齊備，才能培養出優秀的翻譯人才，也只有具備了這樣的翻譯團隊，才能有計劃地、持續地翻譯出優秀的作品，在國際間為臺灣文學爭得一席之地。

臺灣文學要走向世界，除了必須在質和量上有足夠的英文或其他外文的翻譯之外，如何在國際上推廣翻譯出版的作品，也是一大問題。這必須有專業的機構或出版社積極發行和推銷才有可能。二〇〇九年底成立的「美國臺灣文學基金會」（US-Taiwan Literature Foundation），其宗旨以推動臺灣文學

的研究、英文翻譯和出版，並透過文化和教育活動，向公立圖書館和學校提供閱讀作品和教材，以增進對臺灣文學的了解和知識為目的。另一方面，為推廣臺灣文學的國際空間，定期舉辦有關臺灣文學的學術活動，包括邀請臺灣作家到美國短期訪問、演講、座談、參加研討會等。希望這是邁向此一目標、走向國際的一步具體實踐。

臺灣文學要走向世界，文學作品的英文翻譯，只是鋪路的工作。讓臺灣的優秀文學作品，透過英文翻譯走上世界舞台，不論這條路有多遠，必須一步一腳印地走下去。經之營之，不日成之，希望有一天能達到一九九六年《臺灣文學英譯叢刊》創刊的願景：將臺灣文學的聲音，持續地介紹給英語讀者，進而加強從國際的視野、對臺灣文學的研究和欣賞。「美國臺灣文學基金會」成立的目的，作為一個非營利的專業機構，希望能為臺灣文學的英譯工程奠立永續經營的基礎。但願這不只是我個人的一個夢想。（10-20-2013）

東亞邊緣現代性歷程的「零餘者」：
以黃錦樹與龍瑛宗小說為中心

莊華興[*]

摘要

　　東亞邊緣的現代性因共有的帝國——殖民主義統治經驗，產生了相類的知識分子形象。其中最顯著的是「零餘者」與其代表的精神意識。相交於大國文學如中國與俄國，東亞邊緣（或雙重邊緣）的零餘者在多重歷史經驗中產生的現代意義更為吊詭，也更值得注意，卻往往被遮蔽或忽略。本文以臺灣日治時期開始寫作的作家龍瑛宗，以及「在臺馬華」小說家黃錦樹為中心，探討兩個多重相對性的邊緣人在創作上自我形象的投射，以及他們在追尋主體身份過程中面對的內/外問題及其回應方式。

關鍵詞：東亞邊緣現代性、零餘者、龍瑛宗、黃錦樹、主體追尋

　　這樣的不知走了幾分鐘，我看見一乘人力車跑上前來兜我的買賣。我不問皂白，跨上了車就坐定了。車夫問我上什麼地方去，我用手向前指指，喉嚨只是和被熱鐵封鎖住的一樣，一句話也講不出來。人力車向前面跑去，我只見許多燈火人類，和許多不能類列的物體，在我的兩旁旋轉。

——郁達夫《零餘者》

---

[*]　馬來西亞博特拉大學外文系，中文組高級講師（Senior Lecturer）。

一 前言

　　在本論文中,「東亞邊緣」是超乎地理學而進入語言文化範疇的一個概念,它具體指涉的是臺灣和更邊陲的南洋馬來亞華語圈。在抗戰時期,南洋不僅作為中國文人避難與休養生息的大後方,也是南來文人沈潛與再出發之地,戰後產生了在南洋落腳並逐漸產生認同感的南來文人。東亞邊緣向現代性過渡的歷程中,是二十世紀上半葉逐漸崩壞的老中國和崛起中的現代化日本帝國。龍瑛宗和黃錦樹小說中的現代性起訖時間也許不一致,但邊緣和中心的對應都有重疊的可能。譬如龍瑛宗在日治時期的失鄉—零餘者寫作,與黃錦樹在離散背景底下的零餘者寫作在精神結構上既有近似,也不無差異。

　　本文把龍瑛宗和黃錦樹並置討論,目的是為了考察兩個來自東亞邊緣地區的小說家,在經歷帝國—殖民現代性過程後,如何思考身份問題與身處的歷史位置。其二,龍瑛宗和黃錦樹雖分屬兩個不同世代的小說家。然而,從東亞邊緣華人史的角度來看,兩地一方面經歷殖民主義—現代性的洗禮,同時也面對殖民主義—帝國主義(英美帝國、日本帝國)的沖擊,臺—馬兩地的現代性由此而享有共同的經驗。尤其在日本統治時期[1]——在某種程度上臺—馬兩地共享一種歷史經驗。由此,造就了龍黃兩人作品中的殖民主義現代性特徵,以及自我投射出的零餘者形象。

二 躑躅於東亞邊緣的零餘者

　　在中國現代文學史上,「零餘者」這個詞彙由郁達夫最先使用[2]。它被視

---

[1] 馬來(西)亞華人稱「日據」(與英文學界使用的 Japanese occupation 一致),臺灣傾向於稱為「日治」,兩地華人在態度上的迥異可看出他們對殖民者的接受程度,也直接影響龍黃兩個零餘者的精神與書寫。

[2] 一九二三年正月十五日,郁達夫以《零餘者的自覺》為題寫了一篇散文,文中有一句頗能概括一個零餘者的心理結構與特徵:「……回想起來,又覺得我過去二十餘年的生

為一種病態人格，在一定程度上反映出讀書人的苦悶與不得出路的心理。目前有一種看法，二十世紀初期中國文學的「零餘者」精神特徵，體現為浪漫小說中的感傷的獨白，而當時的五四浪漫派傳承自蘇曼殊。楊聯芬引述五四浪漫派的觀點指出，「曼殊的文學，是青年的，兒女的。他的想象，難免有點蹈空；他的精神，又好似有點變態。」（2010：65）楊聯芬把「蹈空」解釋為「一種不切實際的幻想與追求，是一種耽於理想的精神狀態。楊聯芬在分析了五四初期的浪漫主義作家之後，對浪漫作家人格心理的弱點作了歸納，即「在作家筆下的男主人公身上最突出。這些男主人公，無一例外是弱者，他們敏感、自卑、顧影自憐，他們對愛情的渴望，似乎除了性愛，便是母愛。他們一方面渴望性愛，以極端的自哀自憐乞求女人的愛憐……，另一方面，他們又常常無視女性的人格尊嚴，將她們當做發洩痛苦的對象。即使是對這種行為的懺悔，實際上更像對自己的辯白，到頭來，最可憐、最值得同情的，還是自己。（2010：78）

　　沿著郁達夫的路徑發展下來，我以為零餘者意識在整個二十世紀離散中國文學當中，獲得進一步鞏固，或發生延異。一方面，它跟華語圈文人對個體生命的位置緊密關聯，並深受現實歷史的干擾。東亞邊緣的作家們縱使對居住地產生認同，但不友善的在地因素促成他的離心與隱匿，進而對周遭事物產生難以排解的壓抑、惶惑、驚恐、戒備。可以這麼說，零餘者成為東亞邊緣地區文學的一個重要意象，零餘者意識折射了二十世紀知識分子現代性進程的諸種問題。

涯是很長的樣子，……我甚麼事情沒有做過？……兒子也生了，女人也有了，書也念了，考也考過好幾次了，哭也哭過，笑也笑過，嫖賭吃著，心裏發怒，受人欺侮，種種事情，種種行為，我都經驗過了，我還有什麼事情沒有做過？……等一等，讓我再想一想看，究竟有沒有甚麼沒有經驗過的事情了，……自家死還沒有死過；啊，還有還有，我高聲罵人的事情還不曾有過，譬如氣得不得了的時候，放大了喉嚨，把敵人大罵一場的事情。就是復仇復了的時候的快感，我還沒有感得過。……啊啊！還有還有，監牢還不曾坐過，……唉，但是假使這些事情，都被我經驗過了，也有甚麼？結果還不是一個空殼？」充分體現了一個人對人世棄而未絕、悟而未了。該文收入郁達夫文集時題目改成《零餘者》（郁達夫，1982：84-90）

　　本文嘗試從三個層面勾勒東亞邊緣零餘者的精神面貌。首先他們是文化邊緣人——他們是生活在兩種不同文化類型的邊緣人，即在認同與認命以外的第三種邊緣文化。文化邊緣人往往具有反傳統與反體制思想，他們對體制不滿，發為抗議往往充滿怨懟與哀傷，而漂泊最後成為他的選擇。就第三個面向言，他們的思想與觀點，往往充滿虛無性，以及烏托邦理想主義色彩或烏托邦夢幻。

三　黃錦樹與現代性反叛

　　具體而言，龍瑛宗和黃錦樹投射在小說中的，實際上是對各自地區面對現代化衝擊體現的一種精神狀態與情緒反應。差別是，兩者的現代性源頭並不一致，前者來自東方日本帝國，後者來自西方殖民帝國，因而造就了各自的反應。表面上看來，黃錦樹並沒有龍瑛宗的知識分子的蒼白與頹廢，反而體現為大逆不道、撒野、狂妄、謔與虐與目空一切，但這僅僅是一種外在的姿態，終究無法掩飾其空虛與蒼白，虛無與仿徨，充分揭示了他對馬來（西）亞現代性時間延滯的一種不解、焦慮與不耐煩。

> 終於上了返鄉的火車。等了三個多小時，時間在這個國家之內似乎凝滯了，火車還是那麼舊，也還是那麼不慌不忙。（1994：237）
> 不能忍受沒有速度——沒有進展。他突然下了個決定，拎起背包，大踏步，走下火車。穿過小站，往小鎮的主街道走去。即使是搭巴士，多繞幾個彎，多轉幾趟車，也總好過死等。（1997：120）

他小說中的人物（多以敘事者代言）的焦躁不安、惶惑、孤疑而至暴烈的反應，往往是在經歷某些事件或歷史事故——華人史的轉折而顯現出來。其中包括二戰期間，日本帝國主義（南洋華人常稱「軍國主義」）的南侵與抗日軍（主力為馬共成員）的抵抗、戰後馬共勢力的崛起（以及在一九四八以後它和官方的對決）、五一三族群騷亂事件、八〇年代末期印尼非法移民問題（因與馬來人共同血緣而輕易獲得合法的公民地位）等，這些都成為他小說

的重要主題[3]，並且與馬來（西）亞的現代化進程緊密相連，即從帝國主義、殖民主義而至後殖民主義經歷的現代性歷程。

誠然，有時候馬來（西）亞的現代性和現代化並不易分清。鑒於此，黃錦樹往往拿臺灣的現代性時間來衡量他的故鄉，焦躁、憂慮、孤疑與暴烈由此而生。其中一個因素是，黃錦樹本身是獨立於國家教育體制之外的華校的產物[4]，相對於既有的制度，華校生的「特殊性」如潛在的悲情性格、受困心態，很難讓人從更超越的角度以及更具彈性的角度去衡量、思考，故難免對英帝國─殖民者存有陌生感（與戒心），對現代性的接受必然比其他人經歷更為艱辛曲折的路程[5]。他一開始采取的離散姿態並不只衝著當下的政治現實，最早可上溯至日治時期，這樣的意識或以完整的情節或以殘缺的片段出現在他的小說，弔詭的是，龍瑛宗的日本現代性在黃錦樹小說中卻成了殖民主義現代性難以癒合的傷口[6]。

毫無疑問，黃錦樹是無法回避馬來（西）亞歷史的，他在小說表面看來跟歷史貼近，也不只一次提到：「我不知道那股憂傷之感從何而來，也許和歷史有關……」（1994：239）、「歷史曾經狂暴的進駐過這裏」（1994：242）、「歷史進駐過這裏」（1997：161），但他采取的態度是戲謔、嘲諷的，歷史為他的離散華人敘事所駕馭，題材本身成為他的技藝之場，卻體現為一種虛無性與虛無政治[7]。如果說他的小說（尤其是近幾年的小說）有什麼意

---

3 剛出版的小說集《南洋人民共和國備忘錄》（2013）與《火，與危險事物：馬共小說選》（2014）依然以馬共為題材，書寫華人曾有過的理想和夢，但多篇筆調戲謔，把狂想推至極致。顯然，這是小說家的馬共，在某種程度上也相等於小說家的南洋華人史。如果小說中的人物有何夢想，一部分也是小說家黃錦樹的夢想、狂想和意圖。

4 二〇一四年七月廿六日，他在吉隆坡的一場演講提到，馬來（西）亞華校的存在是歷史的偶然（馬華文學亦然），它是帝國──殖民主義為抵抗北方共產勢力入侵馬來亞而產生的政治設計。

5 甚至他的小說主角如棉娘，「不是父親的孩子，而只是母親的孩子」。（1997：25）

6 如日軍在黑水鎮的殺戮（《落雨的小鎮》），棉娘的身世以及她和日軍大西覺悟的關係（《說故事者》），郁達夫之死（《死在南方》），膠林中被強奸的「伊」──一個被日本人下的種（《色魔》），等等。

7 筆者曾經從他的美學取徑討論他的小說的局限性，請參莊華興《離散華文作家的書寫困境：以黃錦樹為例》（2011）

義，虛無性即為他的意義，虛無與烏托邦之間的一線之隔或可視為他小說的現代性追求。他對殖民主義現代性乃至小說意義的曖昧也由此衍生。然而，作為小說家，他能逃離歷史嗎？小說中對英軍的描寫幾乎是缺席的，即便偶有閃現，不比他對日軍的描寫來得酣暢痛快[8]。尤有進者，他對馬華傳統（他眼中的「盆栽」）也都采取疏離姿態，他相信大馬華人史已然終結，留給他這一輩的僅僅是「無力的掙扎」、「無用的感嘆」、「吶喊」、「仿徨」、「冷嘲」，遂選擇走自己的歷史道路，乃有「創傷現代性」之議：

> 我被歸屬於一個非常貧乏，沒什麼可以傳承的文學傳統，來自於種族政治如磐石般堅固的民族國家，用中文寫作本身即是一種對官方並不友善的政治行為，尤其當符碼指涉向那塊國土的任何可能的局部。套句俗稱的比喻，我們成長於（大馬）歷史終結之後：精鋼鐵籠已造好了，此後沒有什麼大不了的事件，只有無力的掙扎與無用的感嘆。吶喊過，仿徨過，接著以冷嘲。但又有什麼用呢？（2007：11-12）

　　誠然，他不自覺地掉入了自己打造的語言精鋼鐵籠，耽溺在歷史的哀傷中，更不必說嘗試瞭解當下和預估前景。他的觀點的虛幻性、不可實踐性[9]，以及兩者皆非的選擇或不選擇，正是他的零餘者意識的由來，說是郁達夫零餘者意識的變體並不為過。

8　譬如《落雨的小鎮》中寫日軍對黑水鎮女人施行奸殺的一幕，駭人之場景竟來自作者俐落而極富詩意的自然主義式描寫：在跡近完美的殺戮之後，他們搜索生還的女人，從容享用熱騰騰的早餐，踩遍數百畝的黃梨園，搜刮一番之後，在雨中掖著冒煙的鎗和紅腫脫皮的陽具，把死屍一一拋入河中，所有殘存的呻吟都給刺刀戮成寂靜。（1994：245）

9　其中一例是對郁達夫的失蹤而敷演的《零餘者的背影》，可以反覘郁達夫對他的警醒。對黃錦樹而言，郁達夫的個案一方面為他描述馬華文學書寫之不可能提供象徵性話語資源——死在南方的郁達夫在星、馬、印華文文學的始源處鑿出一個極大的欲望之生產性空洞。（見氏著2004：32；亦參林碧繡、黃正春、吳子文整理的訪談，2005：123），另一方面大大滿足了他對歷史的戲謔與嘲弄，在某種程度上亦詮釋了他的文學無用論和自娛論：還好現代知識傳統告訴我們，文學本無用。原來一切不過是自娛。（2007：12）

四　龍瑛宗與屈辱現代性

　　龍瑛宗的零餘者意識是從被殖民到主體萌芽過程中逐漸形成的，其中有戰時臺灣知識分子被壓抑的微弱的聲音。龍瑛宗本身是日本帝國殖民統治的產物，職是之故，他一方面對帝國主義現代性有所抗拒，同時也嘗試適應帝國帶來的現代時間與空間。然而，在民族主義思潮的衝擊下，他仍不得不採取婉轉的手法予以應對。以下將進一步探討零餘者在龍瑛宗和黃錦樹小說的具體精神面向。

　　在殖民主義體制下，零餘者的形象或意識蘊藏在作品中並轉化為對夢的追尋，龍瑛宗經營的意象是「貘」，借以寓喻夢的失落與破滅。在龍瑛宗的小說《貘》中，徐青松一家可說是村子裏最早享有現代化生活的一家。他們一家住在「堅固設有鎗眼的土墻」，享用的是鳥、狗和馬等形象的餅乾，其宅第當然也「繁茂著蓮霧、龍眼、李子等南方的樹木」──本土的象徵。「貘」並非以具體的形式出現在童稚敘事者的眼裏，敘事者「我」是在徐青松私宅的正廳神桌前，掛有桌裙的裝飾布巾上看到的金絲浮雕野獸圖。「那只獸不是獅子，也不是象，不是老虎，也不是熊。……軀幹有斑點，四肢雄壯，又厚又密的尾巴，與眾不同的長鼻，這是十分幻想性的野獸，它不是要飛的姿勢。」這第一次經驗，給「我」以幻想和夢，但對徐青松卻未必如此。徐青松與人合作做生意被騙，妻子跑掉，最後進入自動車講習所學做汽車司機。徐青松家族的衰敗史，勾勒了竹塹社初期移民的造夢史，把它置於近代東亞邊緣的離散角度來看，具有普遍的意義。值得注意的是，龍瑛宗舍棄麒麟而描繪他眼中的幻想性的動物，具有某種深刻的在地與主體想象[10]，而最初的幻想者卻是「我」──就某種意義來說，是作者的化身。對應於龍瑛宗的自傳體寫作，這樣的詮釋確有一定的根據。

10　在中國傳統中，麒麟被視為靈獸，古代用以象征祥瑞；「貘」原本指從中國傳到日本的一種傳說生物，據傳以吃掉人的夢為生。亞洲其他地區如馬來群島、印度，也是貘的棲息地，南洋俗稱馬來貘，馬來文稱 Tapir，其學名 Tapirus indicus 典出於此。

　　黃錦樹則以小說主人公的尋找或追尋為意象，在某種程度上，這是大馬華人尋求身份建構的潛意識投射。他的小說人物永遠都在驛站中，例如《落雨的小鎮》，小說敘事者神識昏頓，歸鄉的火車似沒有終站並開往不知名的遠方，即便稍微清醒，敘事者也想不起下一站的名稱（無名的小站），或為何置身該處。妹妹在「我」抵家門之前半小時出走，留下一幅框好的照片，背後赫然寫著：植有木瓜的小鎮。在此，龍瑛宗的木瓜小鎮出現在黃錦樹的小說，追尋的意象互為隱喻，惟不同的是，一個是主體的追尋，另一個卻是主體失落的徒然追尋。於是，「我」帶了那張照片追著去找她。「在經過若干的小鎮之後，我決心忘卻它們的名字，一如它們過早的忘卻了我。唯有木瓜樹，每一棵都那麼孤單。」（1994：240-241）在黃錦樹的小說倫理中，無數的華人小鎮最後化成一個意象——木瓜樹。這些木瓜樹「在貧瘠的土地上，尤其悽愴——營養不良的枝葉黃萎著，短小，圍成一支小小的玩具傘。掛著幾顆永遠長不大的青木瓜，在一片滿是沙石的棄坡上。」（同前）這就是黃對華人生存現狀、處境與華人史的詮釋。

　　黃錦樹挪借龍瑛宗的小說篇名，表面上看不出直接的關係，深一層思考，都有一個可相通的帝國—殖民主義符號。在龍瑛宗《植有木瓜樹的小鎮》，陳有三來到的小鎮處處可見製糖會社、蔗田和工廠的煙囪，一早述說了小鎮的身世。黃錦樹小說中的華人小鎮、木瓜樹、落雨之意象，則輕易讓人想起英殖民時代緊急法令下的華人集中營——新村，以及它所牽引的集體記憶和歷史大敘事（抗日遊擊隊和馬共）。「郵局前方空地上栽了兩棵木瓜，已經長得老高了，貧瘠的土地讓他們累累的結實卻顆顆都像是衰敗的乳房。」（1994：235）因此，妹妹的出走和「我」的尋找便隱約地指向華人對身份認同的追尋與困厄（或不可能）。參照下列引文，其隱意已不言自明：

　　　　我不知道走過多少小鎮，每一個小鎮都下著雨，都散發出一股奇特的
　　　　憂傷。……我不知道那股憂傷之感從何而來，也許和歷史有關，小鎮
　　　　的歷史都不超過一百年。憂傷，或許和妹子有關……與水刷走她的足
　　　　跡，卻刷不走我們共同的感覺。（1994：238）

這些與另一位已故馬華作家韋暈的昏沈混沌意識有近似之處，其中的滄桑與漂泊感置於華人大敘事來考察，其通感大概不難體會，但黃錦樹絕無意寫實。這是黃錦樹後期小說的敘事的雛形，隱晦與象徵性更形彰顯，這跟《由島至島》以前的小說的完整結構與情節首尾一致有很大的不同。

龍瑛宗戰前以非母語——中文寫作，使他的主體身份認同更形幽微、隱蔽。換言之，他如何在高大的帝國—殖民魅影下與被壓抑在意識最底層的客家族群身份夾縫中彰顯一個知識分子的精神狀況與主體選擇？陳芳明在評論《植有木瓜樹的小鎮》中指出，龍作為一個知識分子對時代具有的敏感度：

> 流淌於小說中的情緒，充塞著高度的苦悶與鮮明的絕望。小說的主題，圍繞在臺灣知識分子的認同問題之上。在盧溝橋事變還未發生之前，龍瑛宗就已流露時代的敗北感。（2011：173）

他的挫折感，來自於對時代的絕望與抗議，也來自小說家作為被困而產生壓迫感的客家人的角度而言的。根據葉石濤先生的分析：

> 他的作品裏表現的知識分子濃烈的絕望、悲觀和虛無，一部分來自他的客家「情結」。作為日據時代的知識分子而言，他感到有雙重的壓迫和摧殘加在他的心靈上；其一是來自共同敵人——日本殖民者，其二是來自福佬系作家有形無形的歧視。這兩種壓力的巨大陰影造成了龍瑛宗文學的「被壓迫」的意識；同時也變成被異化、被疏離的龍瑛宗文學的主題。（1987.05.13）

作為東亞邊緣知識分子，龍瑛宗與黃錦樹面對帝國—殖民現代性的不同即在此。龍瑛宗的小說人物與敘事者，偶爾出現明朗形象，終究被無力感所取代；黃錦樹小說的歡樂是以戲謔、極盡狂想的手法呈現，從《M 的失蹤》、《我的朋友鴨都拉》到多篇馬共小說都有跡可循。這當然是典型的後現代精神思維，但讀著他調度、敷演的馬華狂想曲，不期然會有一股難言的悲涼與沈重。這種感覺非來自小說的感染力，而是對後現代小說技藝徹底成功解構歷史、消弭意義，以及迫著帝國邊緣——第三世界讀者直視遭劫後的廢

墟的無言的悲涼，對當代讀者而言，那廢墟是真是幻已不重要，他們要的嘉年華，這是當下東亞邊緣人們的精神狀態。而來自東亞雙重邊緣的黃錦樹讓我們看到的是他竭力拆解與剖露帝國─殖民的現代性意義，零餘者的烏托邦色彩就在虛無主義中遊離與浮沉。也只有放在東亞及其邊緣的地緣─歷史大格局，以及近似的帝國─殖民主義經驗背景下，才能掌握個別地區知識分子的精神狀態，以及他們之間的相通之處。

回到龍瑛宗的小說，以零餘者形象出現的知識分子有陳有三（《植有木瓜樹的小鎮》）、伊章（《早霞》）、若麗（《黃家》），即便像《龍舌蘭和月亮》裏的杜南遠，其內心深處也有一絲絲的脆弱與不堪。他的抗議方式與其前行代左翼作家不同（如楊逵與呂赫若），他選擇了委婉、耽美的藝術手段，在個人認同的態度立場上一點都不含糊，即便在死亡之後也不忘記枯朽的肉身對土地的貢獻，生的執著與死的承諾一樣莊嚴：

> 而我非靜靜地橫臥在冰冷、黝黑的土地下不可。蛆蟲等著在我的橫腹、胸腔穿洞。不久，墓邊雜草叢生，群樹執拗地縈根，緊緊絡住我的臉、胸、手腳，一邊吸著養分，一邊開花。在明朗的春之天空下，可愛的花朵顫顫搖動，歡怡著行人的眼目。（1979：60-61）

在龍瑛宗小說中，知識分子的處境備受作者關注。隨著皇民化運動的發展，他的作品也轉向知識分子的內心世界與精神的反思，代表人物有《植有木瓜樹的小鎮》的陳有三、《白鬼》中的文學青年「我」、《早霞》中的伊章、《黃家》中的若麗、《邂逅》中的劉石虎、《獏》中的徐青松、《崖上的男人》和《龍舌蘭和月亮》中的杜南遠等都是作者嘗試塑造的知識分子類型，但他們始終不是個人命運的主宰者。文中知識分子雖偶有高尚的理想或改變命運的念頭，但限於環境和個人性格上的軟弱與缺乏決斷而無力改變現狀。

在《崖上的男人》，小說不僅僅透露了作者的人道主義思想，更隱晦的訊息是作者對當時殖民地臺灣前途的思考。他在文中以霧為意象，勾勒了主人翁杜南遠對前路的迷茫以及他在霧色中目睹了頗令他牽掛的當下現實情景：

霧頻繁地流動著。樹木的對面，有露多草深的小徑，下去一點的地方
有長條房屋的宿舍。它因為霧，看起來隱約就像把墨汁色弄模糊了似
的。在那宿舍裏，杜南遠約莫住了半年。現在，那宿舍裏住著年老的
夫妻和一個女兒。他們到底怎樣地過著日子呢？那宿舍裏杜南遠的生
活痕跡，應該滲透在什麼地方才對。杜南遠以半年的歲月，在那裏體
驗過活著的愉悅和悲哀。靠著突出去的窗戶，眺望著海，馳思過各式
各樣的事情。那生活再也不會回來了。杜南遠被奇異的心情驅使著。
（臺灣客家文學館，2013.11.2）

現實境況被大霧包圍，杜南遠於是產生了奇異的心情。作為殖民地時代的臺
灣人，龍瑛宗究竟如何看待腳下的臺灣，《龍舌蘭與月》[11]提供一些線索：

離開人寰，獨立行走在這僻陬之路，仿佛被一種自己不是自己的奇異
的感覺攫住了，真是奇妙的心情。我這個人走在太平洋杳渺孤島臺灣
的東部地方海岸山脈。關於自己卻難以相信所謂自己，懷著新的驚訝
凝望著它，而想要捕捉無可捕捉的陌生身姿時，杜南遠的念頭卻被打
破了。（同前）

　　杜南遠的奇異感覺，有了比較清楚的敘述與交待，即「一種自己不是自
己的奇異的感覺」。自己不是自己，那麼自己是誰？從他接下來的自敘——
我這個人走在太平洋杳渺孤島臺灣的東部地方海岸山脈——杜南遠獨行於僻
陬荒郊之路，已揭示了答案。我以為這是一個東亞邊緣人選擇的特立獨行之
路，也由此體現了龍瑛宗超越的一面。

　　龍瑛宗對臺灣的現代性境況不是沒有反省。《邂逅》是他直接面對臺灣
現代性議題的一篇小說，也是小說色調較為明亮的一篇。作品通過作家劉石
虎與莊裏名士楊名聲在三等車廂「邂逅」的情形，帶出現代性與臺灣文化不
協調的問題。劉名聲挾日以自重，對臺灣文化極盡鄙夷，也看不起劉石虎的

11　以上兩篇作品以《龍舌蘭與月亮其他一篇：崖上的男人》共同發表於《文藝臺灣》第
　　五卷第六期（1943年4月1日）。

寫作。他所代表的囂張的皇民心態,連作者也難以忍受,遂跳出來借敘事者批評楊名聲的庸俗:「象這種毫無風采而古怪的男人,還會有人愛他?假如有那種女人,也就是這個世間的滑稽事件而已。」劉石虎雖然是一個被欺侮而不敢吭聲的懦弱人物,但畢竟還有個人主見,譬如對楊名聲認定臺灣不會產生文化的說法,予以強力反駁,由此帶出作者不無明確的認同方向:

> 就是這樣,臺灣到現在沒有文化,這一點我也承認。可是,問題不是在臺灣有沒有文化,卻是在於因為沒有文化,才要我們來創造文化這一點。(同前)

龍瑛宗在文壇的崛起,一方面得力於帝國文化,然而,對臺灣文化的建設,揭示了他對知識分子主體性的探索,這種性格在戰時彌足珍貴。

五 小結

龍瑛宗的「臺灣日文作家」身份和黃錦樹「離散華文作家」身份,在某種程度上共享一種問題結構。前者在戰時是日本帝國的被殖民者,日文寫作是皇民化運動下不得不然的選擇,文化身份與政治身份的無法協調致使他不得不借助帝國的語言發聲;後者則為新興獨立民族國家的他者與殘餘物(surplus),為抵制失語而不得不借助母語發聲。兩者的政治性不言可喻,弔詭的是,兩個東亞邊緣的零餘者雖各屬不同的時代,卻陰差陽錯地在同一種性質的空間出現,易言之,是東亞邊緣的現代性把他們拉在一起,而背後的因素分別是日本和西方帝國─殖民主義先後對臺灣和東南亞的侵略。

葉石濤先生在《苦悶的靈魂──龍瑛宗》一文中精到地指出構成龍瑛宗作品裏復雜的心理陰影是屈辱、傷感和落寞。對黃錦樹而言,馬來亞獨立後,英殖民者雖置換成單元政治霸權,但基本的殖民結構並沒改變,而殖民時代面對族群差異施行的分而治之的政策(divide and rule policy)被右翼馬來貴族政權繼承下來,黃錦樹小說的基調由此而來,但他有意無意的把它誤讀,也許這跟他過高卻不自覺的民族意識有關。無論如何,作為東亞邊緣知

識者黃錦樹的壓抑、創傷與絕望與龍瑛宗幾近一致，也由此造就了兩者的零餘者形象。差別在於龍瑛宗仍保有一份主體自覺。他自覺地認識到自己對臺灣命運的承擔，《植有木瓜樹的小鎮》有所透露。他對族群融合的樂觀（如《崖上的男人》），以及他對弱勢者女性命運的關懷（如《夕照》、《黑少女》、《村姑逝矣》、《白色的山脈》），體現了他超越性的一面；黃錦樹自身與大環境的雙重的局限性，是他面對的最大挑戰，而他選擇「在自己的樹下」[12]繼續流浪。

---

12 取自黃悼念亡友的一篇同名文章，間中有他對生之迷惘、體悟以及對自己的期許：這是個沒有「自己的樹」可以回歸的時代。假使真有其樹，對原本就是痛苦的靈魂有效嗎？回歸會得到安撫嗎？也令人懷疑。……如果亡友有靈魂，但願他找到一棵強悍一點的「自己的樹」——榕樹其實也不壞，韌性夠，憑著走根，可以把自己延伸為一片森林。（2007：253）

參考文獻

陳芳明　《臺灣新文學史》　上、下冊　臺北市　聯經出版事業公司　2011年

黃錦樹　《夢與豬與黎明》　臺北市　九歌出版社　1994年

———　《烏暗暝》　臺北市　九歌出版社　1997年

———　《由島至島／Dari Pulau Ke Pulau》　臺北市　麥田出版公司
　　　2001年

———　《土與火》　臺北市　麥田出版公司　2005年

———　《焚燒》　臺北市　麥田出版公司　2007年

———　《南洋人民共和國備忘錄》　臺北市　聯經出版事業公司　2013年

———　《火，與危險事務：馬共小說選》　吉隆坡　有人出版社　2014年

林碧繡、黃正春、吳子文整理　《外省流亡文學與馬華文學在臺灣》　演講
　　　實錄　《大馬青年》　第12期　2005年7月　頁102-129

龍瑛宗著　張良澤譯　葉石濤、鐘肇政主編　《植有木瓜樹的小鎮》　臺北
　　　縣　遠景出版事業公司　1979年

臺灣客家文學館　http://literature.ihakka.net/hakka/author/long_ying_zong/author_
　　　main.htm　2013.11.2檢索

楊聯芬　《五四浪漫小說》　載《中國現代小說導論》　第二版　北京市
　　　北京師範大學出版社　2010年　頁65-79

葉石濤　《苦悶的靈魂——龍瑛宗》　《中央日報》海外版　1987年5月
　　　13日

———　《臺灣文學史綱》　再版　高雄市　春暉出版社　2003年10月20日

郁達夫　《零餘者》　《郁達夫文集》　第三卷：散文　香港　三聯書店香
　　　港分店　廣州市　花城出版社聯合出版　1982年　頁84-90

莊華興　《離散華文作家的書寫困境：以黃錦樹為例》　收入陳建忠主編
　　　《跨國的殖民記憶與冷戰經驗：臺灣文學的比較文學研究》　新竹
　　　市　清華大學臺灣文學研究所　2011年　頁485-502

日籍作家筆下的新竹

——以日影丈吉〈騷動的屍體〉為中心

垂水千惠著　吳勤文譯[*]

摘要

　　日影丈吉（1908-1991）為推理小說家，擁有於一九四四年到一九四六年間以軍人身分旅居臺灣的經驗。以臺灣為舞台集結而成的短篇小說集《華麗島志奇》（1975）的序中，日影曾如此敘說其臺灣旅居經驗：「戰爭期間約有三年在臺灣。在這段期間，對於周遭的自然與人們，自己懷抱著一種感覺，感覺那是瞬息變幻的真實存在。體驗了那樣時間瞬刻不止的激流所帶來的回憶，一生僅此一次。」本論文將提起其中一篇作品，即戰爭期間以新竹州為舞台描寫屍體消失事件的「騷動的屍體」（1963），探討日影在臺灣所見之「瞬息變幻的真實存在」的意涵，同時也針對該意涵如何為推理小說之圈套所運用作深入探究。

關鍵詞：日影丈吉、臺灣經驗、推理小說、新竹州、《台灣風俗誌》

---

[*]　垂水千惠，橫濱國立大學教授；吳勤文譯，國立臺灣大學日文所研究生。

一　序言：描繪新竹的日籍作家們

　　在日籍作家的作品中，以新竹為舞台提筆寫下的，是怎樣的作品？[1]

　　眾所皆知，戰前居住在臺灣的日籍作家們展開了旺盛的文學創作活動。其中當先提及的，乃主導《文藝台灣》的西川滿（1908-1999），即便他描寫新竹的作品屈指可數。[2]代表作〈赤嵌記〉（1940）以臺南為舞台，而〈城隍爺祭〉（1934）、〈稻江冶春詞〉（1940）以生長地臺北為舞台，〈楚楚公主〉（1935）則以淡水為舞台。若要說以新竹州為舞台的作品，可舉《桃園的客人》[3]（1943）。《桃園的客人》乃描寫清末臺灣鐵路建設中，劉銘傳與邵友連之對立的作品，同時也是「清領台灣後將『台灣縱貫鐵路史』匯集成小說的前史」著作群之一[4]。「談到桃園武陵，總認為會是《三國志》一類的書中出現的地名，實際上卻是在臺北市南隅，花一個小時左右的車程便可抵達的老街區」，由這段描述起頭，作者介紹了乘車從臺北沿途所見之桃園高原風貌，也說明了清光緒十六年由劉銘傳所建設、這條一路通往龜崙巔的鐵道風貌。甚至，故事的敘事者為了拜訪與劉銘傳有老交情的顏沈元，旅途上一路描寫從走出桃園車站，穿過像「半壁隧道的亭仔腳」，看到「角落的水果攤上，一個跛足的本島人拿下斗笠，坐在簡陋的矮凳上吃著檸檬愛玉」的光景。

1　「新竹」指的範圍因時代不同而有更動，在此依據新竹州於昭和十八年刊行的《新竹州第二十一統計書　昭和十六年》（1944年3月）裡所揭示的新竹州範圍。新竹州，乃包含新竹市，新竹郡，中壢郡，桃園郡，大溪郡，竹東郡，竹南郡，苗栗郡，大湖郡該地區的總稱。

2　較具一格的為，座光東平在《台灣警察協会雜誌》上發表的〈犯罪小説　是耶非耶〉同樣是以新竹的資產家庭為背景的作品。可惜的是，該作中並沒有對新竹有所描寫。座光東平：〈犯罪小説　是耶非耶〉，中島利郎編：《台灣探偵小説》（東京都：綠蔭書房，2002年），頁69-78。

3　西川滿：《桃園的客人》（臺北市：日孝山房，1943年）。

4　中島利郎：〈西川滿　作品解説〉，《日本統治期台灣文學日本人作家作品集》第二卷，[西川滿　Ⅱ]（東京都：綠蔭書房，1998年），頁387-414。

　　此外，居住在日本的作家以臺灣為舞台描寫的作品中，也可看到新竹的影子。較早期的是柳川春葉的《夢之夢》（1901），故事設定為投資臺灣樟腦墾殖事業的資本家岩間常道中了陸軍大尉紺藤的計，於阿姆平返回大姑陷溪的路途上遭到襲擊[5]。森鷗外的《能久親王事蹟》（1908）裡，也描寫了北白川宮能久親王率領的近衛師團派遣偵察隊前往桃仔園、中歷（中壢）、大姑陷（大姑崁），經歷龍潭坡、三角涌的激戰到占領新竹的經過[6]。另外，德富蘇峰、北村兼子、野上弥生子等名人也曾訪台，著手寫下紀行文（遊記）。其中，曾與詩人楊逵有交流的日本無產階級作家中西伊之助（1887-1958），在一九三七年五月中日戰爭爆發前曾訪台，在臺灣刊行了大部頭的遊記《台灣見聞記》。而隨後，他在十二月因日本第一次人民戰線事件被檢舉而遭送回東京一事，也值得矚目[7]。中西拜訪了角板山的 Habun 社，雖沒有寫出地名，但也確實拜訪了新竹州的農村，以「紅磚瓦屋」、「本島人的鄉間民宿」、「蕃社夜泊記」、「烏龍茶烘培工廠」共四個章節描寫新竹[8]。

　　另外，值得玩味的作品還有山部歌津子的《蕃人來薩》（1931）。以卡拉排社（現新竹縣竹東鎮尖石）為舞台的這部長篇小說[9]中，主要的登場人物為卡拉排社出身的原住民青年巡查補來薩，以及任職於樟腦公司且很理解來薩的田中正次。「以文明人的頭腦、蕃人的信仰與肉體，在這片臺灣的山林中創造屬於你的天地」（頁73）故事主要在講述，來薩原本備受期待，卻因

5　柳川春葉：《夢之夢》（東京都：春陽堂，1901年）。關於《夢之夢》，楊智景：《日本領有期的台灣表象考察—近代日本之植民地表象—》（東京都：御茶水女子大學大學院學位論文，2009年），頁27-45有比較詳細的論述。

6　森鷗外：〈能久親王事蹟〉，《鷗外全集》第三卷（東京都：岩波書店，1972年），頁497-620。根據這本書的「後記」，一九〇八年時春陽堂以編輯兼總發行人森林太郎的名義刊行。

7　垂水千惠：〈中西伊之助與楊逵—日本人作家在植民地台灣所見—〉，橫濱國立大學留學生中心編：《國際日本學入門　超越國界的12章》（東京都：成文社，2009年），頁89-107。

8　中西伊之助：《台灣見聞記》（東京都：實踐社，1937年），頁125-232。

9　下村作次郎：〈山部歌津子《蕃人來薩》解說〉（東京都：ゆまに書店，2000年），頁1-8。

為樟腦公司鈴木主任的強取豪奪為開端，卡拉排社內部的不滿高漲，遂產生叛亂的經過。這部作品中還包含了許多值得玩味的地方，例如結尾那段令人聯想到霧社事件的描寫，以及無法確定作者山部歌津子是誰。[10]

這次的報告中將一改以往立意，特別舉出日影丈吉在戰後發表的推理小說〈騷動的屍體（騷ぐ屍体）〉。因〈騷動的屍體〉是一部以戰時新竹州為舞台描寫了一件屍體消失事件，而其中，新竹州的地理空間在故事裡扮演了非常重要的角色，並提起了許多值得探討的議題的作品。

二　日影丈吉（1908-1991）的經歷

論述〈騷動的屍體〉之前，將先介紹日影丈吉這位臺灣人較少耳聞的作家。[11]

日影由江戶川亂步舉薦登入文壇，被評為「現今日本推理小說界文體最為端整的才子」（澀澤龍彥）。以下簡單介紹他的經歷：[12]日影丈吉一九〇八

---

10 關於《蕃人來薩》，請參照垂水千惠：〈論1930年代日本文學中對「野蠻」的共鳴—以大鹿卓〈野蠻人〉・谷崎潤一郎《武州公秘話》・山部歌津子《蕃人來薩》為中心—〉，《日本研究》15（高麗大學校，2011年2月），頁65-99。

11 臺灣翻譯日影的作品有，楊惠茹翻譯之《巫歌：日影丈吉怪奇探偵小說名作選》（臺北縣：新雨出版社，2012），當中收錄〈巫歌〉、〈狐之雞〉、〈奇妙的商隊〉、〈東天紅〉、〈燈飾〉、〈鵺的來歷〉、〈旅愁〉、〈吉備津之釜〉、〈月夜蟹〉、〈老鼠〉、〈貓之泉〉、〈照相夥伴〉、〈饅頭軍談〉、〈與王的往來〉、〈磨坊的貓〉、〈吸血鬼〉；此外，王德威，黃英哲主編，垂水千惠、楊智景編選顧問，涂翠花、蔡建鑫翻譯之《華麗島的冒險》（臺北市：麥田出版公司，2010年）裡收錄了〈消失的房子〉但似乎還沒有〈騷動的屍體〉的翻譯。研究論文方面，同時在日本十分積極地發表日影相關論文的姚巧梅，除發表〈日影丈吉的「崩壞」與台灣〉（《大漢技術學院大漢學報第廿二期》）之外，在阮斐娜著、吳佩珍譯：〈目的地台灣！——日本殖民時期旅行書寫中的台灣建構〉，《台灣文學學報》第10期（2007年6月），頁57-75以及邱雅芳：《南方作為帝國慾望：日治時期日人作家的台灣書寫》（臺北市：國立政治大學中國文學研究所博士論文，2008年）中也幾乎沒有相關的論述。臺灣方面的研究調查，在此感謝本論文翻譯者臺灣大學日本語文學研究所吳勤文同學的協助。

12 橫山茂雄：〈解題〉，《日影丈吉全集》第6卷（東京都：国書刊行会，2002年），頁601-

年生於東京深川，本名片岡十一。父親在日本橋經營魚貨批發。日影於十六歲時在 Athénée Français 外語學校學習法語、拉丁語和希臘語。一九三〇年十一月與坂口安吾共同創立同人雜誌《言葉》；一九三五年開授「料理文化學院・法語部」課程[13]；一九四四年七月進入世田ヶ谷區東部第十部隊（近衛搜索連隊）之機動戰車第二一四中隊，八月隨部隊遣調臺灣，到一九四六年三月為止都滯留在臺灣。一九四九年，小說〈巫歌〉獲得雜誌《宝石》徵稿小說獎短編部門第二名的成績，其後繼續以日影丈吉的筆名從事寫作。一九六三年起，任職日本推理作家協會理事；一九九〇年，以《泥火車》獲得了泉鏡花文學獎。次年，一九九一年九月過逝（享年83歲）。自二〇〇二年，日本國書刊行會刊行了全八冊加一別冊的《日影丈吉全集》。

　　如前所介紹，日影丈吉十分擅長法語，十幾歲時就熟讀奈瓦爾、戈蒂耶等法國作家的作品，也以翻譯勒胡的《歌劇魅影》聞名。為此他在使用法國素材方面廣受好評，被評為「既博學又好學，熱愛法國、中國、日本的民間傳說，儘管隱約顯露衛士風貌，筆下呈現出來的是令人意猶未盡的古樸文風」（澀澤龍彥），「厭惡呆板常套的文風，讓他練就了獨特的筆法，帶領讀者進入刷上層霧銀般的鄉愁世界，可說是將著手的素材融合了法國靈魂與日本符咒的錬金術士」（中島河太郎）。日影於一九四四年至一九四六年滯留臺灣，寫下了《內部的真實》（1959）、《應家人們》（1961）、《華麗島志奇》（1975）等，以臺灣為舞台的小說，不勝枚舉。日影對自己的留台經驗，誠如《華麗島志奇》序言所表示，「戰爭期間約有三年在台灣。在這段期間，對於周遭的自然與人們，自己懷抱著一種感覺，感覺那是瞬息變幻的真實存在。體驗了那樣時間瞬刻不止的激流所帶來的回憶，一生僅此一次」，「因此台灣對我而言，並不僅僅是一塊帶有回憶的土地而已」[14]。

612。關於作者年表，請參照日影丈吉全集編集部編：〈日影丈吉年譜〉，《日影丈吉全集》別卷（東京都：国書刊行会，2005年），頁1051-1058。

13　根據前舉之〈日影丈吉年譜〉，當時入學的學生中，有後來成為帝國飯店主廚的村上信夫，東京大倉酒店的小野正吉，橫濱新格蘭飯店的入江茂忠等人。

14　日影丈吉：《華麗島志奇》（東京都：牧神社，1975年）的引用，根據前述《日影丈吉全集》第6卷（東京都：国書刊行会，2002年），頁455-597。

　　一九四四年一九四六年的臺灣，在臺灣文學研究領域上可說是空窗期的時期，擁有法文涵養的作家日影丈吉所窺見的「瞬息變幻的真實存在」到底是什麼？在這次的報告中，特別以新竹為舞台所寫成的〈騷動的屍體（騒ぐ屍体）〉為中心來論述[15]。

三　作為「新竹」文學之〈騷動的屍體〉

　　〈騷動的屍體〉早期發表於一九六三年五月《世界秘境系列》，其後收錄在《華麗島志奇》中[16]。以下簡單介紹其故事內容。

　　故事從「昭和十七、八年，我隸屬於新竹的憲兵隊，體驗了令人渾身發毛的事件」一文起頭，敘述者「我」「被派遣到州內大溪郡大溪街分隊」，在「三月三號清明節前後」，「同郡內竜潭庄」發生了強姦殺人事件。被害者為「調度到新竹郡湖口軍營工地離家」林姓「軍伕」的「牽手」（妻子），嫌犯則為「鄰近高射砲隊的武島上等兵」。經「我」調查後，武島上等兵「被送回新竹憲兵隊，正式接受拷問」。然而，因武島「不肯承認罪行，而有必要

15　論述日影與臺灣之關係的文獻，必讀的為池田浩士：〈序章　異鄉，謎之源泉〉，《海外進出文學論序説》（東京都：インパクト出版社，1997年），頁6-45。池田指出，殖民地「即便是怪異，恐怖，幻想的場域，抑或是犯罪與事件的產房，其怪異與幻想，乃取自異邦人生活的殖民或國外戰地的具體性和現實性」，且「犯罪與事件的發生根源於在地人和侵入者之間具體與實際上的關係」（頁12）。雖沒有論及〈騷動的屍體〉，卻是論述了日影創作本質十分優異的考察。此外還有負責全集解說之橫山茂雄：「隨想桃源之旅─日影丈吉與台灣」，《幻想文學》通号65（2002年11月），頁162-175）、姚巧梅：「日影丈吉的「眠床鬼」與台灣」《解釈》53巻1・2号（2007年1-2月，頁53-60）也以桃園為舞台的作品為中心，論述日影與台灣的關係。論及〈騷動的屍體〉相關的論文，則有紙村徹：〈日影丈吉描繪之台灣的「闇之深處」─日影丈吉如何與異鄉台灣邂逅─〉，《南方文化》第37輯（2010年12月），頁159-181。拙論，垂水千惠：〈日影丈吉的台灣〉，《日影丈吉全集　月報2》》（東京都：国書刊行会，2002年11月），頁2-4中，雖未提及《騷動的屍體》，在指出「消失」乃日影在台灣作品中的創作本質的方向上，和本論稿有相關聯的部分。

16　日影丈吉：〈騷動的屍體〉前述《日影丈吉全集》第6卷（東京都：国書刊行会，2002年），頁520-529。

針對屍體進行科學檢驗」，於是「我」肩負了將被害者的屍體運回新竹憲兵隊本部的任務。

「我」將「屍體」殮入「白木棺」，「將棺蓋用釘子簡單固定住，再用貨車的塑膠布包裹後，放到貨車架上」，再與憲兵補給木崎和兩名住在被害者隔壁的竜潭庄民，一起前往新竹。然而，抵達新竹的憲兵隊後，「掀開塑膠布，撬起淺淺固定住著的釘子，打開棺蓋，卻發現裡頭空空如也」。於是「我們與庄民」一併接受了嚴厲的拷問。由於庄民不停聲稱「我們什麼都不知道啊，運送途中，貨車架上沒發生什麼奇怪的事」，於是他們就被釋放了。而「這件事當天在憲兵隊裡流傳了開來」，士兵們「開始相信屍體是因為什麼靈異因素，在運送途中從貨車架上的棺木中離奇地消失了，很可能是以自己的力量逃脫出去」。甚而，武島上等兵聽到了傳言突然坦承了罪行，且在坦承罪行後，「從拘留所裡，兩三度發出了恐怖的尖叫聲」等等。

一方面，「我」與部落民們在「山路重疊中」尋找屍體，結果是由「偏離汽車道路十分深入」山林的一位樵夫，發現了「兩手攀附樹枝，雙腳踩踏樹枝，如盪鞦韆般激烈地搖晃身體，吱吱—吱吱—！嚎叫形同數隻猿猴群聚發出的聲音、且長髮披覆臉上、髮間露出血紅瞳孔猙獰望著」的女人。「嚇得魂飛魄散」的樵夫說了這件事後，部落民們連忙趕到現場，在那發現了「死亡數日，變得硬梆梆」的「林軍伕的牽手」。之後，「林軍伕的妻子的屍體，便由竜潭庄的部落民們親手埋了葬」。

在那之後，「我」「被轉調到台北市外圍的松山」，向「戰後略幾年在松山開學館講授四書的」「程姓中年知書人」談起這件事。沒想到程先生卻「說『那不過是個民間傳說，我可聽過類似的，流傳到現在也不是什麼奇怪的事』，於是拿起了手裡的古書，查了那則傳說給我看」。最後，作品以「程先生眼帶嘲諷地看了看我。我和這位程先生交情深厚，儘管如此，他或許也同那些竜潭庄庄民，有著和我立場迥異的心思，我當下深深地覺得。」一段作結。

若要將〈騷動的屍體〉解讀為「新竹」文學，值得探討的是，作中處理二次大戰下新竹州的地政結構時，將「新竹市」與「竜潭庄」描寫為相對的

兩地[17]。

首先，僅顯示新竹市為憲兵隊駐紮地，既沒有描寫憲兵隊以外的居民，也沒有描寫小鎮整體的風貌[18]。所有上方指令都是從「新竹那端」傳來，以「我」為首的登場人物全繞著上方指令團團轉。不帶有實際生活的感覺、僅止於權力的記號，便是新竹市這個地方所代表的意義。

相較之下，竜潭庄的描寫就較為詳盡。「我」被派遣到有分隊佈署的大溪郡大溪街，說明了大溪街與砲兵隊駐紮的竜潭庄間的關係：「所謂的街就是日本本地所謂的町（鎮），庄的話就把它想成村吧」。而在「我」的描述中可發現，第一個發現殺人事件的「林家隔壁的男子」在前往通報竜潭庄憲兵駐點的路上，可看到高射砲隊露宿的小學校，以及從駐點前往中的大溪街警署和憲兵隊，這一路是「踩著腳踏車」就可以抵達的距離。更重要的是，作者也透過像「跑去向隔壁借點鹽」、往棺木灑上「一種叫作銀紙，用在葬禮上的紙錢」、「青竹枝頭吊著燈籠，並點起一種叫做香腳、附在竹串上的線香」來出棺等等的場景，來描寫出庄民們的生活。

其中，應特別注意的是殺人事件的第一個發現者「林家隔壁的男子」，由於論述先後的關係這點將留待後述。首先要指出的是，真正描繪了「本島人」真實生活的空間的，只有竜潭庄這個地方的這一點。

一方面，橫亙在「新竹市」與「竜潭庄」之間的是，「山路重疊」與「另人畏懼的自然」。關於這條山路，「我」如此描述了自己的畏懼：「不知來往了這條路幾回，總是被那層層疊疊的山巒弄昏了頭。山如同古代生物，擁有著莫不可測的生命力，不把人放在眼底的那股粗曠，在探出冷峻的容

---

17 作品中的「竜潭庄」可能當時實際存在的新竹州大溪郡竜潭庄，據推測應是現在的桃園縣龍潭鄉。前舉之橫山茂雄：〈隨筆桃源之旅──日影丈吉與台灣〉裡頭也有同樣的剖析。

18 依據一九三二年發行的臺灣憲兵隊編《台灣憲兵隊史》，以明治三十（1897）年九月的勒令第332號為基準之臺灣憲兵隊條例改訂以後，內地憲兵條例也開始在臺灣實施。此外，根據明治三十四（1901）年五月府令30號，臺灣各地設置十五處憲兵分隊，新竹的分隊即為其一。臺灣憲兵隊編：《台灣憲兵隊史》（東京都：龍溪書舍，1987年），頁19-25。

顏、浮現一抹蔑笑之後，便過去了。我們通過那裡時，總不由得屏息瑟縮。」正因為這樣的空間構造，屍體消失、化為「騷動的屍體」再度現身等的光怪陸離才成為可能，正是「我」與「戰地的兵隊」，甚至上等兵武島都相信了的，所謂的魔界般的空間，也可說是這部作品作為怪談講述「恐怖經驗」必須成立的空間[19]。

順帶一提，作品中雖沒有透露「程先生」所找出的「古書」的名字，仍可推斷那是片岡巖的《台灣風俗誌》[20]。「程先生」的古書裡頭介紹，「很久以前陝西有個胡女」「嫁給李某」後離家行蹤不明，結果被樵夫發現。發現時「只見一女懸吊樹上，雙目紅如血、舉雙手欲擊人狀，其聲吱吱如蝙蝠，身體擺盪如乘鞦韆」。而《台灣風俗誌》第七集第一章〈台灣人的怪譚〉〈第二十四節 屍變〉裡，也有介紹同類型的民話。

四 從「台灣人的怪譚」到「推理小說」

以上簡單介紹了故事梗概，這裡所要提出的問題是，為何日影丈吉要特地在故事尾端加上「程先生」一段？若說要以再興當代「台灣人怪譚」作為故事的結尾，那麼「程先生眼帶嘲諷地看了看我」其後的小節可說是不必要的。然而，正因為日影特地加了這一小節，才顯示出其「熱愛法國、中國、日本的民間傳說，儘管隱約顯露衛士風貌，筆下呈現出來的是令人意猶未盡

---

19 深山裡有魔界，在那裡經歷了怪異的體驗，這個設定令人隱約聯想到〈高野聖〉（1900）等泉鏡花（1873－1939）的作品。日影在1987年參加的訪談中提到，「還是有受到鏡花的影響，年輕時一口作氣讀了不少。」東雅夫編：《幻想文學講義 「幻想文學」訪談集成》（東京都：国書刊行会，2012年），頁174-179。

另外，泉鏡花也有被稱作是〈高野聖〉原型的作品〈龍潭譚〉（1896），感覺和「竜潭庄」這地名有著共通性。關於〈高野聖〉與〈龍潭譚〉的關係，請參照村松定孝：《泉鏡花事典》（東京都：有精堂出版部，1982年），頁47-48。

20 乃從前面提到的橫山茂雄：〈解說〉，《日影丈吉全集》6中獲得的啟示。至於引用片岡巖：《台灣風俗誌》（臺北市：臺灣日日新報社，1921年）的部分使用的是復刻版（東京都：青史社，1983年），頁515。

的古樸文風」、「現今日本推理小說界文體最為端整的才子」（澁澤龍彥）的
這項特色。換句話說，〈騷動的屍體〉即便採取了酷似怪譚小說的文體，在
本質上還是篇推理小說。最後的這一小節，便是推理小說的解謎──揭露犯人
的的身分──最不可或缺的部分[21]。正因為是寫出「古樸文風」的日影，不會
像不勝枚舉的作品安排了犯人自首的場景。只瀏覽過一次，而不認為這是解
謎的一部分，也是正常的。

那麼，犯人到底是誰？請讓我們再一次仔細地閱讀這最後的小節：

> 程先生眼帶嘲諷地看了看我。我和這位程先生交情深厚，儘管如此，
> 他或許也同那些竜潭庄庄民，有著和我立場迥異的心思，我當下深深
> 地覺得。

作品中有提到名字的是「程先生」和「竜潭庄庄民」。「程先生」乃調任
後「我」在臺北熟識的友人，與屍體消失事件當然無關。有嫌疑的僅剩「竜
潭庄庄民」，因此作品最後的小節所明示的是，關於怪譚和屍體消失事件，
正是這些「有著和我立場迥異的心思」的「竜潭庄庄民」所為。

不可否認地，屍體從貨車架上消失時，最初被懷疑的當然是和屍體一起
搭乘在貨車架上的「兩位竜潭庄庄民」。但「我」的敘述中，好幾度描寫了
他們嫌疑洗清的情況，因而循著「我」的描述來閱讀的讀者也相信「兩位竜
潭庄庄民」的清白，正是被推理小說中慣用的第一人稱圈套所蒙蔽[22]。〈騷

---

[21] 日影在前述訪談中曾提到幻想小說的要素，也提到「例如即使有魔女傳說或吸血鬼傳
說這類要素，該怎麼說，我真正感到有興趣的反倒帶有科學性質……這和特地去相信
並尋求妖怪等的傳說有所不同。所以說，真正迸出妖怪的小說，我可說是幾乎沒有寫
過。我的小說裡總多少有釐得清的地方。（中略）大體而言，魔女傳說真是樣怪東西，
像那樣如同社會上普遍的錯覺，必定會出現在歷史當中。說常常讀那樣的傳說，就是
意味著常常觀察著人吧。」前舉之《幻想文學講義「幻想文學」訪談集成》。

[22] 日影作品中敘述方法的技巧性受到肯定，如處女作〈巫歌〉在雜誌《宝石》募集「百
萬懸賞探偵小說競賽C級作品」二等獎入選時的講評中，可看到「至臻的話術」（水谷
準），「完美的作品」（江戶川乱步）等評語。前舉之橫山茂雄：〈解題〉，《日影丈吉全
集》第6卷（東京都：国書刊行会，2002年）。

動的屍體〉為一篇推理小說，想當然爾，作者日影將一方面將「我」限定在自己的視點內，另一方面理應將許多視點中漏掉的證據在作品中提示出來[23]。那麼為何「我」會將「竜潭庄庄民」所犯下的罪行忽略掉呢？這點正是〈騷動的屍體〉之首要旨趣所在、同時也顯示了日影認識之深。就讓我們仔細回顧「竜潭庄庄民」的一舉一動，來重讀這篇作品吧。

五　隱藏在「我」的敘述中的四個圈套

同前述，屍體消失時當先被懷疑的，是和屍體一起搭乘在貨車架上的「兩位竜潭庄庄民」。他們的嫌疑之所以被洗清，是因為在將校質詢時，「兩位竜潭庄庄民」「完全瑟縮成一團」、「可說十分篤定地，拼命」說什麼也不知道否認了和這件事有所關聯那「驚嚇過度」的樣子。再說，「傳聞新竹居民性情溫順、配合軍隊」，使得在「貨車架上，他們趁我們不注意時，偷偷將屍體從棺材中扛起，丟到山谷某處」這個「合理的可能性」首先被排除在外。並且「屍體是因為什麼靈異因素，在運送途中從貨車架上的棺木中離奇地消失了，很可能是以自己的力量逃脫出去的」，這個靈異傳聞逐漸被人們所相信的情況，是由「我」來敘述。「兩位竜潭庄庄民」「配合軍隊」、展現對權力「驚嚇過度」的樣子，正可說是「我」與「將校」被騙得團團轉的原因。就將這個稱為第一個圈套。

另外，包括「我」在內的日本人想著，「到底是為了什麼要幹那樣的蠢事？」為此無法掌握「兩位竜潭庄庄民」的犯案動機，也是他們的嫌疑被洗清的原因之一。關於這個犯案動機，人類學家紙村徹引用了渡邊欣雄的論述，推論竜潭庄庄民因為害怕遺體被解剖後會化為「亡魂（bông-hûn）」，為了想要趕快入土為安，以「集體意識」搶奪了遺體。紙村徹的推論的確是正確的[24]。

---

23 日影在〈飾燈〉這部作品中表示：「偵探小說裡頭，作者必須要把事件的全貌告訴給讀者，必須提出完結的記錄。」前舉之《日影丈吉全集》第6卷（東京都：国書刊行会，2002年），頁28-47。

24 前面提到的紙村徹：〈日影丈吉描繪之台灣的「闇之深處」─日影丈吉如何與異鄉台灣

對那些與「竜潭庄庄民」及「本島人」同文化圈的人們來說，這個犯案動機可說是顯而易見。而身為異文化入侵者的日本憲兵隊無從得知，也是這第二個圈套發揮它功用的地方。

再加上發現屍體時，女人的屍體叫著「吱吱─吱吱─！嚎叫形同數隻猿猴群聚發出的聲音」，如同靈異怪譚的情境，加強了「靈異傳聞」，使得「兩位竜潭庄庄民」的嫌疑更得以被洗清。然而，若再次將發現屍體的經過讀過一遍，便會產生另一個截然不同的疑惑。以下略加引用發現屍體部分的原文：

> 那頭長髮披覆在臉上，髮間露出血紅的瞳孔猙獰望著。
>
> 被女人搖晃著的枯槁老樹，飄下了如雨般的青苔和細枝，灑落在樵夫的頭上。
>
> 樵夫嚇得魂飛魄散，拼老命爬了起來，頭也不回地拔腿就跑。
>
> 林家隔壁的男子在有段距離的地方，遠遠地看到樵夫臉色蒼白地跑了過來，嚇了一大跳。在聽過他的遭遇後，立刻召集了四處搜索屍體的部落民們前往查看。一到那裡，卻發現女人已經不在樹上了。
>
> 女人與斷掉的樹枝一起掉落在茂密的灌木叢裡。
>
> （中略）
>
> 部落民把這個恐怖的經驗隨著屍體一起，帶進了搜查本部的龍潭庄役場裡。接到通報，我立刻趕往役場。雖是件無法立刻令人置信的事，總之屍體回來了，我鬆了一口氣，緊急聯絡了新竹的憲兵隊。

這段內容告訴我們，「我」在發現屍體的當下並沒有在現場。「我」是經由「隔壁的男子」得知了事情的經過，「隔壁的男子」是聽了樵夫的通知前往現場，因而我並沒有親眼見到樵夫。更何況，這個「隔壁的男子」是帶有

邂逅─〉。這篇紙村的論文，乃身為人類學者才能提出之深具洞悉力的優良論文，筆者從中獲得了許多的啟發。特別是為了避免屍體解剖「庄民們的集體意識發揮了作用」這點，筆者大為讚同。然而，將運用屍體嚎叫的怪譚的目的解讀為「庄民對亡魂的恐懼」這樣的表象，筆者無法領受。反倒是，日影暗示了：「隔壁的男人」明知道「屍變」的故事，卻冒險向「我」捏造了假的發現經過，淺見主張這樣的看法。

嫌疑的「兩位竜潭庄庄民」其中一人，無可否定的是樵夫的遭遇很有可能是這名男子謊造出來的。到這個階段，「兩位竜潭庄庄民」的嫌疑已透過第一、二個圈套被洗清，因此男子的謊造非但沒有遭到質疑，整個作品的結構反而更加強了「靈異傳聞」的說法。此可稱作是第三個圈套。

可以說，「隔壁的男子」可說是隱藏在其曖名性中，實質推動著整個故事走向的人物。如果關注在「隔壁的男子」的行動上，重新細讀這部作品，「隔壁的男子」不僅「發現」了「林軍伕的牽手」「被強姦還被掐死」而向警察通報之外，還是佐證「前天晚上跑去向隔壁借點鹽」看到武島在那兒喝酒的目擊者，也是告狀「武島遲早會來殺了我這個唯一的目擊者，請快點幫幫我啊」這件事的證人。

屍體要被送往新竹時，以部落民「代表」的身分用「不清楚」的日語跟「我」交涉、提出同行前往新竹的請求的，也是這個「隔壁的男子」。他先在提到屍體解剖時發出異議，接著提出被害者的丈夫回來之前先暫緩移送屍體的請求。在這兩個請求都失敗時，他所提出的才是同行前往新竹的請求。再者，他並沒有說明同行前往新竹的理由。若以「隔壁的男子」才是偷屍體的犯人的角度來重讀這篇作品，便會發現，「隔壁的男子」與「竜潭庄庄民」對這個強姦殺人事件，以及對憲兵隊要「針對屍體進行科學檢驗」的決定已心懷「不滿」，於是計畫了屍體奪回的行動，提出前往新竹的請求。相信這樣的解釋更為合理。

然而，「隔壁的男子」的企圖，卻在「我」，以及透過了「我」的敘述來閱讀作品的讀者的眼中被忽略掉了。這又是為什麼呢？這個部分相當重要，雖嫌稍長，姑且讓我引用「隔壁的男子」與「我」的對話，如下：

> 我們將剛處理好的棺木放置在貨車架上，出發前往部落。關於要在憲兵隊裡進行屍體檢驗一事，前些日子已經向村民公告了。村民對這件事似乎心懷不滿。這時隔壁的男子站了出來，向我詢問：
> 「那你們會解剖屍體嗎？」
> 他所表達的並不是這麼清楚的句子，他的日語不太清楚，不過在他問

的時候，我大致上可以瞭解是那個意思，於是我回答他：

「要看情況，也有可能會解剖，總部的想法我也不太清楚。」

於是他們聚在一起討論了起來，最後由隔壁的男子代表，再過來我這裡。

「林軍伕應該很快就回來了，不能等到他回來嗎？如果無法再見到牽手一面，那麼他不是很可憐嗎？」

「屍體會還給你們啦，說解剖，又不是像你們殺豬一樣弄得支離破碎，再說，也還不能確定到底是不是要解剖啊。」

他們彼此張望了一下，隔壁的男子便說：

「到新竹，我們跟你們一起去，可以嗎？」

「好吧，那就讓其中兩個人坐在後面一起去吧。」我稍微考慮過後才答應，因為役場的用車載一般民眾也無妨。

以上描寫的是：「我」雖然一開始察覺到部落民的不滿，卻因為被捲進「隔壁的男子」「不清楚」的日語語調的錯覺裡，進而喪失警覺性的樣子。「屍體會還給你們啦」，「我」說話的語調如同應付小孩，「說解剖，又不是像你們殺豬一樣弄得支離破碎」，這種說話方式很明顯地是在輕蔑對方知識程度的低落。認為對方就算在心底盤算著什麼，也沒有聰明到有能夠完成「需要相當謹慎的工作」的頭腦。「我」這個無意識中的成見，可說是沒有仔細詢問理由便答應讓兩人同行，還讓他們跟屍體一起搭乘在貨車架上，進而導致失策的原因。且令「我」產生這個成見的，正是「隔壁的男子」「不清楚」的日語。「我」在無意識中將「隔壁的男子」程度不佳的日語和知識程度低落畫上了等號，鑄下了大錯。在庄民來說，作為外語的日語程度低落，並不一定和知識程度低落有所關聯。沒發現這一點，可說是「我」身為殖民者無意識中顯露的傲慢，導致「隔壁的男子」的犯行成功收尾[25]。

---

[25] 關於臺軍相關人士顧慮臺灣人徵兵適齡者日語能力的低落的情形，和泉司：〈日本統治期臺灣徵兵制導入時期產生之「國語能力」問題──以「不識國語」之徵兵於《台灣時報》《新建設》的報導為中心──〉，《日本語與日本語教育》第三九号（2011年3月），頁

「隔壁的男子」「不清楚」的日語，在軍方發現屍體從貨車架上消失時，成了他逃罪的庇護。「『喂，到底發生了什麼事？』從駕駛座上下來的「我」一問，林家隔壁的男子立刻用迅速到令我一頭霧水的臺語，比手畫腳喋喋不休、瞠目直視，似乎是無法立刻用日語表達當時的感受」，「我」如是解釋。「無法立刻用日語表達當時的感受」的程度等於沒有聰明到會撒謊的地步。「我」這樣無意識中的傲慢，形成了盲點，使得男子的犯行被忽略掉了。這也跟「我」完全不懷疑樵夫的遭遇很有可能是「隔壁的男子」所創的態度有關連。「隔壁的男子」「不清楚」的日語，作為第四個圈套實現了隱藏其犯行的作用。

六　總結──日影在臺灣所見「瞬息變幻的真實存在」

綜上論述了形成「我」忽略「隔壁的男子」與「竜潭庄庄民」犯行主因的四個圈套。這四個圈套的共通點為：入侵者同時也是支配者的日本人眼中無法呈現「竜潭庄庄民」真正的樣貌。日本人（憲兵）所看到的，只是「性情溫順、配合軍隊」、害怕「權力」、說著一口「不清楚」的日語、不過是群容易被掌控的被殖民者的一面。但就如同女人的鬼魂不存在一般，那些容易被掌控的被殖民者當然也不存在。在那裡的，只有生活在這片土地上、「有著和我立場迥異的看法」的居民們。所謂的「看法」，可衍伸為對侵入「本島人」生活空間的殖民者徹底反抗的精神[26]。

前面論述了「林家隔壁的男子」才是隱藏在「隔壁的男子」這個暱名性中、實質推動整個故事走向的人物。由此可推知「隔壁的男子」平常就對武島或其他砲兵隊成員的蠻橫行徑感到忍無可忍，同時這個「隔壁的男子」的暱名性，也意味著可能出現在任何人事地的普遍性，顯示出「男子」的憤

123-144，可作為參考。

26 描寫這個主題的典型作品為〈消失的房子〉（1963）。垂水千惠：〈日影丈吉的台灣〉前
　舉之《日影丈吉全集》6〈月報〉（東京都：国書刊行会，2002年）。

怒、反抗的精神以及支撐其背後的智慧，存在在臺灣的各個角落。

日影利用一九四四年至一九四六年滯留臺灣的經驗，陸續寫下《內部的真實》（1959）、《應家人們》（1961）、《華麗島志奇》（1975）等以臺灣為舞台的作品。而收錄了〈騷動的屍體〉的《華麗島志奇》序言裡頭所闡述之感受：「戰爭期間約有三年在台灣。在這段期間，對於周遭的自然與人們，自己懷抱著一種感覺，感覺那是瞬息變幻的真實存在。體驗了那樣時間瞬刻不止的激流所帶來的回憶，一生僅此一次」，「因此台灣對我而言，並不僅僅是一塊帶有回憶的土地而已」，正如同前面論述的結果。

「瞬息變幻的真實存在」，正如居住在「層疊的山路」深處的「隔壁的男子」，是臺灣乘隙反擊的大自然與人們。日影以此描寫殖民地臺灣的本質，並且把「深深地」感受到「有著和我立場迥異的心思」如此深刻的感慨──像無盡的後悔──一併傳達給了戰後的日本。在那之中存在著日影丈吉的別出心裁。

最後，或有添足之嫌，筆者將這次的論述中因調查有所不及而無法下定論的兩個疑點提出如下，先提出來期能作為今後的課題。第一點，關於日影引用片岡嚴《台灣風俗誌》裡的「屍變」怪譚在當時的臺灣流傳度如何[27]？因本次調查有所不及，尚無法得知利用「屍變」愚弄「我」與日本憲兵的「隔壁的男子」、甚至告知「屍變」的傳說而讓「我」開了眼界的「程先生」這兩個人物，是否也是日影本身的創作？即便在理解到日影丈吉在認識上的深度，有關「屍變」的故事還懇請各位專家賜教。

另外，「傳聞新竹居民性情溫順、配合軍隊」是否為真？舉個例子來說，一九一四年生於新竹竜潭庄，一九四四年於竹東開醫院的陳漢升在植民地教育史研究者所澤潤的訪談調查中，闡述他新竹中學校落榜的理由時卻說：「那是因為我們村莊啊，對日本政府十分反感。於是啊，我們風評十分不好喔，在日本政府的眼中」，「我們的前輩們，在這個村子成長的人去了文

---

27 至少在李獻璋：《台灣民間文學集》（臺北市：台灣新文學社）一書中，並沒有收錄 1936的部分。

化協會，因為去大力反抗日本政府，到現在風評還很差」，「說什麼龍潭出身的全都是些壞傢伙，根本就是被台灣總督府盯上了啊。」[28]此外，根據《臺灣總督府警察沿革誌》所記載，日本用武力「平定」臺灣之際，在龍潭陂那一帶展開了激烈的攻防戰[29]。

　　「傳聞新竹居民性情溫順、配合軍隊」到底還是「我」的認識，並不能說和日影的認識完全一致。那麼，日影的認識到底在何處？日影是否認識到新竹州鎮壓下的反抗精神而同時採用了圈套的設定？對筆者而言，以「嘲諷的眼神」看著「我」的「程先生」背後，才是令人不禁聯想起日影本人的部分。另外包含大戰期間新竹州的情況在內，想傾聽諸位專家的見解。

　　以上，論述了〈騷動的屍體〉和日影丈吉這個作家。若說〈騷動的屍體〉的舞台竜潭庄等同龍潭庄，那麼不可諱言的是，作品中的空間便是孕育戰後臺灣文學的代表鍾肇政的土地。或許可說，當時還未成為作家的兩位青年曾經在新竹州的某個時空中錯身而過，筆者欲提出這樣無止盡的想像來為敝論作結。

28　所澤潤・陳漢升：〈訪談調查：外地的升學體驗（Ⅲ）抵抗之地・從龍潭經基隆中學校，台北高校，長崎医科大學畢業〉，《群馬大学教育学部紀要　人文・社会科学編》第45卷（1996年），頁97-163。

29　〈山根支隊之龍潭坡攻擊與坊城大隊救援〉臺灣總督府警察務局：《臺灣總督府警察沿革誌（三）》1938（臺北市：南天書局公司，1995年），頁86-88。關於這個記述，與前述森鷗外：〈能久親王事蹟〉有許多共通之處。

參考文獻

一　專書

台灣總督府警務局　《台灣總督府警察沿革誌（三）》1938　臺北市　南天書局公司　1995年

片岡巖　《台灣風俗誌》　臺北市　臺灣日日新報社　復刻版　東京都　青史社　1983年

台灣憲兵隊編　《台灣憲兵隊史》　東京都　龍渓書舍　1987年

池田浩士　《海外進出文學論序說》　東京都　インパクト出版社　1997年

日影丈吉　《日影丈吉全集》　第6卷　東京都　国書刊行会　2002年

日影丈吉　《日影丈吉全集》　別卷　東京都　国書刊行会　2005年

王德威、黃英哲主編　垂水千惠・楊智景編選顧問　涂翠花、蔡建鑫翻譯　《華麗島的冒險》　臺北市　麥田出版公司　2010年

東雅夫編　《幻想文學講義「幻想文學」訪談集成》　東京都　国書刊行会　2012年

二　期刊論文

紙村徹　〈日影丈吉描繪之台灣的「闇之深處」─日影丈吉如何與異鄉台灣邂逅─〉　《南方文化》　第37輯　2010年12月　頁159-181

和泉司　〈日本統治期台灣徵兵制導入時期產生之「國語能力」問題─以「不識國語」之徵兵於《台灣時報》《新建設》的報導為中心─〉　《日本語與日本語教育》　第三九号　2011年3月　頁123-144

臺灣光復前竹塹士人詩作使用
《詩經》探論

楊晉龍[*]

摘要

此文從「用經」角度，探討臺灣光復前新竹地區士人詩作引用《詩經》的表現，了解《詩經》在臺灣地區士人中被接受及擴散的狀況，以做為整體性臺灣詩經傳播史的部份答案。經由閱讀十二位詩人九一五三首詩作，並參考六部鸞書，總共一一〇二〇篇創作的實證性研究，觀察光復前新竹地區士人在《詩經》篇章使用上，主要集中在修德交友與孝養雙親、兄弟和穆等私人問題的篇章，涉及國計民生問題的詩篇甚少引述。新竹地區士人在詩旨上主要接受朱熹《詩集傳》解說，其中少數依從《毛詩正義》者，均襲自《欽定詩經傳說彙纂》，從經學史的角度看，可知光復前新竹地區的《詩經》學不屬於毛鄭「漢學」系統，而是以「宋學」為宗的「官學」系統。研究成果除可確認光復前新竹地區士人對《詩經》應用的表現外，當也有助於對臺灣地區學術文化源頭的了解。對於詩經學史、臺灣文化及新竹地區士人思想或「臺灣學」等的研究者，或當有某些參考協助的功能。

關鍵詞：臺灣、竹塹、新竹、光復、《詩經》、引述

---

[*] 中央研究院中國文哲研究所研究員、國立高雄師範大學經學研究所合聘教授、國立臺北大學中國文學系合聘教授。

一　研究緣起

　　傳統漢民族有著根深蒂固「狐死正丘首」，[1]以及「富貴不歸故鄉，如衣繡夜行」，[2]這一類「不忘其本」的民族、文化認同的固著性，因而即使受到外來民族及不同文化的影響，導致某些價值受到挑戰而動搖，甚至因此轉而部分地認同接受外來文化，但最終的根蒂卻依然無法完全擺脫漢族傳統文化基本內涵與價值的認同。大致只要是活在自我認定屬於中國疆域內的傳統漢族，即使沒有受過正規的教育，也不可能完全拋棄漢族固有的文化傳統，直接變成為純粹接受他種文化的另一個人或族群。這些雖然沒有經過很實證有效的調查研究，但應該也能從歷史上許多平民百姓因為「異族」入侵而「不與共戴天」的「殉國」實例，獲得部分必要的證明。臺灣地區原屬於滿清皇朝的疆土，早期居住在臺灣地區的漢人，都是從大陸移居的漢族，因此在身分與文化的認同上，理所當然以大陸地區為其依靠固著的對象，即使在一八九五年遭到「文化母國」主動拋棄而割讓給日本，因而免不了受到日本帝國文化，以及之前就已跟隨著歐美帝國主義者進入的基督宗教文化等等的某些影響，但文化認同終究與政治轉變不同，絕對無法在一夕之間「變天」，故

** 此文曾以「民國前竹塹士人詩作使用《詩經》探論」之標題，發表於二〇一三年十一月八日國立新竹教育大學與新竹市政府共同主辦的「第一屆臺灣竹塹學國際學術研討會」中，感謝蔡英俊教授、翁聖峰教授及與會學者提供審見，使得此文的訛誤可以減至最低，謹此致謝。標題即接受「新竹詩社」同人之意見而修改。再者此文係國科會專題研究計畫：「二十世紀前臺灣詩經學史的研究」（NSC 96-2411-H-001-048-MY2）和「二十世紀臺灣詩經學研究」（NSC 98-2410-H-001-079-MY3）的研究成果，感謝國科會在人力與物力等經費上的支援。本文修訂版：〈臺灣光復前竹塹地區詩文應用《詩經》探論——以現存古典詩集和鸞書為對象的觀察〉，已刊登於《東吳中文學報》第28期（2014年11月），頁271-306。

1　〔漢〕鄭玄注，〔唐〕孔穎達等正義：《禮記正義・檀弓上》（臺北市：藝文印書館，1981年影印〔清〕阮元《重栞宋本十三經注疏附校勘記》本），卷7，頁1，總頁125。

2　〔漢〕司馬遷著，〔南朝宋〕裴駰集解，〔唐〕司馬貞索隱，〔唐〕張守節正義：《史記三家注・項羽本紀》（臺北市：鼎文書局，1995年點校本），卷7，頁315。

而中國傳統漢族文化依然纔是絕對多數臺灣居民最終極的認同對象，即使在日本時代後期，頒布有不准自由傳授傳統中國「漢學」的禁令，然事實上「漢學」的傳授依然繼續存在，像筆者這類出生於民國四十年代窮鄉僻壤的後生，在進入小學之前，依然還有機會接受日本時代傳承下來「漢學」的薰陶：用閩南方言朗讀《三字經》等書籍的學前教育。可知臺灣地區固然有五十年的時間，接受日本帝國主義統治的事實，但居住於臺灣地區的漢人，對傳統中國漢族文化的認同，卻並沒有因此而有根本性的動搖或改變。臺灣地區的漢人認同的既然是中國大陸的漢文化，可知在文化與學術上無法與大陸地區完全分割的事實，從而也就可以了解即使在日本時代，從文化的角度來說，臺灣地區依然「可以」甚至「應該」納入傳統中國文化傳播流行的區域。即使大陸地區以維護傳統文化為己任的帝制政治已經消失，但臺灣地區的漢人卻依然存在有許多保守固執於傳統文化的民眾，這也就是此文能夠研究的基本背景。

　　傳統中國漢族文化的主流當然是儒家，儒家思想是傳統中國士人的基本思想內容，儒家思想的根源來自《五經》，若以南宋為界線，則之前大致是以《五經》衍生的《十三經》為重；元代以後則以道學家推崇提倡的《四書》、《五經》為重，由此可知《五經》一直都是傳統中國士人重視的經典。再據《四庫全書總目》所謂「《五經》之中，惟《詩》易讀，習者十恆七八」的觀察，[3] 還有筆者和侯美珍等的研究，確認明代以來科舉考試選考《詩經》的人數，一直高居於首位的事實，[4] 由此可推知《詩經》確實是明代以來讀者最多，且相對上較為熟悉的重要經典，光復前的臺灣地區既然也是傳統中國文化傳播流行的地區，則《詩經》流衍的狀況當然也很難有例外。就一般創作的習慣與文本生成過程而論，即使不去援引現代法國學者等

3　〔清〕永瑢等編纂，王伯祥斷句：《四庫全書總目‧詩集傳提要》（北京市：中華書局，1992年），卷15，頁123。

4　楊晉龍：《明代詩經學研究》（臺北市：國立臺灣大學中國文學研究所博士論文，1997年），頁97-98。侯美珍：〈明代會試《詩經》義出題研究〉，《臺大中文學報》第38期（2012年9月），頁203-256。

涉及創作必然前有所承不可能無中生有，以及前後兩個文本之間因為記憶和自我創新等等要求，因而產生的吸收、改編等文本遷移現象的所謂「互文性」（intertextualité）的寫作創新理論；[5]甚至不必理會《詩經》在傳統中重要的「經典性」地位，應該也可以承認先驗的熟悉度，在寫作過程中有形與無形的強大影響功能，這就像一般中小學生書寫作文時，多數會引述教科書提供的內容那樣的理所當然。基於前述的那些基本認知，筆者於是從「用經」的角度，設計了一個「臺灣詩經學研究」的計畫，期望經由臺灣地區士人詩文著作引述《詩經》的實際表現，探討《詩經》在臺灣地區士人中被接受及擴散的狀況，以提供經學的相關研究者參考，此文即是該研究計畫中的一項成果。

根據以探討「用經」實際表現為目標的「臺灣詩經學研究」預設的寫作目標，此文將通過實際閱讀現存詩作，篩選出詩作中引述《詩經》篇章或文本的實證性搜尋方法，確認光復前竹塹地區士人的詩作中，引述使用《詩經》的實際表現，用以了解《詩經》在竹塹地區士人詩作中使用的實況，以為探討《詩經》在臺灣地區傳播流衍的一項地域性證據。此文空間上的「竹塹地區」，指的是現在隸屬於新竹縣市的範圍，因此下文即以「新竹地區」取代「竹塹地區」。「光復前」指一九四五年國民黨政府主政之前，包括明鄭時代、滿清時代及日本時代。此文納入研究的作者，以生長於新竹地區且卒於臺灣者為限，大陸流寓到臺灣者不列入，還有某些因為民族認同的因素，不願接受日本帝國統治，於是堅持「義不帝秦」的自我期許，[6]在類似丘逢

5　此處參考了〔法〕蒂費納・薩莫瓦約著，邵煒譯：《互文性研究》（天津市：天津人民出版社，2003年）；秦海鷹：〈互文性理論的緣起與流變〉，《外國文學評論》2004年第3期，頁19-30；王瑾：《互文性》（桂林市：廣西師範大學出版社，2005年）；楊晉龍：〈經學對通俗文學的滲透：論《西遊記》的「引經據典」〉，《漢學研究》第28卷第3期（2010年9月），頁63-97等相關的討論。

6　「義不帝秦」一詞的故事內容，固然來自《戰國策・趙策》，然當係宋代方開始出現的語彙，今存文集最早見於范祖禹（1041-1098）文中，〔宋〕范祖禹：《范太史集・王延嗣傳》，〔清〕永瑢等編纂：《文淵閣四庫全書》（香港：迪志文化出版公司，2007年電子版），卷36，頁18。劉敞（1019-1068）則作「趙不帝秦」，〔宋〕劉敞：《公是集・寓

甲（1864-1912）那種「宰相有權能割地，孤臣無力可回天」，[7]既痛苦又無奈，卻又不得不接受的悲傷心情中，離開生長的臺灣，最後選擇定居大陸，從此視臺灣為他鄉的詩人，例如葉文樞（1876-1944）或鄭家珍（1868-1928）之類，[8]亦不列入討論；同時還依照一般研究的習慣，不錄依然生存於世者，故此文討論的最後一位作者，乃是詩學界暱稱為「姑媽」的陳秀喜（1921-1991）女士，將「姑媽」列入，乃因為此文之「士人」係泛指一般知識分子故也。再者「姑媽」雖卒於民國八十年，然出生時的民國十年，臺灣猶隸屬於日本帝國，一九四五年光復時陳姑媽已二十五歲，知識內涵已建構固定，故而將其列入，收錄其他卒於民國時代者之考慮亦同。然則何以選擇「新竹地區」及僅選擇「詩作」做為研究探討的對象呢？首先說明選擇新竹為探討區域的理由，除了容易了解的受限於篇幅，不可能在一篇小論文中探討整個臺灣地區的數量限制之外，同時更由於根據相關學者的研究，大致都承認新竹地區由於廳城所在、仕紳人士較多，[9]因此人文薈萃，在清代

辯》（《文淵閣四庫全書》電子版），卷48，頁8。

7 丘逢甲：《嶺雲海日樓詩鈔・選外集・離臺詩六首之一》，劉俊文總纂：《中國基本古籍庫》（北京市：愛如生數字化技術研究中心，2006年網路資料庫收錄民國本），頁210。

8 鄭家珍和葉文樞的相關事蹟，武麗芳：《日治時期塹城詩社淺探》（臺北市：萬卷樓圖書公司，2010年），頁69-136和頁137-144及頁175-206等處，對兩人有相當深入的介紹。此書還收錄有一百三十七首葉文樞的詩作，其中至少有十二首確定引述使用《詩經》的文本及篇章，見該書：頁138、180、181、183、187、189、189、190、193、195、203、203等處。高志彬主編：《臺灣先賢詩文集彙刊（第二輯）》（臺北縣：龍文出版社，1992年），第7冊收有鄭家珍《雪蕉山館詩集》，該詩集共收詩作六百四十八首，其中至少有七十九首確有引述使用《詩經》文本與篇章之實，見：頁3、7-8、9、19、21、22、23、36、37、38、40、42、45、50、54、55、56、60、64、66、69、80、82、86、89、95、96、102、105、110、111、111、112、117、122、123、124、125、125、126、127、128、131、133、134、136、138、139、141、141、145、147、148、150、153、154、154、156、157、159、159、159、161、162、163、164、165、165、167、168、171、174、176、178、180、184、195、229、234等處。

9 新竹地區清代應舉中試人數可確定及大致確定者共有一百八十四位。見張永堂總編纂：《新竹市志・文教志》（新竹市：新竹市政府，1996年），卷5，頁298-311。〈人物志〉，卷7，頁511-523的統計，則有二百一十位出身生員的人物。

道、咸（1821-1874）年間，就已躍居為北部地區文學之冠了，[10]即使到日本時代的連橫（1878-1936），依然在其《臺灣通史》內，寫下竹塹（新竹）地區「至今文學為北地之冠」的觀察結論，[11]可知新竹地區的文學活動與表現，在滿清時代及日本時代均曾居於臺灣領先地位的歷史事實。[12]還有根據黃美娥的研究分析，新竹地區因為有著輝煌的文學歷史，使得新竹地區的士人對歷史傳統有一份自負的驕傲感，因而理所當然的自願承擔起維護文化傳統的責任與使命，對於傳統文學的熱心與表現，遠遠超過對「新」文學的關注。當然也因此而出現無法接受甚至排斥新事物、新文化的心理，甚至導致為了鞏固昔日優良傳統文風而為其所縛以致遲滯不前的後果。[13]這種「喜舊拒新」的狀況，若從美國學者賈祖麟（Jerome B. Grieder）觀察到的自五四新文化運動以來，興起的「對『使舊的觀念與新的事實結為婚姻』這種企圖毫無興趣」，[14]那種「喜新厭舊」及「新必勝於舊」的通俗「進化論」普遍立場來看，則這種狀況無疑要歸入負面的評價範圍，但若從經學傳播的「用經」立場來看，堅持保留傳統文化的態度，卻正符合此文研究預設的需要。可知此文選擇文學表現最佳且最能保存傳統文化的新竹地區，做為研究整個臺灣地區傳播意義下詩經學研究的起始，自是合理且理所當然的選擇。至於

---

10 龔鵬程師：《臺灣文學在臺灣》（臺北市：駱駝出版社，1997年），頁9-10。黃美娥：〈北臺文學之冠——清代竹塹地區的文人及其文學活動〉，《臺灣史研究》第5卷第1期（1999年11月），頁91-124；黃美娥：〈建構中的文學史：新竹地區傳統文學史料採集、整理與研究〉，《古典臺灣：文學史、詩社、作家論》（臺北市：國立編譯館，2007年7月），頁135-136。黃美娥教授賜贈了此文研究需要的相關大作，使得此文的研究可以比較順利的進行，謹此致謝。

11 連橫：《臺灣通史・鄉賢・鄭用錫》（臺北市：臺灣銀行，1962年），第6冊，卷34，頁968。

12 有關清代新竹地區傳統文學創作與活動盛衰的狀況，黃美娥：《清代台灣竹塹地區傳統文學研究》（臺北縣：輔仁大學中文研究所博士論文，1999年），頁307-312有較深入的討論。

13 黃美娥：〈建構中的文學史：新竹地區傳統文學史料採集、整理與研究〉，《古典臺灣：文學史、詩社、作家論》（臺北市：國立編譯館，2007年7月），頁138-139、頁140。

14 〔美〕格里德著，魯奇譯：《胡適與中國的文藝復興——中國革命中的自由主義（1917-1937）》（南京市：江蘇人民出版社，2005年），頁103。

選擇「詩作」為研究對象的原因，除因為詩作的字數有限，不會像散文般隨意增減字數的形式限制之外，同時詩作又是「精練的語言」，若非絕對必要，作者當該不會選擇《詩經》文本或篇章入其詩作中，據此可知詩作最能表現作者慎重選擇的態度與有意識且刻意選擇的實況。根據黃美娥的研究分析，還大致證實了「清代的竹塹文人在表達內心感情世界時，仍以詩歌為主要載具，尚未熟習以文章來抒情」的實際表現，[15]即使進入日本時代或者稍有變化，但亦可知大致在光復前新竹地區士人的詩作，確實較之散文更能表達詩人內心的世界。因此遂結合前述的這些因素，選擇「詩作」為此文研究探討的唯一主體。再者此文主要是從經學傳播意義下「用經」的角度進行研究，必須直接面對詩作探索分析，雖然在判斷詩作某些較常見的詞彙，諸如：「風雨」、「蜉蝣」、「式微」、「蒹葭」、「墓門」、「碩鼠」、「蟋蟀」、「秦風」、「王風」、「梟鸞」、「鴟鴞」、「衡門」、「靜女」、「褰裳」、「鵲巢」、「綢繆」、「日月」或「逍遙」、「劬勞」、「飄搖」、「轉側」、「好人」……等等之類，是否使用《詩經》篇章或文本意涵，必然涉及詩人的人品、心境、感慨、感動和關懷等等，不過這些內涵與文學技巧、美感經驗，還有民族、文化認同等的表現或問題，自然不是此文研究的重點，故而對學界已累積甚多頗有創見的涉及文化、文學、歷史、政治……等等優秀研究成果，雖然在討論分析的過程中，不可能完全避免涉及，但這些相關研究成果確實與此文討論分析的範圍關係薄弱，此文因而未針對選入作者既存研究成果進行文獻回顧。

此文旨在以新竹地區現存光復前的詩作為對象，從「用經」的角度探討詩作刻意引述使用《詩經》的實際表現，用以了解《詩經》在新竹地區被接受使用的實情，進而探討《詩經》在新竹地區傳播流衍的狀況，以做為整體臺灣詩經學傳播史研究的先行研究與資料。研究之際主要採取的是文獻解讀分析的實證研究方式，透過引述實際表現及其來源的探索，除了可以更實際的掌握了解新竹地區士人詩作使用《詩經》的狀況，因而有助於詩經學史的研究外，同時經由此種引述表現與來源探索程序獲得的結果，還可以對詩作

---

15 黃美娥：《清代台灣竹塹地區傳統文學研究》（臺北縣：輔仁大學中文研究所博士論文，1999年），頁314。

用詞及內涵更加細緻而深入的了解，因而有助於對這些詩作更深刻的解讀認知有所幫助，甚至經由這種引述《詩經》以助詩作的實際作為，還能從各作者無論是有意識或無意識等實際出現在詩作敘述中引進使用的《詩經》內容，以及某些出現使用頻率較高的《詩經》篇章或文本，大致了解這些身為敘述者之際的作者們在性情、思想及認同和價值觀等等方面的取向。所得的研究結果，除可以有效確認新竹地區光復前詩作的作者使用《詩經》的實際表現外，同時對臺灣地區士人接受《詩經》的狀況及學術文化源頭的了解，應當都可以提供某些較為有效的答案，對於詩經學史、經學史、臺灣文化及新竹地區士人思想等的研究，自然也就有某些正面的協助功能，這些可能性也就是此文值得研究的理由。至於此文研究進行的程序，則首先說明研究的緣起；其次說明做為研究主要文獻的新竹地區存世詩作的狀況，以及此文實際使用的文獻資料；三則經由實際的閱讀篩選而說明各士人詩作引述使用的實際表現；四則分析引述使用的詩作可能具備的經學研究意義；最後則統合前述研究的結果，探討分析此文的研究成果可能提供的學術功能及其價值，以為結論焉。

二 研究主要文獻概述

　　光復前新竹地區本是人文薈萃之地，文學活動與創作自然非常熱絡，[16]若以《臺海擊缽吟集》收錄的作者為例，則至少二十九位是新竹本土的文人；[17]不過由於政治上改朝換代、[18]作者經濟情況不允許、作者或子孫及後

---

16 關於新竹地區文學活動的狀況，施懿琳、廖美玉主編：《臺灣古典文學大事年表（明清篇）》（臺北市：里仁書局，2008年），頁249開始出現「新竹」，至頁266出現「鄭用錫」後，即陸續出現相關的紀錄，可參考。再者吳福助主編：《臺灣漢語傳統文學書目》（臺北市：文津出版社，1999年），內容豐富，可惜缺乏作者籍貫及經歷等基本資訊，故而難以使用統計。

17 蔡汝修編：《臺海擊缽吟集》，黃哲永主編：《臺灣先賢詩文彙刊（第五輯）》（臺北縣：龍文出版社，2006年影印1914年鉛印本），第1冊。又參考吳椿榮校注：《臺海擊缽吟集校注》（臺北市：文史哲出版社，2012年），第3冊，頁1367-1395等。二十九位新竹在

人不重視、戰爭帶來的諸多破壞等等因素的影響，因此有機會將創作集結成稿者已屬不易，成稿之後能獲得出版機會者更是稀少。關於士人詩文作品曾經集結成稿或出版者，《新竹市志・藝文志》收錄有十一人三十一種詩文集。[19]根據黃美娥統計清代新竹的本土文人，就其考得的至少就有六十一人，其中僅有不到一半的二十七人有詩文集，[20]出版之後能保存至今者更是稀有。再據黃美娥的調查，這二十七人的詩文集，至今還有全稿或殘稿存留於世者僅剩十位，[21]由此可見佚散狀況之嚴重。

此文係以詩作為研究探討的對象，然誠如前文所言，因為許多因素的影響，導致新竹地區士人的詩集，或者遺佚，或者殘缺，能得齊全者已經稀有。但即使已經出版且至今依然存世的詩作，卻也出現另一個原稿與出版文本不統一的問題。根據黃美娥的實際調查比對，某些詩人的詩作文句，出版之際都曾遭到整理者的修改，例如：鄭用錫（1788-1858）、林占梅（1821-1868）等；還有些詩作則收錄不齊全，如魏清德（1886-1964）；再有因為某種顧慮在出版時刻意不收錄，導致原作與刊本間的數量產生某些落差，如：王松（1866-1924）、鄭登瀛（1873-1932）等，甚至像鄭登瀛原作有上千首，但出版時則僅收錄一百多首，黃美娥即曾以有效了解魏清德的文學史地

地詩人，即：林亦圖（維丞）、陳世昌（錫茲）、鄭如蘭（香谷）、黃如許（淦亭）、林鵬霄（世弼）、李祖訓（恢業）、吳逢清（澂洲）、曾逢時（吉甫）、陳叔寶（紫亭）、劉廷璧（雪和）、陳濬芝（瑞陔）、鄭兆璜（葦汀）、蔡見先（啟運）、陳編（連三）、張貞（謙六）、陳朝龍（子潛）、鄭鵬雲（毓臣）、戴珠光（還浦）、鄭家珍（伯璵）、鄭以庠（養齋）、鄭燦南（幼佩）、鄭神寶（珍甫）、鄭登瀛（十洲）、魏清德（潤庵）、王松（友竹）、王石鵬（箴盤）、鄭秋涵（虛一）、鄭肇基（伯端）、蔡汝修等。

18 例如王松的《蒼海移民賸稿》就曾被日本帝國政府禁止發行。見黃美娥：〈日治時代臺灣遺民詩人的應世之道：以新竹王松為例〉，《古典臺灣：文學史、詩社、作家論》（臺北市：國立編譯館，2007年7月），頁336。

19 張永堂總編纂：《新竹市志・藝文志》（新竹市：新竹市政府，1996年），卷8，頁9-11。

20 黃美娥：〈北臺文學之冠──清代竹塹地區的文人及其文學活動・附表一〉，《臺灣史研究》第5卷第1期（1999年11月），頁125-131。

21 黃美娥：〈新竹地區傳統文學史料存佚現況（清代-日據時代）〉，《國家圖書館館刊》第86卷第1期（1997年6月），頁121-123。

位為例，提及「若僅閱讀其人戰後所刊行之詩集，實無法瞭解魏氏在當時文壇的角色與地位」的狀況，[22]這個提醒應該也適用於鄭登瀛。前述這些存在的狀況，固然影響到文學的研究者，同樣也會影響到此文的研究，不過較之文學或其他學科的研究，對此文的影響程度實則並不高，因為此文即使無法窮盡所有的詩作，但只要作者確有引述使用的事例，即可以符合此文預設探討經學傳播存在的事實，雖然在數量的統計及接受深度的分析上會產生部分誤差，但還不至於影響整體的結果，因此影響固然存在但程度則較弱。不過詩文稿或詩文集無意的佚失，以及有意的刪改及選擇，以便符合某些刻板印象或傳達某種特殊形象的問題，當然不會僅僅是新竹地區士人有此現象，事實上這是歷史上經常出現的問題，否則美國華裔的文學研究者田曉菲（1971-）也就不必花大工夫分析論證，寫出陶淵明（365-427）詩作版本和刻板印象下陶淵明形象間關係的大作了。[23]這類修、刪、改及佚失，還有選擇出版等等的問題，當然值得關心，但也不宜太過火，甚至像「狗仔隊」般的專找「八卦」材料；或像「盜墓賊」般的專挖「陪葬」文物，因此無論如何，使用公開出版的文獻作為研究材料，當然具有一定的公信力，這應該不至於有太大的問題。

　　新竹地區士人的詩文集固然沒有全數出版與留存，不過在解嚴後臺灣興起的重視在地文化風潮中，逐漸有學者及政府單位，開始注意到當地文獻蒐集和保存的工作，使得許多瀕臨佚失的文獻得以整理出版面世，新竹的學者與政府，當然也不落人後，因而就有相當不錯的成績，此文即受惠於此蒐集、保存、出版本土在地文獻的風潮，纔得以較為方便的進行研究。依據前述作者生長於光復前的新竹地區，且已卒於臺灣地區，並有詩集創作出版的基本篩選原則，此文選擇列入研究的基本文獻，依照作者生年次序排列，則

---

22 以上所言，依黃美娥：〈建構中的文學史：新竹地區傳統文學史料採集、整理與研究〉，《古典臺灣：文學史、詩社、作家論》（臺北市：國立編譯館，2007年7月），頁117-142之成果發揮，引文見頁126。案：《魏清德全集》已於2013年12月由國立臺灣文學館出版，此文寫作時該書猶未出版，故未能納入討論。

23 〔美〕田曉菲：《塵几錄：陶淵明與手抄本文化研究》（北京市：中華書局，2007年）。

有：（1）鄭用錫《北郭園詩鈔》五卷；[24]（2）林占梅《潛園琴餘草》九卷；[25]（3）鄭如蘭（1835-1911）《偏遠堂吟草》二卷；[26]（4）王松《友竹詩集》兩個詩稿；[27]（5）鄭登瀛《鄭十洲先生遺稿》一卷；[28]（6）鄭秋涵（1880-1930）《虛一詩集》兩種；[29]（7）張純甫（1888-1941）《守墨樓吟稿》及《課題詩集》；[30]（8）吳濁流（1900-1976）《濁流千草集》一卷；[31]（9）陳竹峰（1900？-1973？）《寄園吟草》一卷；[32]（10）郭茂松（1909-1992）《有斐樓偶存稿》六卷《續稿》四卷；[33]（11）曾文新（1909-1991？）

24 鄭用錫：《北郭園全集》，高志彬主編：《臺灣先賢詩文集彙刊（第二輯）》（臺北縣：龍文出版社，1992年影印〔清〕同治9年〔1870〕鄭如梁校勘本），第1冊，頁51-196。

25 林占梅著，徐慧鈺等校記：《林占梅資料彙編》（新竹市：新竹市立文化中心，1994年），第1冊，頁1-740。

26 鄭如蘭：《偏遠堂吟草》，高志彬主編：《臺灣先賢詩文集彙刊（第二輯）》（臺北縣：龍文出版社，1992年影印〔日本〕大正3年〔1914〕排印本），第5冊，頁1-124。

27 王松：《友竹詩集》，高志彬主編：《臺灣先賢詩文集彙刊（第二輯）》（臺北縣：龍文出版社，1992年影印〔日本〕昭和8年〔1933〕排印本）：《滄海遺民賸稿》，第6冊，頁1-118。《友竹行窩遺稿》，第6冊，頁119-171。

28 鄭登瀛：《鄭十洲先生遺稿》，高志彬主編：《臺灣先賢詩文集彙刊（第二輯）》（臺北縣：龍文出版社，1992年影印民國56年〔1967〕排印本），第5冊，原稿頁1-63。

29 鄭秋涵：《虛一詩集》，高志彬主編：《臺灣先賢詩文集彙刊（第二輯）》（臺北縣：龍文出版社，1992年影印民國16年〔1927〕排印本）：《成趣園詩鈔》，第8冊，頁1-92；《山色夕陽樓吟草》，第8冊，頁93-152。

30 張純甫著，黃美娥主編：《張純甫全集》（新竹市：新竹市文化中心，1998），第1-3冊。

31 吳濁流：《濁流千草集》，黃哲永主編：《臺灣先賢詩文集彙刊（第四輯）》（臺北縣：龍文出版社，2006年影印民國52年〔1963〕自印本），第4冊，頁1-224。

32 陳竹峰：《寄園吟草》，黃哲永主編：《臺灣先賢詩文集彙刊（第四輯）》（臺北縣：龍文出版社，2006年影印民國62年〔1973〕自印本），第19冊，頁1-120。

33 郭茂松：《有斐樓偶存稿（附續稿）》，黃哲永主編：《臺灣先賢詩文集彙刊（第四輯）》（臺北縣：龍文出版社，2006年影印民國69年〔1980〕自印本）：《有斐樓偶存稿》，第3冊，頁1-145；《續稿》，第3冊，原稿頁1-114。

《了齋詩鈔》一卷；[34]（12）陳秀喜《詩集》兩冊。[35]以上十二位即符合此文研究設定條件的作者及其詩作。除此之外，新竹地區士人組成的鸞堂，更出版有許多經由「神人」合作創作的鸞書，雖然遺佚者甚多，但亦有不少留存至今，若依其出版時間先後排列，則有：（一）勸善堂《濟世清新》（1896出版，下同）；（二）明復堂《現報新新》（1899）；（三）代勸堂《慈心醒世新篇》或稱《慈心醒世救劫文》（1899）；（四）宣化堂《啟蒙寶訓》（1899）；（五）奉勸堂《挽世太平》（1899）；（六）宣化堂《濟世仙舟》（1899-1900）；（七）贊化堂《繼世盤銘》（1900）；（八）善勸堂《挽本求真》（1900-1901）；（九）代勸堂《渡世回生》（1900-1901）；（十）樂善堂《梅開醒世》（1901）；（十一）感化堂《喚醒新民》（1901）；（十二）復善堂《化民新新》（1902）；（十三）代勸堂《覺世金篇》（1902）；（十四）代勸堂《善誘金篇》（1902）；（十五）代勸堂《明德新篇》（1903-1907）等十五部。[36]此文既然是探索《詩經》在新竹地區被接受與傳播的狀況，則鸞書中詩作引述使用《詩經》的表現，當然也應列入研究分析的範圍。以下即依照所得文獻，考察其引述使用《詩經》的實況，然由於筆者先前曾以鸞堂為準，歸納分析新竹地區六個鸞堂，存世最早的六部鸞書，引述使用《詩經》的實況及其經學傳播的意義，[37]故而以下的討論將先集中在十二位作者詩作

---

34 曾文新：《了齋詩鈔》，黃哲永主編：《臺灣先賢詩文集彙刊（第五輯）》（臺北縣：龍文出版社，2006年影印民國80年〔1991〕臺北龍頭山房本），第17冊，原稿頁1-203。

35 陳秀喜撰，李魁賢主編：《陳秀喜全集》（新竹市：新竹市立文化中心，1997年），第1-2冊。

36 書名後括弧內的阿拉伯數字是出版的西元紀年。至於這十五部鸞書，筆者所見的是收入王見川、李世偉等主編：《民間私藏臺灣宗教資料彙編：民間信仰‧民間文化（第一輯）》（臺北市：博揚文化事業公司，2009年）的十一部：復善堂《化民新新》，第4冊，頁1-646；明復堂《現報新新》，第5冊，頁1-412；善勸堂《濟世清新》，第6冊，頁1-411；代勸堂《明德新篇》，第8冊，頁1-421；善勸堂《挽本求真》，第8冊，頁511-636；代勸堂《渡世回生》，第9冊，頁303-410；代勸堂《覺世金篇》，第12冊，頁272-396；宣化堂《濟世仙舟》，第13冊，頁1-421；宣化堂《啟蒙寶訓》，第13冊，頁422-546；代勸堂《慈心醒世新篇》，第15冊，頁1-165；贊化堂《繼世盤銘》，第15冊，頁166-342等。

37 楊晉龍：〈民國肇建前新竹地區鸞書引述《詩經》表現探論〉，桃園中央大學中文系主

的分析，然後再結合鸞書的研究結果，並視鸞書為一個單位，進行綜合討論
分析。

三　引述使用《詩經》實況

　　為了更方便了解並確定此文《詩經》「引述使用」概念的實踐意義，因
此有必要在探討新竹地區光復前這十二位詩人的創作引述使用《詩經》的實
際表現之前，先針對「引述使用」一詞的內涵進行更為詳細的說明。此文既
然是從「用經」角度探討「引述使用」，「用」在此文指的當然是具有自覺性
的選擇而非不自覺的耦合狀態，故而此文的標題就隱含有作者在自由意識下
主動選擇的基本前提，這也就是「引述使用」概念的實踐意義。然正如前文
所述，《詩經》乃明朝以來閱讀群眾最多的經典，元代以前的狀況固然無法
確實了解，但若從一般學習者較樂於接觸韻文，且學習效果甚至效應均比散
文學習較佳的常態經驗推論，則元代之前士人對《詩經》的學習，當該也有
同樣的情況，因此《詩經》文本被引述使用的狀況應該相當普遍。由於《詩
經》學習者相當普遍，《詩經》中的某些文本，逐漸被一般詩文不斷的重複
使用，某些本專屬於《詩經》的特定文本，逐漸成為一般詩文的常用詞彙，
一般使用者在使用這些詞彙時，從不會意識到這是來自《詩經》或因《詩
經》而生成的詞彙，這類已經「俗化」成一般常用詞彙的《詩經》文本，既
然不是作者自覺有意的引述，則雖出自《詩經》卻也不宜列入自覺「引述使
用」的範圍，何況其中還有些出現在不同經典的相同詞彙。筆者曾在〈民國
肇建前新竹地區鸞書引述《詩經》表現探論〉中，將此類一般性使用的詞彙
稱之為「常詞化《詩經》文本」。此外還將具備主動意識選用《詩經》的詞
彙，根據選用的考慮而再細分為兩大類：一是依循學界普遍性使用習慣選用
的「承襲性經典文本」；一是依據行文需要有意識自覺選用的「自選性經典

辦「2013年『明清儒學的類型與流變』學術研討會」二〇一三年十月二十四日發表的
論文。

文本」。不過此文將不再如鸞書研究般細分成兩類,而是直接當作「自覺選擇使用的經典文本」一大類加以統整分析。以下即根據前述的兩大分類進行討論。

「常詞化《詩經》文本」固然與此文預設探討的內涵不符,但若從《詩經》本身的擴散角度來看,則此類已「內化」成為「常詞」使用的詞彙,卻是最好的有效見證,因此也不宜全然不加理會,何況這些常詞化《詩經》文本的使用者,使用之際是否如此文推論般不知其來自《詩經》,當然也還有可以斟酌的空間,故而雖不納入討論,但指出詩人使用的狀況,當該也有「用經」研究的意義與價值。但也必須承認在現階段有關「常詞」的界定有實質上的困難,對不同的作者而言,很難有一致的確定標準,亦即對《詩經》不熟者是常詞,但對熟悉《詩經》者可能就是有意選擇的引述詞了,作者對於《詩經》熟悉的程度,後世當然無法確實了解,判斷的標準可能就不符實際。再者常詞既然是來自《詩經》,則與「自覺選擇使用」一類區分標準的訂定,同樣有實質性的困難,此文原則上將出現《詩經》篇章名稱及文本整句出現者,歸入「自覺選擇使用」一類,單詞出現者則歸入「常詞化」一類。例如「悠悠」或「依依」等單獨出現歸入常詞;「悠悠我思」、「悠悠蒼天」或「楊柳依依」等則歸入「自覺選擇使用詞」。但像某些出自《詩經》原文的俗詞,如:「天作之合」(〈大雅・大明〉)、「小心翼翼」(〈大雅・大明〉)、「它山之石」(〈小雅・鶴鳴〉)、「求之不得」(〈周南・關雎〉)、「邦家之光」(〈小雅・南山有臺〉)、「信誓旦旦」(〈衛風・氓〉)、「宴爾新婚」(〈邶風・谷風〉)、「殷鑒不遠」(〈大雅・蕩〉)、「高高在上」(〈周頌・敬之〉)、「無聲無臭」(〈大雅・文王〉)、「春日遲遲」(〈豳風・七月〉)、「百歲之後」(〈唐風・葛生〉)、「涕泗滂沱」(〈陳風・澤陂〉)、「碩大無朋」(〈唐風・椒聊〉)、「鳳凰于飛」(〈大雅・卷阿〉)、「思無邪」(〈魯頌・駉〉)……等等,是否全部歸入常詞,或依狀況區分,都有其界定上的困難。故而可知筆者在此文的界定,僅僅是「方便行事」而已,並非精確分析下的最後結論。雖然此文的界定僅能在「大致性」的意義下成立,但其實是希望經由比較多的研究探討,可以獲得比較確實的區分標準,因而了解一般詩作中使用

《詩經》常詞與非常詞之間表現或區分的規律，這也是設計這類型研究的另一層用意。以下即統計十二位作者詩作中出現「常詞化《詩經》文本」的大致狀況，因為其中某些詞彙也出現在其他經典或書籍中，非僅僅最早出現在《詩經》而已，因此纔說是「大致狀況」。（一）鄭用錫《北郭園詩鈔》：蜉蝣、良朋、嗟予、皇皇、采采、風雨、營營、悠悠、泮宮、彼蒼、蒼蒼、蒼穹、嗟我、伊誰、鴟鴞、兢兢、瑣瑣、青衿、艱難、鬼蜮、滔滔、墓門、遲遲、元戎、芹藻、空谷、劬勞、祝嘏、英英、干城、瀟瀟、依依、于歸、離離等三十四個常詞。[38] 其中「悠悠」出現五次，即五首詩曾用此詞。（二）林占梅《潛園琴餘草》：丁丁、蒼蒼、景仰、悠悠、蒼穹、遲遲、瀟瀟、芹藻、依依、窈窕、墓門、杲杲、淒淒、習習、灼灼、蕭蕭、綢繆、衡門、良朋、訛言、干城、百憂、平平、踽踽、哀鴻、馳驅、樂土、輾轉、邂逅、同穴、弄璋、悠哉、罿罿、兢兢、風雨、差池、總角、艱難、滂沱、嘯歌、棲遲、諼草、芻蕘、穹蒼、耿耿、霏霏、空谷、圭璋、彼蒼、閱牆、琴瑟、伊人、轉側、吉人、鬼蜮、劬勞、鵲巢、鳧鷖、嗟予、梓里、鴟鴞、元戎、蟋蟀、繾綣、勞人、豈弟等六十六個常詞。[39] 林占梅詩作中有幾個《詩經》常詞較常使用，如：「悠悠」出現三十一次、「習習」十次、「遲遲」七次、「蕭蕭」七次、「依依」六次、「瀟瀟」六次、「淒淒」五次、「灼灼」五次、「風雨」五次、「窈窕」五次等，非《詩經》常詞的「長嘯」也出現十二次。雖然因為林氏詩作有近二千首，詞句重複出現在所難免，但此種重複現象誠如黃美娥觀察鄭如蘭詩作指出的那樣，確實有「不免失之繁蕪」之虞，[40] 然若

---

38 鄭用錫：《北郭園全集》，上冊，頁55、58、62、63、64、66、73、74、75、77、83、89、90、101、104、106、112、113、119、122、133、150、154、160、164、173、184、188等。不列詩篇名以省篇幅，同時僅列第一次出現的頁碼。下皆仿此。

39 徐慧鈺等校記：《林占梅資料彙編》，第1冊，頁12、25、28、32、34、36、37、38、70、73、78、80、84、90、92、95、113、121、149、154、158、160、161、177、207、216、234、254、257、262、274、276、283、284、287、301、318、328、334、342、360、383、398、402、444、460、498、500、509、517、563、572、582、587、592、598、605、613、626、669、700、705、731、740等處。

40 黃美娥：《清代台灣竹塹地區傳統文學研究》（臺北縣：輔仁大學中文研究所博士論文，1999年），頁196。

從另一個角度來看，或也有助於對詩人自覺或不自覺心情及關懷的了解。

（三）鄭如蘭《偏遠堂吟草》：悠悠、猗猗、灼灼、之子、翩翩、桑梓、良朋、涇渭、祝嘏、弄璋、偕老、好音、蜉蝣、逍遙、何人斯等十五個常詞。[41]（四）王松《友竹詩集》：陵谷變遷、蒼穹、百憂、桑梓、[42]勞人、棲遲、泄泄、良朋、悠悠、耿耿、采薇、干戈、哀鴻、采采、載陽、老成人、國步、空谷等十八個常詞。[43]（五）鄭登瀛《鄭十洲先生遺稿》：采薇、遲遲、桑梓、關關、總角、滂沱、弄璋、萱堂等八個常詞。[44]（六）鄭秋涵《虛一詩集》：悠悠、遲遲、良朋、滂沱、棲遲、百福、瀟瀟、蜩螗、碩鼠、板蕩、國步、青衿、濟濟、嘉賓、炎炎、嘯歌、孝友、威儀、偕老、翩翩等二十個常詞。[45]（七）張純甫《守墨樓吟稿》及《課題詩集》：板蕩、蕭蕭、梓里、逍遙、風雨、采采、干城、祝嘏、鬩牆、桑梓、哀鴻、鷗鶿、衡門、離離、依依、繾綣、棲遲、蚩蚩、契闊、鳩占鵲巢、遲遲、元戎、弄瓦、窈窕、樂土、伊人、霏霏、飄搖、頡頏、悠哉、勞人、赫赫、蒼蒼、永日、駸駸、率土、空谷、艱難、悠悠、拮据、秦風、多士、北堂、愆期、囂囂、干戈；良朋、綢繆、搖搖、素餐、涇渭、泱泱、琴瑟、鬼蜮、滔滔、泮宮、夙夜、黽勉、歸寧、吉士、洋洋、友生、濟濟、式微、踽踽、淒淒、萱草、甘雨、景仰；伊誰、倉庚、翱翔、滂沱、磨琢、鏘鏘、屋漏、青蠅、鳴蜩、彼美、耳提、鷹揚、瀟瀟、綽綽等八十三個常詞。[46]其中如：「悠悠」

---

41 鄭如蘭：《偏遠堂吟草》，頁44、54、55、58、67、69、70、73、74、75、77等處。

42 原稿有作「梓桑」者，顯然是為押韻而倒反，故視為同一詞。以下類似此現象者，如「芹藻」、「良朋」、「涇渭」、「頡頏」等等均仿此。

43 王松：《友竹詩集》，頁32、34、39、44、52、53、60、69、70、86、88、129、133、135、148等處。

44 鄭登瀛：《鄭十洲先生遺稿》，頁9、15、20、22、25、28、41等處。

45 鄭秋涵：《虛一詩集》，頁16、27、34、58、61、100、101、111、113、119、124、128、133、141、146等處。

46 黃美娥主編：《張純甫全集》，第1冊，頁4、8、12、21、30、37、38、46、59、69、71、74、89、90、92、94、97、106、113、115、130、134、142、145、150、159、161、166、187、189、211、232、247、251、252、255、258、260、262、266。第2冊，頁4、23、40、46、53、58、73、96、106、107、115、132、153、166、171、

出現十八次、「勞人」十次、「桑梓」八次加「梓里」一次共九次；「蕭蕭」
七次，張氏使用時似乎「蕭蕭」與「瀟瀟」不分，當然也可能張氏詩作重點
都在「風」，僅有一次在「雨」，因此「瀟瀟」纔僅出現一次；「良朋」六
次、「霏霏」六次、「遲遲」五次；「風雨」、「祝嘏」、「鬩牆」、「離離」、「衡
門」、「依依」、「悠哉」等均出現四次。再者詩中出現「弄瓦」一詞，更是少
見的現象。透過這些常詞的使用與頻率，當有助於張氏詩作的了解。（八）
吳濁流《濁流千草集》：遲遲、霏霏、悠悠、依依、國步、艱難、踽踽、綿
綿、習習、蒼蒼、輾轉、蕭蕭、蕩蕩、風雨、伊誰、板蕩、素餐、瀟瀟、哀
鴻、蓁蓁、繾綣、伊人、淒淒、優游、蒼穹、切磋等二十六個常詞。[47]其中
「悠悠」出現二十九次、「蒼蒼」十一次、「霏霏」七次、「板蕩」六次、「綿
綿」六次、「遲遲」五次、「繾綣」四次、「踽踽」三次、「輾轉」三次。觀察
這些較頻繁出現的常詞，似乎可以感覺到作者憂國的心情。（九）陳竹峰
《寄園吟草》：楚楚、瀟瀟、依依、遲遲、仰止、崔巍（崔嵬）、霏霏、悠
悠、蒼天、友生、翩翩、習習、滔滔、棲遲、盡瘁、壽比南山、綿綿、元
戎、繾綣等十九個常詞。[48]其中「瀟瀟」出現五次、「蒼天」四次，「依依」
和「悠悠」各三次。（十）郭茂松《有斐樓偶存稿》及《續稿》：悠悠、靜
女、瀟瀟、依依、窈窕、萱堂、切磋、伊誰、棲遲、北堂、劬勞、鷹揚、振
旅、良朋。縣縣、崔嵬、介壽、皎皎、祝嘏、士女如雲、濟濟、琴瑟和鳴、
耿耿、蒼穹、冥冥、涇渭、風雨、淒淒、輾轉等二十九個常詞。[49]其中「悠
悠」出現十四次、「瀟瀟」六次、「北堂」二次加「萱堂」一次共三次。（十

196、205、211、227、230、239、253、308、331。第3冊，頁37、54、59、96、104、
106、119、126、130、132、163、167、168、173等。

47 吳濁流：《濁流千草集》，頁28、30、32、36、53、56、65、73、79、80、88、93、
102、114、120、130、137、150、158、164、206、222等處。

48 陳竹峰：《寄園吟草》，頁6、10、11、13、15、20、28、30、41、48、49、56、59、
65、72、75、79等處。

49 郭茂松：《有斐樓偶存稿》，頁12、18、26、28、29、47、62、96、112、127、130、
132、133、142。《續稿》，頁4、28、30、36、49、54、60、65、66、82、83、84、
85、86、90等處。

一）曾文新《了齋詩鈔》：綢繆、習習、戰兢、蜉蝣、風雨、伊誰、涇渭、棲遲、祝嘏、板蕩、翩翩、之子、優遊、不寐、明發、懿德、罔極、依依、結褵、煌煌、悠悠、邂逅、樂土、蛾眉、介壽、霏霏、哀鴻、萱草、契闊等二十九個常詞。[50]其中「祝嘏」和「明發」均各出現六次；「伊誰」、「優游」各出現五次；「之子」四次、「棲遲」三次。（十二）陳秀喜《詩集》僅見「滂沱」一詞出現二次，[51]未見有其他與《詩經》相關之常詞。以上是十二位詩人詩作中常詞表現的狀況。

　　根據此文前述方便性設定的區分標準，綜合六部鸞書和十二家作者的詩作，則總共用了一九七個與《詩經》相關的常詞。其中鸞書用了五十八個常詞，有：上帝、下民、不爽、生民、良人、芃芃、昊天、明明、泮水、城闕、昭昭、皇天、時維、殷殷、惕惕、淑女、眷顧、提撕、無良、無忝、無虞、維新、諄諄、濯濯、簡簡、懷德等二十六個詞，未在詩人的詩作中做為常詞出現。十二位詩人詩作共用了一七一個常詞，其中有五十個與鸞書的常詞重複，這些重複出現的常詞中，如：穹蒼、空谷、涇渭、習習、兢兢、綿綿、倉穹、艱難等均出現在五部著作中；弄璋、彼蒼、耿耿、滔滔、黽勉、蒼蒼等在六部著作中；伊誰、劬勞等在七部著作中；良朋、濟濟等在八部著作中；依依在九部著作中；悠悠在十三部著作中。另有一二一個沒有列入鸞書研究論文中的常詞，這一二一個常詞中實際上還有：丁丁、友生、仰止、伊誰、劬勞、弄璋、良朋、依依、罔極、涇渭、率土、訛言、琴瑟、萱草、萱堂、兢兢、壽比南山、戰兢、蕩蕩、濟濟、鬩牆等二十一個出現在鸞書中，因為在鸞書的研究論文中未視為單詞，故列入另兩類中計算。出現在詩人詩作中的常詞，如：元戎、板蕩、桑梓、淒淒、翩翩、繾綣等詞均出現在四位作者詩中；哀鴻、祝嘏、滂沱、蒼穹等在五位；風雨在六位；棲遲、瀟瀟、遲遲等在七位。僅出現在鸞書的常詞，如：諄諄出現在六部鸞書；昭昭、下民等出現在四部；上帝、不爽、生民、殷殷、提撕等均出現在三部鸞

---

50 曾文新：《了齋詩鈔》，頁28、33、36、39、41、48、53、66、68、75、77、86、87、100、127、130、144、148、168、183、187、196等處。

51 李魁賢主編：《陳秀喜全集》，第1冊，頁156；第2冊，頁47。

書內。以上是諸書有關此文列入常詞的使用表現狀況，這同時也可以看出鸞
書某些有別於一般詩作的用詞習慣。

　　新竹地區士人詩作選擇使用《詩經》文本或篇章狀況的探討，由於篇幅
有限，以及不影響研究的實質成果，故而亦不再詳細列引文，僅標明引述來
源，且除非必要否則亦僅標示出現的頁碼，不特別標示篇名。十二位士人詩
作使用《詩經》可歸入「自覺選擇使用的經典文本」者，大致可歸納如下：
（一）鄭用錫《北郭園詩鈔》有二五一個詩題共三百五十五首詩，有三十三
首使用《詩經》，佔百分之九（強），引述四十二次來自二十七個《詩經》篇
章。[52]（二）林占梅《潛園琴餘草》一六一七詩題共一九六七首詩，八十五
首使用《詩經》，佔百分之四（強），引述一〇六次來自五十九個《詩經》篇
章。[53]（三）鄭如蘭《偏遠堂吟草》九六個詩題共一百五十八首詩，十七首
詩使用《詩經》，佔百分之十一（弱），引述二十七次來自十九個《詩經》篇
章。[54]（四）王松《友竹詩集》一九一個詩題共二百七十五首詩，十一首詩
使用《詩經》，佔百分之四，引述十二次來自十一個《詩經》篇章。[55]
（五）鄭登瀛《鄭十洲先生遺稿》五九個詩題共一百一十一首詩，十二首詩
使用《詩經》，佔百分之十一（弱），引述十五次來自十三個《詩經》篇章。[56]

---

52 鄭用錫：《北郭園詩鈔》，頁55、56、57、60、61、62、64、65、66、69、71、75、83、
　　84、85、90、94、95、97、116、117、118、124、130、133、136、139、142、149、
　　150、154、166、170、172、182、185、186等。

53 林占梅：《潛園琴餘草》，冊1，頁12、31、34、35、70、73、74、76、77、86、90、
　　95、106、119、146、153、167、168、177、187、189、194、203、204、208、225、
　　233、241、247、255、272、273、278、282、283、285、299、311、320、322、333、
　　334、336、338、352、355、359、420、434、459、460、492、499、500、507、513、
　　521、551、553、555、573、575、580、582、594、595、596、599、610、619、627、
　　628、631、672、684、704、726、734。冊2，頁69等。

54 鄭如蘭：《偏遠堂吟草》，頁33、36、39、54、55、61、63、69、70、74、79、80、
　　82、85、97、100等。

55 王松：《友竹詩集》，頁50、69、71、78、86、127、135、136、142、143、146等。

56 鄭登瀛：《鄭十洲先生遺稿》，頁13、16、17、19、23、24、29、33、35、36、37、41
　　等。

（六）鄭秋涵《盧一詩集》三一四個詩題共三百七十三首詩，十三首詩使用
《詩經》，佔百分之三（強），引述十五次來自《詩經》十三個篇章。[57]
（七）張純甫《守墨樓吟稿》及《課題詩集》一七五六個詩題共二千二百七
十首詩，131首使用《詩經》，佔百分之六（弱），引述一百四十七次來自八
十二個《詩經》篇章。[58]（八）吳濁流《濁流千草集》五〇一個詩題共一千
零四十三首詩，十首詩使用《詩經》，佔百分之一（弱），引述十次來自八個
《詩經》篇章。[59]（九）陳竹峰《寄園吟草》四一五個詩題共五百零九首
詩，十五首使用《詩經》，佔百分之三（弱），引述十七次來自十三個《詩
經》篇章。[60]（十）郭茂松《有斐樓偶存稿》及《續稿》七五七詩題共一千

---

[57] 鄭秋涵：《盧一詩集》，頁9、11、23、34、65、66、72、96、99、124、146等。

[58] 張純甫：《守墨樓吟稿》，冊1，頁7、冊1，頁9、冊1，頁34、冊1，頁38、冊1，頁39、
冊1、頁40、冊1，頁41、冊1，頁52、冊1，頁75、冊1，頁76、冊1，頁77、冊1，頁
81、冊1，頁92、冊1，頁102、冊1，頁103、冊1，頁112、冊1，頁126、冊1，頁135、
冊1，頁137、冊1，頁142、冊1，頁145、冊1，頁159、冊1，頁165、冊1，頁166、冊
1，頁168、冊1，頁171、冊1，頁208、冊1，頁212、冊1，頁215、冊1，頁230、冊1，
頁243、冊1，頁236、冊1，頁247。冊2，頁2、冊2，頁4、冊2，頁5、冊2，頁6、冊
2，頁13、冊2，頁17、冊2，頁18、冊2，頁27、冊2，頁30、冊2，頁33、冊2，頁43、
冊2，頁51、冊2，頁57、冊2，頁58、冊2，頁60、冊2，頁75、冊2，頁76、冊2，頁
84、冊2，頁100、冊2，頁104、冊2，頁114、冊2，頁120、冊2，頁126、冊2，頁
129、冊2，頁137、冊2，頁140、冊2，頁143、冊2，頁155、冊2，頁160、冊2，頁
163、冊2，頁165、冊2，頁166、冊2，頁170、冊2，頁173、冊2，頁196、冊2，頁
199、冊2，頁207、冊2，頁221、冊2，頁229、冊2，頁234、冊2，頁235、冊2，頁
245、冊2，頁253、冊2，頁257、冊2，頁264、冊2，頁267、冊2，頁269、冊2，頁
270、冊2，頁274、冊2，頁300、冊2，頁304、冊2，頁315、冊2，頁325、冊2，頁317
等。《課題詩集》，冊3，頁27、冊3，頁33、冊3，頁44、冊3，頁48、冊3，頁54、冊
3，頁59、冊3，頁62、冊3，頁73、冊3，頁79、冊3，頁92、冊3，頁99、冊3，頁
101、冊3，頁102、冊3，頁103、冊3，頁105、冊3，頁122、冊3，頁123、冊3，頁
126、冊3，頁131、冊3，頁141、冊3，頁146、冊3，頁150、冊3，頁154、冊3，頁
156、冊3，頁161、冊3，頁163、冊3，頁167、冊3，頁184、冊3，頁186、冊3，頁
189、冊3，頁192等。

[59] 吳濁流：《濁流千草集》，頁41、80、107、127、132、136、147、174、177、217等。

[60] 陳竹峰：《寄園吟草》，頁5、22、32、36、56、57、64、68、70、71、83、84等。

二百三十五首詩，二十三首使用《詩經》，佔百分之二（弱），引述二十五次來自十八個《詩經》篇章。[61]（十一）曾文新《了齋詩鈔》五九八個詩題共七百一十六首詩，二十五首使用《詩經》，佔百分之三（強），引述二十八次來自二十六個《詩經》篇章。[62]（十二）陳秀喜《詩集》一三三詩題一百四十一首詩，其中未見直接引述《詩經》的案例。總計十二位作者九千一百五十三首詩作中，有十一位選擇使用《詩經》入詩，在九千零一十二首詩作中有三百七十五首引述《詩經》，平均佔百分之四（強），總共引述四百四十四次，來自《詩經》三百一十篇中的一百三十五個篇章。根據詩作使用《詩經》比例高低排列則是：鄭如蘭、鄭登瀛、鄭用錫、張純甫、林占梅、王松、鄭秋涵、曾文新、陳竹峰、郭茂松、吳濁流等，達不到整體平均數的有五位作者，除鄭秋涵外，都是生存時間較後的作者，若加上全無使用的陳秀喜，則大致可以發現新竹地區詩人使用《詩經》的比例有越來越低的趨勢。

　　光復前新竹地區十一位詩人詩作引述使用《詩經》集中在一三五個篇章。六部鸞書總共一八六七篇，有一四一篇引述《詩經》，共有一七三處的引例，主要集中在六十九個篇章內，其中有二十個篇章未出現在一般詩人的詩作中。統合鸞書與詩人的全數詩作使用《詩經》的狀況，則集中在一五五個篇章，雖數量有點龐大，但為了比較清楚的呈現，故而將十一位作者與鸞書使用《詩經》篇章的實際狀況，以表格方式展示之：

詩篇名 \ 作者		鄭用錫	林占梅	鄭如蘭	王松	鄭登瀛	鄭秋涵	張純甫	吳濁流	陳竹峰	郭茂松	曾文新	鸞書	總計
周南	周南							01						01
	關雎		03			01	02				01	01	01	09
	卷耳											01		01

61　郭茂松：《有斐樓偶存稿》，頁20、25、40、59、105、128、140等。《續稿》，頁30、
　　36、37、42、44、47、48、50、72、73、76、85、90、104等。

62　曾文新：《了齋詩鈔》，頁38、46、47、53、61、64、71、73、79、86、88、92、93、
　　95、100、115、135、142、151、152、156、157、169、189等。

詩篇名		鄭用錫	林占梅	鄭如蘭	王松	鄭登瀛	鄭秋涵	張純甫	吳濁流	陳竹峰	郭茂松	曾文新	鸞書	總計
周南	樛木												01	01
	螽斯		01					02					01	04
	桃夭		04	01			01	02					01	09
	漢廣	01										01		02
	汝墳							01						01
	麟之趾			01		01		01			01		01	05
召南	召南							01						01
	鵲巢							02						02
	采蘩		01											01
	采蘋		02			01		02			01			06
	甘棠	06	04	02		01		06		02	01	01		23
	行露							01						01
	小星		03			01		01					01	06
	騶虞		01			01								02
邶風	柏舟												01	01
	綠衣		07		02			01						10
	燕燕			01							01			02
	終風												01	01
	擊鼓												01	01
	凱風		02											02
	雄雉		01											01
	匏有苦葉							01						01
	谷風	01	01					01					01	04
	旄丘											01		01
	泉水		01											01

詩篇名	作者	鄭用錫	林占梅	鄭如蘭	王松	鄭登瀛	鄭秋涵	張純甫	吳濁流	陳竹峰	郭茂松	曾文新	鸞書	總計
邶風	靜女			03				01			01			05
	新臺							01					01	02
	二子乘舟												01	01
鄘風	柏舟		03					02					03	08
	桑中												01	01
	鶉之奔奔							01						01
衛風	淇奧		01	01				03			02		01	08
	考槃	01						01						02
	碩人							03					01	04
	氓							01						01
	竹竿		01				01							02
	芄蘭		01					01						02
	伯兮		02										01	03
	木瓜		01					06						07
王風	王風										01			01
	黍離				01	01		01						03
	君子于役	02	01											03
	中谷有蓷							01						01
鄭風	鄭風	01											01	02
	羔裘												01	01
	褰裳												01	01
	風雨		02		01			01	02	02	01			09
	子衿							01					01	02
齊風	雞鳴	01	01	01			01						01	05
	南山							02					01	03
	盧令							02						02

詩篇名 \ 作者		鄭用錫	林占梅	鄭如蘭	王松	鄭登瀛	鄭秋涵	張純甫	吳濁流	陳竹峰	郭茂松	曾文新	鸞書	總計
魏風	陟岵		05				01	01			01			08
	伐檀							01						01
	碩鼠	01												01
唐風	蟋蟀		01					01				01		03
	山有樞	01												01
	揚之水		01											01
	杕杜							01			01			02
	鴇羽		02					02			01			05
	葛生		01											01
秦風	車鄰							01						01
	駟驖							01						01
	蒹葭		02	01	01	02	03	03						12
	黃鳥							01						01
	渭陽	01												01
	權輿							01						01
陳風	衡門						01	02						03
	株林												01	01
檜風	檜風							01						01
	匪風		01											01
曹風	曹風							01						01
豳風	豳風							01	02					03
	七月	02	03	02	01	02	01	09		01	05	01		27
	鴟鴞		02	01				03				01	01	08
	東山		01					01						02
	破斧		01											01

詩篇名 ＼ 作者	鄭用錫	林占梅	鄭如蘭	王松	鄭登瀛	鄭秋涵	張純甫	吳濁流	陳竹峰	郭茂松	曾文新	鸞書	總計
鹿鳴	01									01	02	01	05
四牡		01											01
常棣	02	02	01			01	04	01	01			15	27
伐木		01	03				04	01	02	01	01	06	20
天保			01			01		02				01	03	08
采薇		01		01			03				01	02	08
出車		01		01									02
南陔	03				01		01					01	06
白華		02					02						04
南有嘉魚		01											01
南山有臺	01												01
采芑	01									01	01		03
鴻雁		04									01		05
庭燎		02					01						03
鶴鳴		02					07	01			01		11
白駒								01					01
斯干	01	02				01	01				03		08
節南山							02						02
正月		01					01		01		01		04
十月之交	01		01										02
小旻				01			02				03		06
小宛	03	01			01		02						07
小弁		02							01				03
何人斯	01	01		01			01					06	11
巷伯					01	01				01			03

（左側縱向合併儲存格：小雅）

詩篇名		鄭用錫	林占梅	鄭如蘭	王松	鄭登瀛	鄭秋涵	張純甫	吳濁流	陳竹峰	郭茂松	曾文新	鸞書	總計
小雅	谷風												02	02
	蓼莪	02	04	01	01			02	01				13	24
	大東	02												02
	北山											01	02	03
	小明												01	01
	鼓鐘							01						01
	楚茨													02
	信南山		01							01				02
	甫田		01					01					02	04
	車舝												01	01
	青蠅							01						01
	賓之初筵							01					01	02
	魚藻											01		01
	采菽		01											01
	縣蠻							01						01
大雅	文王							01				01	07	09
	大明							03	01				05	09
	縣							03						
	旱麓		01					03						
	思齊							01						
	皇矣							01					03	04
	靈臺	01	01	01										03
	下武							01						01
	文王有聲	02	02	01		01						01		07
	生民												01	01
	行葦												01	01

	作者 詩篇名	鄭用錫	林占梅	鄭如蘭	王松	鄭登瀛	鄭秋涵	張純甫	吳濁流	陳竹峰	郭茂松	曾文新	鸞書	總計
大雅	既醉							02				01		03
	假樂												01	01
	卷阿							01					01	02
	板									01			01	02
	蕩												03	03
	抑							01					05	06
	桑柔		02			01	01	01	01					06
	雲漢		02					01			01		01	05
	崧高							01		01		01		03
	烝民												03	03
	韓奕	01												01
	江漢		01										01	02
	瞻卬	01												01
周頌	清廟				01									01
	烈文												02	02
	振鷺										02			02
	雝		01	01									05	07
	載見										01			01
	有客											01		01
	敬之			01				04		01	02		01	09
魯頌	泮水	01						01					04	06
	閟宮										02	01	02	05
商頌	烈祖												01	01
	玄鳥											01	02	03
	殷武											01	03	04
次數合計		42	106	27	12	15	15	147	10	17	25	28	147	591

觀察諸家引述使用的狀況，則〈召南‧采蘋〉、〈召南‧小星〉、〈邶風‧谷風〉、〈魏風‧陟岵〉、〈小雅‧鹿鳴〉、〈小雅‧南陔〉、〈小雅‧鶴鳴〉、〈小雅‧正月〉、〈小雅‧小宛〉、〈大雅‧雲漢〉等十篇均有四家引述。〈周南‧桃夭〉、〈周南‧麟之趾〉、〈衛風‧淇奧〉、〈齊風‧雞鳴〉、〈豳風‧鴟鴞〉、〈小雅‧天保〉、〈小雅‧采薇〉、〈小雅‧斯干〉、〈大雅‧文王有聲〉、〈大雅‧桑柔〉、〈周頌‧敬之〉等十一篇均有五家引述。〈周南‧關雎〉、〈鄭風‧風雨〉、〈秦風‧蒹葭〉、〈小雅‧何人斯〉等四篇均有六家引述。〈小雅‧蓼莪〉有七家引述。〈召南‧甘棠〉、〈小雅‧常棣〉、〈小雅‧伐木〉等三篇均有八家引用。最多的則是〈豳風‧七月〉有十家引述。若觀察各篇章被引述的次數，則以〈豳風‧七月〉和〈小雅‧常棣〉的二十七次最多；其他則：〈小雅‧蓼莪〉二十四次、〈召南‧甘棠〉二十三次、〈小雅‧伐木〉二十次、〈秦風‧蒹葭〉十二次、〈小雅‧鶴鳴〉和〈小雅‧何人斯〉十一次、〈邶風‧綠衣〉十次等。引述使用的一五五個《詩經》篇章，則七十九個來自〈國風〉，四十個來自〈小雅〉，二十四個來自〈大雅〉，十二個來自〈三頌〉。引述的七十九個〈國風〉，若依照數量多寡排列，則：〈邶風〉十四篇、〈周南〉九篇、〈衛風〉八篇、〈召南〉八篇、〈秦風〉六篇、〈唐風〉六篇、〈豳風〉五篇、〈鄭風〉四篇、〈王風〉四篇、〈鄘風〉三篇、〈齊風〉三篇、〈魏風〉三篇、〈陳風〉二篇、〈檜風〉二篇、〈曹風〉一篇等。以上即搜尋統計新竹地區六部鸞書與十二位詩人等創作引述《詩經》篇章狀況的實際表現。

創作者寫作時引述任何經典性文本或常詞進入行文中，除了熟悉度之外，更重要的是必須符合作者欲表達的內容，尤其字數有較嚴格限制的詩作，當行的作者不可能隨意浪費筆墨，必是選擇自己認為最恰當的文句，可知被引進詩作的《詩經》篇章，必然是作者刻意選擇的結果，尤其是那些經常出現在詩作中的篇章與詞彙，當該可藉以觀察作者的寫作習慣與思想觀點，立足在此種基本認知的前提下，於是綜合最常被詩人與鸞書引述與出現次數最多的篇章，自然也就可藉以分析了解新竹地區士人群體寫作習慣與思想觀點。觀察諸書引述與出現次數最多的前幾名，雖然粗略的看起來僅是文

本詞彙的借用，似乎並未涉及詩旨內容意義，事實上則除〈周南・桃夭〉主
要多取其「灼灼」的鮮紅茂盛充滿生意的意思外，關於其他創作的引述使
用，若仔細體會則也就可感受到作者隱含在其中的「斷章取義」之用意，以
及藉用部分文句替代《詩經》篇章整體意義的內涵，以前述被稱引數最多的
九個篇章為例，像〈豳風・七月〉主要取其「躋彼公堂，稱彼兕觥：萬壽無
疆」的登堂祝福之義；〈小雅・常棣〉取其兄弟和穆親愛之義；〈小雅・何人
斯〉多取其「伯氏吹壎，仲氏吹篪」兄弟相親相愛之意；〈小雅・蓼莪〉取
身為兒女者感恩懷親之心及讚頌母德之義；〈召南・甘棠〉用以稱美為官稱
職受民愛戴懷念之義；〈小雅・伐木〉重在強調友朋之尋求與交往之道義；
〈小雅・鶴鳴〉則無論取「它山之石，可以攻玉」或取「鳴於九皋，聲聞于
天」，亦均重在個人砥礪修德之意；〈邶風・綠衣〉主要取「淒其以風，我思
古人」的懷人思念之情；〈秦風・蒹葭〉亦取其因季節或隨時興起的對想親
近卻不得親近的對象之懷念等等。從這九個引述數量最多的篇章來看，則可
看出當時作家們整體而言，最為關懷的事情大致都圍繞在：感念親恩的孝
道、兄弟和穆相親相愛的悌道、尋求朋友相扶持的友道、個人為官稱職的官
道，以及對母德的稱頌讚美、個人自求砥礪的修德等等，這類關係到個人進
德修身與齊家的家庭內部諧和諸事的範圍之內。其他創作引述《詩經》篇章
之用意，絕大多數亦可以歸入此範圍中，如以被引述使用超過五次以上的篇
章為例，像：〈鄘風・柏舟〉不僅重在強調婦女本身的德性，事實上也隱含
有讚頌母德的內涵；〈召南・采蘋〉強調能循法度的女德；〈邶風・靜女〉意
亦在強調女德或母德；〈齊風・雞鳴〉同樣在強調女德；〈魏風・陟岵〉亦重
在強調對父母深沉的思念；〈唐風・鴇羽〉詬責上蒼剝奪自己孝親的機會；
〈小雅・南陔〉取孝子謹慎奉養雙親之意，這自也可與〈小雅・蓼莪〉歸入
強調女德與母道的同一類。〈衛風・淇奧〉取其自我要求進德修業之義，還
有〈小雅・小旻〉和〈小雅・小宛〉的「戰戰兢兢」或「臨深履薄」、〈大
雅・大明〉的「小心翼翼」，〈大雅・文王〉的「亹亹」、〈大雅・抑〉表現莊
嚴肅穆的「威儀」、〈周頌・敬之〉自我承擔責任的「仔肩」等，當然可以和
〈小雅・鶴鳴〉的自我砥礪進德同觀。至於像〈周南・關雎〉除表達思念難

眠的詞彙意義外，更關涉到婚姻與後嗣的問題，這方面則〈周南·麟之趾〉、〈召南·小星〉、〈小雅·斯干〉的「弄璋」或「弄瓦」、〈大雅·緜〉的「綿綿瓜瓞」、〈大雅·文王有聲〉的「詒厥孫謀，以燕翼子」、〈周頌·雝〉的「克昌厥後」等篇章，均可歸入此一範圍。〈小雅·天保〉之祝壽讚頌、〈魯頌·閟宮〉的「天錫公純嘏」等，自可和〈豳風·七月〉的祝福同觀。還有像〈衛風·木瓜〉的相贈回報、〈小雅·鹿鳴〉的呼喚同伴，當可歸入〈小雅·伐木〉一類。〈鄭風·風雨〉對故人的深切懷念，〈小雅·采薇〉的「依依」思念之情，自可與〈邶風·綠衣〉及〈秦風·蒹葭〉同觀。再者「常詞」中更有不少詞彙表達的內涵，例如：劬勞、萱草、萱堂、北堂等，可與〈小雅·蓼莪〉同看；良朋、契闊、友生、伊人、邂逅等也可以和〈小雅·伐木〉同觀……等等，這些也都可以歸入前述幾個關懷的範圍內。根據前述的分析說明，當可大致了解新竹地區光復前創作中較關心的問題所在。

　　新竹地區士人創作引述使用《詩經》之際，相對於前述涉及個人的修德交友與家庭中的孝養雙親、兄弟和穆等相關的篇章內容，那類涉及國計民生問題的詩篇，則在引述中比較少出現，鸞書的表現是如此，一般詩人的表現也大致如此。雖然在「常用詞」的歸納中，林占梅、王松、張純甫、吳濁流和曾文新等五人詩作中均曾使用「哀鴻」一詞；鄭秋涵、張純甫、吳濁流和曾文新等四人，也都曾使用「板蕩」一詞，尤其吳濁流更用了六次。張純甫還喜歡用「秦風」一詞，但並非指涉《詩經》的〈秦風〉，似乎刻意用來指涉文化母國：中國，用以表達其民族與國家認同的心聲，但其他詩人的詩作則較缺乏此類表現。如以較常被引述的篇章為例，則僅見〈豳風·鴟鴞〉的「風雨飄搖」、〈小雅·鴻雁〉的「哀鳴嗷嗷」和〈大雅·雲漢〉的「赫赫炎炎」等篇章字詞的引述使用，然若以詩人身處時代的大環境而言，當時或者臺灣本地治安不佳，生活難得安定，像林占梅的時代；或者面臨政權轉換的抗爭與適應，造成人民的生活困頓，如鄭如蘭以後的詩人等，但詩人與鸞書引述使用類似〈小雅·鴻雁〉等這類關心人民生活困苦問題的篇章，確實數量比較稀少。這當然僅僅是從引述《詩經》篇章角度觀察的結果，並不是要對所有士人是否關心國事下判斷，因為他們或者在其他引述中表現，自然不

能以引述《詩經》篇章的表現當作唯一判斷的根據，但這或者也是一個值得思考的問題。以上乃是新竹地區十二位詩人及六部鸞書引述使用《詩經》篇章的實際表現及意義，這些結果或當有助於對諸家引述《詩經》狀況之了解，同時有助於對創作內容及士人寫作習慣和思想與關懷的了解。

然而此文的設計既然是要從「用經」角度進行研究，因此有關詩人與鸞書引述《詩經》篇章的狀況及其表現的寫作習慣、表達的思想觀點等等意義，則僅能是做為此文探討《詩經》在新竹地區傳播流衍狀況的基礎，自非此文設計寫作的最終極目的，故而以下即從經學史的角度，更進一步的分析新竹地區作家們創作中引述使用《詩經》的經學史意義。

四　詩作使用《詩經》的分析

民國以來研究傳統中國經學者，大致都接受《四庫全書總目》「詁經之說……自漢京以後，垂二千年，儒者沿波，學凡六變……要其歸宿，則不過漢學、宋學兩家，互為勝負」的「漢學」和「宋學」兩大派對立的大略區分；[63] 同時也大致接受章太炎（1869-1936）、梁啟超（1873-1929）等這類清末民初「反滿學者」，在文獻流通並不普遍情況下，閉門造車式認定滿清以「異族」統治中國，為鞏固政權故而持續發動「文字獄」，導致清朝讀書人懼禍而躲入文字訓詁考據的「漢學」之內的遐想，然後再根據這個「先入為主」的遐想，以「主題先行」的方式推定清朝是「漢學」經學發達時期的結論。姑先不論此一遐想形成的典範之是非，則《詩經》既是經學的分支，自然也受此學術風氣的規範，故而下述討論即以經學界普遍認定的「漢學」、「宋學」對立觀及清朝是「漢學」經學發達時期的看法為基礎，分析討論新竹地區士人詩作引述使用《詩經》篇章表現的詩經學史意義。

「漢學」與「宋學」的對立分野，自然是在宋代消失以後，纔可能出現

63　〔清〕永瑢等編纂，王伯祥斷句：《四庫全書總目·經部總敘》（北京市：中華書局，1992年），卷1，頁1。

的概念，就《詩經》的歷史發展而論，「漢學」指認同《毛詩正義》解說內涵者，「宋學」指認同朱熹《詩集傳》解說內涵者，這當然是一種「理想型」的分法，就傳統詩經學的研究者而論，實際上除「漢學」者和「宋學」者之外，還有不全然認同或排斥某一派的「漢宋學」者，以及超出兩派之外的「自由學」者，甚至還有官方學術的「官學」者。[64]《詩經》漢學與宋學最大的爭議點，大致是關於《詩經》是否存在「淫詩」的問題，其次是《詩經》篇章詩旨詮解內涵的問題，其三是詞彙訓解的問題，雖然分成三類，但實際上卻是很難完全隔開單獨討論的「三合一」問題，此文雖以「淫詩」和「詩旨」意涵為分析討論的主要根據，但不免也稍微涉及文字訓詁的問題。再者誠如皮錫瑞（1850-1908）的觀察，經學確實是「必專守舊」，且以「述古」為宗之學，[65]「宋學」既然出現於「漢學」之後，則《詩集傳》中出現承襲《毛詩正義》之處，自屬理所當然之態勢，這類「漢學」與「宋學」共認的觀點或答案，或可歸入《詩經》研究者共有的普遍性共識，既是共識自然不具備判別的功能，下文因此僅選擇具備判別功能的內容進行分析。

　　首先是新竹地區無論鸞書或一般作家，對於朱熹《詩集傳》提及的三十篇所謂「淫詩」，[66]除完全不涉及詩旨的借用《衛風・氓》「嗤嗤者氓」之「嗤嗤」，指涉一般百姓，以及引述《鄘風・桑中》根據朱《傳》當作「淫詩」譴責外，另外還引述有來自〈邶風・靜女〉的「彤管」，以及〈衛風、木瓜〉、〈鄭風・風雨〉和來自〈鄭風・子衿〉的「青衿」一詞，其他二十四篇「淫詩」皆不見有引述，這當然很可能是接受朱《傳》「淫詩」觀點，因

---

64 「官學」一詞，一般用來指涉「官方教育機構」，但也可以用來指涉「官方奉行的學術」。如宋代孫覿「以官學世其家」；元代戴表元「以官學相薰」等，文中所稱的「官學」，顯然是「官方學術」之義，而非「官方教育機構」之義。見〔宋〕孫覿：《鴻慶居士集・宋故右大中大夫數文閣待制贈正議大夫蔣公墓誌銘》（《文淵閣四庫全書》電子版），卷37，頁1；〔元〕戴表元：《剡源集・故瀏陽教授李君墓志銘》（《文淵閣四庫全書》電子版），卷16，頁16。

65 〔清〕皮錫瑞撰，周予同注：《經學歷史》（臺北市：河洛圖書出版社，1974年），頁139、頁277。

66 朱熹《詩集傳》淫詩的數量有爭議，程元敏師的30篇判斷或較為精準。見程元敏師：《王柏之詩經學》（臺北市：嘉新水泥公司文化基金會，1968），頁82-85。

此不加引述。但是〈靜女〉以下四篇相關內容的引述使用，卻都不接受朱《傳》「淫詩」的說法，則傾向接受「漢學」的解釋，根據這現象似乎很難說作者們均接受「宋學」的解說。不過若仔細考察詩人與鸞書所處時代的學術環境，則當時清代官方頒發給士子閱讀的《詩經》讀本，雖也有頒發《毛詩正義》，但科舉考試之際的作答，主要還是以起始於康熙帝（1654-4722）時代，完成於雍正帝（1678-1735）時代，以朱熹《詩集傳》「為宗」的《欽定詩經傳說彙纂》，以及完成於乾隆帝（1711-1799）時代大致統合「漢學」與「宋學」的《御纂詩義折中》為準。[67]《欽定詩經傳說彙纂》在這四首詩篇之後，正有「案語」表達不完全認同《詩集傳》或不以《詩集傳》之解為終極答案的委婉解說。〈邶風・靜女〉的〈案語〉說：

> 〈靜女〉詩，毛鄭推本〈古序〉，謂陳靜女之美德，以示法戒，後人多從之。朱子則本歐陽修之說，斥為男女期會之詩。蓋玩其詞，祇是男女相為慕悅，未見有陳古諷今之意也。但彤管為女史所需，以紀成法，傳之自古，朱子既主淫詩，難得其解，以為「未詳何物」，蓋姑闕所疑耳。今節採舊說參觀，以備彤管之義云。[68]

既然說「彤管為女史所需，以紀成法，傳之自古」，且謂「以備彤管之義」，顯見同意毛《傳》鄭《箋》以「彤管」為宮內女史所執紀事之紅色筆的解釋。〈衛風・木瓜〉的〈案語〉云：

> 《詩序》：「〈木瓜〉，美齊桓公也。衛人思之，欲厚報之而作是詩。」……漢唐宋諸儒皆從〈序〉說，即朱子〈讀尊孟辨〉……亦嘗用〈序〉說矣。獨至注《詩》，則以為美桓之說於經文無所據，而疑其為男女贈答之詩，然曰疑者，亦未為必然之論。……總之〈木瓜〉之詩，言人當薄遺厚報，故設為瓜瓊不等之喻。謂若有厚於此者，報

---

67 〔清〕崑岡等：《清會典・禮部・儀制清吏司・明其經訓》（北京市：中華書局，1991年影印〔清〕光緒25年〔1899〕石印本），卷32，頁7-9，總頁271-272。

68 〔清〕王鴻緒等：《欽定詩經傳說彙纂・邶風・靜女・案語》（臺北市：維新書局，1978年影印〔清〕同治7年〔1868〕馬新貽刊本），卷3，頁53，總頁114。

當何如，此風人忠厚之情也。毛鄭指為美桓者，述其所傳。朱子改為贈答者，據文詮義。後儒獨於此詩，袒毛鄭而與朱子相左者甚眾，今從《集傳》，亦不廢《箋》義，在讀《詩》者善觀而會通之可耳。[69]

〈案語〉故意略去「淫詩」的爭議，並下結論說「總之〈木瓜〉之詩，言人當薄遺厚報，故設為瓜瓊不等之喻。」可知是接受〈毛詩序〉「欲厚報之」的解說。〈鄭風‧風雨〉的〈案語〉說：

> 〈序〉：「雞鳴思君子也。亂世則思君子不改其度焉。」……自兩漢六朝及唐宋諸儒皆傳其說，守而不易，獨至朱子而直斷為詩詞輕佻狎暱，非思賢之意，風雨晦冥為淫奔之時，而南宋元明諸儒，率不宗其說，且辨之曰：『淫詩未見有稱其人為君子者，蓋風雨雜至而如晦，喻世之昏亂，雞鳴在暗而思曙，喻君子居亂而思治，君子不改其度，則世道可挽，故見之而心悅，如疾之去其體焉。』以此觀詩，古說亦可通也夫！[70]

〈案語〉不知何故改「風雨」為「雞鳴」，但無論如何顯然同意〈毛詩序〉說而不同意朱熹「淫奔」之詩的解說。至於〈鄭風‧子衿〉的〈案語〉則說：

> 〈序〉：「〈子衿〉，刺學校廢也。世亂則學校不修焉。」……此詩自漢及唐宋元明諸儒，皆主學校之說，而《集傳》定為淫奔之作，他日朱子作〈白鹿洞賦〉云：「廣青衿之疑問」，則仍用〈序〉說矣。今《集傳》已是不刊，而古義亦有可據，且朱子曾所引用，故節錄昔儒之說如右。[71]

---

69 〔清〕王鴻緒等：《欽定詩經傳說彙纂‧衛風‧木瓜‧案語》（臺北市：維新書局，1978年影印〔清〕同治7年〔1868〕馬新貽刊本），卷4，頁53，總頁142。

70 〔清〕王鴻緒等：《欽定詩經傳說彙纂‧鄭風‧風雨‧案語》（臺北市：維新書局，1978年影印〔清〕同治7年〔1868〕馬新貽刊本），卷5，頁46-47，總頁165-166。

71 〔清〕王鴻緒等：《欽定詩經傳說彙纂‧鄭風‧子衿‧案語》（臺北市：維新書局，1978年影印〔清〕同治7年〔1868〕馬新貽刊本），卷5，頁48，總頁166。

〈案語〉所說「《集傳》已是不刊」，大約僅是「官話」，「古義亦有可據」纔是重點，為了證明接受〈毛詩序〉說有理，因此說「朱子曾所引用」，指出朱熹自身的矛盾，顯然並不同意朱熹「定為淫奔之作」的意見。除這四首詩之外，新竹地區士人的創作中，亦有引述〈小雅・南陔〉一詩者，更不取朱《傳》「有聲無詞」的「笙詩」之解說，反而接受〈毛詩序〉孝子謹慎奉養雙親之義的解說，此詩《欽定詩經傳說彙纂》亦另出〈附錄〉云：

> 〈序〉曰：「南陔，孝子相戒以養也。」……嚴氏粲曰：「樂以人聲為主，人聲即所歌之詩也。若本無其辭，則無由有其義矣！〈序〉本因其辭以知其義，後亡其辭，則惟有〈序〉所言之義存耳。」[72]

根據雍正帝〈序〉：「其義異而理長者別為『附錄』。」及〈凡例〉：「或二說各成其是，則別為『附錄』」的說法，[73]可知《欽定詩經傳說彙纂》認定〈毛詩序〉的詩旨解說「義異而理長」或「各成其是」，並未接受朱熹「笙詩」的觀點。換言之，無論〈鄭風・風雨〉、〈衛風・木瓜〉、〈小雅・南陔〉等篇旨及彤管、青衿等的解說上，新竹地區士人確實不接受朱熹《詩集傳》的解說，但實際上是接受官方頒發的教科書《欽定詩經傳說彙纂》同意的標準說法，故而並不足以證明作者們接受「漢學」的解說。

再者作者們亦曾以「能循法度」的意思引述使用〈召南・采蘋〉，這是用〈毛詩序〉的解說，自與朱《傳》「能奉祭祀」的解說有別，似乎可用來表現傾向接受「漢學」的證據，然而《欽定詩經傳說彙纂》在該詩的〈附錄〉引鄭玄之解云：「古者婦人，先嫁三月……教以婦德、婦言、婦容、婦功，……法度莫大於四教，是又祭以成之，故舉以言焉。」[74]並且另出〈案

---

72 〔清〕王鴻緒等：《欽定詩經傳說彙纂・小雅・南陔・附錄》（臺北市：維新書局，1978年影印〔清〕同治7年〔1868〕馬新貽刊本），卷10，頁36，總頁260。

73 〔清〕雍正帝：〈欽定詩經傳說彙纂序〉，〔清〕王鴻緒等：《欽定詩經傳說彙纂》（臺北市：維新書局，1978年影印〔清〕同治7年〔1868〕馬新貽刊本），序，頁3，總頁2。〔清〕王鴻緒等：《欽定詩經傳說彙纂・凡例》，卷首上，頁1，總頁7。

74 〔清〕王鴻緒等：《欽定詩經傳說彙纂・召南・采蘋・附錄》（臺北市：維新書局，1978年影印〔清〕同治7年〔1868〕馬新貽刊本），卷2，頁9，總頁74。

語〉說：

> 〈采蘋序〉說「大夫妻能循法度。」既稱大夫妻，則非未嫁之女。王
> 肅亦云：「大夫妻助夫氏之祭。」朱子據其說以釋經是已。但教成之
> 祭始於《毛傳》，鄭、孔博引禮文以證之，亦非無本，故錄之以備說
> 詩者參觀焉。[75]

則根據〈附錄〉和〈案語〉所言，可知《欽定詩經傳說彙纂》同樣接受〈毛
詩序〉「大夫妻能循法度」的詩旨，[76]則士人們在〈召南‧采蘋〉的引述使
用上固然未遵循朱《傳》之意，卻也未曾違背《欽定詩經傳說彙纂》之意，
當然也無法做為傾向「漢學」的證據。

　　光復前新竹地區士人引述使用《詩經》篇章的狀況，經由上述例證的討
論分析，可知作者們雖未必完全接受朱熹《詩集傳》的說法，但實際上卻也
都沒有脫離官方教科書《欽定詩經傳說彙纂》設定的意義內涵。基本上還是
比較傾向《詩集傳》意義下的「宋學」，這還可以舉一個明顯的例證說明
之，就是作者們在使用〈小雅‧賓之初筵〉時，很明顯的是接受《詩集傳》
「衛武公飲酒悔過而作此詩」的解說，[77]並不用〈毛詩序〉「衛武公刺時」
的解說。[78]根據前述諸作的表現，可以肯定的說光復前新竹地區士人的《詩
經》解說，還是在以「宋學」為主的「官學」籠罩之下，接受《毛詩正義》
解說者的數量相當有限，可知《欽定詩經傳說彙纂》固然不排斥《毛詩正

---

75 〔清〕王鴻緒等：《欽定詩經傳說彙纂‧召南‧采蘋‧案語》（臺北市：維新書局，
　　1978年影印〔清〕同治7年〔1868〕馬新貽刊本），卷2，頁10，總頁75。
76 〔漢〕毛公傳，〔漢〕鄭玄注，〔唐〕孔穎達等正義：《毛詩正義‧召南‧采蘋》（臺北
　　市：藝文印書館，1981年影印〔清〕阮元《重栞宋本十三經注疏附校勘記》本），卷1
　　之4，頁3，總頁52。
77 〔清〕王鴻緒等：《欽定詩經傳說彙纂‧小雅‧賓之初筵》（臺北市：維新書局，1978
　　年影印〔清〕同治7年〔1868〕馬新貽刊本），卷15，頁11，總頁340。
78 〔漢〕毛公傳，〔漢〕鄭玄箋，〔唐〕孔穎達等正義：《毛詩正義‧小雅‧賓之初筵》
　　（臺北市：藝文印書館，1981年影印〔清〕阮元《重栞宋本十三經注疏附校勘記》
　　本），卷14之3，頁1，總頁489。

義》之論，但「漢學」依然僅是基於「輔助」的地位而已。若比較精準的說，則新竹地區士人在《詩經》的解說上，並不全部接受「宋學」，但也沒有傾向「漢學」，而是絕對接受《欽定詩經傳說彙纂》的「官學」。由此可知清代「漢學」發達的成見或一般共識，在《詩經》學上顯然還有再斟酌的餘地。這是從經學史的角度，觀察分析光復前新竹地區士人創作引述使用《詩經》篇章為說的結果。

五 結論

光復前新竹地區士人創作引述使用《詩經》的狀況及其經學史的意義，經由上述的實證搜尋及統計歸納，還有簡略的初步分析，應該可以有較為實際的了解。除了前述統計分析與意義的探索外，若根據十二位詩人詩作引述《詩經》比例的多寡來看，則似乎也可以看到一個《詩經》引述越來越少的現象，可知新竹地區詩人對《詩經》的接受，確實有因時間推移而越來越稀少的趨勢。尤其是陳秀喜一四一首新詩中，除「滂沱」常用詞之外，完全沒有用到《詩經》任何篇章詞句，陳女士出生於一九二一年，僅和郭茂松及曾文新相差十二歲，但顯然對《詩經》相當陌生，這或許在日本時代，女性接受的教育和男性不同，故而沒有機會接觸之故，或者新詩不能容納《詩經》之詞之故。若然則可知新詩確實是「新的」詩，故而和傳統中國詩作，無論字詞上或意象上的關聯性較小。

再者此文雖然意在「用經」意義下的經學史探討，但在實際閱看相關文獻時，卻也可以發現了解認知詩作引述《詩經》的實際，對詩作的校勘與內容解讀，確實有正面的功能。稍舉一例言之，如：武麗芳解說葉文樞的詩作，固有不少深入精彩之處，但若能注意作者可能引述《詩經》，則當不至於將源自〈魏風・陟岵〉的「陟瞻」寫成「陟瞻」；將「〈風〉繼〈曹〉〈豳〉始〈鹿鳴〉」之句，解釋成宋代進士曹豳參與「鹿鳴宴」了。[79]當然

---

79 武麗芳：《日治時期塹城詩社淺探》（臺北市：萬卷樓圖書公司，2010年），頁189、頁193。

這也可能只是手民之誤，但應該也足以證明了解一般詩作引述《詩經》篇章與文句的事實，當有助於詩作內容的解讀與文句的校勘。

此文在構建較為整體性臺灣《詩經》傳播史的設想下，立意從「用經」角度切入，探討光復前新竹地區十二位詩人詩作及六部鸞書引述《詩經》的實際表現及其經學史的意義。經由前述的實證性操作與簡略的分析，大致可以獲得以下幾點結果：

（一）新竹地區在清代道、咸年間，就已躍居為北部地區文學之冠，人才濟濟，士人且都以文化傳統為傲，故而傳統文化根底深厚，實為清朝與初期日本時代人文薈萃首善之地，具有重要的文化代表性。因之遂以新竹地區做為探討整體臺灣《詩經》傳播狀況研究的起始。

（二）光復前新竹地區傳統文學的活動相當熱絡，士人的創作不少，然由於政治、經濟、時間及重視程度等等因素的影響，導致許多創作湮沒或佚失，雖在解嚴後開始重視而蒐集，但依然遺漏不少。此文選取至今依然存世的鄭用錫、林占梅、鄭如蘭、王松、鄭登瀛、鄭秋涵、張純甫、吳濁流、陳竹峰、郭茂松、曾文新、陳秀喜等十二人之詩作進行分析；並參考六部鸞書分析的結果，探討整個新竹地區光復前士人詩作等引述《詩經》的實際狀況。

（三）經由針對十二位詩人詩作與六部鸞書實證性的搜尋與統計，可知光復前新竹地區士人創作引述與《詩經》相關的「常詞化《詩經》文本」有一九七個，其中以：悠悠、依依、良朋、濟濟、伊誰、劬勞、弄璋、彼蒼、耿耿、滔滔、黽勉、蒼蒼、穹蒼、棲遲、瀟瀟、遲遲、風雨、諄諄、哀鴻、祝嘏、滂沱、蒼穹、空谷、涇渭、習習、兢兢、綿綿、倉穹、艱難等二十九個常詞出現的頻率最高。「自覺選擇使用《詩經》文本」則集中在一五五個篇章內，其中來自〈國風〉者有七十九個、〈小雅〉四十個、〈大雅〉二十四個、〈三頌〉十二個。〈國風〉的引述以〈邶風〉、〈周南〉、〈衛風〉、〈召南〉、〈秦風〉、〈唐風〉、〈豳風〉等較多。整體而言，〈豳風・七月〉、〈召南・甘棠〉、〈小雅・常棣〉、〈小雅・伐木〉、〈小雅・蓼

莪〉、〈周南‧關雎〉、〈鄭風‧風雨〉、〈秦風‧蒹葭〉、〈小雅‧何人斯〉等九篇被較多的作者引用。至於詩作中出現次數最多的篇章，則是：〈豳風‧七月〉、〈小雅‧常棣〉、〈小雅‧蓼莪〉、〈召南‧甘棠〉、〈小雅‧伐木〉、〈秦風‧蒹葭〉、〈小雅‧鶴鳴〉、〈小雅‧何人斯〉、〈邶風‧綠衣〉等九篇。

（四）此文選定光復前新竹地區士人的創作一一○二○篇，其中五一六篇引述《詩經》，佔百分之五（弱）。總共六一七處引述《詩經》者呈現的使用狀態，除極少數僅是單純字詞的借用外，多數詩作或者「斷章取義」、或者使用詩旨之義。這些被引入詩作的《詩經》篇章，總體呈現的內容大致表現在：感念親恩之孝、兄弟和穆相親、朋友互相扶持、稱美為官稱職、稱頌讚美母德、自求砥礪修德等，主要是關係個人進德修身與家庭諧和等事的範圍，僅有極少數觸及國家政治及戰爭等諸事。

（五）從經學史角度分析詩作引述使用的意義，可以發現雖然在〈召南‧采蘋〉、〈鄭風‧風雨〉、〈衛風‧木瓜〉、〈小雅‧南陔〉等詩旨的認定，以及「彤管」、「青衿」等詞彙意義的解說上，作者們排拒朱熹《詩集傳》的「宋學」解說，轉而接受《毛詩正義》的「漢學」解說，然實際上這些隸屬於「漢學」的解說，均是承襲自官方頒布的教科書《欽定詩經傳說彙纂》。《欽定詩經傳說彙纂》本以朱熹《詩集傳》「為宗」，可知光復前新竹地區士人的《詩經》觀，顯然是傾向於調和「漢宋學」的「官學」，民國以來學界普遍認定清朝經學「漢學」發達的陳見，顯然不適用於新竹地區。雖然還無法斷定臺灣地區是否皆如此，但若可以同意光復前臺灣地區的經學隸屬於清朝經學的一部份或分支，則亦就可知清朝經學「漢學」發達的說法，確實有重新斟酌定義的必要，至少對新竹地區的《詩經》使用者而言確實是如此。

（六）此文從「用經」角度，探討整體性臺灣詩經學傳播史的內涵，首先以光復前文化傳統深厚，人文薈萃的新竹地區為研究起點，經由實

證性的閱讀篩選，了解光復前新竹地區創作引述《詩經》的「常詞化」詞彙及實際引述篇章的表現，經由分析了解作者在《詩經》解說的接受上傾向「官學」的事實。這些成果對新竹地區文化發展的了解、創作內容的解讀、《詩經》在光復前新竹地區落實的狀況等等，均提供某些可信的有效答案，對於詩經學研究者、文學研究者、思想研究者，以及新竹地方文化研究者，當具有某些參考的實質價值。（102.10.20.24:00初稿）

參考文獻

一 專書及論文集

〔漢〕毛公傳 〔漢〕鄭玄注 〔唐〕孔穎達等正義 《毛詩正義》 臺北市 藝文印書館 1981年影印〔清〕阮元《重栞宋本十三經注疏附校勘記》本

〔漢〕鄭玄注 〔唐〕孔穎達等正義 《禮記正義》 臺北市 藝文印書館 1981年影印〔清〕阮元《重栞宋本十三經注疏附校勘記》本

〔漢〕司馬遷著 〔南朝宋〕裴駰集解 〔唐〕司馬貞索隱 〔唐〕張守節正義 《史記三家注》 臺北市 鼎文書局 1995年點校本

〔宋〕范祖禹 《范太史集》 〔清〕永瑢等編纂 《文淵閣四庫全書》 香港 迪志文化出版公司 2007年電子版

〔宋〕劉敞 《公是集》 《文淵閣四庫全書》電子版

〔宋〕孫覿 《鴻慶居士集》 《文淵閣四庫全書》電子版

〔元〕戴表元 《剡源集》 《文淵閣四庫全書》電子版

〔清〕王鴻緒等 《欽定詩經傳說彙纂》 臺北市 維新書局 1978年影印〔清〕同治7年〔1868〕馬新貽刊本

〔清〕永瑢等編纂 王伯祥斷句 《四庫全書總目》 北京市 中華書局 1992年

〔清〕崑岡等 《清會典》 北京市 中華書局 1991年影印〔清〕光緒25年〔1899〕石印本

〔清〕皮錫瑞撰 周予同注 《經學歷史》 臺北市 河洛圖書出版社 1974年

蔡汝修編 《臺海擊缽吟集》 黃哲永主編 《臺灣先賢詩文彙刊（第五輯）》 臺北縣 龍文出版社 2006年影印1914年鉛印本 第1冊

蔡汝修編 吳椿榮校注 《臺海擊缽吟集校注》 臺北市 文史哲出版社 2012年

鄭用錫 　《北郭園全集》 　高志彬主編 　《臺灣先賢詩文集彙刊（第二
　　輯）》 　臺北縣 　龍文出版社 　1992年影印〔清〕同治9年〔1870〕
　　鄭如梁校勘本 　第1冊

林占梅著 　徐慧鈺等校記 　《林占梅資料彙編》 　新竹市 　新竹市立文化中
　　心 　1994年

鄭如蘭 　《偏遠堂吟草》 　高志彬主編 　《臺灣先賢詩文集彙刊（第二
　　輯）》 　臺北縣 　龍文出版社 　1992年影印〔日本〕大正3年
　　〔1914〕排印本 　第5冊

鄭家珍 　《雪蕉山館詩集》 　高志彬主編 　《臺灣先賢詩文集彙刊（第二
　　輯）》 　臺北縣 　龍文出版社 　1992年 　第7冊

王 　松 　《友竹詩集》 　高志彬主編 　《臺灣先賢詩文集彙刊（第二輯）》
　　臺北縣 　龍文出版社 　1992年影印〔日本〕昭和8年〔1933〕排印
　　本 　《滄海遺民賸稿》 　第6冊

鄭登瀛 　《鄭十洲先生遺稿》 　高志彬主編 　《臺灣先賢詩文集彙刊（第二
　　輯）》 　臺北縣 　龍文出版社 　1992年影印民國56年〔1967〕排印
　　本 　第5冊

鄭秋涵 　《虛一詩集》 　高志彬主編 　《臺灣先賢詩文集彙刊（第二輯）》
　　臺北縣 　龍文出版社 　1992年影印民國16年〔1927〕排印本 　第
　　8冊

張純甫著 　黃美娥主編 　《張純甫全集》 　新竹市 　新竹市文化中心 　1998
　　年

吳濁流 　《濁流千草集》 　黃哲永主編 　《臺灣先賢詩文集彙刊（第四
　　輯）》 　臺北縣 　龍文出版社 　2006年影印民國52年〔1963〕自印
　　本 　第4冊

陳竹峰 　《寄園吟草》 　黃哲永主編 　《臺灣先賢詩文集彙刊（第四輯）》
　　臺北縣 　龍文出版社 　2006年影印民國62年〔1973〕自印本 　第
　　19冊

郭茂松 　《有斐樓偶存稿（附續稿）》 　黃哲永主編 　《臺灣先賢詩文集彙

刊（第四輯）》　臺北縣　龍文出版社　2006年影印民國69年
〔1980〕自印本　第3冊

曾文新　《了齋詩鈔》　黃哲永主編　《臺灣先賢詩文集彙刊（第五輯）》
臺北縣　龍文出版社　2006年影印民國80年〔1991〕臺北龍頭山房
本　第17冊

丘逢甲　《嶺雲海日樓詩鈔》　劉俊文總纂　《中國基本古籍庫》　北京市
愛如生數字化技術研究中心　2006年網路資料庫收錄民國本

連　橫　《臺灣通史》　臺北市　臺灣銀行　1962年

陳秀喜撰　李魁賢主編　《陳秀喜全集》　新竹市　新竹市立文化中心
1997年

程元敏師　《王柏之詩經學》　臺北市　嘉新水泥公司文化基金會　1968年

張永堂總編纂　《新竹市志》　新竹市　新竹市政府　1996年

龔鵬程師　《臺灣文學在臺灣》　臺北市　駱駝出版社　1997年

王見川、李世偉等主編　《民間私藏臺灣宗教資料彙編：民間信仰・民間文
化（第一輯）》　臺北市　博揚文化事業公司　2009年

吳福助主編　《臺灣漢語傳統文學書目》　臺北市　文津出版社　1999年

〔法〕蒂費納・薩莫瓦約著　邵煒譯　《互文性研究》　天津市　天津人民
出版社　2003年

王　瑾　《互文性》　桂林市　廣西師範大學出版社　2005年

〔美〕格里德著　魯奇譯　《胡適與中國的文藝復興——中國革命中的自由
主義（1917-1937）》　南京市　江蘇人民出版社　2005年

〔美〕田曉菲　《塵几錄：陶淵明與手抄本文化研究》　北京市　中華書局
2007年

黃美娥　《古典臺灣：文學史、詩社、作家論》　臺北市　國立編譯館
2007年

施懿琳、廖美玉主編　《臺灣古典文學大事年表（明清篇）》　臺北市　里
仁書局　2008年

武麗芳　《日治時期塹城詩社淺探》　臺北市　萬卷樓圖書公司　2010年

二　學位論文

楊晉龍　《明代詩經學研究》　臺北市　國立臺灣大學中國文學研究所博士論文　1997年

黃美娥　《清代台灣竹塹地區傳統文學研究》　臺北縣　輔仁大學中文研究所博士論文　1999年

三　單篇論文

黃美娥　〈新竹地區傳統文學史料存佚現況（清代-日據時代）〉　《國家圖書館館刊》　第86卷第1期　1997年6月　頁117-137

黃美娥　〈北臺文學之冠——清代竹塹地區的文人及其文學活動〉　《臺灣史研究》　第5卷第1期　1999年11月　頁91-139

秦海鷹　〈互文性理論的緣起與流變〉　《外國文學評論》　2004年第3期　頁19-30

楊晉龍　〈經學對通俗文學的滲透：論《西遊記》的「引經據典」〉　《漢學研究》　第28卷第3期　2010年9月　頁63-97

侯美珍　〈明代會試《詩經》義出題研究〉　《臺大中文學報》　第38期　2012年9月）　頁203-256。

楊晉龍　〈民國肇建前新竹地區鸞書引述《詩經》表現探論〉　桃園中央大學中文系主辦「2013年『明清儒學的類型與流變』學術研討會」論文　2013年10月24日

四　網路資料庫

〔清〕永瑢等編纂　《文淵閣四庫全書電子版》　香港　迪志文化出版公司　2007年

劉俊文總纂　《中國基本古籍庫》　北京市　愛如生數字化技術研究中心　2006年

呂赫若小說中的女性主題

蔡振念[*]　許芷若^{**}

摘要

　　一九三五年，呂赫若的〈牛車〉刊於日本的《文學評論》雜誌，成為繼楊逵〈新聞配達夫〉之後，第二位作品進入日本的臺灣作家，也是日治時期躍登日本中央文壇之臺灣最年輕的小說家。其後以〈財子壽〉小說獲第一屆臺灣文學賞，一九四四年出版小說集《清秋》，是日治時期少數出版小說集的臺灣作家。呂赫若作為一個寫實主義的小說家，他關心的是生活中的土地和人們，並不因身處不同地方而有異。他小說中的主題多元，主要的題材是封建社會的病態和女性議題，呂赫若可說是臺灣文壇最早關心女性議題的作家。他的作品有很強的社會關懷，這是無庸置疑的，對女性的關懷，尤其是他小說的特色。

關鍵詞：呂赫若、女性議題、社會關懷、寫實主義

---

* 蔡振念，國立中山大學中國文學系專任教授兼系主任。

** 許芷若，臺北市立大安高級工業職業學校國文教師。

一 前言

　　呂赫若（1914-1951）本名呂石堆，臺中潭子人。一九三五年，呂赫若的〈牛車〉刊於日本的《文學評論》雜誌，成為繼楊逵〈新聞配達夫〉之後，第二位作品進入日本的臺灣作家，也是日治時期躍登日本中央文壇之臺灣最年輕的小說家。其後以〈財子壽〉小說獲第一屆臺灣文學賞，一九四四年出版小說集《清秋》，是日治時期少數出版小說集的臺灣作家。一九三四年，呂赫若自臺中師範學校畢業，分發到新竹峨嵋國小任教，旋即因語言不通，轉到南投營盤國小，這是他和新竹的短暫關係。

　　但呂赫若作為一個寫實主義的小說家，他關心的是生活中的土地和人們，並不因身處不同地方而有異。他小說中的主題多元，主要的題材是封建社會的病態和女性議題，呂赫若可說是臺灣文壇最早關心女性議題的作家。他的作品有很強的社會關懷，這是無庸置疑的，對女性的關懷，尤其是他小說的特色。

　　如果我們把文學可依創作目的分為兩種類型：「為藝術而藝術」與「為社會而藝術」，那麼日治時代的文學作品，可說大多具有強烈的「時代性」與「批判性」，應屬於「為社會而藝術」的一類。如葉石濤所言「他們的作品都帶著濃厚的抗議色彩，反映了臺灣民眾的生活現實和政治環境。」[1]尤其是在臺灣新文學運動展開後，文學便成為社會的鏡子、時代的脈搏，緊密的與人民的生活扣合，為人民發聲。陳芳明更提出「左翼文學」[2]來稱述三十年代至太平洋戰爭結束前後的臺灣文學。陳芳明的左翼文學其實就是寫實文學，無論是「寫實文學」或是「左翼文學」，其共同的核心概念皆是——「文學反映社會論」。

1　葉石濤：《走向臺灣文學》（臺北市：自立晚報文化出版部，1990年），頁47。

2　陳芳明為「左翼文學」定義：「它既不是社會主義文學，也不是共產主義文學；它其實是不折不扣的臺灣寫實文學。」陳芳明：《左翼臺灣——殖民地文學運動史論》（臺北市：麥田出版公司，1998年），頁27-28。

　　作家如何反映社會？一般而言，是藉由其文學主題的選擇而反映社會
的，蓋作家創作時慣用的方法與途徑是由觀察「素材」（raw material）、選擇
「題材」（subject matter）、確定「題旨」（motif）到形成「主題」（theme）。[3]
作家對於主題選擇與形成，本身即是一種主觀意識的反映。日治時期的作家
對於文學「主題」的選擇，多為反映現實不平、抒發個人主觀情感。呂赫若
小說觀照臺灣三〇年代社會的各個現實面向，「女性」主題尤為突出。在呂
赫若二十六篇小說中，有二十一篇涉及女性命運，[4]各篇描寫女性情狀，詳
見附表。

　　呂赫若的女性小說的時間輻軸跨越日治時期，來到國民政府時代；空間
輻軸則由鄉村家庭到城市職場。我們經由整理得到：在時間空間的交疊下，
不變的女性主題即是——「壓迫」。我們認為壓迫的來源有二：「經濟」與
「父權」。以下就這兩方面，討論呂赫若女性小說的主題。

二　女性與經濟壓迫

　　「女性與經濟」在日治時代小說是屢見不鮮的主題，女性總是必須直接
或間接的承擔由男性與殖民雙重壓迫的經濟重擔。

1 國家機器的統治：殖民經濟

　　〈牛車〉的寫作背景是在第一次世界大戰後的經濟不景氣。日本遭受經
濟恐慌的波及，企業倒閉、銀行擠兌。一九二七年日本再度發生金融危機，
翌年九月發生芮氏規模七點九的關東大地震，在日本經濟的中樞東京與橫濱
的金融機構大半化為灰燼，成為死亡九萬一千餘人、受災戶三百四十萬的大

3　吳婉筠：〈主題學〉（來源：http://www.complit.fju.edu.tw/complit/course/methodology/W.
　　Y.Wu.%20theme.html，2014.5.12）

4　在呂赫若二十六篇作品中，只有〈一年級生〉、〈石榴〉、〈故鄉的故事一：改姓名〉、
　　〈故鄉的故事二：一個獎〉無具體的女性敘述，故我們不將其列入討論範圍。而其餘
　　二十一篇有具體的女性描寫，則是本論文所探討的「女性小說」。

災難。[5]發表於一九三五年的〈牛車〉，反映了社會經濟的負面問題：米價跌落、鳳梨以及罐頭工廠相繼倒閉、人民的失業問題、為了生存不惜受罪下獄……等，都是這一波波經濟蕭條的影響。〈牛車〉中的阿梅，就在這世界性的衝擊與日本殖民的雙重打壓下日漸淪落。

過去的臺灣米（在來米）收量低、品質差、價格高，雖經過改良產量增加百分之二十三，價格卻也增加百分之六。[6]日本引進蓬萊米於一九二四年由磯永吉培育成功，適合日本人的口味而蓬勃發展，於一九二七年輸出日本達米穀總生產量的百分之三十七，[7]而出口日本產量愈大，則臺灣物以稀為貴，米價當然居高不下。隨著出口量隨年增加，臺灣農民只得將其辛苦栽種之蓬萊米供給日本人消費，自己則改以甘藷果腹，並由海外輸入品質較差的米糧以資補充。[8]雖然在關鍵的米價上，臺灣輸出日本的蓬萊米被制定以較內地（日本）米低百分之十五至十六的差別待遇看待，極容易受到日本國內米價行情影響，[9]但若日本米價穩定，相對於臺灣的米價以及農民的獲利也穩定。

一九二九年的「經濟大恐慌」對日本經濟造成強大的衝擊，又加上一九三〇年日本出現「豐作饑饉」，大豐收導致米價暴跌，日本政府修改米穀法「限制臺灣米穀移入日本的緊急措施」[10]。此舉直接影響臺灣米穀的價格、農民的工作機會以及相關產業的利潤。楊添丁以牛車駝運為業，經濟不景氣加上米價暴跌，米店老闆為了節省成本與追求經濟效益而改用新式貨車，楊添丁央求工作碰壁家計更加窘迫。〈牛車〉的小兄弟木春和阿城，有飯吃卻常常吃不飽，必須向飯桶裡抓扒零星的米粒；阿梅在米價便宜的今天，每天為米煩惱，即是此經濟環境下的窮苦寫照。雖然「牛車」此種夕陽產業，在

---

5 日本經濟新聞社著、江伯峰譯：《日本之經濟——昭和時代之回顧》（臺北市：中華民國對外貿易發展協會，1991年），頁2-3。

6 周憲文：《臺灣經濟史》（臺北市：臺灣開明書局，1980年），頁485。

7 末光欣也：《日本統治時代的臺灣》（臺北市：致良出版社，2012年），頁192

8 周憲文：《臺灣經濟史》（臺北市：臺灣開明書局，1980年），頁490。

9 末光欣也：《日本統治時代的臺灣》（臺北市：致良出版社，2012年），頁279。

10 末光欣也：《日本統治時代的臺灣》（臺北市：致良出版社，2012年），頁369。

新式機械的高效率、高競爭之下勢必淘汰。但就殖民政府政策的實施，無論是蓬萊米的改良栽種、修改米穀法，皆是基於對日本內地的利益考量，故此可見在日本國家機器的統治下、殖民經濟的限制下臺灣農民／人民是不由自主的。

日本治臺後積極發展糖業，以解決日本內地每年高達一千萬圓的砂糖進口。一九○○年開始設立新式製糖會社，並引進新式機械著手糖業的現代化，此政策意味著昔日由臺灣人經營的舊式製糖工廠和種植甘蔗的農家遭到排除，並被大資本家吞噬。一九○二年六月日本政府頒布「糖業獎勵規則」鼓勵臺灣農民種植甘蔗。根據新式製糖廠的分糖法，蔗農能取回固定比例的製糖利益。但政府為了獨佔特惠保護下糖價所帶來的豐厚利潤，於是在一九○五年六月公布「製糖廠取締規則」，限制臺灣農民必須將種植的甘蔗販售給該地區的指定糖廠，形成製糖工廠的原料獨斷。蔗農與製糖公司存在著不平等關係：製糖公司預借耕作資金以及生活費予農民，以此束縛農民為其勞動；而製糖公司向農民收購甘蔗的價格則是由公司片面向官廳報備，收購甘蔗的價格往往與輸出商品的價格不成正比，由此可見蔗農所受到的嚴重剝削。[11]〈牛車〉阿梅即使早出晚歸至「甘蔗園」工作，由於糖業的不景氣、利益為糖公司所壟斷，所得到的微薄薪資仍然讓家中經濟陷入愁雲慘霧之中。

一九二九年至一九三五年之間雖受到大環境的經濟恐慌影響，但臺灣農民在日本資本主義、帝國主義經濟體制的壓迫下，則受到了生存的嚴重剝削。身為女性農民的阿梅，更是在夾縫中求生存的鮮活寫照。「貧賤夫妻百事哀」阿梅一家殘破困頓，殖民經濟對農民的壓榨是所有問題的癥結。楊添丁與阿梅為了錢發生而口角，更讓家庭陷入愁雲慘霧中：

> 夫婦一工作完畢回來，又因錢的事而互相揪住。正因為長久以來持續
> 不斷，楊添丁終於無法忍受而爆發。「這樣你也……你為什麼這麼不

---

11 陳添壽、蔡泰山：《臺灣經濟發展史》（臺北市：蘭陽出版社，2009年），頁172-173。
   周憲文：《臺灣經濟史》（臺北市：臺灣開明書局，1980年），頁493-497。末光欣也：
   《日本統治時代的臺灣》（臺北市：致良出版社，2012年），頁183-184、186。

明事理。」在強有力的男人面前，女人軟弱如豆腐。阿梅慘遭修理，狼狽不堪。[12]

倘若在殖民經濟下，農民得以紓困、農民能有「錢」，阿梅就不至於淪落為妓女，家中的小孩更不會孤苦無依。為了生存不得不賣淫的阿梅讓添丁喪失男性尊嚴，但為了苟活夫妻倆不得不出此下策：

> 阿梅以悲哀的聲音對隔兩、三天回家的丈夫說：「到底在做什麼……每天做些令人感到厭煩的事。你是個男人，竟然這麼窩囊嗎？」忽然轉向別處，終於落淚。「啊！都是為了錢。只要有錢。畜生！都是為了錢。」[13]

在經濟壓迫下所造成的人性扭曲──添丁偷竊被捕，楊家正式走向崩解。「家」是農業社會的基本單位，「家」的破敗解體象徵著農村社會人倫的、社會的、經濟的瓦解。

呂赫若因成長於小地主家庭，熟悉農村題材。葉石濤在評論呂赫若文學時，曾說：

> 他從農民家庭生活中看到帝國主義統治下的巨大陰影上如何剝削民、毀滅農民，又從地主糜爛的生活看到封建的罪惡。當然他也沒忘卻殖民統治和封建制度是一丘之貉，臺灣民眾的所有苦難由此而產生。[14]

〈牛車〉正是將時代的不景氣與日本殖民經濟的剝削、封建體制連繫起來的一首農村凋敝破敗的悲歌。在這首悲歌中，女性是飄盪在其中深沉顫抖的音符。

---

12 呂赫若：〈牛車〉，《文學評論》二卷一號（1935年1月）。收入林至潔譯：《呂赫若小說全集（上）》（臺北縣：INK印刻出版公司，2006年），頁70-71。

13 呂赫若：〈牛車〉，《文學評論》二卷一號（1935年1月）。收入林至潔譯：《呂赫若小說全集（上）》（臺北縣：INK印刻出版公司，2006年），頁78。

14 葉石濤：〈呂赫若的一生〉，收於《走向臺灣文學》（臺北市：自立晚報文化出版部，1990年），頁139-140。

2 經濟的再殖民：地主迫害

除了殖民政府的經濟壓迫，臺灣的土地制度也使農民受到「經濟的再殖民」，日本資本主義縱容地主對農民的超額盤剝，共同剝削臺灣農民上，日本資本和臺灣地主有共同利益和地位。[15]

原住民時期，土地財產權經歷了由「各部族分割領地，共同耕地不許私有」到「各部族經征佔領地而私有化」的轉變，土地權由全族共享演變成領主具有統治權。荷治時期，實施「結首制」將農民分成大結首、小結首與佃農組成階層關係以便管理。不過，土地所有權仍由荷蘭東印度公司所有。鄭氏治臺時期，除了承認先來漢人和以開化原住民對於土地的既得權益，同時實施屯田制度，沿用荷治時期的王田（改名為官田）；鄭氏的宗黨以及其文武官員所有的文武官田（或稱私田）、屯營所開之營盤田，[16]土地所有權仍掌握在鄭氏之貴族與官僚手上。直至康熙中葉開始依據「清國開墾成例」而進行「臺灣招民開墾」的政策，招徠閩粵地區的人民來臺開墾，使臺灣各種土地關係逐漸確立。來臺開墾者有少數擁有相當資本，就其定居之地，於由官廳所撥發的定額土地以外，還佔據了廣大的荒地；並僱用許多人工，從事這些荒地的開墾與耕作。此開墾者，即當時的土地所有者，便成為墾戶豪族；隸屬於他們而從事開墾或者耕作的人即成為佃戶。隨後，由於一則受閩粵當地二、三重的土地所有型態的影響；二則隨著臺灣水利開發，農業生產走向集約化，水稻需要更多勞力，而以牛隻耕作也需更多勞動人口。其時大陸人口壓力增加，移入臺灣的人口眾多，佃戶乃將本身勞力所能負擔以外的耕地租給現耕佃人（實際上從事耕作的人）耕植，確定大租戶、小租戶、現佃三級制。其中大租戶為清政府所承認的業主，需繳納正供；小租戶需繳納大租給大租戶，並向現佃收取小租，便形成滿清時代的大小租制度。

到了劉銘傳時代有一番大改革，他在一八八六年舉行清丈賦課工作，以取消大租為目標。其中的奧秘便是在於將繳納稅金的權力自大地主轉到小租

---

15 涂照彥：《日本帝國主義下的臺灣》（臺北市：人間出版社，1992年），頁5。

16 陳添壽、蔡泰山：《臺灣經濟發展史》（臺北市：蘭陽出版社，2009年），頁26、58、89。

戶身上，讓政府承認小租戶為實質上的土地所有權人，統一土地所有權與產權狀況，而大租戶免除了繳稅權力的同時也失去四成租金。[17]

日本治臺後蹈襲劉銘傳的遺策，更積極的收購大租權，把向來的大租完全消滅。可是這種改革並沒有使農民的生活獲得改善，這些擁有業主權的地主幾乎占有所有田地。[18]

呂赫若女性小說中有兩篇論及地主經濟對女性的壓迫：〈牛車〉與〈暴風雨的故事〉。〈牛車〉中添丁與阿梅為了「生活」而鬧到大地主——保正家：

> 夫婦的口舌之爭繼續不止。一米寬的保甲道會彎彎曲曲經過田裡，終點就是保正的家。夫婦進入那個家。保正的家富麗堂皇。紅屋頂沐浴在夕陽下，庭樹的枝葉間可以看到雪白的牆壁。門口亮著兩盞電燈。保正是村裡首屈一指的大地主，說他將近十年都是官府選派的，亦無言過其實。營養好、長得圓滾滾的小狗飛奔出來狂吠。[19]

保正的家富麗堂皇，顯然經濟富裕，甚至家中的狗都是營養過剩。呂赫若藉由保正與楊添丁的雙重對比，一富一貧，一尊一卑，揭示了地主與車夫在經濟上的懸殊。同時，也寫出了保正與平民社會階級的差異。

添丁與阿梅的唯一希望是想積下一筆租金，從地主那裡租到一塊田地耕種，也就是成為「佃農」。根據調查，一九三五年末現有耕地面積，八十五萬六七七五甲，佔全臺總面積約百分之二十三。其中自耕地面積三十六萬二四○二甲，佃耕地面積四十一萬七八二四甲。農民四十一萬一千八百六十戶，二百七十九萬人，佔全臺人口半數以上。其中自耕農佔百分之三一點四

---

17 以上資料參見東嘉生著、周憲文譯：《臺灣經濟史概說》（臺北市：海峽學術出版社，2000年），頁176-179。以及許雪姬編：《臺灣歷史辭典》（來源：http://nrch.cca.gov.tw/ccahome/website/site20/cca220003-li-wpkbhisdictmain-0000-u.html，2012.7.12）

18 葉石濤：〈從「送報伕」、「牛車」到「植有木瓜樹的小鎮」〉。收入葉石濤：《作家的條件》（臺北市：遠景出版事業公司，1981年），頁68。

19 呂赫若：〈牛車〉，《文學評論》二卷一號（1935年1月）。收入林至潔譯：《呂赫若小說全集（上）》（臺北縣：INK印刻出版公司，2006年），頁71-72。

六，自耕兼佃農百分之三十點八五，佃農百分之三七點九六。[20]由以上數據可看出〈牛車〉寫作的背景，農民為臺灣經濟的主要人口，而佃農的比例佔大多數。也就是說，廣大的農民都過著無法自主的貧窮生活。

更悲慘的是，在當時的佃耕習慣，更存在著許多壓迫與不平，如：訂定佃耕契約時，佃戶對地主提供保證金，俗稱「定頭金」，乃表示願與地主契約之意，其金額普通為二元；佃耕契約成立後，交接土地時，佃戶又對地主提出定額保證金，俗稱「磧地金」，作為繳納租穀之保證。此磧地金在契約期間中，亦由地主利用；提前繳納租穀，分期耕作之佃農租穀，在理應為分期繳納，而實際上乃於第一期收穫時繳納其大部分。租穀繳納後，由地主任意決定是否繼續契約，或變更其契約條件；不論風災水災或其他災害，絕對不許減納租穀，俗稱「鐵租」；有介在地主與佃戶之間，專行轉租而取中間立益者，俗稱「佃頭」、又稱「二手頭家」。[21]

在如此不公平、不合理的制度下，添丁與阿梅生存的希望卻是當一位佃農！從此可以看出農村經濟破敗與佃農制度壓迫下，小人物找不到生存出口的悲情。

〈暴風雨的故事〉中的罔市因為害怕地主寶財收回老松家的佃耕權，早在尚未與老松圓房之前的少女時代，就遭受寶財無止盡的玷汙，長期秘而不發。婚後的罔市，也因受到「起耕」（終止佃耕關係）的威脅，不得不與寶財私通：

> 「照我的意思做，你就有一大片隨時可以耕種的佃田，否則只好把田收回來了。而且不可以張揚出去，我兒子在內地（按：日本國內）讀大學，對法律清楚的很，知道吧！」罔市因此只能暗自流淚，覺得自己的命運是一場夢魘，對於要讓人扶持的年老的婆婆也守口如瓶。她

---

20 井出季和太著、郭輝編譯：《日據下之臺政：卷三》（臺北市：海峽學術出版社，2003年），頁1081、1090。

21 井出季和太著、郭輝編譯：《日據下之臺政：卷三》（臺北市：海峽學術出版社，2003年），頁1090。

第一次感到有錢人的可怕。[22]

由此可看出，在日治時期的地主擁有著土地的所有權，造成佃農對其的依附，主佃關係的「自由」，讓地主可以任意終止合約，收回土地，讓佃農隨時陷入經濟困境。佃農通常敢怒不敢言，甚至認為地主是「很重要的人」。老松受到地主之子的欺凌，也只能默默接受：

> 「你真是笨蛋。怕什麼？怕那傢伙！雞被殺了，跟他要錢啊！」岡市在微弱的燈光下瞅著老松。「你不會常被頭家欺負吧？頭家是很重要的人。怎麼可能連打雞這種事都做得出來。他讓我們有田種，總有恩惠，我們的生活還是靠他維持，他也是蠻應該尊敬的。」[23]

即使受到不平的待遇，對於能供給三餐溫飽的地主，地位低下的佃農只能懷抱著卑微的感激。受到地主欺凌的岡市，含冤自殺結束經濟、父權交織壓迫的一生。老松發現岡市的枉死與不堪後，選擇殺害地主寶財，這齣暴風雨中的慘劇即是日治時期佃農生活的縮影。

日治時期地主與殖民者的關係呂赫若〈暴風雨的故事〉雖然未直言地主剝削來自於殖民政府的放任，但是在同時代其他作者的作品中，則顯示地主的蠻橫勢力主要來自於日本政府或日本資本家。[24]農民的悲慘生活，雖可直接歸因於地主的橫暴、無情，然而地主與龐大的殖民經濟結構掛勾，地主的壓迫就已非簡單的人性貪婪可以解釋，而是殖民經濟與地主經濟的共謀。

---

22 呂赫若：〈暴風雨的故事〉，《臺灣文藝》二卷五號（1935年5月）。收入林至潔譯：《呂赫若小說全集（上）》（臺北縣：INK 印刻出版公司，2006年），頁93。

23 呂赫若：〈暴風雨的故事〉，《臺灣文藝》二卷五號（1935年5月）。收入林至潔譯：《呂赫若小說全集（上）》（臺北縣：INK 印刻出版公司，2006年），頁101。

24 如楊守愚〈凶年不免於死亡〉中貧農林至貧遇上凶年，收成不佳，遂央請地主李永昌減租，不料地主竟請來大人（警察）查封其現有財產；楊逵〈模範村〉描繪蔗農憨金福飽受地主言語的羞辱與身體的戕害，無法支付地租的憨金福害怕地主收回田地而以進貢家禽作為保住飯碗的條件，但唯利是圖的地主仍將田地讓租給製糖公司（日本資本家）。

3 男性權力欲望的貪婪：物質主義

在〈藍衣少女〉、〈財子壽〉、〈合家平安〉、〈山川草木〉中，女性受到的壓迫來自於充斥於資產階級的物質主義價值觀。

對男性物質主義者而言，財物的獲得是他們個人的首要目標和生活方式，他們評價財物和財物的獲得高於其他事物和生活的活動，物質就是他們的價值。[25]物質主義者有「我們即我們所有」（we are what we have）的概念，在自我（self）的形成中過程，會有延伸自我（extended self）的情形發生。也就是說，物質主義者會將身邊的物質合併在自我的概念裡，並以此種緊密的關係來展現自我。[26]簡單來說，物質主義者的自我概念與自尊的形成來自於外在的物質擁有。〈財子壽〉的周海文即是標準的物質主義者：

> 他年近四十，擁有有錢人的白皙皮膚與苗條體格。由於不愛社交，蟄居守著父親遺留下來的財產，以栽培洋蘭、寫書法為樂。在物質上，為了自己的利益無論使用任何手段也毫不躊躇，因此大家都議論他是個各嗇鬼。例如劈柴的工資，儘管只是區區的一點小錢，卻拖延兩、三個月才支付，為的就是賺那利息錢。……飲食與餐具，甚至於菜餚，都是使用自己專用的東西，補品高麗人參也是他一個人獨享。他對人生的態度盡在「財子壽」三個字上，亦即增多財產、繁榮子孫，以及長壽。[27]

「佔有」是物質主義者很明顯的特質，Belk（1948-1997）指出高物質主義者的貪婪性、佔有性、嫉妒性遠高於低物質主義者，而 Fromm（1900-1980）認為高物質主義者有高度競爭性，對於物質的佔有呈現高度不安全

---

25 葉晉嘉：《臺灣城鄉價值變遷及其對都市治理之意涵》（高雄市：國立中山大學公共事務管理研究所博士論文，2008年），頁4。

26 林耀楠、徐達光：〈物質主義之本土性概念初探〉，《商管科技季刊》第9卷第1期（2008年3月），頁4。

27 呂赫若：〈財子壽〉，《臺灣文學》二卷二號（1942年4月）。收入林至潔譯：《呂赫若小說全集（上）》（臺北縣：INK 印刻出版公司，2006年），頁269。

感。[28]周海文面對萬貫家產不僅不滿足，更在蠅頭小利上吹毛求疵，且因對物質的不安全感而具有強烈的獨佔慾。

在外顯行為上，物質主義者過度強調自我中心，益發自私而忽略了人際交往與自我實現。物質主義者也將物質與財貨當做快樂與生活滿意度的指標，這種心靈的滿足即所謂「快樂陷阱」（ hedonic trap ）。為了使心裡長時間感到快樂，必須追求更多物質來達到滿足。且獲得新物質後快樂很快就消失，所以就陷入了周而復始的欲望追求：

> 前妻死時，由於投了一萬元的保險，所以有一萬元收入的喜悅，使他無暇悲傷妻子之死。⋯⋯海文每天一起床，就會在偌大屋內屋外走一圈的習慣。走著走著，越發滿意自己家的寬廣，不由自主的喜歡這棟具備作為資本家外觀的建築物。[29]

周海文的物質主義不只是外在財富的貪婪，表現在男女的權力場上是身體/性的索求。面對突如其來的秋香（七年前被海文嫁到南部的婢女）反客為主在家中指揮大小事，完全無視老太太與正室玉梅的存在，頤指氣使宛若女主人，海文只能維諾順從；秋香刻意安排下人素珠改住海文書房隔壁，好讓海文能一逞獸慾。於門後的海文，「故意斜眼竊笑」盼望著即將到來的性的喜悅。傅柯（1926-1984）探討性與權力（power）時，提到「性活動的主體，而另一方面是伴侶──對象」，是性活動中的配角，前者自然是男人，而更確切地說，是成年而自由的男人；後者當然為女人。」[30]〈財子壽〉中女性（秋香、素珠）以肉體作為轉換器以交換由男性身體轉移之權利與財務，性、金錢、權力三位一體。不過值得注意的是，小說中男女身體/性的角力

---

28 林耀楠、徐達光：〈物質主義之本土性概念初探〉，《商管科技季刊》第9卷第1期（2008年3月），頁5。

29 呂赫若：〈財子壽〉，《臺灣文學》二卷二號（1942年4月）。收入林至潔譯：《呂赫若小說全集（上）》（臺北縣：INK 印刻出版公司，2006年），頁276。

30 米歇爾‧傅柯（Michel Foucault，1926-1984）著、余碧平譯：《性經驗史》（上海市：上海出版社，2000年），頁154。

場,「男為主體女為客體」卻存在著權力的辯證。女性雖無自主權,但卻有主動權。在權力結構中,主體與權力關係並不完全存在著既定的主從關係。[31]沒有其中一方能完全宰制著另一方,彼此的權力會互相牽制,周海文、秋香、素珠,三人的權力結構即如此。在本文中,秋香、素珠利用性制衡周海文,素珠因而取得財庫的鑰匙。面對性而無法招架的周海文卻也能運用家庭權力,控制女性的去留。唯獨玉梅在這權力場域中缺席,不僅為信奉物質主義的海文剝削自己長期的積攢,懷孕失去女性「性」的優勢後又受到眾人欺凌,在家庭的權力空間中只能以發瘋退場。

〈山川草木〉以跌宕有致的小說節奏敘述一位堅韌的女性寶蓮,原本在東京學習音樂,面對父親去世遺產被繼母霸佔這突如其來的變故,毅然放棄東京的繁華生活以及作為崔承喜[32]第二的藝術夢想,扛起照顧弟妹的責任,深入山中成為農婦。寶蓮的壓迫來自於繼母的權力侵占,根源乃是金錢貪婪與物質主義。

在父親僅剩的四家店鋪和山中的田地,寶蓮被迫回歸田園。[33]寶蓮的抉

---

31 米歇爾・傅柯《詞與物:人文科學考古學》中討論委拉斯奎茲(Diego Velazquez,1599-1660)〈侍女圖〉(Las Meninas),由畫中人物的目光談起,說明主體和客體、目擊者與模特兒無止盡的顛倒自己的角色,也就是在相互可見性的路線包含著一整套有關不確定性、交換和閃躲的網絡。米歇爾・傅柯著、莫偉明譯:《詞與物:人文科學考古學》(上海市:三聯書局,2001年),頁5。而畫家本身入畫,原為現實繪畫的客體──瑪格麗特公主與侍女成了作品的主體;而繪畫的主體──國王與皇后則成為作品中小鏡子裡的小人物。主/客體錯置,在視覺空間中表現了「去中心」的概念,主體意義不確定,任何目光都是不穩定的。

32 崔承喜生於漢城士大夫家庭,一九二六年五月,至東京發展並師事日本現代舞蹈開拓者石井漢,三年後,擔綱成為主角舞者,後來更進一步被拔擢為「首席代教」,在當時是世界級的舞者。

33 陳芳明於〈殖民地與女性〉中認為:寶蓮回歸田園是刻意要擺脫戰爭的控制,她選擇放棄社會的競爭等於是放棄對戰爭的響應,也等於是對日本殖民父權的棄擲,所以不能以一般皇民作品視之。它毋寧是一篇反戰爭、反父權的抗議小說。收入陳映真等著:《呂赫若作品研究:臺灣第一才子》(臺北市:聯合文學出版社,1997年),頁261。我們認為此作品寫於戰爭時期一九四四年,不過以本文的內容而言,是否真的蘊含著「反戰思想」,不無過度詮釋之嫌。海德格(Martin Heidegger,1889-1976)曾提

擇,並非「隱藏了批判能力,向艱苦的生活妥協」。[34]而是背負著身為長女的家庭責任,在現實的挫敗與經濟的逼迫之下,為自己的生命找到了另一種生存方式:

> 我也並不否定人的努力向上與活躍於社會。我考慮的是做事的方法,生存的方法。舅舅已經在這住了四十年了!他在這看山、看河、看樹木成長,在這耕種了四十年。舅舅既不是呆子,也不是無能。我想這就是生活。[35]

呂赫若並非歌頌自然山川,也非嚮往著田園生活。只是在現代的、資本的、夢想的社會裡無法立足,人總是要懂得選擇、要能在這世界上生活,就如同寶蓮所說的「並不是因為景色好我就稱讚這裡,而是覺得這是一種生活的方式。」[36]

　　〈藍衣少女〉中的蔡萬欸為熱愛藝術的美術教師,因學生妙麗主動要求萬欸以自己為模特兒,創作一幅「藍衣少女」,在保守的山村此畫成了村民撻伐的對象。面對排山倒海的抗議,萬欸也曾據理力爭;但是隨之而來的是校長的經濟施壓,讓萬欸失去了為理想、理念捍衛的堅強意志。轉向鄙陋的世俗價值,承認「金錢萬能」。萬欸與現實拔河的抵抗,是握著剪刀摧毀理想的象徵──「藍衣少女」一圖。同樣為金錢所壓迫的是女主人公妙麗,抵

出了前判斷之說,也就是先入為主的觀念。人常常透過自己的歷史意識(混合了信念、經驗、權威意識),去解釋理解自己和世界。高達美(Hans-Geog Gadamer,1900-2002)繼承海德格的前判斷概念,提出「我們通過我們把自己置入他人的處境中,他人的質性,亦即他人的不可消解的個性才被意識到。」也就是詮釋者擴大了自己的「視域」與其他「視域」交合,形成了「視域融合」的主客體相互融通的現象,歷史意義才曾真正被顯現出來。Hans-Georg Gadamer 著、洪漢鼎譯:《真理與方法──哲學詮釋學的基本特徵》(臺北市:時報文化出版社,1993年),頁398-399。

34 朱家慧:《兩個太陽下的臺灣作家》(臺南市:臺南市立藝術中心,2000年),頁78。

35 呂赫若:〈山川草木〉,《臺灣文藝創刊號》(1944年5月)。見林至潔譯:《呂赫若小說全集(下)》(臺北縣:INK 印刻出版公司,2006年),頁596。

36 呂赫若:〈山川草木〉,《臺灣文藝創刊號》(1944年5月)。見林至潔譯:《呂赫若小說全集(下)》(臺北縣:INK 印刻出版公司,2006年),頁596。

抗父權利益取向的婚配而大聲吶喊:「我不要在這個山中……不要!我不要嘛!有錢也不能怎麼樣啊!我想更深入探求生活的意義啊!」

山,是一個閉鎖的空間,象徵著落後、傳統、權力宰制。畫,是一個虛幻的空間,象徵進步、現代、理想境界。[37]面對萬欵的物質屈服,妙麗仍舊頑強的抗拒。萬欵屈服的並非「物質主義」,而是現實的經濟問題;為「物質主義」所奴役的是身為村長的妙麗父親,為獲得地方財主的利益,逼迫妙麗與之聯姻。女性,即使有進步的思想,也經常葬送父權經濟權力的體制中。

4 生存環境的壓迫:家計勤動

清領時期的臺灣是移墾社會,橫渡黑水溝來臺開墾者篳路藍縷,尤以女性須裡外勞動,辛苦特甚。《新竹縣志初稿》記載婦女尤善女紅「新竹蠶桑不事、紡織無聞,婦人多學刺繡;花卉、禽鳥皆鍼線繡成,精緻如繪。」而貧者則須在家兼事貼補家用「貧則代人浣衣、代人裁縫,或織小帛(婦人纏足所用)、或織帶,大小花紋俱工」;勞動者則須奔波於田間山野「近山一帶,兼事採茶。鄉下秋季,兼拾落花生(俗呼擺塗豆);或制麻、制苧,皆以女工為之。」[38]

清領時期的女工雖僅能從事女紅、編織、傭耕等副業,卻為貧苦的女工們帶來紓困的機會。清光緒年間,自竹南一帶至中部海線如苑裡、大甲、通霄等地的婦女從事刺繡女紅者少,編織蓆帽者多,「生女比生男好」、「三千多甲水田不及草履面、草蓆」成為當時的社會現象。在蓆帽的全盛期,家中只要有一人編織蓆帽,即可以養活六口之家。

日治時期,因為經濟結構的改變,清代的女性工作僅是家中剩餘人力的

---

37 野間信幸認為呂赫若的親哥哥、堂兄以及自己等都有日本留學的經驗,所以〈一根球拍〉的堂兄熱中近代化的產物——網球、〈藍衣少女〉的畫布、〈臺灣女性〉的小提琴,都是呂赫若離家積極吸收東京現代文化,試圖開創新的人生的見證。見野間信幸著、邱振瑞譯:〈關於呂赫若作品:一根球拍〉,收於陳映真等著:《呂赫若作品研究:臺灣第一才子》(臺北市:聯合文學出版社,1997年),頁198。

38 《新竹縣志初稿》(臺北市:臺灣銀行經濟研究室,1957年),頁176。

再利用，日治時期的社會經濟使得女性離開家庭到工廠、公司，經由固定的
工作環境而漸漸取得獨立工作。以「大稻埕」為例：一八九八年已躍升為全
臺第二大城的大稻埕，是以出口茶葉為主的典型通商口岸都市。大稻埕湧進
了大量的女性勞動力，其中以揀茶女占多數。由於女性沒有土地財產的繼承
權利，因此在茶業產業資本的拉力牽引下，女性比男性易成為鄉村流動到城
市的勞動力。一九一五年的人口統計，更顯示出大稻埕的本島女性人口多過
本島男性人口。[39]但是，當傳統的農業經濟向工業化經濟過渡時，城市的消
費空間初起，女性雖取得知識與專業訓練的管道，但是就業選擇仍然有限，
所以底層的女性多走向演藝與風月場所。

　　在呂赫若的小說中，勞動婦女的形象為悲苦、壓抑、墮落，無正面書寫
勞動婦女的生活樂足。〈牛車〉的阿梅、〈暴風雨的故事〉的罔市、〈風頭水
尾〉的鳳嬌受盡資方的剝削、經濟制度的煎熬、自然環境的考驗，這是農村
勞動婦女的面貌；〈女人的命運〉中大稻埕藝旦的雙美與〈冬夜〉的舞女彩
鳳，則有別於勞動婦女，其坎坷的命運則來自於「想像」與「現實」的衝
突，以及「金錢」與「愛情」的矛盾。

　　身為大稻埕藝旦的雙美，既未走過大稻埕藝旦繁華的一九二○年代，又
在社會娛樂的轉型下，過去的「藝旦間」逐漸被酒家取代，或成為巷弄內中
下階層的娼館，雙美亦順著社會變遷的腳步而成為熱風舞廳的舞女。

　　雙美對於「家庭的想像」是長期痛苦周旋於男性之間賣藝賣笑的動力，
並非只是單純對於愛情的憧憬。雙美即使一肩扛起家計重擔，在內須安撫白
瑞奇失業的無助，在外須奮力掙錢。只要遊走於「想像」的美好未來，對於
「現實」的奔波勞苦亦甘之如飴。當「想像」遇到挫折，雙美為愛背負的家
計重擔似乎可以減輕。但是，迫切的報復快感卻讓雙美由「賣藝不賣身」墮
落為「賣藝亦賣身」。少了家計的重擔，卻多了情感的沉重包袱。

　　呂赫若筆下的雙美是男人的依附，個性柔弱怯懦，自我主體意識薄弱；
面對男人的棄絕，支持雙美重新站起來的是狠毒強烈的報復心，與自甘墮落

---

39 陳惠雯：《大稻埕查某人地圖》（臺北縣：博揚文化事業公司，1999年），頁43-44。

賣身的狂放。

呂赫若女性小說，面對家中經濟難題或挺身而出投入勞動，或被迫走入章臺，都呈現苦難的圖像。

三 女性與父權宰制

在原始社會裡，女性具有生殖能力與社會生產能力。其生產的目的在於滿足基本的生活需求，其地位是與男性平等的。隨著生產方式的改變、私有財產制的建立、城市的出現、階級的對立，進入了以男性為主導的社會體制。父權社會將生產視為社會性、有排除性、交換取向，女性喪失了經濟的主導權，自然地位退居其次。另外，隨著國家的形成，在政治、經濟、法律、文化、宗教、教育、家庭領域中，權力與權利都保留給男性。國家的形成，其本質即在於：以奴隸制度、社會階級的存在，以及婦女地位的低落為基礎。[40]以男性為主體而建構出的社會體制及文化價值，在許多面向時常遺漏女性的存在，久而久之兩性之間的關係就已成了慣性。縱的來看，父系的秩序代代相傳；橫的來看，父權已是世界性的樣貌。

呂赫若女性小說壓迫的另一個來源——「父權」（patriarchy），以下茲以「婚姻制度」與「家庭地位」分析之：

1 婚姻制度的束縛

人類社會除了少數母系族群外，隨著歷史的演進確立了以父系世代相傳的宗族社會體制。女性自原生家庭至婚配後的再生家庭，家族譜系中「女性之名」往往缺席。即使有權進入譜系中，仍然依附於父系性名之側。[41]女

---

40 安德蕾·米歇爾（Andree Michel）著、張南星譯：《女權主義》（臺北市：遠流出版事業公司，1989年），頁20。

41 婦女的名字一般既不按規定的字輩取名，她的名字也不能在世系圖表中列出，若有寫進家譜的，女兒的名字則列在父母名下，兄弟之側。如果已嫁，再寫上適某氏，也到此為止了。陳增穎：〈從女性主義觀點看中國歷史上的婚姻家庭與性別〉，《諮商與輔導》第233期（2005年5月），頁4。

性，以從屬的地位偏安於男性的宗法制度之中。

清領時期的臺灣因為男女人口懸殊的移墾特性、生計難繼的經濟因素、崇尚虛榮的社會風尚、本土俗尚的自然傳承、男尊女卑的傳統觀念，臺灣婦女受到社會陋俗的有形規範的嚴重壓迫。[42]在婚姻制度方面，舉凡鬻女、賣妻、蓄婢，皆使女性的婚姻家庭生活陷入陰影中。社會的陋習來自於整個文化脈絡傳承的價值體系，而這巨大厚重且難以改變的價值體系即是——父權。日治時期臺灣漢人亦承襲清代的婚姻制度，兩性權力失衡的天秤很難有平等的時刻。

自古以來，兒女的終身大事由父母定奪，父母之命難以違背。女子如何定位於家庭社會的父權座標？價值如何判斷？非來自自我的肯定，而是大家的認可。呂赫若〈婚約奇譚〉琴琴的父親：

> 為了挽救沒落的家計，正絞盡腦汁想跟有財勢人家攀親，讓女兒釣個金龜婿，幫助他達成願望。基於這個理由，父親對琴琴發揮了日常對子女的暴君作風，力逼無論如何都要抓住這個大好的機會。……國棟苦笑著說：「（琴琴）被父親與兄長監禁了一個禮拜。說是為了家，如果不答應，就再監禁一個月，甚至一年。無計可施之餘，聽說已經答應了。」[43]

「臺灣女性……」是琴琴的口頭禪，一位公學校六年畢業，熱衷於馬克斯主義的女性，由於有不讓鬚眉的熱情與尖銳的意見，因此男人們相當看好她的前途。她堅決抵抗父親強迫的婚姻，認為「身為知識分子的女性，卻只能一心一意當個布爾喬亞新娘，未免可笑至極。」父親臣服於金錢的利誘，將琴琴匹配於無所事事、耽溺於酒和咖啡的紈褲子弟。即使琴琴意志剛強，卻仍舊逃脫不了父權的桎梏。傳統父母之命的婚姻，出自於家族、家庭的利益需

---

42 游鑑明：《日據時期臺灣的女子教育》（臺北市：國立臺灣師範大學歷史研究所碩士論文，1987年），頁15、17。

43 呂赫若：〈婚約奇譚〉，《臺灣文藝》（1935年7月）。見林至潔譯：《呂赫若小說全集（上）》（臺北縣：INK印刻出版公司，2006年），頁127。

求，而非以女性中身幸福為前提。家族行為的婚姻，自然無婚姻的自由。

〈廟庭〉、〈月夜〉是呂赫若女性小說中最能表現女人婚姻悲歌的篇章。以第一人稱「我」，參與表妹翠竹在婚姻中由受虐、反抗、壓迫、絕望至跳河獲救的悲劇歷程。展演的舞臺由〈廟庭〉的娘家至〈月夜〉的夫家，無論是哪一個空間，翠竹接受盡恥辱與迫害。在封建體制下的婚姻宰制，女性無法呼吸到自由的空氣。在〈廟庭〉裡男性家長以傳統禮教壓抑翠竹欲離婚的意志：

> 「妖婆！你要女兒嫁幾次才甘心。混帳。」舅舅提高聲音。
>
> 「這是沒有辦法的事吧？」
>
> 「不可以，這次說什麼也不行。我已經用盡方法才使翠竹再婚。對方拿了我三百圓的陪嫁金與日用家具。絕對沒有白白捨棄的道理。」
>
> 「你愛錢勝過愛翠竹的命嗎？」
>
> 「我是愛錢。而且離婚看看，你認為那麼輕易就能再婚嗎？如果不行，後果又會如何？」
>
> 「這是沒有辦法的事。都是翠竹的命運。」
>
> 「哼！還不是因為祖先的牌位不祭拜姑婆（女性的直系長輩）。」
>
> 舅媽終於哭了起來，然後走進臥室。[44]

人性的卑微於此對話中嶄露無遺。為人母積極為女兒爭取權利，但是面對社會的價值判斷也只能退卻。「再婚」彷彿是一個標籤，貼在商品的標籤，由社會的觀點判斷女性的價值，女兒血緣之親，孰與金錢為重？顯然在對話中已見真章。已然是人為的命運之配，卻也要讓女性俯首於冥冥無形的命運宿命裡，為父權的獨斷找到一個合理的解釋。傳統祭祀規矩中，單身無後的女性無法接受祭饗，在綿延的家族譜系中，女性仍然需要依附著男性才有自己的定位。在〈月夜〉的開頭道出在同一個文化社會裡，男性與女性在婚姻條件上有雙重標準：

---

44 呂赫若：〈廟庭〉，《臺灣時報》（1942年5月）。見林至潔譯：《呂赫若小說全集（上）》（臺北縣：INK印刻出版公司，2006年），頁320。

結婚是女人一生重要的任務。如果是男人，一次婚姻失敗的男人，也有可能再度過著幸福的婚姻生活。可是，換成女性時，單是社會上與道德上的因素，似乎被認定只能有更不好的婚姻。[45]

創作〈月夜〉時，呂赫若於日記寫著：「想寫更像臺灣人的生活，不誇張的小說。有臺灣色彩的東西。」（1942.3.16）在呂赫若「客觀歷史呈現」和「主觀感情抒發」兩面性的結合之下[46]，他以婚姻制度的壓迫為素材，冷靜寫實的敘述口吻娓娓道出臺灣女性真實的命運。

2 家庭地位的邊緣化

女性在家庭裡的地位取決於是否合法。但是，即使在合法的妻或妾，也不一定每個人都能譜出幸福的協奏曲。相對於妻的正當性，「妾」既處於權利保障的邊陲，又須承擔來自丈夫與正房的雙重壓力，在家庭的位階是「再次級」。

呂赫若〈前途手記──某一個小小的地方〉在其寫作軌跡中，是由農村婦女關懷轉向都市女性書寫的標誌。曾為妓女的叔眉，為林氏收為二房。淑眉知悉在正室的強勢之下，定會被拋棄，會再次置已老去的自己於陰暗的最底層。基於現實環境的分析與理解，淑眉盡其所能的求子，希望以子為貴保障自己往後的家庭地位。佯裝懷孕，但林氏「從淑眉的肚子裡取出一塊摺疊得非常仔細的布時不禁黯然了。」淑眉的前途，也隨著無法受孕漸漸黯然了。下女阿珠為林氏收為三房，讓淑眉的前途更顯顛簸。淑眉徹底的監視著阿珠的肚子，想要找出究竟是誰有缺陷。最終，只能靠著求神問卜、聽信偏方，導致胃癌纏身而逝世。文末，敘述者「我」表達惋惜：

聽到這裡我站了起來。新搬到我隔壁的農人婆婆一講到那兒就用一襬

---

45 呂赫若：〈月夜〉，《臺灣文學》三卷一號（1943年1月）。見林至潔譯：《呂赫若小說全集（下）》（臺北縣：INK印刻出版公司，2006年），頁397。

46 呂正惠：〈殉道者──呂赫若小說的歷史哲學及其歷史道路〉，收入林至潔譯：《呂赫若小說全集（下）》（臺北縣：INK印刻出版公司，2006年），頁674。

掩鼻哭泣著。我雜然地想到那個女兒的醫生和她寂寞的死寂的死以及作為有錢人家的妾的悲哀，不禁滲出淚水來。走出門口，剛好兩隻燕子從屋簷的鳥巢飛出，在田野上飛來飛去。[47]

雙燕于飛，對比過世時只有老母親一人在枕邊哭泣送行的淑眉。煢煢寂寞的淑眉，如此被拋棄的寂寞的離開，不禁也使「我」淚濕青衫。呂赫若〈前途手記－某一個小小的記錄〉是為刻劃身為「妾」長期思索自己的家庭地位，而由緊張不安到瘋狂扭曲的心理過程，故聚焦於「妾」的內心掙扎焦索而省略了妻妾的後宮鬥法。事實上，「妻」與「妾」在禮制、法制、實質權力各方面，經常是站在對立面的。因此因爭寵而來的家庭糾紛，以及因爭奪一個穩固的存在座標而產生之人性異化幾乎成為臺灣社會家庭宅院中的日常問題。[48]

　　日治時期，「媳婦仔」的家庭地位也多如「妾」一般坎坷。女兒在家庭的地位卑下，需要經過男性的認同才有自己的生存空間。在家庭環境中，生女兒只會折損經濟，所以只有長女會留下供招贅用，其餘的女兒皆趁早送給別人當作「媳婦仔」接奶水。婆婆即為養母，養母即為婆婆，此時女性的命運就交予男性審判。若媳婦仔與兒子和樂融洽，女性的幸福就指日可待；若兩人水火不容，女性的未來就生不如死。若媳婦仔有意中人而欲離開婆家，則須將聘金交給婆家才可「屬身」（贖身），但是媳婦仔離開婆家，在日治時期確實是極不光彩的事。呂赫若〈媳婦仔的立場〉認為：媳婦仔與丈夫因為從小在一起，對對方長處、缺點、癖性都很了解，也多能遷就。加上兄妹情與夫妻愛，媳婦仔自然成為溫柔體貼的賢妻，與家人之間的感情也都是篤愛相待。[49]相對於雜文中的理想看法，在小說〈田園與女人〉呂赫若便由相對的角度映照出媳婦仔在家庭地位的卑微。小說敘述知識分子──伯煙，為了

---

47 呂赫若：〈前途手記──某一個小小的紀錄〉，《臺灣新文學》一卷四號（1936年5月）。見林至潔譯：《呂赫若小說全集（上）》（臺北縣：INK 印刻出版公司，2006年），頁157。

48 楊翠：《日據時期臺灣婦女解放運動：以臺灣民報為分析場域1920-1932》（臺北市：時報文化出版社，1993年），頁47。

49 呂赫若：〈媳婦仔的立場〉，《民俗臺灣》三卷十一號（1943年11月）。見林至潔譯：《呂赫若小說全集（下）》（臺北縣：INK 印刻出版公司，2006年），頁654。

與東京認識的麗卿結婚,而強迫家中朝夕相處的媳婦仔——碧雲退場。在整個故事情節中,碧雲是個「無聲」的角色,內心的情感全由情節與動作托出。面對伯煙理直氣壯、堅決憤怒的央求母親取消婚姻,碧雲只能背對著伯煙母子倆,默默的晾衣服,舉手投足間散發出莫名的寂寞。與伯煙擦身而過,不是少女面對情郎的羞怯害臊而是面對薄情郎的羞愧痛苦。小說在母親與伯煙的對話中結束,媳婦仔碧雲的故事也畫上了句號:

> 「發生了什麼事了嗎?」
>
> 「還問發生了什麼事啊!你啊!彩碧終於回去了。而且,說是沒有回親生父母家。也不知道到底去了哪裡?我一直阻止她回家,可是……她的親生父母家是那麼的貧窮,彩碧是那麼溫順與純真的個性,真是可憐啊……」
>
> 「……」
>
> 「你認為這樣很好嗎?」
>
> 伯煙許久無言以對。不過,毅然無言地點頭。[50]

在兩人的對話裡,伯煙反抗父母之命,追求自由婚姻。但是,在成全自己與愛人的同時,卻摧毀了另一個女性。面對伯煙的抵抗,母親也莫可奈何,「如果說是如今的趨勢,那也是沒有辦法的事吧……。」時代吹起了自由戀愛,但這股風潮是否也有性別之差?

四 小結

雖然陳芳明認為:「三〇年代臺灣作家對於女性議題的關切,並不是以性別差異的觀點出發,而仍然是以階級的問題來處理。」[51]觸碰到階級問

---

50 呂赫若:〈田園與女人〉,《臺灣藝術》一卷五號(1940年7月)。見林至潔譯:《呂赫若小說全集(下)》(臺北縣:INK 印刻出版公司,2006年),頁262。

51 陳芳明:〈寫實文學與批判精神的抬頭〉,《聯合文學》第16卷第5期(2000年3月),頁141。

題,就不是簡單的男/女分法來解釋,而是必須考量整個社會環境與文化價
值。不過,以階級論之,女性仍是所有社會階級中普遍的弱勢。日治時期的
女性,受到殖民者、資本家、社會金錢價值、家庭環境的「經濟」壓迫,也
受到歷史長期以來所生成以男性為主體的「父權社會體系」的宰制。「經濟
壓迫」與「父權壓迫」,是呂赫若女性小說的兩大主題,由此為女性的生命
定下了悲劇性的基調。

附表：呂赫若女性小說主題表

篇名	內容大要	女性命運	女性主題
〈牛車〉	楊添丁以牛車運送物品為業，無法抵抗日本現代汽車的挑戰，一家走向敗亡的悲劇。	妻子阿梅在殖民經濟的逼迫之下，不得已淪為娼妓。	殖民經濟壓迫
〈暴風雨的故事〉	地主寶財以佃主之姿欺凌佃農，並長期強暴罔市。佃農老松於罔市自殺後，得知真相而為妻報仇並置寶財於死地。	罔市受寶財凌虐後幾近發瘋，老松對寶財的敬畏促使罔市上吊。	地主迫害
〈婚約奇譚〉	明和貪圖琴琴的美色而向春木藉有關馬克思主義的書籍，為了在相親時討好琴琴。假面具被拆穿後，琴琴為了毀婚憤而離家。	琴琴為熱衷於馬克思階級主義的女性，勇於對抗父權與制度，展現獨立自主的新女性。	父權宰制
〈前途手記──某一個小小的記錄〉	呂赫若記錄耳聞之事：淑眉十四歲即為藝妓，後為林氏收作妾。因遲遲無法懷孕而迷信喝符水能生子，後得胃癌過世。	淑眉長期在「母以子貴」的壓力折磨下，出現變態、瘋狂的行為，後為滿足生理需求而勾引林的外甥。	父權宰制
〈女人的命運〉	舞女雙美雖與白瑞奇產下一女，卻因	雙美一肩扛起家計，支持失業的白	社會價值金錢主義

篇名	內容大要	女性命運	女性主題
	身分卑微而無法與白瑞奇共結連理。白瑞奇敵不過金錢的誘惑而入贅於寡婦，拋棄雙美。	瑞奇長達六年。因白瑞奇拋棄而發瘋在家中狂奔，最後陷入報復式的墮落。	
〈逃跑的男人〉	慶雲訴說帶著嬰孩獨自出走的經過，頗有呂赫若自傳性的色彩。	本篇有兩個女性形象，一繼母，蠱惑父親，欺凌慶雲；二為罔留（慶雲之妻），與金星（繼母之子）私通。	
〈藍衣少女〉	蔡萬欽被控以妙麗為模特兒作畫的動機是滿足自己的邪欲，兩人最後不得已而必須放棄藝術，跪倒在金錢面前。	蔡氏之妻遠赴東洋學習裁縫，為求雙薪穩定家計。而故事主人公妙麗則為首富姜大川之未婚妻，在眾仕紳的壓迫下必須放棄前衛的藝術思想，回歸傳統的女子。	社會價值金錢主義婚姻制度
〈春的呢喃〉	伯煙於磯村老師家遇到珠里，兩人萍水相逢但似乎郎無情妹有意。	麗卿受過新式教育，即使藥專畢業仍只為出嫁；不過卻有現代女性的自主，主動親近伯煙。	婚姻制度
〈田園與女人〉	此為〈春的呢喃〉的姊妹篇。伯煙與麗卿自由戀愛後，希望與童養媳彩碧取消婚約。麗卿無	麗卿畏懼傳統禮教，拒伯煙於千里之外；彩碧則為自由戀愛下的犧牲者。	婚姻制度父權宰制

篇名	內容大要	女性命運	女性主題
	法與父權抵抗軟弱的拒絕伯煙，彩碧離開伯煙杳無音訊。		
〈財子壽〉	身為周海文繼室的玉梅長期受到夫家的虐待，陽性與陰性權力的雙重夾困，最終不堪其苦而發瘋。	玉梅遭受夫家的虐待而發瘋，而秋香以下女的身分將玉梅踩在腳下，利用肉體的誘惑，最後偷得八十元而逃逸。另一隱形人物為九舍（海文之父）之繼室，因背叛丈夫而被嫁到貧窮農家。	婚姻制度父權宰制
〈廟庭〉	以「我」為敘述者，記錄了表妹翠竹不幸的婚姻。丈夫的冷落，婆婆的欺壓，讓翠竹選擇出走。	翠竹為一再婚的弱女子，回到娘家希望離婚，卻遭到父親以「名譽」問題駁回。翠竹之母雖支持翠竹，卻對於丈夫的堅持感到無力反抗。	婚姻制度父權宰制
〈鄰居〉	「我」與內地夫婦田中氏由畏懼到真誠以對，以及見證日本人與臺灣人對立仇視的消解。	田中夫人與田中先生鶼鰈情深，卻苦於膝下無子。「認養」了一名本島小孩——阿民，展現原始的母愛。	無
〈月夜〉	此篇為〈廟庭〉的姊妹篇，敘述「我」	翠竹因為言語的反抗招致婆婆與小姑	婚姻制度父權宰制

篇名	內容大要	女性命運	女性主題
〈月夜〉	帶著翠竹回夫家，見證翠竹受到婆家無情的羞辱與毒打，由膽怯恐懼到悲憤自殺的過程。	的詛咒與體刑，訴求離婚不成而跳河自盡；婆婆、小姑具有男性化醜陋外表與畸形的權力之配心態，虐待了翠竹等前後九任媳婦。	陰性權力的壓迫
〈合家平安〉	范慶星因沉溺於吸食鴉片而敗光家產，玉鳳欲力挽狂瀾，卻不敵傾家蕩產的速度。只能依靠范慶星養子有福的資助勉強維生。	玉鳳曾與范慶星享盡榮華富貴，卻也必須背負中興家道的責任。	經濟壓迫
〈玉蘭花〉	主人公「我」回憶一家人與叔父的日本友人——鈴木善兵衛的友好往事。	年輕祖母憂心么子赴日深造而日夜求神祭拜；鈴木病危時年輕祖母在河邊招魂，竟奇蹟似的讓鈴木康復。在新舊文化的矛盾中，故事中的女性儼然代表著迷信與傳統。	無
〈清秋〉	主角耀勳希望在家鄉開業行醫，卻遭到了雙重阻礙：一是同行競爭的小兒科醫師江有海，一是家中店面的承租商黃明金。面對困	母親為典型的傳統女主人，溫柔堅毅的支撐著家庭。人生的任務就是為子女安排婚姻大事。婉如方從女校畢業，於莊保育園工	無

篇名	內容大要	女性命運	女性主題
〈清秋〉	境的耀勳，曾經想放棄開業。但就在從軍潮的影響下，不僅弟弟耀東放棄日本製藥廠的工作執意前往南方，江有海與黃明金也決定選擇參戰而奔向南方，問題遂迎刃而解。	作，雖非主角卻有著其他篇章的女性沒有的明朗個性。碧玉為婉如的女校同學，時常造訪婉如。一次與碧玉出遊，耀勳似乎感到心花怒放，卻又因診所遲遲無法開業而放棄婚姻。	
〈山川草木〉	寶蓮是富有音樂稟賦的天之驕女，父親去世後，財產全被繼母侵占，於是放棄她心愛的音樂，離開東京並且徹底洗盡鉛華。帶著弟妹來到父親遺留下的山坡，種植著農作物維生，積極勇敢的面對殘酷的運命。	寶蓮於喪父前是時髦開朗的音樂才女，為眾人的目光焦點；父喪後因扛起家計而面目槁黃，身形衰老。上山耕作後，多了一分健康的美與剛健的氣質。繼母為一名藝妓，人前溫柔的慈母形象，卻是虛偽的遮掩住自己逼迫寶蓮放器財產的罪行。	經濟壓迫
〈風頭水尾〉	徐華加入農耕隊，來到「風頭水尾」（近海鹽分高，最差的農耕地）開墾。雖然荒蕪，在師傅洪天福的領導下，眾人卻也知足勤奮。	鳳嬌年輕時即為一位堅強獨立的勞動女性，能肩扛百斤物、從容走過獨木橋。	無

篇名	內容大要	女性命運	女性主題
〈百姓〉	此為呂赫若對戰爭時期農民的形象敘述。平時水火不容的陳姓與洪姓農夫，在空襲期間的患難相助，讓呂赫若憶起幼時的鄉村生活。	洪家媳婦即將分娩，陳姓老妻前來相助，兩家女眷們在苦難中順利的接生。	殖民政治壓迫
〈月光光〉	莊玉秋為了希望搬進「日本模範社區」，而要求母親、妻子、小孩不能在社區中說臺灣話。無工作能力的母親與小孩被迫「關在家中」不得與鄰居交談、外出嬉戲，日漸陰鬱的家庭氣氛讓莊玉秋深刻反省。最後於月光流洩的夜晚，帶著全家於庭院中大唱臺灣歌謠（月光光）。決心反抗皇民化的制度以及臺灣人民服膺於日本文化的畸形心態。	母親因不能說日本話而無法出門，不捨孫子不得外出而訓誡莊玉秋。妻子雖為職業婦女，但家中事務仍須聽從丈夫發落。而對不得說臺灣話的事，只能勉強附和丈夫。	殖民政治壓迫
〈冬夜〉	敘述命運乖舛的楊彩鳳，經歷兩段不幸婚姻：等待徵調	1.彩鳳： （1）戰爭時期，丈夫遠調南洋，彩	婚姻制度 父權宰制 經濟壓迫

篇名	內容大要	女性命運	女性主題
〈冬夜〉	至菲律賓的木火，經過多年的等待仍然落空，不得不接受木火已死的消息。而面對花言巧語、柔情攻勢的欽明，單純的彩鳳仍落入無情人布下的蜘蛛網。人財兩失，墮入更悲慘的深淵。任憑酒館來來去去的男人盡情所求，只為解決娘家困頓的經濟。在一次接客中慌亂的躲避警察的臨檢，在冬夜裡狂奔的彩鳳竟也感覺不到寒冷。	鳳挑起照顧翁姑的責任，在鄉下過著勞動的生活。（2）丈夫微調南洋而杳無音訊。失婚後，在肉類統制組合解散而失業。（3）在酒館遇到浙江人郭欽明，遭到郭的強暴逼婚，卻也因此感染梅毒。郭要求償還聘金三萬，並離婚。2.母親：好賭成性，間接的逼迫彩鳳下海維生。	政治壓迫

參考資料

（依作者姓氏筆畫排列）

一 專書

Hans-Georg Gadamer 著　洪漢鼎譯　《真理與方法——哲學詮釋學的基本特徵》　臺北市　時報文化出版社　1993年

日本經濟新聞社著　江伯峰譯　《日本之經濟——昭和時代之回顧》　臺北市　中華民國對外貿易發展協會　1991年

井出季和太著　郭輝編譯　《日據下之臺政：卷三》　臺北市　海峽學術出版社　2003年

末光欣也　《日本統治時代的臺灣》　臺北市　致良出版社公司　2012年

朱家慧　《兩個太陽下的臺灣作家》　臺南市　臺南市立藝術中心　2000年

安德蕾・米歇爾（Andree Michel）著　張南星譯　《女權主義》　臺北市　遠流出版事業公司　1989年

米歇爾・傅柯（Michel Foucault, 1926-1984）著　余碧平譯　《性經驗史》　上海市　上海出版社　2000年

米歇爾・傅柯著　莫偉明譯　《詞與物：人文科學考古學》　上海市　三聯書局　2001年

林至潔譯　《呂赫若小說全集（上）、（下）》　臺北縣　INK 印刻出版公司　2006年

東嘉生著　周憲文譯　《臺灣經濟史概說》　臺北市　海峽學術出版社　2000年

周憲文　《臺灣經濟史》　臺北市　臺灣開明書局　1980年

涂照彥　《日本帝國主義下的臺灣》　臺北市　人間出版社　1992年

陳芳明　《左翼臺灣——殖民地文學運動史論》　臺北市　麥田出版公司　1998年

陳添壽、蔡泰山　《臺灣經濟發展史》　臺北市　蘭陽出版社　2009年

陳映真等著　《呂赫若作品研究：臺灣第一才子》　臺北市　聯合文學出版公司　1997年

陳惠雯　《大稻埕查某人地圖》　臺北縣　博揚文化事業公司　1999年

葉石濤　《走向臺灣文學》　臺北市　自立晚報文化出版部　1990年

葉石濤　《作家的條件》　臺北市　遠景出版事業公司　1981年

楊　翠　《日據時期臺灣婦女解放運動：以臺灣民報為分析場域1920-1932》
　　　　臺北市　時報文化出版社　1993年

《新竹縣志初稿》　臺北市　臺灣銀行經濟研究室　1957年

二　期刊論文

林耀楠、徐達光　〈物質主義之本土性概念初探〉　《商管科技季刊》　第
　　　　9卷第1期　2008年3月

陳增穎　〈從女性主義觀點看中國歷史上的婚姻家庭與性別〉　《諮商與輔
　　　　導》　第233期　2005年5月

陳芳明　〈寫實文學與批判精神的抬頭〉　《聯合文學》　第16卷第5期
　　　　2000年3月

三　學位論文

葉晉嘉　《臺灣城鄉價值變遷及其對都市治理之意涵》　高雄市　國立中山
　　　　大學公共事務管理研究所博士論文　2008年

游鑑明　《日據時期臺灣的女子教育》　臺北市　國立臺灣師範大學歷史研
　　　　究所碩士論文　1987年

四　網路資料

吳婉筠　〈主題學〉　來源
　　　　http://www.complit.fju.edu.tw/complit/course/methodology/W.Y.Wu.%
　　　　20theme.html　2014.5.12

許雪姬編　《臺灣歷史辭典》　來源
　　　　http://nrch.cca.gov.tw/ccahome/website/site20/cca220003-li-
　　　　wpkbhisdictmain-0000-u.html　2012.7.12

臺灣擊缽吟的推手
——蔡啟運生平事蹟及其詩社活動探析

詹雅能[*]

摘要

　　臺灣的詩社擊缽吟活動自清代後期傳入後，延續至今，日治時期更曾有所謂「詩社林立」的鼎盛階段。其所以能有如此盛況，研究者普遍認為主要是統治者為籠絡傳統文士與地方仕紳階層，遂行其統治目的，而有心者亦往往藉此博取個人聲名及利益所致，這也使得在新舊文學論戰時期，擊缽吟便成為新文學家批判的主要目標。儘管如此，研究者也並不否認，日治時期的詩社活動其實也隱含有臺灣人欲藉此延續斯文於一脈的企圖與用心。在此一互為辯證的相對立場下，臺灣詩社活動得以承繼清代之發展而持續不墜，除了各自的用心外，擊缽吟活動形式的推廣與發展更扮演關鍵性之意義與角色。故而當吾人進一步研究日治初期臺灣擊缽吟活動的推廣與發展歷程時，則不難發現有一個極為鮮明的身影穿梭其間，即清代竹梅吟社詩人蔡啟運。對於蔡啟運之研究，目前除了傳統方志文獻史料之記載，以及少數研究者的傳記式論述外，並無個別作家之全面性探討，以致對於其生平事蹟及具體文學活動等尚未能充分展現。因此，本文擬從兩方面來進行探究，首先是有關生平事蹟部分，除了對既有文獻重新詮釋外，更將配合田野調查所得史料，盡可能拼湊出蔡啟運的生命史，包括其家世背景、事業經營與家庭構成等；其次，對於詩社活動的參與，本文將詳細討論蔡啟運在竹梅吟社、鹿苑吟

---

* 東南科技大學通識教育中心副教授。

社、櫟社、竹社等詩社的參與程度及扮演之角色，據以凸顯其對於擊缽吟活動推廣的積極與用心，並肯定蔡氏在臺灣詩社發展史上之貢獻。

關鍵詞：蔡啟運、臺灣、擊缽吟、詩社、新竹、苑裡

一　前言

　　蔡啟運，竹塹客雅人，一生出入南北詩壇，曾參與籌組清末至日治初期臺灣諸多詩社，連雅堂盛讚其「提倡詩學有功」，甚至認為他「可以詩豪」。而目前之研究也顯示，蔡啟運在日治時期詩社活動之推廣有其一定的影響性，他先後參加鹿苑吟社、櫟社、奇峰吟社、竹社，甚至在各地推廣擊缽吟活動，要了解新舊文學論戰中張我軍所極力砲轟的全臺擊缽吟熱烈景況，不能不溯源蔡氏的角色。不過，長期以來有關蔡啟運之研究，其實仍有諸多迷霧，甚至對其生平事蹟的闡述也頗感侷限，尤其蔡氏一生經歷乙未變革，曾參與臺灣民主國軍務，事敗後避亂苗栗公館，雖有所謂「佯狂詩酒，不問世事」之說，但日人領臺後，他不但獲頒紳章，且從事公職，究竟是何種因素，讓他面對政權轉換時，最終做出如此重大轉變？自我心境又是如何調適？此外，在文學活動方面，蔡氏原居新竹，取得清朝功名，曾為竹梅吟社重要成員，改隸後，遷居苑裡，遂又積極參與中部地區詩社活動。那麼，這段移居經驗，對其日後詩社活動有何意義？基於上述之問題意識，本文擬先就其生平事蹟及詩社活動兩方面入手，並設法達成下列面向之理解，包括：其一，藉由田調訪談所得，以求完整掌握蔡啟運其人事蹟行誼；其二，透過現有文獻史料，蒐羅彙錄蔡氏相關詩社活動紀錄，並由詩社史的角度，詳論蔡啟運參與詩社活動的歷程，以及其於日治時期推廣擊缽吟活動的始末，剖析其在臺灣詩社發展史中所扮演的角色，期盼得以呈顯更為具體豐富的蔡啟運其人、其事及其參與詩社活動的樣貌。

二　蔡啟運生平事蹟

（一）文獻探討與研究回顧

　　有關於蔡啟運事蹟的紀錄，最早見諸文獻者為王松《臺陽詩話》，文中

除載錄其幾首作品外，基本上提到之個人資料如下：

> 蔡啟運二尹（見先）又字振豐，吾竹之風雅家也。妻子奴婢，亦皆能
> 詩。善鍾情，多內寵。[1]

而為了印證「妻子奴婢，亦皆能詩」之說，文後更選錄了其妻林次湘之〈調
外〉詩作。此外，同卷稍前亦載錄一段與林次湘相關之敘述：

> 「試問嫦娥清節否，廣寒宮裏有人來。」此吾鄉郭重芙茂才寄內句
> 也。「博得開函眉一展，膝前兒女近能吟。」則吾鄉人林次湘女史寄
> 外句也。同是離懷之作，其胸次悲歡迴不相同。次湘，為蔡啟運二尹
> 之尊夫人，其子汝修亦能詩；一門風雅，有聲於時。[2]

文中不僅突顯林次湘能詩，同時點出其子蔡汝修亦能詩。綜觀王松這兩段記
載，基本上呼應其所言「吾竹之風雅家」之文壇佳話；其中尤以「妻子奴
婢，亦皆能詩」，這與蔡啟運〈自敘〉詩中所謂「閨中五鳳伴清吟」[3]相互輝
映之「閨房風雅」，更為後人所津津樂道。

第二位對蔡啟運事蹟有較多著墨者為連雅堂，他在明治四十四年
（1911）蔡啟運過世時所撰〈蔡啟運先生事略〉文中，詳細記錄蔡氏參與詩
社之過程、活動情景，以及對詩社活動之貢獻。茲錄全文如下：

> 戊申春，余來台中，獲與櫟社諸子遊，時以詩相酬唱，甚自樂也。顧
> 櫟社濟濟多士，而群奉蔡啟運先生為領袖，則先生之詩必有出於尋常
> 千萬者，而非也，先生亦尋常之詩也，行乎其所自行，止乎其所自
> 止，悠悠然，皥皥然，而以詩自樂者也。
>
> 當改隸之前，士以帖括相競習，一衿之得，沾沾自喜，先生恥之，又

1　王松：《臺陽詩話》（臺北市：臺灣銀行經濟研究室，臺灣文獻叢刊第34種，1959年），
　　頁41。

2　王松：《臺陽詩話》（臺北市：臺灣銀行經濟研究室，臺灣文獻叢刊第34種，1959年），
　　頁32。

3　林幼春：《櫟社第一集・啟運詩草》（臺中州：博文社，1924年），頁2。

慮國風之不振也，乃與鄭伯璵孝廉、陳瑞陔貢士、吳澄秋廣文結竹梅吟社，以提倡詩學，所與遊者皆一時之秀。其後遷於苑裡，當是時兵馬倥傯，士失其業，奔走於四方者趾相錯。先生復出而與鹿港詩人洪月樵、許劍漁諸子結鹿苑吟社。已而臺中林癡仙、呂厚菴、賴紹堯、林南強、傅鶴亭共設櫟社，先生與焉，群以齒較尊，推為長。先生雖居苑裡，數往來新竹，己酉秋，竹人士謀設竹社，又推為長，則先生亦可以詩豪矣。

而先生謙謙自抑，喜與少年相競逐，又好為擊缽吟，拈題選韻，鬥捷爭奇，再接再厲，頓忘寢食。每至漏三四下，酒殘燈灺，諸少年多避席去，或伏枕僵臥，鼾聲作，掖之不起；而先生猶握筆鉤思，徘徊於堂上，得句大喜，未嘗見其氣餒。比年以來，詩學昌熾，南之南社，北之瀛社，嘉之羅山吟社，中之霧峰吟社，後先爭起，春秋佳日，折簡相邀，先生未嘗不至，至則與都人士相唱和，數日乃歸，雖僕僕於風塵車馬之中，又未嘗見其自苦。

先生頗好色，每會時，諸少年必召妓侑酒，先生顧之樂，或命侍寢，諸少年每竊竊笑，先生若不聞也。早日則出定情詩以示，眾傳誦，先生又自喜。妻林氏，字次湘，亦能詩，閨房之樂湛如也。先生諱見先，字振豐，又字啟運，享壽五十有七齡。訃至之日，同人深惜，先生之行事甚多，余不傳，傳其詩。連子曰：先生詩人也，又能以詩自樂者也。先生之詩，不為白之放縱，不為愈之盤硬，不為島之瘦，不為郊之寒，欲於唐賢中比之，其香山乎！[4]

上文中，連雅堂特別強調「先生之行事甚多，余不傳，傳其詩」，可見於朋友眼中，蔡啟運與詩社活動之關係是勾連得相當緊密，以致文中所謂「以詩自樂者也」、「先生亦可以詩豪矣」，基本上成為連雅堂對蔡氏的最終評價。故而，其餘相關生平事蹟，似乎已不是連氏所要關心與彰顯的，因此在《事略》中均未言及。

---

4 〈蔡啟運先生事略〉，《漢文臺灣日日新報》第3929號（1911年5月2日），3版。

　　至於，針對蔡啟運個人生平事蹟能有較多紀錄者，應是大正5年（1916）臺灣總督府所編之《臺灣列紳傳》，其全文如下：

> 蔡振豐，苑裡人，光緒庚寅秀才也。其先出自泉州同安，累世武職。初住於新竹，光緒乙未歲徙家于此。是歲忽逢滄桑之變，慧敏處事，以得時宜。明治三十年四月授配紳章，是歲十二月登庸苑裡辦務署參事，四十年九月拜命苑裡區長。明治四十四年四月以病卒，享年五十六。[5]

全傳中記載其家世背景，以及割臺後相關行誼與公職。由於此文屬於官方版本，因此著重點特別在其「慧敏處事，以得時宜」之配合官方表現。相隔約四十年後，黃旺成纂修《臺灣省新竹縣志稿・人物志》[6]，亦曾為蔡啟運立傳，並將其歸類為「名流」一類。此人物傳基本上表彰蔡啟運兩項事蹟，其一是對詩社活動的貢獻，包括創設竹梅吟社及編輯《臺海擊缽吟集》；其二則為因其與丘逢甲屬中表兄弟關係，而參與倡議臺灣民主國之成立，並參贊軍務，事敗後佯狂於詩酒之間。究中尤以詩社風雅之事蹟，著墨較多。

　　此外，針對蔡啟運生命情境有較深刻描述的，則是鍾美芳〈日據時代櫟社之研究〉一文，其於第四章「櫟社的成員分析」中討論櫟社社員政治認同面向時，將蔡啟運歸類為「遺老類型」之代表[7]。所謂「遺老」，在鍾文語境中指的是那種緬懷故國，卻又無力改變，只好勉強應對的遺民性格。她藉由蔡氏在《櫟社第一集》中所收幾首詩作，分析其於滄桑變革前後之相關行誼，尤其是〈自敘〉八首，對於割臺前後在心境與態度上之轉換，有深刻而具體的呈顯，可謂是遺民心境之最佳寫照。

5　臺灣總督府：《臺灣列紳傳》（臺北市：臺灣日日新報社，大正五年四月二十日），頁167。

6　黃旺成：《臺灣省新竹縣志稿・人物志》（新竹市：新竹縣文獻委員會，1955年），頁35。

7　鍾美芳：〈日據時代櫟社之研究〉，《臺北文獻》，直字第79期（1987年3月25日），頁45-46。

在鍾文基礎上，張德南編纂《新竹市志・人物志》時正式將蔡啟運納入
「學藝傳」中[8]，以彰顯其於文藝上之表現。而其後，黃美娥於〈清代臺灣
竹塹地區傳統文學研究〉[9]博士論文中，針對蔡氏在文學活動及創作上表
現，有更為詳盡之分析與討論。黃文點出蔡啟運從竹梅吟社、鹿苑吟社、櫟
社到竹社，一路以來對於詩社活動的積極參與，就臺灣詩學之發展言，有其
一定意義；又且，就個人生命史的角度來看，蔡氏肆力於擊缽吟創作，終致
一家多能吟詠，這也正應合連雅堂〈蔡啟運先生事略〉中所謂「以詩自樂
者」、「以詩豪矣」之評價。

承繼上述文獻與研究，筆者先前所撰相關論述有二：一為《續修新竹市
志》「藝文志」第二章第二節項下，有關蔡啟運及其作品之介紹[10]；一為
《竹梅吟社與《竹梅吟社詩鈔》》「竹梅吟社作家群及人物小傳」中，所立
「蔡啟運」小傳[11]。二文重點與黃美娥所論相近，唯特別著重於指陳蔡氏與
新竹詩社之密切關係。相較於前，本文則擬進一步藉由田野調查所得以及細
部文獻之探討，重新考察蔡啟運相關生平事蹟，以為更深入之蔡氏個案研究
奠基。

（二）蔡氏生平史料分析

1 名與字號

有關蔡啟運之名與字號問題，歷來文獻紀錄，最早王松之說法為「蔡啟
運二尹（見先）又字振豐」，依行文語法來看，蔡氏本名「見先」，「啟運」
是其字，又字為「振豐」。其後，連雅堂〈蔡啟運先生事略〉所言「先生諱

---

8 張德南：《新竹市志・人物志》（新竹市：新竹市政府，1997年），頁124-125。

9 黃美娥：〈清代台灣竹塹地區傳統文學研究〉（臺北縣：輔仁大學中國文學系博士論
   文，1999年），頁77-81。

10 詹雅能：《續修新竹市志・藝文志》（新竹市：新竹市文化局，2005年）第二章第二
    節，頁1694。

11 詹雅能：《竹梅吟社與《竹梅吟社詩鈔》》（新竹市：新竹市文化局，2011年），頁59-
    61。

見先，字振豐，又字啟運」，基本上與王松說法一致。至於，《臺灣列紳傳》之記載則直接作「蔡振豐」，不言其字號，而就整個《臺灣列紳傳》來看，只言其名，不論字號，似乎是該書行文之標準體例。到了戰後，黃旺成撰《臺灣省新竹縣志稿・人物志》時卻作「蔡啟運茂才字見先，又字振豐」，顯然黃旺成認為「啟運」是名，「見先」為字，而又字為「振豐」，依其表述之順序來看，應當是誤讀王松《臺陽詩話》文字。就此，若再進一步比對蔡啟運〈臺海擊缽吟集序〉文後署名之「客村蔡見先啟運」，則更加可以確認「見先」是名，「啟運」為字。

至於，鍾美芳〈日據時代櫟社之研究〉則作「振豐一字啟運」，此說法確言「啟運」是字，唯「振豐」是字是名，則未明確說明。而其後，張德南《新竹市志・人物志》中則做了如此記載：「蔡啟運，名振豐，字啟運，後以字行，又字見先，號應時」，此敘述隱然有鍾美芳加上黃旺成說法之痕跡，唯獨「號應時」卻是新增的稱謂。考察「應時」之由來，較早的紀錄是賴鶴洲〈臺灣古代詩文社（一）〉，其記載為「蔡啟運，字應時，號啟運」[12]；另外，陳漢光《臺灣詩錄（下）》中則作「振豐，字啟運，號應時」[13]，張德南《新竹市志・人物志》之說法大抵可溯源於此。

另外，黃美娥於其博士論文中綜合前說，歸結出「蔡氏，名見先，字啟運，以字行，又字振豐，號應時」此一較完整之說法，拙著《續修新竹市志・藝文志》亦承襲此說。唯，筆者另著《竹梅吟社與《竹梅吟社詩鈔》》，則進一步增補作「蔡啟運，名廷琪，又名見先，字啟運，又字振豐，號應時」，其中「廷琪」一名乃根據郭双富收藏之《竹梅吟稿》「竹梅吟社同人姓氏錄」中記載之「啟運蔡廷琪」一條所作之增補。

以上文獻與研究中有關蔡氏之名、字、號等稱謂，今若再比對清代《淡新檔案》中保留之有關蔡啟運案卷，均可見其使用之記錄。其中「廷琪」、「啟運」、「應時」見載於《淡新檔案》「業戶蔡啟記告鄭登添等搶霸由」一

---

12 賴鶴洲：〈臺灣古代詩文社（一）〉，《臺北文物季刊》9卷4期（臺北市：臺北市文獻委員會，1950年12月31日），頁147。

13 陳漢光：《臺灣詩錄（下）》（臺中縣：臺灣省文獻委員會，1971年），頁1225。

案（此案發生於光緒14至15年間）[14]，案名中「蔡啟記」即為蔡啟運之墾號，而案卷中有關蔡啟運之稱謂，以「廷琪」之名出現頻率最高，共七次，「啟運」僅出現一次、「應時」則出現三次；另外，「見先」之名，獨獨出現於《淡新檔案》「生員蔡見先童生莊景南為蒙諭查理兩願悅息取結稟懇飭承將按准予註銷事」（稟文呈於光緒18年1月24日）[15]之稟文中。至於，「振豐」之字，則亦僅載錄於「竹南大甲五社總董事潘德順為遵諭抵查繳冊呈核事」（稟文呈於光緒14年5月17日）稟文中[16]。

總括上述，蔡啟運前後用過兩個名字，一為「廷琪」，一為「見先」。「廷琪」之名主要用於清代，而「見先」則出現於清光緒十七年考上生員後，一直沿用至日治時期。不過日治時期以後，蔡啟運基本上是以字行，因此當時吾人可以看到他使用的主要是「啟運」與「振豐」兩個字，其中報紙有關文藝訊息或作品刊登時，絕大多數出現的是「啟運」，至於在報紙上的社會事務訊息以及官方文書上，他卻一律使用「振豐」，如《苑裡志》中所有作者署名、《總督府職員錄》的職務署名，以及在〈日治時期除戶簿謄本〉（以下凡此，均簡稱〈除戶簿〉）中登錄的「戶口名」[17]，全部採用「振豐」，無怪乎後人經常將「振豐」視為蔡啟運之正名。

2 年歲與籍貫

有關蔡啟運之年歲問題，最早見於報紙中之訃訊，言「蔡氏享年五十七」[18]，而隨後連雅堂發表〈蔡啟運先生事略〉一文於報端，亦言其「享壽

---

14 「業戶蔡啟記告鄭登添等搶霸由」，《淡新檔案・民事編・田房類・霸佔》（臺北市：國立臺灣大學圖書館，2006年）第22440案。

15 此稟文，收錄於「據本城民莊棟呈控蔡承發背約傲霸等情叩請差提訊斷由」，《淡新檔案・民事編・田房類・霸佔》（臺北市：國立臺灣大學圖書館，2006年）第22442案。

16 此稟文，收錄於「飭查保內□□查明番社統計若干社是何社名應收番租若干據實稟覆並附舉充頭目各稟在內」，《淡新檔案・行政編・撫墾・社租》（臺北市：國立臺灣大學圖書館，2005年）第17212案。

17 詳見蔡振豐家族〈日治時期除戶簿謄本〉（臺北市：士林區戶政事務所，民國102年8月5日影本），蔡凱瑞先生提供。

18 「詩人作古」，《漢文臺灣日日新報》第3922號（1911年4月25日），3版。

五十有七齡」，此大抵依據蔡氏去世時家族所發之訃聞而來。今以卒年明治四十四年（1911）推算，若為實齡算法則出生年是咸豐四年（1854），若是虛齡則為咸豐五年（1855）。至於，《臺灣列紳傳》中則記載其「享年五十六」，同上推算原則，其出生年可為咸豐五年（1855）或咸豐六年（1856），與連雅堂及報紙訃訊之說法相近。茲比對〈除戶簿〉中登錄之蔡啟運出生年月資料為「安政2年10月28日」，換算中曆，則蔡氏出生於咸豐五年（1855年），若以〈除戶簿〉登錄之死亡時間「明治44年（1911）4月22日」核算，蔡氏之實齡為五十六歲，虛齡為五十七歲，與《臺灣列紳傳》、〈蔡啟運先生事略〉所言恰恰相符。因此，有關蔡啟運之生卒年月，自當以〈除戶簿〉中之登載為據。至於，對於蔡啟運之出生年有較明確記載者，尚有《新竹市志‧人物志》，其文作「同治元年（1862）出生於新竹客雅」[19]，與〈除戶簿〉所載出生年月差距頗大，唯不知所據為何，有待考查。此外，《淡新檔案》「業戶蔡啟記告鄭登添等搶霸由」案卷中又有一份蔡啟運之口供，載曰：「據蔡啟記即蔡廷琪供：年三十二歲，原籍同安縣」[20]，按此蔡氏自供為「年三十二歲」，若依該份口供採錄於光緒十五年（1889）三月來推算，蔡氏約當出生於咸豐七年（1857），則又較〈除戶簿〉之記載晚了兩年，唯此說法並無其他佐證。

有關籍貫問題，目前文獻除了《臺灣列紳傳》以其日治時期之居住地言其為苑裡人外，其餘大抵均言其為竹塹人或新竹人，而其中主要為承襲黃旺成之說法，言其為「新竹客雅人」或「出生於新竹客雅」。黃旺成說法之更早依據為何，不得得知，唯若查考《臺灣新報》刊登有關蔡啟運參與鹿苑吟社活動之作品，曾署名「新竹客村下士蔡啟運」[21]，所謂「客村」即「客雅村」，此記載正與黃旺成「居竹城客雅」之說相呼應。不過，就《先祖蔡複

---

19 張德南：《新竹市志‧人物志》（新竹市：新竹市政府，1997年），頁124。

20 「業戶蔡啟記告鄭登添等搶霸由」，《淡新檔案‧民事編‧田房類‧霸佔》（臺北市：國立臺灣大學圖書館，2006年）第22440案。

21 見《臺灣新報》第368號（1897年12月1日），4版。

馨派下族譜》記載來看[22]，蔡氏於新竹之原居住地作：「新竹廳新竹市內
（今之西安街），詳細住址不詳」，在地點上與「客雅」有所差距。不過，此
族譜修訂於1989年，其說法或有可能屬於後人記憶所及的在竹後期居住地。
日治以後，蔡氏由於參與民主國軍務，事敗後避居苗栗公館庄，隨後更遷居
苑裡，根據〈除戶簿〉登錄之居住地則為「苗栗廳苗栗二堡苑裡庄二百四十
四番地」，即今苑裡天下路，直到過世。

3 科舉功名及家世背景

　　有關蔡啟運的科舉功名，其庚戌年（1910）〈自敘〉詩曾言：

> 六品頭銜保案開，白鷴補服稱身裁。不教文字終埋沒，天遣分司作
> 秀才。[23]

其中秀才資格之取得，多數文獻記載為「光緒辛卯科取進新竹縣學第一
名」，「光緒辛卯」即光緒十七年（1891）。不過，依《臺灣列紳傳》記載卻
作「光緒庚寅秀才」，亦即光緒十六年（1890），在時間上卻有一年之落差。
今根據與蔡氏同榜之戴還浦〈哭蔡啟運詞宗〉輓詩之四記載：

> 芹宮詩興逐花飛，同試闌干得意歸。（辛卯童子試，僕與先生與考，
> 古學蒙灌陽師取錄優等，覆試題于七律均加賞識）一領青衫淪落甚，
> 可憐遽作殮時衣。[24]

此詩注文中明確指陳「辛卯童子試，……古學蒙灌陽師取錄優等」一事，則
《臺灣列紳傳》「庚寅」之說，顯然有誤。至於，〈自敘〉詩中所言之「六品
頭銜」，其具體之職銜可見於《苑裡志》「譔輯姓氏」中，蔡振豐名前冠有
「六品頂戴浙江巡檢」完整職稱。此功名，依據《淡新檔案》「業戶蔡啟記
告鄭登添等搶霸由」案卷中載錄審訊過程中蔡啟運之口供，可知是屬於捐納

---

22 按：族譜由蔡啟運曾孫蔡凱瑞先生提供，封面題署為一九八九年八月修。
23 詩載《櫟社沿革志略・櫟社第一集》（臺中州：博文社，1924年），頁73。
24 戴還浦：〈哭蔡啟運詞宗〉，《漢文臺灣日日新報》第3962號（1911年6月4日），1版。

所得[25]，而該口供因採錄於光緒十五年（1889）三月，則其捐納官職之時間應在光緒十五年以前。

再者，蔡啟運之家世背景，《臺灣列紳傳》僅作「其先出自泉州同安，累世武職」，然所謂「累世」是經歷幾代？又所任武職為何？均無文獻可考。唯其祖籍地，根據《先祖蔡複馨派下族譜》（以下簡稱《族譜》）記載，可知蔡啟運屬同安蔡複馨派下第三代，第一代蔡複馨世居大陸泉州府同安縣，第二代蔡永和則由同安遷居新竹。又《族譜》中祖籍地之記載為「福建省泉州府同安縣銀同？號」，所謂「銀同」本屬同安之雅稱，故縣名稱謂重複，而地號前又標示問號，顯然《族譜》之編纂者亦存有疑義，茲查〈故蔡汝修先生墓誌銘〉載有「其先世遠福公由同安縣馬巷鄉經商新竹，遂家焉」，則蔡家原籍依清代建置，當屬「福建省泉州府馬巷廳」（今廈門市翔安區）。然而，自蔡永和遷居來臺後，儘管後人有所謂「經商新竹，遂家焉」之說，但蔡永和何時來臺？具體行業為何？《族譜》均未記載，僅於其姓名旁註記有「號苑記」。「苑記」，依名字號之關連性來看，並非其「別號」，而是「商號」或「墾號」，茲查《淡新檔案・民事篇・田房類・霸佔》「業戶蔡啟記告鄭登添等搶霸由」案卷中，附錄一份「金成興等日南日北埔地劃分二十一股約字」，合約中載明「蔡苑記」與「蔡媽浪」等十五個墾號合股為金成興公號，道光十六年（1836）合買日南（今屬大甲）、日北（今屬苑裡）社埔地壹所。依此，可知蔡永和乃於道光十六年以前來臺，並以「苑記」墾號，拓墾於今大甲、苑裡一帶。同治十一年（1872）一月十三日蔡永和去世[26]，長子蔡啟運時年十七，便承繼家業，光緒中期左右更立「啟記」墾號，持續拓墾之事務。根據蔡啟運〈除戶簿〉「職業登載」欄中的登記資料，蔡啟運是「小作米に依ル」（仰賴田租）及「貸地業」，可見自清代以至日治時期，蔡啟運家族一直是仰賴土地開墾與土地租佃為生。明治三十九年《漢文臺灣日日新報》曾報導蔡氏墾地之消息：

---

25 該段口供原文作：「據蔡啟記即蔡廷琪供：年三十二歲，原籍同安縣。現住本城，捐納巡檢的功名，有妻子。」

26 蔡永和卒年，據蔡振豐家族〈日治時期除戶簿謄本〉登錄作「明治五年一月十三日」。

> 下房裡溪一地，土名烏土崁，一望荒地縱橫有三十臺里之遙，苑人蔡
> 振豐氏，唱率十五股，招佃開墾，今已墾有十分之二，闢成田園百五
> 十餘甲，成租三千餘石。[27]

此一報導，可見蔡啟運在苑裡召佃開墾，藉土地拓墾而獲利的實際情形。不
僅是苑裡，蔡啟運於新竹亦擁有土地及房產。明治四十四年《漢文臺灣日日
新報》有一報導：「去四日，有櫟社詩人陳聯玉氏，在臺北南下，途經新
竹，竹社諸同人即於翌五日，在南門外蔡啟運之別莊，開擊缽吟會以歡迎
之」[28]，可知蔡家在新竹南門外尚擁有一片房產；此外，根據蔡啟運曾孫蔡
凱瑞先生口述，其家族在新竹城隍廟前曾有一片不小土地被族人私自抵押貸
款，故而發生訴訟事件[29]。以上，在在說明蔡氏家族日治時期雖已移居苑
裡，但在新竹依然留有產業，這自然是蔡啟運及其父親蔡永和兩代之經營積
累所得。

除了透過土地開墾與經營以維持家業外，日治時期蔡啟運，先於明治三
十年（1897）三月任職苑裡辨務署事務囑託[30]，四月獲頒紳章，同十二月又
膺任苑裡辨務署參事，其後亦擔任官鹽販賣承辦人[31]，至明治四十年
（1907）九月更拜命苑裡區長。此一段公職歲月，大抵可以窺知蔡啟運在乙
未變革後的肆應情形。

4 家庭成員

有關蔡啟運的家庭組成，根據《先祖蔡複馨派下族譜》的世系表中，蔡
複馨之子蔡永和為來臺第一代，而蔡永和有子四：長子蔡振豐，其次為蔡其
會、蔡其熱、蔡捔。根據前文，蔡永和於道光十六年（1836）前來臺拓墾，以

---

27 〈房裡墾地〉，《漢文臺灣日日新報》第2302號（1906年1月5日），4版。

28 「連日詩戰」，《漢文臺灣日日新報》第3879號（1911年3月11日，大鐸版），3版。

29 「蔡凱瑞先生訪談」（2013年8月8日於臺中）。

30 蔡振豐：〈苑裡志序〉，《新竹縣制度考·安平縣雜記·苑裡志·嘉義管內采訪冊》（臺
南市：國立臺灣歷史博物館，2011年），頁289。

31 「塩價不對」，《臺灣日日新報》第549號（1900年3月3日），4版。

其長子蔡振豐出生於咸豐六年（1855）來看，蔡永和成家約當是在咸豐初年，而蔡啟運〈除戶簿〉中登載，蔡啟運之生母為「陳玉梅」。而後，蔡啟運生子三：長汝修，次汝輯，又次來傳。其中蔡汝修，清光緒五年（1879）出生於新竹，昭和十三年（1938）逝於苗栗。其餘二子汝輯、來傳則生卒年不詳。

　　至於，歷來有關蔡啟運妻妾成群之說法，對於蔡氏而言，其個人亦不避諱，庚戌年（1910）所作〈自敘〉詩中即自言：

　　　　慣向溫柔鄉裡尋，閨中五鳳伴清吟。囊金儘可供揮霍，尚有藏嬌築屋心。[32]

所謂「閨中五鳳伴清吟」，蔡氏自陳家中不僅有五位夫人，而且個個都能作詩，這在當時本就已是傳遍文壇的佳話。其中，最具詩才且為人所稱頌者是蔡啟運之妻林次湘，本名「林秋蘭」。有關其生平資料，最早見於王松《臺陽詩話》及《臺灣詩報》之片段記載。而今蔡家〈除戶簿〉中，載其具體生卒年及家庭背景資料如下：

　　妻　林秋蘭　安政四年（1857）五月十四日生
　　　　　　　　昭和五年（1930）三月三日亡
　　　　　新竹廳竹北一堡大庄番地不詳　林榮華三女　母李氏洗
　　　　　明治十一年（1878）一月十四日婚姻入戶

從戶籍資料中可知，林秋蘭為新竹林榮華三女，光緒四年（1878）二十一歲時嫁入蔡家，當時蔡啟運二十三歲，隔年長子蔡汝修出生。此後夫唱婦隨，詩社活動中經常可見其二人身影，並有作品流傳，其中最為人所熟知的是其調侃先生風流成性之〈調外〉詩：

　　　　一樹梨花獨挺姿，驚風耐雨幾多時。無情最是癡蝴蝶，忙裡尋春過別枝。[33]

---

32 詩載《櫟社沿革志略·櫟社第一集》（臺中州：博文社，1924年），頁73。
33 王松：《臺陽詩話》（臺北市：臺灣銀行經濟研究室，臺灣文獻叢刊第34種，1959年），頁41。

詩中透露出幾許無奈，唯其在長期容忍下，林次湘似乎也多少養成了一顆包
容之心。而第二位夫人則是妾楊金，為新竹楊成之長女，戶籍資料如下：

> 妾 楊氏金 文久元年（1862）二月二十八日生
>
> 　　新竹廳竹北一堡虎山庄番地不詳 楊成長女 母陳氏篇
>
> 　　明治二十三年（1890）一月六日以妾入戶

楊金入門時，年已二十八歲，隔年蔡啟運考取生員，又幾年後即因乙未變
革，隨著蔡家潛居苑裡。楊氏所生子為排行第三之蔡金傳（《家譜》作蔡來
傳）。第三位夫人則是邱藤，為苑裡人邱興之次女，其戶籍資料如下：

> 妾 邱氏藤 明治十六年（1883）八月二十日生
>
> 　　苗栗廳苗栗二堡苑裡庄土名北勢七十九番地 邱興次女 母林氏甘
>
> 　　明治三十二年（1899）八月十日以妾入戶

邱藤為苗栗苑裡之客家人，十六歲以妾入戶，時蔡啟運為苑裡辦務署參事，
後生子汝輯，排行第二。

　　至於，第四位與第五位夫人，則未見錄於〈除戶簿〉上。然而，若根據
蔡氏〈自敘〉詩寫作時間「庚戌」（1910）年觀之，「蔡氏五鳳」於明治四十
三年（1910）時應已確定組成。王瑤京〈哭蔡啟運先生〉第八亦言：

> 新營金屋貯阿嬌，（先生客冬在竹納寵）客裏清娛伴寂寥。駐景無方
> 春去也，玉人夢冷可憐宵。[34]

從詩注中所謂「先生客冬在竹納寵」，可見蔡啟運最後一次納寵在明治四十
三年（1910）冬天，此與〈自敘〉詩之寫作時間大抵相符。但問題是，這兩
位「夫人」何以未見相關之戶籍登記，以致其姓名與入門時間，均無從查
考。就此，今人王國璠、邱勝安〈風流詩人蔡啟運〉之文中，卻出現如下之
記載：

---

34 《臺灣日日新報》第3949號（1911年5月22日），1版。

「養餘軒詩鈔」沒有刊行，櫟詩第一集曾錄存了十八首，稱為啟運詩草。大抵所作，近於香奩，但是淺薄浮泛者居多，詞約味腴者很少。比起他的夫人林次湘，小星林漱玉，婢女謝詠柔的作品，還要遜色。[35]

在此敘述中，隨附於林次湘後的兩個人名是：林漱玉、謝詠柔，依行文語氣，可以確認她們應該就是蔡啟運那兩位未見於〈除戶簿〉戶籍中的「夫人」，正因為她們的身分，一位是「小星」，一位是「婢女」，故而未能被列入戶籍中，至今後人尋不著其蹤跡。

然而，根據同科好友戴還浦之說法，蔡氏似乎並不以五鳳為足，其〈哭蔡啟運詞宗〉詩第七有言：

> 樂天老去遣楊枝。誰似先生老更痴。羨煞藍橋好春色。教人玉杵覓多時。（某甲有待字女，先生擬再納為側室，事未諧，先生竟歸道山，付之一喟）[36]

從詩注中之敘述看來，顯然在半年前才納寵第五房的蔡啟運，似乎依然有意再續側室。

以上，有關蔡啟運家族的組成概況，茲參酌《先祖蔡複馨派下族譜》製成世系表如下：

---

35 王國璠、邱勝安：〈風流詩人蔡啟運〉，《三百年來臺灣作家與作品》（高雄市：臺灣時報社，1977年），頁184-185。

36 《漢文臺灣日日新報》第3962號（1911年6月4日），1版。

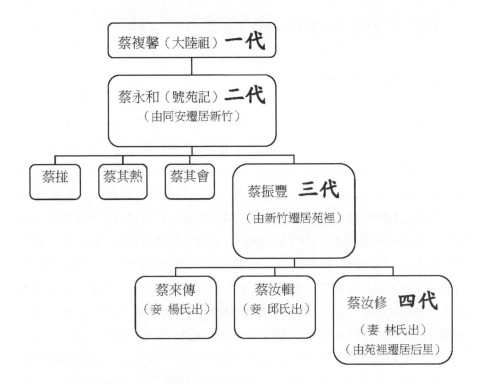

三　蔡啟運與臺灣詩社

　　蔡啟運一生出入詩壇，與臺灣詩社關係密切。尤以其跨越清代與日治前期兩個階段，在詩社的承繼與發展上，自然扮演著一定角色。前文所引連雅堂〈蔡啟運先生事略〉便提及蔡氏改隸前創竹梅吟社，改隸後又成立鹿苑吟社，其後更參與櫟社、竹社，並擔任社長職務。而鄭鵬雲〈輓蔡啟運詞宗〉詩，亦有「牛耳騷壇仗主盟，竹梅鹿苑倡先聲」一句[37]，述及蔡啟運在詩社中所扮演的角色，尤其詩注中更直言「君初設竹梅吟社，改隸後設鹿苑吟社，繼設櫟社，後設竹社」，同樣交代了蔡啟運與竹梅吟社、鹿苑吟社、櫟社、竹社的密切關係。

---

37 鄭鵬雲：〈輓蔡啟運詞宗〉，《臺灣日日新報》第3954號（1911年5月27日），1版。

以下，分述蔡氏與各詩社的關係：

（一）蔡啟運與竹梅吟社

竹梅吟社創立於光緒十二年（1886）秋天，一般認為是從新竹原有的「竹社」與「梅社」合組而成。此說法基本上是屬於後起的，其來源為黃旺成主持《新竹縣志》纂修工作時成立的新竹文獻委員會，相關說法首先刊載於《新竹文獻會通訊》，最後被黃旺成主稿《新竹縣志‧藝文志》時所承繼，由於它根據的是一份新竹市文獻座談會紀錄，在具體發言者及引用文獻資料均未註明的情況下，我們可以理解其為地方文壇耆老的一種口傳史料。若單就名稱上的延續、合併而言，似乎有其一定的合理性[38]。不過，如果從目前所見最早提到竹梅吟社歷史的〈臺海擊缽吟集序〉一文來看，蔡啟運僅言：「光緒丙戌秋，余與吾竹諸友倡立竹梅吟社而為擊缽之舉」，接著就帶入竹梅吟社後來的發展情形，自始至終並未言及是由「竹社」與「梅社」合組。

至於蔡啟運在竹梅吟社中所扮演的角色為何？從蔡氏〈臺海擊缽吟集序〉中所言「余與吾竹諸友倡立竹梅吟社而為擊缽之舉」，這個「余」的主述者位置中，我們並無法清楚看到當時倡議成立詩社的實際情景，不過從蔡氏過世時友朋的哀輓詩中，卻可以發現更多的間接佐證，其中戴還浦〈哭蔡啟運詞宗〉之三曰：

> 年少曾隨鷗鷺盟，偏師敢詡撼長城。竹梅吟社諸公在，獨把驪珠讓後生。（先生結竹梅吟社，僕曾赴會，謬承壓倒元白虛譽）[39]

戴還浦與蔡啟運同為辛卯科秀才[40]，當時年雖少，但也因著老師劉廷璧的關

---

38 詳見詹雅能：《竹梅吟社與《竹梅吟社詩鈔》》（新竹市：新竹市文化局，2011年），頁27。

39 戴還浦：〈哭蔡啟運詞宗〉，《漢文臺灣日日新報》第3962號（1911年6月4日），1版。

40 戴還浦：〈哭蔡啟運詞宗〉之四：「芹宮詩興逐花飛，同試闈干得意歸。（辛卯童子試，僕與先生與考，古學蒙灌陽師取錄優等，覆試題于七律均加賞識）一領青衫淪落甚，可憐遽作殮時衣。」

係隨同參與了竹梅吟社活動，而見證蔡啟運創結詩社的事實。與戴還浦同樣情形的尚有鄭十洲，其〈哭蔡啟運詞宗〉之十三中有言：

> 惆悵春風冷講堂，竹梅舊社幾靈光。程門吟會開高適，憶煞鈔詩弟子行。（業師高子丹亡已十七年，與先生結竹梅吟社，僕少時每逢開會，師命謄錄，追念往事，依依如夢）[41]

從鄭十洲筆下那段「鈔詩弟子行」的回憶中，再次證實了「先生結竹梅吟社」的史實。此外，與蔡啟運同屬竹梅吟社社員的鄭鵬雲，在其〈輓蔡啟運詞宗〉之四中則言：

> 牛耳騷壇仗主盟，竹梅鹿苑倡先聲。（君初設竹梅吟社，改隸後設鹿苑吟社，繼設櫟社，後設竹社）他時志乘編遺藁，為闡幽光到九京。

鄭鵬雲筆下記錄的「竹梅鹿苑倡先聲」，以及詩注中所言「君初設竹梅吟社」，可見蔡啟運在竹梅吟社創設過程中，似乎扮演了較具主導性的角色。

　　然而，在詩社發展過程中，蔡啟運究竟產生甚麼樣的重要影響或意義？由於竹梅吟社存續時間不長，前後約僅四年，再加上社友們風流雲散，以及乙未的滄桑變革，因此除了〈臺海擊缽吟集序〉中敘述的發展梗概外，實無從得知當時的具體細節，故而蔡氏在詩社活動過程中所扮演的角色也無從彰顯。

　　不過，我們從目前尚保留的竹梅吟社作品數量來看，總數三百五十九個詩題中，蔡啟運的作品就出現了一百七十六個詩題，達到百分之四十九，在三十三位社員為最高；而全部的六百八十四首作品，蔡啟運擁有二百一十九首，高達百分之三十二。就統計數字看來，蔡啟運對於詩社活動參與率之高，儼然就有扮演著領頭角色的意味。

---

41 鄭十洲：〈哭蔡啟運詞宗〉，《漢文臺灣日日新報》第3976號（1911年6月19日）。

（二）蔡啟運與鹿苑吟社

　　進入日治時期後，由於政權改隸，再加上兵馬倥傯，人心惶惶，臺地原本的詩社活動也自然停止運作。到了領臺後的第二年（1896）九月起，在民政局長水野遵策劃下，安排了一場場的聯吟活動，積極邀請本地仕紳參與，藉以拉攏日臺官紳情誼[42]。甚而，同年十二月日本人成立的「玉山吟社」中，亦出現了部分臺灣人的身影[43]。不過對於臺灣人言，參與日人的唱和聯吟，總有一種扞格不入之感，於是重新恢復原有詩社活動，似乎也成為臺人心中的企盼。

　　依目前所知，日治時期第一個完全屬於臺灣人的詩社約在明治三十年（1897）五月八日「去就日」後半年成立，這詩社即為「鹿苑吟社」[44]。有關鹿苑吟社，《臺灣新報》刊載其活動訊息云：

---

[42] 首先是九月三日「官紳同宴」，隨後為九月二十一日（中秋）的「觀月唱和」，其後十月十五日原本也安排了「重陽佳會」登高聯吟，但卻因雨取消了。詳見〈官紳同宴〉，《臺灣新報》第19號（1896年9月13日）；〈月下團樂〉，《臺灣新報》第24號（1896年9月23日）；〈觀月唱和〉，《臺灣新報》第26號（1896年9月27日）；〈重陽佳會〉，《臺灣新報》第33號（1896年10月10日）；〈登高會停止啟〉，《臺灣新報》第37號（1896年10月15日）。

[43] 明治29年（1896）12月20日，日人於江瀨亭召開「餞年文宴」，同時成立了一個以日人為主體的詩社──「玉山吟社」。詳見〈餞年文宴啟〉，《臺灣新報》第88號（1896年12月17日）。

[44] 根據報紙報導，「去就日」後，臺地成立的第一個詩社應是「芝蘭吟社」，其設立時間為明治三十年（1897）七月，不過它仍是由日人西鎮公醫主導，唯相較於玉山吟社，臺灣人的參與較多。詳見〈芝蘭吟社〉，《臺灣新報》第249號（1897年7月10日）。此外，約與「鹿苑吟社」同時的尚有「浪吟詩社」。根據吳毓琪的研究，浪吟詩社屬於重興的詩社，原成立於光緒十七年（1891），由許南英等所倡設，後因乙未變革而風流雲散，直到1897年底才由趙鍾麒、連雅堂、李少青……等重興。詳見吳毓琪：《南社研究》（臺南市：臺南市文化中心，1999年），頁73-74。又連雅堂〈臺灣詩社記〉：「先是乙未之歲，余年十八，……越二年，余歸自滬上，鄉人士之為詩者漸多，而應祥忽沒，乃與瘦痕、吳楓橋、張秋濃、李少青等結浪吟詩社。」按連氏返臺為光緒二十三年（1897）年底，回臺的目的是奉母命完婚，其結婚日為是年十二月七日（舊曆11月14日），而與友人成立浪吟詩社則應屬其婚後之事。

鹿港為聲名文物之邦，雖遭兵燹，而騷人詞客贈答歌吟，時登報紙。
近得苑裏纂修志書之蔡茂才同聲相應，聯異地為同堂，遂表其名曰
「鹿苑詩社」，亦一時韻事也。聞本月開課詞宗為苑裏蔡君，取列狀
頭者則鹿之詩人許劍漁、施梅樵兩茂才。依閩中擊缽吟規則，次期詞
宗即以首期狀頭之人主之，此風一行，諒可由近及遠，日新月盛，是
亦晉安風雅之遺也。[45]

依訊息刊載之時間（11月20日）可知，鹿苑吟社創始於本年十一月，報導中
有關詩社的創立是蔡啟運為求「同聲相應」，而「聯異地為同堂」，將鹿港與
苑裡兩地詩人連成一氣，由此可見其主導地位。再加上蔡氏擔任「開課詞
宗」，從而也為詩社活動樣態與規則定調，足見其對於鹿苑吟社的影響性。
此外，報紙上接續刊載了一、二、六期作品，以及第七期的「詩社題目」通
報，可見詩社活動約當持續一年多，直至明治三十一年（1898）底、三十二
年（1899）初，其後則未再見有相關活動記載[46]。

　　儘管時間不長，但作為日治時期第一個臺灣人的詩社，依其採用閩中擊
缽吟之規則而言，可見其意欲上承清代的詩社活動樣態。又從詩社的參與者
觀之[47]，其中苑裡蔡啟運、新竹鄭鵬雲本屬竹梅吟社社友，而鹿港許夢青、
施梅樵等則同為彰化縣學秀才，均曾受教於縣學訓導，亦為竹梅吟社社員的
黃如許。由此關係來看，鹿苑吟社之創設，多少有延續清代竹梅吟社精神之
用心。

---

45 「鹿苑詩社」，《臺灣新報》第360號（1897年11月20日），1版。

46 按《臺灣新報》明治三十年（1897）12月1日、12月5日刊載鹿苑吟社第一期作品，明
　　治三十一年（1898）1月7日刊載第二期作品；又《臺灣日日新報》明治三十一年
　　（1898）11月20日、22日刊有第六期作品，12月10日則有鹿苑吟社第七期課題之訊
　　息。此外，連雅堂〈臺灣詩社記〉有云：「戊己之際，苑裡蔡啟運、鹿津陳槐庭合設鹿
　　苑吟社。」所謂「戊己」，分指明治三十一年（1898）及三十二年（1899），可知連雅
　　堂所見鹿苑吟社活動大抵主要在此明治三十一年及三十二年之間。

47 目前可知有鹿港洪月樵、許夢青、施梅樵、莊士勳、丁式周、丁式勳、許存德、陳懷
　　澄、呂喬南，苑裡蔡啟運、梁成楠（廣東人，時寓居苑裡），以及新竹鄭鵬雲等。

（三）蔡啟運與櫟社

　　蔡啟運與櫟社的關係，根據《櫟社沿革志略》「明治壬寅三十五年」（1902）條的記載：

> 霧峰林癡仙（俊堂）、林南強（幼春）、燕霧大莊賴悔之（紹堯）三子始結詩社，名之曰「櫟」。嗣而同聲相應者，有苑裏蔡啟運（振豐）、房裏陳滄玉（瑚）、三角仔呂厚菴（敦禮）、鹿港陳槐庭（懷澄）、牛罵頭陳基六（錫金）諸子。春秋佳日，會集一堂，擊缽分箋，互相酬倡。[48]

這段文字說明明治三十五年櫟社成立之初，蔡啟運響應參與了林癡仙、林南強、賴悔之等所組詩社。而「明治丙午三十九年」（1906）條更言：

> 三月四日（古曆二月初十日），蔡啟運、呂厚菴、賴悔之、陳滄玉、林癡仙、陳槐庭、林南強及霧峰林壺隱（仲衡）、校栗林傅鶴亭（錫祺）等九人集於臺中林君季商之瑞軒，撮影以為紀念。後以來會者為創立者，定櫟社規則十七條。

從這條記錄來看，明治三十九年櫟社訂定社規，是其正式組織化的新階段，蔡啟運也正式列名為九位創立者之一。

　　對於櫟社成立初期參與情形，連雅堂〈臺灣詩社記〉亦有相近之敘述：

> 先是戊己之際，苑裡蔡啟運、鹿津陳槐庭合設鹿苑吟社，時以郵筒相唱和。及癡仙歸自晉江，倡櫟社，賴紹堯、林南強聞其志而贊之，啟運、槐庭與呂厚菴、傅鶴亭、陳滄玉復和之。

文中所列最初的參與者名單中，除傅鶴亭外，均與《櫟社沿革志略》「明治

48　傅錫祺：《櫟社沿革志略》（臺中州：博文社，1931年），葉一上。

壬寅三十五年」條所載相同。因此，可以確認的是蔡啟運為櫟社的創始社員。

此外，蔡啟運在櫟社，另一個更具意義之身份是，他曾擔任過櫟社社長。這點在連雅堂〈蔡啟運先生事略〉中有清楚記載：

> 戊申春，余來臺中，獲與櫟社諸子游，時以詩相酬唱，甚自樂也。顧櫟社濟濟多士，而群奉蔡啟運先生為領袖，則先生之詩必有出於尋常千萬者，而非也，先生亦尋常之詩也。……。當改隸之前，……乃與鄭伯璵孝廉、陳瑞陔貢士、吳澄秋廣文結竹梅詩社，……。當是時兵馬倥傯，……，先生復出而與鹿港詩人洪月樵、許劍漁諸子結鹿苑吟社。已而臺中林癡仙、呂厚菴、賴紹堯、林南強、傅鶴亭共設櫟社，先生與焉，群以齒較尊，推為長。[49]

文中所謂「群以齒較尊，推為長」是一段頗有意味之話語。對於櫟社社長，過去大抵根據《櫟社沿革志略》「明治壬子四十五年」（1912）條所載，以一九一二年六月十五日櫟社十年紀念大會時改正社則「定置社長一名」起，將賴紹堯視為第一任社長。唯細究此社則之修訂，其實應是為了同條中六月十五日櫟社大會前的「四月二十一日之夜，社友十數人集於林家專祠，選舉賴悔之為社長」[50]一事增訂法源，有了法源依據，賴氏始得以在六月十五日櫟社十年紀念大會中正式就任社長。從「選舉社長」到「修訂社則」，再到社長「正式就任」，這說明櫟社已發展為一個更具現代觀念的社團組織。因此，或許是在缺乏法源依據的前提下，櫟社相關文件／文獻中，始終未見有關蔡啟運擔任社長的正式記錄，故而後人均據《櫟社沿革志略》將賴紹堯視為櫟社社長之始。

不過，我們反倒可以在當時報紙的報導及他人作品中不時看到外界提及

---

49 〈蔡啟運先生事略〉，《漢文臺灣日日新報》第3929號（1911年5月2日），6版。

50 有關賴紹堯獲選社長一事，《臺灣日日新報》第4273號（1912年4月23日），5版，「櫟社領袖」有一段報導可資佐證：「臺灣櫟社為臺灣詩界之一重鎮，自客年夏社長蔡啟運翁逝後，久懸其缺，近由社員提議選補，訂於明日下午開會於林剛愍公祠，協議本年大會期日，眾意欲舉賴紹堯氏為社長，概以賴氏年高望眾，而才學又為眾所景仰也。」

蔡啟運時多冠上「櫟社社長」頭銜。報紙中第一次出現櫟社社長稱謂是在林湘沅〈赴櫟社大會日記〉文中：

> 明治四十三年，歲在庚戌，四月念有四日，櫟社詞宗，開大會於臺中瑞軒，折柬邀南北各社吟友。辱荷寵招，先一日就道。……。比卓午，已抵臺中驛矣。下車見該社理事雅堂棟梁兩兄，在驛抵候。適該社長啟運詞宗，亦自苑裡來，乃聯轡而行。[51]

此為櫟社第一次廣邀南北詩社吟友參與之大會，與會者合計五十一人[52]。林文中所稱「該社長」，即指櫟社社長，在此之前報端並未出現過有關櫟社社長之記載，顯然這個社長之設置約當是在今年（明治四十三年，1910）開大會前才定案的，同時也已週知南北各詩社。因此，其後的報紙報導中遂均以櫟社社長稱呼蔡啟運。如《漢文臺灣日日新報》第3614號（1910年5月15日）有一則「歡迎社長」的報導：「臺中櫟社社長蔡啟運茂才，於月之九日，自苗栗黃南球府上祝壽，順途來竹，恭送兒山詞宗東歸」；同報第3718號（1910年9月15日）「編輯日錄」中也提到：「櫟社社長兼竹社社長蔡啟運君，久主持風雅，負盛望。同人雅欲挹其丰裁，午後忽飄然登社，訪伊藤主筆及諸同人。」隔年，蔡啟運逝世後，報紙上相關報導、輓詞也依然不斷提及其擔任櫟社社長一事。如《臺灣日日新報》第4295號（1912年5月15日）有「故櫟社社長紀念募金」之報導標題，又大甲許天奎〈輓蔡啟運詞丈〉有「兩社詞壇失主盟，刊詩大半哭先生」[53]句，臺北陳其春〈輓蔡啟運先生〉「櫟竹騷壇執鑑衡，芳菲桃李滿春城」[54]句，而莊雲從〈哭櫟社社長蔡茂才啟運〉[55]、

---

51 林湘沅：〈赴櫟社大會日記（一）〉，《漢文臺灣日日新報》第3601號（1910年4月30日），5版。

52 傅錫祺：《櫟社沿革志略》（臺中州：博文社，1931年），葉三下。

53 《臺灣日日新報》第3972號（1911年6月14日），3版。

54 《臺灣日日新報》第3973號（1911年6月15日），3版。

55 《漢文臺灣日日新報》第3992號（1911年7月5日），1版。莊雲從為櫟社社員。

王紫芳〈輓櫟社長蔡啟運先生〉[56]、陳青洲〈輓櫟竹社長蔡啟運先生〉[57]等，則於詩題中直接嵌入「櫟社長」一詞。此外，櫟社十週年大會時，南社社長趙雲石有一〈祝辭〉[58]云：「櫟社……，創立以來於茲十稔，又有前蔡啟運君、今賴紹堯君主盟風雅，及我林癡仙君金玉鼓吹、弘獎社運之隆，與時俱進，其勢正未可量也」，其中所謂「又有前蔡啟運君、今賴紹堯君主盟風雅」，意指的正是主盟的前後兩任社長。

　　至於，櫟社中人對於蔡啟運擔任社長一事，除上記莊雲從之輓詩，以〈哭櫟社社長蔡茂才啟運〉為題外，《漢文臺灣日日新報》五月一日「死生契闊」[59]一則訊息，則報導了櫟社諸子集議公弔社長之事。而隔一日，《臺灣日日新報》中亦刊載了連雅堂代表櫟社所寫的〈蔡啟運先生事略〉。此外，我們在張麗俊《水竹居日記》中亦看到他頻頻以「社長」稱呼蔡氏。首先是一九一一年四月二十七日載：「是日，聞我櫟社社長於昨日辭世也」[60]，隨後五月九日又載：「午后，錄南社社長趙雲石氏輓我櫟社長故蔡啟運之七律詩」[61]，十二月十六日時則特別記載了特務的查訪：「特務新屈氏奉支廳長命，來查我櫟社友支廳管內幾人，林峻〔俊〕堂字癡仙、傅錫祺字鶴亭、……、我字升三、……，社長蔡啟運亦身故，今尚未選舉何人，……，詢罷回去」[62]；而到了一九二六年蔡啟運逝世十五周年紀念日時，五月五日中的日記記載著：「是日，我櫟社第一代社長蔡啟運先生死經十五週年……」[63]；又十年後的二十五周念紀念也有如下的敘述：「坐自動車由內埔越月眉山至外埔三崁下車，反四塊厝蔡汝修家，因其父蔡啟運前清之邑

56 《臺灣日日新報》第3980號（1911年6月23日），3版。

57 《臺灣日日新報》第4177號（1912年1月14日），3版。

58 此文未刊，原稿收入臺大館藏《櫟社舊藏詩稿──櫟社詩會十週年大會詩稿》中。

59 《漢文臺灣日日新報》第3928號（1911年5月1日），3版。

60 《水竹居日記（三）》（臺北市：中央研究院近代史研究所，2001年），頁50。按蔡啟運逝於四月二十二日，張氏記載之時間有誤。

61 《水竹居日記（三）》（臺北市：中央研究院近代史研究所，2001年），頁54。

62 《水竹居日記（三）》（臺北市：中央研究院近代史研究所，2001年），頁147。

63 《水竹居日記（七）》（臺北市：中央研究院近代史研究所，2004年），頁39。

庠，我櫟社首代之長也。死亡至今既廿五週年，其子作典禮記念式……。」[64]
以上，前後延續二十五年的紀錄中，張麗俊一直以「社長」、「我櫟社長」、
「櫟社首代社長」稱呼蔡啟運，在在說明蔡氏曾為櫟社社長之事實[65]。

　　不過蔡啟運作為櫟社社長，對於櫟社的貢獻或影響如何？由於缺乏直接
的文獻紀錄，故而本文無從評價。唯就〈蔡啟運先生事略〉一文的敘述來
看，連雅堂認為他從竹梅吟社到鹿苑吟社，再到櫟社，縱橫詩壇數十年，是
可以以詩自豪的，而所謂「詩」，從現存作品來看，八成以上都是擊缽吟。
這對應於櫟社詩會活動一開始便採用擊缽吟活動的紀錄觀之，蔡啟運幾乎無
役不與、每會必到，可謂一直保有其自竹梅吟社以來的熱情。

（四）蔡啟運與竹社

　　蔡啟運本為新竹人，他與新竹有著一份專屬的感情，因此雖然乙未後遷
居於苑裡，但從當時報紙的詩社活動報導來看，在時間許可的情況下，他對
於新竹所舉辦的詩會活動仍是積極參與的，只是在日治前期的新竹詩會活
動，主盟騷壇的關鍵人物是第一任縣知事──櫻井勉，甚而明治四十二年
（1909）新竹奇峰吟社成立時，櫻井勉二度來臺，新竹詩壇依然以其馬首是
瞻。[66]而就在明治四十三年（1910）五月十日櫻井勉再次離臺後，奇峰吟社
力邀蔡啟運重興吟社，隨後並順勢改組為竹社。《漢文臺灣日日新報》明治
四十三年五月十五日「歡迎社長」中言：

64　《水竹居日記（十）》（臺北市：中央研究院近代史研究所，2004年），1936年5月10
　　日，頁213。

65　然而同為櫟社社員的傅錫祺亦保留了一份日記，茲根據廖振富教授提供的一九一一年
　　蔡啟運逝世當年的日記進行檢索，傅錫祺有關蔡啟運的紀錄，慣用之稱呼為蔡君啟
　　運，始終未見以社長稱之。這似乎和傅錫祺編撰《櫟社沿革志略》的立場是前後一
　　致。為何同樣是櫟社社員，又同樣是在一開始並未想要公開的個人日記書寫上，一個
　　一直以「社長」稱呼，而一個卻從未提及社長一詞。個中差異，值得進一步深究。

66　有關櫻井勉與新竹詩社的關係，參見詹雅能：〈詩幟重張：櫻井勉與日治前期的新竹詩
　　社〉，文收《新竹文史研究論集》（臺北市：知書房出版社，2012年），頁148-168。

臺中櫟社社長蔡啟運茂才，於月之九日自苗栗黃南球府上祝壽，順途
來竹，恭送兒山詞長東歸。奇峰吟社諸詞友，班荊道故，一見甚
歡，……，定於次日假座新竹水田後街新竹製酒大會社為歡迎場所，
召妓侑觴，猜拳鬥酒，極一時之盛會。席間鄭毓臣氏，……且提出古
奇峰吟社，亦要推蔡君為社長，以繼兒山詞宗未竟之志。眾起座拍手
贊成，蔡君亦起而答詞申謝，且以獎勵漢文，主持風雅為己任。[67]

其後同報五月二十一日「吟社重興」中又言：

新竹人士，去年倡設奇峰吟社，微微不振，自兒山翁去後，益覺無
聊。茲因苑裡蔡啟運氏來竹，同人遂推為奇峰吟社長，以繼兒山之
志。氏欣然承諾，極力鼓舞，募集多數會員，更得李文樵、蘇鴻元、
曾吉甫、鄭俊齋、鄭肇基諸有志者，踴躍贊襄，經已成立，擬定來月
十五日開總會，到期當有一番盛況也。[68]

以上所言，均指明蔡氏應允承接奇峰吟社社長一事，甚而其後的五月三十一
日「編輯日錄」及六月十一日「吟社近況」均提到奇峰吟社第一期課題——
〈送春〉〈約春〉之約稿交稿事宜。唯六月二十八日時「竹社詩榜」中言：

新竹道咸年間，鄭祉亭儀部設有竹城吟社，……至改隸後王箴盤、王
瑤京、李逸樵、鄭蘊石亦在古奇峰開設吟社。聞竹之詩人今茲推蔡啟
運氏，任竹社社長，已以首期〈送春〉〈約春〉二題由蔡氏取
錄。……[69]

就此一報導而言，「竹社」社名當是在六月十五日的總會中被確立，故而此
後報紙中所有相關的報導均以「竹社」稱呼此一詩社，並稱蔡啟運為「竹社
社長」。顯然蔡啟運在上承竹城吟社、潛園吟社、竹梅吟社的前提下，將奇

67 《漢文臺灣日日新報》第3614號（1910年5月15日），6版。
68 《漢文臺灣日日新報》第3619號（1910年5月21日），4版。
69 《漢文臺灣日日新報》第3650號（1910年6月28日），5版。

峰吟社改組，正式成立了「竹社」。

竹社在蔡啟運的推動下，開啟了日治以來純由本地文士主導的詩壇新面貌，同時也成就新竹詩社活動的另一盛況。

四　蔡啓運與擊缽吟

如上節所述，蔡啟運自清代統治末期至日治時代前期，在臺灣幾個主要詩社的創始與發展過程中均扮演重要角色，而這當中更具意義的則是「擊缽吟」活動的推廣，這也使得擊缽吟成為日治時期臺灣詩社活動的主要形式。臺灣的詩社活動自清代流衍至今，最早從沈光文的東吟社開始，進行的主要是分題拈韻、聯吟唱和的活動形式。同治年後，閩地宦遊文士開始引進寫作偶句的詩鐘活動，這在光緒十三年唐景崧來臺後，與幕僚人員集會府邸，鏖戰競技，遂而蔚為風氣。至於寫作七絕、七律的擊缽吟活動則是在光緒中期傳播來臺[70]。

目前所知，最早採用擊缽吟活動形式的詩社為新竹的竹梅吟社，儘管有關該社的歷史發展並不夠詳盡，然而從目前所流傳的竹梅吟社作品集來看，多少可以想見當時詩社活動情景。而其中蔡啟運正是竹梅吟社的創始者之一，若以其現存作品來看，有將近八成屬於詩社作品，又其中七成可確認為竹梅吟社作品，佔現有竹梅吟社作品之百分之三十二，可見蔡氏在詩社活動上參與程度之深[71]。作為第一個採用擊缽吟活動形式的詩社，蔡啟運藉此熟悉了擊缽吟的活動形式，並學習創作了擊缽吟作品。

---

70 詹雅能：〈從福建到臺灣——「擊缽吟」的興起、發展與傳播〉，《台灣文學研究學報》第16期（臺南市：台灣文學館，2013年4月），頁111-166。

71 筆者依據蔡啟運現存於報紙、總集、別集中之作品統計，其詩作有二百六十一題、三百九十三首，非詩社作品有三十五題、八十一首。再根據目前尚保留的竹梅吟社作品數量來看，總數三百五十九個詩題中，蔡啟運的作品就出現了一百七十六個詩題，達到百分之四十九，在三十三位社員為最高；而全部的六百八十四首作品，蔡啟運擁有二百一十九首，高達百分之三十二。

　　而乙未年後，臺灣人主導成立的第一個詩社——鹿苑吟社，在去就日
（1897年5月8日）後的十一月，由蔡啟運與陳槐庭、許劍漁、施梅樵、洪棄
生等所創設。其中參與者多直接或間接具有清代竹梅吟社的背景，但由於社
員是「聯異地為同堂」，分處於鹿港、苑裡兩地，故而活動方式採用課題寫
作行之，並以郵筒相互傳遞。而當時身為開課詞宗的蔡啟運更宣佈依循閩中
擊缽吟規則：「次期詞宗即以首期狀頭之人主之」，而由本期取列狀頭的許劍
漁、施梅樵擔任下期詞宗。自此，鹿苑吟社重新搭起了臺人詩社擊缽吟活動
的舞台。若再從其創作作品來看，首期主盟詞宗蔡啟運所命題有「花氣」
（七律）、「花影」（七律）、「張麗華髮」（七絕）、「卓文君眉」（七絕）、「樊
素口」（七絕）、「小蠻腰」（七絕）六題[72]，第二期詞宗許劍漁、施梅樵所命
題為「鶴夢」（七律）、「雞聲」（七律）、「林處士梅」（七絕）、「王猛捫蝨」
（七絕）、「陶隱君柳」（七絕）、「陳摶墜驢」（七絕）等[73]，另外有第六期之
「打稻」（七律）、「採茶」（七律）、「酒媼」（七絕）、「詩婢」（七絕）、「琴
童」（七絕）、「劍僕」（七絕），第七期之「開鑛」（七律）、「置郵」（七律）、
「火車」（七絕）、「電線」（七絕）、「影鏡」（七絕）、「氣球」（七絕）等[74]。
以上命題，均屬擊缽吟的詠物、詠史題式。綜上觀之，日治時期的蔡啟運不
僅在臺灣人成立的第一個詩社——鹿苑吟社擔任主盟者角色，同時也推介擊
缽吟成為詩社的主要活動形式。

　　至於明治三十四年（1901）成立的臺中櫟社，蔡啟運在第一時間就呼應
參與了詩社活動，而根據《櫟社沿革志略》成立第一年明治三十五年
（1902）條的記載，櫟社成立時有所謂「春秋佳日，會集一堂；擊缽分箋，
互相酬唱」[75]，可知櫟社一開始便採用擊缽吟的活動方式，且自三十九年
（1906）起的記事中，除課題詩題外，更持續記錄了當年的擊缽吟題目，如
「明治丙午三十九年」（1906）條云：

---

72 「鹿苑詩社」，《臺灣新報》第368號（1897年12月1日），4版。

73 「鹿苑詩社」，《臺灣新報》第395號（1898年1月7日），4版。

74 「文苑」，《臺灣日日新報》第163號（1898年11月20日），1版。

75 傅錫祺：《櫟社沿革志略》（臺中州：博文社，1931年），葉一上。

三月四日（古曆二月初十日），蔡啟運……等九人集於臺中林君季商之瑞軒，……。是會互三畫夜，所作擊缽吟題有「題杜工部集」、「曉霜」、「邊草」、「浣女」、「種花」、「觀魚」、「桃花扇題詞」、「春晴」、「三字獄」、「旅亭畫壁」等。

九月十三日（古曆八月初六日）會於聚興庄林君癡仙之別墅無悶草堂，社友十六人中……至者九人，……。詩題為「鄭所南畫蘭」、「秋扇」、「睡燕」、「鄉夢」、「詩榜」、「觀棋」、「雨聲」、「花影」、「病酒」等。[76]

「明治丁未四十年」條云：

三月二十二日（古曆二月初九日），假霧峰林君獻堂之萊園開春季雅集，詩題為「五桂樓」、「漢高祖斬蛇」、「曹孟德橫槊賦詩」、「詩妓」等。社友至者啟運……等十有一人。

十月二十六日（古曆九月二十日），社友啟運……等十三人，又有斗六吟友林君濱石……等統計十有七人。……詩題為「徐錫麟刺恩銘」、「柑園」、「竹影」等。[77]

「明治己酉四十二年」條云：

四月三日（古曆閏二月十三日）會於瑞軒，先期出宿題曰「春日遊臺中公園」，屆期來會者社友啟運……計十六人，客則佐藤臺中廳長……諸氏。是為本社成立以來未曾有之盛會。薄暮，先至臺中公園物產陳列館前攝影，次開擊缽吟會，題為「櫟社雅集」、「閏二月十三日瑞軒即景」、「棟花」、「捲煙草」等。[78]

「明治庚戌四十三年」條云：

---

76 傅錫祺：《櫟社沿革志略》（臺中州：博文社，1931年），葉一下。
77 傅錫祺：《櫟社沿革志略》（臺中州：博文社，1931年），葉二下、葉三上。
78 傅錫祺：《櫟社沿革志略》（臺中州：博文社，1931年），葉三下、葉四上。

四月二十三日（古曆三月十四日），社友啟運……等三十一人會於瑞
軒，先交宿題「過林剛愍公祠」、「臺中竹枝詞」等詩卷，次至臺中公
園物產陳列館前攝影，開會後作「櫟社庚戌春會即事」詩。[79]

「明治辛亥四十四年」條云：

粵東名士梁任公啟超、湯覺頓叡、梁女士令嫻等游臺，我社開會歡迎
之。四月二日（古曆三月初四日）會於瑞軒，社友二十人、來賓十二
人，社友為啟運……等，客則主賓任公父女……等氏也。紀念寫真場
仍在臺中公園物產陳列館前，詩題為「追懷劉壯肅」、「洗硯」、「新
荷」、「鈔詩」等。[80]

以上所錄，為蔡啟運去世前《櫟社沿革志略》中所載錄的各年詩會活動，其
中除明治三十六、三十七、三十八、四十一年無活動記載外，各年詩社活動
中，蔡氏僅明治三十九年九月之秋會未能出席，其餘則有會必到，可見其參
與之勤。雖然此一事實，並不能說明櫟社採用擊缽吟活動與蔡啟運有任何的
直接關聯，然而以其作為櫟社主盟者的角色，推波助瀾之功自不可免。

到了竹社時期，蔡啟運承擔的是詩社重興，並進而改組、改社名的任
務。因此過程中，他不但多方募集社員，更帶入擊缽吟的活動形式，擴大社
員的參與興致。竹社前身奇峰吟社，根據《漢文臺灣日日新報》所刊載的詩
社活動及作品來看，活動大抵採用的是即事分韻的唱酬吟詠，以及限題限韻
的課題寫作，寫作時間較為寬鬆自由，也無唱名評選的制度。不過在明治四
十三年（1910）櫻井勉離臺後，奇峰吟社力邀蔡啟運擔任社長，當時報紙
「編輯日錄」有如下之記載：

潤菴本日接李逸樵君手札云：奇峰吟社第一期課題，為送春、約春，
限七言絕句，不限韻，期定本月末日，交李君彙齊抄錄，轉送社長蔡

---

79 傅錫祺：《櫟社沿革志略》（臺中州：博文社，1931年），葉四下。
80 傅錫祺：《櫟社沿革志略》（臺中州：博文社，1931年），葉五上、葉五下。

> 啟運氏，詳定甲乙。同人因相語曰：此後竹邑風雅，必有一番振起之
> 日矣。[81]

以課題徵詩方式，加上擊鉢吟的評選制度，這是蔡啟運從鹿苑吟社以來的擊
鉢吟改良版。當時蔡氏在擔任社長並改組為竹社後的五月至八月間，接續發
佈了四期課題：第一期「送春」、「約春」（七言律絕，不限韻），第二期「消
夏閨詞」（不拘體韻）、「新柳」（七絕，不拘首、韻）[82]，第三期「女媧補
天」、「精衛填海」（七絕，不拘首、韻）[83]，第四期「曉起」、「午夢」、「晚
妝」、「夜課」（七絕二首，不限韻）或「深山行」古體一首[84]；前兩期交卷
者，計有一百二十三首及三百餘首。依交卷的數量來看，蔡啟運是頗具號召
力。幾次課題後，同年十一月六日竹社詩人便於新竹街鄭邦吉府上正式舉行
擊鉢吟會[85]。此後，擊鉢吟遂成為竹社活動的基本形式，此變化即為蔡啟運
擔任社長任內所促成者。

　　除了上述蔡啟運直接參與的詩社之擊鉢吟活動外，北臺灣最大詩社──
瀛社開始舉辦擊鉢吟會，蔡啟運也是其中的關鍵人物。按瀛社成立於明治四
十二年（1909）三月七日，由臺北文人洪以南、謝雪漁、林湘沅、黃植廷等
所創立，初期活動一直是採用課題徵詩方式，且不評定甲乙，純為互相觀
摩[86]。但這種方式卻在明治四十三年（1910）十一月十六日的瀛社觀菊會中
有了改變。此次觀菊會是在大龍峒王慶忠別墅召開，與會者除瀛社社員外，
尚有各地詩社吟侶，包括櫟社兼竹社社長蔡啟運、南社社長趙雲石及羅山吟

---

81 《漢文臺灣日日新報》第3627號（1910年5月31日），5版。

82 「竹社詩榜」，《臺灣日日新報》第3650號（1910年6月28日），5版。

83 「竹社課題」，《臺灣日日新報》第3675號（1910年7月27日），4版。

84 「竹社課題」，《臺灣日日新報》第3696號（1910年8月20日），4版。

85 「擊鉢吟會」訊息中載：「竹社諸詩友定於本月六日星期日，在鄭邦吉氏之樓上開擊鉢
　吟會，贊成者已有多名，屆期拈題賦詩，定不失一時之風雅也」，見《漢文臺灣日日新
　報》第3759號（1910年11月6日），3版。

86 瀛社第一次作品刊登報端時，其後附記曰：「瀛社之設，係以互相觀摩為宗旨，故不評
　甲乙，而以先成者為序，續登報端，以質諸同好。」見《漢文臺灣日日新報》第3260
　號（1909年3月16日），4版。

社代表、瀛東小社代表等。詩會除依例於事前發佈宿題:「祝天長節」、「簪菊」、「供菊」外,較特別的是集會當晚臨時宣布第二天擬於洪以南逸園開觀櫻會及擊缽吟會。[87]

根據林佛國〈瀛社觀菊會敘〉之記載:

> 是日金風微蕩,秋水欲波,定刻既至,南轅北轍,轔轔而來,……主賓就席,鶯鶯燕燕,競為侑酒,坐花醉月,放浪形骸,於是詩懷酒興,不覺勃勃欲作,坐中即有倡為擊缽之吟、猜拳之舉。雖黃英未發,東籬爽約,而風流韻事亦千載一時者也。[88]

文中述及有人於觀菊會時倡議舉行擊缽吟會,唯倡議者何人?當時林氏並未指出。不過,四十五年後(民國44年)的「臺北市詩社座談會」中,林佛國受邀參加,在談到有關「日據時代的詩人與詩社」之問題時,表示:「瀛社最初是課題徵詩的,直到後來新竹蔡啟運來北,由其鼓勵,才舉行擊缽吟,於是擊缽吟就風靡全臺北了。」[89]這段話清楚說明了瀛社擊缽吟活動的催生者,正是新竹的蔡啟運。同時在該次擊缽吟會後不到十天,瀛社會員有志者更進一步成立了「瀛社中央部擊缽吟會」,專門舉辦擊缽吟,顯見擊缽吟很快地成為瀛社社員所熱衷的活動形式。[90]瀛社詩人倪炳煌在其〈輓蔡啟運先生〉詩中有言:

> 東瀛此日盛吟風,信是先生與有功。何意少微星竟隕,騷壇頓失一詞雄。(其一)

---

87 「瀛社觀菊會況」,《漢文臺灣日日新報》第3745號(1910年10月19日),4版。

88 石崖:〈瀛社觀菊會敘〉,《漢文臺灣日日新報》第3746號(1910年10月20日),4版。

89 〈臺北市詩社座談會〉,《臺北文物》4卷4期(臺北市:臺北市文獻委員會,1956年),頁9。

90 「開擊缽吟會」訊息中報導:「瀛社員中之較耽詩者組織一瀛社中央部擊缽吟會,經已成立,將利用來二十八日即臺灣神社祭日,開第一次會,其會場假於艋舺祖師廟橫街林子楨君處云」,見《漢文臺灣日日新報》第3746號(1910年10月20日),4版。

逸園擊缽共敲詩，韵事倡開第一期。留得北溟長紀念，吟壇有口盡皆碑。（其三）[91]

第一首詩中肯定蔡啟運在臺灣推動詩社活動之重要貢獻，而第三首詩則應證了林佛國所言，所謂「逸園擊缽共敲詩，韵事倡開第一期」，其所指陳者正是蔡啟運在瀛社詩會中倡議舉行擊缽吟一事。

推動擊缽吟活動之餘，蔡啟運對於擊缽吟而言，另一個更具意義之事為《臺海擊缽吟集》一書之編輯出版。此書主要收錄的是蔡氏抄錄保留的竹梅吟社時期的同人作品，以及日治以後他所參與的詩社活動中之作品，除了其個人創作外，也刻意收錄不少他人作品。此書由其子蔡汝修於大正三年（1914）左右編輯出版，書前保留了蔡啟運的一篇序文（序末題署則為戊申年，1908年）。此為日治時期臺灣第一本正式刊行的擊缽吟總集，共收錄七十八位作者之七絕作品四百題、五百五十二首，其中超過半數約二百七十二題、三百七十首可確認為清代竹梅吟社作品，其餘則屬日治以後鹿苑吟社、櫟社等之擊缽吟創作。[92]若再就書名及編輯體例觀之，《臺海擊缽吟集》基本上是承襲閩地《擊缽吟集》範式，尤其「臺海」二字突顯的更是臺灣對於閩地擊缽吟活動的承繼、移植與傳播，詳細情形，筆者《竹梅吟社與《竹梅吟社詩鈔》》中已有所討論，茲不贅述。

以上，本文透過各類文獻綜述蔡啟運與竹梅吟社、鹿苑吟社、竹社、櫟社的關係，除了歸納整理蔡氏個人參與詩社活動的大致情形，以及指出他直接或間接倡導擊缽吟寫作，從事擊缽吟作品之蒐羅與保存成果之外，也在於突顯蔡啟運作為日治時期臺灣擊缽吟推手的事實，期盼有助於掌握日治時期臺灣擊缽吟風行的原因與背景。

---

91 《臺灣日日新報》第3957號（1911年5月30日），1版。

92 有關《臺海擊缽吟集》出版過程，詳見詹雅能：《竹梅吟社與《竹梅吟社詩鈔》》（新竹市：新竹市文化局，2011年），頁32-34。

五　結語

　　要評價蔡啟運並不是一件容易的事，除了史料不足外，也來自於界定其人國族認同的困擾。他先是參與臺灣民主國的抗日事務，但日人領臺後，卻又接受頒發紳章。他一方面詩酒佯狂、縱情聲色，但一方面又積極應對世務。除了與日本人維持著良好關係外，卻也參與素來較具抗日精神之櫟社詩社活動。不過，無論政治意識形態如何難測，在這看似衝突又對立的人格面向中，始終不變的是，我們看到蔡啟運終其一生，致力於擊缽吟活動的努力與堅持，這也無怪乎連雅堂在為蔡氏撰寫事略時，他選擇避開交代一切的功名事業，而彰顯其「以詩為性命」的終極價值。本文之撰寫便在此一觀察點上入手，文中主要分從兩方面進行論析。首先有關其生平事蹟部分，除了對既有文獻的重新詮釋外，更配合田野調查所得史料，盡可能完整地拼湊蔡啟運的生命史，其中尤以對其家世背景、事業經營與家庭構成部分，本文相較過往有了更加清楚之說明，此外則是對傳說中的「閨中五鳳伴清吟」有較為完整之掌握。其次，在詩社活動的參與上，本文分從蔡啟運與竹梅吟社、鹿苑吟社、櫟社、竹社等詩社的參與過程與扮演的角色來析論，基本上展現其對於推廣臺灣擊缽吟活動的積極與用心，並據此肯定其在臺灣詩社發展史上的貢獻，這一點應該是有關蔡氏個案研究不能忽略之處。

參考文獻

不著撰人　《櫟社舊藏詩稿──櫟社詩會十週年大會詩稿》　臺北市　臺灣
　　　大學圖書館

王　松　《臺陽詩話》　臺北市　臺灣銀行經濟研究室　臺灣文獻叢刊第34
　　　種　1959年

王國璠、邱勝安　《三百年來臺灣作家與作品》　高雄市　臺灣時報社
　　　1977年

吳毓琪　《南社研究》　臺南市　臺南市文化中心　1999年

林幼春　《櫟社第一集》　臺中州　博文社　1924年

國立臺灣大學圖書館　《淡新檔案》　臺北市　國立臺灣大學　2006年

張德南　《新竹市志・人物志》　新竹市　新竹市政府　1997年

許雪姬主編　《水竹居日記》　臺北市　中央研究院近代史研究所　2001年

連雅堂　〈臺灣詩社記〉　《臺灣詩薈》　南投市　臺灣省文獻委員會
　　　1992年

陳漢光　《臺灣詩錄》　臺中縣　臺灣省文獻委員會　1971年6月

傅錫祺　《櫟社沿革志略》　臺中州　博文社　1931年

黃旺成　《臺灣省新竹縣志稿・人物志》　新竹縣　新竹縣文獻委員會
　　　1955年

黃美娥　《清代台灣竹塹地區傳統文學研究》　臺北縣　輔仁大學中國文學
　　　系博士論文　1999年

詹雅能　〈從福建到臺灣──「擊缽吟」的興起、發展與傳播〉　《台灣文
　　　學研究學報》　第16期　臺南市　台灣文學館　2013年

詹雅能　《竹梅吟社與《竹梅吟社詩鈔》》　新竹市　新竹市文化局　2011年

詹雅能　《新竹文史研究論集》　臺北市　知書房出版社　2012年

詹雅能　《續修新竹市志・藝文志》　新竹市　新竹市文化局　2005年

臺灣日日新報社　《漢文臺灣日日新報》　臺北市　臺灣日日新報社

臺灣日日新報社　《臺灣日日新報》　臺北市　臺灣日日新報社

臺灣新報社　《臺灣新報》　臺北市　臺灣新報社

臺灣總督府　《臺灣列紳傳》　臺北市　臺灣日日新報社　大正5年

編輯部　〈臺北市詩社座談會〉　《臺北文物》4卷4期　臺北市　臺北市文
　　　　獻委員會　1956年2月

蔡振豐　〈日治時期除戶簿謄本〉　臺北市　士林區戶政事務所　102.8.5
　　　　影本

蔡振豐等　《新竹縣制度考・安平縣雜記・苑裡志・嘉義管內采訪冊》　臺
　　　　南市　國立臺灣歷史博物館　2011年

賴鶴洲　〈臺灣古代詩文社〉　《臺北文物季刊》9卷4期　臺北市　臺北市
　　　　文獻委員會　1950年12月

鍾美芳　〈日據時代櫟社之研究〉　《臺北文獻》　直字第79期　1987年3月

發現「魏清德」的意義
——《魏清德全集》導論*

黃美娥**

摘要

本文原為《魏清德全集》之導論文字，經會議主辦單位同意，獨立成篇收入第一屆竹塹學國際學術研討會論文集中，為此遂重新命題，以求更加彰顯文章旨趣。至於文章內容，主要包括數部分：其一、簡述魏氏生平與全集編纂因緣；其二、說明全集史料來源、編輯過程與作者筆名辨認情形；其三、有關全集各卷編排順序與內容簡介；其四、結語。大抵，通篇主要陳述全集八卷內容大要及其文學／文化意義，希望有助開啟更寬闊、更深入的研究視域與論域；另外則是藉由曾任《臺灣日日新報》漢文部主任魏清德此一重要個案，思考現今殖民地文學認同研究的挑戰與侷限，進以反省臺灣文學研究應當如何走出殖民地陰影，以達成真正後殖民的境界。

關鍵詞： 魏清德全集、導論、作者生平、創作表現、認同研究

---

* 本文初稿原題〈《魏清德全集》編纂概述〉曾在本次研討會中發表，會後增補擴充成為《魏清德全集》之導論文字，現經主辦單位同意收入會議論文集中，乃改題為〈發現「魏清德」的意義——《魏清德全集》導論〉，特此說明，並表謝忱。
** 國立臺灣大學臺灣文學研究所專任教授兼所長。

一　前言

　　「臺灣文學」是一門新興學科，自一九九七年淡水工商管理學院（今之真理大學）設立學系，以及二〇〇〇年成功大學創立研究所之後，才開始獲致學科體制化的機會，故迄今仍在不斷挖掘相關史料，並對文學史進行新評價，因此致力作家作品的整理與出版，無寧是促使此一學科有所進步的重大關鍵。過去以來，在官方與民間單位的努力之下，已陸續出版了賴和、楊逵、龍瑛宗、張文環、張純甫等全集，以及其他總集、別集，相關成果對於學界有所裨益，因而得以開啟諸多研究視野。而其中，在日治時期到戰後階段，曾任《臺灣日日新報》漢文部主任的魏清德，其實頗堪注意，但因畢生作品多未出版，故在作品研究、解讀上，須先進行繁瑣的輯佚、整理工作，導致研究的推展與深化有其難度。

　　關於魏清德，生於一八八六年，卒於一九六四年，新竹人，後遷居臺北艋舺。父魏篤生為邑庠生，亦有詩名；長子是被譽為「臺灣小兒科教父」的前臺大醫學院院長魏火曜，次子則是亦曾任臺大醫學院院長的「臺灣婦產科舵手」魏炳炎。明治三十一年（1898），新竹公學校成立，魏氏進入就讀，為第一屆學生，在校時期曾從張麟書學文、曾吉甫學詩。新竹公學校畢業後，明治三十六年（1903），入臺灣總督府國語學校師範部就讀，頗受鈴江團吉教授的栽培，鈴江先生曾欲以官費生名義助其留學，但可能因為長兄過世而無法成行。

　　明治三十九年（1906）三月，自臺灣總督府國語學校師範部畢業後，魏氏出任新竹廳中港公學校訓導；明治四十一年（1908）轉任新竹公學校訓導；明治四十二年（1909）八月通過總督府文官普通考試，由於教書薪水較低，於十二月辭卸教職，透過櫻井勉轉介尾崎秀真，而得於明治四十三年（1910）一月，應聘臺灣日日新報社編輯員，到了昭和二年（1927）被拔升為漢文部編輯主任，長期主持報社漢文、漢詩的編審工作。在這段期間，魏

氏充分掌握媒體優勢，頻頻發聲，成為當時臺灣文壇極具影響力的要人，[1]
其文才更受到日、臺雙方文人的肯定，大抵從一九一〇年進入報館任職起，
直到昭和十五年（1940）辭職改聘為囑託，[2]總計涉入媒體的生涯，長達三
十年以上。

　　而在進入報社工作的同時，魏清德也開始積極參與各項社會活動、金融
投資或出任公職。其於明治四十四年（1911）參加大稻埕公學校召開的第一
屆斷髮不改裝大會，擔任幹事；大正四年（1915），擔任大正協會理事；大
正八年（1919），擔任艋舺同風會副會長；大正八年（1919），另也參與發起
改組臺灣無盡株式會社，其後更擔任監察役；大正十年（1921），代表新竹
州擔任臺灣文化協會評議員，隔年因臺北師範學校事件而脫離文化協會；大
正十一年（1922），擔任教科書調查會臨時委員、臺北市協議會員、臺北市
學務委員、臺北市社會事業委員；昭和五年（1930），擔任臺北州協議會
員；昭和十一年（1936）十一月地方自治制度改正後，又續任臺北州會議
員，至十四年（1939）任滿。

　　此外，魏氏平日也活躍於各類詩文活動中，例如大正八年（1919）臺灣
文社成立時，獲聘為評議員，在櫟社、全島詩人大會活動擔任過詞宗，本身
更是奇峰吟社、竹社、詠霓吟社、瀛社的社員；其中，於昭和二年
（1927），被推舉為臺北最大詩社「瀛社」的副社長。又，設於昭和五年
（1930）以日人為主體，由臺北帝大教授久保天隨所創的「南雅吟社」，社
員中臺人更僅魏氏一人，足見其詩藝受到推崇。另，早在大正十二年
（1923），魏清德與謝雪漁便因漢學出色表現而獲致「學者」褒章；昭和十
年（1935），則應邀前往東京參加斯文會舉辦之儒道大會，並以臺灣代表身
份發表談話。

1　不過，細繹魏清德的詩中，如〈佛生日〉、〈送張君筑客移家歸新竹〉、〈北投秋日〉等
　　篇，卻常言及自己在「賣文」，甚至到老來所寫〈七十自述〉更喟嘆「賣文以餬口」，
　　則就任報社職務後內心世界之矛盾，亦可略見一、二。

2　成為囑託之後，魏清德實際仍然繼續負責《臺灣日日新報》的漢詩編選工作，目前所
　　知至少進行到一九四一年八月底為止。

　　不過，魏清德的漢學素養，不僅表現於漢詩文的創作而已，其於書畫金石，亦皆涉染，因此各類相關品評文字亦豐，所論包括臺灣書畫創作、美展觀察、日本畫壇情形、清代旅臺藝術家相關風格品鑑等。而作為日治時期最大官報的漢文編輯，魏清德固以詩文漢學及書畫藝術素養為人所重，但其於新學書籍亦多所涉獵，[3]故能扮演文明先驅角色，展現一定程度的新知視野，此亦可由其散文、小說書寫內容，獲得證實。因此，綜合而論，魏清德實際兼通舊學與新學，並不只是一位單純通曉漢學的舊文人而已。要再說明的是，因為魏清德的特殊身份與發言位置（擔任日本在臺官方媒體的編輯記者、漢文部主任），如此遂使得他在《臺灣日日新報》上發表了許多具有現代性思維色彩的論述，並將「啟蒙」與「殖民」相連結，展演了一種「政治化」的現代性，甚且也會出現以日本為本位的東洋文明論述，乃至與官方主流論述產生共振或共構現象。[4]

　　而在長期主持報政之後，進入戰後時期的魏清德，曾有近半年時間短暫掌理臺北第二中學校（今臺北成功中學）校務，之後因為戰前身為臺灣勸業無盡會社股東，以及常任監察役的職務關係，一九四七年六月轉往金融業發展，[5]一九四九年膺任臺灣省合會儲蓄公司總經理，不過工作之餘，仍然投注不少精神於詩社活動與漢詩創作。他在日治時期曾任瀛社副社長，民國四十二年（1953）社長謝雪漁逝世後便繼任為社長，另又擔任《臺灣詩壇》、《詩文之友》等刊顧問。戰後因為詩歌創作表現獲得省內外文人肯定，民國

3　有關魏清德對於新學書籍的涉獵，倘若參照（〈東遊見聞錄〉中所言「貧書生行李無多，和、漢、洋書籍數卷」，則可能洋書籍也是知識來源之一，不過他在〈南清遊覽記錄〉（十三）曾自稱「英文不精」。

4　詳細的討論，參見拙著《重層現代性鏡像：日治時代臺灣傳統文人的文化視域與文學想像》（臺北市：麥田出版公司，2004年）第四章〈另類現代性──《臺灣日日新報》記者魏清德的文明啟蒙論述〉，頁183-235。

5　一九四八年林獻堂擔任臺灣省通志館館長，曾欲延聘魏清德擔任編纂，但魏氏力辭。以上資訊參見林獻堂日記（1948.6.26）。案，本文所使用之日記資訊，部分直接受惠於中研院臺史所日記知識庫檢索之便，部分因為資料尚未公開上網，故另得許雪姬教授與劉世溫、林崎惠美兩位助理之協助搜尋，謹此致謝。

五十二年（1963），美、奧、菲、巴（巴基斯坦）等國籌組國際桂冠詩人協會，邀請各國推派代表參加，魏清德與于右任、梁寒操、林熊祥、曾今可、何志浩等六人榮選為中華民國桂冠詩人，次年六月因病去世。

誠如上述，魏氏一生履歷曲折，不僅創作生涯漫長，且寫作類型多元，包括詩、文、小說等；而其人在日治時代與戰後階段，分別與在臺日人或來臺外省人的密切往來過程，也有利吾人對於臺灣文學場域跨界交流、溝通互動的認知與掌握，因此成為極具研究價值的作家個案。再加上他個人集文人、教師、記者、書畫賞鑑者、官派公職者於一身的多元身份，故在創作內容方面，甚富文學／文化／政治的多重糾葛意涵，實在值得予以更多的關注與討論。幸運的是，在國立臺灣文學館的全力支持之下，「《魏清德全集》蒐集、整理、編纂計畫」一案得以順利展開與執行，最終完成了作家全集的出版，相信能為研究者與閱讀者帶來便利，同時也可留存一份臺灣文學重要史料。

二　編輯過程說明

有關本計畫案的執行內容，主要在於收集、整理、出版魏清德的文學作品，而實際執行步驟包括：其一蒐集、影印當年報刊圖書之中，魏氏曾經發表的大量文學作品；其二則是與魏氏親屬多所聯繫，力求掌握手稿、書信、照片、除戶簿、族譜、履歷書或其他口述歷史資料等，並配合田野調查工作，進以設法取得更多的史料。而在這之中，一方面會將搜尋所得的已刊或未刊作品相互參照、比對，並進行二者之間的文字校勘；另一方面，則是在整合資料之後，又據此打字、編輯，由於過去作品大抵缺乏新式標點與分段，因此都將予以重新處理。最後，則是統合計畫執行所得，製作魏氏生平年表、家族世系表，完成相關文獻內容與作品目錄之匯集，再將作品按照文學類型、創作年代排列呈顯，並以詩、文、小說分冊出版，以達成全集型態問世。

而在進行此案時，關於作品來源，除了魏氏生前付梓的《滿鮮吟草》、《潤庵吟草》、《尺寸園瓿稿》，與家屬所提供的手稿、書信內容之外，還有

些許來自實地進行調查採集的廟宇聯文，另外更多數則是取自戰前與戰後大量圖書、報刊之登載。對此，本案透過人工閱讀紙本、查閱微捲或電子資料庫所經眼過的報刊，至少超過七十九種，圖書六十一種（總集亦以一種計算，以下不另列其中各冊書目），數位資料庫共十四種。不過並非上述史料均有出現魏氏作品，例如《三六九小報》便尋無蹤跡，但大抵從中可知全集編纂過程所閱目資料的情形，至於確切刊登魏氏作品之史料究竟為何，則可由本案編製完成的作品目錄卷獲知明確訊息。

為了能清楚呈顯本案相關史料爬梳概況，以下分就日治與戰後兩階段加以說明，但其中部分史料內容所記係屬日治時代，真正出版時間則可能已經進入戰後。又，以下各種報刊、圖書史料名稱後面括弧內所附時間注記，乃指本案搜查期間，所掌握到的包括：一、國家圖書館，二、國立中央研究院傅斯年圖書館、人文社會圖書館、近史所圖書館，三、國立臺灣大學圖書館，四、國立臺灣師範大學圖書館、五、國立臺北教育大學圖書館、校史資料室，六、國立臺灣圖書館，七、國立政治大學圖書館、社會科學資料中心、孫中山紀念圖書館，八、國立公共資訊圖書館（原國立臺中圖書館），九、臺南市立圖書館，十、財團法人吳三連史料基金會，十一、文訊雜誌社文藝資料研究及服務中心，十二、遠流出版社典藏蘭記圖書部資料，十三、日本國會圖書館，十四、大阪中之島圖書館等地館藏史料之出版時間或發行時限，至於其他受制計畫執行時限不及翻閱的文獻，即未列述於下者，則留待他日或後續研究者再予以補齊。

【日治時代】

報刊

1. 《臺灣日日新報》〔含《臺灣新報》和《臺灣日報》）（1896-1944）〕
2. 《臺灣時報》（1909-1945）〔含前身《臺灣協會報》（1898-1907）〕
3. 《臺灣教育會雜誌》（後改名為《臺灣教育》）（1901-1943）
4. 《臺法月報》（1905-1943）

5.《漢文臺灣日日新報》（1905-1911）

6.《臺灣愛國婦人》（1915-1946）

7.《臺灣警察協會雜誌》（1917-1929）

8.《臺灣之茶業》（1918-1941）

9.《臺灣文藝叢誌》（1919-1923。1922.7-12改稱《臺灣文藝旬報》；1923
  改回原名；1924改稱《臺灣文藝月刊》。）

10.《臺南新報》（1921-1937）

11.《臺灣民報》（1923-1930）

12.《南瀛佛教會會報》（1923-1942。1923-1926為《南瀛佛教會會報》，
  1927-1940名為《南瀛佛教》，1941-1942則易名為《臺灣佛教》。）

13.《臺灣詩報》（1924）

14.《臺灣詩薈》（1924-1925）

15.《臺北州時報》（1926-1930）

16.《臺灣山岳》（1926-1946）

17.《臺灣之茶葉》（1927-1937）

18.《南瀛新報》（1928-1937）

19.《專賣通信》（1928-1937）

20.《昭和新報》（1929-1938）

21.《三六九小報》（1930-1935）

22.《臺灣新民報》（1930-1933）

23.《臺灣警察時報》（1930-1943）

24.《詩報》（1930-1944）

25.《新聲彙刊》（1930）

26.《藻香文藝》（1931）

27.《愛書》（1933-1942）

28.《風月》（1935-1936）

29.《臺灣時事新報》（1935-1937）

30.《孔教報》（1936-1938）

31.《民商法雜誌》（1937-1944）

32.《臺灣グラフ》（1937）

33.《風月報》（1937-1944，1941年改名《南方》、《南方詩集》）

34.《臺灣文苑》（1938）

35.《崇聖道德報》（1939-1942）

36.《新高新報》（1939-1938）

37.《臺灣藝術》（1940-1945。1944年改名《新大眾》）

38.《中原月刊》（1942）

39.《興南新聞》（1942-1943）

書籍

1.《臺灣人士鑑》（1986、1934、1937、1943）

2.《鳥松閣唱和集》（1904）

3.《實業之臺灣》（1909、1923）

4.《詠李烈姬詩集》（1912）

5.《臺灣養蠶指針》（1914）

6.《南瀛集》（1918）

7.《開元寺徵詩錄》（1919）

8.《環鏡樓唱和集》（1920）

9.《菽莊三九雅集詩錄》（1921）

10.《大雅唱和集》（1921）

11.《大正協会創立十週年記念文集》（1922）

12.《民商法詩錄》〈1923〉

13.《新年言志》（1924）

14.《顏雲年翁小傳》（1924）

15.《陋園吟集》（1924）

16.《新高山の歌と詩・望新高山並關係雜詠》（1927、1937）

17.《昭和詩文》（1927-1928）

18.《鳴鼓集參集》（1928）

19.《崇文社文集》（1930）

20.《世界奇趣》（1930）

21.《南雅集》（1931）

22.《徵詩錄》（1931）

23.《鄭貞女輓詩》（1931）

24.《翰墨因緣》（1931、1939）

25.《臺灣官紳年鑑》（1932、1933、1934）

26.《鐵峰詩話》（1933）

27.《瀛洲詩集》（1933）

28.《東寧擊缽吟前後集》（1934、2008）

29.《皇太子殿下御降誕奉祝獻詠集》（1934）

30.《臺灣詩醇》（1935）

31.《湯島聖堂復興紀念儒道大會誌》（1936）

32.《滿鮮吟草》（1937）

33.《網溪詩集》（1937）

34.《彰化崇文社詩文小集》（1937）

35.《現代傑作愛國詩選集》（1939）

36.《林氏家傳》（1939）

37.《瀛海詩集》（1940）

38.《彰化崇文社紀念詩集》（1940）

39.《祝皇紀貳千六百年彰化崇文社紀念詩集》（1940）

40.《忘機小舫詩存》（1945）

41.《百勿唫集》（內附《巢睫居吟集》）（1947-1949）

42.《蘇太虛紀念誌·臺灣百家詩》（1984）

43.《雅堂叢刊詩稿》（1987）

44.《臺海擊缽吟集》（2003）

45.《雜文詩輯鈔》（2004）

46.《南瀛詩選（一）（二）》（收入施懿琳主持〈王炳南先生手稿叢輯計畫期末報告書〉，2004）

【戰後階段】

報刊

1.《民報》（1945-1947）

2.《政經報》（1945）

3.《新風》（1945）

4.《時潮》（1945）

5.《新新》（1945-1947）

6.《臺灣新生報》（1945-1964）

7.《藝華》（1946）

8.《人民導報》（1946-1947）

9.《大明報》（含晚報）（1946）

10.《中華日報》（1946-1964）

11.《心聲月刊》（1946.7-1947.1）

12.《正言報》（1946）

13.《正氣》（1946-1947）

14.《東台日報》（1946-1950）

15.《國聲報》（1946-1947）

16.《新聞報》（1946-1948）

17.《興台日報》（1946）

18.《公論報》（1947-1963）

19.《全民日報》（1947-1951）

20.《自立晚報》（1947-1964）

21.《和平日報》（1947-1948）

22.《建國月刊》（1947）

23. 《臺北晚報》（1947-1948）

24. 《臺灣民聲日報》（1948-1956）

25. 《天南日報》（1948-1949）

26. 《閩台日報》（1948-1949）

27. 《中央日報》（1949-1964）

28. 《民族報》（1949-1950）

29. 《自由談》（1950-1964）

30. 《暢流》（1950-1964）

31. 《晨光》（1953-1964）

32. 《詩文之友》（1953-1964）

33. 《大華晚報》（1954-1959）

34. 《臺灣詩壇》（1954-1956）

35. 《中華詩苑》（1955-1960）

36. 《鯤南詩苑》（1956-1962）

37. 《民族晚報》（1957-1964）

38. 《中華藝苑》（1960-1962）

39. 《大同》（1964）

40. 《臺灣教會公報》（2001）

書籍

1. 《亂世吟草》（1948）

2. 《網溪詩集後編》（1949）

3. 《板橋詩苑別集》（1949）

4. 《潤庵吟草》（1952）

5. 《臺灣詩選》（1953）

6. 《臺灣詩海》（1954）

7. 《臺北市志》（1962）

8. 《尺寸園瓿稿》（1963）

9. 《中原文化叢書》（1965）

10. 《瀛社創立六十週年紀念集》（1969）

11. 《臺南縣志》（1897、1898、1983、1985）

12. 《臺灣先賢詩文集彙刊（第一輯到第九輯）》（1992-2011）

13. 《新竹市志》（1996）

14. 《臺灣文獻匯刊》（2004）

15. 《臺灣宗教資料彙編》（2009-2010）

數位資料庫

1. 臺灣日日新報全文資料庫（漢珍版）

2. 臺灣日日新報全文資料庫（大鐸版）

3. 漢文臺灣日日新報全文資料庫（漢珍版）

4. 全臺詩博覽資料庫（漢珍版）

5. 國立臺灣圖書館臺灣學電子資源整合查詢系統

6. 國立臺灣圖書館日治時期期刊全文影像系統

7. 國立臺灣圖書館日治時期圖書全文影像系統

8. 國立臺灣文學館臺灣文學期刊史資料庫

9. 國立臺灣文學館智慧型全臺詩知識庫

10. 國立公共資訊圖書館（原臺中圖書館）數位典藏網──舊版報紙、日文舊籍

11. 中央研究院臺灣史研究所臺史檔案資源系統

12. 中央研究院臺灣史研究所臺灣研究古籍資料庫

13. 中央研究院臺灣史研究所日記知識庫

14. 中央研究院臺灣史研究所臺灣文獻叢刊資料庫

　　以上訊息顯示了由報刊、圖書與電子資料庫尋找魏氏文學作品的大致梗概，而有關透過田野調查進以尋覓相關個人傳記史料、生命活動軌跡，實地前往過的地點計有：臺灣中小企業銀行、新北市三峽李梅樹紀念館、新北市

三峽清水祖師廟、臺北市萬華龍山寺、臺北市萬華祖師廟、臺北市萬華青山宮、臺北市萬華天后宮、臺北市霞海城隍廟、臺北市保安宮、臺北市孔廟、臺北市武昌街城隍廟、臺北市康定路魏清德先生故居舊址、陽明山第一公墓等。另外，因為魏清德個人若干圖書、稿件、書畫，家屬曾經捐贈給國立臺灣大學圖書館[6]、國立歷史博物館，故相關館藏亦需掌握；他如珍藏魏氏相關史料者，如楊儒賓、李景暘、郭双富、魏斌雄、曹真、林正三、何創時書法基金會、陳澄波文化基金會、臺灣企銀，都曾予以聯繫或拜訪；而魏氏子孫與曾共事過的同僑，則是進行現場或電話訪談。

　　除了前述之外，仍須先加確認的是有關魏清德筆名之使用概況，如此始能順利收集作品而避免遺漏。目前經過比對與檢覈，發現魏清德在發表作品時，曾經使用的署名情形如下：在小說方面，包括異史、異史氏、雲、雲林生、潤庵、潤；文章方面則有雲嵐生、雲林、魏清德、雲、異史氏、異史雲林生、潤庵、潤菴生、潤、佁儗子；詩歌方面較常使用魏清德、魏潤庵、潤庵、潤菴、菴、潤庵生，有時使用佁儗子、潤庵學人，少數使用雲林、雲、雲林生，並曾使用過一次「南國山人」、尺寸圜，主要仍以本名為多。以上筆名，若參酌目錄卷所示，則可知相關筆名與創作歷程之間的關係，以及使用頻率情形。至於如何得知上述筆名之使用者即魏清德本人，以下便由多篇作品的署名談起，其餘更詳細的推斷情形間或於各冊作品集中予以交代。

　　例如〈解惑〉署名雲嵐生，〈紅蘭女史〉署名雲林；[7]而〈酣夢生紀傳〉與〈酣夢生傳〉二篇題目雖不同但內文相同，前者在《漢文臺灣日日新報》

6　在臺大圖書館的特藏室中，存有魏火曜所捐贈的魏清德生前使用、收藏之書籍，共計一百零五種，內容包括詩文集、經學著作、小說、印譜等，著作者之身分涵蓋了臺／日／中文人。而就大批藏書而言，這有助理解其人詩文取徑、詩學觀之養成或閱讀習性，其中顯示了魏清德對於明清詩作甚為喜好，但對近代文人如林紓、辜鴻銘、梁啟超等人之作也有接觸；此外，還有數本屬於戰後來臺省外人士作品集，如李翼中《韻珊先生遺稿》、羅卓英《呼江吸海樓詩集》、鄭曼青《玉井草堂詩》等，則可知當時魏氏與省外文人的交流情形。

7　關於「雲」、「雲林」筆名之用，個人推斷或與其人十分推崇元代著名畫家倪瓚（號雲林）有關。

署名雲林發表，後者在《臺灣教育會雜誌》則署名雲嵐，故可知雲林與雲嵐同為一人。另外，〈瓜棚下零星瑣碎〉發表時署名「雲」，內文則寫到「異史雲林嘆……」，故知「雲」即「異史雲林」。又，〈讀鷺門通信誌王不池靈赫〉在文末言及「異史 雲林氏曰……」，可知「異史」與「雲林氏」之關係，即同一人，則異史與雲嵐亦同一人。此外，〈二宮尊德翁傳〉連刊時，在不同回次分別使用了「雲」與「雲嵐生」之筆名，故知雲即雲嵐生。因此，綜合前述可得知，雲、雲嵐、異史、雲林都是同一人。至於「雲」作為魏清德的筆名，則可在〈休息二日間紀行雜組〉獲得證明。該文刊出時，作者署名為「雲」，而文末伊藤壺溪評點指出文中詩作是魏清德所寫，故知「雲」即魏清德。於是，依此類推，前列雲、雲嵐、雲嵐生、雲林、雲林氏、異史之身分均已證實。

另外關於「佁儗子」，〈東遊見聞錄〉以此署名，而從該文第五回作者遊紅葉谷時所寫詩作，在發表於《臺灣日日新報》上之署名為「潤庵生」，故可知即指魏清德；另第三十二回提及黃茂笙贈詩給作者，題為〈唔潤庵君於馬關信濃丸賦呈〉，亦可知「佁儗子」正是魏清德本人。又，「南國山人」署名用於〈紅豆曲〉，因為該作被收入《雅堂叢刊詩稿》的〈魏潤庵詩草〉中，則知此亦魏氏之筆名。

除此之外，要再加解釋的是，其中有「異史氏」、「雲林」二個筆名也曾有其他作家使用過，那麼要怎樣辨別作品之真正作者呢？其一，有關「異史氏」，目前可知〈阿環〉、〈西陵楊百萬〉、〈赤穗義士菅谷半之丞〉等小說作品刊出時，分別署名為「異史氏」、「異史」、「異史譯」，而由於當時臺北作家陳伯瑛亦曾使用「異史氏」於其所撰〈智擒兇鰐〉的內文敘事之中，故要如何推知前述諸篇確為魏氏所寫？箇中考量在於陳氏之使用「異史氏」，其實僅見用於〈智擒兇鰐〉一文，而陳氏早在一九〇七年過世，故上述出現於一九一〇年後之等篇，便可確認為魏清德所撰。其二，則是有關「雲林」之署名問題。對此，值得釐辨的是出現於一九〇七年一月十日《漢文臺灣日日新報》上的〈新年松〉之作，此詩題為該年元旦御題。經查當時臺南廳廳長山形修人，其人發表作品之署名為「山形雲林」，則〈新年松〉是否為其所

作？由於查索《臺灣日日新報》系統中有關山形氏之發表署名習慣，發現他從未單獨標署「雲林」，均會與其姓氏山形連接，故此詩署名顯與其人平素署名習慣不同；其次，〈新年松〉御題公告以來，報上亦同時登錄了臺人與日人作品，故可知不一定屬於日人所寫，由於魏清德自一九〇四年刊出詩作以來，曾經寫過〈皇師陷旅順歌〉、〈敬和棲霞先生烏松閣作〉，故將此為元旦御題而寫詩篇之作者，推斷為魏清德，這也是魏氏首次以「雲林」署名發表的第一篇詩作。

三　各卷編排與內容簡介

　　在說明本案相關編輯步驟、史料來源、筆名蠡測情形之後，以下針對匯整為全集之後的成果略作說明。《魏清德全集》總共分為八卷出版，各卷編排情形與內容旨趣如下：

（一）

　　有關卷一、卷二之「詩卷」部分，其內容係以魏清德平生創作，包括昭和十二年（1937）出版《滿鮮吟草》（四十四詩題）；民國四十一年（1952）出版《潤庵吟草》（一百二十八詩題）；民國五十二年（1963）出版《尺寸園瓿稿》（一百八十詩題）三本詩集，與連橫《雅堂叢刊詩稿》中的〈魏潤庵詩草〉抄本（二十九詩題）為底本，而後進行其他報刊、圖書中作品之蒐羅，再經一番整理、校勘、考證之後，最終完成其人詩集之編輯。集中詩作，力求按照其人發表時間先後予以排序，若缺乏者則設法考證，期盼有利呈顯魏氏一生書寫歷程。總計二冊詩卷，共得魏氏自一九〇四年到一九六四年間所撰一七七五詩題[8]；其中，卷一所收從〈中秋夜對月放歌〉到〈贈王

8　關於詩題，有部分詩作乃出現魏氏文章或小說之中，今抽出納入詩卷裡，唯部分作品原先無題，遂配合詩義重新擬題。又，有些屬於次韻之題，因原題無法掌握題意，則再加改題。以上凡屬新擬或改題者，皆於詩卷中加注說明。另，在一七七五詩題中，

亞南畫伯〉，卷二則由〈上元觀燈〉到〈題臺灣擊鉢詩選〉，卷末尚附有詩鐘、聯文、詞些許，[9]以及魏氏之父魏篤生《啟英軒遺稿》，因亦屬未刊之珍貴文學史料，故一併錄存。

至於其人詩作，就創作時間而言，從年少寫至年邁，故瀏覽其早期至晚期詩作，就能發現魏氏所思所感莫不流洩其中，且隨年齡變化、心境轉換與處境改變，詩作內容也有了不同的情感溫度，即以多首為元旦而寫詩篇為例，便能掌握箇中變化梗概，如〈癸丑元旦恭賦〉、〈丁巳元旦〉、〈元旦試筆二首〉、〈壬戌元旦口占〉、〈乙丑元旦恭賦〉、〈謝有賀小尊先生丁丑元旦惠贈所畫墨梅二首〉、〈和櫻癡詞長壬午元旦還曆韻〉、〈丁酉元旦〉、〈壬寅元旦答簹村〉等。

其次，由於魏氏浸淫文壇與書畫界甚久，故往來人物數量可觀，人脈充沛，包括臺／日／中人士，因此相關唱酬詩作數量不少，而此類人文互動、詩歌往返情形，也成了魏氏詩卷中的耀眼景觀。在其詩中所寫及的對象，姑且不論學界較為熟悉的臺灣本土文人，單以戰前在臺日人而言，至少可見三木清陰、尾崎秀真、安江五溪、田原天南、須賀蓬城、櫻井勉、鷹取岳陽、家永太吉郎、館森鴻、猪口鳳庵、籾山衣洲、平野天桂、小松孤松、茅原華山、志圓上人、藤波千谿、田邊碧堂、玉木懿夫、國分青厓、勝島仙坡、青山無聲、久保天隨、木月道人、高橋醇領、小室翠雲、松田學鷗、永井聱石、浮田辰平、山口東軒等；到了戰後，所接觸過的省外來臺文人，也有丘

有四題僅為存目而未見詩作。案，原詩刊登於《建國月刊》第2卷第4期，此刊經查國內各大圖書館中，僅國民黨黨史館有所典藏，文訊出版社執行國立臺灣文學館委託建置「臺灣文學期刊史資料庫」時曾加借用，今於網路上已有目錄可供查索，但有關刊物原件或影本，經請教文訊雜誌社、國立臺灣文學館，以及後來前往查索接管國民黨黨史館諸多藏書的政治大學孫中山紀念圖書館均無所獲，故最終在全集出版前無法補上詩作內容。而在尋找相關詩作的過程中，得到文訊出版社王為萱小姐熱心協助，特此致謝。

9　除此之外，經查魏氏尚有參與柏梁體、聯句之作，數量大約六十九首，但因所撰往往僅有一句或二句，而參與聯句者有時卻高達二十餘人，幾經考量，若是單錄一句，難以掌握詩意與詩藝，若全錄，則所佔詩卷篇幅過多，最後乃予以略去。

念台、曾今可、邱斌存、鈕先銘、張默君、賈景德、胡商彝、于右任、李漁叔、羅尚、張魯恂、陳含光、何武公、何志浩等。

上述詩卷所形構出的繁複人際網絡地圖，說明了漢詩的同文性在戰前與戰後不同政權中，都成為魏氏得以善用的文學／文化資本，但即使如此，如果細繹林茂生在寫給魏清德信件中提及，表示看到魏氏撰寫〈臺灣光復頌〉甚為感佩，以為一字一淚，且謂李萬居也表稱讚，如獲異寶，擬加刊登，則如此現象，還是表明了魏清德的「戰後」經驗，需先致力於國族認同的調整與心理調適。也因此若從魏清德在戰後親自出版兩種詩集內容來看，《潤庵吟草》、《尺寸園瓿稿》最終還是選擇了較多的旅遊詩、寫景詩或人際唱酬之作，就別具意義了。其中，《尺寸園瓿稿》除二首為戰前擊鉢之作外，其餘所收錄者均為戰後作品，而《潤庵吟草》則有若干與戰前日人攸關，但就內容表達來看，多數涉及書畫品評，如此亦可側知魏氏在戰後似乎有著自我選擇戰前文學歷史記憶的應對方式。

不過，儘管魏氏生前自刊詩集如此，但編輯之後的全集詩卷，其實已能勾勒出其人畢生創作的全貌。整體而言，堪稱題材多元，無處不可入詩，如其有〈飯後〉、〈保力達〉、〈舊齒脫落殆盡換新義齒感賦〉之作，就詩題來看顯然均是有感便發。而若再仔細玩味，則尚能發現創作之豐富面向：例如〈對鏡〉、〈庚子元日書懷〉乃寫人生感懷；〈口占似三弟澄川〉、〈喜長子火曜颺母後歸自玉山頂上〉刻畫家人親情；〈拜題鷗鷺尋盟集〉、〈次韻久保天隨席上率賦〉展現友朋情誼；〈雲海歌〉、〈烏山頭〉描摹臺灣自然風景；〈洪水歎〉、〈卹災行 作于己亥八月〉慨嘆地方災害；〈春帆樓〉、〈江山樓酒家題句〉、〈臺灣光復頌〉、〈和林獻堂先生二二八事變感懷原韻〉則旨於抒發故國感懷與政權改易之思，故由上述主題的抉發，便能一窺魏氏詩歌寫作的關照所在，以及個人情感寄寓重心。

另在創作風格方面，一般認為魏氏主要取徑宋詩，如久保天隨在《臺灣日日新報》曾品評〈次天隨先生移居四首〉一詩，許其：「通脫高婉，言近旨遠，筆筆靈活，其疏宕處，與坡谷氣脈相通。」又，〈三角錐大斷崖〉之作，則是以為：「氣韻清激，諧和穩健，絕不為韻腳所拘制，此規擬老陸，

而能去其拘牽者。」此外，許天奎《鐵峯詩話》也認為魏氏深得東坡神髓，且大力稱讚魏氏〈遊鼓山〉五古六首，是「我臺詩界不可多得之作」。不過，戰後成惕軒在獲見《潤庵吟草》之後，於其寫給魏清德的書信中，則以為魏氏是「臺籍耆宿之最能學杜者」，認為魏詩「樹骨堅蒼，措辭典雅，真海外之元音」；賈景德、尹莘農、張昭芹等人則是以北宋「魏野」相比擬。

　　以上，敘述了詩卷內容所彰顯的魏氏詩歌創作大要之後，另擬再加闡述的是，關於魏清德的詩藝與詩壇地位。在本案此次所訪查取得的諸多信件中，發現許多來自各地的詩文投稿者逕將作品寄給魏氏，其中不僅臺人如此，即連日本內地亦有，如大阪中尾邦、崎阜山田永俊、島根渡邊新太郎、越後難波宣太郎、崎玉櫻井莊治、神戶堀音吉等，而在核對《臺灣日日新報》後，確見許多作品獲得刊登，那麼可知魏氏透過《臺灣日日新報》的確有助提升其人文學地位與影響力，並進與日本內地建立詩緣關係。事實上，劉克明在《臺灣今古談‧人事門》書中，也曾經說到臺灣島內詩人雖然有名者很多，但當中遠近馳名者尤屬臺日社漢文主筆魏潤庵，他在內地發行的《內觀》雜誌漢詩壇，還擔任了評閱詞宗。[10]關於此點，可藉由東京宮本晴嶽、山口賀谷辰之助所寄來的書信，標注所寄詩作是為了投稿《內觀》雜誌，便能證實劉克明所說非假。另外，張耀堂刊於《臺灣時報》上的〈詩書畫三絕〉一文，對於魏氏詩歌技藝同表推崇，不只認同魏氏是「當今新聞界之霸者，臺日漢文部的首席」，且謂內臺人詩稿皆由其斧正，也經常受命拜評總督詩稿[11]，則可得知在時人心中，魏清德在詩壇中確已取得鼇頭地位。那麼，如何從魏清德此一個案去考究臺、日漢詩關係，顯然可再探索之處頗多。[12]

---

10 參見劉克明：《臺灣今古談》（臺北市：新高堂書店，1930年），頁156。另，《內觀》雜誌於1920年創刊出版，主辦人是茅原華山（1870-1952），本名茅原廉太郎，為日本明治、大正及昭和時期著名評論家、文學家，也是「民本主義」概念的提倡者，一九一八年與一九二四年曾來臺，魏清德與其為莫逆之交，並為撰〈序茅原華山先生詩集〉。

11 參見《臺灣時報》第165號（1933年8月），頁80-81。

12 關於簡中現象與意義，本人將在他文深入說明，因為文章尚未正式發表，故此處僅略著墨而未深究。

（二）

　　接續詩卷之後，全集的卷三、卷四是屬於「文卷」之作，目前共收錄文章一三九篇，其中含有〈新店賦〉、〈日月潭賦〉二篇賦作，因為數量鮮少，故未另予獨立，而將之置入文卷；又，在卷四之末，還附錄了〈島人士趣味一斑〉。案，此文對於臺灣人士在詩文、詩畸燈謎、書道繪畫、金石刻畫、書畫古董、花木園藝、羿碁、音樂、戲劇、勸善講古的趣味現象及其重要浸淫者進行介紹，是一篇相當重要的評論文字，不過文章在《臺灣日日新報》原刊時並未署名，文中亦未見有任何足以明確勾連出作者身份的敘述，目前學界研究，有將之直接視為魏清德作品，如謝世英〈魏清德的雙料生涯——專業記者與書畫喜好〉與李婉甄〈藝術潮流的衝擊與交會：日治時期魏清德的論述與收藏〉，只是研究者並未關注作者有無署名問題。對此，編者深究之後，發覺此文既為《臺灣日日新報》專欄文章，在未署名之情況下，自當是該報記者所作，而縱觀當時臺日報記者中，能對臺灣詩歌文學創作、金石書畫藝術、骨董收藏等方面如此嫻熟者，恐非魏清德莫屬；又，此文之行文筆調與魏氏文章頗為相近，而「書畫骨董妮古錄」一節，述及林朗菴氏購還林本源家舊藏西村刻版，並雇良工拓印分贈同好一事，與魏氏〈潤菴漫筆〉文中所記內容如出一轍。再者，文中歷述臺島人士趣味界之各項表現中，卻全然未觸及魏清德一人，既使是在詩壇藝文界、金石書畫收藏界，也完全未見魏氏蹤影，而之所以出現如此行文，則恐因該文旨在評論他人，故不便涉及作者自身狀態之緣故。[13]基於上述原因，編者以為此作屬於魏清德作品之可能性極高，然又礙於此文所論範疇甚廣，不知是否還有其他同社記者參與撰稿，故仍將之列於「附錄」，以供學界參酌。附帶一提，文卷之中，除了漢文作品之外，尚有〈支那畫壇義〉、〈得隴望蜀〉、〈十年來的回顧〉是日文之

---

13 相對地，是否正因為要涉及品評他人，因此作者才會考慮不加署名，以避免麻煩，這種原因可能也會存在。

作，今亦以中譯併存；而〈被閒卻之臺灣〉，則是魏清德根據臺日報社主筆谷河黃鳥的日譯，改譯為中文之作，[14]另〈朝鮮之氣候〉、〈曆說〉、〈參觀平壤妓生學校〉也同樣都是譯作。在上述中譯文章中，或屬新聞報導類型之文章，或屬歷史性意義之文獻，此與一般散文創作類型不同，故全集中最後乃以廣義的《文卷》命名，而非較具文學質性的《散文卷》。

但，即使以《文卷》稱之，具有散文創作藝術之美者仍為大宗，且類型至少包括遊記類、論辯類、序跋類、贈序類、雜記類、哀祭類等。其中，魏氏為他人著作寫序或刊物發行而作序的數量頗多，且創作時間包括戰前與戰後，例如戰前為顏雲年所寫〈環鏡樓唱和集序〉、為連橫所寫〈大陸詩草序〉、為黃金川所寫〈金川詩草序〉、為許天奎所寫〈鐵峰山房唱和集序〉、為林純卿所寫〈曙村詩草序〉、為陳貫而寫〈豁軒詩集序〉，以及為《臺灣文藝叢誌》、《詩報》、《瀛洲詩集》、《南雅》所執筆的發刊序、弁言等；戰後則有張李德和〈琳瑯山閣吟草序〉、石中英〈芸香閣儷玉吟草〉、曾今可〈臺灣詩選序〉、楊爾材〈近樗吟草序〉、謝星樓〈星樓遺稿集序〉、賴子清〈臺灣詩海序〉、楊仲佐〈網溪詩文集序〉、李建興〈紹唐詩集序〉諸作。藉由上列，可知相關文人、刊物、詩文集與魏氏個人的文學觀，相關創作品評梗概，以及戰後對於戰前臺灣文學歷史記憶的回顧。又，除文學審美觀、創作觀之外，魏清德還在部分作品中描繪了當代文人們的生活、創作空間，如王少濤「賞青廬」、倪炳煌「巢睫樓」、劉克明「寄園」、顏雲年「環鏡樓」與「陌園」，對於作家文學現場、生命圖像留下了鮮明記載。

再者，遊記類散文，則是能夠彰顯其人思考視野的創作。魏氏行腳所及，不僅駐足臺灣島內，更遠赴中國、日本、滿洲國、朝鮮，而此類作品書寫臺灣者如〈遊于來社記〉、〈南游小筆〉、〈竹湖觀櫻記〉、〈阿里山遊記〉，記敘了陽明山竹仔湖、日月潭、鵝鑾鼻、太魯閣、阿里山等地風土人情與自然山川勝境；中國部分如〈南清遊覽記錄〉、〈鼓山遊記〉、〈旅閩雜感〉，對

---

14 在魏氏家屬提供的手稿之中，魏清德戰後尚撰有〈臺灣史略〉一文，其性質與〈被閒卻之臺灣〉相近似，本該納入《文卷》，但經查文章內容頗多抄自連橫《臺灣通史》，而非個人撰述之作，故最終予以略去。

於福建有較多的觀察與批評；日本則以〈東遊記略〉、〈東遊見聞錄〉為要，且在介紹日本各地都市或名勝時，也不忘引介做為臺灣自身經驗發展之借鏡與參考；他如〈滿鮮遊記〉則是遊歷滿洲國與朝鮮的重要紀實。以上，遊記類散文之內容，凸顯了魏氏相較時人所能擁有的難得旅遊經歷，且橫跨東北亞重要國家、城市與地區，作品內涵蘟集了旅行、空間、跨文化、帝國主義、殖民性、現代性、本土性等問題，值得細加深究。

在上述外，雜記類之作也引人注目，其中最值得關注者，莫過於對當時書畫金石藝術的品評，例如一系列發表於大正十一年（1922）四月到六月間的〈潤菴漫筆〉，曾探討王羲之蘭亭帖的各種版本問題，以及戴熙（字醇士）、湯貽汾（字雨生）、謝琯樵（字穎蘇）、呂世宜（字西村）等人的書畫風格，特別是謝、呂二人因為曾經入主板橋林家，與臺灣關係密切，故所述甚詳。又如〈記印譜〉、〈閩中金石略〉言及金石與印譜；而〈題洪以南先生蘭石帖〉、〈題那須慶南清畫譜〉、〈鳳山太瘦生畫序〉、〈題吾師蓬城先生北臺勝概畫卷〉等，則是顯現其人不僅知悉日本畫壇脈動，且對臺灣畫者的弊病亦犀利指陳，〈第七回臺展之我觀〉、〈臺展東洋畫一瞥〉則是表達個人對臺展的想法。另外，在記體文作之中，還可見若干以瑣言或閒談方式進行敘述的文章，此類文作的出現，或與魏氏身兼記者、文人的身份有關，因為作為記者，有時為了媒體補白或考量讀者大眾閱讀趣味，就可能出現此類樣式之創作。

正因為魏清德作為一位介入媒體的文學人，此一特點提醒吾人，在看待其人作品時，還需留意魏氏多元身份的角色意義。作為官報記者與編輯、文學人，甚或是公職者，他一方面需要擔任啟蒙者，故在刊載作品時得注意賦予現代文明觀念，因此如果考掘其人在《臺灣日日新報》上的作品，就會發現他在發表有關社會現實的觀察心得或旅行論述，乃至哀誄文字時，就曾倡議有關身體觀、國民性、明大義的文明改造論述，去致力形塑新時代下「人」的角色扮演，為臺灣注入新文明想像。另一方面，他有時也會出現傾向官方政策、立場的言論，例如〈討蕃殉難戰士略歷〉歌頌討伐臺灣原住民的日本殉難戰士的忠君愛國表現，而〈訪坂原伯〉則表述了對同化問題的看

法，〈十年的回顧〉肯定大正協會促使內臺提攜、相互親密的貢獻，〈旅閩雜感〉末篇特別宣揚「支那親善」的必要性作結。此外，他也會參與引介、移植、傳播日本性，例如〈紅蘭女史〉、〈忠僕中西音吉小傳〉、〈乃木大將逸事〉就為臺人介紹了多位值得肯定的日人及其相關事蹟。

不過在啟蒙與現代性，殖民性與日本性之外，如果仔細玩味魏氏作品，將會發現他出身舊學、重視傳統道德與倫理教化的思維特質，同樣也會制約、左右其人行文意旨，例如在〈予對當今學界之冀望〉，言及臺灣物質文明與精神文明問題，提出風俗改良與歌謠、宗教與修身、社會組織與倫理學的重要意義，突出了修德謹行的重要性；再如〈山海關義士馬某〉中宣揚重義之必須性；而〈仁義為文明國條件〉，則如題目所示，強調仁義才是成為文明國家之條件。另，〈紅蘭女史〉則是讚揚梁川星巖夫人的種種婦德表現，進而批判現代自由戀愛問題。以上，這些文章流露出魏氏在重視文明維新之外，無寧更表現了傳統文人的自我堅持立場。如此一來，這種傳統與維新兼染的特質，使得魏氏文卷雖存有認同西方文明的現象，但並不代表其對西洋文明全盤接受，實際上，他存有懷疑的態度，甚至出現反動言論，尤其是在西洋文明威脅東洋文明造成臺灣思想界惡化之後，如其〈思想界要穩健〉就大力批判時人所熟悉的西方學說與制度，包括達爾文、斯賓塞的進化論，以及軍國主義、資本主義，指斥物質萬能的想法已對人性造成斲傷，使人際之間只重競爭，而弱者更受種種壓迫，甚至釀成第一次世界大戰的巨大災難。他以為西方現代文明已出現信仰危機，只有返諸東洋文明才能匡救西方文明的意識，至於其所謂東洋文明，乃是植基於孔孟學說等傳統文化精髓；換句話說，魏氏肯定的「文明」，不定然是西方現代精神，而更是源於東洋的傳統文化精神。既然東洋文明在魏氏的文化想像中，才能夠給予臺人真正的幸福與進步，以及一個安定的現代社會制度，那麼其心目中的東洋文明內涵如何？在〈東游記略〉或〈滿鮮遊記〉中，魏氏所謂東洋文明的原型基礎，其實是以日本為典範對象，而以日本為本位的東洋文明論述，在魏氏心中不只是因應西方文明的挑戰而產生的對立物，且更能成為統合大東亞民族文化情感的最佳聯繫媒介。戰後，魏清德在一份名為〈身世報告書〉的文

件裏，他自述宗教為「儒教」，那麼從戰前以孔孟學說為精髓的「日本東洋文明觀」到所謂「儒教」，二者之變與不變何在？又或者，孔孟道統才是其人跨越戰前與戰後，始終不變的精神文化圭臬？

又，從《文卷》裡的諸多文章來看，身為官報漢文編輯或主任，魏清德的確透過書寫展現了許多影響性，無論是在文學審美評斷抑或意識型態的思維形構，多少發揮了推波助瀾的引導作用，前引張耀堂說法，可知他在時人眼中宛然「新聞界之霸者」，故就此點而言，《文卷》的行文性質與傳播意義，自須更加斟酌與推敲。不過，「霸者」形象之外，若透過以下所示，則會讓吾人更進一步體會到魏清德身為臺人，卻在官報任職的尷尬與為難處境。其一，於〈得隴望蜀〉裡，在共存共榮、忠君愛國思維結構中，魏清德清楚表達希望能夠追求臺灣的進步，以及臺人爭取參政權的心聲。其二〈奉迎東宮殿下謹誌所感〉，在歡迎裕仁太子來臺巡視的文章中，也明確表述以臺灣財政的進展，但卻遲遲未實行義務教育與建設臺灣大學是最大遺憾，期盼有所改善。其三，在林獻堂日記（1930年9月2日）中有謂：「午後一時喚賴子清來，問以昨日余所告他民眾黨與自治聯盟之主義主張，並無排斥民眾黨之意。而今日新聞紙上載余有非難民眾黨非群策群力、非大眾機關之語，是何故也？他頗恐惶，謂其原文本非如是，乃魏清德所改也。余囑其訂正。」；另一段日記（1932年10月30日）：「三時蔡伯毅率次子來訪，謂本朝往台日社責魏清德寫他的記事曰『蔡某歸台將復渡華』云云，是侮辱其人格。蓋他已脫日本籍而為中華國民，似此記事是指他在上海為探偵也。欲批其頰，因清德再三求免，乃饒其過。」[15] 究竟，身為霸者的撰述自由與自主權，在官方與臺人之間，應該如何拿捏？可以作何發揮與決斷？從「得隴望蜀」到「囑其訂正」、「乃饒其過」的文字語境中，似乎提醒吾人對於這位出身臺籍的新聞「霸者」角色，可再多加玩味。

---

15 另，關於蔡伯毅之事，黃旺成日記（1923年10月22日）曾有如下記載：「蔡伯毅來辭行，云不日將雄飛於中原，當其辭職時，督府亦曾囑潤庵向之勸留，而彼竟決然拒絕，使潤庵感慨無限云爾。」亦可供參酌。

（三）

　　關於全集卷五、卷六乃是「小說卷」，作品全數出自報刊輯錄所得，部分屬於譯寫，部分為創作，短篇、中篇與長篇皆有，作品發表時曾出現數種筆名，經過考證確為魏清德所寫者有二十八篇。另，〈白樂天泛舟曾遊日本〉缺乏作者署名，但文末論贊出現了「異史氏曰」，此與其他魏清德同年小說或文章書寫筆法相同，故將此篇亦列為魏氏作品，則合計共有二十九篇。當中，乃以取法日本及西方通俗文學者最足以觀，前者有〈雌雄劍〉、〈飛加當〉、〈赤穗義士菅谷半之丞〉、〈塚原左門〉，後者有《獅子獄》、《齒痕》、《是誰之過歟》、《還珠記》等，而偵探小說之翻譯、摹寫，尤稱臺灣文人之巨擘，最具價值。

　　綜觀魏氏小說，在創作面向上具有若干特點：其一，就故事發生空間、場景而言，除日本、中國之外，尚有西洋國家，因此頗具世界想像。例如〈阿環〉、〈西陵楊百萬〉所寫為中國福州、浙江人事；〈赤穗義士菅谷半之丞〉、〈塚原左門〉、〈寶藏院名鎗〉、〈塚原卜傳〉、〈僧長隨〉、〈八重潮〉、〈金龍祠〉、〈飛加當〉、〈伊達正宗之治猿〉、〈雌雄劍〉、〈人面瘡〉、〈鏡中人影〉等，均是發生於日本時空之故事；偵探小說〈是誰之過歟〉、〈齒痕〉、〈贗票〉、〈還珠記〉、〈吾過矣〉、〈探偵犬〉、〈獅子獄〉則多以歐洲國家如英、法為背景；另如〈古體聖文〉，則更觸及了非洲情景。

　　其二，就作品敘事模式而言，或採筆記體，如〈阿環〉、〈西陵楊百萬〉；或取法章回體，如〈塚原左門〉、〈寶藏院名鎗〉、〈塚原卜傳〉；不過，雖然作品敘事模式主要源於中國傳統小說而來，但在小說情節安排或人物設計上，魏清德已企圖產生新意，如〈金龍祠〉以日本女子「秀雲」的一生為故事骨幹，兼及內地文藝界之墮落內幕，敘述維新時代下人心機偽巧詐的面向，在描寫世情之餘，也夾敘政治議題，展現新時代小說的興味。此外，他也進一步嘗試嶄新類型小說的書寫，例如〈傾國恨〉以第一次世界大戰為背景，敘述歐洲大亂的原因、德國人作戰之方針、軍事間諜的撲朔迷離，經由

墺太利哈齊男爵夫人「安娜」，出入敵國社會，以美色與智慧巧取敵人的故事，實際已有間諜小說之興味；〈古體聖文〉講述中埃混血兒卓爾衮與其母親王寶惜，在某次要搭船到中國中途遇難，漂流到非洲，在因緣際會下，母子分離、相會而復一同尋找回教寶藏「古體聖文」的歷險記，魏氏自謂這是一篇「探險小說」。則如此，可知在《是誰之過歟》、《還珠記》等前述偵探小說之外，又有間諜小說、冒險小說之習作。另，須加補述的是，魏氏在技擊類小說方面的經營亦有出色表現，如〈赤穗義士菅谷半之丞〉以發生於元祿十五年（1703）江戶地區的赤穗義士復仇事件為背景，描寫參與起義的四十七名義士之一的菅谷半之丞的故事；就日人松林伯痴講談，所譯述而成的小說〈塚原左門〉，全文敘述日本著名劍客塚原左門清則生平，旨於宣揚其人之忠孝俠骨；〈寶藏院名鎗〉刻畫奈良人權兵衛年老無子，求神而得一子名榮濤，並令其為僧，但榮濤無意誦經超渡眾生，而欲練武為天下滌雪不平，終於苦練鎗術有成，揚名天下之經過；〈塚原卜傳〉一文，則係描寫劍道高手塚原卜傳的精湛技藝，及其為師、為父、為兄復仇殺敵的故事。以上連續多篇作品的譯寫，使魏氏成為日本武士或劍客技擊小說類型，跨界翻譯來臺的主力推手。[16]

因此，綜合前述，可知在闡述魏氏小說創作經驗時，不能忽略中國小說敘事模式、西方新興類型與其人小說的密切關係，但日本文學同樣對其創作亦有重大的資源性意義，[17]且不只是小說直接書寫了日本風景，以文字而

---

16 有關魏清德這類小說作品，除了一方面將日本文學類型移植、傳播來臺，其中作品內涵也會存有相關日本「國體」的敘事，促使日本歷史記憶、精神文化或國民性特質，化身為模式化的情節，變為小說敘事的重要「結構」。其次，小說中常見的忠、孝、勇、義，尚武或復仇美德的宣揚，更是具有鍛鍊日本「國體」的規訓作用，這些帶有殖民主中心意識型態，或屬於殖民主民族文化特殊精神結構的文本，有助於馴化臺人國族認同的主體建構，以便順利轉換臺人從「中國子民」到「日本新國民」的身體象徵系統與國族／文化認同狀態，故這類小說，就某種程度而言，也能成為日本民族文化輸入來臺的仲介與媒介。

17 魏清德對於日本菊池三溪小說家所強調的「勸善懲惡」觀念與「紀實」書寫，也有所承繼與思考，故若探討其人小說觀需加留意，參見拙文〈「文體」與「國體」：日本文

言，譬如〈獅子獄〉中就雜用了日文漢字，如興行主、曲馬；而受日文語法影響的漢文書寫，亦可得見於〈人面瘡〉文章首段「亦不頗惡」（亦頗不惡），與〈還珠記〉第十回「何之歸遲」（何歸之遲）等；甚如〈人面瘡〉，則是故事本身在日本發生，但小說母題或所寄託的業報觀，其實中、日皆有。故，如此一來，通過魏清德的小說創作，便清晰展演了日治時期臺灣小說同時受到從西方到東亞文學的刺激與影響關係，呈現了臺灣作品的混生實踐情形。

其三，由於魏氏小說頗不乏他國文化、人事物的再現與形容，因而出現了從一種語境跨到另一種語境的過程，蘊藏了耐人咀嚼的文化翻譯與在地斡旋現象。例如魏清德〈獅子獄〉一文，便提供了十分有趣的翻譯／摹寫情境溝通、交流的寫照，由於該偵探小說乃描述巴黎馬戲團獅子殺人的案件，但對於臺灣的讀者而言，實在很難想像法國馬戲團獅子何以會殺人？為此，魏氏特以台北圓山動物園的虎、獅、象為例，進以說明獅子之威猛可懼，後續再逐步引導說明命案何以發生，從中不難感受其為讀者著想之用意。而命案之發生，在偵探小說中必有一傑出偵探出面辦案，但是臺人對於此一異國「新」人物有所隔閡，為要拉近臺灣讀者與法國偵探間的空間距離與陌生感，魏氏在引介「屈里克」偵探時煞費苦心，文中寫及屈里克於一庭園西角，欣賞美麗斜陽，面對這樣一位頗具藝術家氣質的偵探，魏氏寫道巴黎的偵探自不會吟出朱熹〈春日〉詩句來，而是有其國家特有的詩學或哲學素養，而這正是魏清德透過譯寫，要讓臺人體會巴黎人之與臺北人的「異」。如此，可知魏清德在這篇譯寫巴黎偵探辦案過程的作品時，刻意加入臺人的在地經驗，並以之與法人經驗相比擬。此處所彰顯的正是不同文化之間的翻譯與斡旋情景。而魏氏不只引進域外的文化、事物，有時在書寫表達上，也會刻意使用自己習以為常的知識系統與思維方式，這種情形，在魏氏譯述的〈赤穗義士菅谷半之丞〉明顯可見。如該篇第四回譯寫到菅谷半之丞之後母

學在日治時期臺灣漢語文言小說中的跨界行旅、文化翻譯與書寫錯置〉，文刊《漢學研究》第二十八卷第二期，頁380-381。

有意對其調戲、引誘後，對於菅谷半之丞與其父、後母間出現的問題，魏氏藉由臺人較熟悉的《左傳》晉獻公、驪姬、申生的典故，以此比喻三人的關係，俾使臺灣讀者更為清楚菅谷半之丞所遭遇的人生困境與心理糾葛。

　　以上所述是有關魏氏小說的創作特點，除此之外，在其小說作品中有四篇作品性質特殊，這是因為魏氏擔任報社編輯工作，為因應新年而寫了應景之作，此即寫於一九一七年蛇年的〈蛇寶〉、一九一九年羊年的〈長髯主簿傳〉、一九二〇年猴年的〈伊達政宗之治猿〉、一九二二年狗年的〈狗才〉。另，值得再加說明的是，身為臺灣人，他的小說世界，除了日本性的展現之外，其實對於現實中國仍有極大關注，如〈金龍祠〉裡批評袁世凱帝制，而在寫及雙濤園時提及了梁啟超與康有為；〈古體聖文〉中，也論及於黎元洪、曹焜。至於臺灣的空間意義，雖然未見以之為對象進行專門書寫，但在〈金龍祠〉中談到了臺灣車伕與東京車伕一般話多，並且還塑造了金雞屎角色。不過，儘管大多偏於以中國與日本事物入題，但魏氏小說的撰寫，其實讀者仍以臺人為主，譬如〈人面瘡〉文末，魏氏特意發言，表明小說乃在藉由日人權次、小綱亂倫悲劇作為警戒，針對當時自由結婚、婦人解放、戀愛神聖風氣進行強烈批判，期盼能夠達成提醒臺人的作用。

（四）

　　繼上述詩、文、小說六卷作品集之後，全集卷七為「文獻卷」，卷八為「目錄卷」。其中「目錄卷」的內容共有二部分，一是魏清德詩、文、小說作品目錄，旨在呈顯魏清德作品的發表與刊載情形，用以彰顯其人創作軌跡，並利於查索相關作品之創作時間與發表處所；二為魏清德相關研究文獻目錄，藉之可知前行研究戮力情形與關心焦點。

　　至於「文獻卷」的內容，主要包括魏氏照片、書信、書畫圖像、手稿，他人與其來往互動所寫相關詩文，以及魏氏家族世系表、作者生平年表。在編輯上，除後二表之外，分類項目計有：個人寫真、履歷史料、家庭生活、社交活動、職場生涯、往來書信、他人書贈、書畫手稿、廟聯題壁、著作書

影、哀輓追念等。其中,照片部分,可以獲見魏清德個人與家人生活狀況,以及參與人際、社交、文學、職場活動情形。其次,履歷書、書狀則有助理解其人從戰前到戰後任職與薪給情形,裨益生平細節之理解;而魏氏寫於一九五八年的身世報告書,除了自陳身高體重與家庭成員之外,還言及個人志趣是讀書與園藝,專長為詩與古文學,宗教是儒教與信仰三民主義,又提到:「光復後,克與于賈諸公唱酬吟詠,欣慰莫名。奉公守法。但願王師早定中原,餘生幾何,所繫念者僅此而已。」此處表述了對時局的關心及國家反攻大陸大業的企盼,由此可以理解戰後魏氏的心聲與心境。

另,文獻卷中還錄存了若干書信,這不只能夠清楚掌握魏氏戰前、戰後交友與人際應酬情形,同時還保存了許多與魏氏個人生平及臺灣文史相關訊息,故極為珍貴。參照集中所列,與魏氏通過信件者有:尾崎秀真、櫻井勉、施士洁、梁啟超、連橫、籾山衣洲賴子清、黃玄中、中尾邦、豬口鳳庵、中道震、蔡式穀、尾崎秀實、永井甃石、陳調元、李濟臣、曹秋圃、林小眉、賀谷辰之助、王通明、上山滿之進、陳澄波、王通明、小松吉久、李子瑜、館森鴻、甲斐簡、神田喜一郎、林茂生、章士釗、謝東閔、曾今可、胡適、董作賓、陳含光、汪怡、尹莘農、何武公、張昭芹、施景琛、陳定山、賈景德、劉真、王雅沖、雷一鳴、馬壽華等人,另外尚有一紙一九五三年總統府函,敘及「頃奉總統諭,請先生於七月廿四日上午九時卅分,在總統府一敘。」

至於書信內容,於此僅擇數例說明之,其餘詳見《文獻卷》所載。例如一、尾崎秀真致魏清德函、尾崎秀真致櫻井勉函,可以知悉魏清德當年透過櫻井勉之介紹,再由尾崎秀真安排進入報社的情形。二、梁啟超致魏清德信函,顯示梁氏請託魏清德代為購買已出刊之《臺灣》雜誌。三、連雅堂致魏清德的二件尺牘,其一是連雅堂一九一二年四月二十三日出發前往日本前,[18] 寫給魏清德的信,言及請魏氏代領北報通信料一事,可知連氏身兼臺日報之

通信員，而當時長女夏甸正在臺北高等女學校就讀，連橫請魏氏將費用轉託洪以南代存，以為女兒後續留學費用；其二則是提及籌辦華僑公報一事，以及同盟會總機關《民國新聞》之相關情事，而這封信的署名，連氏所寫為「公武」，並非一般所記的「武公」。四、蔡式穀明信片，表達治警事件被抓後「敢作敢當」的心情，以及獄中拘留情況。五、東京尾崎秀實弔唁明信片，這位後來成為佐爾格間諜案中重要人物的尾崎秀實，乃尾崎秀真之子，他與魏清德之子魏火曜是臺北一中學長、學弟關係，在此信中他一方面哀悼魏氏之妻鄭笑病逝，一方面說明已從東大法學部畢業，並準備留在大學院，繼續深造的近況。六、康保延致魏清德函，此信係康氏之孫請教康有為所書龍山寺楹聯之原由。除上述外，書信中也有多份戰前來自日本內地者之詩歌投稿，相關意義前面已經述及，故不贅論；另外則是戰後多位與魏清德以詩論交的省外文人，他們共同切磋詩藝，呈顯了戰後省內外詩人以詩會友、跨越省籍的面向。

　　而在上列之外，「文獻卷」中也收錄了魏清德過世時，時人所寫事略與紀念文字，在〈魏清德先生事略〉與劉闊才〈悼念魏清德先生〉文中，特別指出了魏清德在日治時期的特殊角色意義，不僅強調魏氏代表臺灣文化界參加日本湯島聖堂落成典禮，即席賦七律一章，詩中隱藏著譏刺日本政權之深意，且更進一步肯定：「在異族統治之下，力圖保存中國歷史文化。先生曾置身議壇為民請命，置自身安危於不顧；其影響所及，卒致異族奴化教育之計不得逞，臺胞邦國民族之念不稍移。此先生潛移默化之功，向為國人之所欽仰者也。」、「另外，本省新承戰亂之後，民生疲敝，經濟蕭條；公司財產，破碎支離；益以大陸局勢逆轉，物價飛騰，幣值日貶，合會業務，幾瀕於停頓狀態。本公司甫告成立，先天已呈不足，後天更顯失調；甚至員工之薪酬給養，均感困難；群情惶急，求去之心萌於內，漁散之象形於外。慨然以自身家產權充質押，向臺灣銀行借貸巨款，以供公司週轉之需；其愛護公司眷顧同仁之精神，有如是者。本公司財務因此始得轉危為安，漸入康途。凡我同仁，追念及此，焉得不感激涕零而永懷不忘耶。」凸顯了魏清德對於戰後合會順利經營、拓展的重大貢獻，以及與日人統治周旋的反抗功勞。

　　面對日治時代的魏清德，田健治郎日記（1923.7.17）曾有如斯記錄：
「井村大吉（臺日社長）來問對公益會可持如何體度及警保局長對魏清德、
謝汝詮利用之程度。則細論思想動搖防止之必要，且囑須深用意於漢文欄，
以善導本島青年之事。氏深領予意而去。」那麼，魏氏被日人利用了嗎？或
是能夠警覺不被利用？抗日或親日？究竟應該如何蓋棺論定魏氏其人表現？
事實上，這個問題，自從他踏入臺日報社任職、擔任漢文部編輯主任的那一
刻起，作為被殖民者的魏氏，本身的生命與處境就已成為一個難題，更何況
後來還歷經「戰後」政權的轉換，而這對於學術研究者而言，其實也是一個
有待靜心思考、評斷的挑戰，亦如周作人、梅娘研究迄今仍是難解的習題。
殖民地文學、淪陷區文學一旦涉及認同政治，所有的答案也都變成模稜而糾
纏了，那麼「後」殖民的「後」，要如何成為一個分析向度與時間向度，想
要客觀判定事實的起點與終點又在哪裡？又該如何進行？新興「跨文化研
究」對於主體認同的探索與對話，是否有助釐清真相，給予公評？

　　也許，回到曾與魏氏接近過的文學家的記憶裡，魏清德的形象就會變得
清明許多。吳濁流在〈覆鍾肇政君一封信　併望青年作家讀一讀〉有謂：
「我出版了《風雨窗前》，拿去請教魏潤庵先生，他對我的作品放置不談，
先講一個故事給我聽。他說，我年輕時，主編《臺灣日日新報》，曾將我的
詩在報上刊載，霧峰的林幼春先生批評說：『可惜書讀不多』，此話不久傳到
我。我聽後覺得不錯，在學校不過念了幾年書而已，所以，我就虛心，開始
讀書。大約過了兩年，幼春先生對我做的詩，又有一個批評『看來有用功讀
書了』，這話又傳到我。又隔了一年，幼春先生上臺北來訪我，他又說一篇
經驗談給我聽……。這一段話是潤庵先生有意說給我聽，我聽了也有所悟。
所以，到現在我對詩還沒有自信，故在《濁流千草集》中有一句詩：『詩吟
得千首，一首不堪留』。這是我的老實的告白了。」[19]在吳氏的回溯敘述
中，魏清德講述林幼春對其詩歌寫作的啟發與教導，而吳濁流又得之魏氏的

---

19 參見《吳濁流選集：漢詩‧隨筆》（臺北市：廣鴻文出版社，1967年），頁431。又，因
　　本文所引文字之標點符號，今日看來不儘理想，故略加調整，特此說明。

勸勉，故這段屬於詩人之間的經驗傳承顯得溫馨而有意義，同時更流露了魏清德之善於誨人，以及真情不避諱自道昔日窘境，又能心懷感恩與接受他人批評的一面。另外，楊千鶴於《人生的三稜鏡》中寫到一九四一年到臺日報社上班情景，當時「合計五人在西川滿手下工作。空曠的大辦公室事裡，還有屬於資料調查室的顏先生與負責漢詩壇的魏老先生，兩人相對而坐。一室八人中的三個臺灣人，我們彼此很快地熟稔起來，用臺灣話交談著。魏老先生是隔日上班，一開始就視我如自己的女兒，溫暖慈祥地招呼我。……被視為報社活字典的顏先生，告訴了我許多報社裡的內幕與種種人際關係，我們三個臺灣人之間，彷彿以魏老先生為父，顏先生為兄，彼此有著連帶感。如今想來也真不可思議，好勝心強、任性而不易與人融成一片的我，怎麼上班不久，就能與年代及背景都不同（顏先生苦學畢業於夜間中學）的兩人親和起來？一定是魏老先生與顏先生的人德所致吧。」[20]可見在楊氏眼中，魏清德有著讓人可親的「人德」，且具有溫暖慈祥的個性特質，另外則是揭發了在臺日報社之中，臺灣人與日本人之間終究有著隔膜，報社有其緊張人際關係的內幕。那麼，在《臺灣日日新報》社裡的魏清德，與臺灣人之間才是真有著密切的連帶感吧！

四　結語

近十餘年來，個人積極致力於臺灣古典文學研究，並在因緣際會之下，挖掘出許多過去鮮為人知的文人作家，例如林鍾英、張純甫、謝景雲、李逸濤、謝雪漁，以及本計畫案所關注的魏清德，因為有感於史料出版對於臺灣文學研究具有重大意義，故在研究之餘，也會設法著手整理、編輯作家作品集，《魏清德全集》的出版正是相關產物之一。回溯從認識魏清德此人在臺灣文學史上的意義，到著手影印其人相關資料，乃至獲致國立臺灣文學館之資助，展開更全面的史料爬梳、整理、彙編工作，一直到近期為全集出版所

20　參見楊千鶴：《人生的三稜鏡》（臺北市：南天書局，1999年），頁107-108。

進行的內文細節、錯字校對，大抵整個發現、認知與出版「魏清德」的歷程，前後實已長達十餘年。然而，儘管曾有如此漫長的時間，去貼近文人自身及其各類創作成果，但若真要確切剖析魏氏的幽微心靈，實際仍感棘手。而這一方面，乃在於個人對於殖民地文學進行認同研究時的漸感猶疑，我注意到評論者，包括自己，經常以為透過文本的文學暗喻、象徵、敘事技巧等作品要素的分析，便可成為代言人，足以體會、闡釋真正的作品意蘊與作家的意識型態；其次，則是留意到，論者自身的發言位置有時也會發出干擾，由於對「認同」的標準寬鬆有別，以及意識型態的差異，故易於形成主觀的評價。上述情形顯示，因為研究方法的遮蔽，故讓人無法不正視從事認同研究時所可能發生的侷限性。

再者，另一個難以克服的難題，則是不在歷史現場的我們，如何能以介入之姿、全知之眼，去談論、評斷或掌握複雜糾葛的文本語境，進而做出細膩貼切的釐析，尤其是在異族統治或政權轉移下的戰前、戰後臺灣時空，究竟文學文本與政治暴力之間的張力關係如何？此外，面對殖民地文學之中，與日本官方較為親近的作家群及其創作，相關從事去殖民或後殖民的論述者，在今日又該以怎樣的器識、洞見去看待與詮釋？這些該是被視如敝屣、予以砲轟的不良遺產，或該標誌為臺灣可以走出殖民陰影，能夠在戰後促成建立豐厚臺灣文學本體的能動資產？在文學的境界裡，經歷過殖民統治的作家個案意義要如何被彰顯？作為主編，在出版前夕撰寫本篇導論，除了針對編輯過程與全集各卷內容做出提要式的說明外，更具辯證性的思考，在此篇導論之中實際還無法詳細闡述與發揮，甚而可能有所疏忽、誤失，後續一切只能期待因為全集的發行，得以讓魏氏個案研究、殖民地文學、戰後臺灣古典詩歌與文壇研究，能夠獲得更多討論與關注，進而開啟另一個嶄新的研究視域與論域。

清代竹塹文人查元鼎生平與著述考論

王幼華[*]

摘要

　　來臺文人查元鼎源自浙江海寧查氏家族，才識學力積累富厚，其生平事蹟及著作欠詳之處頗多，亟需增補，本文分三個方面加以考述。其一為依據族譜及文獻，釐清其世系、名號、功名及子孫繁衍狀況。其二為相關著作的考索與探究，討論在臺所編《草草草堂吟草》內容，辨析其命名由來，另對所遺《百壽印譜》、《司空圖廿四詩品印譜》等輾轉流傳及保存情形，詳加記述。其三為滯臺不歸原因分析。查元鼎原鄉因太平天國戰亂不止，又因仕途無甚發展，窮困潦倒，「赤手怕還鄉」，故居臺而為臺人。本文依前賢所論的基礎，稽考相關史料，增補其人一生行跡。

關鍵詞：竹塹、查元鼎、清代臺灣文學、《草草草堂吟草》、《百壽印譜》、
　　　　　《司空圖廿四詩品印譜》

---

* 　國立聯合大學華語文學系專任教授。

一 前言

　　有關清代竹塹流寓文人查元鼎的記述與研究，主要有王松《臺陽詩話》上、下卷，王石鵬《臺灣文藝叢誌》〈草草草堂吟草緒言〉[1]，連橫《臺灣通史》〈流寓列傳〉[2]，《臺灣省新竹縣志》〈人物志〉、〈藝文志〉[3]，王國璠修補綴改的《大屯山房譚薈》[4]，陳朝龍《臺灣時報》〈草草草堂吟草小引〉[5]等。最為全面而深入的研究則為黃美娥教授的〈笑看人生麗句寫愁——清代竹塹地區流寓文人查元鼎及其詩作〉一文[6]。然而之前因為史料不足，文獻傳鈔混淆，使得查元鼎的家族背景，生卒年，生平事蹟，著作內容等都難以確定，讓這位重要的詩人無法有一較為完整的面貌。本文就黃美娥教授的研究基礎上，增補、考述相關資料，以期能使這位詩人的面目更加彰顯。

　　查元鼎出身浙江海寧查氏家族，這個家族明、清兩代出現許多知名之士，在科舉、藝文方面表現傑出，著述甚多。洪永鏗等著的《海寧查氏家族文化研究》一書依民國排印本《海寧州志稿》等書的統計，兩代共有一百四十八人著作，三百二十八種行世。[7]在明、清兩代中進士者二十一人，舉人

1　見黃美娥：〈笑看人生麗句寫愁——清代竹塹地區流寓文人查元鼎及其詩作〉，《竹塹文獻》第18期（新竹市：新竹文化局，2001年1月），頁7。

2　連橫：《臺灣通史》（臺北市：眾文書局，1978年），頁1061、1062。

3　《台灣省新竹縣志》於一九五七年完成，一九七六年由黃旺成、郭輝等監修、纂修印行。

4　見黃美娥：〈笑看人生麗句寫愁——清代竹塹地區流寓文人查元鼎及其詩作〉，《竹塹文獻》第18期（新竹市：新竹文化局，2001年1月），頁6。黃文有關查元鼎的生平、字號、功名、詩作特色皆有所論述，然因彼時相關資料甚少，故本文將新見資料加以增補。

5　見黃美娥：〈笑看人生麗句寫愁——清代竹塹地區流寓文人查元鼎及其詩作〉，《竹塹文獻》第18期（新竹市：新竹文化局，2001年1月），頁9。

6　見黃美娥：〈笑看人生麗句寫愁——清代竹塹地區流寓文人查元鼎及其詩作〉，《竹塹文獻》第18期（新竹市：新竹文化局，2001年1月），頁6-31。

7　洪永鏗、賈文勝、賴燕波著：〈前言〉，《海寧查氏家族文化研究》（香港：中國書畫出版社，2006年），頁7。

七十六人，清代秀才有一百四十四人。其中康熙年間（1662-1727）查慎行（1650-1727）一支表現最為顯赫，有「一門十進士，叔姪五翰林」的佳話。[8]有關查元鼎生平經歷，除查氏族譜、海寧州、縣志的寥寥數語外，資料甚少，在臺灣則以大正七年（1918）出版的《臺灣通史》〈流寓列傳〉的記述較有整體性：

> 查元鼎，字小白，浙江海寧州人。少好學，文名藉甚。以歲貢生屢試秋闈不售。道光間，游幕臺灣，當軸爭延致之。性耿介，嬾於徵逐；稍拂意，輒去不可留。同治元年，彰化戴潮春起事，淡水同知鄭元杰禮聘之。道出後壠，被擄，幾罹於死，平生著作盡沒。元杰與廳紳林占梅、鄭如梁遣人分道求之，卒免於難。繪「竿笠跨犢圖（笠屐跨犢圖）」，徵詩紀事。晚年僑寓竹塹，境益窮，守益堅，日與占梅輩以詩酒為樂。著有《草草草堂吟草》四卷，今存三卷，未刊。卒年八十有三。子仁壽字靜軒，能詩，工篆刻，亦卒於竹塹。著《靜軒詩稿》二卷，今亡。聞有百壽章，為竹人士所得。[9]

這篇短文將其生平大要、性格特徵、經歷及著作有了概括性的敘述，然而其間仍有許多書寫過簡難以確認的部分，歷來困惑許多閱讀者及研究者。如查元鼎的家族世系、輩分，在臺遭遇，字號為少白抑或小白，所得功名為秀才、歲貢生、貢生或舉人？其確切的生卒年為何？主要著作《草草草堂吟草》詩集名稱是否為其所獨創，命名之意何在？查元鼎與其子查仁壽皆擅長篆刻，所遺名作《百壽圖章》、《司空圖廿四詩品圖章》現存情況如何？兩本印譜輾轉流傳的情形，保存情況如何？其子孫在竹塹發展如何等等，都是本文希望探討的內容。

---

8 洪永鏗、賈文勝、賴燕波著：〈前言〉，《海寧查氏家族文化研究》（香港：中國書畫出版社，2006年），頁29。

9 連橫：〈列傳六，流寓列傳 查元鼎〉，《臺灣通史》卷三十四（臺北市：眾文書局，1978年），頁1061、1062。

二 查元鼎世系察考

查濟民（1914-2007）主修的《海寧查氏》族譜是根據清宣統元年（1909）重新編纂的《龍山查氏宗譜》續修而成，其間也參考乾隆與道光年間的族譜刻本，加以比對統整，於二〇〇六年出版；是浙江海寧查氏族譜近年最詳備的集成。有關查元鼎的生平資料，非常具有參考價值，足以釐清許多散見臺灣文獻中不確定的紀載。[10]

依《海寧查氏》的「海寧查氏字輩排行表」說明，浙江海寧查氏的字輩排定有兩次的擬定。第一次為明代的第六世查繪（雪坡）（明成化二年1466-嘉靖七年1528）所列定[11]，查繪自訂本身為六世，以其諸子起始，為第七世，共十六字：

> 秉（7世）、志（8世）、允（9世）、大（10世）、繼（11世）、嗣（12世）、克（13世）、昌（14世）、奕（15世）、世（16世）、有（17世）、人（18世）、濟（19世）、美（20世）、忠（21世）、良（22世）。

後因子孫繁衍昌盛，十六字不符使用，清代中葉的查元偁在道光八年（1828）再擬後十六字：

> 傳（23世）、家（24世）、孝（25世）、友（26世）、華（27世）、國（28世）、文（29世）、章（39世）、宗（31世）、英（32世）、紹（33世）、起（34世）、祖（35世）、德（36世）、載（37世）、光（38世）。[12]

---

10 參見查濟民主修的《海寧查氏》（香港：中國書畫出版社，2006年），頁18。查濟民為香港知名的成功企業家，這本族譜有六卷，編輯甚為有條理，十分完善。據本書〈查氏源流〉一節所載，浙江海寧查氏與安徽休寧、婺源查氏自始祖至四十九世為同一宗族，見其書頁19。

11 查繪，字原素，號雪坡，守道安貧，善事父母。見許博霈等原纂，朱錫恩等續纂：《海寧州志稿》卷三十人物志 孝友（臺北市：成文出版社，1983年，民國十一年排印本），頁3564。

12 查濟民主修：《海寧查氏》（香港：中國書畫出版社，2006年），頁24。

此後海寧查氏家族基本上便以此作為命名依據。查元鼎的排行在前十六字，屬於十七世的「有」字輩，只是未依「有」字命名。這在許多家族來說也非特例，以下依其字輩以直系祖先傳承的序列，簡示如下：

> 查繪，雪坡（6世）→查秉彝，近川（7世）→查志宏，有峰（8世）→查允先，後之（9世）→大臨，彥莊（10世）→一中，二典（11世）→琥，季方（12世）→錫齡，賀年（13世）→順昌，聚百（14世）→慈蔭，遂堂（15世）→世佐，仰山（16世）→元鼎，小白（17世）。

族譜上標示查元鼎的祖父沒有後代，父親查世佐為「入嗣」，查世佐生有兩個兒子，長男為有礽，號再白，次男即元鼎，號小白。[13]查世佐（仰山）的兩個兒子號再白、小白，其兄長查乾初的兒子查晉，號守白，二哥世鳳的兒子查有淦，號元白，都有「白」字。號有「白」字，可見出他們這一輩仰慕清初的知名文學家查慎行，希望子孫能傚法祖輩行誼，能以科舉封官進爵，以文學揚名於世。查慎行生於順治七年（1650），卒於雍正五年（1727），原名嗣璉，排行為嗣字輩（12世），字夏重，又字梅餘，號他山，又號查田。康熙四十二年（1703）賜進士出身，後授庶吉士、編修，深受康熙信任。與施閏章、王士禎（查慎行為王氏門下）、宋琬、趙執信、朱彝尊等齊名。詩宗宋代，為清代追步宋詩風格的大家。晚年於家鄉海寧園花里，今袁花鎮龍尾山查家橋，建了「初白庵」居住。「初白」的命名來自蘇軾的〈龜山〉詩「身行萬里半天下，僧臥一庵初白頭」，又自號「初白老人」，學者稱為「初白先生」。[14]十七世有字輩的號「再白」、「小白」、「守白」、「元

---

13 據查濟民主修：《海寧查氏》二集（8），南支六世查繪（雪坡公）四支，頁115-1109整理。

14 見許博霈等原纂，朱錫恩等續纂：《海寧州志稿》卷二十七人物志 儒林（臺北市：成文出版社，1983年，民國十一年排印本），頁3331、3332。查濟民主修：《海寧查氏》人物傳記（香港：中國書畫出版社，2006年），頁2072-2074。查慎行三弟查嗣廷，康熙丙戌進士，受隆科多提拔，官運亨通。雍正四年任江西鄉試正主考，雍正為剷除隆科多勢力，藉其出題「譏刺時事」，加以逮捕入獄，家族百餘口皆遭株連，為清代文字獄之一。民國之後著名詩人翻譯家穆旦（1918-1977），本名查良錚。香港知名武俠小

白」等等都是源自於「初白」。

　　族譜上的紀載，查元鼎出生於嘉慶九年（1804）九月初四日，卒於同治九年（1870）九月二十八日，六十七歲，葬於臺灣。查元鼎是查世佐，仰山的次子，字仲新，號小白，又號紅舫。原名鼎。州庠生。著有《草草草堂詩集》、《軟紅院遊草》。族譜說《軟紅院遊草》未刊行。元配妻子姓陸，生於嘉慶八年六月十九日（1803），卒於咸豐六年十月（1856），側室許氏生於道光四年十一月（1824）卒於同治四年七月（1865）。據族譜的紀載查元鼎號小白應最為正確，歷來文獻中寫做「少白」者不少，可以確定為字跡形似而有所訛誤。

　　查元鼎曾參與臺灣兵備道丁曰建平定戴萬生（潮春）民變，事定之後，報請獎賞。在丁曰建《治臺必告錄》卷八的〈咨部請獎清單〉中，他是以「貢生」的名義與其他一百八十二人同樣獲得六品頂戴。[15]這裡的「貢生」指的是秀才，與舉人考試及格的貢士不同。[16]

　　查元鼎生與兩位妻子共生有六子，其子孫繁衍狀況如下列：

來臺第一代

　　查元鼎，妻（元配）陸氏，（續娶）許氏

來臺第二代

　　查人傑（出繼兄長有礽），查仁壽，查人鏡（出繼兄長有礽），前三子為陸氏所出

　　查人寅，查丙麐，查佺，後三子為許氏所出

來臺第三代

　　查仁壽—查濟森，其餘不詳

　　說作家金庸（1924-），本名為查良鏞，亦為海寧查家「良」字輩子孫。

15　丁曰建：《治臺必告錄》卷八的〈咨部請獎清單〉，臺灣文獻叢刊第17種（臺北市：臺灣經濟研究室，1959年），頁557-559。

16　柏錚編：〈科舉制度釋詞〉，《中國古代官制》（北京市：北京大學出版社，1989年），頁427-446。

來臺第四代

　　不詳—查奉（鴻）璋

　　查元鼎原名為查鼎，改名元鼎的原因不詳，然而檢視查氏家族名為查鼎的另有兩位，可能是要避免重出之故。據《海寧州志稿‧卷十三典籍八》有一位查鼎，字宏（紅）受，號實園，諸生，著有「《一經堂文集》（見花溪志補）。」[17]這位查鼎在雍正二年（1724）歲試中試，也是秀才。[18]另一位查鼎，字凝之，監生，任監鹽大使潯美場，生卒年不詳。這位查鼎的監生，應該是捐來的名位。

　　至於查元鼎考上的功名，據《海寧查氏家族文化研究》，查鼎（小白）道光九年（1829）己丑歲試及格（秀才），時年二十六歲，主考官為李宗翰，當時還是嘉興府的「府首」。[19]所謂「府首」又稱「府案首」，當時秀才參加縣考第一名稱縣首，州考第一名稱州首，參加府、院考第一名，就稱府首、院首。查氏家族獲得縣首、州首、府首的人數甚多。[20]不過嘉興府人才濟濟，能考中府守實非易事。故其頗具傲氣，實是其來有自。然而其後查元鼎多次參與省試，都未如願中榜。

　　查元鼎的四個兒子，除了過繼給查有礽的查人傑、查人鏡，查仁壽，（18世），查人寅（18世），查丙麐（18世），查佺（18世），都跟隨他來臺灣在這裡落地生根，尋求發展。查仁壽，出生於道光十二年（1832）六月二日，字桐孫，號靜軒，原名祖庚。因功績得到福建候補縣丞，卒年不詳。查

---

17 許博霈等原纂，朱錫恩等續纂：《海寧州志稿‧典籍八》（四）（臺北市：成文出版社，1983年，民國十一年排印本），頁1494。

18 洪永鏗、賈文勝、賴燕波著：〈第二章查氏家族科甲之盛　三、秀才紀載〉，《海寧查氏家族文化研究》（香港：中國書畫出版社，2006年），頁39。然而字「宏受」，寫為「紅受」。

19 洪永鏗、賈文勝、賴燕波著：〈第二章查氏家族科甲之盛　三、秀才紀載〉，《海寧查氏家族文化研究》（香港：中國書畫出版社，2006年），頁42。

20 洪永鏗、賈文勝、賴燕波著：〈第二章查氏家族科甲之盛　三、秀才紀載〉，《海寧查氏家族文化研究》（香港：中國書畫出版社，2006年），頁36-43。另參見柏錚編：〈科舉制度釋詞〉，《中國古代官制》（北京市：北京大學出版社，1989年），頁427-446。

仁壽生一子查濟森。查濟森出生於咸豐十年（1860）八月四日，這是查元鼎來臺的第三代，且在臺灣出生。隨查元鼎來臺的人口，族譜上所記十分清楚，可見當時查元鼎及其子查仁壽等與大陸家族有所聯繫，會與親友通信，也將在臺資料寄回本家。

查仁壽與查佺在臺灣相關文獻裏，有一些他們的記述，查仁壽有兩則。其一是連橫的《雅言》第一一五條：

> 篆刻之技，臺灣頗少。余所知者，臺南有陸鼎、新竹有查仁壽。鼎，山陰人；仁壽，海寧人：皆宦游者。鼎之鐫石，臺南尚有；而仁壽有「百壽章」，現為竹人士所藏。夫篆刻雖小道，非讀書養氣者未能奏刀耄然。……。[21]

文中提及臺灣很少有人懂得篆刻的技巧，來臺的宦遊之士，知名的有陸鼎和查仁壽。連橫對篆刻非常推重，很遺憾自己沒有習得這個技巧。他說新竹的查仁壽刻有「百壽章」，這些章為新竹人士所收藏。然而「百壽章」是查仁壽所刻還是出自查元鼎，各家說法不一，詳見下節。

其二是出現在《淡水廳志譔輯姓名》的名單中：

> 校對：監生汪達利（次安・江蘇六合人）、舉人裴坤（幼薌・閩縣人）、候選從九品查仁壽（靚先・浙江海寧人）、候選鹽大使劉椿（魯生・山東人）、候補從九品余寬（子和・浙江人）、生員李莊（徵之・侯官人）。[22]

《淡水廳志》由道光十三、四年間（1833、1834）開始修撰，歷經李嗣鄴（淡水同知）、鄭用錫、嚴金清（淡水同知）、林豪、楊浚等之手，最後完成於黎兆棠（臺灣兵備道）與陳培桂（淡水同知）的任內。這本志書於同治

---

21 連橫：《雅言》，臺灣文獻叢刊第166種（臺北市：臺灣經濟研究室，1963年），頁53。

22 陳培桂：《淡水廳志・譔輯姓名》，臺灣文獻叢刊第172種（臺北市：臺灣經濟研究室，1963年），頁7、8。

十年（1871）五月完成並刊行。查仁壽參與了這本重要文獻的校對工作，時年四十歲，也因此留下了姓名，另外可注意的是他又有了「靚先」的字號。

查佺，出生於道光二十八年（1848）十一月九日，原名保申。其後的經歷不詳。丁曰建《治臺必告錄》卷七同治四年（1865）的〈勦滅嘉義二重溝逆巢並會同籌辦防海事宜摺〉中看到他列名於獎賞名單中：

> 彙獎人員，由督憲、撫憲核奏……光祿寺署正銜何祥瑞等八員，均著賞給知州銜。從九品銜查佺等三員，均著以從九品選用。[23]

同治四年（1865）三月嘉義二重溝動亂事件，是戴潮春事件的餘波，戴潮春的黨羽嚴辦，仍不服朝廷的血腥鎮壓，集眾再起事。臺灣兵備道丁曰建再度派軍平亂，歷時一個月，嚴辦力戰而死。查佺在此事件立有功勞，報賞時年紀很輕，時年十八歲，然而其後便沒有其他記載。

另外二子查人寅，出生於道光二十二年（1842）三月十九日，字賓谷，號子敬。在臺灣擔任幕僚工作，其後發展不詳。查丙麐，出生於道光二十六年（1846）十二月九日，其後發展亦不清楚。

查元鼎在臺的第四代子孫數目不詳，目前可查知的僅有一位查奉璋（鴻章）。查奉璋（鴻章）根據《臺灣省新竹縣志・教育志》中「日據時期新竹地方非正式設立之重要書房概覽」一節，列有新竹街南門龍王祠，塾師查鴻章之名，其旁的育嬰堂塾師林在榮、林仕州（在瀛），則為查元鼎好友林維丞（薇臣、奕圖，1822-1895）的兒子。[24]查奉璋（鴻章）的事蹟根據總督府公文檔案明治二十九年（1896、光緒二十二年）、明治三十一年（1898）、明治三十二年（1899）的紀載，他字拙齋，童生，所居的住址為新竹城南門

---

23 丁曰建：〈勦滅嘉義二重溝逆巢並會同籌辦防海事宜摺〉，《治臺必告錄》卷七（臺北市：臺灣經濟研究室，1959年），頁503。

24 黃旺成監修：《台灣省新竹縣志・第四部》卷七　教育志，本書編纂成於民國四十六年（1957），民國六十五年刊印。「日據時期新竹地方非正式設立之重要書房概覽」說明非正式設立的私塾成立年代約在四十年前，故龍王祠、育嬰堂私塾的成立以民國四十六年（1957）往前推四十年，約為大正七年（1917），然此項紀錄不正確。（新竹縣：新竹縣文獻委員會，1976年），頁124。卷九人物志，頁34、35。

口街仔一四九番戶，[25]這個地址即是龍王祠的所在地，應該是他任教私塾的場所，並非住宅。具上述資料可知查奉璋（鴻章）在光緒九年（1883）即在新竹開設私塾，這個私塾推估至少維持到明治末年（約1910）才停止。他是否有子嗣，目前無法得知。推估查奉璋應生於同治年間（約1862-1870），卒於日據大正年間（約1912-1925？）。

有關查奉璋的身世，陳朝龍（子潛，1859-1903）說光緒四年（1878）他掌教東門義塾，查元鼎的子孫查奉璋正好住在隔鄰，因父母雙亡，家境貧困，請求入塾學習，推測陳朝龍便引薦他進入義塾，因此而成為童生。讀書期間查奉璋拿出曾祖查元鼎之作，陳朝龍因此得見其作原貌，之後曾想替他出版，可惜力有不逮。然而查奉璋不知是四位兒子裡哪一位的後代，[26]查仁壽之子查濟森出生於咸豐十年（1860），查奉璋應該是他兄弟的兒子，在家族命名上應該是「美」字輩。所謂「父母雙亡，家境貧困」指的是查家第三代人丁凋零，難以維生。璋為美玉之意，合乎排行輩分命字之意。就姓名看來鴻、奉兩音以臺語讀之十分類似，應為同一個人，陳朝龍不查，將鴻記為奉，將璋記為章，其後轉抄資料，皆犯同樣的錯誤。

查元鼎來臺有四子，原皆隨其居住在竹塹，然到第四代日人據臺以後，子孫的訊息便十分少見。查奉璋等與蔡啟運、張純甫、葉文樞、鄭家珍、戴還浦等竹塹知名漢學家幾乎沒有往來，也沒有參加竹梅吟社、耕心吟社、讀我書社、柏社等詩社活動，檢讀相關資料皆未見其參加聯吟、擊鉢、酬唱的作品。由於缺乏在地的參與，文友的切磋，許多訊息便無從知悉，這是十分

---

25 總督府公文檔案資料為張德南老師二○一三年七月一日協助調查的結果，特此感謝。個人於新竹文化局文獻室查得《新竹國語傳習所—台灣總督府公文類纂》「新竹城內外書房調」有「南門外第一百四十二番戶」教師查奉璋，童生，兒童數二十人，開設年為光緒九年（1883）。其次為明治三十一年（1898）「新竹城內外書房現在調」戶籍為「南門外第一百四十九番戶」教師查奉璋，童生，生徒數三十九名。查奉璋學生數一直很多，尤其是明治三十一年（1898）的調查，他的學生數遙遙領先其他書房。

26 查氏家族另有一位查奉璋，字情田，係嘉慶四年（1799）的秀才，洪永鏗、賈文勝、賴燕波著：〈第二章查氏家族科甲之盛　三、秀才紀載〉，《海寧查氏家族文化研究》（香港：中國書畫出版社，2006年），頁43。

遺憾的事。根據昭和十年（1935）新竹市的戶口資料，當時全市已無查姓人士居住，[27]臺灣光復後，新竹地區才再出現查姓人士遷入。[28]日據時期的戶口調查於明治三十九年（1906）開始，為統治的必要，登錄資料十分詳細。經查詢全臺日據時期戶籍登記紀錄，皆無查丙麐、查濟琛、查奉璋或查鴻章之名。推測當時查奉璋已過世、離臺或不願成為日本國民，故沒有戶籍登記資料。相關資料中有一位查奉璋生於民前九年（1903，光緒28年），祖籍安徽，為光復後來臺人士，居住臺北。安徽查氏雖與浙江查氏同源，其姓名也正巧相同，然而可知並非同人。查元鼎後世子孫在臺情形，迄未得知，還待後續努力。[29]

三　查元鼎著作考述

族譜上的紀載，查元鼎著有《草草草堂詩集》、《軟紅院遊草》兩本詩集。《軟紅院遊草》未刊行，查元鼎又號紅舫，應與此詩集命名有關。此外他有《百壽印譜》及《司空圖廿四詩品印譜》傳世。其作名為《草草草堂詩集》，然而就在臺灣刊行的部分作品，如連橫、王松、王石鵬、陳朝龍、黃美娥等皆以《草草草堂吟草》稱之，故詩集應名為《草草草堂吟草》較為妥適。《草草草堂吟草》原有四卷，陳朝龍說因查元鼎曾孫查奉璋之故，他得到手抄本全卷，然光緒十二年（1886）為桐城馬君借閱，返還後失去首卷，

---

27 新竹文化局文獻室藏，昭和十年（1935）新竹市戶口資料影印本。

28 為追索查元鼎的後人，於七月中旬分別致函新竹東區戶政事務所及北區戶政事務所請求協助，七月二十六日獲得回覆，沒有查到相關紀錄。特此感謝新竹東區戶政事務所及北區戶政事務所的協助。

29 根據相關資料二○一三年七月九日查訪新竹市查○城先生，祖籍為河南，民國三十八年父親來臺，落籍新竹。新竹縣湖口查○盛先生，民國三十八、九年隨軍來臺，祖籍安徽，亦非查元鼎後裔。另有高雄查忠○先生，臺北查美○講師，臺北大學查○助理教授皆為臺灣光復後來臺人士之後，皆非查元鼎後裔。另七月十六日電詢「新竹市殯葬管理所」，經協查轄內十二所納骨塔名冊，皆未見有查元鼎以下家族的入塔紀錄，不能確知家族是否葬於新竹。

已不全,故有僅存三卷的說法。其後又有散失,所存不多。其作品的數量目前以黃美娥所蒐集的最完整,刊行於《全臺詩》的約近二百首[30]。有關他的詩作總數,〈祭詩〉一詩說自己的詩作累積有千首之多,然而有部分失似乎不合時宜,故有所刪減:

> 詩卷長留天地間,尊稱無佛亦癡頑。瓣香處效南豐祝,斗酒狂躋太白班。
>
> 莫誚稿頻千首著,卻勝錢積一囊慳。鳴春鳴夏都成籍,語涉傷時仔細刪。[31]

詩中說自己因為頻頻寫作,故累積有千首之多。至於作詩的理由是詩作可以流傳千古,價值非金錢可以比擬,李白恣縱詩酒,曾鞏以道入詩,是他模仿傚慕的對象。《軟紅院遊草》一書未見,就其書名來看,應是仿李商隱、溫飛卿、王昌齡等冶遊豔情之作,內容應該是傳統男性走馬章臺,依紅偎翠,故作風流的習氣。這類作品在《草草草堂吟草》亦有不少。《草草草堂吟草》、《軟紅院遊草》應有不少選錄於《海昌(寧?)查氏詩鈔》等集子中,尚待進一步查考。[32]

(一)《草草草堂吟草》

查元鼎《草草草堂吟草》命名緣由為何,未見作者說明,相關論著迄未有定論。《臺灣詩乘》說:「海甯查小白明經元鼎,咸豐初游幕臺灣,遂居竹塹。沒後詩多遺佚,新竹王石鵬搜其稿,名曰《草草草堂吟草》。」[33]此段

---

30 施懿玲主編,黃美娥編校:《全臺詩》第六冊(臺南市:國立臺灣文學館,2008年),頁293-348。

31 施懿玲主編,黃美娥編校:《全臺詩》第六冊(臺南市:國立臺灣文學館,2008年),頁329。

32 參見金文凱:〈論希見稿本《海昌查氏詩鈔》〉一文,文中述及《海昌查氏詩鈔》中收錄有查元鼎的詩作。金文凱將「海寧」誤為「海昌」,這是因為字形類似之故。

33 連橫:《臺灣詩乘》卷四(臺北市:臺灣經濟研究室,1960年),頁179。

話有不少可斟酌處，其一查元鼎道光年二十八年（1848）左右來臺，非咸豐初年。詩集之名及內容為小白晚年自行編定，與王石鵬無關。一般皆以查元鼎流寓臺灣，仕途無著，生活困窘，處境狼狽潦草，故以此為詩集名。以「草、草、草」三個字聯綴，屬於疊字的用法，在修辭上具有很強的效果，目的在更凸出艱苦潦草的情狀。然而這樣的命名的詩集，似非獨創，在同一時代前後，名稱相類的著作有幾本。例如出生於乾隆廿三年的黃純齼（1758-1823），字錫之，號夢餘，善於丹青亦能作詩。在揚州建有「草草草堂」，與友人在此堂賦詩雅聚，結集有《清嘯軒稿》、《南遊草》、《泰岳紀游》、《草草草堂詩選》等詩集。《草草草堂詩選》詩集在道光廿四年（1844）由子孫、孫婿等聚資刊印，內容「大率中年以後遣興之作」。[34]此外與查元鼎同時代廣東東莞地區，有兩本詩集與一棟園林建築的命名，與此十分相類。

其一為蔡召華的詩作，蔡召華出生於嘉慶二年（1797-？），字清儀，號守白，又號吾廬居士、冷道人。廣東東莞人。道光十六年（1836）附貢生，著有《愛吾廬詩鈔》六卷、《草草草堂草》四卷、《細字吟》六卷、《綴玉集》四卷等；小說有《笏山記》、《駐雲亭》等。《草草草堂草》（殘本）於咸豐六年（1856）成書並刻板印行。這本集子成書的緣由，在這本詩集的作者自序可以見到：

> 癸丑（1853）丁艱，余年已過五十。回憶師言，《細字吟》遂止於此。厥後身經離亂，天時人事，牴觸老懷，有所感遂不能無所發，復有《草草草堂之草》……因併前新、舊兩集，俱付梓人，聊恍老人心眼。[35]

---

34 引見趙春暉：〈李汝珍家世新考〉，《明清小說研究》（南京市：江蘇省社會科學科學院文學研究院，2012年）第3期，頁240。《草草草堂詩選》道光年間刻本，國家圖書館藏。

35 蔡召華撰，歐貽宏整理：《蔡召華詩集》（上海市：上海古籍出版社，2001年），頁333。本書共收錄《愛吾廬詩鈔》六卷、《細字吟》六卷、《綴玉集》四卷以及《草草草堂草》殘卷。

　　序中說自己《細字吟》寫成之後，已至垂老之境，人間苦難讓他感觸良多，故不得不藉詩篇抒發惆悵。這本殘缺的詩集，目前僅餘四十餘首。蔡召華一生的著作以《笏山記》最為知名，學者陳澧對這本言情小說其評價很高：「國朝說部之書，紅樓外，此為第一。」就《草草草堂草》所餘的作品來看，多為愁悶感懷，記敘離亂之作。[36]

　　另外一本為何仁山的《艸艸艸詩草》。何仁山（1811-1874），字頤上，號梅士，東莞城北郊新沙坊人。道光十二年（1839）縣學生。林則徐（1785-1850）道光十九年（1839）任兩廣總督，舉行粵秀、越華、羊城三書院觀風試，何仁山被取為第一。道光廿九年（1849）中舉人式第一名。後因抗議縣令丘才穎行事貪酷，間接造成秀才黎子驤自刎，因此參加「紅條罷考案」。事發之後，為逃避追捕，逃難於河田。咸豐七年（1857），英法聯軍攻陷廣州，何仁山與地方仕紳組織鄉團，捍衛東莞。晚年主講于東莞寶安書院，著有《鋤月山房文鈔》、《艸艸艸詩草》等。《艸艸艸詩草》目前有手稿本及刻本注釋本流傳，被認為在東莞地區的文學發展史上具有很高的價值。[37]

　　此外「草草草堂」也是廣東東莞知名林園「可園」中的一棟建築。「可園」創建人張敬修（1823-1864）字德圃，亦作德父。平定太平軍之亂有功，歷任廣西平樂、柳州、梧州等知府，官至廣西按察使、署理布政史。對金石書畫、琴棋詩賦等頗為愛好，收藏甚富。這座園林始建於道光三十年（1850），至同治三年（1864）基本完成，園成之後常有文人雅士聚會。詩人張維屏、鄭獻甫、簡士良、陳良玉、何仁山等皆常在可園作客聯吟。篆刻名家徐三庚也曾在可園教學，嶺南畫派的鼻祖居巢、居廉曾是他的幕僚。居

---

36 蔡召華撰，歐貽宏整理：《蔡召華詩集》（上海市：上海古籍出版社，2001年），頁333-353。

37 見《鋤月山房文鈔》、《艸艸艸詩草》前序，這兩本詩文集皆為蔡召華弟子鄧蓉鏡協助刊刻，《艸艸艸詩草》刻於光緒十年，《鋤月山房文鈔》刻於光緒十六年。《鋤月山房文鈔》得名於何仁山自築的書房，《艸艸艸詩草》命名原因未詳。國家清史編纂委員會‧清代詩文集彙編編纂委員會：《文獻叢刊‧清代詩文集彙編644》（上海市：上海古籍出版社，2010年）。

巢、居廉在可園客居十年之久，開創了嶺南畫派。[38]此外王耀忠輯錄人張敬修、張嘉謨、張崇光、張伯克一門四代刻印及用印為《可園印存》四冊，可見其家族在篆刻治印方面頗具成就。[39]這座可園因藝文雅士的聚集，曾為清代廣東享有盛名的林園，荒廢一段時間後，近年又重新加以改建，恢復舊觀。目前可園大門的左側即為「草草草堂」。此堂之得名是因張敬修為紀念自己的戎馬生涯而闢建，建築十分費心，歷時多年，並非草草而就。《草草草堂序》記載：「歷憶平生督師戰守時，茹塵飯沙，帷灌席莽。偶爾饑，草草具膳；偶爾倦，草草成寐；晨而起，草草盥洗。洗畢，草草就道行之。」說明了參戰時兵馬倥傯的混亂，以此三種潦草的生活情狀，做為命名的緣由。[40]

由以上的資料顯示查元鼎的《草草草堂吟草》命名，並非無所本。黃純葅所居之處為繁華富庶的揚州，詩畫風流，知名一時。蔡召華、何仁山、張敬修皆為東莞人。何仁山長於張敬修十二歲，蔡召華（1797-？）年紀長於何仁山十四歲，也比查元鼎（1804）年長七歲。張敬修率領東莞鄉勇與太平天國軍士接戰，立下戰功，名震一時。太平天國之亂由道光三十年開始（1850-1864-1874）同治三年（1864），清廷攻克南京為止，東南半壁江山陷入混亂中。這也在臺灣的查元鼎非常關心的問題，動亂過處浙江海寧查氏家族受難者亦不少[41]。《草草草堂吟草》中的〈哀江南有序〉、〈將軍行〉、〈感賦〉、〈異聞吟有引〉、〈作書寄九弟有溢〉等詩，都是反映、議論這個動亂的作品。張敬修興建的「可園」召來金石、書法、詩文、琴藝各類人才，聚集一處，在藝壇上盛名遠播，查元鼎中年之前皆在東南地區游幕，對此

---

38 鄧穎芝：〈東莞可園主人——張敬修〉，頁32。

39 參見王耀忠輯錄：《松蔭軒藏印譜圖錄初稿》（2），http://www.booyee.com.cn/bbs/thread. jsp?threadid=167502等資料，2013年6月20日檢索。

40 參見「東莞可園：水流雲自還 適意偶成築」，http://big5.huaxia.com/ly/jxla/dl/2013/02/32 02203.html，2013日6月16日檢索。

41 見許博翯等原纂，朱錫恩等續纂：《海寧州志稿》卷三十人物志 忠義清代相關記述（臺北市：成文出版社，1983年，民國十一年排印本）。

「名園」當有所知。何仁山本即為可園的嘉賓之一，詩集命名為《草草草堂詩草》，由此看來應是其來有自。蔡召華《草草草堂草》之作完成於可園修建時期，詩作充滿滄桑沉鬱之感，張敬修則為記念軍旅生活，戰事紛擾的情境。

　　目前所見查元鼎《草草草堂吟草》詩作內容多樣，包括「表達心境、反映時事、往來酬唱、課題詠物」[42]等等，主題及內容十分多樣，風格不拘一體，頗匯諸家之長。詠妓諸作、擬古樂府諸作、〈擬子夜歌〉、〈集連昌宮詞〉等具有浪漫、綺麗氣息。然就其「表達心境」一類的詩作如〈歲暮抒懷〉、〈癸丑元日試筆〉、〈典衣慰家人〉、〈五十初度〉等作品，則充滿不遇的愴然、經濟困窘的苦悶，此類作品則與蔡召華《草草草堂草》同調。綜上所述，首先冠「草草草堂」之名的為黃純嘏，既為建築名亦為詩集名，其後則為東莞地區蔡召華、何仁山的詩集名以及張敬修可園的建築名。然則蔡召華、何仁山的詩集中不知何故，未見提及張敬修的可園，其中緣故還待考論。陳朝龍〈草草草堂吟草小引〉有言，查鼎元文章甚富，然大半佚失於戰亂遷徙之中，「是編乃其晚年撿拾剩稿，手自抄錄存於家者也。」[43]《全臺詩》中查鼎元有〈同治元年元旦試筆〉之作，同治元年（1862）他五十九歲，這是可以確定年代最晚的詩作，其他詩作是否有晚於此，因無繫年；詩作中亦無法辨讀，故無法判斷。《草草草堂吟草》的成編及定名，應該晚於這個時候。其內容雖多樣，體例、心境皆有不同，然而是在晚年窮困之時編訂，以「草草草」命名，自然有鬱悶、潦倒，不能周全的困頓感。綜上所述，將相關內容整理表列於下：

---

42 施懿玲主編，黃美娥編校：《全臺詩》第六冊（臺南市：國立臺灣文學館，2008年），頁239。

43 引見黃美娥：〈笑看人生麗句寫愁——清代竹塹地區流寓文人查元鼎及其詩作〉，《竹塹文獻》第18期（新竹市：新竹文化局，2001年1月），頁9。

表一　草草草堂吟草相關著作表

作者	生卒年	作品、建築	刊刻、結集、建築時間
黃純猇	（1758-1823）	「草草草堂」、《草草草堂詩選》	道光廿四年（1844）
蔡召華	（1797-？）	《草草草堂草》	咸豐六年（1856）
張敬修	（1823-1864）	「草草草堂」	道光三十年（1850）至同治三年（1864）
查元鼎	（1804-1870）	《草草草堂吟草》	同治元年（1862）至同治九年間（1870）
何仁山	（1811-1874）	《艸艸艸詩草》	手稿本寫定於同治三年（1874）年以前，木刻本於光緒十年（1884）出版

本表為作者自製

（二）《百壽印譜》及《司空圖廿四詩品印譜》

　　查氏家族善於書、畫、篆刻治印的很多，如《海寧州志稿》中記載查璇繼著有《印譜》二卷，查濟昌「工詩擅書，能辨古彝器」，查昇「工書法、石刻」，《海寧查氏》族譜中說查仲詁「擅長書畫兼擅篆刻」。[44]金文凱的〈論希見稿本《海昌查氏詩鈔》〉選錄了查元鼎的詩作，稱讚他工於書翰。此外提到查元鼎堂弟查有礽精於「篆刻書法」，尤其能夠「一寓目」便可鑑別書畫金石的真偽，[45]可見其鑽研之深。由上資料可知，篆刻治印這項文雅

---

44 許博霈等原纂，朱錫恩等續纂：《海寧州志稿》卷十三 典籍（臺北市：成文出版社，1983年，民國十一年排印本），頁1438、1448、1486。查濟民主修：《海寧查氏》（香港：中國書畫出版社，2006年），頁2085。

45 金文凱：〈論希見稿本《海昌查氏詩鈔》〉，《文學遺產》2010年第5期（北京市：中國社會科學院文學研究所），頁129-132。此「海昌」應為海寧之誤，因「寧」的寫法易誤為「昌」，臺灣文獻中亦多將海寧寫為海昌者。《海昌查氏詩鈔》這本詩集輯錄了浙江

的技藝在海寧查氏來說，是家學淵源，代有人出的。

王松（1866-1930）的《臺陽詩話》說：

> 查少（應為小）白能詩，既見於前卷矣。然其餘事，又工篆刻。……
> 其孫奉璋以素紙印成卷帙贈余，余珍如拱璧，時出展玩，猶想見其運
> 腕下刀時也。[46]

《臺灣省新竹縣志卷十一・藝文志》說：

> 竹塹文人之能金石者，乾、嘉間代有其人。最著名者，為道光晚年寓
> 客潛園之查元鼎。……少（應為小）白所做之金石，當時人嘆為觀
> 止。其遺留作品有《百壽圖章》，《司空圖詩品》共二百餘石，古雅可
> 愛，神、妙、能三品具備。其孫奉璋，曾印成卷帙以贈摯友，得之者
> 珍若拱璧。[47]

查元鼎的百壽圖章，司空圖詩品圖章已不得見，僅有《百壽印譜》及
《司空圖廿四詩品印譜》存世，尚能見到其篆刻治章的功力。兩印譜現存臺
灣大學圖書館特藏室，收藏者原為新竹知名文士、書畫收藏家魏清德
（1888-1963）。印譜並非查奉璋分送同好、摯友的卷帙，刊印者為李逸樵。
兩印譜皆製作精善，印章筆畫遒勁，形構典雅，或方或圓或長或短，頗為多
樣，陰刻、陽刻技巧多變，為難得的佳品。李逸樵（李逸樵子）（1883-
1945）臺灣新竹人，名祖唐，字逸樵，以字行，又字翊業，別號雪香居士，

海寧查氏家族，由第五世以下十五代人的詩歌作品，時間由明成化年間到清同治末
年。此書收錄了詩人244人，詩3539首。

46 王松：《臺陽詩話》卷下，臺灣文獻叢刊第34種（臺北市：臺灣經濟研究室，1959
年），頁70。

47 黃旺成監修：《台灣省新竹縣志卷十一・藝文志》（新竹縣：新竹縣文獻委員會，1976
年），頁26、27。目前所見竹塹相關書畫輯印本如蘇秋錄：《竹塹古今書畫錄》，1980
年；洪惠冠主編：《竹塹先賢書畫專輯──鄭再傳收藏展》，1995年；張德南：《竹塹
先賢書畫集》，1998年；黃美娥編：《魏清德舊藏書畫展》，2007年。都未見其字、畫、
篆刻等留存。

旌表孝子李錫金之孫。李逸樵與張純甫並稱為日據時期新竹兩大書法家與鑑藏家。[48]據《司空圖廿四詩品印譜》書前魏清德的說明，這本印譜與《百壽章印譜》，是李逸樵子「同時割愛贈余」，時為庚申（大正九年1920）孟春。《司空圖廿四詩品印譜》為線裝本，書名之下有「雪香房逸樵子珍藏」，出刊年月不詳。印章共七十二顆，每顆十六字，錄《廿四詩品》全文共一千一百五十三字。《百壽印譜》書名之下有「逸樵子珍賞」，印章共一百顆，型制不一，各體均備，之前為「石原文庫」珍藏品之一。「石原文庫」為日據時代《臺灣日日新報》負責人石原幸作的收藏品，石原幸作（1872-1938）號西涯漁史、西涯逸人、鼓溪漁人，晚號三癖老人，雅好收藏古物及金石篆刻，本身亦精通篆刻。石原幸作去世後第二年，收藏品在臺北《臺灣日日新報》報社舉行拍賣，主要藏品大多為士林芝山巖的臺北帝國大學預科購得。因收藏品較特殊，其後臺灣大學圖書館以「石原文庫」之名，專門典藏他的文物。[49]根據臺灣大學圖書館特藏室的《百壽印譜》有「西涯珍藏」印一枚，書的封面有「林知義署簽」，書末有魏清德的後記。林知義為新竹知名士紳林鼎梅長子，字問漁，幼名義津，號寒泊，別號遂園未叟，生於清同治十三年（1874）。光緒十七年（1891）臺北府學秀才。日人據臺初期，協助日軍穩定地方，與日本殖民政府關係良好。[50]魏清德後記的年份紀載的是大正九年（1920）冬十一月。李逸樵刊印的兩本印譜，在大正九年贈予魏清德，推測魏清德再轉讓《百壽印譜》給石原幸作，之後為臺大購藏。《司空圖廿四詩品印譜》來源為何，與查奉璋有何關係？就印譜來看，並非查奉璋

---

48 《臺灣歷史人物小傳──明清暨日據時期》（臺北市：國家圖書館印行，2003年），頁179。

49 李中然：〈台灣大學石原文庫所藏印譜略述：石原幸作及其印譜收藏〉，《大學圖書館》12卷12期（2008年9月），頁171-190。

50 見文化部，《台灣大百科》，http://taiwanpedia.culture.tw/web/content?ID=9637，2013年6月16日檢索。另見《台灣列紳傳》，台灣總督府（臺灣日日新報，大正五年四月），頁36-38。林知義曾任五股坑區長、庄長，兼任貴子坑區長，又曾擔任臺灣總督府史料編纂委員會顧問、私立臺灣商工學校講師，臺北第三高女教務囑託等職，以書法知名於世。著作有《林知義手鈔》一冊，《步禮亭小稿》一卷。

所刊印送給友人的那批作品，王松所得的亦非李逸樵刊印的版本，其間因緣不得而知。李逸樵又為何將兩印譜贈給魏氏，皆尚待考察。[51]

　　魏清德對兩印譜均寫有附誌，內容大多套用連橫之作，頗多訛誤，然而在《百壽印譜》文章後段敘及一段傳聞的史事，則具參考價值。文中說查元鼎遺世的百壽圖章和司空圖廿四詩品章原作「其石聞皆為謝介石攜去」[52]，這是許多載紀中沒有明說的部分。《司空圖廿四詩品印譜》也僅說「百壽章及詩品印譜為竹人所得」。未點名何人所得[53]謝介石（1878-1946）亦為日據時期新竹人知名人士，一生事蹟頗為戲劇化，頗為新竹人所津津樂道。謝介石去到中國大陸後，曾協助張勳進行復辟行動，事敗後住在天津租界地「松島町」。這兩百多個印章（兩印譜章共一百七十二顆）被其攜往中國，下落如何無法知道。魏清德這篇文章寫於大正九年（1920）冬十一月。[54]彼時謝介石已因協助張勳復辟，成為知名人士。民國廿一年（1932）偽滿洲國成立，謝氏受溥儀重用擔任過外交部總長，及駐日本特命全權大使，國營事業董事長等職位。由於當時他顯赫的「成就」，許多臺灣人也追隨他到中國發展，許多新竹鄉親也以他為榮。日本敗戰後被捕入獄，以漢奸罪名判刑十年，一九四八年獲釋，一九五四年病死家中。王石鵬（1877-1942）於〈草草草堂吟草緒言〉言及「笠屐跨犢圖」藏於新竹謝氏家，所說可能即是謝家。[55]謝介石家世居新竹南門，自幼入私塾讀書，查元鼎自己及兒孫輩，頗

---

51 兩印譜現存臺灣大學圖書館特藏室，《百壽印譜》保存狀況尚佳，《司空圖二十四詩品印譜》則須整理修補。因礙於特藏室各項規定，遺憾未能進行更詳細的研究。

52 見魏清德：《百壽印譜》附誌。

53 見魏清德：《司空圖二十四詩品印譜》附誌。

54 見臺灣大學圖書館特藏室「石原文庫」《百壽印譜》。魏清德本身亦擅長書法，間有繪畫創作，收集清代及日人書畫、扇面等甚多，二○○七年國立歷史博物館編有《魏清德舊藏書畫》一書。

55 引見黃美娥：〈笑看人生麗句寫愁——清代竹塹地區流寓文人查元鼎及其詩作〉，《竹塹文獻》第18期（新竹市：新竹文化局，2001年1月），頁7。王石鵬亦做篆刻，亦有「百壽刻石」。參見 http://memory.ncl.edu.tw/tm_new/subject/painting/55.htm，2013年7月10日檢索。

多以教授私塾維生，南門一代在清末到日據初期可查得的資料中，正式與非
正設立的書房、私塾至少有十餘間，[56]查奉璋（鴻章）在南門龍王祠開設私
塾，南門龍王祠始建於同治年間，故此私塾存在的時間應在光緒年間到日據
的昭和初期。[57]謝介石出生於光緒四年（1878），乙未（1895）讓臺之後學
習日語，後就讀第一屆新竹國語傳習所，再東渡日本就讀明治大學。因地緣
的關係，對書香世家的查氏家族必知之甚詳。謝介石深受傳統文化影響，能
作詩，書法亦佳，查元鼎家族遺留具有藝術價值或市場價值的書畫、篆刻他
會加以收藏，應該是很合理的。然謝介石於昭和十年（1935）返臺後，將舊
居出售，「笠屐跨犢圖」及百壽圖章、司空圖詩品圖章，是否確實為其所收
藏，攜往中國大陸，其下落究竟如何，還待來者繼續考索。[58]

　　此外另一個重點是《百壽印譜》的刻治出自於誰的手筆，諸家說法並不
一致。王松、石原幸作，魏德清等都認為《百壽印譜》是查鼎元所作，連橫
則有不同的看法。《雅言》第一一五條說：「（陸）鼎之鐫石，臺南尚有；而
仁壽有「百壽章」，現為竹人士所藏。」[59]似乎認為「百壽章」是查仁壽所
篆刻的，查仁壽，能作詩有《靜軒詩稿》二卷（已佚），也能篆刻。是故
《百壽印譜》中是否有查仁壽之作，或者為父子共同的創作，就現在所留的
印譜來說，是很難分辨了。

---

56 武麗芳：《日治時期塹城詩社淺探》（臺北市：萬卷樓圖書公司，2010年），頁29-40。

57 新竹南門龍王祠始建於同治年間，光緒十三年重修。見黃旺成監修：《台灣省新竹縣
　志‧第四部》卷十一藝文志（新竹縣：新竹縣文獻委員會，1976年），頁55。龍王祠原
　址位於林森路71號附近，現已不存。

58 謝介石昭和十年（1935）風光地返回新竹，主要任務是主持日本在「台灣始政四十年
　紀念博覽會」項目之一的滿洲國的「滿洲日」活動，並為兒子鄭詰生完婚。在停留的
　八十天內，將南門的住宅賣掉，故其舊居也轉手他人了。見柯子鏞先生發言，謝嘉
　梁：《新竹市鄉土史料》（南投市：臺灣省文獻委員會，1997年），頁171。

59 連橫：《雅言》，臺灣文獻叢刊第166種（臺北市：臺灣經濟研究室，1963年），頁53。

四　在臺行跡

　　清代由大陸來臺者的官員或僚屬，大部分任期屆滿或機緣不再，便逕行離去，未再居留此地。不過也有些因為種種因素滯留於此，沒有返回故鄉。查元鼎與許多幕僚人士一樣，追隨主官做佐理的工作。若賓主相合，則得沾雨露，生活無虞。若與當道不合，則需另謀出路，或擔任塾師、躬耕壟畝、從事風水、命理等工作，勉強維生。無所遇者或謀生能力不足者，往往容易窮愁潦倒，落寞以終。

（一）入臺之前

　　查元鼎來臺前的經歷資料不足，故無法確實查知。王松《臺陽詩話》說「吾竹寓賢，有查小白明經（元鼎），海甯人，游幕十閩，為督撫上客。」[60]指出他之前主要在福建地區擔任幕僚工作。現就《草草草堂吟草》存稿加以檢視，可以看出確實如此，〈輓臺灣令高南卿司馬鴻飛〉這首詩說：

> ……移治生韓地，初攄慕藺懷。萍蹤方惜別，萍島又相偕。逆旅叨分俸，冰銜喜晉階。天涯重聚首，樽酒話琴齋。[61]

　　詩中說在福建時與高司馬有交情，他是位「生原慈似佛」的長者，還曾給予資助，「逆旅叨分俸」一句即是感恩之說。高鴻飛（1797-1853）江蘇高郵人，道光二十一年（1841）進士，翰林院庶吉士，道光二十四（1844）散館，改選福建福鼎縣，次年改晉江縣。道光二十八年（1848）二月，東渡攝彰化縣，旋調攝理鳳山縣，之後奉檄返彰化本任。咸豐二年（1852），調臺

60　王松：《臺陽詩話》卷上，臺灣文獻叢刊第34種（臺北市：臺灣經濟研究室，1959年），頁8。

61　查元鼎：〈輓臺灣令高南卿司馬鴻飛〉，《草草草堂吟草》，收入施懿玲主編，黃美娥編校：《全臺詩》第六冊（臺南市：國立臺灣文學館，2008年），頁319。

灣縣，三年（1853）二月，內地太平天國軍定鼎南京，閩南的天地會會眾連續攻下沿海廈門、漳州等十餘城，臺灣會眾跟著騷動。高鴻飛基於職責，閩南北兩路揭竿起義，便出兵平亂，同年四月二十九日午時於臺灣縣灣裡街，不敵起事民眾，死於亂軍之中。[62]高鴻飛奉調來臺前，都在福建為官。詩中所記可知查元鼎也是在道光二十七年、二十八年（1847、1848）來到臺灣，「萍島又相偕」、「天涯重聚首」講的就是這個因緣。不過看得出來他在福建的遊幕生活也不甚得意，生活困難，還需高鴻飛濟助。道光二十七年（1847）九月分巡臺灣兵備道熊一本，因處置郭洸侯事件不當，受命撤回內地酌補[63]，十二月再度回任同職。查元鼎應該就是在熊一本回福建時，跟隨他擔任幕僚，並在十二月或二十八年年初時攜全家渡海來的。[64]

王衢（小泉）是一位查元鼎由年輕到年老的好友，年齡稍小幾歲，兩人酬唱之詩很多。王衢道光二十八年（1848）來臺任下淡水巡檢，咸豐三年（1853）卸任，咸豐八年（1858）任臺灣縣知縣，咸豐十年（1860）任噶瑪蘭通判，同治二年（1863）任鳳山縣縣令。[65]王衢的〈寄查小白〉一詩是首歷敘兩人數十年交情的詩作，詩中曾提及兩人年輕時即相識，當時相攜相與非常投契「我方抱綠綺，君正賦紅蕖……看山必與偕，判花必與俱」，後來各奔前程，三年過後兩人又在福州（榕市）重逢「分襟三載後，榕市劇愁予。忽報元度來，真長已先趨；掀髯各大笑，有如償夙逋。」[66]再度重逢，

---

62 徐中幹：〈高南卿司馬行狀〉，《斯未信齋文編》，臺灣文獻叢刊第87種（臺北市：臺灣經濟研究室，1960年），頁147-150。

63 「酌補」，是官員因事故如：丁憂、終養、降革、病假，暫時解除原來的官職。一旦事故消失，回復原官或至其他部門任職稱做「補」。見許雪姬：《清代臺灣的官僚體系——北京的辮子》（臺北市：自立晚報文化出版社，1993年），頁26。

64 原任分巡臺灣兵備道的熊一本之所以「受命撤回內地酌補」，是因為道光二十六年郭洸侯抗糧事件處理不當，與臺灣知府全卜年同遭降級處分。見〈吏部議奏郭洸侯案鎮道府處分摺〉，《臺案彙錄甲集》卷二，臺灣文獻叢刊第31種（臺北市：臺灣經濟研究室，1964年），頁159、160。

65 〈戊部／職官／下淡水巡檢〉，《鳳山縣采訪冊》，臺灣文獻叢刊第73種（臺北市：臺灣經濟研究室，1960年），頁213。

66 王衢：〈寄查小白〉，《臺灣詩鈔》卷四，臺灣文獻叢刊第280種（臺北市：臺灣經濟研究室，1957年），頁73、74。

同樣的詩酒徵逐,十分相得。查元鼎〈王小泉衢權頭圍貳尹寄詩代柬依韻答之〉則說:「磨盾草飛檄,昔曾溫陵俱」[67],溫陵即泉州,兩人除了福州也曾在那兒共事。另〈寄查小白〉詩說曾有消息聽說查元鼎到澎湖暫居「前年得喜信,聞君客澎湖」,查元鼎曾在澎湖居住過一段時間,協助賑災的工作,〈王小泉衢權頭圍貳尹寄詩代柬依韻答之〉有「哀鴻嗷澎島,芻粟輓征途」詩句,所詠的就是這件事,《草草草堂吟草》錄有〈澎湖竹枝詞〉,應該就是當時所作。[68]

由以上的詩作看來,查元鼎在福建的福州、泉州等地擔任幕僚的工作,經歷約有二十年,然而並沒有謀得官職,發展亦不順遂。

(二)在臺歷程

1 瀛嶠腳蹤

在大陸不得意,生活困難,渡海來臺看看是否能有另一番發展。查元鼎用「饑驅」來形容赴臺只是為了滿足基本需求而已,〈王小泉衢權頭圍貳尹寄詩代柬依韻答之〉說:「舉家同泛宅,海外事饑驅。」[69],〈題馬雲伯貳尹克惇課詩彙編〉說:「掄元慳桂籍,作吏駐蓬萊。同是饑驅客,相憐磊落才。」[70]因科考不遂,謀官無成,只好來臺灣做幕僚,以謀取溫衣食飽。前詩言「舉家同泛宅」是說來臺時是全家同行的,包括了元配妻子陸氏(1803-?),側室許氏(1824-?)及四個兒子,仁壽(1832-?),人寅(1842-?),丙麐(1846-?),佺(1848-?),一行共七人(不知是否有僕

---

67 查元鼎:〈王小泉衢權頭圍貳尹寄詩代柬依韻答之〉,收入施懿玲主編,黃美娥編校:《全臺詩》第六冊(臺南市:國立臺灣文學館,2008年),頁313。

68 收入施懿玲主編,黃美娥編校:《全臺詩》第六冊(臺南市:國立臺灣文學館,2008年),頁300-303。

69 收入施懿玲主編,黃美娥編校:《全臺詩》第六冊(臺南市:國立臺灣文學館,2008年),頁313。

70 收入施懿玲主編,黃美娥編校:《全臺詩》第六冊(臺南市:國立臺灣文學館,2008年),頁321。

役）。這樣的方式，在當時非常少見。查元鼎來臺時已四十五歲，查仁壽十六歲，查人寅七歲，查丙麐三歲，最小的兒子查佺在那年出生。他一人要供養六口，且後面三子都很年幼，生活上十分艱苦。查元鼎來臺擔任的工作一般稱做「胥吏」，這個工作是在衙門各個科房主管文書、冊籍、帳目等，與主官的關係非常密切。[71]查元鼎的兩個兒子查仁壽、查佺，年長後也在衙門擔任胥吏的工作。查仁壽、查佺應該有參加成為正式官員的考試，故有候選、從九品的職稱。[72]

　　如前所述查元鼎是跟隨熊一本來臺，故前十年主要居地在臺南府。熊一本分巡臺灣道的官職只再任了四個月便離職了，接任的為徐宗幹（道光二十八年四月任）、其後為裕鐸（咸豐四年四月任）、孔昭慈（咸豐八年三月任）、洪毓琛（同治元年三月任）、丁曰建（同治二元年十二月任）、吳大廷（同治五年五月任）。[73]查元鼎在徐宗幹、裕鐸、孔昭慈、洪毓琛手下都擔任過職位，《臺灣通史》說「同治元年，彰化戴潮春起事，淡水同知鄭元杰禮聘之。道出後壟，被擄，幾罹於死，平生著作盡沒。」[74]同治元年（1862）孔昭慈因遭戴潮春會黨圍城，兵敗城破遭到囚禁，後來仰藥自殺。查元鼎應該就在這段動亂不已的時候，離開彰化縣城北上。

　　查元鼎同治元年（1862）寓居竹塹之前，曾在咸豐年間遊歷噶瑪蘭，由〈楊輔山司馬承澤招赴蘭山阻雨雞籠〉、〈小雨初晴泛舟之蘭岡〉、〈龜山〉、〈仰山書院課士題擬作〉等詩，可以見到他曾應楊承澤之招到噶瑪蘭。楊承澤道光二十八年（1848）署澎湖通判，咸豐三年（1853）任噶瑪蘭通判，[75]

71 許雪姬：《清代臺灣的官僚體系——北京的辮子》（臺北市：自立晚報文化出版社，1993年），頁22。

72 許雪姬：《清代臺灣的官僚體系——北京的辮子》（臺北市：自立晚報文化出版社，1993年），胥吏滿五年後，經過考核沒有過失，可以參加考試，按成績錄用為官員。

73 劉寧顏：〈文教志、教育行政篇〉，《重修臺灣省通志》卷六（南投市：臺灣省文獻會，1994年），頁44。

74 連橫：《臺灣通史》（臺北市：眾文書局，1978年），頁1061。

75 陳淑均：〈職官／官秩／噶瑪蘭通判〉，《噶瑪蘭廳志》卷二（中），臺灣文獻叢刊第160種（臺北市：臺灣經濟研究室，1960年），頁58。

這人也是他在大陸時期的舊識。招查元鼎去噶瑪蘭除了遊歷外，也請他在仰山書院為學生上課。另一在臺灣的故友馬克惇也曾與他有所往來〈得故人書感懷一首〉說：「故人傳尺書，來自梅花隴。上言思迢迢，下言髮種種。」[76]接此書時馬克惇還未到臺灣，查元鼎來臺後第二年即道光二十九年（1849）他也來臺灣任下淡水縣丞，之後轉任艋舺縣丞，一直到咸豐三年（1853）卸任。[77]〈題馬雲伯貳尹克惇課詩彙編〉說：「詩筒傳譯使，情勝隴頭梅」[78]可見昔日交情。「隴頭梅」出自唐代詩人宋之問的〈題大庾嶺北驛〉：「明朝望鄉處，應見隴頭梅」[79]，「梅花隴」、「隴頭梅」皆指的是故舊之情。馬克惇請他協助地也是「課詩」方面的文字工作。

　　據連橫的說法，淡水同知鄭元杰禮聘他協助政務，同治元年（1862）北上，在後壟地區（現苗栗縣後龍鎮）遇到亂民，失去訊息。鄭元杰與林占梅、鄭如梁等出動軍民尋找，還好一家人倖免於難。鄭元杰本籍浙江，出身義首，曾於咸豐元年（1851）任臺灣府臺灣縣知縣，咸豐三年任鳳山縣知縣（1853），同治元年（1862）任淡水撫民同知。當時淡水廳的廳舍即在竹塹，查元鼎便寓居此地，此時他的身分介乎官民之間。雖常與林占梅等地方仕紳往返，但似乎並不得意。或許困於「器高位卑」的心態，不願與「俗人」多做往返。〈王小泉衢權頭圍二尹寄詩代柬依韻答之〉自述：「生平性忤俗，惟君鑑區區。……傲骨支嶙峋，空教鬼揶揄。」[80]《臺灣通史》說他「性耿介，嬾於徵逐；稍拂意，輒去不可留」[81]經常與人多忤，不知逢迎，

---

76 查元鼎：〈得故人書感懷一首〉，收入施懿玲主編，黃美娥編校：《全臺詩》第六冊（臺南市：國立臺灣文學館，2008年），頁324。

77 〈戊部／職官／下淡水縣丞〉，《鳳山縣采訪冊》，臺灣文獻叢刊第73種（臺北市：臺灣經濟研究室，1960年），頁204、205。

78 查元鼎：〈題馬雲伯貳尹克惇課詩彙編〉，收入施懿玲主編，黃美娥編校：《全臺詩》第六冊（臺南市：國立臺灣文學館，2008年），頁321。

79 胡震亨編：《唐詩統籤》第一冊卷五十七，宋之問（三）（上海市：上海古籍出版社，2003年），頁242。

80 查元鼎：〈王小泉衢權頭圍二尹寄詩代柬依韻答之〉，施懿玲主編，黃美娥編校：《全臺詩》第六冊（臺南市：國立臺灣文學館，2008年），頁313、314。

81 連橫：《臺灣通史》（臺北市：眾文書局，1978年），頁1061、1062。

不知善事主官，所以屢遭挫折。到竹塹後，因為文才甚高，很受到推重，林維丞（薇臣、奕圖，1822-1895），[82]有一首詩讚美他：

堂堂旗鼓壯瀛東，多少名流拜下風。萬里波濤供嘯傲，一囊琴劍老英雄。

諸侯倒屣爭迎客，海賈求詩願識公。我亦騷壇稱弟子，心香一瓣禮南豐。[83]

查元鼎元出身海寧查氏，名滿天下，本身能寫詩又精擅篆刻，所以慕其名者甚多。「禮南豐」一語說出了查元鼎詩作特色，曾鞏，字子固，北宋建昌南豐人，學者稱南豐先生。查元鼎主要的詩作風格與其祖輩查慎中相似，以宋詩為宗，然就其詩集來看，並非僅有一體。許多旖旎浪漫語，是道學先生不願從事的。林維丞之詩雖十分讚譽，然而實際情況恐非如此得意。《臺灣省新竹縣志》記載他設帳於西門潛園，且主要依教授私塾維生。[84]

就《草草草堂吟草》的詩集來看，查元鼎曾返回福建謀求發展，〈十二月二十六日自安溪返櫂〉說：「歲暮猶行役，塵勞已可知。孤舟游子夢，千里故人思。」[85]指出自己在年終歲暮，仍然奔波於旅途之中，由安溪坐船返航。〈返櫂省門病榻慨古〉引用大量典故，說出了他在福建省城無所遇的苦悶：

韓昌黎作送窮文，石季倫因富殺身。地下劉伶改姓金，世人畢竟重錢神。

奸雄自古忌才名，不敢無辜殺正平。看到文姬歸漢日，阿瞞猶重故

---

82 林亦圖，初名維垣，閩縣人，寄籍淡水竹塹。補弟子員，著有《潛園寓草》二卷。

83 連橫：《臺灣詩乘》卷六，臺灣文獻叢刊第64種（臺北市：臺灣經濟研究室，1960年），頁251。

84 黃旺成監修：《臺灣省新竹縣志·第四部》卷七教育志（新竹縣：新竹縣文獻委員會，1976年），頁32。書中記載查元鼎設帳時間為咸豐年間，應不正確。

85 查元鼎：〈十二月二十六日自安溪返櫂〉，收入施懿玲主編，黃美娥編校：《全臺詩》第六冊（臺南市：國立臺灣文學館，2008年），頁340。

人情。[86]

　　詩中說回到福州尋找故人，但以前詩酒風流之友，現在以錢為重，不再顧念交情。他說就算曹操這樣的奸雄，尚知敬重文人，不敢殺禰衡，還花重金贖回陷於胡人之手的蔡文姬。這首詩充滿憤懣之情，推測沒有結果後，又再度回到臺灣了。

2 滯臺悲情

　　雖然對自己海外的「豪遊」、「壯行」曾有所期望，然而並未如願，生活狀況窘迫。這在〈歲暮書懷〉詩中有所表露：「處世莫如窮耐久，澆愁除卻酒無功。英雄識字猶餘事，妻子號寒尚古風。」[87]他說舞文弄墨其實不是最重要的事，不能讓妻子吃飽穿暖，只能在窮困中借酒澆愁，實在感到慚愧。〈典衣慰家人〉則故作灑脫，自我解嘲：「有衣可典不為貧，今日油鹽昨日薪。」臺灣動亂不斷，人們的生活都很辛苦，「況是干戈猶未靖，豈宜溫飽更求人。」實在難以再去求人協助，只好以「聖賢自古生憂患，兒女須知耐苦辛。」來勉勵兒女們要忍耐。境況如此，只能無奈地說「客邸漫愁資用絕，高歌閉戶樂天真。」[88]

　　敘述在臺的情況以〈放言仿白香山體〉一詩最為寫實，他說來臺經歷了十年（咸豐八年1858？）仍家無恆產：「我無半頃田，亦無一椽屋。海外十年游，中書頭已禿。」經常「三月不知肉」，鄰居中午煮飯「兒女啼柷腹」，妻子沒有完整的衣服穿，要典當頭上的金釵才能煮點粥吃。雖不服老，心有不甘「我豈老悖哉，戢翼甘雌伏。」[89]但也無計可施。至於他為何離開僚佐

---

86 收入施懿玲主編，黃美娥編校：《全臺詩》第六冊（臺南市：國立臺灣文學館，2008
　年），頁340。

87 收入施懿玲主編，黃美娥編校：《全臺詩》第六冊（臺南市：國立臺灣文學館，2008
　年），頁316。

88 收入施懿玲主編，黃美娥編校：《全臺詩》第六冊（臺南市：國立臺灣文學館，2008
　年），頁329。

89 收入施懿玲主編，黃美娥編校：《全臺詩》第六冊（臺南市：國立臺灣文學館，2008
　年），頁328。

的位置，並沒有充分的史料可以說明，〈放言仿白香山體〉的後段略有所指：：「君子慎出處，小人競爭逐。所遇非其人，雲雨手翻覆。不灑阮籍淚，不問詹尹卜。」[90]指出自己所遇非人，不能相合，又遭善於翻雲覆雨的小人撥弄，隱約指出離職的原因。雖是如此但自己無意怨天尤人。

在臺灣既不得志，他也有不如歸去的念頭〈嬉春三十首〉說：「封侯何處覓，遠客不如歸」[91]，〈和郭雲裳茂才鄉錦見贈元韻〉說：「浮家瀛海外，作計太無聊。西浙縈歸夢，東風阻客橈。」[92]想回去但總有些遲疑，當時大陸東南半壁戰亂頻仍，故鄉都被攻陷，也讓人止步。〈異聞吟〉說因商船來臺，傳言賊人已攻入浙江，海寧也陷落，殺戮甚重，滿目瘡痍「僕家住浙杭，客游瀛嶠，故鄉多難，根觸于懷，以詩當哭。」[93]寫信給堂弟查有淦的家書〈作書寄九弟有淦〉說「半壁東南猶戰鬥，一家兒女幸團圓。……知是客愁牽兩地，加餐努力報平安。」[94]故鄉戰亂，在臺灣的他們幸運的一家平安團聚在一起，不必擔心遭波及。這樣的狀況下，此地雖也盜賊萌起，但比較起來一動不如一靜。

然而滯留在此地多年，久未有發展令人氣沮。〈感賦〉說：「黃花應笑我，白首未還家。故國正戎馬，年年負物華。」[95]〈歲暮書懷〉：「競爭得失笑難蟲，涸跡東瀛歲又終。」[96]，一年又一年的過去，頭髮都白了，仍「涸

---

90 收入施懿玲主編，黃美娥編校：《全臺詩》第六冊（臺南市：國立臺灣文學館，2008年），頁328。

91 收入施懿玲主編，黃美娥編校：《全臺詩》第六冊（臺南市：國立臺灣文學館，2008年），頁309。

92 收入施懿玲主編，黃美娥編校：《全臺詩》第六冊（臺南市：國立臺灣文學館，2008年），頁305。

93 收入施懿玲主編，黃美娥編校：《全臺詩》第六冊（臺南市：國立臺灣文學館，2008年），頁330。

94 收入施懿玲主編，黃美娥編校：《全臺詩》第六冊（臺南市：國立臺灣文學館，2008年），頁316。

95 收入施懿玲主編，黃美娥編校：《全臺詩》第六冊（臺南市：國立臺灣文學館，2008年），頁346。

96 收入施懿玲主編，黃美娥編校：《全臺詩》第六冊（臺南市：國立臺灣文學館，2008年），頁304。

跡」在此，頗有老大徒傷悲的感慨。表達這種進退兩難心境的〈五十初度二首〉第一首說：「於今五十猶如此，便到百年更可知。」他年已五十還需倚仗他人為生，無所成就，相信未來就算活到百歲也不過如此了（時在道臺官署任佐吏）。「況是身家羈逆旅，恰逢王國用征帥。」因為臺灣有戰事，他隨之來到這座島嶼，參贊軍務。來此之後，也沒甚麼表現，「絕裾溫嶠悔遨遊。」相當後悔來到此地，「功名誤盡文章賤」功名利祿已不可得，只能販賣一些不值錢的文章罷了。走到窮途末路，幸好自有一股英雄氣概支撐「途窮賴有英豪氣，高臥元龍百尺樓。」[97]讓他還能有自信的生活下去，等待時機。不過這種期待轉機的心理，恐怕也是一種自我安慰的抒寫而已。

（三）難以回去的故鄉

查元鼎在臺灣一直是有作客的心態，由以下詩句中可見：「涸跡東瀛歲又終」〈歲暮抒懷〉[98]、「浮家瀛海外」〈和郭雲裳茂才襄錦見贈元韻〉[99]、「入春寒若此，作客亦何如」〈嬉春三十首〉[100]、「頻年底事客東瀛」〈林漢卿廣文建章以冬至前一日感懷二律見示依韻奉和〉[101]、「作客來瀛嶠」〈答楊又溪貳尹可大〉[102]「移治生韓地，初攄慕藺懷」〈輓臺灣令高南卿司馬鴻

---

97 收入施懿玲主編，黃美娥編校：《全臺詩》第六冊（臺南市：國立臺灣文學館，2008年），頁316、317。

98 收入施懿玲主編，黃美娥編校：《全臺詩》第六冊（臺南市：國立臺灣文學館，2008年），頁304。

99 收入施懿玲主編，黃美娥編校：《全臺詩》第六冊（臺南市：國立臺灣文學館，2008年），頁305。

100 收入施懿玲主編，黃美娥編校：《全臺詩》第六冊（臺南市：國立臺灣文學館，2008年），頁309。

101 收入施懿玲主編，黃美娥編校：《全臺詩》第六冊（臺南市：國立臺灣文學館，2008年），頁318。

102 收入施懿玲主編，黃美娥編校：《全臺詩》第六冊（臺南市：國立臺灣文學館，2008年），頁334。

飛〉[103]等，稱臺灣為瀛海、東瀛、瀛嶠、生韓地，最初沒有把這裡當做安居、終老之處。雖然帶領了全家至此，也很想念家鄉親人，尤其是母親：「馬齒徒長親益老」〈元日〉[104]、「老母倚閭望，負米非良策」〈癸丑元日試筆〉[105]、「欲報劬勞因負米」〈五十初度〉[106]、「老母各天涯」〈答楊又溪貳尹可大〉[107]等，其中又以〈古意〉最令人動容「中夜起太息，思親無已時。淚為思親落，親應思子哀。胡為長行役，坐令白髮悲。」[108]這是一位天涯游子，行至暮年，對自已為功名利祿驅使，勞碌奔波，遠離母親，未能承歡膝下的懺悔之作。

　　王衢〈寄查小白〉說「往歲過竹塹，握手心始愉，訝君成潘鬢，老我愧頭顱。」王衢寫此詩時自述年紀已五十餘，當時查元鼎應該已六十左右。兩人年輕時就是好朋友，很有雄心壯志「彼此正年壯，相期到雲衢」，[109]相互期許能有番大作為。不想歷經數十年後，理想未能實踐，彼此都已經年老了。查元鼎最後終究沒有返回故鄉，於同治九年（1870）鬱鬱以終，死後葬於竹塹。與他背景類似同為流寓竹塹的晚輩文友林維丞，在乙未年間寫的〈感懷〉一詩說：

---

103 收入施懿玲主編，黃美娥編校：《全臺詩》第六冊（臺南市：國立臺灣文學館，2008年），頁319。

104 收入施懿玲主編，黃美娥編校：《全臺詩》第六冊（臺南市：國立臺灣文學館，2008年），頁304。

105 收入施懿玲主編，黃美娥編校：《全臺詩》第六冊（臺南市：國立臺灣文學館，2008年），頁313。

106 收入施懿玲主編，黃美娥編校：《全臺詩》第六冊（臺南市：國立臺灣文學館，2008年），頁316。

107 收入施懿玲主編，黃美娥編校：《全臺詩》第六冊（臺南市：國立臺灣文學館，2008年），頁334。

108 收入施懿玲主編，黃美娥編校：《全臺詩》第六冊（臺南市：國立臺灣文學館，2008年），頁339。此詩擬一十五歲女子千里遠嫁的心情，摹寫其內在的矛盾。然作者以此自況的作意非常明顯。

109 王衢：〈寄查小白〉，《臺灣詩鈔》卷四，臺灣文獻叢刊第280種（臺北市：臺灣經濟研究室，1957年），頁73、74。

> 卅載客臺陽，滄桑感一場。白頭遭亂世，赤手怕還鄉。
> 有命何妨俟，無才祇自傷。故人如問訊，詩酒尚癲狂。[110]

此詩寫離家四十年，迄未富貴，心懷愧疚，不敢還鄉。這兩位都是具有學問與文才的人，可惜在臺灣的發展都不順遂，最後也沒有回到大陸原鄉。清代許多渡海之人，不論是知識階層或從事農耕漁牧、商販貿易的，最大的夢想就是能起家發財，富貴榮達，然後衣錦還鄉。查元鼎、林亦圖則是未能如願之人，「赤手怕還鄉」一句，傳達出他們相似的境況，為現實的挫敗表現出哀哀之感。

查元鼎為清代臺灣知名的文士，後人查仁壽、查奉璋等則為竹塹地區的塾師，然而皆未積極參與在地詩社的活動。據武麗芳《日治時期塹城詩社淺探》統計的十五個「日治期間新竹地區詩社」中，沒有見到查奉璋的加入。[111]查元鼎雖為潛園座上客，然而相關詩作僅有〈題潛園勝景爽吟閣〉一首。[112]可見查氏家族似乎並不熱衷與地方文士交接。而第四代以後無可稽考，詩文不全、圖章散失，是令人感到遺憾的事。

五 結語

本文依查濟民主修的《海寧查氏》確定了查元鼎的世系源流，檢知了生卒年，元配、側室與六個兒子三代的關係，清楚的釐定了他的家族背景。族譜另記載查仁壽之子查濟森，出生於咸豐十年（1860）八月四日，之後在臺灣這枝的發展便「欠缺不詳」了。推測查元鼎的子孫在光緒年間，便與浙江海寧老家失去聯繫，不再提供在臺訊息。日人據台後，可查知的亦僅查奉璋

---

110 王松：《臺陽詩話》卷上，臺灣文獻叢刊第34種（臺北市：臺灣經濟研究室，1959年），頁4。

111 武麗芳：《日治時期塹城詩社淺探》（臺北市：萬卷樓圖書公司，2010年），頁41、212-213。

112 如鄭用錫所創的「竹社」（1851），林占梅所創的「梅社」（1851）、「潛園吟社」（1862）等都未見查元鼎積極參與的記載。

一人。查元鼎的著作《草草草堂吟草》及兩本印譜《百壽印譜》、《司空圖廿四詩品印譜》，本文亦做了詳細考證。《草草草堂吟草》的命名緣起主要有兩點，其一與其在臺生活的潦倒、仕途的不遇有關，其二詩集的命名應受到前人如黃純堿、蔡召華、張敬修的影響。百壽圖章、司空圖廿四詩品圖章等則為謝介石攜去，不知所終。現僅留有李逸樵刊印的印譜倖存，尚可見其風貌。查元鼎四十五歲來臺後，久居僚屬，仕途無發展，生活窘迫，五十九歲以後居住在竹塹，以教學維生。查元鼎詩歌與篆刻皆具高格，享譽士林，所存的作品雖有缺失，然而仍為有清一代竹塹重要的文化資產。其生平事蹟及著作遺佚之處，還待來者繼續補充。

參考文獻

一　專書

丁曰建　《治臺必告錄》　臺灣文獻叢刊第17種　臺北市　臺灣經濟研究室
　　　1959年

王　松　《臺陽詩話》　臺灣文獻叢刊第34種　臺北市　臺灣經濟研究室
　　　1959年

武麗芳　《日治時期塹城詩社淺探》　臺北市　萬卷樓圖書公司　2010年

柏錚編　《中國古代官制》　〈科舉制度釋詞〉　北京市　北京大學出版社
　　　1989年

查濟民主修　《海寧查氏》　香港　中國書畫出版社　2006年

施懿玲主編　黃美娥編校　《全臺詩》第六冊　臺南市　國立臺灣文學館
　　　2008年

洪永鏗、賈文勝、賴燕波著　《海寧查氏家族文化研究》　香港　中國書畫
　　　出版社　2006年

徐中幹　《斯未信齋文編》　臺灣文獻叢刊第87種　臺北市　臺灣經濟研究
　　　室　1960年

許博霖等原纂　朱錫恩等續纂　民國十一年排印本　《海寧州志稿》　臺北
　　　市　成文出版社　1983年

許雪姬　《清代臺灣的官僚體系——北京的辮子》　臺北市　自立晚報文化
　　　出版社　1993年

黃旺成監修　《臺灣省新竹縣志》　新竹縣　新竹縣文獻委員會　1976年

清代詩文集彙編編纂委員會　《鋤月山房文鈔》　《艸艸艸詩草》　國家清
　　　史編纂委員會文獻叢刊清代詩文集彙編644　上海市　上海古籍出
　　　版社　2010年

連　橫　《臺灣詩乘》　臺灣文獻叢刊第64種　臺北市　臺灣經濟研究室
　　　1960年

連　橫　《雅言》　臺灣文獻叢刊第166種　臺北市　臺灣經濟研究室
　　　　1963年

連　橫　《臺灣通史》　臺北市　眾文書局　1978年2月

劉寧顏　《重修臺灣省通志》　南投市　臺灣省文獻會　1994年

諸　家　《臺灣詩鈔》　臺灣文獻叢刊第280種　臺北市　臺灣經濟研究室
　　　　1957年

陳淑均　《噶瑪蘭廳志》　臺灣文獻叢刊第160種　臺北市　臺灣經濟研究
　　　　室　1960年

陳培桂　《淡水廳志》　臺灣文獻叢刊第172種　臺北市　臺灣經濟研究室
　　　　1963年

謝嘉梁　《新竹市鄉土史料》　南投市　臺灣省文獻委員會　1997年

蔡召華撰　歐貽宏整理　《蔡召華詩集》　上海市　上海古籍出版社　2001年

《臺案彙錄甲集》　臺灣文獻叢刊第31種　臺北市　臺灣經濟研究室　1964年

二　期刊論文

李中然　〈臺灣大學石原文庫所藏印譜略述：石原幸作及其印譜收藏〉
　　　　《大學圖書館》　12卷12期　2008年9月

金文凱　〈論希見稿本《海昌查氏詩鈔》〉　《文學遺產》　2010年第5期
　　　　北京市　中國社會科學院文學研究所

黃美娥　〈笑看人生麗句寫愁──清代竹塹地區流寓文人查元鼎及其詩作〉
　　　　《竹塹文獻》　第18期　新竹市　新竹文化局　2001年1月

趙春暉　〈李汝珍家世新考〉　《明清小說研究》　南京市　江蘇省社會科
　　　　學科學院文學研究院　2012年第3期

三　其他

新竹市文化局文獻室　《新竹國語傳習所──臺灣總督府公文類纂》影印本

新竹市文化局文獻室　昭和十年（1935）新竹市戶口資料影印本

臺灣大學圖書館特藏室　李逸樵編　《百壽印譜》　《司空圖二十四詩品印譜》

網路資料

文化部　《臺灣大百科》

　　　　http://taiwanpedia.culture.tw/web/content？ID=9637，2013年6月16日
　　　　檢索

東莞「可園」：水流雲自還　適意偶成築

　　　　http://big5.huaxia.com/ly/jxla/dl/2013/02/3202203.html，2013年6月16
　　　　日檢索

《松蔭軒藏印譜圖錄初稿》（2），http://www.booyee.com.cn/bbs/thread.jsp？
　　　　threadid=167502等資料，2013年6月20日檢索

新竹藝文作家的老兵書寫
和眷村敘事

朱雙一[*]

摘要

　　閩、客、外省、原住民等多族群在新竹並生共存，有關老兵、眷村的敘事也表現出獨有特點。劉台平的紀實作品《眷村》寫出了眷村的對外隔絕、對內開放，眷村人坦誠、率直、有禮、俠義以及懷鄉思親、堅守中國傳統文化等性格和精神特徵；而其最大亮點，在於寫出了眷村在語言、飲食乃至人的性格等諸多方面匯聚了全國各地不同地域文化的特徵。愛亞的長篇小說《曾經》敘說湖口眷村中的四川女孩李芳儒勇敢闖入客家莊，並將其愛情放置於貧窮的客家兄弟身上，數十年無怨無悔地付出。小說既寫出了客家人的樸實厚道而又「強項」、「硬頸」以及外省族群各自的文化性格特徵，同時與眾不同地描繪了眷村內外人們的生活關聯和情感融合，說明了「愛」並不會因為族群的不同而有所阻隔。湯湘竹的記錄片「回家三部曲」中的兩部則屬於老兵的真實生活寫照。《山有多高》將臺北兒子的出生、自己的新竹童年記憶和陪同日漸衰老的父親返回湖南老家訪親祭祖掃墓的情形交織呈現，表達祖輩的難忘鄉愁和外省第二代與閩南人組成家庭，在臺灣落地生根、世代傳衍的情景。《路有多長》則注目於另一類「老兵」──戰後初期被徵調到

[*] 廈門大學「兩岸和平發展協同創新中心」、福建師範大學「海峽兩岸文化發展協同創新中心」教授。本文為教育部人文社會科學重點研究基地重大項目《甲午戰爭以來台灣文學、文化與台灣民眾認同問題研究》（項目批准號：13JJD810012）成果。

大陸打內戰、而後留居於大陸的原住民臺籍老兵。影片的主題在於揭示戰爭的殘酷和荒謬，並撫慰那些因戰亂而漂泊流離的受苦受難的靈魂。湯湘竹從這些阿美族老兵身上，看到了與他父親相同或相似的命運、情感和人性的表現。袁瓊瓊的長篇小說《今生緣》以其由大陸漂泊來臺的父母及鄰里、親朋的經歷為素材，儘管不無亂世中的惶恐掙紮、辛酸坎坷，但這一群離鄉背井之人總能相濡以沫，相互扶持。小說著力塑造人物好壞參半的複雜性格，不憚於刻畫其內心難以禁絕的欲情，頗具人性的深度。從這一共同、普遍人性的角度出發，更能得出不同族群應該也可以融合的結論。總的說，袁瓊瓊等的早期眷村小說立足於挖掘人性，呈現出動亂漂泊時代人的「真性情」，「人心的真相」，而後來的眷村、老兵題材作品卻更擴展了觀照角度和範圍。雖然在人性挖掘的深度、細節描寫的生動等方面略遜前者，但其文化視野更為寬廣，這是眷村、老兵題材創作的新發展。新竹藝文作家以各自不同的視角和筆觸，共同構成了眷村、老兵生活的全景圖，同時又帶有本地區特有的地域文化色澤，如竹塹地區的多族群包容共生、互動交融的特點，在愛亞、湯湘竹、劉台平等人作品中有著格外明顯的投影。

關鍵詞：新竹、老兵書寫、眷村敘事、袁瓊瓊、愛亞、劉台平、湯湘竹

一 前言

以「外省第二代」為創作主力的「眷村」題材文學作品，在一九八○年前後開始出現並在二十世紀八九十年代蔚為大觀，而與它有著天然血緣關係的「老兵」題材創作，則出現得更早一些，如陳映真的《將軍族》、白先勇的《台北人》中就不乏老兵的形象。隨著此類題材創作的興盛，對它的研究也日益增多。如較早就有齊邦媛的〈眷村文學——鄉愁的繼承與捨棄〉、〈鄉、愁俱逝的眷村——張啟疆《消逝的□□》〉，梅家玲的〈八、九○年代眷村小說（家）的家園想像與書寫政治〉等文。九十年代中後期，出現了以眷村文學為題的研究生學位論文，如吳忻怡的〈「多重現實」的建構：眷村、眷村人與眷村文學〉（1995），蔡淑華〈眷村小說研究——以外省第二代作家為對象〉（1998）、周淑嬪〈蘇偉貞小說研究——以女性觀照與眷村題材為主〉（2000）。然而相關論文的井噴式湧現，是在二○○五年之後。如賈素娟〈張啟疆眷村小說《消逝的□□》研究〉（2005）、于桂芳〈台灣眷村小說生命困境之研究——以外省第二代作家作品為例〉（2006）、周莉菁〈女性眷村文學記憶圖像之形塑〉（2006）、蘇睿琪〈眷村圖象・追憶・認同——朱天心九○年代小說篇章意象研究〉（2007）、黃暉凱〈台灣眷村小說研究——以朱天心《未了》、蘇偉貞《有緣千里》、袁瓊瓊《今生緣》為例〉（2007）、許琴和〈眷村・都會・眾生相的對話——愛亞小說研究〉（2008）、張汝芳〈緣起緣滅——台灣眷村文學「聚散」主題之探析〉（2009）、柯雅文〈眷村文學之認同困境與鄉愁意識——以蘇偉貞與張啟疆作品為主〉（2009）、黃真美〈眷村小說研究〉（2009）、吳淑音〈人生若夢誰非寄——論蘇偉貞長篇小說人物的眷村經驗〉（2010）等。

在海峽對岸的中國大陸，對眷村文學的研究也成為學界的一個熱點。繼稍早筆者的〈從老兵悲歌到眷村史乘——有關族群關係的一個議題〉（1994）之後，樊洛平、劉俊、古遠清、張清芳、張文生等學者也撰文加以論說。與臺灣相似，進入新世紀特別是近年來相關議題論文也有猛增之勢。

不過除了李孟舜〈局內的局外人——眷村文學的雙重離散經驗與文化身份認同〉（2008）、許正〈解嚴後眷村小說書寫策略研究〉（2008）、張恩麗〈疏離與融入——台灣眷村小說研究〉（2012）、范承剛〈台灣眷村小說成長主題研究〉（2012）等題目本身就標明眷村文學之外，其餘的像徐志翔〈時空坐標系的漫遊者——朱天心小說研究〉（2007）、安鏡伊〈從青春書寫到世紀末觀照——試論朱天文作品中「台灣經驗」的文化內涵〉（2011）、李芳〈論朱天文作品中「士」之情懷的原色與變異〉（2012）、潘華虹〈朱天心小說研究〉（2003）、張向輝〈守望·逃離·追尋——王安憶朱氏姐妹創作之比較〉（2009）、李健〈蘇偉貞小說的時空意識〉（2010）、趙曉霞〈朱天文小說論〉（2011）、謝晨燕〈萬象之都的魔幻遊戲——朱天文、朱天心創作之「互文性」研究〉（2007）、李丹舟〈台北無故事——論朱天文小說的城市記憶與想像〉（2010）等，都僅是部分涉及眷村文學的議題而已。此外，大陸研究生專論「老兵」題材文學的學位論文有謝昕妤的〈悲歌可以當泣，遠望可以當歸——當代台灣文學「老兵形象」研究〉（2012）一篇。

　　從上述情況可以看出，兩岸學界有關眷村文學的研究，就主題而言，大都聚焦於離散、懷鄉、漂泊經驗、族群記憶、身份認同等問題上，就研究對象而言，比較集中於朱天心、朱天文、蘇偉貞、張啟疆等人（這種情況大陸似乎更明顯一些）。毫無疑問，這些論題確實是眷村文學的重要內涵和關鍵詞，可說是打開眷村文學大門的「鑰匙」，上述作家也確是眷村文學的具有代表性的作家，然而，上述這些也許還不能涵括眷村文學的所有的內涵。本文試圖以學界關注相對較少的幾位新竹作家、導演的有關老兵、眷村題材的作品——主要包括袁瓊瓊的《今生緣》、愛亞的《曾經》等長篇小說、劉台平的紀實性作品《眷村》，以及湯湘竹導演的記錄片《山有多高》、《路有多長》等——為主要考察對象，並努力尋找老兵、眷村文學的新的閱讀、觀看和詮釋角度，特別是從一些與眷村相關的文化現象入手，以求使老兵、眷村文學的豐富內涵得到更全面的展現。

二　眷村：多元地域文化的匯聚場所

　　《眷村》一書的作者劉台平一九五六年一月出生於新竹，名字「台平」就帶有時代的印記——它是父母歷經戰亂在臺灣稍得安定後，祈求今後不再打仗的產物。小時候所住眷村為新竹市光復路的「中興新村」。該書是二〇一二年大陸舉辦的首屆海峽兩岸創作網路大賽獲獎作品，二〇一三年一月由江西教育出版社出版。與此前出現的眷村小說不同的是，它屬於紀實性作品，加上二〇〇九年前後因國民黨遷臺一甲子而出現了齊邦媛《巨流河》、龍應台《大江大海一九四九》、張典婉《太平輪一九四九》等書所形成的風氣，本書也從父母渡海來臺的經歷寫起，包括母親差點趕不上父親隨軍赴臺的貨輪「台華輪」，而母親在船上分娩——生下了大姐並取名「台華」——幸得好心的船長和「阿兵哥」們的熱心幫助，母女得以平安等傳奇經歷，為那個特殊時代增添一段真實記錄。除此之外，書中所寫大多是自己從小的親身經歷，或歷年來所見所聞、所感所思，因此真實而生動。

　　作品首先寫出了眷村在空間格局上的對外隔絕、對內開放的特點。最初沒有人認為會久留臺灣，絕大多數家眷只聚居在所屬單位、營房附近的廟宇、學校、農舍、牛欄或自己臨時搭建的簡易住所裏，甚至露宿街頭。從一九五五年初起，為了安置軍政人員及其眷屬，各單位陸陸續續地開始興建房屋。因為需要安置的人員太多，而經費又有限，就因地制宜，在駐地周圍的田間、荒地上，陸續用竹片、茅草搭建了一排排戶數不等，長短不一的連幢簡易平房，每戶人家的住房面積不過三十平方米左右，不過每個村子裏都設有小商店、水井、公廁等公共設施，住戶們日常生活幾乎不用走出村子，所以成為了一個與外面社會隔絕的獨立社區。在眷村裏有他們自己的鄰里網絡、自己的社會關係，這些甚至影響到第二代的職業選擇——外省人，尤其是一直住在眷村中的外省人，要透過參與經濟生產的過程打入臺灣社會，往往倍極艱辛。因此許多第二代的眷村子弟選擇了軍旅生涯。生活於眷村周邊的是與眷村居民生活背景與習慣不同，思想觀念相異的另一族群，往往因為

溝通不易而產生隔閡，於是在生存壓力之下，自然而然地產生出一種較為團結的眷村性格。眷村傳統上的「外省人」意識一直極為強烈，以對抗不同文化衝擊和新環境的不安，其結果在心理上必然形成某種自我偏愛，使得眷村的空間性格更為隔離封閉及排外。

在眷村內部，由於戶與戶之間的隔牆上面都是相通的，每排房子裏，只要有一個人咳嗽，整排的住戶都能聽到；一家炒菜，整排住戶都能聞到菜香。住在同一棟的人家，白天不用鎖門，跨兩步，推門就進了別人家了。薄薄的甘蔗板隔不住每一家早早晚晚發生的大小事情。當各家各戶之間需要幫忙時，只需交代一聲就可以了，自然有張媽媽、李媽媽接手照顧；門板的功用不是防搶防盜，只是告知左鄰右舍「我們不在家」或者是「我們休息了」。因此眷村中上自大人下至小孩，不需隱瞞，也無法偽裝，大家都實實在在地過著日子，實實在在地活出自己。

其次，作品寫出了眷村人的性格特徵和精神特徵。由於眷村內部各戶之間的密切關係，眷村的孩子大方、有禮、熱心、俠義；眷村子弟坦誠、率直、爽快、不做作、不虛偽。他們敬老尊賢，長幼有序，注重倫理綱常。孩子們踏出家門，見到人一定是稱呼伯伯、叔叔、哥哥、姐姐，自然地流露出親愛之情。偶爾之間或有吵吵鬧鬧、看不順眼的，但是事過境遷後，反而成為彼此取笑的趣事，往往說上千遍也不厭倦。但是眷村以外的人則休想欺負村裏的兄弟姐妹們。當時的眷村子弟基本上可以分為兩類，一類是父母管教嚴或自己要求上進的，想通過勤奮、刻苦地學習，上大學、讀碩士博士來改變自己和家人的命運；一類是昏天黑地混日子的：男孩子喜歡拉幫結夥地跟本土的孩子們打架幹毆，甚至跟社會上的小太保們混在一起，女孩子則比較保守，能讀書的只希望讀完初中、高中，找份工作，書讀不好的，就只有早點嫁個男人。部分眷村子弟加入「黑幫」，成為「太保」。元宵一到，眷村裏的「外省掛」與眷村外的「本省掛」和「客家掛」總要在當天晚上打一場群架，「外省掛」與「客家掛」比較沒「仇」，有時還聯合起來「二打一」。雙方首先丟石頭，用玻璃珠射彈弓，兩邊不時地有人叫痛，也有打破頭的，在昏暗中看見最要好的同學，四目相對像觸電般地立刻閃躲開去，十分尷尬。

當三股人馬的前鋒對上了，頓時棍棒齊飛，現場驚叫聲、呵斥聲、哀叫聲不斷。[1]此情此境顯然只有親身經歷才能寫出來，甚至作為眷村文學主力的女作家們也無法真切描寫。在眷村特定氛圍的薰染下，眷村小孩對「義」字看得很重，特別是所謂「太保」、「黑道」中人，往往更講情論義。像作者的好友「狼哥」，人稱「白狼」的黑道老大張安樂，就是一個為朋友兩肋插刀、有情有義的眷村人。轟動一時的「江南案」，官府不講信用，就是張安樂與其他兄弟，為救牢中的兄弟，鋌而走險，把事實真相公佈，才保住兄弟的命，而自己卻被當局視為眼中釘，被迫亡命天涯。[2]

在精神特徵方面，懷鄉思親是眷村人的一個共同特點。以作者劉台平的父母為例，他們在臺灣生活了數十年，但是父親死前最後一句話是：「有沒有可能把我葬在四川老家？！」母親至今還開口就是：「俺是山東人！」懷鄉還表現在對故鄉的風俗生活習慣的難以忘懷和改變。臺灣是魚米之鄉，魚又多又肥，母親偏說山東青島的黃花魚才好。父親懷念老家四川的白酒和辣子雞，雞肉一定要大辣；又對豬油有特別的喜好，只要是豬油做出來的都好吃。父親講起老家的酒如頂級五糧液，忽然變得很有談興，他還喜歡問小孩是哪里人，回答是四川人，他就很高興，有獎賞。他經常要指著小孩身份證上的籍貫欄，耐心地解釋：「那就是我們的老家呀！」父親有個貼身勤務兵，與父親同姓，與母親同鄉，有著四川人的勤勉，山東人的憨厚。父親勸他娶房媳婦，但他掛念著家鄉的糟糠之妻，致使朋友介紹的本省姑娘離他而去。由於太想家了，每次只能借酒消愁，喝得酩酊大醉，說到傷心處，八尺男兒號啕大哭。[3]

不過《眷村》所敘說的情景，包括眷村的房舍排列特點、鄰居之間的相互往來，乃至懷鄉、忠誠、對中國傳統文化的堅守等「濃濃的眷村味兒」（朱天心語），我們在其他眷村文學作品中也可看到。筆者以為，《眷村》的

1　劉台平：《眷村》（南昌市：江西教育出版社，2013年），頁107-109。

2　劉台平：《眷村》（南昌市：江西教育出版社，2013年），頁113-114。

3　劉台平：《眷村》（南昌市：江西教育出版社，2013年），頁44-48。

最大亮點，也許在於它寫出了眷村的匯聚全國各地不同地域文化這一特點。比如在語言方面，由於「歷史的背景，形成了眷村的南腔北調，浙江腔、雲南話、山東調、廣東白話、閩南語、客家話等各種方言這裏都有，多彩多姿，有趣極了；有時難免鬧些小笑話或是小誤會，但是完全沒有隔閡，不傷感情，反倒是在樸實的生活中增添了些許情趣，也就是在這樣的文化薰陶之下，眷村的孩子幽默，且樂於接納與包容。」[4]既有小衝突、小矛盾卻無傷大雅，這就是幽默的本質。《眷村》全書讀來趣味盎然，而這部分得益於作家的幽默的筆調。不過這種幽默並非作者特意生造，而是產生於眷村固有的文化氛圍中。其實除了語言腔調外，來自全中國不同區域的人們的風俗習慣，乃至人的性格，都會有所差異，日常生活中難免產生一些矛盾和抵牾，但大家都能以同舟共濟的精神相互忍讓、包容，這種氛圍本身就是作品中幽默風趣筆調的來源。

書中列專章〈南米北麵一家親〉，寫出了眷村裏除了「南腔北調好像聯合國」外，在飲食方面同樣匯聚了各地域的精華。本來有所謂的「南米北面，涇渭分明」的現象，如河南人的白連長，每天都可看到他坐在路當中，忘情地稀里呼嚕地大口吃麵。陝西人的閻伯伯只吃麵食，不論麵條、烙餅、包子、饅頭都可以，只有大米飯，不論是乾飯、稀飯、粥、粽子，通通沒興趣。「我」的四川籍的父親則是另外一種情況：他非常隨和，對吃不講究，只要有大米飯及豬肉就心滿意足了。他參加任何應酬，大魚大肉吃過後，最後總要碗白飯，就著桌上的殘羹剩菜，嘩啦啦地扒完這碗飯，才說：「吃飽了！」不然總是感覺「沒吃飽」。眷村還有一個小小的族群──本省媳婦，帶來了各種臺式小吃，像油粽、炒米粉、米線糊，乃至日本味道的甜不辣、關東煮、飯糰等，讓作者感歎：「眷村真是一間大飯店」！讓作者更為難忘的是一個推著小板車子來到小學裏賣湯麵、乾麵、滷肉、蛋、豆乾等的小販所煮的米粉湯。最豐富多彩的則是過年的「南北美食大車拼」，光說作者一家，「滷牛腱子讓你高粱酒可喝上一斤；大白菜豬肉水餃，大哥可以吃三十

4　劉台平：《眷村》（南昌市：江西教育出版社，2013年），頁4。

個；他岳母的素什錦，能讓你整盤吞到肚子裏；老爸拜把的於伯伯的東坡肉，至今我還未發現好過他的；對面葉伯伯的廣式燒臘真是把米飯的香發揮到極致，而隔壁方伯伯的湖南臘肉，做起菜來，燉起湯來，能把勺子都舔乾淨，對門鄧媽媽拜拜用的粿，有紅色的，綠色的，鹹甜俱備，冷熱皆宜，米飯能做出那麼好吃的粿，也證明閩南人食的巧思。」過年還有一特例，放開來吃，吃了也不用謝，你到我家吃，我到你家拿，而大人交換的越勤，小孩好吃的東西越多。過年吃與喝，溝通了腸胃也溝通了心與肺，平常被母親罵成狼心狗肺的壞女人，一過年都成了如膠似漆的姐妹淘、手帕交，稱呼也改了，疏的變親了，遠的變近了。臺北有座館子叫南北合，顧名思義南米北麵都有，原來很少本省人吃麵食，許多北方人也終生不改麵食的習慣，做北方菜要請北方師傅，南菜北人也做不來。但通過腸胃的溝通，如今的第二代，做麵食的大師傅許多都是省籍俊彥。又如有名的鼎泰豐小籠包，師傅全是本省人。每年牛肉麵大賽，前三甲都是本土的新生代。外省第二代說起臺灣小吃，比海峽對岸正港的閩南人還頭頭是道，而這都是眷村媽媽的功勞。作者認為：不論本省外省都愛臺灣，而南米北麵正是人際間最好的橋樑。[5] 應該說，來自不同地域的眷村人，將各自的飲食習慣和精華帶到臺灣，加上臺灣本地固有的精巧吃食，使臺灣成為匯聚全中國各地精美飲食的場所，並從原來的「南米北麵，涇渭分明」而最終「本土化」，隨著省籍俊彥成為掌廚人，必然將南北飲食相互融合，取長補短，更依靠臺灣人固有的創新能力，使臺灣飲食的花樣繁多和精美絕倫成為全中國之最。

除了飲食外，《眷村》另一讓人印象深刻的，是來自不同地域人們所具有的不同的性格特徵，這也是書中最為有趣的部分之一。如有個河南來的崔伯伯，崔媽媽比他大一輪，崔伯伯就像她的小弟似的，只見裹小腳的崔媽媽常常在巷口叫老崔回家吃飯，而崔伯伯故意沒聽到，依然在大眾面前大放厥詞，直到崔媽媽出現，揪著他的耳朵，他才哀哀告饒地回去。由於他自己沒有小孩，特別喜歡小孩，經常讓小孩騎在他身上，最高紀錄可以有八九個之

5　劉台平：《眷村》（南昌市：江西教育出版社，2013年），頁58-69。

多。而讓小孩特別喜歡他的，卻是他很會講鬼的故事，也喜歡裝鬼嚇人，他的鄉音極重，但唱做俱佳，連講帶演讓小孩子們魂不守舍，膽小的甚至被嚇哭撒尿。有一次作者問他為何喜歡講鬼故事，他說「鬼比人可愛得多啦！」然後口氣衝衝地又補上一句，「現在做官的人不如鬼呀！」原來他在軍旅仕途上發展並不順利，上官不欣賞，來臺不久就被迫退伍了。他曾說：「做人還不如做鬼，鬼比人還有良心，我這輩子做不成鬼，只有裝裝鬼過過癮吧！」[6]筆者以為，雖然喜歡裝神弄鬼、講鬼故事與他的身世經歷有關，但如果聯繫到兩淮地區（即淮北、淮南，包括河南南部、江蘇北部以及山東、安徽的部分地區）曾出現了撰寫《聊齋誌異》的蒲松齡這樣的「說鬼高手」，而來自蘇北的司馬中原也以創作鄉野傳奇、說鬼故事名聞遐邇，可知崔伯伯的擅說鬼故事，其實還有深厚的地域文化的根源。如果不是從小就聽了很多家鄉當地廣泛流傳的鬼故事，崔伯伯是不可能自己「編造」出那麼多鬼故事的。

又比如，作者的父母來自不同的省份，其性格也帶著各自故鄉的群體特徵。如劉台平的母親是山東人，有著山東人常有的耿直豪爽，做事較為火爆急躁，自豪於自己的家鄉，總要說自己的家鄉比別人的好，甚至為了面子而硬拗。而四川籍的父親則是一個隨遇而安的人。他做事勤勉謹慎，是個樂天知命的認命派，日常生活中富有幽默感，如他平時只吃兩碗飯，但只要是豬油做的菜他就破例，家人笑稱他是「劉三碗」，他也不以為意，只傻笑地說：「好吃的很！」。他懷念老家的「辣子雞」，但家人又不都喜歡吃大辣，他總是邊吃邊喊大哥吃辣的，還幫他夾，口中讚不絕口：「川娃兒棒老二，一定要吃辣子才是！」嚇得大哥捂住嘴就是不吃。[7]曾有論者指出：四川人富有韌性，從不怨天尤人，能忍受各種磨難而不頹廢，依靠自己的力量開拓前進，只要一息尚存，他們都會堅韌不拔地活下去，不會喪失對生活的勇氣。同時，他們信奉實用主義的「貓論」（指鄧小平所謂「不管白貓黑貓，

6　劉台平：《眷村》（南昌市：江西教育出版社，2013年），頁34-35。

7　劉台平：《眷村》（南昌市：江西教育出版社，2013年），頁46。

能抓住老鼠就是好貓」），注重實效，不尚空談，不去追求虛誇浮華的東西；天性幽默達觀，最會享受人生的樂趣[8]。與此相對照，作者的父親可說很典型地表現出四川人的性格特徵。似乎有點巧合的是，新竹的另外兩位眷村文學的重要作家袁瓊瓊和愛亞也都是四川人（愛亞的祖籍地重慶原屬四川），其多少帶有自傳性的眷村小說中的主角也可視作四川人，而他們同樣表現出四川人的某些性格特徵。這說明，「一方水土養一方人」，整體而言，不同地域的人們確實會有各具特色的性格特徵，文學作品寫出這些特徵，即反映了實際的情況，也能增加作品的生動性。

人們常說的臺灣文化的多元性，固然指其因特殊地理位置和獨特歷史際遇而有較多異域文化進入的情形，但同時還應指全中國的不同區域文化同時匯聚於臺灣。如果說閩粵兩省的文化是由明清時代的移民帶到臺灣的，那全國各地域文化卻是光復之後為了協助臺灣省的文化重建而來到臺灣的各省文化人，特別是一九四九年隨著國民黨敗退而湧入臺灣的數百萬軍政人員及其眷屬以及一般民眾所帶來的。這樣，臺灣就成為彙集全國各區域文化最豐富最完全的地區，連帶地臺灣文學也成為匯聚最豐富多元地域文化色彩的文學板塊。這在整個中文文學中是獨一無二的，是臺灣文學最值得驕傲的寶貴資產之一。劉台平的《眷村》一書，再次證明了這一點。

三　村內和村外：眷村人與本土族群的關聯

雖然眷村往往被視為一個封閉的空間，但絕對封閉是不可想像的。眷村其實面臨著與眷村外的不同族群——亦即世居此地的「本土」族群——的交通往來，因此眷村還面臨著對外如何處理與本地固有族群的關係問題。新竹的特點就在它是閩南、客家、外省乃至原住民等不同族群共同居住、生活的地方。劉台平的《眷村》雖然強調了眷村的封閉性，其實還敘說了眷村人無

8　陳金川主編：《地緣中國：區域文化精神與國民地域性格》（北京市：中國檔案出版社，1998年），頁394-400。

法避免的與其他族群的往來，如眷村中就有一些「本省媳婦」，作者的母親與同鄉於媽媽天天吵架，卻與一位來自澎湖的鄧媽媽建立了良好的關係，逢人就誇鄧媽媽多好多好，甚至借錢給鄧媽媽，即使沒還，也從不抱怨。又如，作者班上幾個要好的同學，有閩南人，也有客家人，同時也有關係並不好的眷村出身的同學。劉台平覺得本省同學都非常純樸，比眷村小孩要乖，如一個客家同學姓羅，兄弟二人，每天一早要幫媽媽餵豬，下課後還要幫家裏採茶、做家事，作者去他家玩，看到客家農民的勤奮，才瞭解客家生活的辛苦。客家人強調「一勤天下無難事」，只要勤勉日子總會過得去，作者長大後才瞭解客家人所謂「硬頸」的含義，就包括了「不求人」的作風。而眷村人就不同了，他的母親就經常為了生活而求助鄉里。閩南籍同學大部分都還樸實，但少部分有錢人就看不起眷村人。[9] 這反映了客家人的社會較少階級分化，而閩南人社會則貧富差距已經拉大。曾有研究者陳運棟、林再復等指出：由於客家人住的都是窮地方，大家都有地，但大家地都不多，所以沒有專門「請」別人耕田而自己享福的人，也沒有專門被人「請」去耕田的人，大家都要自食其力[10]，因此常呈現團結協力、互幫互助的情景；而閩南人則長於經商，喜歡冒險，喜爭訟，好巫信鬼，多靈魂崇拜，團結力也較弱，「這和客家人崇尚質樸刻苦的生活，多自然崇拜，及團結力較強不同」[11]。劉台平《眷村》中描述的情景與此不謀而合，說明其觀察和感受是很準確、與事實相符的。

　　然而將眷村人與客家人的交往以及客家人的文化特徵描寫得最為淋漓盡致的，是從小在新竹湖口眷村長大的小說家愛亞的後來被改編為電視劇的長篇小說《曾經》[12]。小說的主線和主題是一位平凡眷村女生李芳儒的成長和矢志不移的愛，同時也通過她與一對客家兄弟的情感糾葛，將客家人的文化性格特徵表現得十分逼真、到位。芳儒的母親在新湖國小教書，父親卻是有

9　劉台平：《眷村》（南昌市：江西教育出版社，2013年），頁105-107。

10　陳運棟：《客家人》（臺北市：聯亞出版社，1981年），頁332。

11　林再復：《閩南人》（臺北市：三民書局，1985年），頁2。

12　愛亞：《曾經》（臺北市：爾雅出版社，1985年）。

三顆梅花的軍官。她是個天真純潔、好奇貪玩又富有感情和同情心的女孩。
十歲時因一個偶然的機緣，尾隨客家少年邱志維來到其貧困的家中，從此開
始了與邱家兄弟的一段延綿了數十年、始終難以斬斷的情緣。作者是四川眉
山人，如果說《曾經》帶有自傳性[13]，那李芳儒應也是四川人。靈秀的巴山
蜀水，孕育出許多多情女兒。如白先勇的小說〈一把青〉中清靈水秀的重慶
女子朱青，就曾給人留下深刻的印象。李芳儒並非不知邱家的困頓窘迫，然
而卻珍惜從兒時開始的友誼，一旦愛上，就不計利害的無怨無悔，甚至在受
到邱志紹的巨大傷害——志紹為了獲得出國資助而拋棄了她，與一富家女結
婚——但當志紹在美國患了癌症又被妻子當成累贅拋開而回到臺灣治療時，
李芳儒似乎忘記了曾受到過的傷害，重新燃起其實從來也未曾真正熄滅的
「愛」的火焰，承擔起照顧邱志紹生命最後時段的繁重工作，為此還拿出多
年積蓄當作醫療費。於是扉頁上的警語：「在平凡的人生路上若想走得鏗鏘
有聲，就得有愛」成了全書的主題。

　　與李芳儒的至柔至情相對照的，是客家子弟的剛強倔硬。當然客家人並
非無情，比如，邱家兄弟表現出的手足之情，讓人動容。邱志維為人樸實厚
道，在母親離家他嫁、父親捲入官司的情況下，為了撫養、培育幾個弟弟
（包括患上怪病或尚在繈褓中的幼弟），從十來歲開始，就任勞任怨，肩挑
家庭重擔，甚至在感情上也忍痛割愛，犧牲自己，成全弟弟，這種將手足之
情擺在首位的為人處事之道，正是客家人的明顯標誌之一。為了醫好弟弟阿
紳的痼疾，志維幾乎用盡多年來家庭的積蓄，這時偏偏志紹得了癌症也需要
大筆醫療費用，使得從不向人求乞低頭的志維不得不含淚向人借款。這情景
讓人想起所謂「福佬客」作家呂赫若在日據時代的短篇小說〈石榴〉中的金
生三兄弟，由於父母早逝，金生即承擔起撫養年幼弟弟的責任。後因家貧，
和二弟大頭先後入贅別人家，三弟給人當養子。儘管三個兄弟被迫各奔東
西，但仍時刻互相惦念，特別是三弟不幸患了神經病，兩個哥哥對患病弟弟

13　收入愛亞《暖調子》一書中的〈閉合眼〉、〈我的新竹火車站〉等文，都提到小時候在
　　湖口的深刻記憶，可作為《曾經》具有一定的自傳性的佐證。

的手足親情，同樣讓人感動。[14]

　　當然，邱家兄弟表現出的「強項」、「硬頸」性格，更是客家人所特有的精神標誌。羅香林稱：客家男女最富氣骨觀念，雖其人已窮蹙至於不可收拾，然若有人無端地藐視他或她的人格，則其人必誓死抵抗，或者竟因是便發憤自立，終於挽弱為強，轉衰為盛。[15]這種「硬頸」精神包括兩個方面，一是表現在面對欺壓和損害的永不妥協的氣骨；另一則是勇於克服重重困難力求上進，在逆境中不折不撓奮力向前，以達成自己的人生目標。這兩點在邱家兄弟身上都表現得十分明顯。由於母親背叛父親並拋下小孩離家出走，儘管家裏窮蹙而生活重擔都落在作為長兄的志維身上，但當母親懷著對兒子們的未曾消失的母愛，尋找機會買了糖果衣服來看望他們時，兄弟倆堅決地轉身背臉，形同路人，甚至決絕地跑離而去，不願相見，這種情況甚至延續到幾十年後志紹患了癌症生命垂危時，也還沒有根本改觀──志維寧願借高利貸也不願接受親生母親（香美）的資助，只有當母親拿來了一本有著治癌偏方的書，愛弟心切的志維的態度才略有緩和。另一方面，客家人有婦女務農持家，男子卻專心讀書以求取功名或出外打拼以建功立業的習俗，體現在邱志紹身上，他有著在困境中奮起，力求出人頭地，認准一個目標，不達目的誓不甘休的倔強，少年時代在與哥哥爭奪芳儒的愛情時就顯得咄咄逼人，然而當他如願以償獲得這份愛情時，卻為了得到出外留學攻讀學位的機會而將芳儒拋棄。在他心目中，求取事業、功名是第一位的，這才是他的人生目標，為了這一目標的達成，可以不顧他人、不擇手段。這可說是「強項」、「硬頸」性格的負面效應。

　　愛亞《曾經》與其他眷村小說的最大不同，就在於它並不局限於眷村內部的封閉空間，也不像很多眷村小說（特別是較近期的眷村小說）以自我反省的筆調書寫著眷村的沒落，而是將主要篇幅放在眷村人與外部的聯繫上，並刻畫了一位眷村女子與客家人的情感糾葛，說明了「愛」並不會因為族群

---

14 呂赫若：〈石榴〉，收入呂赫若著、林至潔譯：《呂赫若小說選集》（臺北市：聯合文學出版社，1995年），頁366-394。

15 羅香林：《客家研究導論》（上海市：上海文藝出版社，1992年影印重版），頁178。

的不同而有所阻隔。當然，不同族群會有不同的文化性格，但「愛」作為人性的重要組成部分，在不同族群之間卻是相通的，是他們的最大的公約數。作者憑著她的觀察和感受對於客家文化特徵的把握是準確的，所刻畫的人物富有個性，這些都提升了小說的感染力。

四　老兵的雙向流離和共同想望

　　愛亞《曾經》寫的是眷村人與客家人的關係，但新竹是個多族群共同生活的場所，眷村人也必然與閩南人、原住民等其他族群的人有所交往。湯湘竹導演的獲得金馬獎的紀錄片《山有多高》，其中有細節透露了外省第二代與閩南人組成家庭、生兒育女的情景。該片的特點在於不僅只寫外省籍老兵，而是不斷地將老、中、幼三代人加以對照，由此展現族群融合、代代傳衍的前景。當前一個鏡頭還對準父親的返鄉之旅，下一個鏡頭卻切換到了中生代的妻子與周歲兒子嬉玩的場面。妻子念著閩南語童謠：「收涎收乾乾，讓你好照顧，小樂，收涎收乾乾，讓你下一個生妹妹，媽媽希望下一個生妹妹，不要生弟弟，不要生卵葩了」。從她念唱童謠的自然、流暢，可知她應出身於閩南族群，至少從小生長於閩南族群中，而所謂希望下一個不要生弟弟，而要生妹妹，明顯是一種自豪、高興、喜極而說的反語，也正符合閩南族群重男輕女的慣習。由此可見，湯氏第二代的家庭已明顯是外省和閩南族群的結合，其家庭的融洽，顯示族群身份之間已毫無隔閡。

　　《山有多高》的畫外音（解說辭）有道：「湯湘竹」這一名字表明籍貫湖南而生在新竹，是父親鄉愁的產物。影片主要記錄兒子陪父親返回湖南故鄉祭祖探親的情形。父親本是國民黨軍隊中的上尉連長，因一九五八年金門炮戰受傷，一隻眼睛失明，轉業到新竹尖石的員警分駐所當員警，於是開始了湯家與新竹的一段緣分──對父親而言，新竹只是其人生的一個驛站，但對湯湘竹而言，卻是其生命源頭最初的記憶，亦即其「鄉愁」的源頭。父親曾在一九八八年返鄉探親一次，還與其兄、弟、妹四人合照，但十三年後再次返鄉，哥哥、弟弟都已作古，這讓父親悔恨不已。鄉親族親們一起舉行了

祭祖儀式，談論按照宗族譜系為兒子取「孝中」、「孝華」族名等情事。父親在侄兒的陪同下，來到母親、父親、爺爺、兄弟的墓前跪拜叩頭。此外，父親還堅持要拜訪恩師朱元老先生。然而在湘江江畔、回程途中，當兒子問起父親此行感覺以及是否還要再一次返鄉探親時，父親的回答卻是否定的，理由是故鄉的人大都不認識了，老家的房子一點都沒有了，「根本就不像老家了嘛」。這時回到父親腦海中的是關於祖輩父輩的記憶，如其母親在侵華日軍佔領時，生病無法買到藥品而過早死去；其父親在五〇年代過世，當時他正在金門，如能得到消息的話，他可能會回來──潛水過來，或以海上的礁石為「跳板」過來廈門。這當然只是不會游泳的父親近乎荒唐的幻想而已，但說明父親最牽腸掛肚的正是他的父親，而少小離家，音訊斷絕，無法在父母面前奉孝，這才是父親這樣的「老兵」內心最大的傷痛。對湯湘竹而言，他的鄉愁是新竹的尖石，一種童年成長的記憶，而父親的鄉愁則是其父母、兄弟、親戚、老師、同學。家鄉的意義顯然已不僅是地理、物質意義上的，而更是心理、情感意義上的，是家鄉的親人，以及在那裏留存的自己生命的記憶。沒有了親人的家鄉也就失去了它的根本的意義，所謂漂泊、離散、無根，也正是在這個意義上說的。反之，只要有了家庭、親人，異鄉也可變為家鄉，而這才是療治歷史傷痛的最好的藥劑。所以影片的最後更多地記錄了父親回到臺灣後，家人團聚，父親含飴弄孫，其樂融融的景象，顯然正是要說明這一點。

紀錄片《山有多高》拍攝上的最大特點，是不斷在父親返鄉探親的過程中，穿插三代人的不同的生活境況，特別是老和幼的兩極，是影片展示的重點。作為紀錄片，卻沒有嚴格按照時間順序，而是在時間和空間上不斷跳躍。影片最開頭說明自己拍攝父親的動因，在於確認妻子腹中胎兒性別為男的那一天，卻傳來父親中風的消息，擔心他的第一個孫兒見不到爺爺，於是拿起了攝像機。他後來還再次說明：「當我抱起自己的孩子，才終於瞭解父親的心，我決定，只要父親能動，即刻帶他回老家。」返鄉後父子兩人坐在湘江邊，看著船隻來來往往，談論著家族的過往，湯湘竹的心理活動以畫外音的形式呈現：「對於成為父親這件事，我沒有太多思考，但我發現，我從

來沒有和父親像朋友般交心談話，一次都沒有。」也就是說，只有當自己也有了孩子，才能真正理解生命代代相傳的意義，理解原鄉作為每個人生命源頭的特殊價值。

隨著父親的鄉愁回到湖南，路上迎面而來的「湘」字（指湖南的汽車車牌都以「湘」字打頭），卻引不起他太大的感覺，腦中浮現的是新竹尖石鄉青青的山林之路，自己最初的童年記憶。鏡頭又轉到了回湖南老家的路上，迎接他們的是大堂哥——湯孝年。他已經在路口等了兩天。到了家鄉，碰到的所有的人都姓湯。這是一件很有趣的事，但不知道兒子是否有碰到這一刻的機會。湯湘竹想說的也許是：父親的被迫離鄉背井，是時代的悲劇，但社會總會向前，傳統的宗族社會也正在崩潰中，像新竹這樣多族群聚居而又快步邁向現代化的地方，是不會再出現整村人都姓湯這樣的事了。回到老家，一邊是大人們正在尋訪過去的田地和房子，另一方面伴隨著雞鳴狗吠，也出現一些可愛的小孩子玩耍活動的場景。接著隨父親前往祭拜父親的祖父、父母和兄長的墓地，但畫面切換到尖石秀巒，出現了湯湘竹在小賣店買東西以及妻子抱著小孩睡覺的畫面，並伴隨著畫外音：「如果每個人對生命源頭最初的記憶，也算是鄉愁的話，我的鄉愁又在哪里？」接著是湯湘竹教小孩子喊「爸」，但小孩子喊出來的總是「媽」，似乎自己也氣得將小腿拍得「啪啪」響，最後才成功地喊出了「爸」，湯湘竹於是獎給小孩一句「乖」。再接著是妻子抱著小孩彈鋼琴，小孩在草地上與小狗玩，最後是爺爺在躺椅上睡著了，而小孩子也一邊吃一邊閉上了眼睛。在陪同父親返鄉探親的比較沉重的影像中，插入了活潑、可愛的小孩子和安詳、慈愛的爺爺的溫馨和諧、祖孫同樂的畫面，增加了影片有張有弛的節奏感，更重要的則是表達了生命延續的主題。當影像又轉到拜訪老師、到江西贛州探問弟弟的親屬、在湘江邊的父子長談、與妹妹、侄兒等的依依惜別之後，影片的末尾是回到臺灣家裏後，在小兒周歲慶生時，讓只會爬行的兒子「抓閻」，預測以後的興趣和志向。爺爺以濃重的湖南口音唱著兒歌：「紅紅的太陽往上爬啊往上爬／爬到了這裏，就是我們的家／我們家裏，人兩個呀／爺爺愛我，我愛他呀」。最後則是爺孫兩人到體育場的草地和跑道上，一個跟跟蹌蹌學走路，一個拄著

拐杖小心翼翼呵護著以防小孫子摔倒，伴隨著小孩的笑聲，也使影片一改題材固有的沉重感，帶給人們的是無限的希望。片尾曲反復合唱著：「山高高路長長／一灣流水野花香／山高高　路長長／有我同行不孤單」[16]，更表明了影片的主題：不必沉湎於歷史所造成的漂泊流離的過往，只要有真愛，山高路長可化為美麗的風景，只要有真情，一代一代的人們相伴而行。

　　繼《海有多深》、《山有多高》之後，二〇〇九年湯湘竹以《路有多長》完成了他的「回家三部曲」。這部影片最初的動機是一九八八年十二月《人間》雜誌第三十八期上刊出的以原國民黨七十軍（後整編為七十師）老兵為探訪對象的「望斷鄉關盼親人」系列。該系列的三篇報導，一是林育德撰文和攝影的〈遙望〉，寫的是四〇年代後期被誘騙或強征到大陸打內戰的臺灣原住民，特別是後來在中央民族學院等單位工作的陳連生、陳榮福、林登仙、田中山、馬榮生、林青春等人。其餘兩篇是李文吉攝影、陸傳傑撰文的〈血〉和〈寶山鄉的征夫〉，寫的是一九四五年國民黨七十師在桃竹苗地區又騙又擄，帶走了幾十個人到大陸打仗。其中前者涉及了桃園縣觀音、中壢、楊梅、觀光、平鎮等鄉鎮的被征者，而後者則聚焦於新竹寶山鄉的十七個被征客家青年。該文在說明客家子弟當時為何會為所謂二千五百元「薪酬」所誘而報名入伍的原因時，呈現出新竹客家人的生存環境和文化特徵：在移民史上，客家人比閩南人來得晚些。一九五〇年初土地改革之前，這兒的客家人種的地都是向城內閩南人佃來的。照例頭期稻作不論豐歉全歸地主。而佃農一年的吃飯穿衣，全得看二期稻作，二期稻作由於雨水差，自然收成不如頭期。大多數的佃農除了水稻之外，還得在山坡地裏種些地瓜、樹薯來彌補生活。此外，佃農除了地租之外，還得繳給地主一筆押金。繳不起押金的，只好當長工，一天只能拿到一升米。這一升米自個兒吃都不夠，甭說討老婆了。所以當長工的客家人大多只能給人家招贅。新竹有「風城」之稱，每年入秋之後，西北風從海邊沿著溪谷灌進來。把地吹得乾巴巴的，所

---

16 《山有多高》片尾曲，詞：湯湘竹，曲：陳建年，合唱：陳建年、湯湘竹、蔡芳如、郭禮杞、楊順清、吳書堯。

謂「寶山」名不符實。日子雖然苦，做父母的可沒耽誤過孩子們的教育。日據時代，這兒的男孩大都受過六年日本教育。光復後，青年們覺悟到日語已經不受用了，當務之急莫過於趕緊學好北京話。所以七十師在各處招兵買馬時，部隊會教士兵說北京話成了有力的號召之一。因此當招募官員對村裏的失業青年說：服役兩三年後優先復員分配工作；每個月支薪二千五百元；服役期間可以讀書、學北京話，而且保證不調離臺灣。這些條件實在誘人。新城村的詹德盛家特別窮，始終沒能佃到一塊地來種。父親都五十多歲了，還在別人家裏當長工。他自己從解散的日本軍隊回來三個月了，工作還沒著落。想起過去荒年裏吃「昭和草」（一種野生菜）的日子，詹德盛為自己「空有一副壯碩的體格」慚愧莫名，因此決定：當兵去吧。雙溪村的呂永桂那年才十八歲，覺得在未來的日子裏，一個人不懂北京話是行不通的。為了到外面見見世面，不想蹲在這個山窩裏，因此也參軍當兵了。[17]這裏描述的客家人的情況，實際上也可作為愛亞《曾經》中描寫的客家情景和文化特徵的佐證。

《路有多長》中另一件與新竹有直接關係的細節，是臺東都蘭阿美族老兵咕嚕（蘇金吉），到大陸後曾逃跑一次，又被國民黨軍隊抓了一次，後來部隊移防臺灣，他是在新竹才逃出去的。新竹火車站的一位職員（可能是站長）問知他是逃兵後，驚訝之餘，帶他去吃午餐，所有聽到他的故事的人，不管是往北或是往南的，紛紛塞錢給他，讓他感受到「漢人給我的溫暖」。這件事發生在新竹似乎很偶然，當時站長和路人伸出援手的具體動機也已不可考，但也許與新竹本來就是多族群雜處，而新竹寶山鄉等地也有不少客家子弟被送往大陸戰場，因此起了高度的同情心有關。

然而《路有多長》更主要的意義在於它是《山有多高》的延伸和擴展。正如影片開頭導演湯湘竹就通過畫外解說辭指出的：通過《人間》雜誌的報導等，「瞭解了在當時和我父親在相同的戰場上，有一群被歷史遺忘的臺灣

---

17 李文吉攝影、陸傳傑撰文：〈寶山鄉的征夫〉，臺北《人間》雜誌第38期（1988年12月），頁90-92。

青年，戰爭，荒謬地把他們全推向了地理位置互相交換的離家之路」。影片中這些阿美族臺籍老兵的口述，與《人間》雜誌上的報導以及卑南族作家巴代《走過》中有關卑南族陳清山的記述等頗為相似，可互為佐證和闡發，如報名參加的原因都是因為失業、家裏窮，而徵募者都以高額薪金的工作、可以學國語今後好找工作等為「誘餌」，而到大陸後往往一戰而被俘或投降，轉而成為解放軍戰士。不過如果將這些臺籍老兵在大陸的經歷及其晚景與臺灣眷村文學、老兵題材作品中描寫的大陸籍在臺老兵相比，可以發現有較大的差距。在臺灣的大陸籍老兵往往晚景淒涼，有的在臺灣未能娶妻成家，大多從事樓房警衛、餐飲服務等一般性工作以謀生。而臺籍老兵在大陸往往發展得比較好，雖然有的隨部隊到了北大荒，生活條件艱苦，或者在文化大革命中曾受到衝擊，但一般都能成家立業、生兒育女，至少有份安定的工作，有的甚至進學校念書，最後成了醫生、教練、大學教授等等。這是因為大陸的中國人民解放軍在名稱上就標明是「人民」的軍隊，其革命的目的在於推翻剝削階級，使窮人翻身，從共產黨、馬克思主義慣用的階級視角而言，臺籍老兵屬於「階級兄弟」，加上共產黨是國共內戰的勝利者，自然有更多的空間和條件來妥善安排「老兵」們的後半生。正如蘇拉（廖修顯）所說的：「到了大陸後才知道，這邊的人也很好啊，也不會欺負我啊。國民黨亂講話。沒有那回事」。

當然，這些都還不算影片所要表現的重心。影片的主題在於揭示戰爭的殘酷和荒謬，並通過歷史的回放，撫慰那些因戰亂而漂泊流離的受苦受傷的靈魂。因此影片是從訪問二戰末期被日軍利用原住民在山林生活，質樸勇敢的特性，徵用到南太平洋熱帶叢林的戰場上的前「高砂義勇隊」士兵、阿美族老人歐吉達（高昌敏）開始的。老人講述了當時饑餓的情景：所有地上長出來的或會動的東西，像地瓜葉子、木薯、椰子，山豬、山羌、蛇等等，全都拿來充饑，有的沒有煮就生吃了，有人因此吃壞肚子而死。最後他僥倖逃回。接著訪問的是在國共內戰中被徵調到大陸戰場的阿美族老兵。這些當年還是初涉世事的十多歲青年，大部分被送到淮海戰役（徐蚌會戰）火線上，而所在七十軍（師）在淮海戰役中被全殲。於是這些臺灣阿美族青年目睹了

自己的隊伍被包圍、瞬間崩潰的場面。當官的率先跑了，而士兵有的連槍都
不會打，看不到敵人在哪里，能夠存活到今天的大多是被俘者。有位被訪者
甚至說：「晚俘虜好，早俘虜好，還是早俘虜更好。」因為許多臺籍兵士就
是在淮海戰役中死去的。

　　被俘的阿美族青年，後來大都滯留在大陸，有了安定的生活甚至有較好
的發展，如上大學、當教授，但他們最大的精神煎熬，就是那無法消解的濃
濃的鄉愁，最讓他們牽腸掛肚的，是數十年音信斷絕的父母親屬們。如來自
臺東海線阿美族部落的歐邦（黃來盛），當兵時才十七歲，遇事只會哭，投
降參加解放軍後，五〇年代初隨軍開往東北墾拓北大荒，娶了當地女子為
妻。四十年後的一九八八年，其妻建議他返鄉看看父母。回到家裏時，父親
已逝，母親眼睛看不到，只能扶著兒子的手一直哭，兒子也跟著哭，兒子覺
得，如果不當兵，還能養父母幾年，可是他不在這裏，想到小時候父母養自
己長大，自己卻沒養過父母，因此覺得對不起父母，心裏的感覺就是
「痛」。

　　影片的最後是正在進行當地臺籍老兵口述歷史記錄的都蘭阿美族青年希
巨・蘇飛，來到位於河南省陳官莊的淮海戰役烈士公墓，在那裏的無名塚
內，國共雙方士兵無法辨識的屍骸，不分敵我的全葬在一起，希巨抱來柴火
放在田間小路上點燃，在煙霧繚繞中，獻上米酒、檳榔等，低頭哽咽著說道：

> 叔叔伯伯們，我是你們的小孩希巨，來自台灣，台東都蘭，我們知
> 道，你們過去曾走過的路，所以來這裏探望，慰問，你們的辛苦，淚
> 水，我們都知道，但是在部落裏，很多人都不知道，你們在當時所走
> 過的路，所以我們來的目的，是要讓大家知道，你們過去所走的路，
> 所付出的淚水、辛苦，讓部落的人都知道，這是我們來的目的，叔叔
> 伯伯們，沒有什麼好東西來問候你們，在這裏有檳榔，荖葉，石灰，
> 都是來自都蘭部落，不成敬意，希望你們能夠接受，還有來自部落的
> 酒，喝吧，叔叔伯伯們。你們當時付出了辛苦、淚水，希望這些能夠
> 安慰你們，這些會使你們的心情好一些，開心一點。並看顧我們，扶

持你們的小孩希巨完成此事。喝吧，這個酒。這個酒都是都蘭部落的，喝吧，吃吧，叔叔伯伯們，沒有什麼好東西給你們，請您接受，就這些了，叔叔伯伯們。希望你們能協助我們完成此事。讓所有人都知道，你們所受的委屈，你們付出的淚水，還有對家人、母親，兄弟姐妹們的思念，我知道你們的辛苦，叔叔伯伯們，請扶持我們完成此事，喝吧，這個酒。

顯然，影片這時早已超越了地域、族群、黨派的界限，力圖呈現人類共同的人性真諦。戰爭即使沒有剝奪了他們的生命，也必然改變這些被迫捲入戰爭的人們的命運，深深戕害了他們的情感、尊嚴和人性。導演湯湘竹雖然屬於在新竹出生長大的外省第二代，在地域、族群歸屬上與這些原住民並沒有多少交集，但他從這些阿美族老兵身上，看到了與他父親一樣的想望和追求，相同或相似的命運、情感和人性的表現，而作為原住民之年輕一代的希巨，和自己一樣有著對老一輩的命運的深深的悲憫和同情，以及肩負文化傳承使命的自覺。或如都蘭部落〈最老階級會所之歌〉所唱的：「我們這樣唱，是為了要祈求，我們這樣唱，是為了要傳承，祈求祖靈給部落降福……」

五　對於人性真相的探索與描寫

湯湘竹的《路有多長》等與一般老兵題材作品的區別，在於它們向著人性主題的掘進，而更早的袁瓊瓊的長篇小說《今生緣》，在人性挖掘和描寫上，已有更突出的表現。小說並非作者的「自傳」，雖然會有一些個人經驗的「轉嫁」，但並沒有哪個人物直接是作者的化身。不過，作者在〈緣會（代序）〉中說明，小說的主要人物汪慧先和陸智蘭是以作者的父母為模特兒，寫陸智蘭甚至是抱著懷念父親的心情而寫，而小說中其他人物，包括「飛揚跋扈的吳寶玲，大而化之的董祥，奇異的秀美，徐貫之夫婦，瑞湘和張滿禎……都是我生活裏的人物脫化而來，下筆的時候，每每如在目前，小時候不知道他們身上都是故事，長成之後，回想起過往的點滴小事，竟都是

大事件的斷面……」[18]然而值得注意的是，出生於新竹的作者並不把寫父母的這本書的背景放在新竹，而是放在臺南，這說明，「地域」因素並不在作者的考慮範圍之內。確實，雖然小說中有幾個臺南的地名，卻幾乎不見有具體的臺南的地域文化因素。這是因為，作者將她的筆力重心放到了人性的挖掘和描寫上了。在作者看來，人性是人所共有、處處皆然的，並不必有階級、族群、地域的分別。

《今生緣》之所以成為本文探討的對象，因它寫的是一九四九年隨著國民黨敗逃臺灣的一群人。他們當中有軍人家眷，也有拖兒帶女的一般教師、公務員，到臺灣後，不知何處落腳，於是來到臺南找光復初年就來臺灣的舊識董祥。四家人擠在董祥住的四合院，儼然成為一個小「眷村」，甚至利用兩個房子的外牆，在其間隔中加搭一個房間的情形，我們後來也可在王偉忠、賴聲川等的《寶島一村》中看到。和一般的眷村一樣，院內各戶之間幾乎沒有什麼家庭「秘密」，他們密切往來，相互關心幫助。如張滿禎因子女太多而被生活重擔壓垮，變得窩囊迷糊，其妻張一鴻在逃難船上分娩並因難產而死，所有事情只好由同行的徐貫之、程玉屏夫婦以及汪慧先等人幫著料理，程玉屏更擔負起餵養新生兒的任務。在臺南安家後，張滿禎的工作單位在臺北，其多個子女即由四合院裏的其他住戶負責照料。後來程玉屏自己懷孕分娩在即，又撮合了張滿禎與瑞湘的婚姻，以便張家子女有人照料。後來陸智蘭因辦飲食店勞累過度病發而死，汪慧先悲痛欲絕幾近崩潰，董祥和慧先的老同學吳寶玲無償地來幫忙操持飲食店，支撐起陸家繼續運轉。

不可否認，不同的人的性格會有所區別甚至是天壤之別，如有的保守謹慎，中規中矩，有的放蕩激進，率性而為，但在那動盪、漂泊的年代，所有人都有一個共同的目標：生活下去。當慧先早一步到了臺灣，而其擔任軍官的先生陸智蘭遲遲未至，在另一軍人朱遠的主動追求下，她與朱遠產生了一段似有若無的情愫，玉屏等人對陸智蘭能否渡臺並且找到這裏產生懷疑，為了讓慧先能夠「生活下去」，他們極力鼓勵慧先嫁給朱遠，好在慧先生性穩

---

[18] 袁瓊瓊：〈緣會（代序）〉，《今生緣》（臺北市：聯合文學出版社，1988年），頁2-3。

妥謹慎,始終懷抱一線希望,終於等到了陸智蘭的出現。然而當陸智蘭因病先她而去,慧先僅靠朋友的幫助撫養四五個子女終究不是辦法,最後答應再嫁小學校長蘇子儉。蘇子儉的古板無趣、城府深沉與意氣風發、生氣勃勃的陸智蘭迥然有別,兩人談不上有什麼感情,但蘇子儉答應容納、撫養、栽培慧先的幾個小孩,讓慧先特別是她的孩子們此後衣食無憂,這成了汪慧先答應再嫁的根本原因。由此可知,小說的主要內容在於描寫離亂中普通民眾為求生存而相濡以沫,互幫互助,共渡難關,掙扎求存的情景,在動盪艱難的時代條件下,「生活下去」成為小說人物作為一個「人」的首要追求,最基本的人性表現。這樣,小說不僅再現了特定時代的特定社會情景,也使自己的描寫具有了人性的深度。

小說縱筆人性的另一策略,在於著力塑造人物好壞參半的複雜性格,不憚於刻畫其內在的難以禁絕的欲情。應該說,生而為人,必有欲情,這是人性的本真,但對待欲情的態度卻各有不同。有的人偏向宗教、神性的境界,謹守倫理道德規範,有的則更追求獸性、物質層面的生活,隨心所欲,放縱欲情。前者陳義過高,壓抑人性,非常人所能;後者以滿足欲望為鵠的,但人生有涯,欲望無窮,有時難免走火入魔,甚至走向毀滅。介於二者之間的則能顧及精神和物質兩者,講求節欲,求得精神和物質的平衡。這是人文主義者所標榜的,也是大多數人的實際情形。《今生緣》中的人物可說有如光譜般分佈於神性和獸性的兩極之間,其中瑞湘、慧先、子儉等,無疑比較靠近謹守道德規範的一極,另有兩個人物,明顯偏向放縱欲情的另一極,這就是從大陸來到臺灣的吳寶玲和臺灣本地女子秀美。吳寶玲本為富家女,與慧先同學,在學校裏就美麗而風流,屬校花級人物,到處與人談情說愛,追求享受。後來嫁給大官,到了臺灣,成為項校長夫人。但是雖然衣食無憂,表面上很風光,但由於項志田是一個庸碌無為、毫無能力和情趣的窩囊廢,讓寶玲覺得煩躁、不滿,又開始不安分起來。在勾引陸智蘭重敘舊好受挫後,與有點玩世不恭、大大咧咧的董祥建立了曖昧的情人關係。懷孕後到私人醫院打胎時的大出血使她面臨生死和姦情暴露的雙重考驗。昏迷後慧先等將其送到大醫院挽回了生命,紅杏出牆之事也因項志田的溫吞、迂腐而不了了

之。秀美則是本地人家的養女,當年被養父破了身並淪落風塵,李德興因喜歡和同情她,為她贖身並與之結為夫婦,生兒育女,然而秀美的養父母經常找上門來,要將秀美乃至秀美的女兒帶回,因此與李德興起衝突,秀美對其養父母也是排拒的。但是後來村子裏卻出現閒言閒語,說秀美家裏最近常有個留小平頭的男人進進出出,有人經過李家後門口,看到兩個人糾纏在一塊,借了夜色遮蓋,大概是在拉拉扯扯的,間中夾著秀美吃吃發笑。不久村裏發大水,李家四口人全被淹死。其死因眾說紛紜,但一致公認跟水災的關係不大,而是還沒淹水之前,李德興自己動的手。他這樣做倒是讓眾人十分欽佩,因為秀美那事全村沒有人不知道的。他像傳奇劇裏的角色,在幕落之前由丑角變成了英雄。[19]

寶玲和秀美雖然一為外省人,一為本省人,但她們不受傳統倫理道德規範的束縛,傾向於順應內心的欲望需求,放縱個人情欲則是相似的,可見人性並不分省籍。然而,作者在描寫人物的某些性格「缺陷」時,並沒有將他們寫得一無是處,而是注意發掘他們性格中的某些閃光點。如吳寶玲雖然未能忠貞於其丈夫,但其丈夫也確實過於窩囊,不值得去愛;而當水災發生、其當校長的先生卻無所作為時,是她挺身而出,四處撥打電話,一一作了安排;當陸智蘭去世、慧先陷入困境時,她與董祥不計利害地伸出援手。無獨有偶,秀美雖然有出軌行為並導致家庭悲劇,但她在慧先因門戶不緊把一整年的眷補眷糧全丟了,又沒法申請補發,一家生活發生困難時,主動拿出一大筆錢來,幫慧先渡過難關。可見她們並非純然的「壞人」,而是有著善良的一面。她們都是福斯特在《小說面面觀》中所說的「圓形人物」,也是現實中存在的真實人物。

在臺灣文壇,袁瓊瓊被視為承續張愛玲傳統的代表性作家之一[20],《今生緣》不僅僅因書名與張氏《半生緣》僅一字之差令人想到張愛玲,而且它將「人心的真相」(夏志清語)放到中國社會習俗的框架中加以描寫和呈

---

19 袁瓊瓊:《今生緣》(臺北市:聯合文學出版社,1988年),頁291。

20 張誦聖:〈袁瓊瓊與80年代女性作家的張愛玲熱〉,臺北《中外文學》23卷8期(1995年1月)。

現，更顯露了張愛玲的明顯影響。小說最有價值之處在於它通過諸多細節對人物的「真性情」加以刻寫。書中人物有的夫妻離散，有的投靠舊友，數家同堂，幾代共室，其間關係頗為微妙。作者使動盪紛爭、硝煙彌漫的「大時代」退縮為僅是小說的背景，重筆刻寫的是人生的悲喜苦樂、飲食男女，借此寫出人的「真性情」。包括患難夫妻怨懟撒嬌、枕邊調笑；有情男女旁敲側擊，心旌搖動……等諸般情事，都直接呈現於小說中。茲錄幾個細節以見其妙。如程玉屏臨產腹痛，其夫徐貫之一時手足無措，叫他去請助產士，他卻莫名其妙地推了一個小車子撞階梯；頭胎兒子吃奶時咬痛了母親，徐貫之罵道：「混帳小子！把你娘奶子咬掉了，將來你弟弟吃什麼？」[21]這些細節可說散發著濃郁的日常生活情趣和苦中作樂的氣氛，表現出雖然清貧，但只求平安，得過且過，生兒育女，其樂融融的百姓生活風貌。又如，玉屏在勸慧先改嫁時，告知慧先，陸智蘭在老家原已有老婆，並認為陸未將此事告訴慧先是合情合理的：「要真告訴你，你就不嫁他了，對不對？」又說：「他娶你不能算的。」慧先答道：「不能算？我們請了客的。」玉屏則稱：「人家也請了客，還拜過天地的，公公婆婆都認她，你見過小陸他父母沒有？」[22]這樣的對話可說曲盡其妙地傳達出習俗規範下屬於民間的一種情理邏輯。再如，程玉屏在難民船上因張一鴻的難產去世而開始照顧其初生嬰兒，後來因自己懷孕臨產，於是極力撮合了張滿禎與瑞湘的婚姻以讓瑞湘接替她的工作，但是她已對自己從小養育的小孩產生感情，因此轉而對瑞湘懷有濃濃的妒意，這種妒意甚至使她與瑞湘發生隔閡和矛盾。像這類深透中國人的人情世故、處事哲學以及凸顯人性隱密的敘述描寫，充斥於小說中，編織成一幅幅極為生動的世俗風情畫。夏志清在論評張愛玲的若干作品時曾指出：「我們這個社會是個過渡社會，構成的因素很複雜而常常互相矛盾，張愛玲的這些小說是這個社會的寫照，同時又是人性愛好虛榮的寫照：在最令人覺得意外的場合，人忽然露出他的驕傲，或者生出了惡念。」[23]張愛玲這種從社會

---

21 袁瓊瓊：《今生緣》（臺北市：聯合文學出版社，1988年），頁126。

22 袁瓊瓊：《今生緣》（臺北市：聯合文學出版社，1988年），頁135-136。

23 夏志清：《中國現代小說史》（臺北市：傳記文學出版社，1985年），頁420。

習俗中刻寫人的「真性情」的特徵，用來形容袁瓊瓊，也是頗為合適的。

縱筆社會風俗人情賦予作品深厚的文化含蘊和歷史感，挖掘人性中某些永恆、普遍的東西增添了作品的哲學意味，這使作品描寫的凡俗生活背後流轉著一股蕩蕩莫能名的情愫，構成了夏志清所說的張愛玲作品的「蒼涼」風格。袁瓊瓊《今生緣》等作品與張愛玲的神似之處也正在此。這種「蒼涼」風格，說穿了是一種以小見大的藝術手段和特徵。陳芳明稱之為「大題小作」——經營的是細微格局，揭示的是偉大主題，而這是宋代話本與明清小說一脈相承的傳統。陳芳明認為：從明代的《三言》、《二拍》到《金瓶梅》、《紅樓夢》的出現，都顯示了傳統小說家對中國大社會的小悲劇的重視，「在這條歷史大河中，看不到民族家國，看不到忠臣烈士，呈現出來的無非是兒女私情與匹夫匹婦的柴米油鹽。然而幾千年來的中國人民是這樣活過來的，以著他們的脆弱與韌性。沒有英雄的存在，或者是反英雄的日常生活，恐怕才是人民的真正現實。」[24]張愛玲避開了才子佳人或聖人英雄之類的題材，擁抱的並非虛構出來的英雄好漢，而是充滿人性弱點與具備生命活力的小人物，由此連接上了中國傳統白話小說的平民色彩和人文精神。袁瓊瓊的作品顯然也應作如是觀。

不過應特別指出的是，袁瓊瓊並不完全雷同於張愛玲。張愛玲始終抱持著悲劇的人生觀。在她看來，在傳統社會的羅網中，人（特別是女人）是沒有出路的，他們追求世俗快樂、人生幸福而不可得，有的只是一個個無可救藥的扭曲心靈和走向毀滅的人生。而袁瓊瓊抱持的卻是較為正面、積極的人生觀，對自己的生長環境以及臺灣社會的世俗狀況持寬容、認可的態度。因此，在袁瓊瓊小說中，精神畸變、行為怪異、自我毀滅的人物越來越少；儘管有些缺點，但更有相親相愛之心，能真誠享受世俗樂趣的人物愈發多了起來。誠如張誦聖對袁瓊瓊等「張派」女作家的論析：她們分享張愛玲對人類無法避免的失敗的憐恤，同時擴大她對平凡庸俗事物的品味、愛悅與擁抱，

---

24 陳芳明：〈毀滅與永恆——張愛玲的文學精神〉，臺北《中國時報》，1995年10月9日。

因而在不同程度上緩和了她的辛辣。[25]在《今生緣》中，秀美雖然死於非命，但另一位放縱欲情的人物吳寶玲卻有好的結果──她最終得以與項志田離婚，正式與董祥結合，「兩人租間小房子住，董祥踩三輪，偶爾還到碼頭上去賣苦力。兩個人攪混了一陣，卻成了永久夫妻。看來是幸福的，寶玲那臉上寫的清清楚楚。」[26]如果說張愛玲的小說人物「一級一級走向沒有光的所在」（張愛玲〈金鎖記〉中語），那袁瓊瓊筆下的人物卻是有前景的，除了吳寶玲和董祥終於喜結連理，過著貧窮卻是快樂的生活，小說的最末更暗示慧先與蘇子儉的感情也終將在共同生活中慢慢建立。

由此可知，袁瓊瓊受張愛玲影響，更注重於普遍人性的挖掘和表現。由於戰亂的原因，有一批人飄泊來到臺灣。最初還想返回，但後來慢慢紮根本地，他們和當地人一樣，經受著五六十年代臺灣社會的普遍的貧窮。面對貧窮，都要想辦法來養家糊口，生活下去，在患難中互相扶植、幫助。但人無完人，每個人都有他們的脾氣，他們的軟肋，他們的妒忌，他們的追求，他們的情欲。雖然小說中將部分本地人（似乎是閩南人）寫得較為不堪──如秀英和她的養父母──但大陸人中也有像吳寶玲這樣放縱、追求情欲享受的女子，秀英在慧先經濟上遭遇困難的時候，主動拿錢幫助，就像後來吳寶玲在慧先的先生去世時，也無償地來幫她支撐家庭。作家想說的也許是：人就是人，而未必有「四川人」、「湖南人」、「江蘇人」、「臺灣人」之類的截然的區別，或者說，同為「人」，他們的共同點多於他們的相異之處。從這一共同、普遍人性的角度出發，反而更能得出族群融合的結論。

六　結語

總的說，早期的眷村小說，其作者如袁瓊瓊，受到張愛玲的影響，立足於挖掘人性，呈現出動亂漂泊時代的人的「真性情」，「人心的真相」，而後

25　張誦聖：〈袁瓊瓊與80年代女性作家的張愛玲熱〉，《中外文學》23卷8期（1995年1月）。

26　袁瓊瓊：《今生緣》（臺北市：聯合文學出版社，1988年），頁418。

來的眷村、老兵題材的作品卻更擴展了觀照角度和範圍。雖然在人性挖掘的
深度、細節描寫的生動等方面不如袁瓊瓊，但其文化視野卻更為寬廣，這是
眷村、老兵題材創作的新發展。雖然不同的作家有著不甚相同的創作路數，
但他們各有千秋，很難用誰優誰劣來加以衡量。應該說，他們以不同的視角
和筆觸，共同構成了眷村生活、老兵生涯的全景圖。而新竹藝文作家的此類
題材創作，又帶有本地區特有的地域文化色澤，如新竹的多族群包容共生、
互動交融的特點，在愛亞、湯湘竹、劉台平等人作品中有著格外明顯的投影。

參考文獻

一 專書

呂赫若著　林至潔譯　《呂赫若小說選集》　臺北市　聯合文學出版社
　　　　1995年版

林再復　《閩南人》　臺北市　三民書局　1985年版

袁瓊瓊　《今生緣》　臺北市　聯合文學出版社　1988年版

夏志清　《中國現代小說史》　臺北市　傳記文學出版社　1985年新版

陳金川主編　《地緣中國：區域文化精神與國民地域性格》　北京市　中國
　　　　檔案出版社　1998年版

陳運棟　《客家人》　臺北市　聯亞出版社　1981年版

愛　亞　《曾經》　臺北市　爾雅出版社　1985年版

愛　亞　《暖調子》　臺北市　大田出版　2002年版

劉台平　《眷村》　南昌市　江西教育出版社　2013年1月版

羅香林　《客家研究導論》　上海市　上海文藝出版社　1992年影印重版

二 單篇文章

李文吉攝影　陸傳傑撰文　〈寶山鄉的征夫〉　臺北《人間》雜誌第38期
　　　　1988年12月

張誦聖　〈袁瓊瓊與80年代女性作家的張愛玲熱〉　臺北《中外文學》23卷
　　　　8期　1995年1月

陳芳明　〈毀滅與永恆——張愛玲的文學精神〉　臺北《中國時報》1995年
　　　　10月9日

三 紀錄片

湯湘竹導演　《山有多高》　2002年

湯湘竹導演　《路有多長》　2009年

竹塹北管子弟軒社活動考察
——起源年代、空間分佈及演出盛況

林佳儀[*]

摘要

　　竹塹在清雍正元年（1723）成為淡水廳廳治所在，此後一直是臺灣北部的行政中心，或是桃竹苗的區域中心；北管約在乾嘉年間傳入臺灣，此後長期是民間娛樂、儀式及慶典表演的重要部分；竹塹北管子弟軒社，位處盛行北管的中部及北部之間，雖然數量不多，但仍具有區域發展的特色。本文在相關報導及研究的基礎上，不再關注特定的子弟團，而試圖以竹塹城市發展的脈絡，考察北管子弟軒社的活動，全文共分三部分：第一部分討論子弟軒社的起源年代，由「同樂軒」建軒一百二十週年的紀念匾額，論其成立於道光二十年（1840）當屬可信，由此，竹塹子弟軒社之始，較目前所傳咸豐年間上推十餘年；第二部分討論子弟軒社的空間分佈，日治時期竹塹的軒社明顯集中於城區，且以北門一帶，由紳商支持的「新樂軒」，與歷史悠久，後遷至南門一帶活動的「同樂軒」為首，在軒社活動、元宵拚花燈，多呈南北爭鋒之勢；第三部分討論子弟軒社的演出盛況，相較於一般子弟團難得演出一次，竹塹子弟軒社演出頻繁且遠赴外地，日治時期甚至因拚臺而有機關佈景、金光劍氣等變化，一九九〇年代復振之後，又屢登臺演出，堪稱具有子弟戲的傳統。本文最後，除總括全文，並以竹塹子弟軒社現況作結。

關鍵詞：北管、子弟、同樂軒、新樂軒、振樂軒、竹塹北管藝術團

---

* 國立新竹教育大學中國語文學系專任助理教授。

一 前言

「竹塹」之名源自平埔族道卡斯族竹塹社，為今新竹市一帶的舊名，清康熙五十年（1711）左右，泉州同安人王世傑等來此開墾，雍正元年（1723）成為淡水廳廳治所在地，乾隆二十一年（1756）廳署正式由彰化遷來竹塹，道光七年（1827）始築磚石城，是北臺灣早期開發的區域之一，在光緒元年（1875）設置臺北府之前，一直是北部的政治中心，本文論述的「竹塹」範圍，乃以竹塹城為中心，兼及周邊新竹市區。「北管」約在乾嘉年間，由福建傳入臺灣，唱唸為官音，與源自泉州，唱唸為泉音的「南管」並稱，同為與常民生活關係密切的音樂戲劇活動；北管音樂豐富的內涵，包括四類：以鼓吹為主的「牌子」、絲竹合奏的器樂曲「絃譜」、以絲竹樂器伴奏的歌曲「細曲」（或稱「幼曲」）、包括福路、西皮等聲腔的「戲曲」；[1] 北管的業餘組織，傳統由良家男性子弟們自願組成，通稱曲館，在竹塹以○○軒或○○社命名，自咸豐年間甚至更早，即有軒社成立，日治時期活動頻繁，出陣、排場、上棚（演戲），甚至軒社相拚，一九七○年代以後雖漸趨沒落，至今仍有少數子弟軒社參與廟會慶典活動。竹塹位處盛行北管的中部（台中、彰化）及北部（臺北、基隆、宜蘭）之間，雖然軒社數量不及上述兩區，但仍具有區域發展的在地特色，值得詳細探析。

竹塹北管子弟活動，雖然長年流行於民間，留下來的文字記錄則頗為有限，故下文先概述相關文獻，再評述現有研究。雖然早在清領時期，竹塹即有北管子弟活動，惜其詳情難明，所知大抵不出〈談竹塹之音樂及戲劇〉[2]所載軒社基本資料。而日治時期，則有《臺灣日日新報》、《臺南新報》等，報導當時的活動盛況，最早者為一九一○年八月六日《臺灣日日新報》所

---

1 據呂錘寬：《北管音樂概論》（彰化縣：彰化縣文化局，2000年），頁43-90。

2 佚名：〈談竹塹之音樂及戲劇〉，原刊於《新竹文獻會通訊》第16號（1954年8月30日），頁16-20；後收入《中國方志叢書》之《新竹文獻會通訊》（臺北市：成文出版社，1983年），頁252-256。

載，同樂軒在東門嶽帝廟演出之劇目及演員；[3]其餘記載中元節迎城隍、街
役場召請、南下行香演出等，共有數十則。[4]光復之後，報紙相關報導並不
多見，如《聯合報》載臺北平安樂社與蘆洲樂樂樂社籌組陣頭較勁，新竹同
樂軒應樂樂樂社之邀北上（1958）。[5]繼邱坤良的《臺灣地區北管戲曲資料蒐
集、整理計畫期末報告》之後，[6]近二十餘年，新竹市在地的出版，則對子
弟盛況多有記錄：最早者為《新竹市耆老訪談專輯》，除訪問耆老、記錄曲
館地點、子弟名冊外，王郭章撰有〈新竹市的傳統民間戲曲〉專題報導；[7]
其後老子弟謝旺之子謝水森，據聽聞及經歷撰有《昔日新竹傳統戲曲軼
事》。[8]最為通行者則是蘇玲瑤的兩本專書：《竹塹憨子弟──新竹市北管子
弟的記錄》、[9]《聲震竹塹城──新竹市北管子弟團振樂軒專輯》，[10]在多次田
野調查的基礎之上，圖文並茂記錄子弟活動概況、重要活動、著名子弟、大

3　〈新劇開演〉，《臺灣日日新報》第3684號第4版（1910年8月6日）。

4　黃瑞誠曾據徐亞湘主編：《日治時期台灣報刊戲曲資料檢索光碟》（宜蘭縣：國立傳統
　　藝術中心，2004年），整理為〈日治時期台灣報刊新竹地區戲曲資料2──日治時期報
　　紙報導新竹「五軒一社」子弟團活動地點〉，詳見黃瑞誠：《竹塹北管藝術團的演藝活
　　動與傳習保存之研究》（臺北縣：臺北大學民俗藝術研究所碩士論文，2010年），頁
　　137-147。按，黃文乃是據軒社名稱檢索收錄，可惜漏列「和樂軒」，且報導中泛稱
　　「子弟」、「子弟團」、「音樂團」等，當與子弟活動相關者，亦未收入，雖略有遺漏，
　　但匯聚臚列，則頗便觀覽。

5　姚鳳磐：〈民間藝術競賽：樂社爭勝各獻拿手傑作 遊行鬧市絲竹互奏清音〉，《聯合
　　報》第5版，1958年11月13日。

6　邱坤良主持：《臺灣地區北管戲曲資料蒐集、整理計畫期末報告》（未出版，1991年）。

7　張永堂主編：《新竹市耆老訪談專輯》（新竹市：新竹市政府，1993年）。訪問老子弟者
　　為：訪陳傳家，頁90-96；訪林嘉輝，頁121-127；訪林丙丁，頁128-132；訪張金木，
　　頁203-209；訪吳萬桔，頁304-310；訪陳正雄等四位，頁322-324。王郭章：〈新竹市的
　　傳統民間戲曲〉，第五節「北管戲」，頁380-405。

8　謝水森：《昔日新竹傳統戲曲軼事》（新竹市：國興出版社，2009年）。

9　蘇玲瑤：《竹塹憨子弟──新竹市北管子弟的記錄》（新竹市：新竹市立文化中心，
　　1998年）。

10　蘇玲瑤：《聲震竹塹城──新竹市北管子弟團振樂軒專輯》（新竹市：新竹市立文化中
　　心，1998年）。

事記、演出年表等。近年新修的方志，設有〈藝文志〉，[11]尤其《續修新竹市志》設有「北管系統音樂與戲曲」專節，由孫致文、謝珊珊撰述，較全面地概覽並分析子弟活動。[12]

　　相關研究成果，大多以特定團體為觀察對象，如：蘇玲瑤《chi-to，場域，子弟戲～從 play 觀點看北管子弟團的演出與脈絡》，[13]對象為振樂軒；陳立台〈長和宮與北管子弟戲探討——兼論新竹北管戲曲之發展〉，[14]對象為新樂軒：蕭雅玲〈一個子弟團 新竹市北管促進會的社會文化角色〉，[15]對象為新竹市北管戲曲促進會，而黃瑞誠《竹塹北管藝術團的演藝活動與傳習保存之研究》，[16]對象則為竹塹北管藝術團；可謂當代還有活動的子弟團體，多數已被注意且著手研究，雖然取徑不同，或者是民族誌的觀點，或者是與廟宇的關係，或者是音樂社會學的文化意涵，或者著重演出及傳習，各具新意，可惜以分析現象為主，特定團體的研究也尚不足以涵蓋新竹子弟軒社的風貌。較具全面觀照意識的研究，則有楊湘玲《清季台灣竹塹地方士紳的音樂活動——以林、鄭兩大家族為中心》，[17]雖然該文關注的是士紳與音

---

11 黃旺成主修、郭輝等纂：《新竹縣志》（據1957年修，1976年排印本影印，臺北市：成文出版社，1983年），卷十一・「藝文志」，冊九，頁數3849-3850。
　　張永堂總編纂：《新竹市志》（新竹市：新竹市政府，1996年），卷七・「藝文志」，由施翠峰、施弘晉、楊兆禎撰述，冊八，頁99-102。

12 張永堂總編纂：《續修新竹市志》（新竹市：新竹市文化局，2005年），卷七・「藝文志」，由孫致文、謝珊珊撰述，下冊，頁1905-1929。又，卷八・「人物志」，由張德南撰述，與北管子弟相關者為：羅紀永和，頁2003；許金添，頁2004；王祥，頁2006；葉金海，頁2007。

13 蘇玲瑤：《chi-to，場域，子弟戲——從 play 觀點看北管子弟團的演出與脈絡》（新竹市：清華大學社會人類學研究所碩士論文，1996年）。

14 陳立台：〈長和宮與北管子弟戲探討——兼論新竹北管戲曲之發展〉，《元培學報》第7期（2000年12月），頁123-136。

15 蕭雅玲：〈一個子弟團 新竹市北管促進會的社會文化角色〉，《長庚科技學刊》第3期（2004年12月），頁127-145。

16 黃瑞誠：《竹塹北管藝術團的演藝活動與傳習保存之研究》（臺北縣：臺北大學民俗藝術研究所碩士論文，2010年）。

17 楊湘玲：《清季台灣竹塹地方士紳的音樂活動——以林、鄭兩大家族為中心》（臺北

樂活動，北管音樂只是其中一小部分，但相較於北管較普遍被關注的庶民參與，士紳階層的參與與贊助，則豐富竹塹北管的內涵；再有謝珊珊《新竹市亂彈子弟與皮黃票房之研究》，[18]同時探討近代新竹盛行的兩類業餘戲劇組織，其中涵蓋竹塹自有北管子弟活動至今諸事，並試圖釐清某些疑點。諸文的研究成果，下文論述相關課題時將再引述評論。

整體而言，竹塹北管子弟不同時期的活動，在報導或研究中都已受到關注，自一九九○年代開始，漸有相關訪談記錄，子弟活動及相關研究仍在持續進行，唯較缺少能與竹塹城區域發展共同觀照的相關論述，故筆者在前述記錄與研究的基礎上，以相關文獻為主，並做部分訪談，試圖盡量配合竹塹城市發展的脈絡，走出研究特定軒社活動的侷限，對於竹塹北管活動有較具整體性的思考：本文第一部分關於子弟軒社起源年代的討論，關注清領時期竹塹發展與子弟軒社的成立；第二部分將先概覽歷來竹塹子弟軒社，並討論其在竹塹的空間分佈及與城區發展的關聯，主要著重於日治時期；第三部分展現演出盛況，主要根據日治時期的報刊報導，分析子弟軒社的相關活動，並勾勒演出盛況、探討竹塹子弟對上棚演戲之重視；結語部分除全文小結，並概述子弟軒社現況。

二 竹塹北管子弟活動起源

（一）提出問題

據〈談竹塹之音樂及戲劇〉的記載，竹塹的子弟軒社同樂軒、榮樂軒等，始於清代咸豐初年；[19]然而，在地口碑成立年代最早、名聲最響亮的同

市：臺灣大學音樂學研究所碩士論文，2001年）。

18 謝珊珊：《新竹市亂彈子弟與皮黃票房之研究》（臺北市：中國文化大學戲劇研究所碩士論文，2003年）。

19 佚名：〈談竹塹之音樂及戲劇〉，原刊於《新竹文獻會通訊》第16號（1954年8月30日），頁20。

樂軒，軒員對其創立年代則記憶有別：（1）同治年間，乃陳福全之子陳傳家轉述，陳福全曾為同樂軒頭兄，陳傳家亦為同樂軒軒員，陳福全表示同樂軒由衙門內三班六役發起組織，有「坐著的無，站著的都有」之說，[20]當可推知除淡水廳同知、書吏等坐著的官吏之外，站著的衙役，參加同樂軒者甚眾，閒暇時同歡共樂。（2）道光二十年（1840），乃以頭手鼓聞名的陳培松所述，筆者於二〇一三年訪問時，陳培松表示同樂軒已經有一百七十多年的歷史了，其根據為曲館懸掛的二方匾額，一方為曾掛於曲館門楣的「同樂軒」（尺寸較小），一方為懸掛於館內的「盛世元音」（尺寸較大），二方上款皆為「歲次庚子年荔月／慶祝同樂軒壹佰貳拾週年紀念」，下款皆是「台北共樂軒、蘆洲樂樂樂／台北新樂社、淡水南北軒／景美義樂軒、台北忠安樂社／台北金海利、台北明光樂社／同賀」，立匾的庚子年為民國四十九年（1960），據此往回推算一百二十年，則同樂軒當成立於道光二十年（1840）。[21]

關於同樂軒成立年代的討論，謝珊珊曾對「同治年間」提出說解，其舉《新竹縣採訪冊》所載案牘祠於同治八年（1869）新建於衙署右側之史實，由此推想同樂軒起初並無固定的活動場所或成員屬性，待同治年間衙門中人紛紛加入後，才將館址遷至案牘祠，後人便以此為同樂軒活動之始。[22]由於「案牘祠」，乃是淡水廳官署行政建築配置空間之一，位於「右科房之

20 張永堂主編：《新竹市耆老訪談專輯》（新竹市：新竹市政府，1993年），頁93-95。

21 據陳培松口述，2013年10月3日，感謝鄭淞彬協助訪問。按，關於立匾緣由及時間，除了同樂軒120週年，還是同樂軒集資建造二層樓的曲館，位於勝利路154號（南門派出所斜對面，打石店左鄰），故該庚子年為民國49年。「同樂軒」匾額，因目前未在西秦王爺壽誕時做會，未懸掛門楣，照片感謝中央大學中國文學系孫致文助理教授提供，亦可見於「淡水南北軒」相簿：http://album.blog.yam.com/show.php?a=southnorthxuan&f=845896&i=28112581（2013年10月7日瀏覽）；「盛世元音」匾額可見於「同歡共樂」部落格：http://tw.myblog.yahoo.com/jw!JNvNgH2YQUVCL8PAD36MT0Zz/gallery?fid=-1&page=4（2013年10月4日瀏覽）；但 Yahoo 奇摩部落格已於2013年12月26日終止服務。

22 謝珊珊：《新竹市亂彈子弟與皮黃票房之研究》（臺北市：中國文化大學藝術研究所戲劇組碩士論文，2003年），第三章第二節「同樂軒與振樂軒」，頁58-61。

後」，[23]則同樂軒以此為曲館之際，當時參與的子弟，應當多為在官署任職之衙役，且此一組織獲得官方首肯，方能在官署內活動，故同樂軒相較於其他竹塹的子弟軒社，可謂具有「官館」性質。[24]據此除可解釋軒員何以認為同樂軒始自同治年間，且可部分補充〈談竹塹之音樂及戲劇〉所載：同樂軒創立於咸豐初年、由廳署衙門中人創立、館設案牘祠內，這幾點具有關連性，卻未必屬於同一時期的活動訊息。故暫不論同樂軒創立時間，其曲館設於案牘祠，乃淡水廳署有此建置後，則需推遲至同治八年以後；[25]至於是否由衙門中人創立，則難據此否認，亦可能原本即由衙門中人創立，只是起初在衙署之外活動，待署內設置案牘祠，方遷入以就近活動。

稍後，孫致文、謝珊珊參與撰述的《續修新竹市志》出版，在藝文志第八章「音樂、戲劇」部分，亦提到同樂軒門楣匾額一事，但對其是否果真成立於一八四〇年，則認為「仍待考察」。[26]故該文物存在的相關考釋及應用，尚乏論述。由於關乎同樂軒創建年代的「同樂軒、「盛世元音」兩方匾額，並非創軒伊始傳下的文物，而是軒慶時由臺北的八個交陪子弟團聯合贈匾，藉此追溯創立年代，二個甲子的時間罅隙，不免令人懷疑其紀年是否可

---

23 〔清〕陳朝龍、鄭鵬雲纂輯，詹雅能點校：《新竹縣采訪冊》〔清光緒21年（1896）纂成稿本（未刊），臺北市：行政院文化建設委員會、遠流出版事業公司，2006年〕，卷二「廨署」，頁83；又，卷四「祠廟」，亦有「案牘祠」條，見頁226。

24 子弟團的「官館」之稱，可見於彰化繹如齋，其創始人員為彰化縣署書吏。林美容：《彰化縣曲館與武館 I：彰化與鹿港鎮》（臺中市：晨星出版社，2012年），「北門澤如齋」，頁86。按，「澤如齋」又作「繹如齋」。

25 關於案牘祠之設置，道光13、14年間（1833-1834）鄭用錫撰述的《淡水廳志稿》未見記載，同治十年（1871）刊行的陳培桂纂輯《淡水廳志》，卷一·「廳署圖」則可見「案牘祠」。見〔清〕鄭用錫、柯培元纂輯，詹雅能、張光前點校：《淡水廳志稿》（臺北市：行政院文化建設委員會、遠流出版事業公司，2006年）；〔清〕陳培桂纂輯，詹雅能點校：《淡水廳志》（臺北市：行政院文化建設委員會、遠流出版事業公司，2006年），頁61。

26 張永堂總編纂：《續修新竹市志》下冊（新竹市：新竹市文化局，2005年），頁1914。唯文中將一八四〇年（清道光20年）誤植為「清嘉慶20年」。按，孫致文在此之前即已注意到同樂軒匾額，曾在新竹市文化局主辦的「竹塹生命之旅」系列活動（2002年）介紹，講題為「淺談新竹北管子弟活動的過去、現在與未來」。

信？是否可由同樂軒現存匾額，定其創立年代為道光二十年，並由此將竹塹
北管子弟活動年代，從已知的咸豐（1851-1861）初年再往前推十餘年，則
是本文所欲探求的。

　　由於目前竹塹的老子弟，記憶所及的軒社活動，大多止於親身經歷的年
代（日治時期及光復以後），其餘掌故傳說罕見聽聞，故清領時期的子弟活
動，所知相當有限，除了〈談竹塹之音樂及戲劇〉所載名目、同樂軒匾額提
示的創立年代，恐怕僅有《莊林續道藏》第三部「文檢」題為「同／長樂
軒」的一卷曲譜抄本，該譜收錄牌子及絃譜，註記工尺、板眼及鼓介等，乃
在文獻中確實見及同樂軒／長樂軒之名。《莊林續道藏》乃是新竹「正一嗣
壇」道長莊陳登雲（1911-1976）守傳的道教相關文獻，由於卷中匯錄的資
料年代不一，[27]無法由此釐定同樂軒／長樂軒的活動年代，但或許可從「長
樂軒」至日治時期已不存，推測該譜當是在清代中晚期即已被「正一嗣壇」
收藏；而由楊湘玲的研究可知：林汝梅（1834-1894）在新竹成立道教「正
一嗣壇」後，該壇除引用北管音樂等作為儀式伴奏，同樂軒、正一嗣壇道
士、內公館林家、城隍廟與官府之間，有著錯綜複雜的關係存在，至晚近還
有莊陳登雲等道士，曾參與同樂軒的活動。[28]

（二）可能參證

　　由於清代竹塹北管子弟的活動，缺乏直接文獻或軒社先輩圖可供參照，

27　莊陳登雲守傳、Michael Saso（蘇海涵）輯編：《莊林續道藏》（臺北市：成文出版社，
　　1975年），冊二十，頁5837-5900。按，《莊林續道藏》收錄的文獻，較早者如道光二十
　　一年（1841）吳景春抄錄之「祭花科儀」（見冊二十，頁5703），較晚者如光緒九年
　　（1883）法應壇抄錄之「什供養獻供文」（見冊二，頁402）。

28　楊湘玲：《清季台灣竹塹地方士紳的音樂活動——以林、鄭兩大家族為中心》（臺北
　　市：臺灣大學音樂學研究所碩士論文，2001年），頁100-103。按，呂錘寬編：《絃譜集
　　成》（宜蘭縣：國立傳統藝術中心籌備處，1999年），在〈絃譜概述〉提及引為參照之
　　《莊林續道藏》,「其中收錄桃園同樂軒與長樂軒的北管抄本為一輯」,則不知何故將同
　　樂軒等視為桃園子弟團，見頁25。

筆者乃試圖從地方對釋奠禮音樂的需求，及其他地方北管子弟的活動，勾勒竹塹北管子弟在道光年間可能的活動，由此證成同樂軒創立於道光二十年，確有社會需求及可能，故同樂軒先輩對於成立年代的記憶，當屬可信。

1 戲劇演出

北管音樂最為民眾熟悉者，或者是廟會遶境出陣時鑼鼓嗩吶和鳴的熱鬧喧天，或者是俗諺說的「呷肉呷三層，看戲看亂彈」，在亂彈戲福路、西皮等聲腔中，大戲隆重演出。道光年間的遶境陣頭今已不可考，而演劇活動之興盛，從鄭用錫在道光十三、十四年間纂輯的《淡水廳志稿》「風俗」可見一斑：「三月廿三日為媽祖壽誕之辰，值年屆期，鳩錢演戲，無論街村，各分籍類，競為演祝。」而普渡時則「張燈結綵，鋪設圖畫玩器，各色戲劇，互相演鬧，觀者如堵。」[29]關於北管在臺灣的流播，邱坤良認為大陸亂彈可能自乾隆四十九年（1784）鹿港開港後，就經此傳入臺灣中部，再流傳南北二路，[30]目前所知最早的北管子弟團體為彰化的梨春園，成立於嘉慶十六年（1811）；[31]而目前所見最早的亂彈戲演出記錄，據張啟豐研究，當是〈勿褻〉碑文所載嘉慶二十一年（1816）發生在臺南的關公戲〈臨江會〉事件。[32]然而，道光年間塹城節慶時頻繁的戲劇演出，果有北管子弟戲，或是亂彈戲班登場？

據張啟豐對《百年見聞肚皮集》〈貓阿棟附王阿玉〉所載鄭用錫次子鄭如梁（名德棟，1823-1886）家班「小童臺」的研究，該班始於同治三年（1864），根據恇我氏記載可知：「（一）、當時竹塹的『人戲』皆為梨園戲

---

29 〔清〕鄭用錫、柯培元纂輯，詹雅能、張光前點校：《淡水廳志稿》（臺北市：行政院文化建設委員會、遠流出版事業公司，2006年），卷十一・「風俗」，頁191-192。

30 邱坤良：〈臺灣近代亂彈戲班初探〉，《民俗曲藝》第71期（1991年5月），頁16。

31 邱坤良：〈有彰化就有梨春園〉，收入邱坤良：《現代社會的民俗曲藝》（臺北市：遠流出版事業公司，1983年），頁94。

32 見張啟豐：《清代臺灣戲曲活動與發展研究》（臺南市：成功大學中國文學系博士論文，2000年），頁211-213。按，張啟豐於〈勿褻〉碑文尚有關於「禁戲」的討論，與本文無涉，茲不贅述。

（泉音），『偶戲』掌中班則分南管、北管；（二）、福州閩班加入小童臺，於新正上元在鄭氏家廟前演出，唱唸正音官話，在此之前，竹塹未嘗有正音官音及外江戲。」其後又考證加入小童臺的福州閩班，「應為來自福州，唱唸正音官話的徽班」。[33] 由上述關於同治年間「小童臺」家班的研究成果，回頭思考道、咸年間的北管子弟活動，筆者認為有兩點值得注意：其一，同治年間以前，塹城並無唱官音的北管子弟戲或亂彈戲班演出；其二，同治年間以前，塹城的北管相關活動，應限於音樂方面，或者是偶戲的後場（應屬職業班），或者是子弟的娛樂（成立軒館）。至於小童臺是否在梨園戲、徽班劇碼之外兼習北管，或與同為鄭如梁所創，由鄭家雇用少年組成的「榮樂軒」[34] 成員重疊，則已難於考察。

2 音樂活動需求

　　集結同好共同演奏音樂，除了是工作閒暇的娛樂，也可能成為官方重要祀典禮儀的樂生，故筆者試圖開展的方向，乃是從淡水廳文廟釋奠禮時不可或缺的樂生入手，參照其他地區北管子弟團體的經驗，推測同樂軒成立初期，極有可能擔任釋奠禮的樂生。

　　淡水廳文廟於道光四年（1824）即已竣工，[35] 唯祭祀儀節乃逐步完善，道光九年（1829）雖已置辦部分錫製祭器，[36] 但遲至同治五年（1866）方才

---

33 恬我氏撰，林美容點校：《百年見聞肚皮集》（新竹市：新竹市立文化中心，1996年）。按，據林美容〈點校前言〉，關於作者生平及成書年代的推斷，恬我氏「或許同治間出生，或是更晚」，《百年見聞肚皮集》「為日治時期之作，應無疑義」。
關於「小童臺」的研究，見張啟豐：〈清代晚期臺灣文人仕紳之戲曲活動及文獻〉第二部分「文人仕紳家班──以新竹鄭家小童臺為例」，收入張啟豐：《涵融與衍異：臺灣戲曲發展的觀察論述》（臺北市：國立臺北藝術大學，2011年），頁87-106，引文見頁98-99、104。

34 見〈談竹塹之音樂及戲劇〉，原刊於《新竹文獻會通訊》第16號（1954年8月30日），頁20表。

35 據〔清〕陳培桂纂輯，詹雅能點校：《淡水廳志》（臺北市：行政院文化建設委員會、遠流出版事業公司，2006年），卷五．「志四 學校志．學宮」，頁206-207。

36 〔清〕陳朝龍、鄭鵬雲纂輯，詹雅能點校：《新竹縣采訪冊》，卷四「祠廟」引《淡水

添置銅製祭器，並購入樂器及襉衫、訓練樂生及舞生。[37] 在清代，釋奠禮屬於象徵政治權力的祀典，而崇敬孔子更屬儒家士子的信仰，[38] 淡水廳在同治五年以前，禮器、樂器不足，將如何舉行釋奠禮？楊湘玲提出「可能曾經以民間音樂代替雅樂來進行祭祀儀式」，[39] 而筆者則大膽推測，同治五年以前，多由衙役組成、具有「官館」性質的同樂軒，極可能在官方尚未購置祭孔樂器、教導樂生之際，擔任釋奠禮的司樂，此乃以官方典禮的音樂需求，逆推民間音樂團體的存在可能。

臺灣各地，至今口碑中都還能得知某些北管子弟團或子弟個人，曾擔任釋奠禮的樂生：彰化孔廟，自清代至近年孔廟整修前（1978），東樂由具官館性質的「繹如齋」負責，西樂由較早成立的「梨春園」負責；[40] 臺北孔廟，一九七〇年以前的樂生，先是艋舺「雅頌閣」（約1860-1933），繼而是「集音閣」（約1932-1994），成員王宋來一九五〇至一九七〇年還擔任樂長；[41] 新竹孔廟的樂生，在臺灣光復初期，由一九二八年成立的「漢樂研究會」（或稱「文學研究會」）擔任，其中有北管子弟個別加入，如胡桂林是振樂軒成員，黃克鐘是同樂軒成員，張榕汀曾參加新樂軒。[42] 以上的討論，說

廳志》後附註，頁212。按，雖然《新竹縣採訪冊》纂成時間晚於同治年間刊行的《淡水廳志》，然而其據實存祭器款識所之補述，頗能說明實情。

37 據〔清〕陳培桂纂輯，詹雅能點校：《淡水廳志》（臺北市：行政院文化建設委員會、遠流出版事業公司，2006年），卷五・「志四 學校志・樂器」附註，頁218。

38 關於孔廟祀典及相關政治、文化的討論，詳見黃進興：《優入聖域：權力、信仰與正當性》（臺北市：允晨文化實業公司，1994年），第貳部分「皇帝、儒生與孔廟」。

39 楊湘玲：《清季台灣竹塹地方士紳的音樂活動——以林、鄭兩大家族為中心》，第四章第二節「儒教系統的祭典」，與民間音樂參與祭典相關的討論，見頁88-93。

40 林美容：《彰化縣曲館與武館 I：彰化與鹿港鎮》，「北門澤如齋」，頁86。按，「澤如齋」又作「繹如齋」。葉阿木、陳助麟、林曉英：〈彰化「梨春園」記事——阿木師與身長先的記憶故事〉，收入李子聯等：《彰化縣口述歷史・戲曲專題》（彰化縣：彰化縣文化局，1999年），頁20-21。按，開始時間乃據陳助麟（1933-2011）印象所及推算。

41 呂鍾寬：《北管藝師生命史：葉美景・王宋來・林水金》（宜蘭縣：國立傳統藝術中心，2005年），頁114-116。

42 詳楊湘玲：《清季台灣竹塹地方士紳的音樂活動——以林、鄭兩大家族為中心》，第四章第二節「儒教系統的祭典」，與文樂研究會相關的討論，見頁88-89。筆者二〇一三

明北管子弟成為釋奠禮樂生之間的關連性，及北管子弟團確曾擔綱孔廟固定釋奠禮樂生；當文獻及口碑無法確指同樂軒成立於道光二十年，從淡水廳文廟初期的釋奠禮音樂需求來考察，或可作為其創立時間之佐證。

3 北管在臺灣的傳播序列

乾隆四十九年（1784）鹿港開港之後，北管由臺灣中部向南北傳播，其後各地子弟軒社紛紛成立，若從彰化往北，目前所知重要城市最早之子弟軒社，如：彰化梨春園－創立於嘉慶十六年（1811），新竹同樂軒－創立於道光二十年（1840），臺北艋舺新義軒－創立於咸豐年間（1851-1861），[43]宜蘭總蘭社－創立於道光二十五年（1845），[44]則同樂軒創立於道光二十年，就傳播發展序列而言，亦屬合理。由於子弟團屬於民間的娛樂組織，成員即使以身為該團子弟為榮，對於過往的歷史也未必熟稔，許多子弟團的成立年代往往難以確考，即使能夠依據現存牌匾推算創立時間，也未必能覓得佐證之線索。彰化梨春園的「樂徵韶式」匾，記載「梨春園於嘉慶辛未歲創立」，若與彰化俗諺「有彰化就有梨春園」並觀，經范揚坤查考，其內涵可能指「有彰化城就有梨春園」，與嘉慶十六年彰化開始修築磚石城取代舊有的莿竹城圍，正好同年，此後梨春園的歷史生活經驗，或如口語所稱「南門梨春園」，遂與磚城南門地標密不可分。[45]而新竹同樂軒的「同樂軒」及「盛世元音」兩方匾額，記載「慶祝同樂軒壹佰貳拾週年紀念」，雖可由此

年九月二十六日訪問者老謝水森先生時，問及北管子弟參與祭孔音樂伴奏之事，謝云確有某些後場吹嗩吶或笙的好手參與，這些樂生臨時組成，許多住在謝家（新民里）附近。又，民間音樂團體參與祭孔音樂演奏，又涉及十三音等相關問題，非本文討論範圍。

43 據陳藍谷等：《台北市北管藝術發展史‧論述篇》（臺北市：台北市文化局，2002年），頁57。

44 江韶瑩：《北管文物風華：宜蘭總蘭社捐贈文物修復特展專輯圖錄》（宜蘭縣：國立傳統藝術中心，2003年），頁4。

45 范揚坤：〈梨春園北管歷史形象素描〉，收入范揚坤製作：《梨花院落 子弟絃歌──彰化梨春園歷史錄音》（臺中市：行政院文化建設委員會文化資產總管理處籌備處，2011年），頁4-5。

推算成立於道光二十年，可惜並未覓得相關參證，故上文乃從可能的發展脈絡論其當非誇言，即使口語亦稱「南門同樂軒」，但就同樂軒歷來曲館所在地觀察，此一說法恐怕得推遲至日治時期（詳下文），故竹塹磚石城於道光七年（1827）興工，[46]恐怕無法對同樂軒成立年代提供佐證，至多是從官民捐貲修築磚石城，相當程度反映人口聚居及經濟發展的社會背景。

三　軒社概覽及空間分佈

（一）軒社概覽

　　竹塹歷來的北管子弟軒社，以〈談竹塹之音樂及戲劇〉為基礎，[47]並以《竹塹憨子弟》補充日治後期以降的變化，[48]製表如下：

清領時期	日治時期	光復之後
同樂軒	同樂軒→同樂軒一組 同樂軒二組 同樂軒三組	同樂軒一組 同樂軒二組 同樂軒三組→三樂軒
榮樂軒	──	──
長樂軒	──	──
永樂軒	──	──
新樂軒？	新樂軒	新樂軒
──	同文軒	同文軒
──	集樂社	集樂社

46　〔清〕陳培桂纂輯，詹雅能點校：《淡水廳志》（臺北市：行政院文化建設委員會、遠流出版事業公司，2006年），卷三・「志二　建置志・城池」，頁125。

47　佚名：〈談竹塹之音樂及戲劇〉，原刊於《新竹文獻會通訊》第16號（1954年8月30日），頁20。

48　見蘇玲瑤：《竹塹憨子弟──新竹市北管子弟的紀錄》（新竹市：新竹市立文化中心，1998年），頁15、75-79。按，以下各軒歷史出自該書者，不另加註。

清領時期	日治時期	光復之後
——	和樂軒	和樂軒→和樂軒 和安義軒
振樂軒？	振樂軒	振樂軒
——	——	長樂軒
——	——	眾樂軒

關於各軒的起源時間，尚有幾點需說明：（1）「新樂軒」的創立時間，據〈談竹塹之音樂及戲劇〉為承榮樂軒之後，於「光緒末期」創立；唯新樂軒與鄭如棟創立的榮樂軒之關係，雖然謝水森曾經推測新樂軒創辦人蕭清乞與創立榮樂軒的鄭家有姻親關係，甚有可能因此接手，[49]但軒內之人並不清楚這段歷史，只表示前輩傳下來的創立時間為咸豐七年（1857）；[50]但相關資料卻未盡能支撐此一說法，如「建軒滿四十週年紀念／戊子年端午節攝影」照片，上方還有「慶祝正副總統就職大典」字樣，是著新製上海戲服於長和宮前演出，[51]戊子年為一九四八年，由此推算而得的成立時間為光緒三十四年（1908），已屬日治時期。（2）「振樂軒」的創立時間，雖然〈談竹塹之音樂及戲劇〉註記「日據年間」，但軒內的說法為咸豐八年（1858），[52]亦難以考證。新樂軒、振樂軒不同成立時間的傳說，目前沒有文物、文獻可資推斷，然而，若不論軒社之間的承繼或改組，乃至活動內容的自娛或公開，而將之視為竹塹在咸豐年間已有不只一個子弟團存在，應當是較為接近事實的。

---

49 謝水森：《昔日新竹傳統戲曲軼事》（新竹市：國興出版社，2009年），頁152、169。

50 據新樂軒現任軒長楊金土口述，2013年9月19日。

51 照片為新樂軒軒員謝水木提供，見潘國正：《一生懸命·竹塹耆老講古》（新竹市：新竹市立文化中心，1995年），頁99；謝水森：《昔日新竹傳統戲曲軼事》（新竹市：國興出版社，2009年），頁159。

52 蘇玲瑤：《竹塹憨子弟——新竹市北管子弟的紀錄》（新竹市：新竹市立文化中心，1998年），頁17。

1 軒社名稱

分析軒社名稱，可見以下情形：（1）軒／社之異：除「集樂社」外，其餘皆為「○○軒」，雖然集樂社名「社」的原因不詳，但其師承、派別、學習內容，與各軒並無明顯不同，[53]其早期軒員許多來自新樂軒，先生也有來自新樂軒者，甚至演出時新樂軒還支援後場，彼此關係友好。故竹塹的子弟團，可謂皆屬「軒」的系統，兼學福路、西皮，皆奉西秦王爺為戲神，僅振樂軒後來又增奉田都元帥。[54]（2）軒社命名：竹塹北管子弟軒社名稱最特別者為，除了同文軒、和安義軒外，軒名中間皆嵌入「樂」字，不獨清領時期創立的軒社如此，光復之後新出的軒社亦不例外。而同文軒、和安義軒的命名，呈現的是與母軒的內在聯繫，因同文軒早期軒員是由同樂軒分出，故以同文軒之「同」，表示與同樂軒的關係；「和安義軒」則是據和樂軒之「和」，還有軒內和安社、和義社兩個王爺會而命名，唯該軒活動時間甚短。（3）軒名的其他關連：三樂軒之「三」，乃因其原為同樂軒三組，故名；眾樂軒之「眾」，乃是因為該軒由南壇大眾廟的委員籌組，故嵌入廟名的「眾」字，但因排練聲音影響鄰居，遂不了了之，不過，竹塹各軒社名稱中，此是唯一與廟宇相關者。

2 軒社師承

分析軒社的師承，可見竹塹子弟團之間曾有共同師承或彼此扶持，並由

---

53 如臺北市的北管子弟團體，名「軒」或「社」，確實可見學習內容的差異，「軒」多為歷史悠久的子弟團，「社」則多先學其他樂種，後來才轉學北管；而歷史悠久的「靈安樂社」名「社」，則是因為先生來自基隆、宜蘭一帶，單學北管舊路系統的「社」。據陳藍谷等：《台北市北管藝術發展史・論述篇》（臺北市：臺北市文化局，2002年），頁40-41。

54 振樂軒原本奉西琴王爺為戲神，後來到花蓮演出時，因對方戲神為田都元帥，為免彼此不同，才又增奉田都元帥。鄭淞彬口述，二○一三年九月三十日。按，增奉的時間，可能在一九六三至一九六五年間，某年振樂軒至花蓮演出，頗為轟動，據蘇玲瑤：《聲震竹塹城——新竹市北管子弟振樂軒專輯》（新竹市：新竹市立文化中心，1998年），頁44-49。

此可見部分子弟團較具影響力,在竹塹北管子弟軒社中,確實也是歷時較長者:(1)**同樂軒**:軒員黃英因同樂軒人數太多,遂帶人另行分出成立同文軒,平時由黃英負責教唱曲,另聘請亂彈戲班慶桂春的演員來教戲,[55]同樂軒則大力支持。[56](2)**新樂軒**:新樂軒出身的大花良仔、林嘉澤都曾任集樂社的先生,而新樂軒創軒的蕭清乞、柳應科,則在排戲時前往指導,有些新樂軒軒員則因同業而參與集樂社;和樂軒成立之後,若遇人手不足,則由新樂軒支援,如一九五〇、六〇年代,新樂軒軒員謝旺曾支援和樂軒後場。[57]後起的長樂軒,除聘請慶桂春等亂彈演員擔任腳步先生外,創辦人劉春樂(俗稱樂先)[58]是出身新樂軒的嗩吶好手,而新樂軒的子弟先生蕭清乞、柳應科,也曾指導長樂軒。[59](3)**振樂軒**:振樂軒的子弟先生葉金海,擅長前場及打鼓,曾指導過和樂軒;[60]後來眾樂軒成立,振樂軒的李傳壽及曾健雄曾指導過後場。[61]於是,竹塹北管軒社師承之間的關係,就目前所知,圖示如下:

---

55 張永堂主編:《新竹市耆老訪談專輯》(新竹市:新竹市政府民政局,1993年),頁397-398。

56 謝水森:《昔日新竹傳統戲曲軼事》(新竹市:國興出版社,2009年),頁151。

57 謝水森:《昔日新竹傳統戲曲軼事》(新竹市:國興出版社,2009年),頁162。

58 樂先的全名為謝水森提供,2013年10月29日。

59 張永堂主編:《新竹市耆老訪談專輯》(新竹市:新竹市政府民政局,1993年),頁322。

60 蘇玲瑤:《竹塹憨子弟──新竹市北管子弟的記錄》(新竹市:新竹市立文化中心,1998年),頁43-45。

61 蘇玲瑤:《竹塹憨子弟──新竹市北管子弟的記錄》(新竹市:新竹市立文化中心,1998年),頁79。

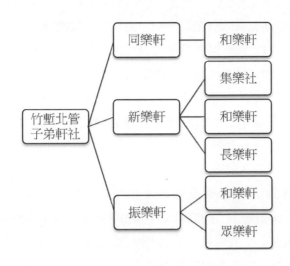

　　由此可見，竹塹較具歷史或規模的軒社，與後起軒社之間，不僅有所淵源，更支援部分教學及排練，軒社之間因此而有些互動，甚至和樂軒的師承，既有新樂軒，亦有振樂軒。尤為特別者，子弟教館，通常教習唱曲及奏樂，但塹城子弟，如蕭清乞，還能擔任「腳步先生」，指導前場演員身段。而竹塹的北管，其傳習範圍甚至到新竹縣，最具代表性者為新樂軒的柳應科，因赴各地經商販布，曾在竹北、新豐、寶山等地的子弟館，擔任子弟先生；[62]而振樂軒則赴竹南教學，遂有竹南振樂軒。

3 軒社職業傾向

　　分析各軒的別稱，則其組織方式在日治時期，具有明顯的同業傾向。邱坤良曾提出北管組織的三種組合方式：地緣性、血緣性、同業性，[63]而竹塹

62　孫致文整理新竹縣北管子弟團師承關係，其中一系為「新竹市新樂軒柳應科一系」，傳予竹北竹樂軒（原名竹樂社）、竹北毅樂軒（原名竹北新樂軒）、新豐文樂軒、新豐昭樂軒、新豐和樂軒、寶山禮樂軒→寶山福樂軒。見洪惟助、孫致文等：《新竹縣傳統音樂與戲曲探訪錄》（桃園市：中央大學中文系戲曲研究室，2003年），頁16。

63　邱坤良：《臺灣地區北管戲曲資料蒐集、整理計畫期末報告》（未出版，1991年），頁169-170。

的「五軒一社」，則職業傾向頗為鮮明，尤其是「集樂社」，日治時期報紙曾稱「巧聖團」，[64]第一代軒員多由細木匠組成，同時祭拜西秦王爺及巧聖先師（魯班），近似同業公會，負責軒內事務的查某師（許金添）、永和師（羅紀永和），都是著名的巧木匠，集樂社彩牌、鼓架等之精美，至今猶為竹塹子弟津津樂道，可惜早已不知去向；[65]再如「新樂軒」，因為北門一帶的商家鼎力支持及多有商人參與，遂有「紳士軒」之稱；「振樂軒」則在土木建築工人黃華擔任負責人時，大量招集同業之愛好者參加，故被稱為「土木軒」；[66]「和樂軒」的初始成員多為後圳溝（今中山路40巷）染坊的染布匠，遂被稱為「染布軒」；「同文軒」則因為帶頭的黃英是鐵路局員工，邀集局內同好，故被稱為「鐵路軒」；[67]而歷史悠久的「同樂軒」，早年由衙門衙役組成，日治時期，則多由粗工雜役組成，別稱頗為不雅─「流氓軒」。[68]

就竹塹北管子弟活動概況而言，由於同屬軒派，故軒社之間好強爭勝固然有之，但像宜蘭福路、西皮械鬥，或中部「軒園咬」之類，不同派別激烈爭鬥的情形，在竹塹不曾發生。而日治時期的「五軒一社」雖然都有熱鬧的迎神、拚臺經驗，但從軒社存在長短、活動概況、影響傳播等而言，最具代表性的，在日治時期，是同樂軒、新樂軒，下文討論空間分佈，還將論析，此處先舉一九二八年「御大典」的演出為例，第一天由同樂軒、同文軒、振樂軒共同演出，第二天則由新樂軒、集樂社、和樂軒聯合演出，[69]此種連袂

---

64 〈新竹・公賞子弟〉，《臺灣日日新報》第4版（1926年8月27日）。

65 按，羅紀永和、許金添，在《續修新竹市志》，卷八・「人物志」均有小傳，見下冊，頁2003-2004。

66 邱坤良：《臺灣地區北管戲曲資料蒐集、整理計畫期末報告》（未出版，1991年），頁16。

67 同文軒軒員的職業組成，後來有道士錢枝彩、陳丁旺等參加，豐富後場人才，據謝水森口述，二〇一三年十月二十九日；一九六〇年代初期，同文軒軒員有不少是在城隍廟旁做小吃生意，曾在廟內彌勒殿前活動，據孫正雄口述，二〇一三年九月二十六日。

68 邱坤良：《臺灣地區北管戲曲資料蒐集、整理計畫期末報告》（未出版，1991年），頁16。按，新竹文史工作者黃忠勤補充，被稱為「流氓軒」者，僅同樂軒二組，2013年11月9日。

69 〈新竹・子弟奉祝〉，《臺灣日日新報》第8版，1928年11月15日。

登場恐怕並不多見,但由此不僅可見同樂軒、新樂軒的領袖地位,也可見各軒之間因為師承、成員等,而產生的友軒關係。而光復之後,至一九七〇年代,諸軒鑼鼓漸歇,成員散去,演出活動屈指可數,倒是原本不太具領袖作用的振樂軒,在一九九三年登記為「新竹市振樂軒北管協進會」,並於該年文藝季舉行復演,由此帶動竹塹子弟活動復振的風潮,新樂軒後亦復振演出,[70]至今「竹塹北管藝術團」還能演出子弟戲,振樂軒子弟當年的推動與持續參與,當是關鍵之一。

(二) 曲館在竹塹的空間分佈

清領時期竹塹子弟軒社的空間分布,據〈談竹塹之音樂及戲劇〉,[71]僅能如此描繪:「同樂軒」由淡水廳署衙門中人成立,設在城中廳署內的案牘祠;「榮樂軒」由鄭用錫次子鄭如棟(1823-1886)創立,由鄭家雇用的少年組成,故其活動地區應在北門外鄭家一帶;「長樂軒」僅知由商界人士組成,設於東門;「永樂軒」則僅存其名,其餘不詳;故此時各軒活動地點,在城區或城門外,但分散於不同區域。本節討論子弟軒社的空間分佈,乃以日治時期的五軒一社為主,兼及光復前後分出或成立的新軒,此際活動熱絡,亦多有文獻及口碑。日治時期,報紙對各軒社的活動區域,曾有如下描述:「同樂軒子弟劇……正在東嶽廟內練習」(1911)、[72]「客雅振樂軒」(1922)、[73]「北門新樂軒、南門同樂軒兩子弟團」(1926)、[74]「東門集樂社子弟團」(1926)、[75]「西門和樂軒之子弟班」(1924)。[76]值得關注的是:這

---

70 蘇玲瑤:《聲震竹塹城——竹塹北管子弟的記錄》,頁159-166。

71 佚名:〈談竹塹之音樂及戲劇〉,原刊於《新竹文獻會通訊》第16號(1954年8月30日),頁20。

72 〈演子弟劇〉,《臺灣日日新報》第4001號第3版(1911年7月14日)。

73 〈子弟開演〉,《臺南新報》第7275號第5版(1922年6月5日)。

74 〈公賞子弟〉,《臺灣日日新報》第9453號第4版(1926年8月27日)。

75 〈開演子弟戲〉,《臺南新報》第8819號第6版(1926年8月27日)。

76 〈子弟班來演〉,《臺南新報》第7966號第5版(1924年4月26日)。

些稱呼方式，可能呈現的意涵為何？子弟軒社分佈的區域，與竹塹都市發展，是否互相呼應？以下先分別梳理各軒曲館的所在地，再展開進一步的討論。（按：附錄一為新竹市區圖，已標示城區、部分建築位置）

1 曲館館址

　　首先考察「同樂軒」幾經變遷的館址：[77]據本文第一部分的討論，可知同治八年（1869）以後，應在案牘祠；乙未（1895）割臺之後，據報載，至遲一九一一年，已改至東門的東嶽廟（俗稱地藏庵，今東寧宮）[78]練習；而一九二六年以前，則改至南門一帶，故報載「南門同樂軒」，據子弟所言，在安南宮（俗稱趙大人廟）[79]附近；至同樂軒因為人數過多而在一九三七年七七事變前分組，一組、二組仍在安南宮附近，三組則在南門外的竹蓮寺附近；而一組於民國四十八年（1960）由子弟集資購地起建曲館，[80]位於勝利路一五四號（南門派出所斜對面），仍在一向活動的區域。故「南門同樂軒」之稱，雖與城門相關，實際上，僅能指明地域，與竹塹城門及歷史並無關連，當同樂軒一九二六年至安南宮附近活動時，因日治時期實施的新竹街市街改正計畫，南門歌薰門及城垣早已拆除；[81]再者，同樂軒的曲館多次遷徙，則由東門轉至南門一帶，並稱「南門同樂軒」，已至日治中期，就同樂軒的發展歷程而言，亦是較晚近之事。

---

77 本段所示各軒社曲館所在依據的文獻等，將於註腳逐一註出，正文分析時則佐以相關說明；又，蘇玲瑤：《竹塹憨子弟——新竹市北管子弟的記錄》，曾據《新竹市耆老訪談專輯》，製作「新竹市北管子弟團址及其變遷一覽表」，方便閱覽，見頁128-129。

78 按，今稱東寧宮，廟址乃是光復後遷建至此；原址在東門派出所後方。

79 按，安南宮原廟地，因新建西門地下道，遂移至現址。據陳培松口述，2013年10月3日；鄭淞彬口述，2013年9月30日，

80 由子弟二十人，每人出資五百元，陳培松口述，2013年10月3日。

81 張永堂總編纂：《新竹市志》（新竹市：新竹市政府，1996年），卷一·「土地志」，冊一，頁301-305。按，本文所引〈土地志〉出自第四篇「市街（城池）」，由李正萍撰稿，該篇乃在李正萍：《從竹塹到新竹：一個行政、軍事、商業中心的空間發展》（臺北市：臺灣師範大學地理研究所碩士論文，1991年）基礎上寫成，故不引述其碩士論文。

「新樂軒」的館址，雖也幾經變遷，據《新竹市耆老訪談專輯》，曾在江山街前布埔聖媽廟、創辦人柳應科宅（中央戲院一帶）、創辦人蕭清乞宅（長安街及北大路交叉口）、江山街邢大人宮、長和宮，雖在各處活動的年代不詳，但始終在北門一帶；據耆老謝水森回憶，光復後方改至長和宮活動；[82]但在長和宮數年，子弟鄭淞彬表示又遷至他處，以後車路、江山街一帶為據點，但王爺則祀奉在軒員范建立處（今仁德街停車場）。[83]故「北門新樂軒」之稱，不僅始終與清末蕭清乞、柳應科創建的新樂軒館址緊密相關，更標示著支持新樂軒的「暗股」，多屬北門街一帶的商家，[84]在清領時期，北門街就是「城內通往舊港與城廟腹地的必經之路」，[85]因舊港與大陸的貿易通商而繁盛熱鬧，街北端北門外的長和宮，原是官建的廟宇，後由北門紳商祭祀整修，[86]不僅曾是塹郊金長和的議事之地，而廟埕則是貨物裝卸的集散之地，熙來攘往；至日治時期，舊港雖於一九三二年廢港，但舊港線輕便鐵路於長和宮旁設站，由此串起的交通網絡，使得商業活動依舊川流不息，迨日治晚期，東門一帶，自一九〇九年興建新竹街消費市場（今東門市場）以來，逐漸匯聚各種商店，蓬勃發展之際遂有凌駕北門之勢。[87]

「振樂軒」自創軒伊始，即與「客雅」一地密切相關，客雅不在城區，

---

82 謝水森口述，2013年9月26日。

83 鄭淞彬口述，2013年9月30日。

84 新樂軒過去有「廿四董」之說，諸如劉禮樂、吳火獅、曾瀛槐等，耆老多有述及，但已無法全部記憶，見張永堂主編：《新竹市耆老訪談專輯》（新竹市：新竹市政府，1993年），頁125；謝水森：《昔日新竹傳統戲曲軼事》（新竹市：國興出版社，2009年），頁158。

85 據張永堂總編纂：《新竹市志》（新竹市：新竹市政府，1996年），卷一‧「土地志‧市街（城池）」，冊一，頁292。

86 據〔清〕陳培桂纂輯，詹雅能點校：《淡水廳志》（臺北市：行政院文化建設委員會、遠流出版事業公司，2006年），卷六‧「志五 典禮志‧祠祀」：「乾隆七年（1742），同知莊年、守備陳士挺建。嘉慶二十四年（1819），郊戶同修。」見頁238，西元紀年為筆者夾註。

87 張永堂總編纂：《新竹市志》（新竹市：新竹市政府，1996年），卷一‧「土地志」，冊一，頁314-315。

其街莊位置在「西門外」之西側。[88]據子弟林丙丁回憶，是客雅莊莊厝、張厝、詹厝、王厝等親友組成，曲館雖經搬遷，都在這一帶：或是中山路、保民巷交叉口（葉厝對面），或是北極殿（俗稱上帝公廟），而後來與人合購土地，集資自建的曲館於一九六〇年落成，在北極殿後方的中山路三八七巷三二弄四號；[89]故振樂軒的曲館，在近年因為土地產權而移至棒球場二樓之前，都是在客雅，甚至可說是在北極殿這一角，[90]報載「客雅振樂軒」，確實頗能代表其活動區域；偶聞「西門振樂軒」，雖能標示其在新竹市西部區域，但實際館址並不在西門一帶。

日治時期的「五軒一社」，除了上述三者，還有活動時期較短的同文軒、和樂軒、集樂社。「同文軒」的館址屢經變遷，或者在南門外的巡司埔、竹蓮寺一帶，或者在北門附近的屎溝巷、或者在今新竹女中對面；[91]「和樂軒」也是：曾在北門街附近的後圳巷、西門街舊省立醫院對面、西門市場對面，[92]館址或者是租屋，或是是頭人自宅，空間分散於城區內外諸地，故口碑並無特定區域帶軒名的相關稱呼。「集樂社」的館址曾在北門的後車路、東門的暗街，[93]或者許金添（綽號查某師）的金山木器行；[94]雖然報載「東門集樂社」、「西門和樂軒」，但在兩軒社東門或西門一帶活動的時間可能不長，故並無口碑流傳。而約一九四七年成立的「長樂軒」，館址則始終在東勢龍台宮，東勢離城區頗遠，近今北新竹火車站。

---

88 據「新竹市街圖（1931年）」，出自《臺灣地理風俗大系》（1931），《新竹市志》卷一·「土地志」轉引，冊一，頁311。

89 據張永堂主編：《新竹市耆老訪談專輯》（新竹市：新竹市政府，1993年），頁128、393。曲館土地產權據振樂軒子弟鄭淞彬口述，2013年9月30日。

90 北極殿廟方人員表示：振樂軒的活動地區都在這一角，早些年老子弟還在時，不時會到廟裡來，2013年10月3日。

91 據張永堂主編：《新竹市耆老訪談專輯》（新竹市：新竹市政府，1993年），頁397-398。

92 據張永堂主編：《新竹市耆老訪談專輯》（新竹市：新竹市政府，1993年），頁396。

93 據張永堂主編：《新竹市耆老訪談專輯》（新竹市：新竹市政府，1993年），頁400。

94 鄭淞彬口述，2013年9月30日。

2 空間分佈

分析各軒社曲館所在，有兩個明顯的現象：其一，各軒社曲館館址儘管迭有變遷，或者與寺廟關係密切，或者在頭人自宅／店面，或者自建曲館，空間則集中於城區；其二，東區除了口碑所傳清咸豐年間創始，位於東門的「長樂軒」，日治時期並無子弟團，直至光復之後，一九四七年方有另一同名「長樂軒」的子弟團在東勢成立。

由以上現象，引人思考的問題之一，乃在除了城區，竹塹其他地區果真沒有子弟團？竹塹的開發，早在同治年間，淡水廳署的廳城外，四面多有村莊，[95]早有居民聚落，若參照《彰化媽祖信仰圈內的曲館》調查結果，可知曲館固然涵蓋北管、南管等不同樂種，但曲館與村莊關係密切，林美容分析曲館名稱，可見冠以村名或嵌入村名等；[96]僅就竹塹的北管曲館而言，雖早已發展出村莊，但歷來調查結果，以日治時期為例，集中在城區的「五軒一社」，其他均未見及。推測現象可能的原因，或者是竹塹其他地區的曲館，乃是村民自娛，並無特定館名，又早已解散，故近年調查時一無所獲；或者竹塹一地對於北管子弟活動的期待，不僅止於一般曲館例行的音樂練習、廟會出陣（詳下文），故這類村莊曲館，並不在他們的關注範圍之內，故受訪時也未曾提及。

問題之二，乃在子弟團即使集中於城區，實際上也非平均分散於東西南北四門及其周邊區域，而是東面較少子弟團活動，且南門、北門子弟團的活動力又特別旺盛，何以如此？先說東門一帶在竹塹發展的特殊性，清領時期，東門內有佔地甚廣的北路右營遊擊署（這一帶俗稱武營頭）、文廟及學宮，[97]而東門外則有社稷、山川、先農壇、五穀廟及大片耕耤田，[98]整體而

---

95 據〔清〕陳培桂纂輯，詹雅能點校：《淡水廳志》（臺北市：行政院文化建設委員會、遠流出版事業公司，2006年），卷三‧「志二 建置志‧街里」：「城外東廂二十五莊……城外西廂一十莊……」，見頁138-140。

96 林美容：《彰化媽祖信仰圈內的曲館》（南投市：臺灣省文獻委員會，1997年），曲館與村莊等的關係，見頁360-362。

97 孔廟今在中山公園內，乃是1958年遷建至此。

98 據〔清〕陳培桂纂輯，詹雅能點校：《淡水廳志》（臺北市：行政院文化建設委員會、

言，公共空間幅員廣大，加以東南一帶為丘陵地，「東接內山生番界」，雖然離城尚約二十里，[99]但相較於其他地區，東區則明顯接近原住民活動區域，較感威脅。而在日治初期，佔領竹塹地區時，遭到姜紹祖等在十八尖山一帶的抵抗，遂在塹城佈署軍事力量，主要在武營頭、文廟等地；而之後市區改正計畫及市街發展，主要朝向東方土城外的農地，如一九一九年，在東門外興築新竹州州廳舍、州廳宿舍，並開闢連接廳舍至火車站的道路（今中正路），遂與鄰近的高等小學校、長官宿舍，及陸續集中的行政機關連成一片，東門內、外的新興區域，遂成為日本人聚居之地，[100]故罕見漢人傳統的生活習俗及娛樂組織。

而竹塹從清代到日治中期的發展，即使在城區，也並非東西南北四門區域的所有土地，皆已利用且平均發展，而是明顯南北軸向建築密地較高，分析1895年〈新竹附近之戰鬥圖〉、1899年〈竹塹城土地利用圖〉、1904年《臺灣堡圖・新竹三號》、1913年〈新竹街市區改正計畫〉、1925年《臺灣軍部圖・新竹》諸圖，[101]明顯可見清末的城區，仍有部分農地，而西門，主要是佔地甚廣的林家潛園；至日治前期，北門地區不僅對外貿易依舊熱絡，街上的百貨行等商家，則使日夜皆見人潮往來，而南門地區，除了南門市場聚集交易人潮外，在關帝廟旁至鐵路的南門街一帶，早上還有農民在路邊擺設臨時攤位，亦見熱鬧；[102]而城外，在一九二四至一九三〇年代，除了東門外的新開發區，「北門外則持續向北連接崙子庄落、西北向連接水田庄開發建設，西門外的客雅庄則急速成長。」[103]故在日治中期，竹塹漢人主要聚

遠流出版事業公司，2006年），卷一・「廳志圖」，頁58-59；《新竹市志》卷一・「土地志」，冊一，頁286。

99 據〔清〕陳培桂纂輯，詹雅能點校：《淡水廳志》（臺北市：行政院文化建設委員會、遠流出版事業公司，2006年），卷三・「志二 建置志・街里」，頁138-139。

100 據《新竹市志》，卷一・「土地志・市街（城池）」，冊一，頁297-318、321-322。

101 諸圖原始出處不逐一出註，可見於賴志彰、魏德文、高傳棋：《竹塹古地圖調查研究》（新竹市：新竹市政府，2003年），頁153、155、158、162。

102 據謝水森口述，2013年10月29日。

103 賴志彰、魏德文、高傳棋：《竹塹古地圖調查研究》（新竹市：新竹市政府，2003

居地，除了原本城區的北門、南門一帶，則是新興的西門外客雅，而這幾
處，確實也是子弟軒社活動熱絡之所。

　　日治時期竹塹的五軒一社，除了位於客雅的振樂軒，其他大抵上都在城
區活動，然而平時各自在曲館練習，迎神明時眾軒畢至，還不容易覺察其區
域差異，但最引人注目者，莫過於元宵節的拚花燈活動，明顯可見南門同樂
軒、北門新樂軒出盡風頭，而北門與南門，不僅是新樂軒與同樂軒曲館的所
在地，兩軒更帶動區域的節慶活動，雖然當時不見報導，卻是耆老們津津樂
道的年度盛事，更是竹塹在傳統元宵賞燈之外，頗具地區特色者。雖然新竹
分四門輪流迎燈，且延續月餘，早在一九二七年即見諸報導，[104]迎燈之
際，亦有藝閣、陣頭助興，但並未標舉子弟團，耆老們印象深刻的拚花燈，
則是後起之事，耆老謝水森回憶活動緣起，[105]乃是城隍廟管理委員會提議
自一九三二年起，在每年元宵節之際，分東西南北四區，競賽迎花燈，原本
的四區競賽，因為東區日本人較多，後西區又與南區合併，遂成為南北兩區
競賽；而燈火熒熒的花燈不夠熱鬧，還需鑼鼓、藝閣助陣，甚至雙方叫陣，
互以順口溜嘲弄對方，總要延續一段時間方才停止；北區的領導者乃以新樂
軒為主，在北門街商家的挹注下，藝閣表演還從臺北請來藝旦，而南區則以
同樂軒為首，雖然財力不比新樂軒，但總是想盡辦法出奇制勝，因為兩軒互
不相讓，才帶動北區與南區在元宵節後的一段熱鬧時光，年年拚花燈，直到
七七事變後方才消歇。而這樣南北爭鋒的局勢，至光復之後依舊可見，雖然

　　年），頁161。按，水田莊為淡水廳城「附郭」，據〔清〕陳培桂纂輯，詹雅能點校：
　　《淡水廳志》（臺北市：行政院文化建設委員會、遠流出版事業公司，2006年），頁
　　139；客雅莊人口在一九二四至一九三〇年代急速增加之數據，可見《竹塹古地圖調
　　查研究》，表3「竹塹地域內之傳統自然村聚落質量化資料分析一覽表」，頁123。

104　該年有數則迎花燈的報導，僅舉一則為例：〈籌備花燈〉，《臺南新報》第9018號第6版
　　（1927年3月14日）。

105　據謝水森：〈昔時新竹城的拚花燈與迎花燈〉，《竹塹文獻》第35期（2005年12月），頁
　　57-59；後收入謝水森：《發生於新竹的小故事彙集》（新竹市：國興出版社，2010），
　　頁145-148。又，林清秀亦對拚花燈印象深刻，見張永堂主編：《新竹市耆老訪談專
　　輯》（新竹市：新竹市政府，1993年），頁99-100。

不再抎花燈，各軒社卻以中央路為界，分成當時所謂的南、北兩派，「南派」以同樂軒為首，包括同樂軒的一組、二組、三組，及振樂軒、同文軒。「北派」以新樂軒為首，包括和樂軒、集樂社，及後起的長樂軒。[106]

根據上文分析，竹塹的子弟軒社的活動區域，乃以城區為主，且不論就師承、組織規模及帶領區域活動，最具指標意義者，莫過於南門同樂軒及北門新樂軒，故若分兩組聯合演戲，如一九二八年的「奉祝御大典」，兩組之首必是同樂軒與新樂軒，雖然兩軒成員的社會地位頗有懸殊，新樂軒有北門街的紳商支持，經濟實力冠絕諸軒，同樂軒則多是粗工雜役，財力有限，但「輸人不輸陣，輸陣歹看面」[107]的較勁心理，則使雙方互不相讓，又因都市發展而各據北門、南門發展，遂使竹塹子弟軒社的空間分佈，不僅「集中城區」，更見「南北爭鋒」。

四　日治時期的演出盛況

北管子弟的表演，通常有三類：排場、出陣、上棚，其中最難得者為上棚演出，需要的人力、物力、財力往往數倍於其他活動，不僅需要聘請腳步先生教導「腳步手路」，子弟還需要有足夠的時間學習前場及後場，更遑論演出時動用的人員及花費的錢財，這一切的付出相當可觀，然而，成果也頗為驚人，目前所見竹塹子弟的相關報導，必定有演出甚至是抎臺的記錄；而竹塹子弟熱中演戲，從同樂軒、新樂軒等子弟團，自己擁有戲籠、置辦戲服即可見一斑，至少要有相當的場次，自製的戲服才有亮相的空間。下文以日治時期報刊資料為主，先從職業亂彈班[108]的搬演，勾勒竹塹居民對北管戲

---

106 蘇玲瑤：《竹塹憨子弟──新竹市北管子弟的紀錄》（新竹市：新竹市立文化中心，1998年），頁73。

107 北管俗諺，見邱坤良主持：《臺灣地區北管戲曲資料蒐集、整理計畫期末報告》（未出版，1991年），頁141。

108 「亂彈」的涵蓋頗廣，此處不擬辨析，簡而言之，同是演出北管戲曲，竹塹通常稱業餘的為子弟團，職業的為亂彈班。

曲的愛好，再分析子弟團豐富的活動內容，其中既有與竹塹本地歲時相關者，亦有赴外地參與信仰活動者，期能由此展現竹塹子弟軒社活動之特色。

就文獻所見，日治時期竹塹本地有「聯合班」、「永合團」、「永福軒班」、「慶桂春」四個職業亂彈班，其中「慶桂春」至光復之後仍在經營，[109]且團員曾任竹塹子弟軒社的腳步先生，其他三班實際活動情形，除了《臺灣に於ける支那演劇及臺灣演劇調》（1928），所載演出日數、演出金額的統計，其他幾無所知。[110]較能具體呈現亂彈班在竹塹活動情形的，反而是當時報紙的報導，舉二則為例：一則是一九一〇年一月城隍爺壽誕，「每日廟口雙檯亂彈合演」，從月初演至月底，月中還有「肆評班」（四平班）加入合演：[111]一則是一九一〇年七月，竹蓮寺修繕一新之後，將近佛祖誕辰之際，「日演劇祝壽者。或一二臺。或三四臺。亂彈、肆評、掌中班。各奏其妙。」[112]雖然劇種不只亂彈，但就其描述推測，亂彈班的演出應該居多，雖然不知是本地班社或由外地聘來，但半年之中，兩大廟宇酬神演戲，亂彈班皆不可或缺，且觀者絡繹不絕，當知居民頗為喜愛。而子弟軒社的活動，在報刊中可見者主要為出陣、上棚，活動區域則有本地及外地，參與民間信仰、官方活動等，以下先概述子弟活動的類型，再分析其特色。

---

109 光復後竹塹的職業亂彈班，除慶桂春，尚有新全陞（又稱新全興、慶泉班、新竹班），班主為呂慶泉，光復之初在新竹成立，見邱昭文：《台灣戰後初期的亂彈班研究》（嘉義縣：南華大學美學與藝術管理研究所碩士論文，2001年），頁36-37；新全陞至遲在一九四九年，固定活動區域移至臺北，見范揚坤：《雙桂長春：王慶芳生命史》（苗栗縣：苗栗縣文化局，2005年），頁41-46、128。

110 據蘇玲瑤：《竹塹憨子弟——新竹市北管子弟的記錄》（新竹市：新竹市立文化中心，1998年），頁59-69。按，蘇玲瑤乃據臺灣總督府文教局社會課編：《臺灣に於ける支那演劇及臺灣演劇調》（臺北：臺灣總督府文教局，1928年）、邱坤良：《臺灣地區北管戲曲資料蒐集、整理計畫期末報告》，再加考察釐析而得。

111 〈菊部合演〉，《臺灣日日新報》第3516號第4版（1910年1月19日）。

112 〈竹寺熱鬧〉，《臺灣日日新報》第3670號第4版（1910年7月21日）。

（一）活動類型

1 民間信仰

竹塹年度三大民間信仰活動，分別為端午節迎內媽祖、[113]中元節迎城隍、下元節迎地藏王，[114]這三項遶境活動，子弟軒社都會出陣，也有相應的報導可證，如竹塹迎媽祖，不像其他地方是在農曆三月，而是在端午節，如一九二二年的一次，頗為熱鬧，有大鼓隊三十餘個、竹塹及外地的子弟團、音樂隊、小唱隊、「映雪讀書」及「取返魂草」等藝閣、踏高隊、採茶、落地掃車鼓，從未刻走至傍晚方散。[115]城隍爺遶境，固然精采紛呈，但子弟們印象深刻的，還有某年城隍爺遶境時，因遊行隊伍順序而爭吵不休，遂至城隍爺前擲筊決定，最後由同樂軒居首。[116]下元節的遶境，雖然未見詳盡報導，但民間諺語的「儉腸耐肚，儉到十月十五」，卻正好說明平時節衣縮食，如今一年迎神節慶將盡，接著就要過年了。[117]迎熱鬧之外，也有酬神演出，如：集樂社曾於一九二六年城隍遶境賜孤盛典之際，在廟前開演；[118]一九二二年同樂軒、振樂軒、和樂軒，在西門清王爺壽誕，連續三天輪流開演。[119]

竹塹子弟軒社的交陪，分散各地，還赴外地參與信仰活動，或者參拜神明、或者遶境迎神、登台演出，甚至規劃沿途演戲；見諸報導的，多與媽祖信仰相關，尤其是赴北港朝天宮參拜，經常南下的則是同樂軒，如一九三六年新春，老同樂軒因新近獲贈滿州國駐日大使謝介石、府評議員鄭肇基致贈

---

113 今內天后宮所在地，為光復後遷建；原址在西安街。

114 陳培松口述，2013年10月3日。

115 〈迎神續報 新竹內天后宮〉，《臺南新報》第7275號第5版（1922年6月5日）。

116 謝水森：《昔日新竹傳統戲曲軼事》（新竹市：國興出版社，2009年），頁105-106。

117 諺語為謝水森口述，2013年9月26日；下元節之後準備過年，則是東寧宮廟方人員在說明年度祭典所提，2013年9月23日。

118 〈公賞子弟〉，《臺灣日日新報》第9453號第4版（1926年8月27日）。

119 〈神誕演劇〉，《臺南新報》第7439號第5版（1922年11月16日）。

的繡金錦旗，引以為榮，遂籌組媽祖進香團，行程一週，南下參拜觀光，並且「逢場作戲。遇廟恭神並開演素人劇」，[120]規劃沿途赴廟宇參拜，並搬演子弟戲敬神，這一趟行程，據後續報導，果然一行二百餘人南下，演出幾場不得而知，但在屏東遶街、慈雲宮演出則頗受歡迎，獲賞無數，廟前則化為人山人海。[121]

2 官方邀約

　　竹塹的子弟軒社，或許位於新竹州的州廳所在，經常應邀參與官方活動，而這類活動又較容易見報，故日治時期報刊中，無論天皇的天長節、御大典、銀婚式，或者神社祭、始政紀念日，乃至水道興工日、新竹市場落成，各種節日與慶祝活動，子弟戲畢竟頗能匯聚人潮。除了報載的這些，子弟們還記得參與過納涼會、自來水道落成、日本皇紀二千六百年的活動，[122]而之所以印象深刻，恐怕來自於彼此拚臺的經驗，如：報載一九二五年街役場安排新樂軒、同樂軒於五月十日銀婚式演出，集樂社、同文軒於六月十七日始政紀念日演出，和樂軒、振樂軒於六月十八日水道興工日演出；[123]或子弟印象中經常在神社祭的第一天（10月27日）由同樂軒對新樂軒，第二天由振樂軒對和樂軒，第三天由同文軒對集樂社；拚臺似乎漸成官方大型活動的慣例，至一九四〇年慶祝皇紀二千六百年亦復如此。[124]而拚臺的組合則相當固定，同樂軒、新樂軒兩大軒仍舊互相爭鋒。

120　〈新竹老同樂軒　組織進香觀光團体　擬遊臺南高雄屏東〉，《臺南新報》第12241號第8版（1936年2月1日）。按，「素人劇」指子弟登臺演出子弟戲。

121　〈新竹老同樂軒　於屏東開演〉，《臺南新報》第12263號第4版（1936年2月23日）。

122　本段子弟們的印象，據蘇玲瑤：《竹塹憨子弟──新竹市北管子弟的記錄》（新竹市：新竹市立文化中心，1998年），頁22-26。

123　〈分班開演〉，《臺南新報》第8342號第5版（1925年5月7日）；〈祝賀餘聞〉，《臺南新報》第8375號第5版（1925年6月9日）。

124　據謝水森：《昔日新竹傳統戲曲軼事》（新竹市：國興出版社，2009年），頁166。

3 軒社活動

　　子弟團除了參與民間信仰、官方邀約的活動，也還會另行安排演出活動，或者是在戲神西秦王爺壽誕時獻戲祝賀，或者別選日期，在城內寺廟登臺，各軒演出的地點並不固定，大廟超越莊頭廟的性質，各軒都可來演出，雖無特別的名目，但亦是節慶之外的賞心樂事，如：同樂軒曾先在嶽帝廟演出〈放關〉、〈三進宮〉，動人耳目，數千人圍觀，不久後的中元節又將在城隍廟前開演；[125]振樂軒則在赴北港朝天宮進香，沿途於中南部登臺開演之後，甫回新竹，又在內天后宮演出；[126]從演出的密集程度，實可見軒社當時活動力之旺盛。而子弟團亦曾參與競技活動，饒有興味的是新樂軒及和樂軒，曾駕扁舟，在龍舟競走的舊港河岸邊，吹彈鼓奏，其樂融融。[127]經由上述梳理，將可獲致竹塹子弟團活動頻繁、經常演出的整體印象，不僅超越一般莊頭曲館的休閒娛樂，到外地演出，還曾被認為是職業戲班，可見其陣容及設備之齊整，諸如：同樂軒前場演員多，基本功紮實，演得甚至比職業班好，新樂軒則是後場出色、樂手眾多，光復前甚至可有三個人打頭手鼓、十個人吹嗩吶。[128]

（二）異彩紛呈

　　竹塹子弟團的旺盛活動力，還表現在對於各種傢俬設備的置辦，以及演出佈景特效的嘗試，下文將引述報導及口碑，以見其彼此爭勝。

1 設備傢俬

　　子弟團的樂器，最醒目的莫過於大銅鑼，而鑼的尺寸並不固定，起初有直徑二尺四的，之後則愈做愈大，像新樂軒聽聞臺北做出新規格，隨即跟

---

125 〈新劇開演〉，《臺灣日日新報》第3684號第4版（1910年8月6日）。

126 〈子弟開演〉，《臺灣日日新報》第9691號第4版（1927年4月22日）。

127 〈慶？龍舟〉，《臺南新報》第7287號第5版（1922年6月17日）。

128 謝水森口述，2013年9月26日。

進。[129]而懸掛大銅鑼的「鑼槓」及放置北鼓及通鼓的「花籃鼓架」，各子弟團多有講究，尤其是集樂社及新樂軒，集樂社主要由一群木匠師傅組成，新樂軒則有也是木匠師傅的林嘉輝，兩軒精細的木工及生動的雕刻，「堪稱全省之冠」，至今子弟們猶讚不絕口，[130]例如新樂軒鑼槓上的「漁樵耕讀」圖樣，人物姿態自然，且佈局錯落有致。而子弟們所謂「四點睛」，除了鑼槓、鼓架，還有彩燈及彩牌，[131]皆為精細木作，出陣時走在隊伍前方，確實引人注目。不過，製作如此繁複精細的木雕，也需要相當的經濟實力，鄰近新竹縣的子弟團，鼓架等就簡樸多了。[132]

再有則是各式各樣的繡旗，三角旗、獅旗、虎旗、風帆等，出陣時旗幟數量之多，除了展示繡旗的精緻工藝外，由於旗子還有隔開陣頭避免聲音干擾的作用，故若想將軒社擁有的旗幟全部亮相，還得費盡心思豐富出陣時的各種陣頭，像新樂軒、三樂軒，甚至擁有蜈蚣閣，而出動蜈蚣閣時需求的大量人力，[133]則可見軒社對活動的投入，及其組織動員的能耐。竹塹子弟們對設備的講究，偶爾也成為報導中的亮點，諸如一九二二年城隍遶境，諸子弟軒「新製繡旗數十對。赤金製彩牌」，而一九二五年中元節則「各子弟班。又增造彩牌。……如新樂軒子弟班有巧造二千餘圓之鼓架。」或許年年遶境，爭相指點某子弟軒又添製了什麼設備，也是看熱鬧的樂趣之一，更可想見子弟昂首闊步，頗為自得的模樣。

---

129 謝水森口述，2013年9月26日。

130 「堪稱全省之冠」，出自邱坤良：《臺灣地區北管戲曲資料蒐集、整理計畫期末報告》採訪所得，見頁17。按，集樂社的文物今已不存，新樂軒的則仍由軒員保管，並未公開展示；相關製作過程及圖片，可見蘇玲瑤：《竹塹憨子弟──新竹市北管子弟的記錄》（新竹市：新竹市立文化中心，1998年），頁117-125；「漁樵耕讀」可見張德南：《北門大街》（新竹市：新竹市政府，1998出版，2007再版），頁123。

131 鄭淞彬口述，2013年10月3日。

132 洪惟助、孫致文等：《新竹縣傳統音樂與戲曲探訪錄》（桃園市：中央大學中文系戲曲研究室，2003年），頁18。

133 新樂軒楊金土口述，2013年9月19日；三樂軒陳錦榮口述，2013年9月17日。陳錦榮表示早年蜈蚣閣用人力扛抬，其擺動幅度，比現在裝車輪的好看很多，但包括替換扛伕、隨行照顧人員，要動用近百人。竹塹子弟對於蜈蚣閣裝飾之美多津津樂道。

還有置辦戲服，也是理解子弟團演出盛況的一個側面，必須要有相當的演出機會，才有自備戲服的需求，也才能滿足子弟經常炫耀自家戲服的榮譽感。有些軒社置辦戲服數量之多，也令人歎為觀止：最早擁有自己戲籠的是同樂軒，約一九三七年就從來臺演出的福州班購入；而新樂軒則是在一九四七年，臺海兩岸還能往來時，首次到上海訂購戲服，到貨之後的第一次演出，為了盡情展示，光扮仙就出了三六仙，還特意拍照留念；而振樂軒則是在一九五二年左右訂製第一批戲服，歷年累積的種類與數量相當充足，許多樣式還有至少五種顏色！此外，三樂軒也自備戲服，唯時間不詳。[134]「會開錢者是子弟！」[135]子弟們講究的是氣派，成本不是他們唯一的考量，燦爛華美的戲服、繡旗、彩牌等，彷彿數十年精采活動、卯足全力互拚爭勝的縮影，而往頭頂上打鈔的誇張動作，[136]更可想見身為子弟的自豪！

2 表演特色

竹塹五軒一社中，前場表演最受稱道者，莫過於同樂軒，日治時期的報紙多見報導，如一九二四年神社祭，同樂軒演出《打花鼓》，頗獲好評：

> 同樂軒素人芝居。其齣目乃打花鼓全本。服飾之鮮麗腳色之超特。早有定評矣。如花淨王翠之扮花鼓公李玉田假粧花鼓婆。江福之扮公子。詼諧百出雅趣橫生。觀者莫不絕倒。紅男綠女白叟黃童無慮五千餘人。[137]

---

134 本段除三樂軒擁有戲服，乃陳錦榮口述，2013年9月17日；其餘據蘇玲瑤：《竹塹憨子弟——新竹市北管子弟的記錄》（新竹市：新竹市立文化中心，1998年），頁104-112寫成，該書頁72〈天官賜福〉的劇照，即為振樂軒首次著新戲服亮相。又，蘇玲瑤：《聲震竹塹城——新竹市北管子弟振樂軒專輯》（新竹市：新竹市立文化中心，1998年）。有「戲服篇」詳盡記錄，且為彩色照片，頁103-111。

135 北管俗諺，見邱坤良主持：《臺灣地區北管戲曲資料蒐集、整理計畫期末報告》（未出版，1991年），頁144。

136 據說老子弟打鈔時，還不是在胸前撞擊，而是往頭頂上方打。鄭淞彬口述，2013年9月30日。

137 〈祭典盛況〉，《臺灣日日新報》第8156號第5版（1924年11月2日）。

「素人芝居」即子弟登臺演出子弟戲;所演《打花鼓》,曲館界又稱「花鼓崑」,為子弟常演的西皮、福路劇目外,罕見的細曲類劇目,以笛子伴奏,曲風輕快,再者,《打花鼓》本就是玩笑小戲,與子弟較常演出的具有總綱、曲路豐富的劇碼,風格趣味不同,《打花鼓》劇中說白、調笑的表演,難度甚高,消息傳開,勢必引人注目,同樂軒演來精采動人,公會堂前擠滿觀眾,戲中的詼諧逗趣,令人忍俊不住。整體而言,竹塹子弟的演出頗獲好評,如和樂軒一九二四年赴大甲鎮瀾宮演出,劇目不詳,觀眾爭先恐後、喝采不絕,報導最末評曰:「雖曰子弟。有如此之步趨關目。誠亦難得。」[138]亦可見竹塹子弟戲,腳步出色,表演精采,有美名流傳在外。

　　而在傳統的演出形式之外,竹塹子弟軒社曾出現機關佈景、燈彩特效的演出方式,雖然這些在其他地區的子弟團不易見及,即使在竹塹也非子弟戲的常態,而是日治時期拚臺時,為了更勝一籌而特意創作的。機關佈景的運用,應是在一九二五年,即上文所舉銀婚式、始政紀念日、水道興工日,兩兩對拚的演出,當年的報導,屢屢提及機關佈景,如云新樂軒準備演出:「準備各種特色布景。自動機關。劇服頭盔。而齊備如此者。」[139]待演出後還述及:「新樂軒之登衫。大弄火環。大博好評。」[140]談集樂社準備則有:「囑託調製布景名人新竹西門林家擇氏。專繪山水風景以製種種佈景。」[141]待演出〈伍顯遊十殿〉時,則「陰間種種巧妙自動機關令人感慨不已」;而總評集樂社、同文軒演出時,還強調「況兩□此回之服飾頭□。兼視其佈景種種活動機關。□稱兩團俱有特色。其優劣不分上下矣。」[142]連續兩天演出之後的〈子弟好評〉,[143]報導者除了讚賞表演者曲藝精采、妙技如神,更關注機關佈景,以為較平常的演出更顯獨特,甚至與當時臺北等

138　〈子弟班來演〉,《臺南新報》第7966號第5版(1924年4月26日)。

139　〈演劇齣目〉,《臺南新報》第8347號第5版(1925年5月12日)。

140　〈銀婚熱鬧〉,《臺南新報》第8348號第5版(1925年5月13日)。

141　〈祝賀餘聞〉,《臺南新報》第8375號第5版(1925年6月9日)。「林家擇氏」,疑即新樂軒軒員林嘉澤。

142　〈觀劇漫評〉,《臺南新報》第8385號第5版(1925年6月19日)。

143　〈子弟好評〉,《臺南新報》第8395號第5版(1925年6月29日)。

地演出海派京劇的正音班相較,認為毫不遜色,且以此評說竹塹子弟團的發展向前邁進一步。

　　而子弟們印象深刻的燈光特效演出,雖然部分時間不詳,[144]但則更為翔實生動,如:振樂軒的《南北交趾》,由子弟先生葉金海創作,以沖天炮製造火花及聲響,讓演員在臺上吞吐劍光、飛簷走壁,噱頭十足。而新樂軒則在一九二九年自來水廠落成、一九四〇年慶祝皇紀二千六百年的拚臺演出時,推出具有聲光效果、開腸破肚血腥畫面的《過十八地獄》,以及特別裝設瓦斯火,忽明忽滅,製造奇幻效果,再加「放劍光」的《李哪吒太子大鬧東海》,這些聲光的設計者,為新竹「天然閣」布袋戲班的班主兼主演陳興。[145]子弟戲的演出,本有其隨著時代變遷的一面,尤其一九〇六年福州徽班三慶班來臺演出之後,上海、福建戲班頻繁來臺演出,帶來當時流行的「變景」劇場,呈現各種新穎眩目的舞臺裝置,早期有燈戲、獸頭,繼而有盛極一時的活動佈景、自動機關、五色電光、水火特效等;來臺的福州班、上海班,開赴各地演出,曾在新竹的竹塹俱樂部等地登臺。[146]竹塹子弟軒社,當是由此獲得靈感,在官方主辦的拚臺活動中,為了出奇制勝,遂激盪出機關佈景、燈光特效,甚至新編劇目的演出,正是極佳例證。

　　再者,一九四〇年慶祝皇紀二千六百年的演出,在一九三七年七七事變之後,日本政府「禁鼓樂」政策下,頗具特殊性。徐亞湘已注意到「禁鼓樂」政策的落實程度不一,例證之一為《臺灣日日新報》對新竹州中元祭典

---

144 以下熱鬧的拚臺,未見諸報刊記載,而部分活動,謝水森表示在一九四〇年;故推測金光化劇碼的演出時間,可能在日本政府下令一九三七年四月起,臺灣各報刊停止發行漢文欄之後。

145 據蘇玲瑤:《竹塹憨子弟──新竹市北管子弟的記錄》(新竹市:新竹市立文化中心,1998年),頁31-33;蘇玲瑤:《聲振竹塹城:新竹市北管子弟振樂軒專輯》(新竹市:新竹市立文化中心,1998年),頁37-40;謝水森:《昔日新竹傳統戲曲軼事》(新竹市:國興出版社,2009年),頁166-167。

146 關於福州班、上海班來臺演出,及舞臺裝置特效,詳見徐亞湘:《日治時期中國戲班在台灣》(臺北市:南天書局公司,2000年),舞臺裝置見第三章第三節,頁183-189;演出記錄見附錄四,頁263-287。

的批評，由此推測新竹州外臺戲演出可能尚未被嚴格規定一定要「改良」；[147]
而由一九四〇年的子弟拚臺，可見新竹州的子弟戲，在官方主辦的活動中，
仍有展演空間，[148]且除燈光特效的《李哪吒太子大鬧東海》演出，新樂軒
的日戲仍為傳統劇碼《倒銅旗》；是則在七七事變之後，新竹州廳仍舊允許
在官辦活動中出現「支那式」演出內容及形式。

以上鉤稽日治時期報刊的相關報導，以見竹塹北管子弟團旺盛的活動
力，雖然整體風貌與口碑流傳並無巨大差異，但除了以當時的報導釐清某些
活動發生的詳情，並補充口碑未曾提及的演員、劇碼之外，更重要的意義當
是從「被記錄」的結果，推想其發生背景。首先，《臺灣日日新報》、《臺南
新報》皆非地方小報，而是日治時期的臺灣三大報紙之二，《臺灣日日新
報》的社址在臺北，《臺南新報》的社址在臺南，新竹既非社址所在地，也
非當時臺灣的政治中心，民間的娛樂活動，能夠登上報紙版面，當與其活動
的精采熱烈程度相關，而比較的對象，則至少是其他地區的娛樂新聞，故兩
報之中刊載竹塹子弟軒社為數甚夥的活動消息，甚且通常不以「子弟團」帶
過，而寫明軒社名稱，除了軒社本身的旗幟易於使人識別，當是子弟團確實
表現不凡，頗有可觀之處；再者，則是竹塹的子弟團確實有大量的活動可資
報導，若以《日治時期臺灣報刊戲曲資料檢索光碟》查詢其他著名子弟團，
則彰化歷史悠久的大館梨春園、集樂軒，難得演出一次，其他報導亦罕；而
臺北靈安社常見報導，大多數與迎霞海城隍相關，赴外地的很少，演子弟戲
的更少；而竹塹的情形則不同，僅同樂軒，不計迎城隍遶境，與演戲相關的
報導就有十餘則；若就日治時期報刊對子弟館閣的稱呼來看，經常是歸為
「音樂團」，甚至在館閣名稱後面加上音樂團字樣，如「臺北稻江音樂團靈
安社」，[149]但遍覽竹塹類似的報導，更常見的則是「子弟團／班」，如「新

---

147 徐亞湘：《日治時期臺灣戲曲史論——現代化作用下的劇種與劇場》（臺北市：南天書
　　局公司，2006年），第八章〈試解「禁鼓樂」〉，頁258-259。

148 一九三七年之後，官方允許的傳統節令、演出活動，諸如：城隍中元遶境賑孤、神社
　　祭演出，但中元祭典不復昔時盛況，而神社祭則可演出傳統劇碼，據謝水森口述，
　　2013年10月29日。

149 〈靈安披露〉，《臺南新報》，第7735號第5版（1923年9月8日）。

竹同樂軒子弟班」，[150]其實兩者皆指北管子弟組織，但或許稱音樂團，乃是因為其奏樂的活動方式更為人熟知，竹塹子弟或居民可能對子弟戲習以為常，慣於熱鬧繽紛，但從當時的報導來看，竹塹子弟活動力之旺盛、演戲之頻繁與劇藝之魅力，應當是頗為特殊的。

饒富興味的則是，何以竹塹子弟軒社活動如此之頻繁？除了經濟力量的支持之外，子弟本身對於演出，在學習或是觀念上，是否有有值得注意之處？首先，就師承而言，相較於中部北管館閣，傳統由子弟出身的子弟先生傳授音樂技藝，由職業亂彈班藝人擔任腳步先生，或者臺北的北管軒社經常出現出身內行班的藝人，而不特別強調業餘館閣出身的子弟先生，[151]竹塹子弟軒社的傳承方式又有不同，從目前訪談記錄所見，各軒社可能因為經常演出，確實有不少先生出自職業藝人者，或者是慶桂春，或者逕稱為「○○旦」等；再者，以子弟先生教後場，聘藝人教前場者固然有之，但亦有較為特殊者，如負責教授新樂軒前場並指導他軒演出的蕭清乞、專門指導新樂軒前場武戲身段的謝旺、[152]負責教授振樂軒前場的黃金良，即是子弟出身；而負責教授振樂軒皮鼓及前場的葉金海，雖非亂彈藝人出身，但自小隨職業布袋戲班習藝，並四處演出；[153]甚至，歷史悠久的子弟團，腳步手路的傳授，即使未必聘請戲班演員傳授，還能夠藉由子弟代代相傳，演出不輟。竹塹可見子弟出身的「腳步」先生，或許正是因為長期演出積累而來。

再就子弟本身對子弟團的認知而言，當筆者訪問邀集成立眾樂軒的鄭淞彬，他卻對於眾樂軒的存在不置可否，因為當年只是開始練習後場，並未演出開臺戲，「正式開館，要演戲才算！」雖然後續的言談中也提及「至少要

150　〈迎神熱鬧〉，《臺南新報》，第7697號第5版（1923年8月1日）。

151　陳藍谷等：《台北市北管藝術發展史・論述篇》（臺北市：臺北市文化局，2002年），頁192。

152　按，謝旺為音樂好手，具武術基礎，故武戲另外由其指導。據謝水森：《昔日新竹傳統戲曲軼事》，頁155。

153　張永堂編：《新竹市耆老訪談專輯》，訪問諸子弟時，特別請其回憶教戲先生，本段乃參考其訪談記錄而來。

有後場才算軒社」，[154]子弟軒社的學習主體，固然是牌子、絃譜音樂等，但以子弟活動中最具難度的演戲，昭告一個軒社的成立，實是極其隆重的，亦可見上棚在竹塹子弟心目中的份量！而子弟軒社熱中演戲，還可從軒內互拚看出，軒員眾多的子弟團，甚至能夠分為兩組，同時演出，自己人對自己人。[155]頗有意思的是，其他子弟，或者當地居民，對於登臺也頗為在意，像長樂軒子弟被問及：「大都在何處演出？」依序回答：「龍台宮、城隍廟（開台戲在此演出）……」，還要特別述及開臺戲的演出，亦可見對軒社成立首演的重視；[156]又如竹蓮寺廟方人員，談起三樂軒，直說現在跟以前不一樣了，現在只能出陣，雖然戲服還在，但很久沒演出了，如此聽來，子弟軒社演戲，就算不至於尋常可見，也是應該具備的。[157]或許可說，曲館以音樂團體為主的形象，在竹塹子弟或者居民心目中，更多了戲劇活動的鮮明形象，甚至可說竹塹的軒社活動，登臺演出子弟戲，已然成為傳統，因此自一九九三年振樂軒復振之後，帶動各軒社恢復活動，而這些活動，絕不僅只於排場、出陣，而是實實在在地演了好幾場戲。[158]

五　結語

（一）本文小結

本文對竹塹北管子弟軒社活動的考察，主要是歷時性的，從發展過程中，挑選三個較少為前人論述的相關課題：第一為起源年代，第二為空間分

---

154 鄭淞彬口述，2013年9月30日。

155 軒內互拚的情形，可見蘇玲瑤：《竹塹憨子弟——新竹市北管子弟的記錄》（新竹市：新竹市立文化中心，1998年），頁84-85。

156 張永堂主編：《新竹市耆老訪談專輯》（新竹市：新竹市政府，1993年），頁324。

157 竹蓮寺廟方人員口述，2013年9月30日。

158 振樂軒、新樂軒復振後公演資料，可見蘇玲瑤：《竹塹憨子弟——新竹市北管子弟的紀錄》（新竹市：新竹市立文化中心，1998年），頁190-193。

佈，第三為演出盛況，期望能在現象的報導之外，闡釋背後的相關意義，並置入臺灣北管發展的脈絡思考。

第一部分探討軒社起源的年代，由同樂軒匾額「慶祝同樂軒壹百貳拾週年紀念」的題記入手，探討由此溯及同樂軒成立於道光二十年（1840）是否可能，討論的關鍵乃在地方是否有音樂需求，由於道光四年（1824）文廟即已竣工，在同治五年（1866）購入樂器之前，這期間釋奠禮的樂生，極有可能由同樂軒擔任；而道光年間竹塹開始有子弟軒社活動，也與北管在臺灣自中部漸次南北傳播的時間序列相符；循此，則軒社內部對於創軒時間的記憶當屬可信，竹塹的子弟活動，當可由目前文獻記載的咸豐年間，上推十餘年，而在道光二十年即有子弟組織存在。

第二部分探討子弟軒社的概況及其空間分佈，除了從名稱、師承、職業傾向綜覽歷來軒社概況，更從日治時期報刊對於各軒社的稱呼：南門同樂軒、北門新樂軒、東門集樂社、西門和樂軒、客雅振樂軒，結合區域發展概況，論竹塹軒社高度集中於城區，鄉村莊頭的曲館未見傳述；並且由於北門街商家鼎力支持新樂軒，組織龐大的同樂軒遷至南門一帶活動，這兩大軒互為爭勝，遂使子弟軒社的區域分佈，自日治時期至光復初期，形成北以新樂軒為首，南以同樂軒為首，各自帶領因師承、職業等因素而較為友善的軒社，形成南北爭鋒之勢。

第三部分則主要據日治時期的報刊，展示五軒一社旺盛的活動力，在概覽各軒社參與本地／外地、民間／官方的各種迎熱鬧、演出等活動後，進一步從其頻繁見報，推想相較於其他地區，竹塹活動的當是因為其熱鬧精采而被記錄，尤其演出之頻繁，相較於許多子弟團被稱為「音樂團」，為人熟知的形象是出陣奏樂，竹塹子弟的觀念則是「正式開館，要演戲才算」，一般子弟團最難得的就是上棚演戲，但在竹塹，搬演子弟戲堪稱傳統。比較特別的，還有因應官方活動的拚臺演出，為了出奇制勝，而發展出一般子弟戲沒有的機關佈景、金光劍氣，雖是曇花一現，亦可作為子弟戲變遷之例證。

整體而言，竹塹為北臺灣最早開發的區域之一，至今仍為區域政治經濟中心，此地的北管子弟軒社活動，可謂具有城市化傾向，較獨特者如：因有

經濟後盾，多數軒社的彩牌等傢俬製作考究，甚至備辦戲服；因位處城市，較容易受到時俗影響，部分演出吸收布袋戲金光劍俠或京班機關佈景的手法；因位處廳署所在地，除了民間節慶演出，日治時期還有官方邀約的拚臺演出。

（二）子弟軒社現況

竹塹子弟軒社，自道光年間開始活動以來，歷經日治時期的熱鬧風光，光復之後的消歇與復振，發展至今日，仍在活動的軒社為數不多，目前最活躍者為新設的竹塹北管藝術團。各軒概況如下：（1）**僅定期辦會排場**：振樂軒目前仍在每年農曆六月二十四日西秦王爺壽誕時，排場奏樂賀壽，並擲筊決定頭家爐主。[159]（2）**維持出陣**：向來與廟宇關係密切的新樂軒、三樂軒，除了辦會之外，目前仍能以軒社名義在迎熱鬧時出陣，只是人手不足，需要向外調借，而兩軒社的西秦王爺，目前也供奉在廟內，新樂軒的在長和的太歲殿內，三樂軒的則在竹蓮寺達摩祖師殿內，兩軒皆屬寺廟的附屬組織，許多設備借放在廟內，三樂軒部分旗幟上，甚至書明「新竹竹蓮寺三樂軒」。[160]（3）**以子弟戲聞名**：近年中元節城隍爺遶境賑孤之後，農曆七月十九日，竹塹北管藝術團會在廟前演出子弟戲，而該團也是新竹市文化局文化資產傳統藝術「北管戲曲」登錄的保存團體。[161]

竹塹北管藝術團的前身，乃是一九九五年以振樂軒為主，整合市內北管

---

159 鄭淞彬口述，2013年9月30日。

160 楊金土口述，2013年9月19日；陳錦榮口述，2013年9月17日。筆者曾於2013年9月19日參訪長和宮，於2013年9月30日參訪竹蓮寺，並於2013年9月23日拍攝三樂軒出陣的彩燈等。又，新樂軒的文物歸屬，近來曾因長和宮水仙文教大樓落成，而引起訴訟，相關報導如蔡彰盛：〈判還長和宮 「我太太不肯」 拒還百年文物敗訴〉，《自由時報》B4版（2013年6月5日）。

161 文化資產登錄情形，可於文化部文化資產局「文化資產查詢」查得，http://www.boch. gov.tw/boch/frontsite/cultureassets/CultureAssetsAction.do?method=doEnterTotal&menuId =310&siteId=101（2013年9月27日瀏覽）。

人才成立的「新竹市北管戲曲促進會」，至二○○七年改組為「竹塹北管藝術團」，除了由新美園旦腳彭繡靜及子弟們指導演出子弟戲，也進入校園或開設研習班傳習北管。新竹市北管戲曲促進會、竹塹北管藝術團自二○○○年以來的活動，深獲新竹都城隍廟的支持，包括場地使用及經費挹注，也成為廟方的附屬組織，演出時戲臺同時懸掛「新竹竹塹北管藝術團」、「新竹城隍廟北管子弟戲」的相關標示；藝術團在城隍爺遶境時，自是轎前曲館，而西秦王爺也供奉在彌勒殿內，殿內的「都城隍廟先賢祿位」，其中六將爺會下即有「北管組」，與城隍廟的關係，至為密切；而演出的場合，固然有表演藝術場次，更多的則是赴城隍廟交陪廟宇演出。[162]竹塹北管藝術團不僅是目前新竹市唯一能演出子弟戲的團體，在北管藝術式微的今日，也是少數還能演出亂彈戲的團體之一。觀察竹塹目前尚在活動的子弟軒社，共通性之一，當屬與廟宇關係密切，或許當社會生活型態變遷、傳統聚落居住模式改變，在相對保有傳統民間生活方式的寺廟祭祀慶典活動，作為其重要表演項目的北管音樂或戲曲，才有機會藉由出陣或子弟戲來展演並傳習。

---

162 孫正雄口述，2013年9月26日；筆者曾於當日參訪城隍廟。又，關於竹塹北管藝術團的研究，詳見黃瑞誠：《竹塹北管藝術團的演藝活動與傳習保存之研究》。竹塹北管藝術團2013年下半年的演出，諸如：8月25日在新竹城隍廟演出《雙貴圖》、9月18日在雲林元長城隍廟演出《天水關》等、11月24日在臺灣大學演出《鐵板記》。

參考文獻

一　傳統文獻

〔清〕鄭用錫、柯培元纂輯　詹雅能、張光前點校　《淡水廳志稿》　臺北市　行政院文化建設委員會　遠流出版事業公司　2006年

〔清〕陳培桂纂輯　詹雅能點校　《淡水廳志》　臺北市　行政院文化建設委員會　遠流出版事業公司　2006年

〔清〕陳朝龍、鄭鵬雲纂輯　詹雅能點校　《新竹縣采訪冊》　臺北市　行政院文化建設委員會　遠流出版事業公司　2006年

二　近人論著

江韶瑩編　《北管文物風華：宜蘭總蘭社捐贈文物修復特展專輯圖錄》　宜蘭縣　國立傳統藝術中心　2003年

佚名　〈談竹塹之音樂及戲劇〉　原刊於《新竹文獻會通訊》第16號　1954年8月30日　頁16-20　後收入《中國方志叢書》之《新竹文獻會通訊》　臺北市　成文出版社　1983年　頁252-256

呂錘寬　《北管音樂概論》　彰化縣　彰化縣文化局　2000年

呂錘寬　《北管藝師生命史：葉美景・王宋來・林水金》　宜蘭縣　國立傳統藝術中心　2005年

呂錘寬編　《絃譜集成》　宜蘭縣　國立傳統藝術中心籌備處　1999年

李子聯等　《彰化縣口述歷史・戲曲專題》　彰化縣　彰化縣文化局　1999年

李正萍　《從竹塹到新竹：一個行政、軍事、商業中心的空間發展》　臺北市　臺灣師範大學地理研究所碩士論文　1991年

林美容　《彰化媽祖信仰圈內的曲館》　南投市　臺灣省文獻委員會　1997年

林美容　《彰化縣曲館與武館 I：彰化與鹿港鎮》　臺中市　晨星出版社　2012年

邱坤良　〈臺灣近代亂彈戲班初探〉　《民俗曲藝》　第71期　1991年5月

　　　　頁10-41

邱坤良　《現代社會的民俗曲藝》　臺北市　遠流出版事業公司　1983年

邱坤良主持　《臺灣地區北管戲曲資料蒐集、整理計畫期末報告》　未出版
　　　　1991年

邱昭文　《台灣戰後初期的亂彈班研究》　嘉義縣　南華大學美學與藝術管
　　　　理研究所碩士論文　2001年

恁我氏撰　林美容點校　《百年見聞肚皮集》　新竹市　新竹市立文化中心
　　　　1996年

洪惟助、孫致文等　《新竹縣傳統音樂與戲曲探訪錄》　桃園市　中央大學
　　　　中文系戲曲研究室　2003年

范揚坤製作　《梨花院落 子弟絃歌──彰化梨春園歷史錄音》　臺中市
　　　　行政院文化建設委員會文化資產總管理處籌備處　2011年

范揚坤　《雙桂長春：王慶芳生命史》　苗栗縣　苗栗縣文化局　2005年

徐亞湘　《日治時期中國戲班在台灣》　臺北市　南天書局公司　2000年

徐亞湘　《日治時期臺灣戲曲史論──現代化作用下的劇種與劇場》　臺北
　　　　市　南天書局公司　2006年

徐亞湘主編　《日治時期台灣報刊戲曲資料檢索光碟》　宜蘭縣　國立傳統
　　　　藝術中心　2004年

張永堂主編　《新竹市耆老訪談專輯》　新竹市　新竹市政府　1993年

張永堂總編纂　《新竹市志》　新竹市　新竹市政府　1996年

張永堂總編纂　《續修新竹市志》　新竹市　新竹市文化局　2005年

張啟豐　《涵融與衍異：臺灣戲曲發展的觀察論述》　臺北市　國立臺北藝
　　　　術大學　2011年

張啟豐　《清代臺灣戲曲活動與發展研究》　臺南市　成功大學中國文學系
　　　　博士論文　2000年

張德南　《北門大街》　新竹市　新竹市政府　1998出版　2007再版

莊陳登雲守傳、Michael Saso（蘇海涵）輯編　《莊林續道藏》　臺北市
　　　　成文出版社　1975年

陳立台　〈長和宮與北管子弟戲探討——兼論新竹北管戲曲之發展〉　《元
　　　　培學報》　第7期　2000年12月　頁123-136

陳藍谷等　《台北市北管藝術發展史》　臺北市　臺北市政府文化局　2002年

黃旺成主修　郭輝等纂　《新竹縣志》　臺北市　成文出版社　1983年

黃進興　《優入聖域：權力、信仰與正當性》　臺北市　允晨文化實業公司
　　　　1994年

黃瑞誠　《竹塹北管藝術團的演藝活動與傳習保存之研究》　臺北市　臺北
　　　　大學民俗藝術研究所碩士論文　2010年

楊湘玲　《清季台灣竹塹地方士紳的音樂活動——以林、鄭兩大家族為中
　　　　心》　臺北市　臺灣大學音樂學研究所碩士論文　2001年

臺灣總督府文教局社會課編　《臺灣に於ける支那演劇及臺灣演劇調》　臺
　　　　北　臺灣總督府文教局　1928年

潘國正　《一生懸命・竹塹耆老講古》　新竹市　新竹市立文化中心　1995年

蕭雅玲　〈一個子弟團　新竹市北管促進會的社會文化角色〉　《長庚科技
　　　　學刊》　第3期　2004年12月　頁127-145

賴志彰、魏德文、高傳棋　《竹塹古地圖調查研究》　新竹市　新竹市政府
　　　　2003年

謝水森　《昔日新竹傳統戲曲軼事》　新竹市　國興出版社　2009年

謝水森　《發生於新竹的小故事彙集》　新竹市　國興出版社　2010年

謝珊珊　《新竹市亂彈子弟與皮黃票房之研究》　臺北市　中國文化大學戲
　　　　劇研究所碩士論文　2003年

蘇玲瑤　《chi-to，場域，子弟戲——從 play 觀點看北管子弟團的演出與脈
　　　　絡》　新竹市　清華大學社會人類學研究所碩士論文　1996年

蘇玲瑤　《竹塹憨子弟——新竹市北管子弟的記錄》　新竹市　新竹市立文
　　　　化中心　1998年

蘇玲瑤　《聲震竹塹城——新竹市北管子弟團振樂軒專輯》　新竹市　新竹
　　　　市立文化中心　1998年

三 報紙報導

〈菊部合演〉　《臺灣日日新報》　第3516號第4版　1910年1月19日

〈竹寺熱鬧〉　《臺灣日日新報》　第3670號第4版　1910年7月21日

〈新劇開演〉　《臺灣日日新報》　第3684號第4版　1910年8月6日

〈演子弟劇〉　《臺灣日日新報》　第4001號第3版　1911年7月14日

〈子弟開演〉　《臺南新報》　第7275號第5版　1922年6月5日

〈迎神續報 新竹內天后宮〉　《臺南新報》　第7275號第5版　1922年6月5日

〈慶？龍舟〉　《臺南新報》　第7287號第5版　1922年6月17日

〈神誕演劇〉　《臺南新報》　第7439號第5版　1922年11月16日

〈迎神熱鬧〉　《臺南新報》　第7697號第5版　1923年8月1日

〈靈安披露〉　《臺南新報》　第7735號第5版　1923年9月8日

〈子弟班來演〉　《臺南新報》　第7966號第5版　1924年4月26日

〈祭典盛況〉　《臺灣日日新報》　第8156號第5版　1924年11月2日

〈演劇齣目〉　《臺南新報》　第8347號第5版　1925年5月12日

〈銀婚熱鬧〉　《臺南新報》　第8348號第5版　1925年5月13日

〈分班開演〉　《臺南新報》　第8342號第5版　1925年5月7日

〈祝賀餘聞〉　《臺南新報》　第8375號第5版　1925年6月9日

〈觀劇漫評〉　《臺南新報》　第8385號第5版　1925年6月19日

〈子弟好評〉　《臺南新報》　第8395號第5版　1925年6月29日

〈公賞子弟〉　《臺灣日日新報》　第9453號第4版　1926年8月27日

〈開演子弟戲〉　《臺南新報》　第8819號第6版　1926年8月27日

〈新竹‧公賞子弟〉　《臺灣日日新報》　第4版　1926年8月27日

〈籌備花燈〉　《臺南新報》　第9018號第6版（1927年3月14日

〈子弟開演〉　《臺灣日日新報》　第9691號第4版　1927年4月22日

〈新竹‧子弟奉祝〉　《臺灣日日新報》　第8版　1928年11月15日

〈新竹老同樂軒 組織進香觀光團体 擬遊臺南高雄屏東〉　《臺南新報》
　　　　第12241號第8版　1936年2月1日

〈新竹老同樂軒 於屏東開演〉　《臺南新報》　第12263號第4版　1936年2
　　　月23日

姚鳳磐　〈民間藝術競賽：樂社爭勝各獻拿手傑作　遊行鬧市絲竹互奏清
　　　　音〉　《聯合報》第5版　1958年11月13日
蔡彰盛　〈判還長和宮　「我太太不肯」　拒還百年文物敗訴〉　《自由時
　　　　報》　B4版　2013年6月5日

四　人物訪談

北極殿廟方人員口述　2013年10月3日

竹蓮寺廟方人員口述　2013年9月30日

孫正雄口述　2013年9月26日

陳培松口述　2013年10月3日

陳錦榮口述　2013年9月17日

黃忠勤口述　2013年11月9日

楊金土口述　2013年9月19日

鄭淞彬口述　2013年9月30日　10月3日

謝水森口述　2013年9月26日　10月29日

五　其他

文化部文化資產局「文化資產查詢」

　　　　http://www.boch.gov.tw/boch/frontsite/cultureassets/CultureAssetsActio
　　　　n.do?method=doEnterTotal&menuId=310&siteId=101　（2013年9月27
　　　　日瀏覽）。

附錄一　新竹市區圖

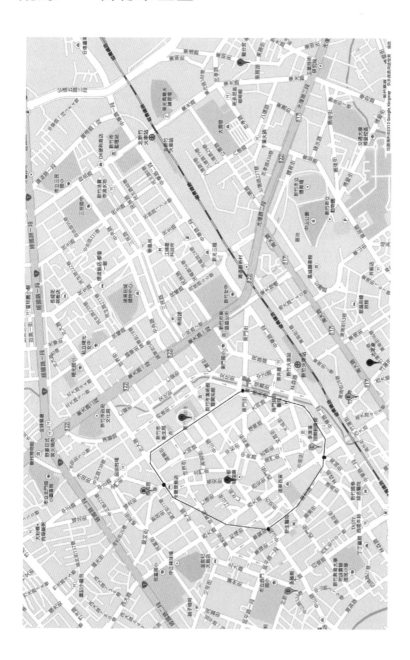

按：A：城隍廟　B：長和宮　C：同樂軒曲館　D：北極殿　E：竹蓮寺　F：龍台宮　G：大眾廟　H：新竹州廳／市政府。
線框部分爲淡水廳城示意圖，「●」表城門，今僅存東門。（以上據「Google 地圖」標示）

塹城竹社話從頭

武麗芳[*]

摘要

　　「竹社」這個已經在竹塹地區活動一百五十年的古典詩社，他是臺灣詩壇的傳奇亦是新竹的驕傲。道、咸以來至光緒乙未年（1895）止，竹塹城考取科舉功名的人數有進士、舉人、秀才等二百三十餘人，當時人文之盛可見一斑。咸豐七年（1857）七月七日，青年學子鄭景南邀集其好友七人，祭祀奎星，組織「斯盛社」，並請祖父開臺進士鄭用錫為其盟主。「斯盛社」是鄭景南等青年學子為科舉切磋詩藝的組織；也是新竹文獻資料上所記載的最早詩社。

　　咸豐八年鄭用錫進士逝世，「斯盛社」也逐漸為人所淡忘。根據《新竹縣志》記載：同治二年「竹社」、「梅社」先後成立。「竹社」集曾得意科舉功名者，以北郭園為雅集之地；而「梅社」成員多半為未成名之童生，以潛園為聚會場所。這兩大詩社在有意無意中，形成分庭抗禮之勢；而詩風之盛，吟客之數，也不分上下；當時即有「內公館、外公館詩文若（那）拼館」的時諺，流傳風光於全臺。光緒十二年（1886），苑裡茂才蔡啟運移居新竹，由於他為人豪爽，愛好風雅，頗得人緣。他見當時竹塹詩壇濟濟多士，各有所擅，於是便邀集了陳濬芝、陳朝龍、劉廷璧、鄭鵬雲、鄭家珍等諸名士發起，並多方撮合將「竹社」與「梅社」聯結合一而為「竹梅吟社」高舉吟旗重振騷風，一時間全臺矚目。

---

* 中華民國傳統詩學會副理事長、竹社（新竹詩社）總幹事、新竹市政府社會處處長。

　　「竹社」本於清同治二年就已成立（1863），從清末到日據時代，從臺灣光復直至今天，他一直扮演著保存鄉土語言與漢文化傳承的重要角色；而今卻因時代的變遷，傳統詩學的功能幾近沒落，再加上社會價值觀的丕變（速食文化），使得傳統雅致的古典詩學，面臨到嚴酷的挑戰；幸而在「竹社」耆老們的號召之下，努力吸收對藝文有興趣的年輕一代，為「竹社」再度注入新血。為配合政府「人民團體法」的規定，在蘇社長子建與本社總幹事武麗芳等多位詞長的奔走之下，「竹社」於民國八十八（1999）年十一月正式向新竹市政府提出重新籌組立案申請；終於得以在民國八十九（2000）年五月十三日舉行成立暨第一屆第一次社員大會。本論文主要即針對塹城竹社的發展脈絡作一梳理。

關鍵詞：斯盛社、北郭園、竹社、潛園、梅社、竹梅吟社、竹城詩社

塹城竹社話從頭

一五零年歲月遷，薪傳雅韻不遲延。

鄉詩俚諺風情采，竹社斯文麗史篇。

一　前言

　　「竹社」這個已經在竹塹地區活動一百五十年的古典詩社，他是臺灣詩壇的傳奇，亦是新竹的驕傲。「竹塹」在清治時期是淡水廳的廳治所在地。道、咸以來至光緒乙未年（1895）止，竹塹城考取科舉功名的人數計有進士、舉人、秀才等二百三十餘人，當時人文之盛可見一斑。咸豐七年（1857）七月七日，青年學子鄭景南[1]邀集其好友七人，祭祀奎星[2]，組織「斯盛社」，並請祖父開臺進士鄭用錫為其盟主，鄭進士亦先後賦詩三首勉勵他們，從而也看出身為長輩的鄭進士，對晚輩的提攜與期待。

　　　贈斯盛社同人　　　鄭用錫

　　　　磊落英姿正少年，諸君結社各翩翩。

　　　　留松開徑邀三益，種竹成陰得七賢。

　　　　壯志好登瀛海島，文光齊射斗牛纏。

　　　　積薪望汝能居上，聯臂相期尺五天。

　　　再贈斯盛社　　　鄭用錫

　　　　蕭森竹木映窗紗，聚首論文日未斜。

　　　　牛耳登壇慚我執，龍頭奪錦許誰誇。

　　　　心苗好種文章福，腹蘊能便氣象華。

　　　　得失全憑三寸管，榜中花即筆中花。

　　　七年七月七日，景孫祀奎星，招七友為斯盛社。書此勗之。　　　鄭用錫

　　　　七月七日占星斗，勝友七人盛文酒。心香一瓣拜奎星，

　　　　天上文衡主持久。相朝雲漢踏金鼇，山盤十五戴其首。

1　鄭用錫長孫，號少坡，如松之子。

2　俗訛稱為魁星。魁星是北斗七星之第一星，古天文學家認為是掌世間文運之神。景南選擇七年七月七日招七友祭星斗，有其選吉時，討吉利的意義。

> 願爾努力各飛騰，上應列星同攜手。神如首肯來默相，
>
> 報賽年年薦繁韭。

「斯盛社」是鄭景南等青年學子為科舉切磋詩藝的組織；也是新竹文獻資料上所記載的最早詩社[3]。

咸豐八年鄭用錫進士逝世，「斯盛社」也逐漸被人淡忘。根據《新竹縣志》記載：同治二年「竹社」、「梅社」先後成立。「竹社」成員多集曾得意科舉功名者，以「北郭園」為雅集之地；而「梅社」成員則泰半為未成名之童生，以「潛園」為聚會場所。這兩大詩社在有意無意中，形成分庭抗禮之勢；而詩風之盛，吟客之數，也不分軒輊；當時即有「內公館、外公館，詩文若拼館」[4]的時諺，流傳風光於全臺。光緒十二年（1886），苑裡茂才蔡啟運移居新竹，由於他為人豪爽，愛好風雅，頗得人緣。他見當時竹塹詩壇濟濟多士，各有所擅，於是便邀集了陳濬芝、陳朝龍、劉廷璧、鄭鵬雲等諸名士發起，並多方撮合將「竹社」與「梅社」聯結合一而為「竹梅吟社」高舉吟旗重振騷風，一時間全臺矚目。

光緒二十年（1894）中日甲午之戰，清廷兵敗議和，簽定馬關條約割地賠款，臺灣成為日本的殖民地。蔡啟運等諸多名士遂隱跡林下，鄭家珍、鄭鵬雲、陳濬芝、陳朝龍等多人則移居大陸，終老斯地，或避走他處，另謀出路。其他如王友竹、葉文樞、張純甫、張息六等人則內渡避亂，亂平回臺。因此「竹梅吟社」的吟詩活動也就暫時歇息；直至光緒二十三年（1897）恢復稱為「竹社」。

日人據臺廢止科舉，辦理日式學教育，壓迫臺人學習日本語文，並控制思想。有識之士認為：為了維繫祖國文化，必須設法使漢文不致被消滅。所以文人相率結成詩社，藉詩社活動鼓勵青年學子學習漢文。因此詩社便如雨後春筍般的相繼成立。日人據臺五十年，大肆推行「皇民化」運動，但卻始

3　明治四十三年《臺灣日日新報》及黃美娥博士《清代台灣竹塹地區傳統文學研究》，頁295，指出尚有資料不詳的「竹城吟社」。

4　內公館即潛園，外公館即北郭園。

終未能得逞，此與詩社的林立[5]、詩風的普及，實有極大的關係。日據昭和十四年（民國二十八年，1939），竹社社長鄭養齋逝世後，竹社遂不置長，改總幹事綜理社務，推展詩運。

綜上所述，「竹社」本於清同治二年就已成立（1863），從清末到日據時代，從臺灣光復直至今天，他一直扮演著保存鄉土語言與漢文化傳承的重要角色；「竹社」同人也因枝繁葉盛，徒子徒孫們流布於全臺各地[6]，為延一線斯文於不墜，深耕鄉土，對臺灣的傳統詩壇實有其一定程度的貢獻。而今卻因時代的變遷，傳統詩學的功能幾近沒落，再加上社會價值觀的丕變（速食文化），使得傳統雅致的古典詩學，面臨到嚴酷的挑戰；幸而在「竹社」耆老們的號召之下，努力吸收對藝文有興趣的年輕一代，為「竹社」再度注入新血。為配合政府「人民團體法」的規定，在蘇社長子建與本社總幹事武麗芳等多位詞長的奔走之下，「竹社」於民國八十八（1999）年十一月正式向新竹市政府提出重新籌組立案申請；並於核准後歷經召開一次的發起人會議與三次的籌備會議後，終於得以在民國八十九（2000）年五月十三日舉行成立暨第一屆第一次社員大會。直至今日亦已十有餘年，這期間「竹社」始終秉執著「溫柔敦厚詩之教」的社訓，一直持續辦理古典詩學、鄉土語文與雅韻薪傳等教學研習，學員多來自各階層，大家有志一同，以文化傳承為己任，共同為斯鄉斯土盡一分讀書人應有的本事與責任。

二　清領時期──竹城詩社（「竹社」）

「詩」，本來是人類情感的發抒，求其美化的語言藝術。這些藉以抒發情感的感懷或詠景之作，大都是屬於自我表現的孤吟獨詠。但是詩人為了要尋求共鳴，邀集吟侶，交流詩句，便逐漸發展成為詩酒唱酬的雅集聯吟。這

5　見廖雪蘭：《臺灣詩史・臺灣詩社繫年》（臺北市：武陵出版社，1989年）。

6　如陳堅志（竹峰）移花蓮、駱容基（香林）移花蓮、鄭火傳（指薪）移大桃園、陳楚材、莊田（禮耕）、蘇清池、蕭文賢（獻三）移臺北、郭茂松（子雲）移臺中、曾文新（了翁）移臺東、花蓮……等。

種活動自古就有蘭亭修禊、竹林七賢等流傳千古的風雅韻事。南北朝時，詩人集會，常常刻燭限時，用以表示他的捷才。後來更敲銅鈦立韻，流行一種擊鈦吟會。盛行於閩、粵一帶，傳入臺灣更風靡一時。康熙二十四年，明朝遺老──沈光文在諸羅（嘉義）邀集季麒光、華袞、韓琦、陳元圖、趙龍旋、林起元、陳鴻猷、屠士彥、鄭廷桂、何士鳳、韋名渡、陳雄略、翁德昌等十四位流寓諸公，首創「東吟社」[7]，這是臺灣詩人結社的濫觴。

康熙二十二年臺灣東寧王朝瓦解，經靖海侯施琅的奏請與堅持，朝廷將臺灣納入清朝版圖，並於康熙二十三年取消〈海禁令〉，允許人民出海捕魚、貿易，但對大陸及臺灣兩地人民卻仍是嚴格限制往來。是以臺灣早期的開發，先民多係以墾荒拓殖為主，根本無暇顧及溫飽之外的文化活動；及至各地墾家、富賈事業有成，書院培育子弟成材，鄉間文風才漸漸掘起，竹塹地區也因兩大名園主人[8]喜好風雅[9]，提供活動場所，邀集文士雅集，詩社的活動也才活絡起來。

誠如前面所言，《新竹縣志》上清楚記載著：「同治二年『竹社』、『梅社』先後成立」。事實上北郭園、潛園兩大名園在咸豐七年以前，就已有詩社的活動；例如林占梅的《潛園琴餘草》是依年段編輯的。如：自少時至辛亥（咸豐元年）篇，有七律一首題目為：「邀曾藺雲先生（驤）偕同人涵鏡軒納涼，烹茶賞荷，分韻得「嬌字」，即「詩韻」下平聲二蕭韻。

> 半畝淪漣趣已饒，芙蓉更喜綻今朝。如臨寶鏡凝妝靚，
> 似浴溫泉山水嬌。玉柄風生含麝馥，翠盤露滴愛珠搖。
> 熱塵即此銷除盡，暑氣何緣到綺寮。

我們從題目文字的敘述就可以知道，這是占梅邀集曾藺雲偕詩友（即詩

---

7 見廖雪蘭：《臺灣詩史‧臺灣詩社繫年》（臺北市：武陵出版社，1989年）。

8 即「北郭園」的鄭家與「潛園」的林家。

9 道光二十九年潛園築成，主人文采風流慷慨好客，各地詩人聞風踵至；晚年的鄭用錫，令其子如梁督築北郭園完成於咸豐元年（1851）以享山水之樂吟詠自娛。士大夫慕名過往唱和，風靡一時。

社同人）在涵鏡軒賞荷吟詩。時間是在咸豐元年或元年以前，雖然是潛園的詩會，當時的社名為何？無考。但是比「斯盛社」還要早，是無可置疑的。

　　又如《北郭園詩鈔》是同治九年，用錫的次男鄭如梁，託付曾是幕賓的《淡水廳志》主編楊浚（雪滄）所編輯；於同治十二年付梓刊行。因為它是依據五言、七言等詩的類別而編，是較難推算出作詩的年代，對文獻資料與時間的考據，幫助較少。但斯盛社結社之前，竹塹詩壇，確已有雅集聯吟之舉。鄭用錫去世於咸豐八年，享壽七十有一。離「斯盛社」的成立（咸豐七年）僅差一年，時間太短了。那麼鄭進士告老還鄉後，到去世前一年，約二十年的歲月裡，尤其是北郭園落成之後（咸豐元年），冠蓋雲集，文人墨客，接踵而至；豈會無雅集聯吟之舉？只是我們仍無法確定，它是「臨時性的詩會」還是「定期性的結社」而已；此外道光二十九年潛園築成，主人文采風流慷慨好客，各地詩人更是聞風畢至，潛園吟詠亦復如此。如有！那麼他們結社的社名為何？但目前卻無確實資料可以為證。以下是蒐集各家所提出的社名，謹以供參考。

社名	年代	記載於何書	作者	說明
斯盛社	咸豐七年（1857）	北郭園詩鈔	鄭用錫	七年七月七日景孫祭奎星招七友為斯盛社。
	1851年以後	新竹縣志	黃旺成	用錫晚年退休，建北郭園從事吟詠締結斯盛社。
	咸豐初年	風城故事	黃瀛豹	咸豐初年用錫與詩友數人組織斯盛社。七賢是竹塹七子，但這不是正式記錄，因為人事有變遷，人數永遠不會固定。
竹社	咸豐八年以後	新竹縣志	黃旺成	用錫建北郭園，海內外名人時相過從，詩酒酬唱乃成立竹社，參加者多為得
	同治二年（1863）	竹社沿革誌	范根燦	

社名	年代	記載於何書	作者	說明
	咸豐元年至咸豐十一年（1851-1861）	台灣詩史	廖雪蘭	意科場之人。
梅社	咸豐八年以後	新竹縣志	黃旺成	占梅建潛園（道光29年），結交海內外名人，成立梅社，參加者多為未成名之童生。
	同治二年（1863）	竹社沿革誌	范根燦	
	咸豐元年至咸豐十一年（1851-1861）	台灣詩史	廖雪蘭	
北郭園吟社	不詳1885年以前	友竹詩文集（偏遠堂吟草跋）	王松	友竹自述，弱冠參加北郭園吟，受香谷如蘭青睞。
潛園吟社	同治元年（1862）	台灣詩史（台灣詩社繫年）	廖雪蘭	戴萬生亂平，占梅詩酒琴歌於園，舉人林豪、閩縣林亦圖，乃創潛園吟社。

　　無論何種說法，「竹社」一名在清咸、同年間確已出現，而北臺文風之盛莫如淡水廳治的竹塹城[10]內；當時三五同好閒詠、聯吟時時有之，結社締盟，情理在中，或可這麼說：「竹社」應係概括指當時竹塹城內的詩侶吟社。如果從咸豐元年（1851），兩大名園開始從詩文吟詠活動算起，竹塹詩壇已經有一百六十二年的歷史。

　　竹塹地區詩風鼎盛，實歸功於開臺黃甲鄭用錫與潛園主人林占梅的積極倡導，而北郭園也於第二代主人鄭如梁[11]、鄭如蘭[12]昆仲的努力經營下，從

---

10 淡水廳隸屬於臺灣府，廳治初期暫設於彰化縣的彰化街，一七三一年遷至同縣的沙轆（今沙鹿），一七三三年始遷入廳治竹塹（今新竹），自此之後，竹塹成為北臺灣政經文化教育的中心。廳城初期並無城牆，僅在四週遍植莿竹。一八〇六年，因民亂之故築起土圍。一八二九年建成磚石城垣，名為淡水廳城，又名竹塹城。

11 如梁為鄭用錫進士次子。

12 如蘭為鄭崇和三男鄭用錦之子，鄭用錫進士之姪。

同治二年（1863）到光緒十二年（1886）二十三年間，儼然成為北臺墨客騷人的雅集勝地。如此江山樓主－詩人王友竹[13]曾在鄭如蘭的《偏遠堂吟草》跋文中提到他「弱冠時（光緒十二年）從諸先達入「北郭園吟社」。由此敘述，我們可以瞭解當時除了「竹社」、「梅社」之外，還有「北郭園吟社」的存在，其實應該不只以上所說的這些社名而已。當時這些竹城的詩人們，大多是跨社而吟，通常一人多具好幾個社的詩人身分，就好像今天我們憲法上說的「人民有集會結社的自由」一樣；其間並沒有很嚴格的區分，此時的所謂「○○詩社」「○○吟社」似乎也只是一個概念，並無極大的分野。例如潛園幕客林維丞（亦圖）本是潛園主人的至友與幫手，他不只是「潛園吟社」的主力成員之一，更分別參加了「竹社」、「梅社」、「北郭園吟社」以及合併後的「竹梅吟社」。從他們的詩文創作與唱酬往來中，我們雖無法很精確的知道，但至少可概略性的瞭解這些「社」有那些成員與活動方式。如：

（一）「社[14]」之成員

西元年	清朝		詩社名	主持人	成（社）員
1851	咸豐	元年	北郭園吟社	鄭用錫	竹塹七子、許蔭庭、陳維英、黃蕃雲、曾藹雲、黃雨生、汪韻舟……等
1851	咸豐	元年	潛園吟社	林占梅	葉松潭、陳性初、曾藹雲、鄭貞甫、林維丞、查少白、林豪（潛園築成，占梅廣邀海內外諸名士吟詠，初似無社名，潛園吟社之名係據其唱和集而來）……
1857	咸豐	七年	斯盛社	鄭用錫	鄭景南及其勝友（據北郭園詩鈔）

---

13 即《台陽詩話》作者王松。

14 見蘇子建：《塹城詩薈》（新竹市：新竹市文化中心，1994年），下冊。

西元年	清朝		詩社名	主持人	成（社）員
1863	同治	二年	竹社	鄭用鑑 鄭如蘭	鄭用鑑、鄭如蘭、鄭如梁、鄭如恭、鄭景南、楊浚、吳逢清、林維丞、黃淦亭、鄭毓臣……等
1863	同治	二年	梅社	林占梅	林占梅、林豪、秋日覲、許廷用、吳春樵、林維丞、郭襄錦、林汝梅、查少白、施和丞、許超英、黃玉桂、彭廷選等（新竹縣志・台灣詩史）……等
1886 ｜ 1894	光緒	十二年 ｜ 二十年	竹梅吟社	蔡啟運	陳瑞陔、鄭家珍、黃如許、林鵬霄、李祖訓、吳逢清、鄭葦卿、陳叔寶、劉廷璧、陳朝龍、鄭鵬雲（即鄭毓臣）、林維丞、陳世昌、鄭如蘭、曾吉甫、陳連三、張謙六、戴還浦、鄭養齋、鄭幼佩、鄭十洲、王松、王石鵬、王瑤京、黃應奎、魏篤生、郭鏡蓉……等（新竹縣志）

（二）活動方式

　　一、詩社成員們的聚會，大多分為定期與不定期兩種。定期聚會時，通常會把「課題詩」或「試帖詩」[15]，即是將在家磨練的詩作提出來共同討論析評鑑賞。至於詩社按期舉行的課題習作，係屬學習中的一個進程，亦為社友之間，借此以為進步程度的衡準而已；對「揚風扢雅」的基本精神，與作詩的宏旨，均有極大的助益。

　　二、擊缽吟會，〈擊缽吟〉的宗旨在乎的是「以文會友」。大家聚集在一起以限題、限體、限韻、限時，競賽作詩。擊缽聯吟是「會友」場中最熱烈

---

15 古代科考均須作詩，此為詩作部分考試的模擬試題；多為八韻十六句。

而精彩的餘興節目，並對獎掖後學兼而有之。是以〈擊缽吟〉可以說是一種帶有趣味性的學習方式，因為這種詩會的活動設計，有競賽有獎品，又有餘興節目，同時也有聚餐，更能藉此聯誼暢敘，又可達到互相切磋、觀摩的效果；是一種多元性的活動。

　　三、課題吟作外，尚有「詩鐘會」，通常都會另定日期或於晚上舉行。

　　四、閒詠或口占，即詩人自己平日，興之所至的作品，亦可藉詩社活動時發表分享。例如：林維丞（亦圖）〈潛園紀勝十二韻〉

　　　潛園紀勝十二韻　　　　　　　林維丞（亦圖）

　　　　此間小住即神仙，景物撩人別樣妍。
　　　　使酒連番開笑口，尋詩鎮日聳吟肩。

　　　　靜編籬落栽紅槿，斜倚欄干釣綠軒（釣魚橋）
　　　　涵鏡軒迷楊柳岸（觀音亭）鬧春樓醉杏花天。
　　　　愛盧雅癖懷陶令（陶愛草盧），拜石賢情慕米癲（香石山房）。
　　　　棲風碧梧堂爽朗（碧棲堂），盤螺幽境路迴旋（小螺墩）。
　　　　臺凌書舫通香樹（嘯望台、鄰花書舫、搦月弄香之樹）。
　　　　閣接蘭汀繫畫船（爽吟閣、蘭汀橋、吟月舫）。
　　　　菡萏池環三徑曲（浣霞池），芭蕉牆護一亭圓（宿景圓亭）。
　　　　窗中梅影庭中月（二十六宜、梅花書屋）。檻外風光閘外泉（留香閘）
　　　　留客竹鳴新雨後（留客處），迎風萍約彩虹前（雙虹橋）。
　　　　源添水活饒情處（清漪橋），垣借篔圍結淨緣。
　　　　差喜逍遙林下樂（逍遙館、林下橋），潛園勝跡許流傳。

　　　由於詩人與詩社的活動日趨興盛，社與社之間亦時有競合，是以本來由竹塹地區兩大名園所主導的北臺詩風，也因隨著主人鄭用錫、林占梅的相際謝世而有所改變；繼之而起的則是樹大分枝，枝大分葉，百花齊放百家爭鳴的時代。這些詩社成員聚會的場所，也已不再跼限於兩大名園，而一切活動的主導權，也逐漸在擺脫過去鄭、林家族獨大的局面；換言之，「潛園」與

「北郭園」，這兩大家族左右文壇的盛況已逐漸消退，竹塹文人世代交替的時代已然來臨。

三　日據時期──竹城詩社（「竹社」）

　　正當「竹梅吟社」於北臺詩壇吟旗高舉之際，發生中日甲午之戰，光緒二十年（1894），清廷兵敗議和，簽定馬關條約（1895）割地賠款。臺灣成為日本的殖民地。蔡啟運等諸多名士遂隱跡林下，鄭家珍、鄭鵬雲、陳濬芝、陳朝龍等多人則移居大陸，或終老斯地，或遠走他鄉。其他如王松、葉文樞、張純甫、張息六等人則內渡避亂，亂平回臺。因此竹梅吟社的吟詩活動便告暫時停止；直至光緒二十三年（1897）恢復稱為「竹社」。

　　「竹社」於光緒二十三年（1897）復名之後，並未因山河異變而消聲，反之以「用之則出，捨之則藏」的態度，為延一線斯文，默默入世耕耘。因為「竹社」的前輩們知道「飄零的種子，只能尋求落地生根，才有出路」若只是一味的以武力對抗，所換來的，定會是同胞們寶貴性命的慘痛犧牲；因此唯有以漢文化的默默傳承，才能夠對抗異族的侵略。而此一時期本島的有識之士，亦多持這樣的看法與作法；是以日本據臺期間應是臺灣地區詩社成長最多的一個特殊際遇的年代[16]。

16　康熙二十四年至光緒二十一年全臺僅有十二個詩社；然日人據臺五十年間詩社成立可考者有二百六十一個以上。詳見廖雪蘭：《臺灣詩史‧臺灣詩社繫年》（臺北市：武陵出版社，1989年）。

（一）日據時期的竹社

西元年	年號	年	詩社名	主持人	成（社）員
1897 ｜ 1945	清朝光緒 （日本明治） ｜ 民國 （日本昭和）	23年 （30年） ｜ 34年 （20年）	竹社	鄭以庠（養齋） 羅百祿（迴南） 鄭蘊石 陳竹峰（堅志） 李子波 謝森鴻	曾吉甫、葉文樞、 葉文遊、鄭虛一、 張息六、魏潤庵、 林榮初、蔡汝修、 鄭神寶、林篁堂、 謝森鴻、謝景雲、 吳　祿、羅百祿、 陳濬筌、鄭蘊石、 鄭雨軒、陳金龍、 黃龍潛、高華袞、 鄭香圃、陳竹峰、 許烱軒、曾秋濤、 王子擎、鄭王田、 林鍾英、林知義、 李子俊、張奎五、 鄭旭仙、郭仙舟、 陳如璧、黃祇齋、 謝載道、洪曉峰、 許函卿、朱杏邨、 郭夢凡、林丙丁、 郭茂松、黃嘯秋…… …等 （新竹縣志）（竹 社沿革志）

　　正因為臺灣文人懷著山河興亡的責任感，遂積極鼓勵組織詩社，並網羅漢學文獻，持續不斷的舉行擊缽聯吟，將傳統詩歌代代傳遞，此乃日據時代全臺詩社社員的共同心聲與使命。竹塹地區在「竹社風華」的引領之下，於日本據臺期間，亦不落全臺各詩社之後，分由「竹社」社員與社友出面主持或創立的詩社，陸續出現，至少有十六個詩社之多，（另不知名的詩社也有不少）其名如下，這些詩社與竹塹地區的書房相互輝映，成就了漢文化的命脈延續。

（二）日據時期竹塹地區（新竹州[17]）由「竹社」社員與社友出面主持或創立的竹城詩社們[18]

西元年	日本年	民國	詩社名	主持人（或創立者）	成（社）員
1923	大正12年	12	耕心吟社	鄭家珍（竹市）原「竹梅吟社」成員。	集門弟子創立。葉文樞、張純甫、黃玉成、郭仙舟（江波）、謝森鴻（字啟書、號鴻安壺隱）、謝景雲（大目、小東山）、王少蟠（火土）、鄭炳煌（字旭仙、號郁仙）、陳竹峰（堅志、號寄園）、許炯軒（光輝）、高華袞、許炯軒、曾秋濤……

---

17 一九二○年，台灣總督府修改地方制度設五州三廳。五州即高雄州、台南州、台中州、新竹州、台北州，三廳即澎湖廳、花蓮港廳、台東廳。

18 詳見廖雪蘭：《臺灣詩史‧臺灣詩社繫年》（臺北市：武陵出版社，1989年）、蘇子建：《塹城詩薈》（新竹市：新竹市文化中心，1994年）、《詩報》。

西元年	日本年	民國	詩社名	主持人 （或創立者）	成（社）員
1925	大正14年	14	青蓮吟社	鄭香圃原「竹社」成員。	槙之創立：鄭玉因、江尚文……
1926	大正15年	15	大同吟社	鄭香圃原「竹社」成員。	葉文樞、葉文游、鄭家珍……
1929	昭和4年	18	讀我書吟社	葉文樞（竹市）原「竹社」成員。	集門人創立：張純甫、盧瓚祥（史雲）、蕭文賢（獻三）、莊田（禮耕）、鄭指薪（火傳）、周伯達（德三）、蔡錦蓉（希顏）、郭茂松（鶴庵）、蘇清池（鏡平）、徐煥奎（錫玄）、許水金（涵卿）、陳湖古（鏡如）、楊存德（達三）、吳文安、胡介眉、漢秋、祖坤、夢樵、敏鑑、林丹初、黃炎煙（嘯秋）、蔡燦煌（東明）、黃詠秋、張錫祺、友鶴、保三、雪峰、遠甫、柯天賜、莊禮持、曾宗渠（石閣）、文魁、孟玉、洪一擎、金隆、含實、聖和、鄭煙地、燦南。後期社員：清涵、敏燦、圖麟、鄭蘊石、盼青、鄭雨軒、許炯軒、沈江楓、蔣亦龍、邦助、定基、葉旭生、張寶蓮。

西元年	日本年	民國	詩社名	主持人（或創立者）	成（社）員
1930	昭和5年	19	切磋吟社	黃潛淵原「竹社」成員。	集門人創立。
1931	昭和6年	20	竹林吟社	謝森鴻等七人（新竹市）原「竹社」成員。	效竹林七賢而名。陳竹峰、謝景雲、許炯軒、鄭炳黃、王火土、郭仙舟。
1932	昭和7年	21	御寮（漁寮）吟社	戴還浦原（竹北）「竹梅吟社」成員。	邀集地方人士創立
1932	昭和7年	21	來儀吟社	曾秋濤原（鳳崗）「竹社」成員	集門人與地方人士創立
1933	昭和8年	22	南瀛吟社	羅南溪（關西）	邀集地方人士創立
1934	昭和9年	23	大新吟社	藍華峰（新埔）	邀集地方人士創立
1935	昭和10年	24	柏社（堅白書屋）（世第三孝人）[19]	張純甫（新竹市）原「讀我書吟社」成員	純甫回鄉設塾後，集門人與詩友[20]創立。葉文樞、蕭振開（春石）、陳泰階（伯墀）、鄭葉金木（天鐸）、張寶蓮、劉梁材（梓生）、張國珍（友石）、鄭木生（東青）、陳永昌（穎沖）、吳成德（達材）、陳淋水、陳瑯江、李樹木（樹人）、謝添壽（凱八）、潘欽義（宜徽）、曾廷福（亭鶴）、郭文彬

---

19 張氏曾祖父首芳、祖父輝耀暨曾祖母陳順，承撫軍兼學政劉爵帥省三題奏，受旌表為孝友、孝婦令譽傳頌當時，時故有三孝人家之美稱。

20 見《詩報》。

西元年	日本年	民國	詩社名	主持人（或創立者）	成（社）員
					（君質）、陳振基（礎材）、陳萬坤（厚山）、南洲、沈江枋（江楓）、陳蒼石、曾華維（夏聲）、蘇起五、謝振銓、張君聘、蕭新、吳澤生、陳太郎、陳星平、吳承得、保三、謝少漁、漢迪、寶臣、謝載道、傳興、欽仁、鷹秋、少滿、益村、曾文新（小東郎）。
1937	昭和12年	26	聚星詩學研究會	徐慎圭（錫玄）	邀集地方人士創立
1937	昭和12年	26	鋤社	曾東農	鳳崗「來儀吟社」改組
1940	昭和15年	29	柏社同意吟會	洪曉峰原「竹社」成員。	社員多為柏社社員與地方人士[21]。黃潛淵、謝載道、周春渠、駱耀堂、謝少漁、洪燧初、郭仙舟、陳厚山
1942	昭和17年	31	竹風吟社	高華袞、林榮初原「竹社」成員。	邀集地方人士[22]創立。周德三、曾石閣、謝森鴻、朱杏邨、陳湖古、徐錫玄、陳金龍、陳如璧、洪燧初、胡桂林、蕭竹生、陳雲從、黃詠秋

---

21 見《詩報》。

22 見《詩報》。

西元年	日本年	民國	詩社名	主持人 （或創立者）	成（社）員
1942	昭和17年	31	新竹朔望吟會	鄭濟卿、羅百祿原「竹社」成員。	新竹各詩社合組新竹各詩社合組[23] 林榮初、吳蔭培、朱杏邨、吳瑞聰、洪曉峰、王緘三、彭嘉南、陳楚材、張極甫、謝景雲張奎五、郭茂松、曾寬裕
			敦風吟會	不詳	

　　一九四五年（臺灣光復）前後，新竹地區尚一群為數不少屬社不詳的詩人們，常以詩文唱酬社交往返於各詩社；如：釋無上法師（青草湖靈隱寺住持）、釋斌宗法師（古奇峰法源寺住持）、釋覺心法師（法源寺第二代住持）、釋印心法師、寒崖、汪式金、沈國材、沈江楓、張國珍（柏社）、陳福全（笑仙）、莊宏圖、李組唐、蔡燦煌、楊椅楠、吳朝綸等，實可謂熱鬧非常。

1　雅懷詩興擊缽吟

　　日本據臺之初，寓臺日人多能詩文，與本省詩人能並駕相匹者亦大有其人；如土居香國、櫻井兒山、崗本葦庵、石川柳城、木下大東、館森袖海、祝起雲、尾崎白水、加藤雪窗、內藤湖南……。光緒二十四年（明治三十一年）加藤雪窗自日來臺卜居臺北與「臺北民政局長」水野大路、「陸軍郵政局長」土居香國、伊藤天民、白井如海等創立「玉山吟社」；其後磯貝蠆城、中村櫻溪等人與部分臺籍人士李石樵、陳淑程、黃植亭暨當時來臺應「臺灣日日新報」聘為論說記者的國學大師章太炎等三十餘人，相繼入社[24]。每月會集擊缽敲詩，此為日人來臺後設有詩社之始。中村櫻溪尚有

23　是年由於戰事緊，新竹各社幾瀕瓦解，熱心人士乃倡議合組一大社，每月朔望集會聯吟。

24　見廖雪蘭：《台灣詩史》與王文顏：《台灣詩社之研究》（臺北市：政治大學中國文學研究所碩士論文，1979年）。

〈玉山社會宴記〉一文記其源由，其後館森袖海、小泉盜泉又與省籍人士另立「淡社」，吟詠不輟。

歷任治臺總督，對臺地內的詩社，多所寬容，甚或獎勵有加，兒玉源太郎、田健次郎、內田嘉吉、上山滿之進等四任，尤擅風騷，且常於全省各地召開詩人聯吟大會。如：第四任總督兒源太郎（光緒二十四年二月上任，三十二年四月卸任），於明治三十二年（1899）六月，其別墅南菜園落成時，邀請全臺詩人開吟會於園內，席上自賦一絕：

> 古亭莊外結茅廬，畢竟情疏景亦疏。
>
> 雨讀晴耕如野客，三畦蔬菜一床書。

得和詩八十七首，由米又山衣洲編成乙冊，題曰《南菜園唱和集》。第八任總督田健次郎（大正八年十月上任，十二年九月卸任），也曾於大正十年（1921）十月二十四日邀集全臺詩社之吟友會於官邸，席上自賦七絕乙首：

> 我愛南瀛景物妍，竹風蘭雨入詩篇。
>
> 堪欣座上皆君子，大雅之音更蔚然。

與會者一一唱和，由鷹取田一混編為乙冊，題曰《大雅唱和集》。

正因為臺灣上層士紳階級多受過傳統詩文的訓練，因此，文人雅集吟詩酬唱，幾乎是他們的生活中不可或缺的一部分。此一現象，反倒為日本統治政權乘勢利用，順應前清遺儒的心意，積極辦詩人聯吟大會如：「五州聯吟」[25]，並獎勵各地設立詩社，其目的則在於使士儒耽溺於詩酒之中，麻醉其反日意識，同時也方便監控其思想行動。

臺灣詩社之所以能於日據中期以後，呈現蓬勃發展的現象，甚至皇民化時期，詩社活動仍持續運作不受阻礙，實因受著日本官方的刻意鼓勵，甚至到了日據時代末期，第二次世界大戰期間，日方雖積極推行『皇民化運

---

25 日據時期台灣分五大州廳行政區，即臺北、新竹、臺中、臺南及高雄，並輪流舉辦全臺詩會。

動』，但基隆張朝瑞，所發行之《詩報[26]》在全面禁絕使用漢文之際，尚能
按期出刊，刊載各地詩社之擊缽吟稿；可見日本統治者對詩社發展，並未予
以壓制。日據時期臺灣地方詩社組織盛行，除了上述所言之外，還有可能是
與日本人對漢唐文化的崇慕心態有關。

2 「面對林園百感生」的老竹社詩人

對離臺避亂復返家鄉的詩人們，如王松、鄭家珍、葉文樞、張純甫、張
息六等人，在「面對林園百感生」之餘，為傳承與生計紛紛結社立塾[27]，這
個中之感，就他們來說實難言喻。

亂後遊潛園　　　王松

　醉過西州更愴神，潛園無復昔時春。
　忽看石筍鐫為砌，況說梅花砍作薪。
　臨水高樓餘瓦礫，藏山絕業化灰塵。
　傷心來去堂前燕，悲語如尋舊主人。

舟至滬口見臺山有感（二首之一）　　　鄭家珍

　一別臺山近廿年，本來面目尚依然，
　者番相見多情甚，不斷流青到眼前。

癸亥三月日皇太子蒞臺代友人撰頌　　　鄭家珍

　天風吹下朵雲紅，捧出黃離若木東。
　千里婆娑開博望，五州民物繫深衷。
　隨車合晉甘霖頌，補袞咸思贊日功。
　不獨覃恩歌小海，襄遊樂事眾心同。

---

26 《詩報》昭和5年10月30日發行至昭和19年9月（1930-1944）發行人分別為周石輝、蔡
　清揚（昭和7年11月18日以後）、張曹朝瑞（昭和8年11月15日以後）每月發行兩次，即
　每月月初及月中；為日據時期傳統詩壇詩訊的重要刊物。
27 鄭家珍的耕心吟社（耕心齋）、葉文樞的讀我書吟社（讀我書齋）、張純甫的柏社（堅
　白書屋）

　　舉人鄭家珍寄寓於新竹北門外水田街紫霞齋堂時，曾於紫霞書室設寄齋，並自撰短文〈寄齋〉下註乙丑仲秋，其文曰：

　　寄齋者何？余於寄留地所自署之齋名也。齋無定處，紙之所在即其處；齋無長物，隨身之物即其物。余即忘此身之為寄，余又何知是齋之有無？則以是齋為無格有之齋也可，以余之寄於是齋為余之寄所寄也可。

諸生修脯有除夕猶未送至者戲書　　　　鄭家珍
　　詩舌為生不礙荒，硯田惡歲又何妨。
　　築臺避債君偏巧，我愧提燈夜索償。

　　這是多麼尷尬的事，對一個飽讀詩書曾是光緒甲午科舉人，而暮年垂垂的老塾師而言，這又是何等的殘忍與現實，遠在泉州的至親、妻小正等著鄭舉人回家過年呢！

贈張純甫先生　　　　葉文樞
　　移硯頻年類轉蓬，松山台北又基隆。
　　三間老屋歸堅白，萬里長途踏軟紅。
　　書巨療飢藏枉富，詩能作祟詠偏工。
　　十從十不存深意，曲諒貳臣經略洪。

文樞文以詩見贈，次韻奉和　　　　張純甫
　　每見麻中有直蓬，何曾道必計污隆。
　　柏松寒歲青還綠，桃李公門白與紅。
　　獺祭先生書不釋，蟲雕吾輩詩難工。
　　他年爐火純青俟，九轉丹成遂葛洪。

再次文樞丈韻　　　　張純甫
　　海天洲島本瀛蓬，樓閣金銀運正隆。
　　雪下樹甯全體白，爐中碳已十分紅。

> 飢蛇象肉言將實，猛虎猴拳語尚工。
>
> 我等如為僧一日，只能鐘叩幾聲洪。

張純甫為生計與傳承幾經他鄉，前後遷移館址於新竹、松山、臺北、基隆、等地，萬里長途奔波各地。同樣的葉文樞也是為生計與傳承，新竹、頭圍、泉州等轉換了好幾個地方，難得安定，真是同病相憐。書籍不能療饑，卻枉藏了那麼多。他們兩位都有好讀書、好藏書之癖，所以常把餘蓄都充為購書之資。尤其是純甫藏書萬卷卻身後蕭條，死後藏書也流散各地，真是可惜。新竹出身，旅居花蓮的老竹社詩人駱香林[28]，在純甫去世時送他一對輓聯說：

> 讀完一書，乃買一書，十年間已通萬卷；
>
> 少離故里，老還故里，百歲後宜祀于鄉。

並註說：「純甫輩聲吟社，讀書之多，吾堂無人出其右」。可見香林是相當的佩服他的好學。

3 釋無上法師與竹社、竹城詩人們

民國三十二年到三十三年間，新竹的詩人雅集，常在靈隱寺舉行。因此住持釋無上法師和他們的唱酬詩有很多次刊在詩報上。當時「竹社」、「竹風吟社」的詩人們除了開擊缽吟會外，也常與其他詩友，常遊塹城八景的青草湖；蕭獻三、郭江波、釋無上法師及洪曉峰、陳厚山、胡桂枝、郭茂松、周德三、沈國材等都參加僧俗唱和。無上法師也都一一步韻回敬。詩意包含詠景、述懷、談禪不一而足[29]。

---

28 駱香林，名榮基，以字行；一八九五年出生於新竹，為張麟書高足，詩文詞賦書畫專精，與張純甫為至交迭有詩文往來。一九三三年移居花蓮開館授徒；一九五一年受聘花蓮文獻會除主編《花蓮文獻》，主修《花蓮縣志》，編輯《臺灣省名勝古蹟集》外，又采五言新樂甫作俚歌《俚歌百首初輯》、《俚歌百首初二輯》尚有《聯語》、《題詠花蓮風物》；後人將之編《駱香林全集》行世，一九七七年返道山，享年八十三歲，足為當代台灣詩文大家。

29 詳見蘇子建：《塹城詩薈》（新竹市：新竹市文化中心，1994年）、《詩報》。

敬和遊靈隱寺原玉　　　　**釋無上**

　心境無窮豈等閒，大千變化此塵寰，
　欲明實相真空體，悟契本源流水間；
　三藏經文深似海，雙兼悲智願如山，
　涅槃道證超生死，若樂俱忘念盡刪。

◎涅槃：滅度。謂脫離一切煩惱，進入一切無礙的境界。

　又

　清涼境內爇香風，靜聽馴獅吼梵宮，
　覺岸先登稱佛子，迷津衝出算英雄；
　一塵遍入諸塵裡，萬法全收一法中，
　三界從來是牢獄，眾生何苦戀樊籠。

◎三界：佛教把生死流轉的人世間分為三界即欲界、色界、無色界。

　又

　浮生萬事總由天，轉眼光陰過百年，
　苦海無邊因學佛，菩提有願更加鞭；
　掃除意地空空已，煥發心花燦燦然，
　欲會瞿曇言外旨，祖師衣缽冀真傳。

◎瞿曇：釋迦牟尼，姓瞿曇。

　又

　人情冷暖事全賒，擺脫塵緣便出家，
　軒冕泥塗同一瞬，窮通貧富等空花；
　不為世上爭名客，有意湖中伴落霞，
　彈指百年驚短夢，機心何故日欹斜。

　　那時正是太平洋戰火方熾，盟軍即將開始反攻，新竹市也將遭受盟機的炸彈洗禮之時，大師另作有一首希望明年能看到太平的詩。

太平

> 黃花吐秀桂香浮，為寫秋容聚鷺鷗，
>
> 世事驚心成夢幻，烽煙滿眼漫懷憂；
>
> 藜羹糲飯無佳味，倚馬雕龍有雋儔，
>
> 來歲重陽催擊缽，太平和唱佛前求。

釋無上上人.仙舟詞友　　　蕭文賢（獻三）

> 南國秋深尚未寒，野寺尋詩興漫漫，
>
> 片時能得舒中意，來日違期計大難；
>
> 薦有心香虔即佛，縱無菊釀敬循官，
>
> 放懷自補登高賦，莫圬黃花十日看。

敬和獻三先生原玉　　　釋無上

> 落葉蕭蕭漸覺寒，滿園秋意思漫漫，
>
> 三生共話禪機妙，一席深談道理難；
>
> 喜捨慈悲人作佛，公平正直者為官，
>
> 物資節約逢今日，淡泊猶須耐久看。

敬和原玉　　　郭江波（仙舟）

> 車勞枉顧雪中寒，促膝談心思渺漫，
>
> 千日酒沽千日醉，一時事免一時難；
>
> 香行列列參丞相，柏撫森森憶錦官，
>
> 賦小重陽詩餉我，披吟不厭百回看。

敬疊前韻　　　釋無上

> 春日纏經杏雨寒，秋風又感夜漫漫，
>
> 百年身世光陰短，萬劫死生解脫難；
>
> 但願九蓮居下位，不求一品作高官，
>
> 任他滄海桑田變，自向本來面目看。

謹和原韻　　　蕭竹生

　紅塵滾滾等雲浮，斑管蒲團總鷺鷗，

　不滅不生真不死，無名無利更無憂；

　百年過隙難為計，半日偷閒樂與儔，

　任是滄桑多變幻，此身常健復何求。

謹和原韻　　　胡桂林

　橫秋豪氣等雲浮，浪跡江湖一小鷗，

　見性修真原愛靜，洗心樂道自忘憂；

　且將風月當親友，聊把琴書作雅儔，

　緣結禪關超世外，玄機清福箇中求。

　　有人說寺廟為出世修身的清靜之地，凡夫俗子非請莫入，但竹塹地區的
清草湖、古奇峰向係名剎寶地，靈隱寺、法源寺更是學問僧住持所在，竹城
詩風早已吹入此地，所以法師們縱要出世，也須入世；七十年前無上大師傳
道，詩人們共參，將無限禪機蘊含於詩詞之中，使人吟味再三，釋、道、儒
讓人著實有殊途同歸之感；而於唱酬之際，祥和的人生哲理，亦已昭然若揭
於天地之間了。

　　下表為日據時期竹塹地區詩社活動作品（抄錄於詩報）

詩報日期及期號	詩題	左詞宗	右詞宗	左元	右元	備註
昭和二十二年 1927.3.22 錄自臺灣日日新報	彌勒現肚	鄭養齋	葉文樞	鄭雪汀 不為藏經腹始便 鐘峰南畔坐參禪 肚皮一笑難諧俗 翻讓山靈作孝先	依同左	新竹青草湖感化堂祝武侯聖誕開擊鉢吟會 2～6名： 林篁堂　鄭氏慰 鄭蘊石　張息六 鄭養齋　謝森鴻 陳竹峰

詩報日期及期號	詩題	左詞宗	右詞宗	左元	右元	備註
昭和六年 1931.5.1 〔11〕	燕巢	全體會員合選		一 花癡許烱軒 鳩占何愁與鵲同 小簷簷裡畫樑中 當時王謝堂前壘 料得芹泥落已空	二 酒癡鄭炳煌 銜泥啄草 趁春風 營壘都參造化工 莫怨茅檐卑陋甚 棲身郤又勝吳宮	竹林吟社初回擊鉢錄 竹林有七癡，另五癡為 棋癡：陳竹峰 琴癡：謝景雲 詩癡：王少礇 畫癡：郭仙舟 書癡：謝森鴻
昭和六年 1931.8.15 〔18〕	荔枝譜	鄭養齋	張純甫	許烱軒 只將珍果論精詳 不啖奚知色味香 我道君謨偏靳筆 七篇僅述倚群芳	同左 當年象晉著群芳 此譜終推宋蔡襄 一卷渾如兔園冊 日丸風味論精詳	竹社擊鉢錄 2～10名： 王少礇　鄭養齋 高華袞　郭仙舟 陳竹峰　鄭炳煌 陳金龍
昭和六年 1931.11.15 〔24〕	秋閨怨	黃潛淵	林篁堂	郭仙舟 白門衰柳影鬉鬉 獨對支頤淚半含 漫把婦人心比月 十分未滿夜初三	許烱軒 虫聲四壁听何堪 從此深閨睡不酣 纖錦未成偷盡泪 西風暮雨滿江南	竹社擊鉢錄 2～10名： 陳雲從　　黃潛淵 王少礇　　林篁堂 陳竹峰　　植三
昭和七年 1932.2.24 〔30〕	竹老	陳雲從	許烱軒	竹峰 細護免編籬 干霄喜可期 化龍休道晚 棲鳳憶當時 弄過多年月 猶存百尺枝 子猷還愛汝 白首不心移	仙舟 龍孫添繞膝 嶻谷久栖遲 葉綴文千个 影搖月一枝 長標君子節 別有古人姿 志獨凌雲抱 虛心似少時	竹社擊鉢錄 2～10名： 烱軒　交甫 少礇　篁堂 湖海　潛淵 金木

詩報日期及期號	詩題	左詞宗	右詞宗	左元	右元	備註
昭和七年 1933.5.15 〔35〕	含羞草	黃潛淵	鄭蘊石	伯達 羃烟和雨襯城春 不盡風情未了因 為問汗顏緣底事 王孫歸去有何人	烔軒 葉似含羞未敢伸 托根原上幾芳春 倘能有恥心常在 論德何關笑小人	竹社、竹林吟社、切磋吟社三社聯吟擊鉢錄 2〜10名: 竹峰　景雲 錦樑　大目 郁仙　金龍 堅志　交甫 炳煌　雲從 鷹秋
昭和八年 1933.1.1 〔50〕	鳥人	高華袞	許烔軒	郭仙舟 進境思維各不同 人含鴻鵠志無窮 一朝奮翼沖霄去 九萬鵬程指顧中	張筑客 丘隅知止我能同 卻對飛機拜下風 自是身難生羽翼 卅年猶不脫樊籠	竹社擊鉢錄 2〜10名: 郭仙舟　張奎五 高華袞　許烔軒 戴墩　　陳金龍 戴永　　謝景雲 謝森鴻　曾克家 潛潤　　林篁堂 銅鐘
昭和九年 1934.10.15 〔91〕	秋中修園雅集	張純甫	黃潛淵	曾秋濤 木石平泉擬 騷人聚一庭 雅觀三曲徑 欣對四垂亭 苑闊茵鋪地 城荒嶂作屏 省園欽雁列 吾輩共忘形	葉文樞 小集中秋後 名園草尚青 康成推上客 茂叔仰居停 無酒澆胸臆 將詩寫性靈 不須涼月出 吟罷散如星	竹社擊鉢 2〜10名: 錦鏞　　謝景雲 陳金龍　鄭養齋 黃潛淵　郭仙舟 曾文新　張純甫 林篁堂
昭和十年 1935.2.1 〔98〕	附驥	德昭	張純甫	張奎五 驥尾追隨萬里翔 雄飛且漫傲同曹	許烔軒 驥尾追隨志已豪 長鳴豈得到吾曹	栗社　竹社 來儀社　三社聯吟擊鉢

詩報日期及期號	詩題	左詞宗	右詞宗	左元	右元	備註
				營營人亦蒼蠅似 附會彰名更自豪	看他多少依人輩 成事何曾汗馬勞	2～10名： 曾禮亭　雅齋 鄭養齋　黃祉齋 喬材　　黃潛淵 許聯壁　顏甫 陳金龍　曾克家 曾秋濤　曾文新
昭和十年 1935.2.1 〔98〕	小別	張純甫	葉文樞	葉文樞 功課餘閒暫告歸 臨歧分袂倍依依 還家日比離家少 同學何須悵久違	張純甫 每聞臘鼓送人歸 老例年年總未違 不日春風重返棹 又須附驥共追飛	新竹讀我書社擊鉢 2～10名： 金隆　　蕭獻三 黃嘯秋　蘇鏡平 郭茂松
昭和十年 1935.8.1 〔110〕	白紙	葉文樞	黃潛淵	蕭獻三 攤箋枉把硯穿磨 自古酸儒本色多 莫羨銀鉤能透背 不持寸鐵有東坡	許烱軒 久親翰墨未登科 曳白頻年待切磋 笑我文章還後素 絕勝聲價洛陽多	竹社擊鉢 2～10名： 謝景雲　張奎五 謝載道　張純甫 蕭獻三　李傳興 葉文樞　陳金龍
昭和十一年 1936.2.2 〔122〕	奇石	葉文樞	許烱軒	保三 可憐無罪著秦鞭 五色鮮明可補天 只為望夫心不轉 故留怪狀立山巔	沈江楓 自昔媧皇克補天 煉成五彩至今傳 璞完豈只連城價 畢竟人間醜得全	柏社　讀我書社聯吟 2～10名： 徐錫玄　葉文樞 楊達三　鄭指薪 黃嘯秋　黃詠秋 劉樑材　陳萬坤
昭和十二年 1937.1.1 〔144〕	賀年信	張筑客	葉際唐	葉際唐 元旦新禧不厭詼 試思何事可歡娛 光陰往歲悲難返	張筑客 冊載隨人書吉語 一宵新夢醒屠蘇 春風排闥郵書入	新竹聚星詩學研究會擊鉢 2～10名： 林丹初　蔡燦煌

詩報日期及期號	詩題	左詞宗	右詞宗	左元	右元	備註
				相慰人偏一字無	混得梅花雪片無	黃炎煙　徐煥奎 楊存德　蕭文賢 鄭指薪　黃詠秋 莊禮持
昭和十二年 1937.1.1 〔144〕	牛	羅炯南	葉文樞	高華袞 報主分勞不憚忙 一車粟載許多囊 陶朱養畜風還在 五犉興家富敵王	許涵卿 牧豎麾來向草場 下山日夕每偕羊 破燕莫駭田單火 利欲驅人力更強	新竹讀我書社擊鉢錄 2～10名： 郭茂松　周德三 徐錫玄　洪一擎 黃詠秋　蔡東明 楊達三　蔣亦龍 莊禮持
昭和十二年 1937.1.17 〔145〕	縛虎	葉文樞	張純甫	張純甫 毀玉群思出柙年 人人色變聚談前 早知他日難於放 得子何勞入穴先	葉文樞 斑奴維縶理該然 肆虐人群歷有年 縲紲誰云非汝罪 試聽歸哭泰山邊	新竹柏社擊鉢 2～10名： 鄭鷹秋　黃嘯秋 葉天鐸　黃詠秋 陳礎材　張國珍 徐錫玄
昭和十三年 1938.3.18 〔173〕	冰鈴	張純甫	葉文樞	鏡平 聽時非渴不須煩 初夏街頭處處喧 比似風前淋雨曲 詩情來對玉壺魂	純甫 鳴鸞不復入宮門 急雨空聞驛馬奔 掩耳有誰防冷語 一聲熱客最消魂	聚星詩學研究會 2～10名： 文樞　漢秋 茂松　夢玉 嘯秋　天賜 德三　遠甫
昭和十四年 1939.1.1 〔192〕	兔	高華袞	葉文樞	蘇鏡平 皎潔冰毫態絕殊 如今營窟復三無 蟾宮久伴嫦娥住 卻笑人間尚守株	同左	讀我書社擊鉢 2～10名： 郭茂松　徐錫玄 周德三　郭友梅 鄭指薪　郭子雲 沈國材　許涵卿 陳如璧

從一九三七年盧溝橋事變到一九四一年十二月七日日軍偷襲珍珠港，因戰事轉劇，日本政府對臺的策略轉向，漢文報紙停刊、公學取代書房，在國語家庭，全面皇民化運動下，全臺詩社逐漸消音，竹社詩人們亦默默走入了另一世代。

四　光復後迄西元二○○○年

當鄉土文化再度抬頭的時候，塵封的歷史重新再被開啟，「竹社」的徒子徒孫們，從光復以來，在新竹地區各詩社相繼消失之際，依舊是默默耕耘，進而撐起漢文教育傳承的使命，對鄉土文化的紮根與傳承，實有著不可磨滅的影響。雖然光陰不再，哲人日遠，身為塹城子弟與竹社的一員，希望以這篇淺論作為索引，延線來繼續追尋歷史的記憶，好為傳統的漢文教育與鄉土文學盡一份心力。

（一）從 1945-2000 年新竹地區的詩社與竹社

西元年	民國	詩社名	主持人	成（社）員
1945	34年	新竹市聯吟會	郭江波（仙舟）	臺灣光復後各詩社聯合（新竹縣誌）
1970	59年	詩經研究會	張錫祺	臺灣光復後各詩社聯合（新竹縣誌）
1982	71年	新竹縣詩人聯吟會	黃金福（祇齋）	臺灣光復後各詩社聯合（新竹縣誌）
1945 | 2000	34年 | 89年	竹社	謝景雲（大目） 郭茂松（子雲） 黃金福（祇齋） 張文燦（奎五） 劉　進（彥甫）	旅居外地但仍時返竹社參與活動之社員： 郭茂松、陳竹峰、蕭獻三、蘇鏡平、鄭指薪、陳礎材、莊禮耕、蕭振開。

西元年	民國	詩社名	主持人	成（社）員
			范根燦（元暉） 蘇子建（鶴亭）	朱杏邨、王秋蟾、王緘三、謝景雲、謝麟驥、黃嘯秋、張文燦、劉　進、范根燦、范天送、李春生、杜文鸞、胡介眉、許炯軒、范根燦、郭添益、曾克家、戴維南、黃景星、林則誠、陳心蔣、陳俊儒、莊鑑標、戴碩甫、陳丁鳳、蘇子建、武麗芳… ……。 （新竹縣志）（竹社沿革志）

　　臺灣光復以後，因著時勢與客觀環境的轉變，竹塹地區（新竹州）由「竹社」社員與社友出面主持或創立的竹城詩社們，卻逐漸的被時間所遺忘；雖然各詩社仍會依固定時間自行聚會聯吟外，也會跨社交誼，有些人也同時參加了好幾個詩社；但隨著時代的洪流，或一年或數年，許多詩社漸漸消失於無形，最後只餘竹社之名仍存於詩壇未墜。雖是「老兵不死」但卻也「只是凋零」了。

（二）以下為 1945-2000 年間新竹地區的詩社與「竹社」詩人們的詩社活動作品[30]（摘錄）

時間	詩題	左詞宗	右詞宗	左元	右元	備註
民國三十五年 1946.8	風聲	許烱軒	洪曉峯	郭仙舟 一春花信報和平 解籜猶聞剪剪輕 鼓吹力憑新竹動 飄揚吟韻出東瀛	郭茂松 偃草曾矜君子德 吹花易動美人情 大王襟度歐陽賦 讀向秋宵月正明	新竹市聯吟會 2～4名： 王鏡塘　陳鐵鏦 張國珍
民國三十五年 1946.8.25	雨金	楊如昔	張奎五	秋濤 醫貧濟旱快咸雙 渴望堪移慰萬邦 感孝催詩皆可擬 漫天鋪地滿春江	王鏡塘 甘霖如注漲春江 有屋藏嬌興未降 多謝東皇千鎰賜 知時一滴價無雙	新竹市聯吟會擊鉢 2～5名： 郭仙舟　謝景雲 張奎五　張國珍 蕭振開
民國四十二年 1953.4.20 詩文之友第一卷第一期	鵲橋會	如璧	旭仙	兆文 料得双星瘦玉容 一年一度一相逢 最憐別後南飛去 鞭石何能倩祖龍	同左	新竹市聯吟會擊鉢 2～10名： 香圃　景雲 子俊　烱軒 國材　茂松 如璧　奎五 遐年　國珍 少漁　杏邨 石閣　曉峰
民國四十三年 1954.5.15 詩文之友第二	青草湖即景	釋無上	謝景雲	一　謝景雲 擎天寶塔鎮幽魂 偶一登臨淨六根	二　張奎五 一湖青草遠城垣 梵唄鐘聲隔岸喧	靈隱寺擊鉢吟 3～10名： 鄭旭仙　郭茂松

---

30 詳見古典詩文月刊《詩文之友》。一九五三年十一月在彰化創刊，發行人洪寶昆，社長王友芬，並由林荊南擔任主編。一九九三年間停刊發刊期長達四十年。

時間	詩題	左詞宗	右詞宗	左元	右元	備註
卷第六期				萬頃湖山皆畫本 紅塵飛不到禪門	春暖柴橋桃漲浪 幽深花木擁禪門	范烔亭　曾錦鏞 曾石閣　徐錫玄 曾啟澄　謝麟驥
民國四十五年 1956.8.1 詩文之友第六卷第一期	青草感化堂雅集	康壽曼	吳左炎	國材 掃盡浮華眼界揚 天然佳景繞禪堂 翩翩墨客欣留上 濟濟騷人樂未央 寺隔五重雲四合 溪流九曲帶双行 憂時我亦吟梁父 絕卻紅塵興轉長	曉峰 幾疑三顧臥龍崗 佳客聯翩萃一堂 約伴探驪誇妙手 尋僧選勝滌愁腸 詩成俊逸留餘韻 鉢擊清新禮上方 觸詠無忘人在莒 中興鼓吹此宣揚	竹社擊鉢 陳祥麟主辦 2～10名： 杏邨　麟驥 奎五　旭仙 元居　旨禪 祥麟　根燦 遐年　秋蟾 子俊　丁鳳 烔亭　祉齋
民國四十五年 1956.5.1 詩文之友第五卷第四期	壽星	黃祉齋	洪曉峯	載道 堂堂聯璧月 耿耿映銀河 灼爍輝南極 光芒燦北坡 祥開徵五福 瑞應叶三多 共仰天樞護 千秋永不磨	如璧 元象徵祥瑞 懸空永不磨 光搖牛斗近 彩映竹城阿 海屋籌添算 天街歲閏多 昭昭輝玉宇 長照髻双旛	謝森鴻先生六秩壽慶擊鉢吟 參加者： 景雲　祉齋 奎五　遐年 曉峰　旭仙 茂松　咏秋 國材　森鴻 厚山　子俊 錫玄
民國四十五年 1956.7.1 詩文之友第五卷第六期	花市	謝景雲	郭茂松	張奎五 牡丹沽後又玫瑰 香滿街頭幾朵開 聲價轉愁譴儈賤 奇葩辜負十年培	謝森鴻 街頭巷尾聚花堆 販賣嫣紅日幾回 香繞軟紅聲鼎沸 春光不負數枝梅	竹社 2～10名： 朱杏邨　洪曉峰 郭茂松　謝載道 李春生　黃祉齋 范烔亭　許烔軒 陳礎材　陳祥麟 謝景雲

時間	詩題	左詞宗	右詞宗	左元	右元	備註
民國四十五年 1956.11.1 詩文之友第六卷第三期	村姑晒谷	洪寶昆	洪曉峯	曾禮亭 呼來姊妹簇如雲 香稻新登穡事紛 赤足尚看敷白粉 豐腰還愛束紅裙 玉杭每恐遭霪雨 金粟頻翻到夕曛 他日鳳占鄉下卜 耦耕自可助夫君	鄭旭仙 如花女著柳絲裙 箬笠芒鞋卻累君 好藉稻庭窺翠黛 忙持竹帚掃黃雲 辛勞不遜鬚眉力 操作應誇姊妹群 窈窕年華剛二八 整天晒谷最殷勤	竹社例會 鄭旭仙、曾禮亭主辦 2～10名： 謝景雲　許遐年 陳兆文　陳如璧 謝載道　范根燦 許炯軒　范炯亭
民國四十六年 1957.7.1 詩文之友第七卷第四期	催詩雨	沈梅岩	倪登玉	王秋蟾 丁冬疑似催花鼓 淅瀝猶疑助戰場 不有沛然如擊鉢 幾回累我索枯腸	李春生 淅瀝聲同鉢韻揚 低吟覓句索枯腸 瀟瀟促我詩千首 滋潤筆花怒放光	桃竹苗三縣丁酉春季聯吟會 竹社主辦（於青草湖水庫） 2～10名： 陳梅園　謝麟驥 郭茂松　黃祉齋 錦練　　朱杏邨 鄭子侗　謝鐸庵 吳增輝　張作梅 王鏡塘　范炯亭 洪清俊　張奎五 陳其昌　顏其昌
民國四十七年 1958.7.1 詩文之友第九卷第四期	雨意	謝景雲	洪曉峰	郭茂松 蕭疏未聽滴梧桐 詩思仍從醞釀中 雲自有情山變態 欲來先送滿樓風	張奎五 旱象將成問老穹 霏微徒在蓄含中 密雲自我西郊感 點滴難沾鑑苦衷	竹社擊鉢吟錄 2～10名： 黃祉齋　朱杏邨 謝森鴻　曾石閣 謝少漁　許炯軒 洪曉峰　陳登鳳 陳如璧　謝麟驥 徐錫玄　許遐年 黃嘯秋　謝景雲 范炯亭

時間	詩題	左詞宗	右詞宗	左元	右元	備註
民國四十七年 1958.9.1 詩文之友第九 卷第六期	竹屋	郭茂松	洪曉峰	謝森鴻 虛心築處興偏饒 一座琅玕巧樣雕 配與紙牕吟玉局 蒼龍作閣自高超	黃祉齋 築向臨川傍小橋 西江截取匠心超 此中樓有人間鳳 志在凌雲上碧霄	竹社擊鉢吟錄 2～10名： 徐錫玄　范根燦 謝麟驤　陳如璧 謝景雲　許烱軒 鄭炳煌　范烱亭 許遐年　朱杏邨 郭茂松　呂天送 李春生　李子俊
民國四十八年 1959.5.1 詩文之友第十 一卷第一期	青草湖 水庫	洪寶崑	謝景雲	鄭炳煌 一湖貯滿韻冷冷 春到柴橋草木馨 鸕泛滄波人皷棹 鳴飛碧落樹圍屏 山泉沫噴穿巖出 野寺鐘敲隔岸聽 恰比曹公塘九曲 風光灌溉兩堪銘	洪曉峰 石門媲美建郊坰 竹邑人來擬洞庭 五指峰高天際碧 一湖草嫩雨餘青 花浮水面添文趣 月印波心幻渺冥 利濟農田歌擊壤 重遊約不負山靈	竹社擊鉢吟錄 2～10名： 陳如璧　謝麟驤 謝景雲　朱杏邨 洪寶崑　張奎五 陳兆文　郭茂松 李春生　李子俊 黃祉齋　范根燦 黃嘯秋　許烱軒
民國六十年 1971.10	首唱： 秋扇	陳根泉	蔡秋金	杜文鸞 一柄搖明月 違時怨望睺 淒涼遭見棄 零落恨交加 禹錫曾歌唱 婕妤每嘆嗟 西風能再熱 恩寵感無涯	胡介眉 西風蕭瑟裡 藏篋素紈嗟 殘暑傳三伏 雄文賦九華 黃香停扇蓆 溫嶠喜披紗 莫效班姬怨 團圓樂靡涯	竹澹社聯合擊鉢 錄 2～10名： 黃祉齋　陳槐庭 范烱亭　蔡秋金 張奎五　陳根泉 黃嘯秋　吳君德 朱杏邨　謝麟驤 李春生
民國六十三年 1974.4	塹城暮 春	鄭指薪	陳鏡波	不詳	黃祉齋 尖山作筆寫文章 花落青湖燕語忙 九十韶光休浪擲	竹澹蓮三社聯吟 〔竹社主辦　李 氏餐廳〕 2～10名：

時間	詩題	左詞宗	右詞宗	左元	右元	備註
					竹城三月好風光	劉彥甫　陳竹峰 杜文鸞　李傳芳 曾石閣　黃嘯秋 張奎五　范烔亭 范根燦　許烱軒 莊鑑標
民國六十五年 1976.2	春寒	陳　香	吳保琛	鄭指薪 東風料峭爇薰籠 鸚鵡宵驚喚漢宮 舞袖薄憐簾外冷 錦袍宣賜眷方隆	陳如南 未消殘雪感無窮 一室生溫獸炭紅 熱血滿腔堪耐冷 梅花入望笑東風	竹澹社擊鉢吟錄 〔蘇子建宅〕 2～10名： 范根燦　劉彥甫 游象新　蘇子建 陳礎材　陳竹峰 許涵卿　周水旺 曾石閣　謝麟驥 吳保琛　戴維南 黃祉齋　張奎五
民國六十六年 1977.7	看天田	陳連捷	廖文居	黃祉齋 山腰重疊闢田園 增產辛勤敢怨言 隴畝地高難灌溉 溝渠水涸不潺湲 待蘇農父雲霓望 還乞天公雨露恩 安得平原作御史 已霑己定下傾盆	范根燦 丘陵百畝闢田園 作稼艱辛穀物蕃 河道遠離無水利 地形高亢缺泉源 擔憂苦旱勤耕種 寄望甘霖敢憚煩 好比仰人恩惠似 雲霓日日盼農村	竹社一四二期課 題 2～10名： 鄭指薪　游象新 杜文鸞　蘇忠仁 劉彥甫　戴維南 鄭啟賢　鄭鴻音 莊鑑標
民國八十六年 1997.5	梅雨	莫月娥	梁秋東	張國裕 連綿烟樹繞芳洲 灑到梅黃我亦愁 入眼淋漓添翠綠 漫教霉氣襲衣簀	李傳芳 熟梅天氣塹城遊 冒雨攤箋樂未休 滴滴催詩增客興 含些酸味潤咽喉	澹竹蘆苗四社擊 鉢例會 竹社主辦 2～10名： 蘇逢時　劉彥甫 彭仁本　邱顯通

時間	詩題	左詞宗	右詞宗	左元	右元	備註
						林鎮崟　黃增忠 陳俊儒　范根燦 劉秀夫　康坤旺 張欽木
民國八十七年 1998.5	宣導交通安全	張國裕	陳玉得	梁秋東 安全第一小心開 遵守交通利往來 公德灌輸諸駕駛 人人有責弭車災	同左	澹竹蘆社擊鉢錄 竹社主辦 2～10名： 莫月娥　陳俊儒 劉彥甫　林榮吉 李麗惠　邱創祿 李傳芳　陳玉得 范炯亭　李春生
民國八十七年 1998.10	補冬	范根燦	楊振福	梁秋東 橘綠橙紅晚稻收 參茸浸酒禦寒流 逢冬進補毋超量 營養均衡體自優	蘇子建 枸杞參茸效力遒 補冬藥物免搜求 身虧奢望填媧石 莫若餐糜清靜修	澹竹蘆三社擊鉢 錄 2～10名： 張國裕　劉彥甫 鄭指薪　李春生 邱顯通　武麗芳 范炯亭　康坤旺 莫月娥
民國八十八年 1999.1	新年展望	梁秋東	蘇子建	李宗波 戊寅亞訊報凋零 股市金融不忍聽 新歲陰霾期掃盡 昭蘇景象裕財經	彭仁本 迎新瑞氣起鯤溟 郅治繁榮國運寧 穩定財經宏駿業 祥徵今歲有餘馨	澹竹蘆三社擊鉢 錄 澹社主辦〔吉祥 樓〕 2～10名： 范根燦　莫月娥 林榮吉　鄭指薪 劉秀夫　楊維仁 邱顯通　梁秋東 鍾常遂　蘇逢時

時間	詩題	左詞宗	右詞宗	左元	右元	備註
民國八十八年 1999.4	塹城初夏	劉彥甫	陳玉得	范根燦 初熟黃梅四月天 鶯聲漸老隙山巔 迎曦濠畔絲絲柳 氣候清和氣豁然	劉秀夫 梅熟蘭芳著典篇 塹城擊鉢萃群賢 詩追白也琴書潤 浩氣沖霄勝月泉	澹竹廬三社擊鉢錄 竹社舉辦 2～10名： 鄭指薪　林榮吉 范烔亭　李傳芳 邱顯通　鍾常遂 林鎮圅　武麗芳 曾克家　張國裕 莫月娥　康坤旺 蘇子建　李春生
民國八十八年 1999.7.11	荷風送爽 〔避題字〕	范根燦	陳俊儒	蘇子建 馥氣微飄菡萏花 凌波楫盪樂吳娃 幽香拂拭人如醉 恍似濂溪夢未賒	鄭指薪 一池植滿玉無瑕 拂面輕柔記浣紗 欣過露筋祠正曙 迎涼香挹竹蓮花	澹竹廬三社擊鉢錄 澹社主辦〔北市吉祥樓〕 2～10名： 鍾常遂　李宗波 張國裕　張緯能 劉彥甫　范根燦 邱顯通　林鎮圅 李傳芳　彭仁本 楊振福
民國八十八年 1999.11.12	冬霽	張國裕	蘇子建	曾克家 小陽春至樹吟旗 竹塹騷朋共賦詩 雨後新鮮昭四海 晴光黑帝掌權時	陳俊儒 小陽春暖沁詩脾 踐約奇峰句鬥奇 雨後梅花嬌欲滴 逋仙莫怪愛如癡	澹竹廬三社擊鉢錄 竹社舉辦 2～10名： 莫月娥　林鎮圅 林榮吉　范根燦 劉彥甫　蘇逢時 李春生　彭仁本 張國裕　梁秋東 武麗芳

時間	詩題	左詞宗	右詞宗	左元	右元	備註
民國八十八年 1999.12.26	迎接千禧年	劉彥甫	陳俊儒	鍾常遂 二千步履迫眉前 繼往開來責在肩 志業完成迎世紀 普行民主慶堯天	梁秋東 世紀行將跨二千 衍生歷史臣編 鑿詩迎接新禧涖 摯祝人人福壽延	澹竹蘆三社擊鉢例會 澹社主辦〔吉祥樓〕 2～10名： 范根燦　蘇子建 莫月娥　武麗芳 康坤旺　林鎮焘 陳玉得　林玉妹 楊振福

臺灣光復後，由於交通逐漸發達，往來方便，跨縣市的聯吟經常舉行。桃竹苗三縣市從民國四十年代一直到民國八十年常常舉辦聯吟活動。「竹社」一直到民國六十二年還有自己的擊鉢吟會。六十三年以後老成凋謝，漸呈後繼乏人之態，遂改以課題通訊，遇重大慶典或社員家有喜事，才特別辦理詩會共襄盛舉。民國八十一年（1992）中華民國傳統詩學會印發的名冊，共有會員六百五十二名，其中竹社僅存黃炎煙（嘯秋）、范根燦（元暉）、范天送（炯亭）、李春生（東明）及蘇子建（鶴亭）等五人。新竹縣僅劉進（彥甫）、曾煥灶（克家）、陳心蔣三人。而苗栗縣則餘陳俊儒一人參加。詩盟沈寂，令人感慨！後陳俊儒老師在貓狸創立苗栗國學會，融合竹南、頭份、苗栗、苑裡詩人高舉吟旗，山城「栗社」才得以延續詩脈至今。

竹社開始與他縣市的詩社展開聯吟活動由來已久，溯自日據時期有五州輪辦之約。塾師領導的亦有耕心、讀我書社、柏社……聯吟之例。臺灣光復後，《詩文之友月刊》繼《詩報》等刊物登載活動成果可稽者有：

竹、澹　　　二社聯吟：民國五十九～六十五年

澹、竹、栗　三社聯吟：民國六十一年

竹、澹、蓮　三社聯吟：民國六十三～八十一年

澹、竹、蘆　三社聯吟：民國八十三年迄今

五 結語——現代竹社

民國十二年至三十一年，是全臺詩風最盛時期。竹塹地區在短短二十年間，新增了十數所詩社。如：讀我書社、切磋吟社、柏社、來儀吟社、漁寮吟社、青蓮吟社、大同吟社、竹林吟社、聚星詩學研究會、鋤社、竹市朔望吟會、敦風吟會、新竹卿英吟社（成員均為女士）、耕心吟社、竹風吟會及柏社同意吟會。民國二十八年（1939），竹社老社長鄭養齋先生去世後，竹社遂不置長，改由總幹事綜理社務。至民國八十八年約六十年之間，先後歷經羅百祿、鄭蘊石、陳竹峰、李子俊、謝森鴻、許炯軒、謝景雲、郭茂松、黃祉齋、張奎五、劉彥甫、范根燦、蘇子建等諸位先生掌理社務。

民國七十二年（1983）重陽節後一天，在新竹市青草湖靈隱寺舉辦竹社一百二十週年社慶，當日冠蓋雲集，場面浩大，典禮隆重，熱鬧非凡！首唱左右元得主是蔡中村和林萬榮兩位先生。時代巨輪不停的轉動，歲月匆匆，轉瞬間，今年（民國一〇二年，西元二〇一三年）竹社一百五十歲了！

（一）跨縣聯誼與社團登記

上述詩社聯吟，通常是以二到三人為一組輪值，由值東社員主持當日雅集會務，未曾仰賴地方政府補助或財團贊助。也沒正式向政府申請登記。民國五十九年端午節，佛教會理事長張錫祺先生曾組織「新竹縣詩經研究會」，由竹社成員協助活動事務。兩年後張老因病去世而告中止。又竹社耆老黃金福（祉齋）先生曾廣邀大新吟社、栗社、陶社等詩人組織「新竹縣詩人聯吟協會」，也因新竹升格為省轄市而告分家。兩位詩界前輩擴大詩社聯吟之圖，均譜下戛然而止的休止符。

民國八十年間，新竹市文化中心成立。適逢王世傑先生開拓竹塹三百週年紀念，文化活動連年展開，竹社同仁受邀參加吟唱發表會。蘇子建老師編著《塹城詩薈》一書也蒙市府付梓面世。為配合政府「人民團體法」的規

定，竹社於民國八十八年（1999）十一月正式向新竹市政府提出籌組立案申請。民國八十九年（2000）年五月十三日舉行成立暨第一屆第一次社員大會，六月五日獲頒人民團體立案證書（八九府社團字第三六五九九號）。

「竹社」立案後第一屆理事長蘇子建先生，接受眾詩友推舉而創社。他是新竹師範專科畢業生，博學多聞，善詩書畫，列「風城詩界耆老之一」。在他的領導及以吟唱著譽的武麗芳總幹事（現攻讀玄奘大學博士班）協助下，辦過許多場轟動的教師研習及吟唱活動，如「辛巳年塹城詩會」[31]，重新打開了竹社的知名度，獲得很大的迴響，式微的竹社重展生機，邁步向前。民國九十二年出版《松筠集》一書，是立案後竹社的第一本刊物，詳錄當時社員的動態與詩作。

第二屆理事長林鴻生先生，師大中文系畢業，國學豐富，學有專精。總幹事李秉昇先生是通過國家考試的土木工程技師及消防工程師。一文一理搭配下，合作無間。竹社穩健成長、日益茁壯。民國九十五年辦理全國詩人大會並以「塹城采風」為次唱詩題，五百位詩友唱和，並獲時任市長林政則先生的大力支持，此次詩會相當成功，亦受到騷壇人士的讚譽與肯定。九十七年更廣徵全國騷朋惠詩，祝賀創社社長蘇子建老師八十大壽，並出版《桃李春風》一書。

第三屆理事長蔡瑤瓊女史自民國九十八年一月（2009）接掌第三屆社務以來，與李秉昇總幹事以永續經營為目標，秉持「溫柔敦厚詩之教」的社訓，持續藉「新竹市關帝廟圖書館」及「興南里社區中心」兩處辦理古典詩學、鄉土語文與雅韻薪傳等教學研習，絃歌不輟。也勤於參加全國各地的詩會活動，多方取經，彌補不足。在此特別感謝關帝廟江雲水董事長及興南里前里長蘇有田先生的鼎力協助，提供免費場所。民國一百零一年（2012）十二月十六日（星期日）假新竹市華麗雅緻國際廳舉開全國詩人聯吟大會。臺灣省府主席林政則先生暨新竹市許明財市長夫人均親臨大會致詞。會中藉詩題「世博風華在新竹」及「新竹車頭慶百年」，邀請全國詩人用生花妙筆為

---

31 二○○一年六月二十一日於新竹孔廟辦理「辛巳年塹城詩會」。

塹城史頁留下瑰麗的詩章，成功的把家鄉行銷全國。

第四屆理事長李秉昇先生與總幹事武麗芳，自今（102）年一月就任後，即以積極穩健的態度追隨前輩的腳步，持續推動鄉土文化，辦理「溫柔敦厚詩之教」的「雅韻薪傳」與「鄉詩俚諺采風情」的終身學習之社教推廣，希望透過童謠、童詩、俗諺、古典文學，藉新溶舊，來美化人生世道，拓展江河視野；讓傳統詩社不再只是個人怡情養性直抒胸臆的桃花源。而是……人文素養的搖籃。但願……。

從清末、日據時代到今天，「竹社」始終扮演著保存鄉音，及漢文化傳承的重要角色。雖然因時代變遷，傳統雅緻的古典詩學遭受漠視，同時也面到臨到嚴峻的挑戰。幸而在本社社員有志一同，相互砥礪及努力推廣下，一些對傳統文化有興趣的中青代，紛紛加入行列，為竹社注入新血，使我們在詩學的路上，不止看到了曙光，更感受到了別有真意的赤子心鄉土情。

> 在此特別感謝恩師蘇子建先生，多年的指導與文史資料的提供，同時也非常謝謝本社前理事長蔡瑤瓊女史無私的將其搜羅抄錄《詩報》、《詩文之友》內詩人作品、遊蹤之彙整，支援筆者，使筆者才能夠順利完成本篇淺說，千言萬語無限感恩，真的很謝謝您們。

二〇〇〇年重新立案後的竹社

西元年	民國	詩社名	主持人	成（社）員
2000	89	重新立案後的第一屆竹社	蘇子建（鶴亭）	劉　進、范根燦、范天送、黃煥南、李春生、 蘇子建、林炳南、武麗芳、董忠司、劉秀美、 陳秋月、陳秀景、馬錦鸞、林麗春、林鳳玉、 林鴻生、姜若燕、馬梅玲、城淑賢、林益申、 鄭乃蓉、李秉昇、許錦雲、

西元年	民國	詩社名	主持人	成（社）員
				徐素英、呂淑蓮、蔡婉緩、張震天、林哲生、張萬福、林嘉湧、林蔡振、林志芬……等53人
		重新立案後的第二屆竹社	林鴻生	蘇子建、李春生、林炳南、武麗芳、蔡瑤瓊、林鴻生、許錦雲、林素娥、黃國津、李旭昇、黃　瓊、王盛臣、林哲生、柯銀雪、洪玉良、陳千金、李枝樺、林明珠、陳獻章、張秋男、呂淑蓮、李秉昇、姜若燕、張萬福、林嘉湧、林蔡振、馬梅玲、林鳳玉、林志芬……等55人。
		重新立案後的第三屆竹社	蔡瑤瓊	蘇子建、李春生、蔡瑤瓊、武麗芳、許錦雲、林素娥、李旭昇、黃　瓊、王盛臣、柯銀雪、洪玉良、李秉昇、陳千金、林哲生、李枝樺、林明珠、吳身權、吳湘汝、曾炳炎、黃郭錠、廖淑真、連玩珠、侯斐媛、李光聲、呂淑蓮、鍾奇昇、林益申、莊肇嘉、吳身權、鄭月中、應正雄……等60人。

西元年	民國	詩社名	主持人	成（社）員
2013 ｜	102	重新立案後的第四屆竹社	李秉昇	蘇子建、李春生、蔡瑤瓊、武麗芳、李秉昇、 王盛臣、洪玉良、許錦雲、曾炳炎、柯銀雪、 黃　瓊、林明珠、陳千金、李旭昇、林哲生、 楊文欽、吳身權、蔡松根、李枝樺、林素娥、 廖淑真、連玩珠、莊肇嘉、林益申、林秀華、 黃郭錠、蔡佳玲、侯斐媛、李光聲、林淑芳 古自立、曾文欽、姚美玉、范德意、郭淑珠、 謝杰儒、謝杰龍、鄭月中、戴錫銘、張癸鑾、 吳湘汝、林柏丞、吳春梅、蔡填玉、蔡有義、 陳建興、陳獻章、周雪玉、周有敏、江林玉英、鍾奇昇、彭桂連、張秋男、蘇有田、鄭欽銘、 應正雄、姚文卿、彭文杏、柯意如、許偉隆、 王麗娟、呂淑蓮、林志芬……等68人。

參考文獻

一　史誌類

《新竹市志》卷七〈人物志〉　新竹市　新竹市政府　1997年

《新竹市志》卷八〈藝文志〉　新竹市　新竹市政府　1997年

《新竹叢誌》　新竹市　新竹市立文化中心　1996年

《竹塹百年發展口述歷史・耆老座談紀錄輯叢誌》　新竹市　新竹市立文化
　　　　中心　1996年

廖雪蘭　《台灣詩史》　臺北市　武陵出版社　1989年

連雅堂　《台灣通史》　臺北市　黎明文化事業公司　2001年

黃旺成編撰　《新竹縣志・藝文志》　新竹縣　新竹縣政府　1976年

二　論文類

王文顏　《台灣詩社之研究》　臺北市　政治大學中國文學研究所碩士論文
　　　　1979年

黃美娥　《清代台灣竹塹地區傳統文學研究》　臺北縣　輔仁大學博士論文
　　　　1999年

黃美娥　《新竹地區傳統文學史料存佚現況》　臺北縣　輔仁大學博士論文
　　　　1999年

三　文學類

《竹塹文獻雜誌》　第四期台灣文學　新竹市　新竹市立文化中心　1997年

蘇子建編著　《塹城詩薈》　新竹市　新竹市立文化中心　1994年

蘇子建編著　《鄉詩俚諺采風情——鄉音篇》　新竹市　新竹市政府　2000年

蘇子建編注　《蕭獻三先生吟稿拾錄》　自印　2002年　竹社上課用

蘇子建編注　《葉文樞先生吟稿拾錄》　自印　2003年　竹社上課用

蘇子建編注　《塹城雅集擊鉢錄》　自印　2001年　竹社上課用

蘇子建編注　《竹塹詩社錄》　自印　2002年　竹社上課用

蘇子建編注　《塹城詩社雅集》　自印　2000年　竹社上課用

四　詩文類

鄭用鑑著　詹雅能編校　《靜遠堂詩文鈔》　新竹市　新竹市政府文化局
　　　2001年

鄭家珍　《雪蕉山館詩集》　中華民國傳統詩學會　1983年

鄭如蘭　《偏遠堂吟草》　臺北縣　龍文出版社　1992年

林伯燕輯注　《大新吟社詩集》　新竹縣　新竹縣文化局　2000年

林伯燕選注　《陶社詩集》　新竹縣　新竹縣文化局　2001年

顏國年　《環鏡樓唱和集》　株式會社台灣日日新報　大正9年〔1920〕6月
　　　17日印刷　20日發行

鄭指薪　《指薪吟草》　臺北市　同文印刷公司　1990年

《詩報》　張朝明發行　昭和6年發行至昭和19年9月〔1931－1944〕　每月
　　　發行兩次　即每月月初及月中

鄭家珍與生徒們　《耕心吟集》　由魏經魁〔伯梧〕先生抄錄成集　未出版

張純甫著　黃美娥主編　《張純甫全集》　新竹市　新竹市立文化中心
　　　1998年

林占梅　《潛園琴餘草》　新竹市　新竹市立文化中心　1994年

林鍾英著　詹雅能、黃美娥編輯　《梅鶴齊吟草》　新竹市　新竹市立文化
　　　中心　1998年

曾笑雲（朝枝）編　《東寧擊缽吟前集》　臺北縣　青木印刷工場　昭和9
　　　年初春〔1934〕

曾笑雲（朝枝）編　《東寧擊缽吟後集》　臺北縣　明星堂印刷所　昭和11
　　　年仲春〔1936〕

《竹社松筠集》第一集　新竹市　竹社香音班發行　2003年

《竹社松筠集》第二集　臺北市　萬卷樓圖書公司　2013年

五　其他

《新竹耆老訪談專輯》　新竹市　新竹市政府　1993年

蔡瑤瓊　《詩報》、《詩文之友》內詩人作品、遊蹤之彙整

新竹在地化華語師資培訓課程設計與實施

——以竹教大碩班華語文教學實習課為例

吳貞慧[*]

摘要

國立新竹教育大學中國語文學系二〇〇八年成立華語教學增能學程，於二〇一〇年更名為華語教學學分學程，規劃課程中包含「華語教學實習」；碩士班華語教學組成立於二〇一〇年，「華語文教學實習課」為二〇一二年提出的新課程。實習課主要目標希望學生將華文專業知能應用於華語教學實務之中。大學部實習課程在一百學年度第二學期第一次開課，課程設計中最大的問題是學生進行試教時，面對的是自己的同學－華語母語者，因此試教過程中無法掌握外籍人士華語課程的情境，試教時間也只安排二十分鐘。為解決此問題，一〇一學年度第二學期在碩士班開設實習課時，首要教學安排則是創造學生在新竹區域華語教學的實習機會，能夠真實地面對外籍學生試教。因此，此課程共十八周，第一部分為教學實務課程講授；第二部分以兩個學生一組，撰寫教案、製作教學講義、材料，並且上場試教九十分鐘初級華語課的小班團體教學，每組試教一週，共五週。第三部分為邀請資深華語教師進行教學實務講座、介紹海外教學場域等，讓學生對於海外教學場域能有初步概念，對於海外教學工作能有確實的認知。此課程實施之後，修課學生起初對於上臺試教感到非常害怕及緊張，壓力大；卻在試教結束之後，期

---

[*] 國立新竹教育大學中國語文學系專任助理教授。

末回饋中表示希望可以上臺試教二至三次，可見實體教學課程確實受到學生認同，教師期末教學評量滿意度高。外籍華語學習者也對所提供之免費中文課程滿意度甚高，缺課人數很少，對於未來實習課繼續開辦免費中文課程，招收外籍人士上課此方式確實可行。

關鍵詞：師資培訓、實習、華語文教學

一　前言

　　近年來，學習華文熱潮在各地興起，國內各大專院校紛紛設立華語文相關的教學單位，二〇〇六年教育部公告鼓勵並補助大學開設相關系所或是學分學程。至今，臺灣約有二十多所大學院校設立相關系所，如「華語文學系」、「應用華語文學系」、「應用中文系」或是在中文相關科系設立碩士班華語教學組。國立新竹教育大學中國語文學系二〇〇八年成立華語教學增能學程，於二〇一〇年更名為華語教學學分學程，「華語教學實習」此課程為中文系大學部三年級暨華語教學學分學程中的一門選修科目。碩士班華語教學組（之後簡稱竹教大中文系碩班）於二〇一〇年正式成立，經課程會議通過於二〇一二年首次將「華語文教學實習」此科目列為必修課程。實習課程主要目標希望學生將華文專業知能應用於華語教學實務之中，培養學生教授實體華語課程的能力。本課程包含下列幾個學習重點：一、引導學生善用華語教材；二、引導學生設計華語課程與教學；三、引導學生設計活潑的教學活動；四、引導學生從教學中反思與修正教學。然而，國內可以讓學生進行華語教學實習的場域相當有限，學生無法在語言中心或是國際學校實習試教，甚至可以觀課的單位也極為少數。但是學生需要實際的教學經驗，模擬教學情境，累積教學經歷，才能因應及勝任未來前往海外教學的華文教師職場。

　　一百學年度第二學期第一次開課在大學部開設實習課，由筆者教授。當時，課程設計中最大的問題是當學生要上臺試教時，面對的是自己的同學－華語母語者。因此試教過程中，實習教師課程講述形式或是說話速度、教師用語等，無法確實掌握外籍生華語課程的真實情境，且試教時間也只有二十分鐘，實習教師只能帶一個活動，時間就結束了，無法進行一堂完整的課程設計或是流程安排。一〇一學年度第二學期在碩士班華語教學組第一次開設「華語文教學實習」課程，也面臨相同的問題，即「要如何讓修課學生能夠教小班華語課？真正教外國人說中文呢？」本課程之設計受到周惠民、陳立芬（2012）規劃政治大學華語文教學碩士博士學分學程「教學實習」此學科

之啟發，參考其方式，配合新竹教育大學及新竹地區之特色，發展「華語文教學實習」此一華語教學師資培育課程。

因此一〇一學年度碩士班實習課程，共十八周，課程安排可分為三大部分，第一部分為教學實務課程講授；第二部分學生分組，撰寫教案、製作教學講義、材料等，並上場教授初級華語課的小班團體教學九十分鐘，共五週；第三部分為邀請資深華語教師進行教學實務講座、介紹海外教學場域等，讓學生對於真實海外教學工作環境具備初步的認知。一〇二學年度第二學期第二次開大學部「華語教學實習」課程，大致採用碩士班實習課的方式進行，修改課程中遇到的問題並調整成適合大學部學生的上課方式，並於學期初先到新竹市科學園區實驗中學雙語部進行觀課。

課程實施後，受到外籍學員及修課學生之好評，並進而延續開設暑期「免費華語課程」，提供新竹在地外籍人士學習華語，並提供學生在地實習的機會。

下面章節將調查新竹地區外籍人口，詳述課程內容的設計與安排、評量方式、教學成果、學生反饋等。

二 新竹地區外籍人口

臺灣外籍人口約有五十萬人左右，其中大多為來自印尼、菲律賓、越南的外籍勞工。若以臺灣各縣市外籍人口統計資料，如表一所示。外籍人口最多的縣市為桃園縣，佔百分之十六；第二為新北市，佔百分之十四；其次為臺中市，佔百分之十三。如果將新竹縣與新竹市外籍人口合併，佔百分之六點三六，排名全臺灣第八。

表一 101 年各縣市外籍人口數統計

名次	縣市名	男	女	總計	佔全國百分比
1	桃園縣	40667	36926	77593	16.03%
2	新北市	24600	43660	68260	14.10%
3	臺中市	31694	31394	63088	13.03%
4	臺北市	15057	43172	58229	12.03%
5	高雄市	15879	23338	39217	8.10%
6	臺南市	17090	18795	35885	7.41%
7	彰化縣	17808	13919	31727	6.55%
8	新竹縣	7393	12190	19583	4.04%
9	苗栗縣	4905	9258	14163	2.92%
10	雲林縣	4264	7379	11643	2.40%
11	新竹市	3413	7833	11246	2.32%
12	屏東縣	4139	6732	10871	2.24%
13	宜蘭縣	3547	5141	8688	1.79%
14	南投縣	3048	5195	8243	1.70%
15	嘉義縣	3021	5108	8129	1.67%
16	花蓮縣	1217	3721	4938	1.02%
17	基隆市	941	3386	4327	0.89%
18	嘉義市	572	2358	2930	0.60%
19	澎湖縣	1407	813	2220	0.45%
20	臺東縣	408	1719	2127	0.43%
21	金門縣	72	566	638	0.13%
22	連江縣	52	124	176	0.03%
全臺灣外籍人口數總計				483921	

（以上資料來源：內政部統計處）

　　若以外僑人士國籍區分，與其他縣市大致相同，新竹地區也以印尼、菲律賓等國人數最多，其次為日本、泰國、馬來西亞、美國、印度等。如表二所示。

表二　2013 年（民 102）新竹市現持有效居留證在臺外僑人數以國籍統計

國家	人數		總計
	男	女	
印尼	308	3695	4003
菲律賓	539	2327	2866
越南	492	755	1247
日本	427	139	566
泰國	296	228	524
馬來西亞	303	164	467
美國	310	95	405
印度	207	83	290
韓國	87	67	154
新加坡	31	15	46
英國	35	6	41
緬甸	14	22	36
德國	21	4	25
俄羅斯	11	12	23
宏都拉斯	15	6	21
法國	14	3	17

（以上資料來源：內政部統計處）

　　以新竹市為例，將外籍人士依職業別區分，外籍勞工人數最多，其次為非勞動力人口，大致包含學生、醫生、記者、外籍配偶。因為新竹科學園區的地緣關係，工程師為排名第三的類別。此外，因為家人在新竹工作而居留在新竹地區十五歲者，人數排名第四；外籍教師人數排名第五。下列為新竹市合法居留外僑人數表。

表三　2013 年（民 102）新竹市合法居留外僑人數

職業	人數
商業 Trader	126
工程師 Engineer	518
教師 Teacher	295
傳教士 Missionary	94
技工技匠 Technician	2
外籍勞工 Foreign Labor	7774
失業 Un-Employed	2
非勞動力 Inactive Person	1583
未滿十五歲者 Under 15 Years	284
其他 Others	470
總計：11148人（男：女 = 3405：7743）	

註　2013年（民102）資料統計起迄從1月至7月止

（以上資料來源：內政部統計處）

　　目前新竹地區除了私立學校或是補習班之外，清華大學及交通大學語言中心也提供華語課程的學分班，而竹教大中文系碩班華語教學組則是新竹地區唯一一所華語教學研究所。新竹市外國人協助中心的免費華語課程亦是在竹教大中文系碩班華語教學組第一屆研究生於二〇一〇年十二月提出華語志工的構想，並擔任一對一華語教師（今日新聞，2011）。此次，華語教學實習課所提供的「免費華語課」亦是在新竹市外國人協助中心公告，招收外籍學生。

三　碩士班實習課

1　課程規劃

　　101學年度第二學期（即2013年2月）竹教大中文系碩班華語教學組第一次開設「華語文教學實習」課，教學目標著重在教學能力的培養，冀望透過課程安排可以逐步帶領學生善用華語教材、設計華語教學課程與課室活動，透過實際教學，進行反思及修改教學活動。十八週的課程安排可分為三大部分：一是教案編寫及教材設計；二是實際教學演練；三是海外華語教學場域介紹。

　　在教學實務的課程進行之前，學期初則安排五週針對教案編寫、教材活動設計、課室經營、教學語言、教師發問策略及觀看示範教學影片等主題，教材取自宋如瑜（2009）、何淑貞等（2008）、劉珣（2000）讓學生了解華語教學課堂的進行模式，更讓學生練習教師課室活動指導語的使用。另外，也安排學生實地觀課新竹市明新科技大學針對外籍生開設華語課程的上課情形。第二部分除了在課堂上介紹海外教學的環境因應及初入課堂可能遇到的問題之外，特別邀請海外實習合作單位的主管及第一線華文教師介紹實習學校的環境、學生背景及華語教學目標，另外也請曾赴海外實習的學生分享海外教學及生活經驗，如泰國曼谷、澳洲坎培拉、印尼萬隆等地區。由於海外華語教學的情境是以華語作為外語學習（teaching Chinese as a foreign language），華語學習者對於學習華語的動機、課室環境、及家長態度等都與國內以華語作為第二語言教學（teaching Chinese as a second language）不盡相同，藉此分享活動讓學生對於海外教學場域有初步的概念，為將來赴海外實習做準備。

　　第三部分實務教學分為兩種教學方式：一對一教學及小班教學。一對一教學的部分請學生自行於校內或是校外尋找一位想要學習華語的外籍人士進行至少五小時的教學，教學過程必須錄音。完成五小時的教學後，必須撰寫教學心得及反思報告，並在課堂上分享。小班教學的外籍學生來源則在透過

校內及校外管道公告，如新竹市外國人協助中心，發出「免費華語課程」公告，上課時間每週九十分鐘。共有十七位外籍人士參加報名，在第一次上課之後，將外籍人士分成初級班和中級班兩班。小班教學的實習教師由兩位修課學生（為避免混淆，此後稱實習教師），依據教學經驗多寡，由一位教學經驗較多的實習教師搭配一位較少教學經驗的實習教師，一起進行合作協同教學。每組實習教師都必須在中級班與初級班各教授一次課程，六周的教學單元以主題式教學為本，如下列表四所示，每組實習教師負責一個單元，根據參考教材設計兩種程度的教案、教學活動及編製教材。

表四　101 學年度第二學習碩士班實習課初級班和中級班六週教學主題

日期	初級班教學主題	中級班教學主題
5/2	招呼語、日常用語。不分班，之後依學生程度分班	
5/9	點餐、用餐常用語	交通搭乘、購票、時刻表
5/16	購物、折扣常用語	旅館訂房
5/23	交通搭乘、購票、時刻表	臺灣節慶文化體驗
5/30	旅館訂房	點餐、用餐常用語
6/6	臺灣節慶文化體驗	購物、折扣常用語

　　小班教學課程的教案在第三週即開始編寫，「免費華語課程」正式開始上課之後，實習教師必須於上課前一週將教案及上課講義編寫完成，並寄給指導教師批閱，而後根據批閱建議加以修改教案，完成教學任務。指導教師則在教學過程中分別去各班觀課四十五分鐘，但不干擾教學。其他在當週未擔任實習教師的學生及下週將擔任該華文課的實習教師則分別到兩個華語班觀課，如此一來實習教師能了解學習者程度，並且能順暢地銜接前一堂課的教學。在實習教師完成教學後，隨即進行一小時的討論時間，先由實習教師對上課過程提出反思，在由指導老師及觀課同學提供回饋。小班教學過程中，全程錄影錄音，實習教師在撰寫小班教學反思報告時，必須整理十五分

鐘的上課逐字稿，以自我觀察教師用語是否適當及事後檢視學習者的上課反應。

因為免費華語課程對於外籍學生沒有約束力，因此，上滿六小時課程將給予外籍學生上課證明，鼓勵他們持續參加課程。

2 實施成效與反饋

每週華語課程結束之後，則請外籍學生填寫問卷，對於華語課程進行評量及提供建議。實習老師則在學期結束之後，透過學校課程評量系統對於本課程進行四分制的評分並回答開放式問題。

（1）外籍學生反饋

每次小班教學之後則請外籍學生針對免費華語課程填寫問卷及提供建議。問卷設計針對教材內容、課程活動、教師上課方式等加以評量，從表五可以看出初級班的滿意度平均達百分之八十以上，中級班的滿意度達百分之七十以上。其中，滿意度最低的項目為教師上課速度是否恰當，從開放式回饋中，可以得知部分外籍生認為教師上課速度太快，希望能有較充分的時間進行語言操練。滿意度次低的項目為教師的講解說明是否清楚，可以反應出實習教師的教師指導用語是最需要琢磨的教學技巧。

表五　初級班與中級班外籍生課程問卷回饋滿意度調查（以百分比呈現）

問卷題目：Questions	班級	Agre ⟵⟶ Disagree			
		4	3	2	1
01. 上課的內容是否合適？ Shàng-kè de nèi-róng shì fǒu hé-shì? Is the content of the course suitable?	初級	88	13	0	0
	中級	76	24	0	0
02. 老師上課的速度是否恰當？ Lǎo-shī shàng-kè de sù-dù shì fǒu qià-dàng? Is the pace of instruction suitable?	初級	66	25	9	0
	中級	57	31	12	0

問卷題目：Questions	班級	Agree ⟷ Disagree			
		4	3	2	1
03. 老師的發音是否清楚？ Lǎo-shī de fā-yīn shì fǒu qīng-chu? Is the teacher's pronunciation clear?	初級	81	19	0	0
	中級	71	27	2	0
04. 老師的講解說明是否清楚？ Lǎo-shī de jiǎng-jiě shuō-míng shì fǒu qīng-chu? Has the teacher elaborated content clearly?	初級	68	25	6	2
	中級	71	27	2	0
05. 課程活動是否有趣？ Kè-chéng huó-dòng shì fǒu yǒu-qù? Is the course interestingly designed?	初級	81	15	2	2
	中級	76	24	0	0
06. 老師是否正確回答學生的疑問？ Lǎo-shī shì fǒu zhèng-què huí-dá xué-shēng de yí-wèn? Has the teacher replied to student's questions properly?	初級	83	12	4	0
	中級	80	16	2	0
07. 上課的內容，在日常生活中是否常用到？ Shàng-kè de nèi-róng，zài rì-cháng shēng-huó zhōng shì fǒu cháng yòng dào? Is the course design relevant to daily life?	初級	96	4	0	0
	中級	78	20	2	0
08. 上課流程是否順暢？ Shàng-kè liú-chéng shì fǒu shùn-chàng? Are the teaching procedures running smoothly?	初級	79	13	8	0
	中級	67	35	0	0
09. 老師備課是否完整？ Lǎo-shī bèi kè shì fǒu wán-zhěng? Are teachers well-prepared?	初級	81	19	0	0
	中級	76	24	0	0
10. 上課氣氛是否和諧？ Shàng-kè qì-fēn shì fǒu hé-xié? Is the atmosphere harmonious in class?	初級	83	15	0	2
	中級	71	29	0	0

問卷題目：Questions	班級	Agree ←──→Disagree			
		4	3	2	1
11. 老師糾錯是否恰當？ Lǎo-shī jiū-cuò shì fǒu qià-dàng? Do teachers handle students' mistakes or errors properly?	初級	83	15	2	0
	中級	69	31	0	0
12. 老師是否時常鼓勵學生？ Lǎo-shī shì fǒu shí-cháng gǔ-lì xué-shēng Do teachers encourage students and often give them positive feedback?	初級	92	8	0	0
	中級	76	22	2	0

　　由此回饋單可以顯示實習課程的安排，應開設初級華語課程較適合實習教師進行教學，初級學生的中文程度大約是在學過漢語拼音及簡單的日常對話，學生程度差異較小，中級班的學生華語程度落差較大，實習教師較難掌控學生的反應及差異性。對於實習教師而言，除了教材、教案編寫等準備工作，上課時的教師用語及對於上課速度的掌控是最需要培養的教學技巧。

（2）實習教師反饋

　　本課程在期末五分制的教學評量中，獲得四點九二的平均分數。修課學生表示課程目標，且授課內容與教學大綱相符；課程各主題間都有良好的關連性；本課程所指定或提供的教學材料，有助於此課程之學習；滿意度皆達四點八六。本課程指定之作業（或測驗）能配合教學內容設計，有助於學習，滿意度達四點七。教師對學生上課表現之回饋適切清楚，課堂討論時間充足等其他問題，滿意度達五。

　　實習老師的開放式反饋意見可以從下列三個面向探討：

A 教案編寫及教材設計

（1）由於外籍學生的華語程度在第一次上課之後才能有所了解，因此教案編寫與教材設計難度極高。必須在課程開始進行之後及觀課，才能調整原先設計的教案，甚至重新編寫。

（2）實習過程中間遇到不少問題必須想辦法克服，但是實習教師表示這是很好的經驗，畢竟往後的教學工作，可能也會面臨到類似的問題。

（3）因為小班教學時間每次只有九十分鐘，因此每週一個主題，教案內容無法完全實施，課堂中的語言操練時間也不足。

B 海外華語教學場域分享

透過曾經在海外實習的學長姐的分享介紹海外教學情形，有助於了解實際的教學現場是何種樣貌。隨著出去實習的人數越來越多，相信日後能接觸、了解更多海外教學的過程。

C 實際教學演練

（1）對於華語教學實習課的安排，實習老師表示實際讓每一個人都能上場試教是最好的教學體驗。真正面對學生，挑戰教學現場，模擬一位真正的華語老師必須隨時面臨不同的教學問題和學生提問。

（2）對於兩位實習老師一組教學的方式，實習教師表示若能讓他們自己分組，選擇搭配的實習老師，可能合作起來更有默契與效率。

（3）也有實習老師表示希望嘗試一個人教一堂課，因為兩位實習教師一組，每個人上臺教學的時間，非常短暫，實習教師無法把想給的教學內容完整呈現。

大部分修課學生認為此課程的設計與安排，能夠結合理論與實務，從準備教材、實際教學、外籍學生的評量反饋等，對於未來從事華語教師工作極有幫助。

由於小班教學的成效良好，廣受外籍人士的喜愛，紛紛詢問是否在暑期持續開課。為了因應學習者學習需求及實習教師的教學需求，則於暑期提供八周的免費華語中級班及初級班課程。

四 大學部實習課

1 課程規劃

　　不同於研究所，大學部修課人數十位，來自本校各系，包括中文系大三生三位，幼教系四位，英語系、心諮系及特教系各一位。所有學生皆修過華語教學學分學程其他相關課程，部分學生曾經有過一對一、非正式教外籍生華語的經驗，但都未曾教授過外籍生華語團體課程。

　　在教學實務的課程進行之前，學期第三週先安排至新竹科學園區雙語部觀課，觀課班級為張苾含老師教授的 AP 中文課及非母語兒童中文課，安排兩種不同學生背景的觀課班級，主要希望學生可以多面向了解華語課程進行的方式。對於從未進入外籍生華語課堂的學生而言，觀課可以讓他們對於實體華語課程教師上課的節奏步調、教師面對外籍生時的教學反應、班級經營管理等具備初步概念。此外，在課堂之中也播放《初級漢語課堂教學演示》（蔡劍峰，2007）中的重點教學片段，此示範教學對象為成人中文課程，與學生接下來試教的對象年齡層較為接近。另外，安排一項作業為觀看碩士班研究生華語文教學實習課程試教影片，並且記錄教師語言、講話速度、指導語、課堂活動安排等等心得。藉由實體觀課、示範教學影片以及研究生試教影片三種材料建構修課生對於教學現場的臨場感。

　　第四到六週開始安排三週針對教案編寫、教材活動設計、教學語言、教師發問策略等主題，教材取自宋如瑜（2013，2009，2008）、何淑貞等（2008）、劉珣（2000）、張金蘭（1999）、李淑貞（2010）、102學年第一學期區域計畫講座朱文宇老師的工作坊資料[1] 等，讓學生了解華語教學課堂的

1　102學年度【獎勵大學校院辦理區域教學資源整合分享計畫】
　　教案編寫實務工作坊 I、II
　　講者：朱文宇老師　中國文化大學華研所助理教授
　　時間：12月6日、12月20日星期五9:00-12:00
　　地點：中文系3301板書教室

進行模式及教學設計的理論與概念，並且讓學生從現有教材，如《實用視聽華語》或《遠東生活華語》，以及之前累積本系所學生所改編之教案及上課講義，讓修課生從決定教學主題、改編設計適當的教學活動、製作上課講義等開始發想、實作，並且在第九週進行教案報告及試教演練十五分鐘。

　　第三部分為專題演講，邀請實務經驗豐富的老師帶領實務型工作坊，讓修課生進行教學技巧的演練或是邀請海外實習合作單位的主管或第一線華文教師介紹當地華語教學現況、實習學校的環境、學生背景及華語教學目標，另外也請曾赴澳洲布里斯本實習的學生分享海外教學及生活經驗。

　　小班教學的實習教師由修課學生分組一起進行合作協同教學。每組學生都必須在成人初級華語班[2]教授一次九十分鐘的課程，五周的教學單元以主題式教學為本（第11-15週），每組實習教師負責一個單元，根據參考教材設計教案、教學活動及編製教學講義，在第八週繳交教案及上課講義初稿，於第九週演練十五分鐘。小班教學課程的教案在第四週即開始編寫，「免費華語課程」正式開始上課之後，實習教師必須於上課前一週將教案及上課講義編寫完成，並繳交給指導教師批閱，而後根據批閱建議加以修改教案，完成教學任務。爾後，試教與課後檢討的進行方式與碩士班實習課相同。

表六　102 學年度第二學期大學部實習課華語初級班五週教學主題

日期	初級班教學主題
5/2	自我介紹
5/9	臺灣是水果王國
5/16	看電影
5/23	去渡假
5/30	買早餐

2　大學部實習課試教只安排華語初級班，碩士班實習課則安排華語初級和中級班。

2 實施成效與反饋

（1）外籍學生反饋

　　修課學生試教的華語課共五週，每次上課外籍生人數約八到十人，顯少外籍生缺課。每次小班教學之後則請外籍學生針對當天華語課程填寫問卷及提供建議，問卷設計針對教材內容、課程活動、教師上課方式等加以評量。從表三可以看出百分之九十二外籍生對於華語課程表示非常滿意（分數4），滿意度最低的項目為「教師講解說明是否清楚」，百分之八十四表示非常滿意。從開放式回饋中，可以得知部分外籍生認為教師使用太多中文講解；練習的句子太長，無法跟上，後者可在未來的實習課中修改教材中的句子或對話。滿意度次低的項目為「教師上課速度太快」、「發音是否清楚」，百分之八十六表示非常滿意，外籍生反應教師說話速度太快，或是教師的發音不清楚、音量太小等，反應出實習教師面外籍生講話速度的控制還不純熟。

表七　外籍生課程問卷回饋滿意度調查（以百分比呈現）

問卷題目：Questions	滿意 ←—→不滿意			
	4	3	2	1
01. 上課的內容是否合適？ Shàng-kè de nèi-róng shì fǒu hé-shì? Is the content of the course suitable?	93	7	0	0
02. 老師上課的速度是否恰當？ Lǎo-shī shàng-kè de sù-dù shì fǒu qià-dàng? Is the pace of instruction suitable?	86	14	0	0
03. 老師的發音是否清楚？ Lǎo-shī de fā-yīn shì fǒu qīng-chu? Is the teacher's pronunciation clear?	86	11	2	0
04. 老師的講解說明是否清楚？ Lǎo-shī de jiǎng-jiě shuō-míng shì fǒu qīng-chu? Has the teacher elaborated content clearly?	84	16	0	0

問卷題目：Questions	滿意 ←──→不滿意			
	4	3	2	1
05. 課程活動是否有趣？ Kè-chéng huó-dòng shì fǒu yǒu-qù? Is the course interestingly designed?	95	5	0	0
06. 老師是否正確回答學生的疑問？ Lǎo-shī shì fǒu zhèng-què huí-dá xué-shēng de yí-wèn? Has the teacher replied to student's questions properly?	93	7	0	0
07. 上課的內容，在日常生活中是否常用到？ Shàng-kè de nèi-róng,　zài rì-cháng shēng-huó zhōng shì fǒu cháng yòng dào? Is the course design relevant to daily life?	89	11	0	0
08. 上課流程是否順暢？ Shàng-kè liú-chéng shì fǒu shùn-chàng? Are the teaching procedures running smoothly?	91	9	0	0
09. 老師備課是否完整？ Lǎo-shī bèi kè shì fǒu wán-zhěng? Are teachers well-prepared?	93	7	0	0
10. 上課氣氛是否和諧？ Shàng-kè qì-fēn shì fǒu hé-xié? Is the atmosphere harmonious in class?	98	2	0	0
11. 老師糾錯是否恰當？ Lǎo-shī jiū-cuò shì fǒu qià-dàng? Do teachers handle students' mistakes or errors properly?	98	2	0	0
12. 老師是否時常鼓勵學生？ Lǎo-shī shì fǒu shí-cháng gǔ-lì xué-shēng Do teachers encourage students and often give them positive feedback?	100	0	0	0

（2）修課學生反饋

此課程在本校期末教學評量五分制的教學評量中，獲得四點四一的平均分數。修課學生表示課程目標，且授課內容與教學大綱相符；課程各主題間都有良好的關連性，評量分數約四點四；本課程所指定或提供的教學材料，有助於此課程之學習；評量分數達四點四。本課程指定之作業（或測驗）能配合教學內容設計，有助於學習；教師能留意學生的學習反應，適時發現學生的學習困難，並耐心指引；學生可以很容易與教師有溝通管道或平臺；教師能尊重學生的意見或觀點；課堂討論時間充足等項目；教師對學生上課表現之回饋適切清楚，評量分數皆達四點六。

本課程結束之後，發放課程問卷調查讓十位修課學生填寫。其結果整理如下：

102 學年度第二學期華語教學實習課程－意見調查

1. 對於本學期此課程內容安排給於評分，10為最滿意，0為不滿意。由表八可觀察到學生對於小班試教活動滿意度最高，達九點五。其次為講課內容與期末成果展發表。整體課程安排滿意度皆在八以上。

表八　課程意見調查評量結果

評分	課程內容主題
8.9	校外觀課—科學園區實小
9	講課內容—教案製作、教材設計、溝通式教學法等主題
8	演講活動：紐西蘭中文教學現況 （講者－張曉君老師）
8.7	演講活動：兒童華語班級經營及課室管理（講者－衛祥）
9.5	小班試教
9	期末成果展發表、展示

2. 對於「校外觀課」此活動的具體建議 （觀課地點、班級、學生族群、
次數等）

　・地點很方便，班級的類型可以有更多種類，也希望能觀不同老師的課
　　程，次數可以更多且密集，找前兩周可自行安排觀課行程 etc。

　・如果觀課的學生年齡能和後來試教的學生年齡相符，會更容易設計課
　　程。

　・很務實，但可請同學在觀課之前先列出自己想知道的問題，再進行觀
　　察。事後可將大家的問題觀察整理起來。

　・很不錯，希望觀摩的時間可以長一點，因為很喜歡他們。

　・因為大家時間都不一樣，所以只有觀課一次感覺有點可惜。也希望若
　　是時間可以，能看到國、高中或是成人上的課。

　・觀課地點離學校越近越好，班級和學生族群也希望能離試教的學生越
　　近越好。

　・希望校外觀課可再多次一點，並能有成人、國中小等不同年齡層及中
　　文程度的班級。

　・可以多觀課幾次，覺得一次太少了！但是觀課的班級上課方式很有
　　趣。

　・希望可以增加觀課次數。

3. 對於「講課內容」的具體建議 （講課主題、講課內容是否有助於小班
試教活動）

　・講課內容很實用，在試教時較不會不知所措。

　・很有幫助，可以增加實務經驗分享。很實用！

　・YES，當老師以舉例方式說明錯誤的教學案例時，會讓我對於教學該
　　注意的事情更有印象。

　・講課內容對試教還蠻有幫助的！只不過因為我完全沒有寫過教案或規
　　劃課程，所以還是會感覺有點困難。

　・講課內容有助於試教。希望能多參考一些學長姐所設計的教案、教學

活動及教法，準備試教時能更上手。另外，希望老師能帶領我們探討常用語法點，一起討論可以怎麼教或引導。

- 對沒有課程內容相關經歷的學生很有幫助，在銜接上不會太困難。
- 我覺得講課內容很棒，可以多講些課室管理。

4. 對於「演講活動」安排的具體建議 （演講主題等）

- 許多演講的時間都剛好卡課，但有去聽的（如 Live ABC, etc.）都很棒。
- 可以多放些現場教學影片，演講活動可以將時間調成和課程同一天。
- 安排在上課時間很好，可是在其他時間就很難參加，常常覺得遺憾。
- 很喜歡老師安排的演講，但希望不要和上課同時間的場次那麼多，不然會壓縮到上課學習時間。
- 感覺很棒～多聽些不同老師分享不同的教學經驗，可以學習到很多。
- 可以多了解不同的地方的教學狀況還不錯。
- 希望可以有教如何設計有趣教學活動的演講。
- 知道很多不同地區華語教學現況。
- 演講主題可多增加未來就業方向。

5. 對於「小班試教」的具體建議（教學時間、教學週數、分組方式等）

- 週數可以拉長一些，多一些練習機會。目前教材為自編，我會想不到用視華或遠東能有什麼不同的教法。
- 我覺得還是兩人一組較恰當，一人太辛苦，三人有點太多。
- 太晚開始寫教案，以至於還是有些不周全；可能在第三周就開始寫，再配合上課做修改，也讓大家有更多時間可以互相觀摩，見賢思齊，提升自己的品質。
- 分組方式感覺兩人一組恰恰好！一個人會太緊張壓力太大，三人以上卻會讓實際試教的時間不夠。教學時間一小時半一開始覺得很多，可是真的在教時卻覺得時間不太夠哈哈！
- 可惜時間不夠，教學時間可以再長一點更好，教學週數也希望能再多一點更好。

‧希望可以兩次以上，這樣才有機會修正前一次的教學缺點。

‧對於教學組別的協助可以再安排明確一點。

6. 對於「期末成果展」的具體建議

‧時間可加長

‧非常棒；期待。很好的展示成果的機會。各組也可以自己想方法呈現。

‧我覺得有期末成果展就像展示了我們一個學期努力的成果，很棒。

7. 你學習本課程至今，你覺得所掌握的核心知識、概念、技巧是什麼？

‧把教材教法課的知識再次運用練習，溝通方法。

‧華語教學方式、技巧、需注意事項。華語試教中文，少用英文 explain。

‧教案撰寫、講義製作、教學語言、教學技巧。

‧臨機應變！上課要有趣、活潑。

‧我覺得教案方面對我幫助很大，以及學到上課要注意到的小細節。

‧當面對外國學生時，語速要變慢，聲音要夠大，腔調清楚。

‧如何教完全不會中文的外國人華語，編寫教案與講義的技巧。

‧華語教學教材編寫，教學實務。

‧發音教學技巧，語法教學技巧。

8. 對於整體課程的建議？其他建議？是否會推薦其他參加華語教學學分學程的同學修此門課？為什麼？

‧會，因為課程在真正教學上很實用。

‧希望有機會能教國小學生；會推薦，整學期課程緊湊豐富，獲益良多！

‧會推薦。因為是可以將所學理論與知識實際應用的課程，自己真正教過之後才會知道自己哪裡不足。

‧會推薦，因為這堂課可以讓我們實際接觸到外國學生。並體會教學的過程。從準備到實際操練，這些跟紙上談兵完全不同。

‧當然會推薦！我覺得整門課很棒，能夠實習也很棒！

‧推薦真的想當華教老師者來增加實務經驗；『實習』應是一門總結性的課程，但目前此課程沒有任何檔修，若大家有一定認知水準，可能會更好帶；可再討論如何克服因檔修造成的倒課風險問題。

・會推薦！因為有試教過，更會知道華語教學是什麼。我覺得這堂課很棒，會想要多試教一次！

・會推薦！因為教學實習是檢視自己，提早站上講臺把所學應用到實務上。

（3）教學成果發表會

一〇二學年第二學期大學部與碩士班實習課於學期末第十七週舉辦教學成果發表會，形式可分為「動態」與「靜態」兩種。動態部分是研究生與大學部實習課的修課學生共同為免費中文課程舉辦期末聯歡，採以闖關遊戲的方式，分別設立五個關卡，每關主題與課程內容相關，讓外籍學生進行挑戰；靜態方式則展示每組華語課教學設計海報及學習歷程檔案。從期末開放式問卷中可以直接看出修課生認同成果展可以展示一整個學期學習成果，並呈現各組想法，也間接增進學生選修此課程的自信與認同。外籍生則藉此活動拉近與實習教師的距離，認同新竹教育大學免費華語課程的開辦，對於往後實習課程招收外籍學生進行試教頗有助益。

五　結論

國立新竹教育大學中文系大學部「華語教學實習」課程宗旨在培養學生教學能力，將所學之專業知識實際應用、操作於課堂中。實習教師從本課程當中對於華語教學實務與海外教學情境能夠獲得具體的概念，對於華語課程教材及教學法能夠實際體演。透過分組教學，培養團體合作的能力。本課程較困難之處在於免費華語課程的規劃，在正式上課之前，無法確認實際上課外籍學生人數及華語程度，實習教師的備課工作更顯困難。對於未來課程規劃，將在正式上課之前，大學部實習教師可至同一學期中研究所的實習課程觀課，研究生可觀看以前實習課的教學影片，對成人中文課程能有進一步的了解，減少備課工作與實際教學的落差，課堂之中的應變及班級經營的能力亦顯重要。因為免費華語課程對於外籍學生沒有約束力，只能仰賴教學品質

及頒發上課證明吸引外籍學生繼續參加課程。

目前開設的實習課程安排尚有需要改進之處，然第一次成功開辦免費華語課程，並持續改進課程內容安排，提早讓實習老師準備進入授課狀態，提供實習老師試教的機會，同時也服務新竹地區外籍人士。往後此課程之安排將持續改善免費華語課程之設計，拓展招收外籍學生之管道、延長試教週數、強化實習教師備課能力及教學技巧。學生在修習華語教學實習課時，能夠實際上臺教授團體中文課程，使他們真實了解教外國人中文課的課室情境。希望藉由此課程規劃之分享，對於國內華語文相關系所之華語文實習課程之規劃有所啟發。

致謝

本課程與本文能夠順利完成，要感謝本課程教學助理林啟禎及研究助理林品馨。也要感謝修課學生，及參加免費華語課程的外籍學生。另外，感謝新竹市外國人協助中心提供本校學生一對一華語教學的機會，並協助招收外籍人士參與小班華語課程。如文中有任何疏漏之處，皆為作者一人之責任。

參考文獻

宋如瑜　《華語文教師的專業發展──以個案為基礎的探索》　臺北市　秀威資訊科技公司　2008年

宋如瑜　《華語文教學實務》　臺北市　正中書局公司　2010年

宋如瑜　《華語教學新手指南──實境點評》　臺北市　新學林出版公司　2013年

何淑貞、張孝裕、陳立芬、舒兆民、蔡雅薰、賴明德合著　《華語文教學導論》　臺北市　三民書局公司　2008年

李淑貞、蕭惠帆　《101個教中文的實用妙點子》　臺北市　聯經出版事業公司　2010年

周惠民、陳立芬合著　〈華語教師培訓課程規劃與實踐──以政大華文碩／博班教學實習課為例〉　《第二屆兩岸華文教師論壇論文集》　臺北市　國立臺北教育大學　2012年

張金蘭　《實用華語文教材教法》　臺北市　文光圖書公司　1999年

劉　珣　《對外漢語教育學引論》　北京市　北京語言文化大學出版社　2000年

蔡劍峰（總編輯）　初級漢語課堂教學演示（DVD 影片）　上海市　外語教學與研究出版社　2007年

今日新聞　2011年1月18日　NOWnews（在地情報）新竹縣市／外國人協助中心推出華語課程：「一對一」學中文很棒

原文網址：http：//www.nownews.com/2011/01/18/11462-2682958.htm

知識養成與文學傳播:《黃旺成先生日記》(1912-1924)呈現的閱讀經驗

許俊雅[*]

摘要

　　《黃旺成先生日記》為臺灣目前所知年代、冊數居冠的重要日記,已出版十一冊,本文從日記所載閱讀書目,以理解日治下的臺灣知識人如何進行選擇、吸收、轉化、重組,建構自身知識系統的思維活動,尤其是從閱讀中所形構的精神世界、思想世界,又如何與其生活社交圈、時代歷史脈絡緊密結合。隨著現實處境的變動及個人見識的長進,黃旺成在人文知識教育的養成過程,可以一九二〇年代為界。之前以詩文及教育圖書為主,一九二〇年進入蔡家工作後及日後離職參與臺灣文協、《臺灣民報》,而其時殖民帝國資本主義統治又大抵已鞏固,這種種情勢,牽動了黃旺成閱讀重點的變化,接觸了社會主義、白話文學等圖書,可見其關心時事,充實自我以啟蒙民眾之思。此外,從其閱讀偏好觀察,也與殖民時期圖書管制、時代的潮流息息相關,與其他同時期的臺灣人菁英閱讀養成教育過程相近。再者,由於日記解讀班對文學書目之註解,或有疏漏錯誤之處,鑑於精益求精,本文希望能及時為尚未出版的日記及註解提供參酌。在日記研讀過程中,也發現幾個值得

---

* 現任國立臺灣師範大學國文學系專任教授。

留意的現象，比如臺灣詞作的蒐集、研究，臺灣報刊轉載中國文學作品的緣由推敲。

關鍵詞：黃旺成、日記、臺灣文學、通俗小說、文學傳播

一　前言：黃旺成其人與日記的出版

　　黃旺成（1888年7月19日至1978年3月3日），筆名菊仙[1]，臺灣新竹竹東赤土崎人，七歲入私塾念漢學（1895-1902），十五歲入「新竹公學校」（1903-1907），二十三歲自由臺灣總督府國語學校師範部乙組畢業（1907-1911），後返回小學母校任教（1911-1918），教學之餘，與張麟書、鄭家珍等成立「亂彈會」，每月集會課題，後辭教職[2]，與人合組「良成商會」，經營米、糖、油等買賣，唯良成商會於隔年旋即結束。不久，赴臺中擔任蔡蓮舫家裡的家庭教師（1920-1925）。一九二五年起積極投入「台灣文化協會」的全島性演講活動，並擔任《臺灣民報》記者兼編輯[3]，同時撰寫社論與短評「冷語」，透過銳利的筆鋒宣洩台灣人的情感，並對日本總督府的不當舉措大加批判。在《臺灣民報》撰述了不少文章，其〈新中國一瞥的印象（一）至（十五）〉，於《臺灣民報》第317至334號（1930年6月14日至10月11日）連載。還加入臺灣民眾黨，為臺灣民眾黨的創立委員之一。一九三五年當選新竹市議會議員（1935-1939），在議會中強烈反對日人不合理的規則，一九三九年十二月底受施儒珍等人被捕的影響，被日警以「唆使青年抗

1　因陶淵明喜菊，黃旺成又喜淵明詩作，故以「菊仙」為筆名，在《台灣民報》撰短評、熱言、冷語時，亦曾用「熱言生」、「冷語子」為筆名。黃旺成父親姓陳，入贅黃家，故其姓係承外祖父而來，後或作陳旺成，係因其隨父至新竹城內經商，遷移戶籍（當時稱為「寄留」）時，父親將其報從陳姓，乃為陳旺成，直至戰後競選省議員時恢復黃姓。見王世慶：〈黃旺成先生訪問錄〉，《近現代台灣口述歷史》（臺北市：林本源基金會，1991年），頁73。

2　黃旺成日記（1916年底及1927年12月13日等）敘述了其任教期間不愉快的經過，校長上原宗五郎多次的「卑劣暴言」責之，引起他的反感，最後決定辭職。此現象亦見諸吳濁流。

3　因參加「台灣民報」對同姓結婚的問題徵文，因撰寫反對意見，獲第四名，而得林幼春賞識，被延攬進入報社，任職時間約八年。見王世慶：〈黃旺成先生訪問錄〉，《近現代台灣口述歷史》（臺北市：林本源基金會，1991年），頁89。另參一九二一年十一月八日及十二月一日記。

日」罪嫌拘捕兩三百天後才獲開釋[4]。戰後，擔任《民報》總主筆（1945-1947），對陳儀政府多所批評，二二八事件時，以街頭演說、煽動民眾之口實，遭列暴徒被通緝，一度以化名藏身台北市府擔任工友，後避禍於上海、南京。隔年返臺，在其學生也是新竹防衛司令蘇紹文協助下無罪開釋。不久，入臺灣省通志局任編纂兼編纂組長，一九四九年間遞補臺灣省參議員，前後約兩年。一九五二年時擔任新竹縣文獻委員會主任委員，一九五七年完成「新竹縣志」修纂後，隨即申請退休，直到一九七九年過世。一生不畏權貴，關懷社會，以冷言熱語批評時政，其隨身雜記簿銘言：「輿論要根據正確的事實和公平的判斷，確能言人所欲言，言人所不敢言，才能發揮偉大的力量。」[5]黃旺成確實身體力行，從日治時期《台灣民報》的「冷語」專欄，到戰後《民報》的「熱言」專欄，或者其他的社論文章，莫不體現知識分子的良心與崇高的節操。

　　《黃旺成先生日記》為臺灣目前所知年代、冊數居冠的重要日記，共四十八本，始自一九一二年，終於一九七三年，缺其中凡十三年的日記，共有四十九年的日記，是目前已出版的臺灣人日記中，保存的日記時間最長者，逐日而記，鮮少闕漏，敘述了他一生三分之二的歲月。除前三年兩個月以日文撰寫、一九二九年間短暫出現臺語羅馬字外，主要以漢文撰寫。先生日記跨越不同政權與世代，內容呈現多樣性，有豐富的生活史資料，如宗教、社會、社交、服裝、飲食、休閒生活、民俗活動、讀書紀錄、詩友會等等，對於生活的細節均詳加描述，除了逐日記事外，並附有往來重要書信文稿及全年鉅細靡遺的經費收支情形，是一份真實且可靠的時代證言，現由中研院台史所陸續編纂出版中，已出版十一冊，同時漸漸引發研究之熱潮。目前所知

4　曾士榮考證黃旺成遭拘禁時間應非其回憶所述的一九四二年，曾文以一九三九年十二月下旬至一九四一年九月三十日之間無日記佐證。文見〈一九二〇年代臺灣國族意識的形成：以《陳旺成日記》為中心的討論（1912-1930）〉，《臺灣文學學報》第13期（2008年12月），頁11。

5　轉引自黃美蓉：〈黃旺成與其政治參與〉（臺中市：東海大學歷史學系碩士論文，2008年1月），頁2。

黃旺成的研究及相關材料，有王世慶的〈黃旺成先生訪問記錄〉、莊永明先生的〈輿論界的尖兵──黃旺成〉，張德南《堅勁耿介的社會運動家──黃旺成》及張炎憲主編的黃旺成特輯，有陳萬益教授的〈台灣報業史上的一等評論──論黃旺成的「冷語」「熱言」〉；與日記研究相關的有黃麗雲〈日治大正期臺灣俗信與日本祝祭在臺施行情況：黃旺成的日記情境摸索與解析〉、曾士榮〈一九二〇年代臺灣國族意識的形成：以《陳旺成日記》為中心的討論〉、莊勝全〈腹有詩書氣自華？──黃旺成公學校教師時期的閱讀生活〉；學位論文有黃美蓉〈黃旺成與其政治參與〉、吳沁昱〈新竹市自治選舉與議會運作：以黃旺成政治參與經驗為中心（1935-1951）〉，其餘非專以黃旺成研究為主，但論述之際也觸及的論文，如吳奇浩〈喜新戀舊：從日記材料看日治前期臺灣仕紳之服裝文化〉、石婉舜〈高松豐次郎與臺灣現代劇場的揭幕〉等文，從日記中討論臺灣的仕紳服裝文化、臺灣戲劇[6]。

　　本文從《黃旺成先生日記》記載的閱讀書目，了解漢文在當時的流動現象，從日記可理解日治下的臺灣知識人如何進行選擇、吸收、轉化、重組，建構自身知識系統的思維活動，尤其是從閱讀中所形構的精神世界、思想世界，又如何與其生活社交圈、時代歷史脈絡緊密結合。黃旺成閱讀的圖書典籍，除自購外，也經常向師友借閱，尤其是消閒娛樂遣懷的說部。在前十一冊日記已可見讀過四十多種小說外，尚有其他古文、詩詞、戲曲。黃旺成接受源自日本、中國的知識，早期不乏傳統詩文、筆記小說、鴛蝴派通俗文學之作，但隨著現實處境的更迭轉換及個人眼界的開闊，以及隨年歲增長，其

6　刊登出處，請見本文引用書目，不一一詳註。另曾士榮亦從《黃旺成先生日記》闡明謝春木與王白淵二人恐非「難兄難弟」的關係，曾氏引用一九三五年一月十九至二十一日的日記（未出版手稿）：「他們兩人可說是知己，但現在互於隔膜；王慕追風，而追風疑王賣友。」其隔膜之產生，可能與涉入私人感情上的糾紛有關。見〈評柳書琴著《荊棘之道：臺灣旅日青年的文學活動與文化抗爭》〉，《臺灣史研究》第18卷第4期（2011年12月），頁246、247。足見《黃旺成先生日記》提供了甚多研究材料，也解決學術上若干問題。又可參莊勝全〈評介曾士榮著《近代心智與日常臺灣：法律人黃繼圖日記中的私與公（1912-1955）》〉，《臺灣史研究》第20卷第3期（2013年9月），頁210。

性格、抱負、興趣、閱讀範疇,在進入一九二〇年代後,逐漸有所變化,尤其進入蔡家工作後及日後離職參與臺灣文協、《臺灣民報》,其閱讀傾向與時代環境有所相應,一九二五年之後局勢變化愈來愈劇,日本殖民統治已三十年,論者也提出一九二五年之際,大抵殖民帝國資本主義已鞏固,黃旺成閱讀傾向也因之有所變化,但這部分日記個人未見,謹先就前十一冊(1912-1924,缺1918、1920年)及輾轉所見的日記材料予以討論,後續的閱讀轉變另假以時日,以進行前後之比較及更全面呈顯其閱讀經驗。

由於黃旺成閱讀量之多,或可提供學界另一思考:日本殖民政府對圖書輸入的態度,尤其是中國圖書典籍的管控,哪些是不取締的?哪些是普遍被閱讀傳播的?漢籍流通閱讀的狀態又是如何?要特別說明的是本文得利於許雪姬主編日記的出版,日記的費心整理及註解的詳盡,可謂勞苦功高,貢獻極大,令人感念。本人也從其中獲致甚多的知識,對黃旺成的閱讀有所了解,但由於日記解讀班對文學書目之註解,或有疏漏之處,鑑於精益求精,本文希望能為日後擬出版的四十多年度的日記註解提供參酌及後續可能的修訂參考。

二　閱讀傾向與漢文知識的輸入渠道

黃旺成日記從一九一二年開始,其時黃旺成初回母校任教,人生進入新的階段,雖然時間心力多放在教案製作、教學觀摩及評鑑上,但從日記紀錄,可知黃旺成很早就養成閱讀的習慣,第一年日記就記錄了閱讀《桃花緣》、《八美圖》、《僧長隨》、《紅樓夢》、《夢中五美緣》等小說及詩文等傳統文學,閱讀對他的人生自然有相當大的助力,從辭去教職到臺中蔡家任職,以及參與臺灣文化協會、進入《臺灣民報》、戰後《民報》,執筆撰寫「冷語」、「熱言」,莫不與其經年累積的閱讀量有關,閱讀豐富了他的精神世界,也改變了他的生活思想,透過執筆撰述,則進一步傳達他的感情思想。

他接受長達八年的漢文私塾教育(1895-1902)及完整的日文教育(1903-1911),其閱讀的書目自然包括中、日文典籍。但隨著外在種種現實及個人

因素,閱讀的書目有相當大的變動,從前十一冊日記觀之,中文閱讀量超過日文,其中漢文詩文、小說尤為主要閱讀的領域。小說之閱讀多為消遣,也是自我感情共鳴抒發之道,並喜與人分享樂趣,詩文則多偏重加強自身學識及書寫能力,並與同儕師友相切磋琢磨,一九一二年三月他在張傑家中與張式穀、鄭元璧等人,以「春日遊」、「故人家」為題,開始作詩吟誦。往後也多利用下午停課時間參加學校詩會。在教學第二年,漸熟稔教學活動,生活漸適應之後,新竹公學校的定期詩會,大致從一九一三年八月間開始,於每週六空閒集會吟誦,並參閱《唐詩三百首》、《詩韻集成》。至一九一七年,公學校和女生部獨立出來的女子公學校教師們覺得有改組擴大之必要,推舉黃旺成等為幹事員,課後集合兩校本島教職員於講堂討論會則。此外,兩校同仁認為有學習古文之必要,議決九月起每週六下午聘師教讀古文[7],日記記錄了這時期的閱讀、習作及活動情況:

> ・作〈新嫁娘〉詩二首(1917.8.16)。起作〈新嫁娘〉七絕詩三首,頗自得(1917.8.17)。
>
> ・起讀〈遊奈何天記〉一篇(1917.8.27)。
>
> ・議讀古文事,決議每週土曜午後三時至五時在成記樓上講讀。午睡一時餘,起讀〈范增論〉、〈酒德頌〉、〈愛蓮說〉三篇。(1917.8.28)
>
> ・夜起稿〈醉鄉記〉,文思頗佳(1917.9.1)。夜繼續構思〈醉鄉記〉(1917.9.2)。構作〈醉鄉記〉(1917.9.3)。起續作文〈醉鄉記〉(1917.9.4)。
>
> ・至五時頃,先生方到,讀〈待漏院記〉、〈原毀〉兩篇(1917.9.8)。
>
> ・午睡不成,讀古文〈待漏院記〉、〈原毀〉兩篇,皆能背誦。四時頃,張先生來講談……余試談講〈原道〉頗過得去,誤繆不過一、

---

7 一九一七年八月二十九日日記:「回校,集諸同人於唱歌室,決定來週起每土曜午後三時=五時」,來週已是九月,固非一般所謂「八月」。見許雪姬編註:《黃旺成先生日記(6)1917年》(臺北市:中央研究院臺灣史研究所,2010年12月),頁162。另本文引用日記時,為便於閱讀,自行加上標點符號。以下不一一說明。

二而已（1917.9.14）。

．起背讀古文〈原道〉，將能成誦（1917.9.16）。

．四時在成記樓【上】讀書會，〈諫太宗十思疏〉、〈愚溪詩序〉、〈喜雨亭記〉（1917.9.28）。

．夜抄《綱鑑》（趙普事蹟）（1917.10.3）。

　　一九一七年極努力背誦古詩文並進而構思創作詩文，這幾年公學校任教期間，也是人生學習極美好的年齡層，黃旺成又肯下工夫，對其漢學紮下厚實的根基。尤其是一九一五年臺灣發生西來庵事件，加上他任教公學校期間頗感受日臺教師間的差別待遇、校長待臺籍教師的粗暴蠻橫，都有可能產生「族群文化上同屬漢族的聯繫性」，因此詩會活動及對漢詩文的接觸，甚至一九一五年三月改用文言體漢文書寫日記[8]，他自覺性透過閱讀充實自身的學力，後來，他擔任蔡蓮舫家西席，接觸面更廣，除談詩文詞，也留意臺灣時事、「台灣議會設置」、「公益會」等，見識日廣，對所閱讀的報刊亦多有自己看法，如「台灣雜誌到，滿冊慷慨可誦中有黃朝琴駁日日新報，對於台灣議會請願記事之談一一指證如知，予等多受御用新國之蒙蔽深愧識見淺狹而服留學生君之努力。」（1923.5.1），當一九二三年辜顯榮積極推動公益會，欲爭取蔡蓮舫任「公益會台中支部長」，黃旺成協助東家蔡蓮舫以「不偏不黨」之由辭退[9]。眼界漸開的黃旺成，後因故辭去蔡家西席的工作後，回到新竹，同年籌備將竹聲會改組為新竹青年會，修訂會則廣募會員，並開辦新竹最初的民眾演講會。這幾個月他在青年會的講題先後有：「社會的責任者」（1925.8.11）、「過渡期的文化與盂蘭盆會」（1925.8.17）、「新竹的文化狀態」

8　文見〈一九二○年代臺灣國族意識的形成：以《陳旺成日記》為中心的討論（1912-1930）〉，《臺灣文學學報》第13期（2008年12月），頁15。

9　他在日記中說「因知辜顯榮與林子瑾組織公益社〔會〕，欲與文化協會抵制，吾不知其所存何心也。」（1923年7月2日）「午後辜顯榮、楊松來訪，欲委東家以公益會台中支部長，東家數次與予相議，決定不偏不黨，支部長決然拒絕，至於招宴雖往無防〔妨〕，予亦答以出席，蓋欲觀其演說內容及眾人心理，非欲共鳴加入也。」（1923年8月4日）。

（1925.8.20）、「有意識的活動」（1925.9.26）、「階級鬥爭」（1925.10.24）。由這些講題，可看出黃旺成對社會的關心，致力於喚醒民眾，打破迷信陋俗，並表現出對社會主義的興趣，其知識閱讀的擴大已不同於前十年。其日記寫：「昨夜由大張處帶回社會問題十二講，本日看了三講……其中《二月革命》最有價值，實係勞動者對資本家的革命，帶有政治及社會革新兩大革命，……」（1925年6月13日）及「午前與心看福田德三的社會政策」（1925年8月9日）、「午前看《階級鬥爭》六、七十頁」（1925年8月16日）、「在家把福田德三的〈資本增殖理法與資本主義的崩壞〉一篇全部看完」（1925年8月18日）[10]，此外他也持續關注中國的發展動態，閱讀中國書籍，「本日看了胡適文存百餘頁」（1925年8月30日）。

　　從黃旺成先生日記看其閱讀書目，一九二〇年代之後確實漸異於前十年，日文部分增加了不少社會主義的書籍，及關心臺灣前途的報刊言論《臺灣青年》、《臺灣》、《臺灣民報》都是他熱衷閱讀的材料，這部分在曾士榮論文已有精闢見解，本文著重從漢文之輸入以說明其閱讀轉變，對其精神世界、學識涵養以及中文撰述能力的增強。黃旺成在一九一〇至一九二〇年代日記呈顯的閱讀記錄，與臺灣知識分子提及的閱讀經驗有相當的一致性。臺灣漢籍的流通情況，隨著殖民統治時間的拉長，及中日關係的緊張，滿州事

---

10 另有桑木岩翼《近代思想十講》（1924年7月23日）、廚川白村《苦悶的象徵》（1926年7月27日）以及《獨秀文存》的研析。見張德南：《堅勁耿介的社會運動家──黃旺成》（新竹市：新竹市立文化中心，1999年），頁49。透過曾士榮的研究，一九二〇至一九二三年期間，黃旺成「逐漸轉化成具有自由主義傾向、近代式心智的、對殖民地差別待遇具有深刻自覺的臺灣青年（筆者案：已35歲）」，再經歷治警事件爆發及自身參與的「無力者大會」所見所聞，其「社會主義傾向大約在一九二四下半年間開始浮現」，而這些也與其相關書籍的閱讀有關，其中社會主義傾向部分接觸的以日文書較多。此外他也閱讀國民黨相關的出版品。曾文見〈一九二〇年代臺灣國族意識的形成：以《陳旺成日記》為中心的討論（1912-1930）〉，《臺灣文學學報》第13期（2008年12月），頁30-32、57。關於國民黨刊物孫中山讀本，可能跟蔣渭水文化書局有關，黃旺成與蔣渭水私交好，理念近。從陳逸松口述回憶，亦可見蛛絲馬跡，他說「提供從蔣渭水的『文化書局』和謝雪紅的『國際書局』買來的一些白話文書報雜誌，包括孫中山和左翼的作品。」（頁113）

變、蘆溝橋事件及進入皇民化、戰爭期，書籍的輸入、閱讀情況，也跟著改
變。初時仍以中國傳統基本古籍為主，但較深入專業圖書缺乏，連橫慨嘆道：

> 臺灣僻處海上，書坊極小，所售之書，不過四子書、千家詩及二三舊
> 小說，即如屈子楚詞、龍門史記為讀書家不可少之故籍，而走遍全
> 臺，無處可買，又何論七略所載，四部所收也哉？然則欲購書者，須
> 向上海或他處求之，郵匯往來，諸多費事，入關之時又須檢閱，每多
> 紛失；且不知書之美惡，版之精粗，而為坊賈所欺者不少。[11]

　　一九一〇年代初，中國圖書輸入臺灣之情況，曾讓有志之士憂心漢學之
退步，一九一一年《漢文臺灣日日新報》刊出大稻埕中街，近輪又運到詩文
集、新小說等甚夥，有書痞者爭取購之，但平均以小說較多[12]，可見當局的
態度及民眾的閱讀傾向。到了一九三〇年代中，這類圖書依舊流行民間，松
風子（島田謹二）且以一九一七年平澤丁東《臺灣的歌謠與名著物語》所述
為依據，說「專門以目不識丁的庶民們為對象的神仙、傳奇故事及通俗歌謠
等等也相當興盛。這類臺灣的民間文藝，大抵均屬《玉嬌梨》、《荔子傳》、
《平山冷燕》或《演義三國志》、《西遊記》等支那本土民間文學的支流──
而且是一條污濁得不能再污濁的支流，極為平庸，趣味幼稚」。在日本人眼
中，這類歌謠、小說平庸幼稚，流行民間，自然無需畏懼新思想的啟蒙引發
反動勢力，也不在禁止之列。到了一九二〇年代初、中期，中國圖書引進較
多新式圖書，在葉榮鐘〈臺灣的文化戰士──莊遂性〉一文，就特別提到一
九二六年莊遂性為中央書局親自赴上海，選購書籍文具，以後商務印書館、
開明、世界、中華等書局所發行的書籍刊物，源源送來[13]，其所引進經銷者
即新式之書籍。王雅珊分析日治時期台灣的圖書出版流通，提出一九三〇年
代中文圖書報刊輸入銳減，並以統計數據說明：

11 連橫主編：《臺灣詩薈·餘墨》，又收入沈雲龍主編：《近代中國史料叢刊續輯98 雅堂
先生文集·餘集1》（臺北市：文海出版社，1982年），頁290。
12 「蟬琴蛙鼓」，《漢文臺灣日日新報》第3版，1911年11月31日。
13 葉榮鐘：〈臺灣的文化戰士──莊遂性〉，《臺灣人物群像》（臺北市：時報文化出版企
業公司，1995年4月），頁285。

但進入1930年代之後，由於中國本身內部時局不定，及與日本交戰的影響，台灣自中國輸入的書籍出版物開始逐年減少，1930年仍有209萬餘冊圖書出版物輸入台灣，1932年上海事變之後就驟減至不及77萬冊，1934年後已經不到60萬冊，雜誌出版物1931年有近30萬冊輸入，1932年後降至不到8萬冊，其後也逐漸下探5萬冊。[14]

日本殖民當局透過圖書輸入管道，以管控臺灣人之思想，強化日文的閱讀，以日文作為近代知識文明的傳播載體，楊克培當時就指出當局對和文、漢文的矛盾態度：

> 臺灣因民族、語言、風俗、習慣的關係、比較的看和文是比看漢文難、尤其是全不懂和文的民眾，非靠漢文是無由得到智識然而漢文書籍概被禁止入口、因此許多不懂和文的民眾沒法只得千篇一律的誦念萬年不變的不合時代的舊詩書、看々些非所謂新智識的歪文毒素。常有朋友們來書局欲買漢文的書、我們因漢文是常々受當局命令發賣禁止、所以勸他們看和文、同樣書，漢文禁止、和文不禁、這是多麼矛盾呢？[15]

圖書管控自然影響臺灣讀書界的傾向，一九三〇年代的漢文界也因之愈來愈不振，經過三四十年的殖民教育，日文使用人數漸多，日文小說的創作也嶄露頭角，民間普遍對於介紹新知識的漢文典籍愈難以接觸，流通的是早

---

14 王雅珊：〈日治時期台灣的圖書出版流通與閱讀文化——殖民地狀況下的社會文化史考察〉（指導教授：李承機）（臺南市：國立成功大學台灣文學系碩士論文，2011年1月），頁49。其文提到蘭記圖書採辦漢籍圖書的傾向，據何義麟、柯喬文的研究，曾指出一九二七年蘭記圖書自上海輸入新式教材《國語教科書》（商務印書館印行），由於「國語」二字，牴觸殖民政策，輸入時遭海關沒收。柯喬文：〈蘭記書局大事年表〉、何義麟：〈祝融光顧之後——蘭記書局經營的危機與轉機〉，文訊雜誌社編：《記憶裡的幽香——嘉義蘭記書局史料論文集》（臺北市：文訊雜誌社，2007年11月），頁51、242。

15 楊克培：〈最近臺灣的讀書界的傾向〉，《臺灣民報》三二二號第12頁，1930年7月16日。

期引進的舊小說舊詩文為多，因此劉捷〈臺灣文學的史學考察（一）〉，就列舉本島人閱讀的主要中國小說有：

> 封神（商）、東周列國（周）、逢劍春秋（周末）、東西漢演義（漢）、三國演義（漢）、東西晉演義（漢）、隋煬帝外史（隋唐之間）、秦末征西（這是唱詞）、隋唐演義、羅通掃北、西遊記、薛仁貴征東征西、反唐（中唐唐末）、綠牡丹、梳粧樓、五胡十六國演義（唐末宋初）、宋史演義（宋）、包公案、趙匡胤下南唐、三俠五義、小五義、七劍十三俠、朱元璋演義、明史演義、五虎鬧南京、清史演義、清宮秘史、太平天國、水滸傳、紅樓夢、西廂記、金月痕、儒林外史、聊齋誌異、其他[16]。

如果以葉榮鐘、王詩琅、朱點人、鍾理和等人的閱讀經驗與劉捷所述合觀，恰恰說明這些作家青少年時期也普遍接觸這些中國舊小說[17]，王詩琅其閱讀通俗小說的情形：

> 武俠小說之類，入了眼就喜愛起來了。記得初時，「彭公案」、「七俠五義」、「施公案」等，都是我最愛好的書。……「西遊記」是後來才看到的，愛讀了。……我反復讀了四、五遍，不但是裡頭的人物，就

---

16 原刊《臺灣時報》一九八號，1936年5月1日。涂翠花譯，三澤真美惠校訂，黃英哲主編：《日治時期臺灣文藝評論集 雜誌篇・第二冊》（臺南市：國家臺灣文學館籌備處，2006年10月），頁11。

17 又如賴和有〈讀瘦鵑小說寄說劍子〉詩作三首（刊《臺灣文藝旬報》第十號，1922年10月10日），除了第二、三首點出《亡國奴日記》、《誰之罪》及〈貧民血〉三篇外，第一首「悲來獨唱懊儂歌，眼底華嚴幻影多。今日鈞天猶醉夢，何堪重問舊山河。」則點出所閱讀之作：〈懊儂〉、〈幻影〉。易言之，賴和此三首詩交代了他閱讀了哪些瘦鵑譯著的小說及他的閱讀感想。在小說〈彫古董〉描述主人公：「他無事時聊當消遣的《玉梨魂》、《雪鴻淚史》、《定夷筆記》，已由案頭消失，重新排上的卻是《灰色馬》、《工人綏惠略夫》、《噫！無情》、《處女地》等類的小說。」見《臺灣民報》312-314號，1930年5月。可見早期舊小說普遍被閱讀現象。

是幕幕場景也歷歷在眼前[18]。

　　葉榮鐘敘述其青少年生活時期，在鹿港市場聽講古，「所講的大都是神怪武俠的說部。我所聽到的有封神演義、七俠五義、七劍十三俠、西遊記、平妖傳等。……後來他也講孟麗君、二度梅。」[19]其時間點不僅在一九一〇、一九二〇年代，到了一九三〇、一九四〇年代，這些圖書也不因日文的提倡而被禁，甚至在戰爭時期，且因東亞主義、日華親善、學習北京語等種種政策，而開放學習，甚至鼓勵對中文典籍翻譯成日文，選擇翻譯新舊小說以了解中國民情風俗，以利於戰爭知己知彼的心態。除了舊小說詩文較不禁外，從楊守愚日記及〈鍾理和自我介紹〉，大抵也能見到中國新文學透過出版商或讀者個人郵購訂閱等途徑進入臺灣，如《楊守愚在日記》一九三六年六月十四日說：「從生活日報看到大文豪高爾基患流行感冒，併發腦膜炎之消息，且說是很重態。我不禁為之擔心，像這樣一個大文豪，要是萬一死掉，真是世界文壇上的一大損失，我祝福他能夠再好起來。」六月二十日又記載：「高爾基，竟然於十八日午前三時逝世了，多麼可惜啊！」[20]。可知

18　見王詩琅：〈我的早年文學生活〉，張炎憲、翁佳音合編：《陋巷清士：王詩琅選集》（臺北縣：稻鄉出版社，2000年），頁207-214。

19　葉榮鐘：〈我的青少年生活〉，《臺灣人物群像》（臺北市：時報文化出版企業公司，1995年4月），頁338。頗有趣的現象是，舊小說在東亞各國流通的書目非常相像，在馬來西亞且譯為馬來文。莫嘉麗〈「種族、時代、環境」——中國通俗文學在東南亞土生華人中傳播的重要因素〉一文提到的作品有：《三國》、《宋江》、《西遊》、《孟麗君》、《乾隆君遊江南》、《大鬧三門街》、《封神萬仙陣》、《風嬌與李旦》（選自《晚唐》）、《五美人》、《今古奇觀》、《聊齋》、《包公案》、《施公案》、《藍公案》、《林愛珠》（選自《金石緣》）、《齊天和尚》（選自《西遊記》）、《溫如玉》、《粉妝樓》、《七俠》、《征東》、《征西》、《後五代》、《列國志》、《後列國志》，另外一些資料還提到如《二度梅》、《黑白蛇》（又名《白蛇精記》）、《雷峰塔》、《反唐演義》（又名《薛剛反唐》）、《三寶太監》，等等。饒芃子主編：《流散與回望：比較文學視野中的海外華人文學》（天津市：南開大學出版社，2007年10月），頁432。

20　許俊雅、楊洽人編：《楊守愚日記》（彰化縣：彰化縣立文化中心，1998年12月），頁29、32。

《生活日報》[21]在臺灣被閱讀，高爾基的消息是從《生活日報》獲知，日記尚記載一九三七年一月二十四日「到賴和醫院借了冊文學新詩專號。」此冊《文學》新詩專號（第8卷1號）出刊時間是一九三七年一月一日，臺灣作家在出刊當月即閱讀了中國的新詩，一九三六年十二月四日日記又載：「讀完了高爾基的俄羅斯童話，再拿了本魯迅的花邊文學來讀。」[22]，目前賴和藏書亦見此二書，《俄羅斯的童話》為魯迅所譯，一九三六年上海文化生活出版，《花邊文學》是魯迅的一部雜文集，收錄魯迅在一九三四年所寫的雜文六十一篇，包括〈女人未必多說謊〉、〈北人與南人〉、〈古人並不純厚〉、〈讀幾本書〉、〈玩具〉、〈算賬〉、〈看書瑣記〉、〈漢字和拉丁化〉、〈考場三醜〉、〈略論梅蘭芳及其它〉等，一九三六年聯華書局出版。從閱讀日期來看，也是當年度的出版品。

周定山在〈刺激文學的研究──讀書痲沫之一〉舉詩經國風小雅大東、魏風葛履痛訴貧富不均的社會，說「這兩篇竟然像英國虎德的『縫衣曲』的節本。寫的是那時代的資本家，雇用女工，把那『慘慘女手』的血汗工夫，來做他們發財的捷徑。葛履本是夏天穿的，而今這些貧窮的人，到了下霜飛雪的時候，無可奈何也還穿著。怪不得那些慈悲而慷慨的詩人忍不禁要疾聲痛罵了。」[23]此文所舉諸文，多出自劉半農所譯，一九一六年十月，《新青

---

21 一九三六年六月七日在香港創刊，同時出版《生活日報星期增刊》，鄒韜奮主編。以「努力促進民族解放，積極推廣大眾文化」為宗旨，精編新聞，重視言論、通訊和副刊。同年七月三十一日自動停刊。擬遷上海出版，因國民黨當局不予登記未能實現；增刊改名《生活日報週刊》，繼續在香港出版。同年八月二十三日又改名《生活星期刊》，遷上海出版。十一月二十二日鄒韜奮被捕後由金仲華代理編務，十二月十三日出至第二十八期被國民黨政府查封。

22 許俊雅、楊洽人編：《楊守愚日記》（彰化縣：彰化縣立文化中心，1998年12月），頁99。

23 其中收錄了愛爾蘭詩人的愛國詩歌，包括約瑟‧柏倫克德的〈火焰詩七首〉和〈悲天行三首〉、麥克頓那的〈詠愛國詩人三首〉、皮亞士的〈割愛六首〉和〈絕命詞兩章〉。這些譯作，不僅材料新，觀點激進，文中的引詩尤為引人注目。〈縫衣曲〉亦是劉半農譯英人虎特（ThomasHood）所撰，篇幅雖短，僅十一章，但描寫貧女苦況，心理刻畫深入，語意沉痛。見《南音》1卷11號（1932年9月27日）。又見施懿琳：《周定山作品

年》2卷2號發表以劉半儂署名的《靈霞館筆記》。文中又舉「〈柏林之圍〉、
〈二漁夫〉、〈悲天行〉、《戰爭與和平》、〈三死〉、〈目兵伊凡諾夫日記〉、〈四
日〉(按、誤為回日)、〈贖罪之日〉……都是非常悲昂痛切的,含有宏大的
結構,周密的描寫」,這些小說的介紹見於胡愈之〈一樁小事〉、靉靆〈烏克
蘭農民文學家柯洛漣科〉,譯文有胡愈之譯託爾斯泰〈三死〉,周定山所見極
可能是一九二三年東方雜誌社將之結集出版的《近代俄國小說集 二》及雁
冰等編《近代俄國文學家論》[24]。此外〈四日〉曾譯載於《域外小說集》[25],
如此看來,周定山應曾閱讀過。可見日本當局對中國新文學及譯文進入臺灣
有一定的容忍空間,其所取締者應是政治思想類圖書(尤其是1930年代的左
翼思想),對於文學是比較鬆動的。王詩琅自述「到了十三、四歲(按、推
算時間約1922年)之後,眼界就逐漸打開了,日語也開始熟練。當時,在臺
灣沒有少年少女雜誌可以閱讀,因此我就直接向上海的商務印書館郵購『少
年』之類的雜誌來閱讀。我記得後來在郵局購買十圓匯票寄到上海之後,
對方就會將書籍寄來。如此一來,視野日漸擴大,並且開始接觸到新的事
物。」郵訂圖書、報刊尚見諸多人回憶或時文所記,此不再多引述。

　　由上所述,黃旺成所接觸的中國文學,從初期的舊詩文小說到一九二○
年代後日增的新文學作品,也是當時臺灣人菁英學習過程中的必然之路,而
黃旺成個人的自覺性又頗高,他向錢澤深學官話[26],一九二五年三月起日記
又改用中文白話文記載,在在可見他深刻感受到時代的巨變,不僅是對中國

選集(上)》(彰化縣:彰化縣立文化中心,1996年7月),頁196-203。引文出處分別見
　　頁199、201。

24 胡愈之、靉靆之文分別參見《東方雜誌》1920年第2號、1922年第6號。《近代俄國小說
　　集 二》及雁冰等編《近代俄國文學家論》二書分由上海商務印書館一九二三年十一及
　　十二月出版。至於〈三死〉一篇,後來鄭振鐸曾有小說創作亦以此為篇名。

25 見周作人譯:《域外小說集》(上海市:廣益書社,1920年3月),頁97-122。

26 一九二四年南京來的錢澤深來到蔡家的兩、三個星期之後,陳旺成開始嘗試用白話文
　　寫日記以及練習聽講北京話,十一月起,開始與錢氏透過每日固定的語言交換學習白
　　話中文,日後並透過與錢氏經常性的討論,得以進一步了解中國文學、哲學、文化與
　　政治等方面的資訊。

事物消息的關注，對世界性潮流更是熱衷學習，或許是中國五四運動的影響，在台灣引發新舊文學論戰，主張使用中國白話文後，黃旺成從日記的書寫開始親身實驗，同時閱讀周作人白話散文作品《雨天的書》以及田漢、宗白華、郭沫若三人書信集《三葉集》、郁達夫的白話著作《郁達夫日記》，這些閱讀對他日後進入《臺灣民報》以白話文寫專欄評論有相當的幫助[27]。

三　舊小說：黃旺成與同時代臺灣文人的閱讀經驗

在目前可見的文人養成教育的論述中，對文學閱讀一項幾乎無法視而不見，對新文學日文作家，幾乎都陳述了「圓本」文學（一圓一本）的影響，白話文作家則普遍是從舊文學跨到新文學作品的閱讀影響，這其中尤以舊小說、鴛蝴派小說閱讀有著相當高的重疊性，黃旺成與林獻堂年紀相近，與賴和相差六歲，與楊守愚相差十七歲，但在當時舊小說卻是他們共同的閱讀經驗[28]，《花月痕》、《聊齋誌異》、《玉田恨史》、《雪鴻淚史》等等經常出現在他們的日記中，如楊守愚日記一九三六年八月二十七日：「蒲松齡的作品，除聊齋誌異外，今天還讀到他的白話韻文，他那諷世嫉俗的輕妙的筆緻，夠叫人拍案稱快。書共六篇，問天詞、東郭外傳、逃學傳、學究自嘲、除日祭窮神文、窮神答文。」（頁61）。一九三七年二月三日：「無聊之餘，只得把

---

27 黃旺成有餘暇便閱讀，且時時從中學習，如其曾自述讀徐天嘯〈湖上百日記〉與〈粵西遊記〉，頗得日記作法（1921年12月27日），1924年9月3日：「午前勉強〈經濟行為之意義〉數頁，頗有心得，乃分類記帳」。

28 黃旺成所讀書目，如《八美圖》、《紅樓夢》、《夢中五美緣》、《花月痕》、《聊齋誌異》、《水石緣》、《子不語》、《新齊諧》、《續齊諧》、《綠野仙踪》、《女丈夫成親》、《二度梅》、《西廂記》、《平山冷燕》、《風月傳》、《十二樓》、《白牡丹》、《乾隆遊江南》、《西湖佳話》、《茜窗淚影》、《雪鴻淚史》、《名花劫》、《美人局》、《女學生之秘密記》、《神州光復志演義》、《孽冤鏡》、《今古奇觀》、《諧鐸》、《清朝八賢手札》、《笑林廣記》、《復活》、《清代軼聞》、《閱微草堂筆記》、《蕩寇志》、《警貴新書》、《燕山外史》、《彭公案》、《所聞錄》等，他也閱讀各類報刊及《史記》、《左傳》、《四書》、《袁了凡綱鑑》、《文章軌範》、《飲冰室文集》、《胡適文存》及詩話詩文等。其中有多部小說相同。

日裡由舊書攤買來的玉田恨史、海上花列傳拿過來翻閱翻閱。」《灌園先生日記》一九三〇年十一月二十八日載「夜招待七姊、五姊、九妹、四弟婦、來兒，余與內子、雲龍、雪霞為陪。她等請余談小說，余講『王六郎』、『佛國寶』兩節」。「佛國寶」為《福爾摩斯小說全集》第二案，今多譯為〈第四封信〉、〈第四信〉，英文即 The fourth letter，林獻堂所讀譯本應是劉半農所譯，而「王六郎」為《聊齋》其中一篇，連同「余講《聊齋》三節」，可見獻堂熟稔《聊齋志異》，在《黃旺成先生日記》亦屢見閱讀《聊齋》的記載。

舊小說在某些保守人士心理經常是禁止、批判的言論，這從清朝以來重視科舉，講求教化即如此，因此在《崇文社文集》上可見反對演戲、觀戲、讀小說的言論，幾乎以洪水猛獸視之，如郭涵先〈風紀維持策〉：「取締小說。以袪人心迷惑裨官小說。捉影捕風。牛鬼蛇神。無中生有。封神演義。撰神通變化之讕言。水滸傳奇。寫盜劫跳梁之惡態。金瓶梅。肉蒲團。杏花天等書。則又寫男女幽歡之秘密。醜態畢呈。獨褻臻至。甚而迎風待月。桃源問津。斷袖分桃。鳥道生關。凡茲齷齪。不堪寓目。均足以迷惑庸眾之心理。放蕩吾人之性情。所願付之一炬。拉雜摧燒。勿使貽害人心。眩惑見聞。」[29]黃臥松〈裨官小說不知平空架捻〉：「裨官小說不知平空架捻。為害吾輩良多。史乘傳記。尤忌鋪張虛詞。貽誤後人不少。」[30]對小說之觀念，文人輕蔑，且不欲人知其作小說 雖然梁啟超後有提高小說地位 但臺灣仍時見這些言論。

但也有持正面看法的，認為小說「勝於觀劇、勝於觀戰、勝於讀史、勝於讀畫、勝於遠游、勝於坐對佳人」的「萬歲」之讚，以及小說體現儒教的人倫綱常價值觀，如《封神演義》、《東周列國傳》等講史小說，透過將經史通俗化來傳達歷史的和道德的正統觀念；而最為廣大民眾喜愛的俠義公案類小說，《岳武穆全傳》、《七俠五義》、《施公案》等，則通過講述英雄豪俠的故事，以及清官的懲奸除惡，來宣揚忠烈俠義之精神和善惡果報的道德觀

---

29 《崇文社文集 一》「卷二」（臺北縣：龍文出版社，2009年），頁113。

30 《鳴鼓集 三集》（彰化：崇文社，1928年），頁56。

念；又如多取材於現實生活的人情小說，則藉由男女角色愛恨情仇的糾葛，更加集中地體現出因果報應的道德觀念及勸善懲惡的意圖[31]。在兩種不同評價下，對小說的負面評價，並不影響舊小說的寫作、轉載及閱讀，臺灣文人私下喜讀小說的現象，其實拈來皆是，洪棄生記其閱讀傳奇故事的感受，說：

> 春風拂座，春色入簾，焚香閒坐，時覺無聊；向友朋借得鈞天樂、桃
> 花扇二傳奇，燈下披賞，如入山陰道、如遊武陵源、如聆李謩鐵笛、
> 如聽康崑崙琵琶……，書卷之富、才思之豪，以鈞天樂為最[32]。

張麗俊《水竹居主人日記》也記下其閱讀《岳武穆全傳》的感受：「數日來閒玩《岳武穆全傳》，見岳飛一班英雄豪傑，而被權奸陷害，真令人怒髮沖冠。見秦檜一夥蠹害陰邪，而將忠良凌夷，更使我廢書打案。」[33]可見閱讀傳奇小說對洪棄生、張麗俊情感上的激動極大。黃旺成記載其閱讀的感受，也有「心痛」、「終日耽甚」、「甚趣味」等文字。傳統文人閱讀小說的動機不外是上述消閑娛樂，打發無聊，但也有長知識的想法，甚而透過講故事，既傳達故事內容也獲得自我的滿足及人際關係的和諧親近，此外也有觀摩創作手法，以做為創作學習之用[34]。

黃旺成經常聽讀小說以消遣無聊，如一九一六年九月五日：「看《彭公案》數頁，以慰無聊」，在《楊守愚日記》：「續板橋雜記、雪鴻小記、秦淮

---

31 見逸濤山人（李逸濤）：〈小說芻言〉，《漢文臺灣日日新報》第5版，1907年1月1日。

32 見洪棄生：〈借長生殿小簡〉，《洪棄生先生遺書·六》（臺北市：成文出版社，1970年），頁39、40。

33 見張麗俊：《水竹居主人日記（二）》（臺北市：中研院近史所；臺中縣：臺中縣文化局，2000年1月），1908年2月28日。

34 呂赫若著、鍾瑞芳譯：《呂赫若日記》（1943年5月22日）：「買老舍的《駱駝祥子》，試讀之下，覺得相當有趣。驚歎其規模宏大。覺得：短篇小說要取範於日本，長篇小說則要取範西洋、中國。」（臺北縣：印刻出版社，2005年），可知呂氏主要借鑑閱讀以學習小說創作，志在成為優秀的作家。另可見「臺灣日記知識庫」，亦附原日文，檢索日期2013年11月22日 http://taco.ith.sinica.edu.tw/tdk/%E5%91%82%E8%B5%AB%E8%8B%A5%E6%97%A5%E8%A8%98/1943-05-22。

聞見錄，都是記載秦淮金粉事，這也就是古名士才子遣情之作，無非是些章台佳話、群芳譜一類文字。價值毫無。不過，無聊時藉以消遣，倒也不惡。」（1936年9月8日）《灌園先生日記》：「莊發持族譜仕籍考來請校正，以外無他事，惟讀中國偵探小說以解悶。」（1934年12月27日）、「仰臥不動頗覺辛苦，使成章談小說以解煩悶。」（1939年10月17日）日記中經常可見嗜讀小說以消遣之記錄，此外讀小說亦可長知識。戰後林莊生曾引述洪炎秋（父洪棄生亦喜讀傳奇小說，如前述）的信：「你說，大家都認為郭大砲引經據典，跑不出《三國演義》，其實書不必讀得太多，要緊的是能運用，……我曾聽見傅斯年校長親口對我說，有一次他們八個人受招待到延安，毛澤東用八個晚上分別約他們談談，方面各不相同，跟他談的是中國小說，毛澤東引兩本小說問他，他都沒有看過，他也引兩部偏僻小說考他，毛都曾經看過，他認為毛一生詭計多端，是從小說學到的知識。（1978年3月13日）[35] 從小說學知識不僅是毛澤東讀小說所得，林獻堂先生當時亦認為小說可以引起讀書趣味，「長智識」。一九三三年一月十七日日記中說：「余訓辭之中有一段勸其看新聞、讀小說，以長智識，並以引起讀書趣味。」前一年年底，林往青年會館聽榮鐘講「小說鑑賞的常識」，「余恐聽眾未能理解，余乃起為說明，引『女媧遣九尾狐敗殷』、『齊天大聖大鬧天宮被五指山壓倒』以闡明鑑賞的常識；次引讀三國看演劇，以闡明鑑賞藝術的常識，聽眾頗為滿足。」可見林獻堂自我愉悅滿足的心理及其對小說鑑賞獨到之見。據葉榮鐘所述，知林獻堂青年時期熟讀林譯小說，「如《俠隱記》、《三劍客》、《黑奴籲天錄》、《孤星淚》等，講起故事來，有板有眼，頭頭是道。」[36] 黃旺成閱讀之舉，亦有多種考量，無聊消遣時讀，細嚼慢嚥似的再次賞讀，或閱讀中抄詩詞以學習，閱讀後樂講故事內容，與妻子親友同分享[37]，在在

---

35 林莊生：〈洪炎秋先生〉，《懷樹又懷人——我的父親莊垂勝、他的朋友及那個時代》（臺北市：自立晚報社文化出版部，1992年8月），頁156。

36 葉榮鐘：《臺灣人物群像》（臺北市：帕米爾書店，1985年），頁13。

37 予抄《【雪鴻】淚史》〈斷腸〉之詩（1919年11月15日）。午前多在樓上讀《雪鴻淚史》中予所手抄之詩（1919年12月14日）。本日多在樓上　抄寫《雪鴻淚史》之詩（1919年

可見閱讀舊小說是生活中不可或缺的樂趣，也是漢詩文學習的路徑。

　　黃旺成為性情中人，經常可見他沉溺於閱讀的世界中，讀到激動處，便欲泫然，這或許也與年齡層、感情世界相關。在閱《花月痕》時悲哀悽絕幾被賺出淚來，又「不覺愁苦也」。一九二一年十二月三十一日「看《鴛鴦夢》劇本至終，天嘯所作文亦平常，而事頗悲哀，幾被騙出淚來」（頁396），一九一三年五月三十一日「晚上讀《花月痕》看到癡珠的死，覺得心痛。」在日記中他屢次記下閱讀《紅樓夢》的「我整天讀《紅樓夢》第一卷和最後一卷來回味」、「我專心讀《紅樓夢》，看到黛玉過世，感到非常凄涼，眼淚幾乎要掉下來」和「整天都沒有放下《紅樓夢》。尤其看到賈寶玉變心，更是心有所感」[38]等這些記錄，都顯示出小說透過人物的刻劃、情節的舖陳，以藝術特有的效果打動黃旺成、牽引出本能的情感反應等作用[39]。

四　黃旺成日記中註解疏誤及漏注者

　　《黃旺成先生日記》由中研院台史所及所外研究者通力合作，「日記解讀班」有固定每週研讀時間，對記主黃旺成的日記逐日解讀、逐句釋意，有日文者則譯成中文，對史料的保存及梳理所耗心血絕非外人能理解，筆者通

　　12月15日）。讀小說《桃花緣》給妻子聽（1912年11月17日）。夜講《風月傳》與內子
　　聽。（1915年7月15日）與老先生三人談小說趣甚（1915年7月21日）。八時半就寢　講
　　《色魔劫》之小說與內人聽（1916年2月10日）。黃旺成對於漢詩極為狂熱，據曾士榮
　　統計，在一九一三至一九一六年間，他在日記中抄錄的古典漢詩，達到二百三十首之
　　多。文見〈一九二〇年代臺灣國族意識的形成：以《陳旺成日記》為中心的討論
　　（1912-1930）〉，《臺灣文學學報》第13期（2008年12月），頁16。

38 見許雪姬主編：《黃旺成先生日記・（一）1912年》（臺北市：中研院臺史所；嘉義縣：
　　中正大學，2008年9月），11月1日、10月27日、10月31日日記。引文標點符號為筆者另
　　加上，謹此說明。

39 黃旺成經常再次閱讀，每次閱讀數十頁，時間較多時則可終日耽溺，大致而言，其小
　　說閱讀節奏並不求快，這是一種消閒也是鑑賞，這種緩慢閱讀節奏的偏好，是種審美
　　的延宕和聯想的擴展，因此黃旺成經常偏愛詞章的舖陳描寫，借著小說中大量的描寫
　　文字，與作者、小說人物情感產生交流。

讀十一冊日記後，覺得既受惠於日記解讀班，誠宜有所回饋，因此謹就個人所見予以補充並訂正日記註解之疏誤，其緣由或是前後冊註解人員的銜接問題，或是一時疏忽誤判造成，或是未能得見相關材料無法補正。以下檢其若干例以說明，先述（一）註解疏誤者，再述（二）註解漏注者。

（一）註解疏誤者

1 《鴛鴦夢》

一九二一年十二月三十一日記：「看《鴛鴦夢》劇本至終，天嘯所作文亦平常，而事頗悲哀。」（頁396）在《鴛鴦夢》一條注曰：

> 《蝴蝶媒》一名《鴛鴦夢》、《鴛鴦蝴蝶夢》、《蝴蝶緣》，全書四卷十六回。題「南岳道人編」、「青溪醉客評」，別題「步月主人訂」。編者與評、訂者生平均不詳。《蝴蝶媒》現存各期刊本均不標刊行年代。一七五四年刊《舶載書目》著錄此書，據此知《蝴蝶媒》初刊不晚於乾隆初年。

然則通讀上下文，此則註解與文義衝突，日記已云是「劇本」，則知非「小說」[40]，以小說《蝴蝶媒》（一名《鴛鴦夢》）釋之，顯有不當，再者下文云「天嘯所作文」如何，則知其所閱者乃（徐）天嘯之作，連結十二月二十六日遜庭送至的《天嘯殘墨》可知黃旺成所讀之作為該書之「鴛鴦夢劇本」。內容描述青年男女追求自由愛情的悲劇故事。絕色佳人李家小姐麗娟，某日啟窗憑欄，低首望隔鄰之公園時，與少年奚劍花一見鍾情，雖然當時男女自由交往已漸成風氣，無奈李父生性頑固，堅持封建包辦婚姻，兩人只能樓上樓下眉目傳情，並藉由麗娟婢女秋兒傳遞魚雁，後劍花甚至向麗娟求婚，然因李父調職，兩人遂傷心訣別，劍花為情所困一病不起。奚父到京

---

40 雖然其時「戲劇（劇本）」、「小說」分類不很明確，如林紓對莎士比亞之戲劇，譯文多視之為小說，但日記原文無標點符號，此句標點理應為「鴛鴦夢劇本」。列《天嘯殘墨》說部卷之三。

城代為求婚，遭李家拒絕，此時京城忽然傳來秋兒的電報：「姑娘病危，劍花速來。」原來麗娟已奄奄一息，救女心切的李母送去偽信，稱奚劍花已死，欲斷絕麗娟之癡念，不料麗娟信假作真，深感她所崇拜的自由愛情已成幻夢，反絕望而死。尚在養病的劍花，遲至一星期後，方從秋兒處得知此噩耗，過分的悲痛使劍花病情旋又加重，心力交瘁，客死他鄉。

《鴛鴦夢》又名《自由夢》，一九一四年發表於《小說叢報》，題材上延續才子佳人小說類型，但劇中人物勇敢發出了追求自由愛情的呼聲，最終在孝與自由衝突中同歸於盡。這或許是那個時代知識分子精神狀態的真實反映。作為過渡時期的知識分子，他們站在東西文化交匯點上，一方面接受了傳統文化的孕育，另一方面又受到西方文明的衝擊。他們既想走向現代，追求個體精神的張揚，又情不自禁地回歸傳統，表現左右搖擺，軟弱妥協的一面。黃旺成所處的時代亦同徐天嘯，在作品閱讀中，或許不僅只是讀故事，也會從故事中獲致啟蒙，因而即使是才子佳人式的舊小說，黃旺成讀起來依舊深受感動。

2 〈三十自壽〉、〈滿江紅〉四闋、〈弔黃花岡（崗）〉四絕

一九二三年一月八日日記載：「下午誦天嘯〈三十自壽〉、〈滿江紅〉四闋、〈弔黃花岡（崗）〉四絕，以資養性」（第九冊，頁14）。這裡的註解一整頁出錯，首先是標點的錯誤，〈三十自壽〉、〈滿江紅〉四闋並非兩篇，而是作者徐天嘯在三十歲生日時，填滿江紅詞以述懷，其出處乃是徐天嘯之《天嘯殘墨》，因此註解謂天嘯「可能指包天笑」，以下四百餘字介紹包天笑，則需修正。接下的〈滿江紅〉又舉岳飛之作「怒髮衝冠」一首，〈弔黃花岡（崗）〉則謂「指黃花崗七十二烈士」。筆者謹說明之：其詩題全名是〈丙辰重九登黃花岡弔七十二烈士四絕〉。此冊寫誦天嘯之作，實從上冊延續而來，可知三十自壽是〈滿江紅〉四闋的內容，非另有〈三十自壽〉之文，其前小序「予生三十春秋矣，不可無紀念，戲成四闋」可證。

3 與古月書之內容、《清詩評注》、《酬世錦囊》

一九二二年十月三日（舊曆是8月13日）記載發信內容是「與古月書」：

> 世風不古哇咬壓倒韶咸難得古月不貪聲利取樂篇章可敬可羨中秋勝會
> 乃續舊盟囊日鷗鷺復作一群樂可知也僕本舊侶自當飛回聚首共鳴因俗
> 務頓生未獲如願希代為諸同人道慊（按：誤作嫌）是幸

當天日記記載：「終日忽疊忽雨最是易惹旅客之懷臥看詩評聊作消光之計寒氣驟加夜來應有還鄉之夢……連成夜夜與看護婦鬥餅亦其消遣法也」。綜觀當天日記內容及給古月信函，透露出幾個訊息，當時應是中秋佳節，但黃旺成為蔡家西席，無法返鄉與親友相聚，終日疊雨，只好臥看詩評遣懷。從與古月書中的「哇咬」、「韶咸」、「聲利」句視之，詩評應即是《宋元明詩評註讀本》，其卷一有歐陽修〈讀梅氏詩有感示徐生〉五古一篇，詩云：

> 偶開梅氏篇，不覺日掛簷，乃知文字樂，愈久益無厭。吾嘗哀世人，
> 聲利競爭貪，哇咬聾兩耳，死不享韶咸。而幸得此樂……。

詩註：「哇咬，淫聲。韶咸，雅樂。喻人爭聲利，至死不得一享文字之樂也。」黃旺成受此詩影響，因此說當世之人多爭聲利，無法沉潛篇章文字之樂，但古月卻能「不貪聲利，取樂篇章」，令人「可敬可羨」。故而日記註解為「哇咬：俚俗的音樂、民歌。」、「韶咸：古曲。此處可能意指『流行音樂壓倒古典音樂』，表示已經流行新的音樂。」顯然與義未符（第九冊，頁327）。愚意此處應加注《宋元明詩評註讀本》及「鬥餅」。「中秋鬥餅」乃是中秋佳節活動。

另外，一九二三年一月二十一日日記：「居停再取《清詩評注》來與予觀覽，吳梅村之古風，可誦者甚多。」（10冊頁36），註解謂：「《清詩評註》可能指一九一四年文明書局出版的《清文評註讀本》，王文濡評選，沈秉鈞、郭希汾註釋，全四冊。」（頁37），然則正文已說是「《清詩評註》」，以《清文評註讀本》註解，顯有不當。同一出處，且同一冊之註解，出現彼此有出入的現象，尚可見諸《酬世錦囊》一書，一九二二年七月三十一日及十

月二十二日之註解，一云「清末明（疑欲作民）初出版，收集大量教導做人
處世的格言警句。」（第九冊，頁245）另一云「清鄒景陽編，成於乾隆年
間，共四集，是一種民間交際應酬的類書」（第九冊，頁351），觀日記：「欲
為梅岩作婚書也」，則以第二說為是。

4 珍珠衫

　　一九一九年四月五日日記：「古月來，談作詩事。後良弼亦到，古月先
去，良弼講真珠衣。」（第七冊，頁87）日記註解：「真珠衣：可能是戲劇名
（北管劇目）。」事實上本年九月十五日日記即有「觀《今古奇觀》〈蔣興哥
重會真珠衣〉、〈義僕發憤成家〉、〈鈍秀才〉三節」（頁209），日記解讀班即
注「指《今古奇觀》中，第二十三卷〈蔣興哥重會珍珠衫〉，……」，二處註
解出入，可見真珠衣、珍珠衣、珍珠衫都是指珠寶商人蔣興哥辭別愛妻王三
巧，外出經商，將祖傳寶物珍珠衣交三巧收藏敷衍出的故事。小說敘述陳商
見三巧之色動心，買通薛婆，設計勾引三巧，三巧身陷情網將珍珠衣贈送陳
商。客店中蔣興哥巧遇陳商，談敘間得知三巧姦情。一氣之下休了三巧，三
巧被休自覺無顏存世，自盡未遂，被吳縣令搭救收為義女。　陳商遇盜被
劫，窮途潦倒，病死於客莊，陳妻平氏聞悉趕到客店，回家缺盤費經店婆周
旋，轉嫁興哥為妻，並將從陳身上取下之珍珠衣交還興哥，後興哥因被誣告
殺人犯，押入公堂，三巧得悉奔上公堂，表白詳情。吳縣令得知三巧夫妻遭
遇，深表同情，規勸夫妻破鏡團圓。

5 《綱鑑》

　　一九一七年九月二十一日「晚往曾先生處，欲借《綱鑑》或《史記》，
無之。」（第六冊頁178、179）而九月二十三日又載「生徒楊義新、維焜樣
處取袁了凡《綱鑑》到」（第六冊頁180），可見二十一日所指《綱鑑》並非
註解所謂的朱熹《通鑑綱目》，註解謂：「明清的學者採用朱熹《通鑑綱目》
的方式編纂史書，稱為『綱鑑』。清朝時，初學者讀《綱鑑》，《綱鑑》舊事
歷史的綱要、大綱，詳細一點的就是《通鑑輯覽》。」（第六冊頁176）從二

十三日所述，所借閱之書全名是《袁了凡綱鑑》（誤標為袁了凡《綱鑑》）。明人承襲宋朱熹《通鑑綱目》體例編寫的史書、取綱目、通鑑各一字而名「綱鑑」。除明袁黃《袁了凡綱鑑》外，清吳乘權有《綱鑑易知錄》，為綱鑒類史書名作。在魯迅〈高老夫子〉小說就描寫道：「這一天，從早晨到午後，他的工夫全費在照鏡，看《中國歷史教科書》和查《袁了凡綱鑑》裡；真所謂『人生識字憂患始』……頓覺得對於世事很有些不平之意了。」可見《袁了凡綱鑑》在當時流行情況。

6 其他問題

一九二三年四月二日「終日大雨淋漓 不能訪客 鬱守旅舍殊覺無聊 展閱《說海》難破寂寞」註解謂《古今說海》，恐有誤。旅舍中所閱宜是便於隨身攜帶者，《古今說海》142卷大部叢書，不適宜攜帶，此《說海》即民國期間頗流行之小說。一九二二年十月五日〈步雪橋〈中秋客邸〉有作 瑤韻〉：「謝公文酒最風流 分得樓頭一色秋」註解謂指東晉謝公，並有四行介紹謝安。但黃詩所指宜是「謝朓」，有李白〈秋登宣城謝朓北樓〉為證：「江城如畫裏，兩水夾明鏡，人煙寒橘柚，誰念北樓上。山晚望晴空，雙橋落彩虹，秋色老梧桐，臨風懷謝公。」一九二二年二月十七、十九日出現「吳大川《泛想詩》」、「此番端不讓王侯」，實則二處相同，但前一則未註，正文作專書亦有誤，正確應為胡大川〈坐舟幻想詩〉，詩曾由近代書法家潘齡皋行體書寫，廣為傳誦。詩意境深遠，富有哲理，語句明曉通暢、精練清新，惜多失傳，鮮為人知，後有載得兩種版本各十五首者。註解說《夢中五美緣》亦稱《再生緣》，則是混淆二書，再生緣是孟麗君故事。《夢中五美緣》敘明正德間，山東青州府吳麟美，五美共事之，乃父「夢中之姻緣」，遂成現實。另可補之字如「正德下江南 李□救范太師」，李□即李龍。「貴妃屍解□□□」即「馬嵬坡」（第九冊頁133、136）。有些不宜加書名號，因日記經常約寫，如果加上今日標點符號，宜特別留意，如一九二二年八月二十日：「夜買《詩經精華》及《白文》兩部」，此處之白文，可能是指詩經白話文、白居易文，但《白文》不是專書。一九一七年二月二日往「施凸書店看

書，李買《西湖佳話》，余買《三十八種》」，此加書名號亦甚奇怪。一九二三年十一月二日的《吳佩孚史》亦同樣的錯誤，此書全名是《吳佩孚歷史》，東魯逸民輯述，上海光華社發行，一九二〇年八月再版。例言標榜：本書輯述宗旨為揭開黨爭黑幕，對於雙方不偏不倚，純從多數平民目光中觀察為依歸。本書對於孚威將軍未敢遽下碻鑿之論斷，本理學家可恃自新而立說。本書之特點為記載直皖兩系殘殺之真相，既稔且詳，關心國事者，不可不人手一編，可作民國野史政治小說讀。一九一六年十二月二日「午後看《詩話》、《古文》」，從前後文觀察，《詩話》指《隨園詩話》無誤，但《古文》未必指《古文觀止》，十二月一日說「讀古文游俠傳」，從十一月三十日所述「借一《文章軌範》來」，後來幾天讀《文章軌範》之古文乃是必然，也符合黃旺成借書閱讀的習慣，因此「古文」未必加書名號。至於單篇符號亦需慎用，如「夜抄《綱鑑》〈趙普事蹟〉」（1917年10月3日，頁186），〈趙普事蹟〉並非是篇名。至於註解經常沿用中國大陸的材料，而彼岸對篇名、書名並未區分，日記註解班對篇名者應改正，以符合臺灣的認知習慣，避免誤解錯亂。

（二）註解漏注者

1 〈千古之奇文〉

一九二一年十二月二十六日日記自陳看《天嘯殘墨》，「語皆慷慨淋漓文盡怒濤澎湃令人讀之拍案叫快中有張獻忠等之杜撰文字雖屬鄙俚然英雄本色亦有可觀焉者如祭孔子之『大哉孔子千載以上無孔子千載以下無孔子大哉孔子』實驚人之句也至於祭張桓侯及文昌公之文曰『俗（咎）老子姓張汝也姓張俗（咎）老子與汝聯了宗罷尚饗』則不禁噴飯耶」（第八冊，頁390），此一大段注「張桓侯」、「文昌公」，實宜注引文出處，乃是《天嘯殘墨》卷二之〈千古之奇文〉[41]，其中文字略有出入，「你」改作「汝」，而「俗」字本

---

41 徐天嘯：《天嘯殘墨 卷二》（上海市：廣益書局，1932年），頁10。

無誤，無需訂正為「咎」。

2 《國民經濟學》

一九二四年八月三十一日：「本日用（工）功《國民經濟學》二十餘頁，撮其要者記於手帳，以備閱讀，於欲望一節，頗有所得。」九月三日：「午前勉強〈經濟行為之意義〉數頁，頗有心得，乃分類記帳。」（第11冊，頁282、286）經查是《國民經濟學》是宋任譯述，上海泰東圖書局印行。內文「傅克思氏經濟學」第一章「經濟學之根本觀念」，其第一節「欲望」，第三節「經濟行為」，第四節「經濟之意義及其種類」，因此日記註解班加篇名為〈經濟行為之意義〉，恐不太精確，黃旺成記載時只憑大致印象，將三、四節綜言之。這幾節內容敘述經濟行為之由來，根源於人之欲望。欲望者，經濟行為之動機。欲望可分物質欲望與非物質欲望。物質欲望如飢思食、渴思飲，乃有形之物也；非物質欲望如思名譽、求學問，乃無形之物也。黃旺成閱讀此書一再言其「頗有所得」、「頗有心得」，足見該書之受用。

3 《癡情淚》

一九二一年五月七日：「東翁復述《痴情淚》概要」（第8冊頁163）日記未註，由此則記載，亦可見蔡蓮舫亦閱讀舊小說。此說部為文言小說三二章，作者倪劍吼，一九一六年五月（上海）中國圖書公司刊行。卷首有作者《自序》。內容描寫清末書生楊錫三與妓女李鳳英的愛情故事，同時也反映了清末官場的種種腐敗惡跡。

4 《神州光復志》

一九二一年五月二十一日載：「溫看《神州光復志》，至崇禎君煤山殉國之慘，實有六宮零落，看今日勿羨生生入帝家之感也。及至熊廷弼、孫文宗、袁崇煥諸經署之末路，又不禁拍案狂罵奸人之誤國也。」（第八冊頁175）。《神州光復志》即《神州光復志演義》，聽濤館雲庵（一作「刁庵」）

氏編（即王雪庵），120回，16冊，上海神州圖書局初版、上海廣益書局一九一二年出版。原題《繡像神州光復志演義》。小說蒐集了從清兵入關到民國奠業、全國光復期間的大量史實，以表揚光復偉業為宗旨，記述了清兵入關，鄭成功進取福建，吳三桂叛清，洪秀全起義，李鴻章倡辦洋務，孫中山辛亥革命等歷史事件中諸多人物及過程。作者自言：「不敢附稗官小說之末，然取事確而正切，而直敢以信於天下（《自序》）。」[42]日記提到熊廷弼，宜指「第二回　熊廷弼冒雪巡邊　李選侍移宮弭亂」。

5 《美人局》、《女學生之秘密記》、《春夢》

　　一九一九年四月十一日：「看《女學生之秘密記》至夜一部皆已看完。」四月十二日「在家看哀情小說《名花劫》」，十三日看《美人局》到完。連續三天，每天看完一部長篇小說。至四月十六日又說終日在家看小說《春夢》。這四本小說，除《名花劫》外，其餘三本確實較難覓得原書，今據一份書目廣告[43]，分別敘述如下：

　　滑稽寓意小說：春夢上下冊，貢少芹，上海文藝編譯社，一九一五年六月。宣傳廣告之文字：「一極貧之女思嫁富貴人家，積想成病，因病入夢。如願以償，種種得意。一朝勢落，種種失意。夢既豁然頓醒，文亦憂然而止。其描寫驕奢處、勢利處，窮形盡相，自足喚醒夢夢。」

　　社會小說：美人局，林重夫著。《社會小說美人局》，文藝編譯社，一九一五年，頁數計一百零八頁。廣告文字：「一著名翻戲之賭棍，設一美人局，誘致某浪子墮其轂中。資產蕩盡，父母、髮妻相繼殞命，賴有義僕控訴，得直末路，幸免乞丐。其間種種羅網，均從浪子口中一一道出。此係近時時事，可為浪子作當頭棒喝。」

---

42 參董文成，李勤學主編：《中國近代珍稀本小說 19 神州光復志演義 上下》（瀋陽市：春風文藝出版社，1997年10月）。

43 包天笑編：《小說大觀（第二冊）》廣告介紹此二書。其中《春夢》、《美人局》、《女學生之秘密記》為黃旺成一九一九年時閱讀之小說。至於《鴛鴦夢》小說，與徐天嘯《鴛鴦夢》劇本不同，黃旺成所讀者為徐天嘯之作，正文已述。

　　哀情小說：女學生之秘密記。貢少芹著《苦情小說女學生之秘密記》，亦是文藝編譯社出版。廣告文字：「是書敘光復時，一女學生與一男學生私諦婚約，易裝潛遁。該男子旋邂逅一形體半男半女之女學生，挾以偕行，不知所終。其中情節離奇，忽男忽女，變幻不測，通體用倒敘法，種種秘密，均由前女口中道出，百密而無一疎，故佳。」

　　另有若干未註者、註解較不詳者，或不知詳情或因說法出入，如一九一六年二月二十三日「欲買《古文精言》，適當地書店無之。」（第五冊頁36）《古文精言》為私塾教授課程常用讀本，老舍童年入南軒私塾，即讀《古文精言》，楊雲萍說：「記得我六七歲的時候，先祖父爾康先生，一方面敬我背念『十三經』，一方面卻教我讀『古文精言』之類的俗書，現在想起來，祖父實在有點『不能免俗』。可是，我卻因此在孩童時代，就知道了『阮蔡文』的名字。有一天，祖父講完了李華的『吊古戰場文』，忽而說道：臺灣也有一篇文章，可以和李華這篇文字比美的。那就是阮蔡文的祭淡水將士文。」[44]有清周聘侯評選的《古文精言詳注合編》。一九二一年六月十二日「為阿清舅解《昔時賢文》」（第八冊頁195），此書又作《昔賢時文》、《古今賢文》，一種舊時蒙學教材。作者不詳。一卷。集通俗的格言、諺語，亦有古詩名句，多為對偶句，不相連貫。內容良莠相雜。清末流行廣泛，影響極大。有上海普通書局本。一九二一年一月二十三日：「看小說《警貴新書》，別名《繡鞋記》，內中雖多淫污之語，然頗有警世之處。」（第八冊頁37），其註解較略，云「因版本稀少，故流傳不廣」，恐亦有問題。該書為清代白話長篇諷諭小說，一名《繡鞋全傳》、《警貴新書》、《葉戶部全傳》，又名《贈履奇情傳》。四卷二十回。署「烏有先生訂」，其真實姓名及生平不詳。成書於清光緒三十二年（1906）前。現存主要版本有清蝴蝶樓刊本，藏北京大學圖書館；清光緒三十二年（1906）上海書局石印本，藏蕪湖市圖書館。上海古籍出版社「古本小說集成」影印蝴蝶樓刊本，一九九四年春風文藝出版社「中國古代珍稀本小說」排印蝴蝶樓刊本。英國博物院藏有此書，柳存仁著《倫敦所見中國小說書目提要》述及，內容敘葉戶部（葉萌芝）身居科第，名列班曹，何乃潛蹤桑梓，日與狐群狗黨笑談風月，辱玷閨門，謀奪資財，武斷鄉非，名疆頓失，欲念難填。

　　一九一七年三月二十五日午後讀〈續楚語論〉。二十六日歸家後誦〈續楚語論〉，註解僅云「收入」明茅坤編，《蘇文忠公文鈔》卷十六。」可補充

---

44 楊雲萍：《臺灣史上的人物》（臺北市：成文出版社，1981年5月），頁73。

說明蘇東坡此文，蓋為少作。項序本題作〈屈到嗜芰論〉（屈到，楚卿，屈蕩之子子夕。嗜芰喜愛菱）因《國語・楚語上》有「屈建祭父不薦芰」條。柳宗元在〈非國語下・嗜芰〉中，對屈建的作法提出非議。蘇文則對柳文的非難進行了駁正，故云「楚語」、「續」。

一九一八年十二月讀詩法入門。此書在《儒林外史》亦見，「到晚無事，因想起明日西湖上須要做詩，我若不會，不好看相，便在書店裏拿了一本《詩法入門》，點起燈來看。他是絕頂的聰明，看了一夜，早已會了。次日又看了一日一夜，拿起筆來就做，做出來的比這些人做得都好。」黃旺成為了習詩需要，他閱讀袁枚的詩話及黃任詩集香草箋等等。《詩法入門》是一本作舊體詩入門的通俗讀物，作者是游藝，生卒年不詳，字子六，號岱峰，福建建陽人，游酢後裔，少年時，父親去世，家境貧寒，寄居本鄉普覺寺，手不釋卷，苦讀詩書。該書前二卷列出作詩方法一百一十二種，提出詩家四則：句、字、法、格；詩家十例：意、趣、神、情、氣、理、力、境、物、事；作詩準繩：立意、煉句、琢對、寫意、用事、下字、押韻等。卷三、四收李白、杜甫以及歷代有代表性詩作。既介紹作詩基本方法，又有具體詩例，是初學寫詩者較理想的入門工具書。據《日本收藏清代詩話初編》，此書有日本元祿三年（康熙二十九年，1690）翻刻本。此書的中國本最早刊行年代不詳，所知者為康熙五十四年（1715）金陵白玉文德堂刊本。由和刻本的時間推斷，其初刻本應該在康熙二十九年之前。其傳入日本的時間，也就更在此前[45]。

五　結論

透過日記極其規律且不間斷紀錄每天生活的習慣，可見黃旺成其人堅毅的性格，他同時自覺性的時時閱讀，處處學習，對自我有相當的期許。從一

---

45 南平市政協學習文史委員會，南平市文學藝術界聯合會編：《平歷史名人 南平市文史資料第十輯》，頁180-183。張伯偉編：《域外漢籍研究集刊 第2輯》（北京市：中華書局，2006年），頁420、421。

九一二年日記開始，黃旺成即記錄了他的閱讀情況，在公學校任職期間，他關注與教育相關的書籍，如以介紹西方教育思想的日文書《新教育》、《小學教師論》及世界史地知識書目《萬國地理》、《外國地理》與《萬國歷史》等，他也涉獵法律方面的書籍《六法全書》、《法學の栞》，但閱讀較多的是中國傳統詩文及舊小說，尤其是《花月痕》、《紅樓夢》、《聊齋志異》、《三國演義》、《西廂記》等等。在加入亂彈會、詩會等活動，為了學習詩文，他大量閱讀《史記》、《文章軌範》、《左傳》、《袁了凡綱鑑》、《清朝八賢手札》等書，〈平淮西碑文〉、〈南海韓文公碑〉、〈祭鱷魚文〉、〈諫論〉、〈趙良說商君〉、〈范增論〉、〈酒德頌〉、〈愛蓮說〉、〈待漏院記〉、〈原毀〉、〈原道〉、〈嚴先生祠堂記〉、〈諫太宗十思疏〉、〈愚溪詩序〉、〈喜雨亭記〉、〈讀楚語論〉等文莫不暗誦，讀書與寫作相輔相成，試寫了〈討鼠檄〉、〈醉鄉記〉諸文，奠定他論述說理的寫作能力，後來也投稿到報刊，甚至以一篇論同姓可否結婚否，獲致林幼春賞識。而為了讀詩習詩，他閱讀《隨園詩話》、《紅豆村詩集》、《詩法入門》、《詩品》、《詩式》、《王漁洋詩話》、《清詩評注》等等，為作詩經常數日費心推敲，絞盡腦力構思，其後亦有詩作刊《臺灣日日新報》、《臺灣教育會雜誌》[46]。

　　一九二○年他離開公學校，任職臺中蔡家，直到一九二五年離職，這數年間臺灣政治社會變動大，一九二○年臺灣留日知識分子於東京成立「新民會」，刊行《臺灣青年》雜誌，一九二三年治警事件發生，一九二四年臺灣新舊文學論戰，由於在蔡家工作關係，他有機會接觸蔡惠如、林獻堂、林烈堂等政治革新者，參與一些活動，聽聞一些新思潮資訊，對台灣島內外的議題表露極大的興趣，在快速變動的思想環境中，他深深感受到「現今新舊思想衝突之激烈」，到了一九二三年三月二十五日，他記道：「與順臣、傳、榜等談思想推移及台灣思想之現狀，傾吐胸懷，殊覺痛快。」他對治警事件遭

---

46 如1917年7月19、20日思作的〈黑蝶〉、〈釣魚〉，分刊《臺灣日日新報》1917年12月14日、9月28日。

受逮捕的台灣菁英視為一群有理想與正義感的「壯士」[47]，及至參與一九二四年七月全島性「無力者大會」，有力者是「以錢壓人、以勢壓人」或以武力壓人；無力者則反之，無力者係「士農工商守份安職」之人，而非無能力之人；「古者力即真理，今乃真理即力；民眾之聲即神之聲，神之聲即真理也。」逐漸可見到黃旺成的思想信仰的轉變及對弱勢的同情關懷。在這五年中，黃旺成的閱讀傾向雖然仍對傳統漢文小說保有相當的興趣，依舊持續閱讀著《史記》、《東周列國志》、《玉梨魂》、《疑雨集》、《再生緣》、《菜根譚》、《千家詩》、《宋元明詩》等等，但數量相對一九二〇年前明顯減少，增加的是中文白話文胡適、陳獨秀、周作人之文、魯迅譯作《愛羅先珂童話集》，及閱讀地方性日文報紙，像是《經世新報》、《大阪朝日新聞》、《台中新報》、《台灣日日新報》、《台南新報》、《改造》等，日文書籍較前期為多，如賀川豐彥（1888-1960）的日文小說《死線を越えて》、《太陽を射る》，以及列寧的社會主義日文譯作。明顯可見其閱讀興趣延伸到與中國的新文化運動相關的書籍（文學較多），以及來自日本的日文社會主義書籍兩個新領域，而且開始從作品中學習寫作白話文。

　　以上是談閱讀與其精神思想、寫作的關連，從其閱讀偏好觀察，也與圖書管制、時代潮流息息相關，因此以其他同時期或相近的臺灣人菁英養成教育過程來看，其閱讀書目以及轉換、目的都是相當接近的，閱讀小說除消遣無聊還有長知識，閱讀詩文則在於仿效學習以創作，閱讀教育、社會主義等圖書，則多有關心時事，充實自我以啟蒙民眾（用於演講撰稿），由日記可見臺灣文化人知識養成教育之歷程，及圖書傳播的流動與互動。此外，從閱讀日記過程，有幾個現象也頗值得深思，比如臺灣詞作一向較少，擅長者亦不多見，但黃旺成不僅興趣於詩文，他還特別熱衷填詞，在一九二二年一月十五日「下午學填滿江紅一闋，頗費心力而不甚佳，所謂雛鶯學飛也。」

47　相關言論見《黃旺成日記》1923年2月18日，1923年3月25日，1923年7月19日，1923年12月16-17日，1923年12月19日，1923年12月21日，1923年12月26-28日，1924年2月27日，1924年3月7日。

（頁22）一九二二年二月四日「在家學填新詞兩闋。」（頁46）四月十日「學填〈減字木蘭花〉詞一闋」（頁128）後來四月二十三日「背誦長恨歌，真令人黯然銷魂也」「試填〈滿江紅〉一闋，題撰餞春，雖未入門，然背人自誦亦覺興會不少」（9頁142）日記也保留了他寄給蔡式穀的詞，這對於臺灣詞學的整理研究，多少提供一些材料可資使用。其二是黃旺成從任職公學校開始，即有閱讀報刊的習慣，後來他也有些作品刊登報上，當時《臺灣日日新報》刊登不少轉載改寫的漢文小說，黃旺成也喜歡閱讀之後講給妻子聽，頗有意思的是當他閱讀《清代軼聞》、《所聞錄》、《蘭苕館外史》時，對照《臺灣日日新報》所刊，恰恰有不少篇與他所讀書目相同，易言之，《臺灣日日新報》當時轉刊竄改之舉，似乎不受影響，也無人提出異議，在日記中並未看到指責之辭。或許從當時讀小說多半是借閱之舉來看，報刊願意刊載自然嘉惠手邊無書的讀者，何況當時有能力訂閱報刊的讀者也不多，通常還是借過期的報紙來讀。

　　我在日記看到黃旺成記載：「晚警官大打一丐，使其負傷甚重，何其無人道之至也。」（1917年6月19日）又載「晚，一中國人老丐來，憐而恤之兩角。」（1921年11月9日）又說「在東門外，見有內地人以刀刺本島人，流血滿面，而本島人聚集數十人，喧喧擾擾，更有勸被刺者莫與之較，群眾附和雷同，無有一人可用，予與大張旁觀，為之髮指」（1923年2月26日），心為之動，也因此理解日記所記錄的不僅是其生活瑣事、閱讀學習、戲劇觀賞等活動，更是其人道精神的展現，一位有為有守的知識分子的成長史。

附錄一　黃旺成先生日記（1912-1924）閱讀書目初編

年代	月日	書目篇名	備註
1912	1.3	《元明清史略》	3日一邊讀《元明清史略》，一邊監督妻子整頓房間。……《史略》讀到元順帝。 5日晚上讀《元明清史略》。 7月16、17日隨手抓來看一下《元明清史略》。
	5.23	《桃花緣》	23日讀報紙看連載小說《桃花緣》覺得很有趣（這裡面講說妹妹變成鵲橋渡天河）。 26日讀小說《桃花緣》給妻子聽。
	7.22	《八美圖》	22、24、25、26日。
	7.25	《僧長隨》	聽了一些《僧長隨》的故事。
	7.28	《紅樓夢》（又名《石頭記》）	直到8月1、2、3、4、6、7、8、11、16、19、20、23、25、26、27、28、31日，9月1、3日，10月16、17、18、20、27、28、30、31日，11月1日，1913年7月8、9、12、15、24、25、26日，8月2、4、6、7、8、9、13、14、17、18、19、20、31日，陸續讀《紅樓夢》。
	11.14	《夢中五美緣》	14日向李氏招女老師借《夢中五美緣》來讀。 17日沉迷在小說《夢中五美緣》世界。 1915年8月2日向戴【借】古書三部（《十二樓》、《夢中五美緣》、《白牡丹》） 7、8、9日陸續看完。

年代	月日	書目篇名	備註
1913	1.14	《俠鴛鴦》	所感：《俠鴛鴦》、《西廂記》小說。
		《西廂記》	所感：《俠鴛鴦》、《西廂記》小說。 1915年5月15日借《西廂記》，歸而讀之。16日夜，《西廂記》看完。 1917年1月2、3日在樓上看《西廂記》。 1919年5月5日讀《西廂記》。6日終日看《西廂記》至完。
	5.3	《花月痕》	3日向張麟書老師借小說《花月痕》。 25日讀《花月痕》讀得入神。 31日晚上讀《花月痕》，看到癡珠的死，覺得心痛。 6月1日上午非常熱衷地讀了《花月痕》一冊以上。
	6.20	《三國》	20日與張式穀、張澤討論《三國演義》的人物等。 1915年3月27日開始讀《三國》至31日，天天看，頗有終日耽甚。4月初亦頻繁閱讀，至4月12日看完。1916年6月15日看《三國》。
1914	3.3	《聊齋誌異》	3日從呂鼠處帶回一部《聊齋誌異》。……直到九點過後都在看《聊齋》。15、27、31日，4月5、12、19日，5月25、26日，陸續把《聊齋》讀完。 7月31日，8月2、3日，9月6日；1915年3月4、10、11、22、23、26日，6月12、14日，7月8、18、19、23、24、27、28日，8月18、26、28、29、30日；1915年9月1、2、3、5、7、12、16、19日，11月7日，

年代	月日	書目篇名	備註
			12月8、10、11、12日；1916年1月2、5日，2月27日；1917年11月9日；1919年2月1、2-4、8-10、21、25日，3月19日，4月26日，8月20、27日，12月27、28日重看《聊齋》數節。 1919年8月12日，12月18日講《聊齋》一節。
	5.13	《唐詩三百首》、《詩韻集成》	從店裡拿一本《唐詩三百首》和一本《詩韻集成》回來。晚上解釋「長恨歌」的意思給妻子聽。
	6.25	《水石緣》	25日叫丙生向李良弼借《水石緣》。 27、28日讀《水石緣》。
	7.15	《子不語》	15日叫莊丙生向張式轂借《子不語》。16、17、18、21、23、24日「熱衷」看《子不語》，至25日，將《子不語》第一本共十七卷讀畢。 8月5日下午去學校借《子不語》，7、8、14日讀數節。 1917年3月25日，1919年6月9日至7月，及12月3、5日，又讀《子不語》。
	8.14	《新齊諧》。	讀《子不語》，接著看《新齊諧》。（可能意指《續子不語》。）
	8.15	《續齊諧》	15、16、20日都在讀《續齊諧》。 1917年3月1日又看一次。
	9.11	《隨園詩話》	11日叫莊丙生買《隨園詩話》。 20、27日，10月17日，11月26日，12月6日；1915年1月3、5、10日，5月9日，12月12日；1916年1月14日，2月11日，4月1、2、4、6、25日，5月1、3、4、14、15、17、23日，6月3

年代	月日	書目篇名	備註
			日，7月3、4、5、7、8、11、12、13、14、18、19、27日，8月20、28、29、31日，9月29日，10月2、3日，11月8日，12月2、13日；1917年1月7、15、31日，2月4、8日，3月1、6、9日；1919年12月2、3日陸續讀《隨園詩話》。
	9.16	《綠野仙踪》	下午在學校讀《綠野仙踪》。
1915	4.13	《女丈夫成親》	13日看《女丈夫成親》一冊完。14日講古《女丈夫成親》一節。
	4.15	《二度梅》	15日看《二度梅》一冊完。5月3、4日亦看《二度梅》，至5日讀完。
	7.5	《平山冷燕》	5、6日看《平山冷燕》。至7日午前將全部讀完。
	7.11	《風月傳》	11、12、13日臥觀《風月傳》。15日夜講《風月傳》與內子聽。
	8.2	《十二樓》	2日向戴【借】古書三部（《十二樓》、《夢中五美緣》、《白牡丹》）。晝臥觀《十二樓》。3日看《十二樓》中之〈奪錦樓〉。
		《白牡丹》	4、5、6日看《白牡丹》。
1916	2.10	《色魔劫》	講《色魔劫》之小說與內人聽。
	3.4	「平淮西碑文」	4日聽張先生講演「平淮西碑文」。6日與李君暗誦「平淮西碑文」約一時間。
	3.7	「南海韓文公碑」	7、8日與李君聽講「南海韓文公碑」。註：可能是指蘇軾的「潮洲韓文公廟碑」

年代	月日	書目篇名	備註
	3.14	《乾隆遊江南》	14、15、17日看小說《乾隆遊江南》。21日言「午前午後皆觀小說」；25、26日言「看小說片刻」（宜是觀《乾隆遊江南》小說）。至29日此書全部看完。
	4.12	「祭鱷魚文」	讀古文一篇「祭鱷魚文」
	5.29	《西洋史》	29日午後看《西洋史》數頁。6月7、8、9、20、23日，12月18日亦看《西洋史》。
	6.19	《飲冰室文集》	19、20、21、23、25日，8月2、3、10日，陸續看《飲冰集》。1917年1月16日漢文教梁啟超之人格修養論。可能是〈論公德〉。
	7.25	「黑山姬」	看新聞、「黑山姬」十數節。
	7.26	《古事記》	國語關於《古事記》者，甚趣味。
	8.4	〈百虫譜〉	〈百虫譜〉全部能講讀
	8.12	《人一人》	12日看《人一人》小說數頁。13、14、18日亦看數頁。至19日觀完。
	9.5	《彭公案》	5、6、7日看《彭公案》。
	11.12	《平金川》	12-14日每天看《平金川》，至15日看完。
	11.24	〈魔法〉	看久積小說〈魔法〉十數節。
	11.28	《創始〔世〕記》	28、29日夜看《創始〔世〕記》數章。
	11.30	《文章軌範》	30日借一《文章軌範》。12月2日午後看詩話、古文。（按：此古文未必實指古文觀止，可能只是某篇古文。可能是《文章軌範》所錄。）

年代	月日	書目篇名	備註
			10日看《文章軌範》片刻便入空想。
	12.1	〈游〔遊〕俠傳〉	讀古文（〈游〔遊〕俠傳〉）
	12.7	《外國史》	看《外國史》（羅馬創國）部。
	12.19	《西湖佳話》	19日借《西湖佳話》。 此後一連數日都在看《西湖佳話》，包括〈岳王墳〉、〈雷峰塔〉、〈放生善蹟〉、〈南屏醉蹟〉等。27日往張先生家還《西湖佳話》。 31日下午上樓看〈靈隱詩蹟〉、〈孤山隱蹟〉。（可能續借或鈔文）
1917	2.12	《龍門〔文〕鞭影》	12日夜使弟等買《龍門〔文〕鞭影》來教之，有趣。 13日夜二度教弟輩《龍文鞭影》。 3月1、2日夜教三弟。 4月3日製本《龍文鞭影》。
	3.2	〈靈光〉	2日看台中什誌送來見本（樣本〈靈光〉）。內有露國學童愛敵之全情心，一看令人欽嘉。 14日看〈靈光〉數節。
	3.7	《秋水軒》	下午教六年《秋水軒》。
	3.14	《【臺灣】教育》	看《【臺灣】教育》什誌及〈靈光〉數節。 1917年12月12日李君來言《日日新報》並《【臺灣】教育》什誌徵詩事。
	3.25	〈續楚語論〉	25日午後讀〈續楚語論〉。26日歸家後誦〈續楚語論〉。
	4.7	〈諫論〉	7日夜誦蘇老泉之〈諫論〉一篇。 20日暗誦古文〈諫論〉。

年代	月日	書目篇名	備註
	4.13	〈趙良說商君〉	13日夜讀〈趙良說商君〉（可能是指《史記‧卷六十八‧商君列傳第八》）。14日可背誦。 20日夜暗誦〈說商君〉。
	4.23	《明治物語》	夜看《明治物語》一小節。
	5.31	《流轉之女》	看《流轉之女》五節。
	6.7	《求幸福齋隨筆》	7日鄭元璧君信到，言《【求】幸福齋【隨筆】》亦一齊付下。8日晚接至。 9、13、17、19、21、22、30日，7月1、13日，8月2、4日皆讀此書。 8月4日完卷。但至1919年5月3、4、5、23、27、29日又讀數節。
	6.14	戲曲「四郎探親〔母〕」	歸看戲曲「四郎探親〔母〕」。
	6.17	《列子》	讀《列子》數節，頗得趣味。
	6.25		看《日日新報》小說。
	7.24		24-26日看《小說叢報》。
	8.27	〈遊奈何天記〉	起讀〈遊奈何天記〉。
	8.28	〈范增論〉、〈酒德頌〉、〈愛蓮說〉	起讀古文〈范增論〉、〈酒德頌〉、〈愛蓮說〉三篇。
	9.8	〈待漏院記〉、〈原毀〉	8、10日皆讀古文〈待漏院記〉、〈原毀〉兩篇。
	9.14	〈原道〉	14日張先生來講讀〈原道〉及〈嚴先生祠堂記〉兩篇。余試讀講〈原道〉，頗過得去。 16日背讀古文〈原道〉。 20日誦〈原道〉數遍。
	9.14	〈嚴先生祠堂記〉	張先生來講讀〈原道〉及〈嚴先生祠堂記〉兩篇。

年代	月日	書目篇名	備註
	9.21	《綱鑑》	21日欲借《綱鑑》或《史記》，無之。23日取袁了凡《綱鑑》到。看《綱鑑・宋紀》國初少許。 10月3日夜抄《綱鑑》（趙普事蹟）。此時構思作〈趙普論〉。
	9.28	〈諫太宗十思疏〉、〈愚溪詩序〉、〈喜雨亭記〉	在成記樓上讀書會。
	11.12	《茜窗淚影》	從榜先借來《茜窗淚影》小說，甚好。13、18日看此小說，至19日苦讀完卷。
	11.23	《紅豆村詩集》	23日午後看《紅豆村詩集》。12月2日又看數節。
	12.23	《復活》	午後看《復活》小說數頁。
		《詩法入門》	23日夜看《詩法入門》數節。 1919年4月22日貪看《詩法入門》，大暑看完。
1918年日記缺			
1919	2.21	《思出之記》	午後看《思出之記》（德富盧花小說）。3、4月亦時看《思出之記》。至4月11日將《思出之記》殘分全部閱完。
	3.15	《笑話奇談》	看《笑話奇談》。
	4.12	《名花劫》	午前在家看哀情小說《名花劫》。
	4.13	《美人局》	看《美人局》到完。
	4.14	《史記》	14、15日看《史記》霍光之章。 5月9日「朝維昆貸我《史記》，乃將宋太宗之紀署觀之」。
	4.16	《春夢》	終日在家看小說《春夢》至終。
	4.21	《詩品》、《詩式》	午後看《詩品》、《詩式》。

年代	月日	書目篇名	備註
	4.30	〈家光公〉	往港岸處借一月前之《日日新報》來，看〈家光公〉講談至ヲハリ。
	5.18	《左傳》	18日午前看《左傳》數節。 21日夜教圖讀《左傳》。 9月15日聽繼圖念《左傳》全本。
	5.19	《孟麗君》	19、22日終日看《孟麗君》。
	5.20	《龍鳳配在〔再〕生緣》	20、21、23日看《龍鳳配在〔再〕生緣》。
	7.13	《冤孽〔孽冤〕鏡》	13、14日看完《冤孽鏡》前集。17、18日看《冤孽鏡》別錄。20日往張先生處，返書《冤孽鏡》別錄。 11月4日講王可青、薛環娘之哀史。
	9.1	《今古奇觀》	1、4、15日看《今古奇觀》。
	9.5	《諧鐸》、《清朝八賢手札》	看《諧鐸》及《清朝八賢手札》。
	9.22	《笑林廣記》	看新聞並《笑林廣記》。
	10.5	《王漁洋詩話》	5、6日看《王漁洋詩話》。
	10.12	〈劉秀及妻〉	看小出〔咄〕（〈劉秀及妻〉）。
	10.23	「王文〔金〕龍三司會審玉堂春」	戲駒〔齣〕為「王文〔金〕龍三司會審玉堂春」。
	11.2	《楊文廣平南蠻十八洞》	看演九甲，乃金精娘娘射殺楊文廣之子淫殺兵卒，備極羞態，婦女子之觀者何以為情？
	11.3	《雪鴻淚史》	貸《雪鴻淚史》。此後數日看此小說，並抄斷腸之詩。

年代	月日	書目篇名	備註
1920年日記缺			
1921	1.23	《繡鞋記 警貴新書》	看小說《繡鞋記 警貴新書》。
	12.27	〈湖上百日記〉、〈粵西遊記〉	自述讀徐天嘯〈湖上百日記〉與〈粵西遊記〉，頗得日記作法。
1922	3.9	徐樹錚、唐繼堯詩	台中新報載有大陸徐樹錚、唐繼堯詩，頗可讀。
	4.2	《說海》	終日大雨淋漓，不能訪客，鬱守旅舍，殊覺無聊，展閱《說海》，難破寂寞。
	4.23	〈長恨歌〉	背誦長恨歌，真令人黯然銷魂也。
1923	1.11	《申報》	商議購讀中國《申報》。
	1.21	《清詩評著》	居停再取《清詩評著》來與予觀覽，吳梅村之古風，可誦者甚多。
	2.2	趙翼〈後園居詩〉三首	
	2.28	《牡丹亭》	本日得閒，邊看《牡丹亭》傳奇，頗有趣味。
	3.2	《牡丹亭》〈還魂〉	午後看〈還魂〉數回，至柳夢梅開棺，杜麗娘復活，趣味不少。
	3.7	元好問〈夢歸〉	錄詩。
	3.13	誦宋元明律詩	獨誦宋元明律詩以解愁。
	3.20	《香竹箋》（按：宜是《香艸（草）箋》，誤認為「竹」）	《香竹箋》一冊，詩豔而典，頗可消閒。錄二絕。
	3.20	《修養》	借新渡戶稻造博士著《修養》一觀，頗有所得。4月2、3、9日皆有閱讀此書紀錄。9日且云「在處逆境一節大得較訓，故能久讀不厭也。」

年代	月日	書目篇名	備註
	4.10	《菜根譚》	錄《菜根譚》一節，以為處逆境之神方。
	4.24	《人境廬詩草》〈遣悶〉	臺灣文社得《人境廬詩草》〈遣悶〉七律一章。
	5.24	《人肉之市》（窪田十一譯）	借觀《人肉之市》小說，哀情之作也。
	6.9	小說《人肉之市》、《白髮鬼》	借泰洲君小說《白髮鬼》來觀，中云伊太利國伯爵波漂中疫死而復生，其妻那稻與其友魏堂通、伯爵準備復讐，其表情婉轉之妙，令人讀不釋手。午前觀畢小說《人肉之市》，極寫歐洲官吏之民眾化，並傳女權平等中之不平等及其黑幕，其傷心之處令人不忍卒讀。6月10、11、13日皆讀《白髮鬼》。
	8.17	《歷代奇案》	耽看《歷代奇案》以消遣，可謂無聊至極。
	9.15	《西洋【歷】史》〈希臘之盛衰〉	《西洋【歷】史》本日閱〈希臘之盛衰〉。10月13日讀是書「羅馬之興衰，歷歷可見。」
	10.1	《菜根譚》	至新高堂買《菜根譚》一冊歸寓。10日「細讀《菜根譚》以消遣也。」
	11.2	《新茶花》、《吳佩孚史》	夜買得此二書。
1924	1.21	《陶靖節【先生】詩集》	偷閒朗誦《陶靖節【先生】詩集》數篇，頗自適。
	1.25		閱新報、看說部劍俠。
	2.7	〈閒情賦〉	誦〈閒情賦〉並閱覽群書。11日「閱陶淵明集數篇」。13-15日又誦〈閒情賦〉。24日「擁爐微吟淵明詩集」

年代	月日	書目篇名	備註
	3.4	《清詩評註》	讀《清詩評註》，七言絕多詠史，各別具心裁，令人百讀不厭。
	4.16	《臺灣詩薈》、《臺灣文藝叢誌》	尚有《臺灣民報》，自云「眼福不少」。
	5.18	《胡適文存》	藉其暫假數時間之《胡適文存》以自遣。
	6.9	《紅樓夢》	在書齋悶閱《紅樓夢》。13日「藉《紅樓夢》消遣，至賈政訓子，大板打責，一家啼哭，險被賺出淚來。」14、21日又閱（改曰《石頭記》）。7月2日「遁於帳中閱《紅樓夢》，頗得暑中之消遣法也。」7日「全部閱完。」
	7.8	《死線ヲ越ヘテ》	閱賀川豐彥名著《死線ヲ越ヘテ》六七十頁。8月11-13日又閱，併計數條感想、摘要。
	8.14	《太陽ヲ射ル【モノ】》	車內觀《太陽ヲ射ル【モノ】》，22、26、27日又觀此書，並記摘要。
	8.27	列寧 社會思想	
	8.31	《國民經濟學》	本日用（工）功《國民經濟學》二十餘頁，撮其要者記於手帳，以備閱讀，於欲望一節，頗有所得。
	9.3	經濟行為之意義	午前勉強〈經濟行為之意義〉數頁，頗有心得，乃分類記帳。
	10.10	《菜根譚》	錄一節，以堅節操。

附錄二　黃旺成閱讀書目書影

· 喻血輪著　進步書局　1916.03

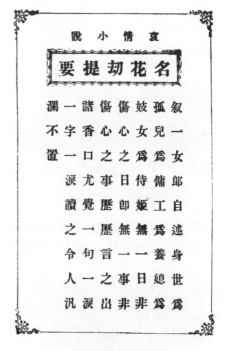

·《名花劫》提要

· 李定夷《茜窗淚影 哀情小說》
書影，國華書局，1914年出版

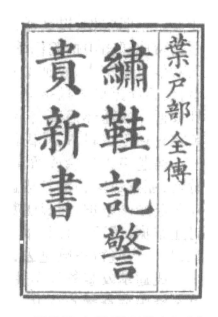

· 蝴蝶樓刊《繡鞋記警貴新書》
扉頁書影

·《三葉集》書影。上海亞東
圖書館，1920 年 5 月

· 何海鳴《求幸福齋隨筆》書影

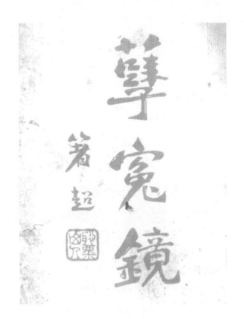

孽冤鏡

楔子

著者　雙熱

情天蒼蒼情海茫茫幾多情種以戴以航嗟嗟情也者殺人之魔也而人媚之而人惑之爲所驅策爲所索制爲所顛倒爲所殘殺至死而不悟往古來今痴兒女千百輩酔於情宿於情陷情魔之窟而斷送其壽命者比比然矣嗚呼情耶魔耶愛力耶爲魔力耶何人入者深而中人者屬耶予亦情網中人也予乃情網中之過來人也爲情所網屈指十年情絲萬丈欷一身方寸范迷如醉如醒如酔當是時也予友王子可豔情正復與予同病而至倦衰抑鬱忽忽以情死噯可青死矣其一段情史至可豔也至味也至可悲也其因其果予耳所間目所見逢知所戒矣從而借橥往事作青正復與予我前車猛然以悟邂然以脱慧劍一揮情絲寸斷予幸得爲漏網之魚悠然而逝還我自由試一廻顧因我之情網固無恙也干經萬緒組織至周密予苟不自解脱者

孽冤鏡

一

·《孽冤鏡》「楔子」及書影。

· 徐天嘯著《天嘯殘墨》，上海廣益書局，1932年版本。

國民經濟學

宋任譯

上海泰東圖書局印行

· 宋任譯，《國民經濟學》上海泰東圖書，1929年5版。

參考文獻

一　專書

《崇文社文集一》「卷二」　臺北縣　龍文出版社　2009年

吳濁流　《無花果》　臺北市　林白出版社　1970年10月

呂赫若著　鍾瑞芳譯　《呂赫若日記》　臺北縣　印刻出版社　2005年1月

周作人譯　《域外小說集》　上海市　廣益書社　1920年3月

施懿琳　《周定山作品選集（上）》　彰化縣　彰化縣立文化中心　1996年
　　　　7月

洪棄生　《洪棄生先生遺書・六》　臺北市　成文出版社　1970年

張德南　《堅勁耿介的社會運動家──黃旺成》　新竹市　新竹市立文化中
　　　　心　1999年3月

張麗俊著　許雪姬、洪秋芬、李毓嵐編纂解讀　《水竹居主人日記（一）》
　　　　臺北市　中央研究院近代史研究所　2000年11月

許俊雅、楊冶人編　《楊守愚日記》　彰化縣　彰化縣立文化中心　1998年
　　　　12月

許雪姬主編　《黃旺成先生日記（1）～（11）》　臺北市　中央研究院臺灣
　　　　史研究所　2008～2012年

連橫主編　《臺灣詩薈・餘墨》　收入沈雲龍主編　《近代中國史料叢刊續
　　　　輯98 雅堂先生文集・餘集1》　臺北市　文海出版社　1982年

董文成、李勤學主編　《中國近代珍稀本小說 19 神州光復志演義 上下》
　　　　瀋陽市　春風文藝出版社　1997年10月

二　專書論文

王世慶採訪、紀錄　〈黃旺成先生訪問紀錄〉　文收黃富三、陳俐甫編
　　　　《近現代台灣口述歷史》　林本源中華文化教育基金會及臺灣大學
　　　　歷史系出版　1999年

王詩琅　〈我的早年文學生活〉　張炎憲、翁佳音合編　《陋巷清士：王詩琅選集》　臺北縣　稻鄉出版社　2000年　頁207-214

林莊生　〈洪炎秋先生〉　《懷樹又懷人——我的父親莊垂勝、他的朋友及那個時代》　臺北市　自立晚報社文化出版部　1992年8月　頁156

南平市政協學習文史委員會　南平市文學藝術界聯合會編　《平歷史名人南平市文史資料第十輯》　頁180-183

涂翠花譯　三澤真美惠校訂　黃英哲主編　《日治時期臺灣文藝評論集　雜誌篇·第二冊》　臺南市　國家臺灣文學館籌備處　2006年10月　頁11

莊永明　〈輿論界的尖兵——黃旺成〉　張炎憲等編　《台灣近代名人誌》第五冊　臺北市　自立晚報　1990年　頁85-99

莊勝全　〈腹有詩書氣自華？——黃旺成公學校教師時期的閱讀生活〉　收於川島真、松永正義、陳翠蓮主編　《跨域青年學者臺灣史研究：第四集》　臺北縣　稻鄉出版社　2011年　頁269-302

楊雲萍　《臺灣史上的人物》　臺北市　成文出版社　1981年5月　頁73

葉榮鐘　〈我的青少年生活〉　《臺灣人物群像》　臺北市　時報文化出版企業公司　1995年4月　頁338

葉榮鐘　〈臺灣的文化戰士——莊遂性〉　《臺灣人物群像》　臺北市　時報文化出版企業公司　1995年4月　頁285

潘國正　〈冷語子、熱言生　勁風傲骨黃旺成的故事〉　陳騰芳、潘國正、陳愛珠　《一生懸命，竹塹耆老講古》　新竹市　新竹市立文化中心出版　1995年　頁49-51

饒芃子主編　《流散與回望：比較文學視野中的海外華人文學》　天津市　南開大學出版社　2007年10月　頁432

三　期刊論文

石婉舜　〈高松豐次郎與臺灣現代劇場的揭幕〉　《戲劇研究》　第10期　2012年7月　頁35-68

吳奇浩　〈喜新戀舊：從日記材料看日治前期臺灣仕紳之服裝文化〉　《臺灣史研究》　19卷3期　2012年9月　頁201-236

莊勝全　〈評介曾士榮著《近代心智與日常臺灣：法律人黃繼圖日記中的私與公（1912-1955）》　《臺灣史研究》　第20卷第3期　2013年9月　頁207-220

張玉婷　〈日治時期知識份子的閱讀品味展現：以《黃旺成日記》為例〉　第二屆蔣渭水學術研討會議程　2010年10月17日

張炎憲　〈黃旺成的轉折──從社會參與到纂寫歷史〉　《竹塹文獻》　第10期　新竹市文化局　1999年1月　頁6-28

陳萬益　〈台灣報業史上的一等評論──論黃旺成的「冷語」「熱言」〉　《竹塹文獻》第10期　1999年1月　頁29-40

曾士榮　〈一九二〇年代臺灣國族意識的形成：以《陳旺成日記》為中心的討論（1912-1930）〉　《臺灣文學學報》　第13期　2008年12月　頁1-63

黃麗雲　〈日治大正期臺灣俗信與日本祝祭在臺施行情況：黃旺成的日記情境摸索與解析〉　《臺灣史研究》　第38期　2011年12月　頁83-134

黃繼文口述　陳鳳華整理　〈父親黃旺成的追憶〉　《竹塹文獻》　第10期　1999年　頁41-57

賴　和　〈讀瘦鵑小說寄說劍子〉　《臺灣文藝旬報》　第10號　1922年10月10日

迦爾洵著　愈之譯　〈一樁小事〉　《東方雜誌》　第2號　1920年　頁101-107

矍矍　〈烏克蘭農民文學家柯洛漣科〉　《東方雜誌》　第6號　1922年　頁83-86

四　學位論文

李維修　〈日治時期新竹地區士紳的社會角色變遷〉　新竹市　新竹教育大

學社會科教育學系碩士論文　2004年

吳沁昱　〈新竹市自治選舉與議會運作：以黃旺成政治參與經驗為中心
　　　　（1935-1951）〉　臺北市　國立臺北教育大學臺灣文化研究所碩士
　　　　論文　2012年

五　資料庫

《漢文臺灣日日新報》　臺北市　漢珍數位圖書公司　電子資料庫

《臺灣日日新報》　臺北市　大鐸資訊公司　電子資料庫

關於叛亂的敘述：
《東瀛紀事》及其他

張重崗[*]

摘要

自明鄭以來，逐漸形成了一個經略臺灣的士人傳統。在這一士人話語的脈絡中，突出的是近代士人用世的襟懷，公私界限並不截然分明，官方、民間的對立也並不明顯。林豪的《東瀛紀事》，可以在這一框架下得到合理的解釋。從這部私家著述中，可以引申兩個話題：一是史著的體例、義理，及其如何走向鄉里社會的問題；二是地方士人社群的成長以及話語權爭奪的問題。

關鍵詞：經略臺灣、士人話語、林豪、《東瀛紀事》

* 中國社會科學院文學研究所副研究員。

一　經略臺灣的士人話語傳統

關於臺灣叛亂的敘述，多出於官方的記載，如方志、奏疏和公牘等。但官方話語並不等於官樣文章。比如，康熙六十年（1721）起事的朱一貴，是清代自稱亡明宗室起兵反清的第一人，余文儀《續修臺灣府志》在記述「義民」事蹟時，引用《理臺末議》對此事件的一番議論：「臺灣始入版圖，為五方雜處之區，而閩、粵之人尤多。先時，鄭逆竊踞海上，開墾十無二、三。迨鄭逆平後，招徠墾田報賦。終將軍施琅之世，嚴禁粵中惠、潮之民，不許渡臺；蓋惡惠、潮之地，數為海盜淵藪而積習未忘也。琅沒，漸弛其禁，惠、潮民乃得越渡。雖在臺地者，閩人與粵人適均；而閩多散處、粵恆萃居，其勢常不敵也。康熙辛丑朱一貴為亂，始事謀自南路粵莊中。繼我師破安平，甫渡府治，南路粵莊則率眾先迎，稱為義民。粵莊在臺，能為功首，亦為罪魁。今始事謀亂者既已伏誅，則義民中或可分別錄用，以褒向義。加以嚴行保甲，勤宣聖諭，使食毛踐土之眾，一其耳目、齊其心志，則粵民皆良民也。何以禁為（《理臺末議》）？」[1]這段文字，分析了臺灣的局勢、民人的狀況，陳述了官方處理叛亂的思路。在對待叛亂的問題上，則涉及到閩粵移民的關係、事變中義民的作用、保甲制度的執行等具體的環節。種種考量，顯示了執政者理臺的清晰理念。《理臺末議》約成書於清初康雍間，是臺灣早期文獻，無刊本。首任巡臺禦史黃叔璥在《臺海使槎錄》中曾引用其文。伊能嘉矩《臺灣文化志》認為作者乃雍正時巡臺禦史夏之芳，但近期學者以為非是。[2]該著的治臺規劃，頗受時人推崇。作為官修志書的范咸《重修臺灣府志》和余文儀《續修臺灣府志》，均引錄其中的文字。

與官方話語相關聯，自明鄭以來一直存在著一個經略臺灣的士人傳統。比如，參與平定朱一貴事件的藍鼎元，是一個典型的例證。余文儀《續修臺

1　余文儀：《續修臺灣府志》卷十一，臺灣文獻叢刊第121種。
2　參李祖基：〈論清代移民臺灣之政策〉，《歷史研究》2001年第3期，頁157。

灣府志》提到：「藍鼎元，字玉霖，漳浦諸生；南澳總兵廷珍之族弟也。長身、美鬚髯，善言論。參廷珍戎務，指揮並中要害；決勝擒賊，百不失一。當羽檄交馳，裁決如流，倚馬立辦；廷珍視若左右手。所著《平臺紀略》、《東征記》，並傳於時。」[3] 他的兩部著作《平臺紀略》、《東征記》，堪稱記載朱一貴事件的經典文本。其中，《東征記》收錄的多是平定朱一貴事件過程中的論議、公牘和告示，也有少量記游文章收入。藍鼎元此次是隨兄出征，在軍中參幕，所以多用的是其兄藍廷珍的名義。但他的見地平實精闢，遠超出一般案牘公文的水準。魏源推崇他的見識，稱之為「不易之論」：「廷珍之征臺也，其弟鼎元在軍中；文移書檄，皆出其手。如論臺鎮不可移澎；又言臺變皆自內起，罕自外入，鹿耳門不宜設砲城以資賊守，而阻攻討；又言諸羅以北地險軍單，難以控制，宜割為二縣；皆不易之論。其後乾隆中用其言，分立彰化縣云。」[4] 多年後，周憲文在整理該書、收入文獻叢刊時猶讚歎不止：「我是佩服二百三十餘年前著者識見的遠大，使二百三十餘年後的讀者看來，猶有親切之感。至其文字的曉暢明達，絕無斗方名士舞文弄墨的積習，猶其餘事。王者輔謂：『古人原未嘗有意為文，說理談事如家常告語，其胸中有惻隱羞惡，真性情流露行墨間，則為至文。今人雕肝琢腎，句造字鎚，有藻繪而無義理，有浮華而無神氣……』；藍著則『詞不尚浮誇，而論切乎人情物理』。乃屬至論。」[5]

在經略臺灣的士人群體中，藍鼎元屬於佼佼者，但並非唯一的一個。此前不論，道光後承繼此一傳統、可與之並列者也大有人在，如姚瑩、周凱、徐宗幹和丁曰健等。這裏的模糊之處，是藍鼎元的文字言辭與官方敘述之間的微妙界限。有見解的士人即便在案牘公文之中也能透露見地和性情，見識與公牘之間的界限並不那麼清楚，其中起關鍵作用的應是士人的經略眼光和處事能力。

3　余文儀：《續修臺灣府志》卷十二。

4　魏源：〈康熙重定臺灣記〉，見丁日健編著《治臺必告錄》卷一，臺灣文獻叢刊第17種。

5　周憲文：〈《東征記》後記〉，見藍鼎元：《東征記》，臺灣文獻叢刊第12種。

　　與《東征記》不同，藍鼎元的另一部著作《平臺紀略》應屬於私人記述的範疇。王者輔在該書序言中稱：「《平臺紀略》，亦野史之流也。」[6]可知時人對該書的定位。藍鼎元在自序中，提到這篇著述的緣起：「藍子自東寧歸，見有市《靖臺實錄》者，喜之甚，讀不終篇，而愀然起，喟然嘆也。曰：嗟乎！此有志著述，惜未經身歷目睹，徒得之道路之傳聞者。其地、其人、其時、其事，多謬誤舛錯。將天下後世以為實然，而史氏據以徵信，為害可勝言哉！」[7]從臺灣平叛歸來後，他看到《靖臺實錄》這樣的野史在坊間流傳，感慨其雖有志於著述，可惜未能親歷，其中的謬誤不免太多。於是，有《平臺紀略》之作。但他的著述並不局限於「稗官野史雖小道，必有可觀，求其實耳」，而是有更大的雄心，希圖闡明「致亂之由，定亂之略，殉難喪節，運籌折衝，皆將權衡其衰鋮，以為千秋之龜鑑」。[8]他在文章末尾的議論，可謂經略臺灣的至言要義：「臺灣山高土肥，最利墾闢。利之所在，人所必趨。不歸之民，則歸之番、歸之賊。即使內賊不生，野番不作，又恐寇自外來，將有日本、荷蘭之患，不可不早為綢繆者也。閒居無事，燕雀處堂，一旦事來，噬臍何及！」[9]這段議論的字裏行間，充斥著的是民間士人的憂患意識。

　　事實上，清代士人關於臺灣的私家著述，雖然可能滲透著或多或少的官方立場，但隨著他們對臺灣內外狀況瞭解的加深，及對於臺灣世務的直接參與，逐漸形成了經略臺灣的敘述話語。這一趨勢，在清代後期表現得更加明顯。試舉趙翼為例。乾隆五十二年（1787），臺灣發生林爽文事件，閩督李侍堯遠征臺灣，邀請退隱林下的趙翼入幕。趙翼曾參贊征討準噶爾、緬甸的軍機，有豐富的經驗。他在臺灣平叛的經歷，後撰入《平定臺灣述略》。該文透徹地解析了林爽文事件的起因、局勢和善後等事宜，顯示了經世士人的卓越見解。他對官民番、漳泉矛盾的剖析簡明扼要，對鹿港在臺灣攻守大局

6　王者輔：〈《平臺紀略》序〉，見藍鼎元：《平臺紀略》，臺灣文獻叢刊第14種。

7　藍鼎元：〈自序〉，《平臺紀略》。

8　藍鼎元：〈自序〉，《平臺紀略》。

9　藍鼎元：《平臺紀略》。

上的重要性的強調則具有戰略上的遠見:「舊時海口僅一鹿耳門,由泉州之廈門往,海道八、九百里。今彰化之鹿港既通往來,其地轉居南北之中,由泉州之蚶江往,海道僅四百里,風順半日可達。此鹿港所以為臺地最要門戶,較鹿耳門更緩急可恃也。」[10]趙翼認為,林爽文的失敗與其海防觀念的缺乏有關。因他們是山賊,只知攻城,不知扼守海口,再加上泉人的義舉,使鹿港得以保全,清廷的援兵才得以及時抵達。事件平定後,他向閩督李侍堯提議改革舊制,移彰化縣至鹿港,以文武大員坐鎮於此,使之與鹿耳門互為關鍵,這樣臺地常有兩路可入,便永無阻遏的隱患。雖然此舉最終沒有結果,但他仍然堅持「此議終不可廢」,認為是臺疆防衛的千百年大計。

當然並不是所有的記述,均能做出如此透徹的洞察。同樣是記述林爽文事件,楊廷理《東瀛紀事》的長處是敘事翔實,文風曉暢明達,這與他務實的行事風格有關。他當時任臺灣海防同知,在知府孫景燧遇害後,先代理府事,後陞知府。但文章中也有對於事件起因的貼切分析:「蓋自鄭氏殄滅、朱一貴蕩平以來,海疆無事,垂數十年矣。其始特以地沃民稠,志驕服美,守土者忽不加意,以為風俗固然;漸且姦胥猾吏,恣為民患而不之止。其民之黠者,則又交結胥吏,舞文弄墨、枉法幹紀,蔽上耳目。桀悍者至於持械鬥狠,千百為群,白晝相殺於道,而官不可禁,或因以取賄而免之。此亂之所由生,非一朝一夕之故也。」[11]該段文字的切要之處,是點出了臺灣社會治亂的癥結及胥吏在此過程中的作用。楊廷理在臺灣是一個標誌性的人物,在嘉慶重新起用之後在開發噶瑪蘭時有特出的表現。

周凱所撰寫的〈記臺灣張丙之亂〉,記述的是道光十二年(1832)發生的張丙事件。實際上,周凱是在叛亂基本平定之後,才由興泉永道調署臺灣道的。但該文還是體現了他在史志方面的造詣。周凱為一代名宦,在史志學上自成家數,曾纂輯《廈門志》。他記述張丙事件的過程和細節,「皆查章奏供詞直敘」,故而征實可信;敘述的筆法則錯落有致,要言不煩,饒有史

---

10 趙翼:《平定臺灣述略》,臺灣文獻叢刊第213種。

11 楊廷理:《東瀛紀事》,臺灣文獻叢刊第213種。

意。張丙之亂初起於閩粵互鬥，其間官府處置不當，以致積怨爆發。周凱對此的挖掘，深入到了臺灣族群的內部。他抓住了閩粵、漳泉之間的對立和依存關係：「其民閩之泉、漳二郡，粵之近海者往焉。閩人佔居瀕海平廣地，粵居近山，誘得番人地闢之。故粵富而狡，閩強而悍。其村落閩曰閩莊，粵曰粵莊。閩呼粵人為客。分氣類，積不相能。動輒聚眾持械鬥。平居亦有閩、粵錯處者。鬥則各依其類。閩、粵鬥則泉、漳合。泉、漳鬥則粵伺勝敗，以乘其後。民情浮而易動。」[12]周凱對閩、粵矛盾的原由，及其與閩人內部漳、泉互鬥之間依勢遷變的動態關係，可謂了然於胸，無愧於體察臺灣民情的行家裏手。

魏源的《聖武記》，作為晚清思想的典範，則透露了更多的近代士人經世的訊息。與上述士人不同，魏源並沒有親歷臺灣的事件。但直接經驗的缺乏，並不妨礙他做出有價值的判斷。甚至於可以說，與物件之間的距離感，反而提供了更大的空間來進行充分的思考。《聖武記》中所收錄的五篇有關臺灣的文章，顯示他對於臺灣所發生的事件的關注。他把對這些事件的思考，置於中國的近代處境之中，置於中國與周邊乃至西洋世界的關係之中，因而獲得了令人耳目一新的見解。換句話說，臺灣發生的朱一貴、林爽文和蔡牽等事件，促使他在更為開闊的視野中來進行經世問題的思考。

魏源的思考，表現在內部與外部的動態轉換。在〈國初東甫靖海記〉、〈康熙戡定臺灣記〉二文中，借鄭氏之事來討論中國的海防問題。他認為，自上世以來，中國有海防而無海戰。考諸歷史，只有「二鄭」——明太監鄭和騁兵舶於西洋、鄭成功奪紅夷之島國——為中國之一奇。又以明末清初的史事為鑒，梳理出了「以守為戰，以守為款，以內修為外攘」的國朝防海家法。他讚賞施琅、範承謨、藍鼎元、高其倬、吳士功等人在臺灣歸屬、遷界、互市、臺米流通和攜眷問題上的見識和規劃，以開發、經營臺灣作為國事籌謀的根本。[13]

---

12 周凱：〈記臺灣張丙之亂〉，見《內自訟齋文選》，臺灣文獻叢刊第82種。
13 魏源：〈國初東甫靖海記〉，收錄於《治臺必告錄》、〈康熙重定臺灣記〉，收錄於《海濱大事記》，臺灣文獻叢刊第213、17種。

在評議朱一貴、林爽文事件時,他繼承藍鼎元等人的思想,認為應該從內部來處理臺灣的叛亂問題。在〈康熙重定臺灣記〉中討論朱一貴事件時,他突出「內賊」的認識:「或問朱一貴以前,紅毛取倭、鄭氏取紅毛、本朝取鄭氏,非皆變自外入者乎?臣源曰:耶穌不惑、紅毛不乘、夷間不投、鄭兵不興、子不少、國不內亂,王師亦豈得而馮陵乎?日月蝕於外,其賊在於內!」[14]這一看法,與藍鼎元有一脈相承之處。在〈乾隆三定臺灣記〉中,他延續了內賊的說法:「臺灣不宜有亂也:土沃產阜,耕一餘三,海外科徭簡,夜戶不閉。然而,未嘗三十年不亂,其亂非外寇而皆內賊,朱一貴、林爽文其尤著者也。」[15]進一步,為臺灣社會號脈,申論林爽文事件是臺灣內部結構性問題的爆發:「漳、泉、惠、潮之民日眾,寄籍分黨,蘗牙其間;守土官又日腋削之。於是,民輕視吏。及其樹幟械鬥,動以萬計;將士不能彈治,惟以虛聲脅和。於是,民輕視兵。近山土沃,民墾日廣,巡撫楊景素立界限之;將界外良田,盡界生番。番不知耕,仍為內地遊民偷墾。地既化外,易藪奸宄。又獄有不能結者,輒誘殺生番以歸獄。於是,既毆民歸番,又毆番以黨賊。」[16]魏源發現臺灣社會問題的癥結所在,是官民的對立。而官民對立的表徵,一面是民輕視吏、民輕視兵,另一面是民番、番賊在另一面的聯合。而這種狀況之形成,雖有閩粵移民之間族群對立的原因,但治理者的不當行徑可能是更致命的毒素。

海盜蔡牽於嘉慶初年(1896)在閩浙粵近海的騷擾事件,為魏源提供了新的觀察視角。當時,安南十二總兵也率船百餘,劫掠海上;阮光平父子則招海盜劫商船,以佐國用,中國的海盜有受其官爵者。在〈嘉慶東南靖海記〉中,魏源分析了中國土盜和安南艇盜內外串通、互為呼應的狀況:「艇盜者,始於安南。阮光平父子竊國後,師老財匱,乃招瀕海亡命,資以兵船,誘以官爵,令劫內洋商舶以濟兵餉。夏至秋歸,蹤跡飄忽,大為患粵地。繼而內地土盜鳳尾幫、水澳幫亦附之,遂深入閩、浙。土盜倚夷艇為聲

14 魏源:〈康熙重定臺灣記〉,見《治臺必告錄》卷一。

15 魏源:〈乾隆三定臺灣記〉,見《治臺必告錄》卷一。

16 魏源:〈乾隆三定臺灣記〉,見《治臺必告錄》卷一。

勢,而夷艇恃土盜為鄉導。」[17]過去曾流傳下來對付水賊的辦法,如岳武穆所說「以水賊攻水賊」、「坐制氣賊之命」的策略,卻難以用來應對眼前發生的情形。當時的海盜主力雖出自本土,但來自外部的勢力營造了複雜的內外狀況:一是周邊的安南屬國參與了這次海盜行動;二是外國兵船願意出兵協助剿滅海盜。這使得舊有的臨敵方略基本失效,必須做出有效地調整:「夫不借外洋之戰艦可也,不師外洋之長技,使兵威遠見輕於島夷、近見輕於屬國不可也。」[18]雖然蔡牽事件的破壞力稍小,但所引發的思考是長遠的。它使得近代士人需要重新考察內部和外部的關係問題。其中的焦點,就是如何借助外力的問題。魏源由此發展為「師外洋之長技」命題的提出。

「師外洋之長技」的命題,在當時是革命性的提法,即將影響到國家方略的變化。不過說到底,它仍屬於以夷制夷的變種。如此新銳的思考,需要與內部社會的支撐有機地勾連起來,才可能對當時的歷史狀況做出恰當地把握。尤其是在魏源的變革性思考佔據強勢的背景下,其他私家的著述不僅不可偏廢,反而應該給以更多的關注。

從以上諸家可知,關於臺灣問題的私家著述形成了延續不斷的脈絡。當然,其中的公私界限並不那麼截然分明。或許更恰當的說法是士人話語。這一說法,打破了表面上的官方、民間的對立,突出的是近代士人用世的襟懷。林豪的《東瀛紀事》,可以在這一框架下得到合理的解釋;不過,同樣重要的一維是鄉里空間的拓展,在這條脈絡裏需要觀察的是士人在其中的位置和意義。

二 《東瀛紀事》的著述取向與話語權問題

林豪在撰寫記錄戴潮春事件的《東瀛紀事》時,是有意識地把上述士人如藍鼎元、趙翼、周凱和魏源等的著述視作重要參照的。這保證了他的紀事

---

17 魏源:〈嘉慶東南靖海記〉,臺灣文獻叢刊第213種。

18 魏源:〈嘉慶東南靖海記〉。

在體例上有章可循，在內質上也不落下風，可歸入士人著述的脈絡。但這部著作又有其獨特的地方內涵，與上述諸家著述有所區別。

從這部著述中引申出的是兩個問題：一是史著的體例、義理及其如何走向鄉里社會的問題，二是地方士人社群的成長及其話語權爭奪的問題。

林豪的自我定位及其著書的身份值得注意。與上述諸家不同，他並未如藍鼎元、趙翼、周凱等人那樣直接參加平叛的戰事，也不像魏源那樣是站在一個放眼世界的經世之士的角度來思考臺灣的史事。他雖然也有著書修志的抱負，但更像是一個鄉間的漫遊者，以飽學儒生的身份來體驗和觀察當時發生的動亂。在〈自序〉中，林豪寫道：「余自壬戌七月應淡水族人之招，買舟東渡，擬便道南下訪友；時彰化賊氛正熾，路梗不通，適家雪村方伯奉檄辦團，相晤於艋津旅次，一見如故，遂邀余寓其竹塹裏第之潛園別業。未幾，平賊凱旋，屬余為典筆劄；暇輒相從論詩，荏苒者四載於茲矣。」[19]這裏呈現出一個具有張力的歷史時刻：雖然充斥著戰亂的動盪和不寧，卻別有一番田園詩的意境在其中。他們暫時避開了塵雜的煩擾，在戰爭期間的旅途中相遇並相知，又相約在風景如畫的園林。林豪的內心，一定獲得了暫時的平靜和愉悅。在他這裏，既未直接受到官方事務的催迫，也未表現為西方那種知識份子式的憂思。他更多地是去感受，去記錄，以鄉間儒者的身份介入旅次中的戰爭和生活。那麼，他可能提供怎樣的話語風格呢？

一切果真如此悠然和田園嗎？從林豪走進鄉間的時候，他就感覺到這不過是一種幻象。在戰爭結束後的實地採訪中，他用感性的語言記下了當時的情景和感觸：「中間薄遊郡垣，往復者再，所過之城郭、川原昔日被兵之處，舊壘遺墟，蕭條在目，慨然者久之。輒與其賢士大夫、田間野老縱談當日兵燹流離之故，因即見聞所可及者隨筆劄記。」在他的筆下，眼前的一切是那麼親近，受到的傷害卻是如此之大，令人唏噓不已。但這只是他的所見所聞和所感所觸。作為一個史家，林豪遇到的更大挑戰還隱藏在神秘的鄉間霧靄的後面。

---

19 林豪：〈自序〉，《東瀛紀事》，臺灣文獻叢刊第8種。

　　《東瀛紀事》大致完成於同治五年（1866）。這是他的朋友吳希潛為之作序的年份。吳在〈序〉中提到：「余友林卓人孝廉，鷺門續學士也。嘗薄遊臺陽，值戴逆甫平，因綜其見聞，成《東瀛紀事》二卷，而屬余為序。余三復卒業，見其兼綜條貫，體裁雖本之谷氏應泰，而是非褒貶實不繆於紫陽大旨，斯誠有關風教之書也。」[20]該段文字強調林豪著述的兩個維度：一是史學的體裁上，以谷應泰的《明史紀事本末》為參照；二是在史事人物的評價上，符合「紫陽大旨」的理義。

　　林豪在〈自序〉中提到的「歲次庚午」（1871），應是後來又作增補的記錄。他曾描述自己曾四易其稿：「予悉心採訪，遲之五、六年，經三、四易稿者，亦欲實事求是耳，何敢略哉？」[21]期間花費的五六年，從戴潮春事件被平定之後的一九六四年算起，至一八七一年大概符合年數。又稱：「近又博採旁搜，實事求是，得戴逆所以倡亂者，原委犁然矣。於是仿趙雲松先生《武功紀盛》及楊氏《三藩紀事》、魏氏《聖武記》之例，分類編次，附以論斷，成上下二卷，題曰《東瀛紀事》，亦欲誅亂賊於既死、存義烈於不刊，俾他日徵文考獻者有所參考也。」[22]這裏提到的三種典範著作，即趙翼《皇朝武功紀盛》、楊陸榮《三藩紀事本末》和魏源《聖武記》，似乎與吳希潛所說有所不同。

　　不過，該書的〈例言〉則提到：「是編雖仿甌北趙氏《武功紀盛》、默深魏氏《聖武記》諸書，其源實本於谷氏《紀事本末》；故於篇末論斷，仿其成例，亦間用駢體。自愧不文，語多徑直，要必明順逆、存是非，示法戒之義云。」可知吳希潛與林豪的說法並無不一致之處。〈例言〉又稱：「鹿洲藍氏紀朱逆事、富春周氏紀張丙事，皆以長編綜貫顛末；愚恐無此筆力也。」那麼，林豪亦對藍鼎元、周凱的記述滿懷敬意，可惜因事件的具體展開有所不同，難以如藍、周那樣以長編一氣貫通，只能選擇分類編次的方式來進行敘述。由此可以看出林豪的史學功底及其變通之處。

---

20 吳希潛：〈《東瀛紀事》序〉，見林豪：《東瀛紀事》。

21 林豪：《東瀛紀事》。

22 林豪：〈自序〉，《東瀛紀事》。

　　谷應泰著作之受到林豪的看重，有時代風氣的原因。一方面，該書在史學方面成就很高。谷應泰生活在清初，於順治十五年（1658）完成《明史紀事本末》，因此書尚在《明史稿》、《明史》之前，所以聲名一時鵲起。《四庫全書總目提要》對該書的評價很高：「當應泰成書時，《明史》尚未刊定，無所折衷。……不免沿野史傳聞之誤。然其排比纂次，詳略得中，首尾秩然，於一代事實，極為淹貫。每篇後各附論斷，皆仿《晉書》之體，以駢偶行文。而遣詞抑揚，隸事親切，尤為曲折詳盡。」又據邵廷采《思復堂集》所說「明季稗史雖多，體裁未備，罕見全書。惟談遷《編年》、張岱《列傳》，兩家俱有本末。應泰並有之，以成本末」，而稱道「應泰是編，取材頗備，集眾長以成完本，其用力亦可謂勤矣。」[23]另一方面，該書的流傳甚廣，谷應泰的名頭在中國的周邊地區也很響亮。有學者提到它在朝鮮的影響：「由於明代史事在清代前期的東亞極為敏感，故而谷應泰編纂《明史紀事本末》及其前後遭際，自然便為朝鮮人所矚目。……燕行使者一過豐潤，自然就會想起谷應泰，就會想到豐潤谷家。」[24]關注臺灣史事的金門士人林豪，自然也在追捧該書的擁躉行列。

　　吳希潛從「紫陽大旨」的角度來指點該書的內在意蘊，即所謂「是非褒貶實不繆於紫陽大旨，斯誠有關風教之書也。」該處所說的「紫陽大旨」，或指的是朱熹學說的要義，倒不必確指與谷應泰《明史紀事本末》幾乎同時的秦雲爽《紫陽大旨》。後者在思想上屬於朱子學派系列，成書於順治辛丑年（1661），是專門針對王守仁《朱子晚年定論》而作的一部書。其中多闡發朱子的學問，同時也偶與守仁之論互證；對朱子的學問，如已發未發、居敬窮理、致知格物等，極為推崇。林豪之論，被贊與紫陽大旨相合，強調的是他的紀事中包含著歷史義理展開的空間。指出這一點可謂撓到了癢處，歷

23　《四庫全書總目提要》，見谷應泰：《明史紀事本末》附錄（北京市：中華書局，1977年），頁1612。

24　王振忠：《朝鮮燕行使者所見十八世紀之盛清社會》，原載尹忠男（Choong Nam，Yoon）編：《哈佛燕京圖書館朝鮮資料研究》（Studies on the Korean Materials in the Harvard-Yenching Library）（韓國：景仁文化社，2004年）。

史義理的疏通對於臺灣文治社會的形成至關重要。而此種能量的積聚,正是在與叛亂勢力對抗的過程中逐漸完成的。

　　林豪的史學功底不可小視。他有家學的淵源,其史學修為得自其父林焜熿,其父則受之於一代名宦周凱。道光十年(1830),林焜熿協助福建興泉永道周凱分纂《廈門志》;隨後,又依照《廈門志》的體例纂成《金門志》若干卷,林豪續成之。周凱〈《金門志》序〉稱:「林生焜熿,金門人也。從余修《廈門志》,遂以自任采掇遺籍,搜羅志乘,且遍曆山川,按其形勢、兵制,求之官書遺事,訪之父老,凡二年,得《金門志》若干卷。其體例悉從《廈門志》。紅毛、倭寇、鄭氏之亂,悉遭蹂躪,顛末詳《廈門志》者,不復載。余為芟輯而成之,亦足備守土者之資取。其書當與《廈門志》參觀,遂合而名之曰《廈金二島志》,而付諸梓。林生蓋有志之士哉!」[25]由此可知,廈、金二志及周凱與林氏父子之間存在著一個內在的傳承脈絡。

　　值得注意的還有臺灣士人之史學意識的成長。與這種士人史學意識相伴隨的,不僅是史學水準的增進,同時意味著士人話語權的爭取,及其背後的地方士人社群的崛起。這一點從《淡水廳志》的修纂中可窺知一二。當時,《淡水廳志》的修纂是地方社會的一個熱門話題。有三部志書涉及其中:一是鄭用錫《志略》或《志稿》,二是林豪《淡水廳志》,三是陳培桂《淡水廳志》。連橫在《臺灣通史》中記述此事道:「(同治)六年,淡水同知嚴金清聘修廳志。淡自開設以來,尚無志。前時鄭用錫曾輯《志稿》二卷,多疏略。豪乃與占梅商訂體例,開局採訪。凡九月,成書十五卷,未刊。而陳培桂任同知,別延侯官楊浚修之。浚,文士也,無史識,多方改竄。豪大憤,撰〈《淡水廳志》訂謬〉以彈之。」[26]鄭用錫《志略》為最初的草創,林豪對此不無尊敬,曾提及該部《志略》及自己修志的緣起:「同治六年,豪旅食塹城,嚴紫卿司馬過採群言,枉駕過訪;謂淡水垂百餘年,考獻徵文,僅得鄭儀部「志略」二卷,大都撝錄郡乘,難資考證。因就明志書院設局,屬

---

25 周凱:〈《金門志》序〉,見林焜熿、林豪:《金門志》,臺灣文獻叢刊第80種。

26 連橫:〈林豪傳〉,見《臺灣通史》卷三十四,臺灣文獻叢刊第128種。

豪秉筆。至孟冬，書成。」[27]但他之後卻因此稿被輕忽頗受傷害，故而撰寫〈《淡水廳志》訂謬〉一文，為自己辯護，針對的則是陳培桂聘請楊浚修纂的《淡水廳志》。從該文的爭辯中，可以感受到一個士人的勇氣和底氣。

林豪的爭辯，針對的是不同的修志取向，背後則是不同文化力量之間的博弈。在〈《淡水廳志》訂謬〉中，他講述了自己修志的甘苦和心得，得自林占梅者頗多：「其時可與商榷者，惟家雪村方伯、家詩賓廣文、余子和少尉、黃海洲茂才數人。方伯之言曰：『志乘與他書不同，應考舊籍者十之二；應採案牘者十之三，應採訪輿論者十之四、五。所見未確，必易稿至再；非若抽筆為文，可計日就也。能事不受相迫促，繪事且然，況著述乎！而嚴司馬於此中甘苦尚未深悉，欲以急就成章；間如節烈一門，採訪安能遍及？不得不就耳目所及者志之。然遺漏尚可續增，而訛謬必至貽誚。故體例必嚴、取材必慎，寧缺毋濫、寧實毋華，比物此志也。其最留意者，如以海防列為大綱，而臚列細目不厭其詳；於封域、形勢、規制、賦役、武備、列傳、風俗、祥異各門皆附管見於後，俾他日留心治理者有所考鏡，亦地方之幸。區區微忱，如是足矣』。抑方伯、廣文諸君生長海濱，以淡人言淡事，或得諸故老之傳聞、或本家藏之秘稿。」[28]借林占梅之言，林豪強調的是修志的正道，即實地的採訪、體例的嚴謹和志書佐治的功能。他自謙「自知學殖久荒，僅據見聞所及者書之；匆匆急就，何堪問世」，同時對於陳培桂《新竹廳志》改纂己稿的做法頗為不屑。其間除了個人原因外，還有史志之學本身的理由：「余自知采訪或有未遍，要惟慎重，愈覺可貴；寧闕無濫，豈必以多為貴乎？至於山川、規制、武備、人物，則竭力蒐羅，不遺餘力；與《鄭稿》之僅撮郡乘塞責者不同。培桂謂義例當酌定，則不知所未酌者何處；謂事實當更蒐，則不知所未蒐者何在也？」[29]

此次對壘，凸顯了逐漸壯大的民間文化力量與本來就佔據強勢的官方文化勢力之間的分歧。有意味的是，林豪指名辯駁的並不是《淡水廳志》的執

---

27 林豪：〈《淡水廳志》訂謬〉，見《淡水廳志》附錄，臺灣文獻叢刊第172種。
28 林豪：〈《淡水廳志》訂謬〉。
29 林豪：〈《淡水廳志》訂謬〉。

筆者楊浚，而是地方長官陳培桂。林豪的背後雖然曾有前任地方官員如嚴金清等的支持，但此刻他是以民間身份發起挑戰的。由此可知，民間力量在社會空間中佔據了越來越重要的位置。

林豪的辯護，不僅是為自己的心血鳴不平，同時也是為以林占梅為首的淡水在地士人群體而發聲。他的修志，與林占梅的支持有極大關係：「豪於同治六年，承觀察吳公及嚴紫卿司馬之招，輯《淡水廳志》。自維才學兩疏，固辭不獲；而家雪村方伯復極意慫恿，乃於仲春開局採訪，至十月成《廳志》十五卷。觀察梁公為之序，謬加許可，謂不負斯任。」[30]在他的志稿中，林占梅一系固然佔據了相當的比重，但有其自身的理由，其人其事的重要性不可輕視。其中留下濃重痕跡的，除了林占梅之外，還有流寓一門的吳希潛、曾驤二人，及在戴潮春事件中戰功卓著的羅冠英、廖世元等。奈何在陳培桂新修廳志中，以上或刪或減，失去了應有的鮮活本色。

比如，為林占梅的聲辯：「淡屬富民之慷慨好施、明大義者，當以林占梅為第一。初以倡捐津米、團練保衛地方，得保舉；以浙江道員用，加鹽運使銜、孔雀翎，禦賜匾額以旌之。已而毀家紓難，功在淡、彰。若其能詩、能畫、能琴、能射、能音樂，皆卓卓可傳。乃培桂概從抹煞；僅謂丁曰健暫住塹城，餉需無幾，占梅多方湊集，卒以集資被控等語。夫既需餉無幾，何用多方湊集？而當丁道未至，占梅募勇克復大甲，拒戰年餘；丁道既至，占梅帶勇數千會同南下，所費之餉豈無幾乎？占梅被控，乃因粵民挾恨相攻殺，為林南山所累；豈盡關集餉之故耶？是不得不辨。」[31]

又比如，為吳希潛、曾驤二人的聲辯：「拙稿於流寓一門，得吳希潛、曾驤二人。吳，浙之石門人；曾，粵之嘉應諸生。性剛方不阿，著述頗富；皆卒於淡水，各有詩集，已成家數，必傳無疑。余藏其稿，錄於《清風集》中，將刊以問世也。乃培桂概從削去，而但錄郁永河一人。夫永河遍遊臺灣，於淡水特偶爾過客，《府志》已傳之矣；何待濫拾其唾耶！且以著述

---

30 林豪：〈自序〉，《淡水廳志》訂謬。

31 林豪：〈《淡水廳志》訂謬〉。

論，亦無以勝於曾、吳二人也。嗟乎！二君生既懷才不遇，身後微名復為纖兒所掩；豈真遭逢不遇，死猶然耶？」[32]

這可謂淡水文化史上悲劇性的一幕。林占梅在戴潮春事件後因被控而入獄，與之相關聯的民間士人群體也遭遇打擊。幸運的是，林豪通過〈《淡水廳志》訂謬〉一文為這段公案留下了歷史的記錄。

由此亦可明瞭《東瀛紀事》的寫作在話語權爭奪方面的意義。《淡水廳志》乃官修志書，話語權最終操控在當時執政的地方官手中。之前編定的志稿，極有可能因此而散佚，終至湮沒無聞。但作為私家撰述的《東瀛紀事》，相比較而言，較少因權力的歸屬而遭受不公待遇，除非發生極端的情況。在官修志書被人掌控的情況下，私家著述此時的意義顯得更為突出。

在《東瀛紀事》中，民間的仁人志士得到了彰顯。林占梅的膽識氣魄固無論矣，羅冠英、陳澄清等的事蹟亦無愧於書中「磊落瑰奇」的讚美。在戴潮春事件中，大甲、嘉義的爭奪分別是北、南部攻防戰線的要津。兩地的安危，與全郡的整體命運利害攸關。在對形勢作深入剖析的基礎上，林豪讚歎羅、陳二人的奇偉功業：「嘉義之有土庫，猶淡水之有翁仔社也。二地雖蕞爾一丸，然賊不能越大甲一步以逞志於北路者，賴有翁仔社之分其勢，猶之賊不敢逕越嘉義而窺伺郡治者，賴有土庫與鹽水港之議其後。翁仔社與大甲土城，非恃羅冠英一軍則不能守，猶之土庫等莊，無陳澄清一人則亦不能存，之二人者，其有關大局蓋略相等矣。自予論之，冠英戰功頗盛於澄清，而澄清舉動尤合兵法。然則澄清殆古名將之流而冠英亦一能戰之士歟！要其明大義、識順逆一也。予未識二君之為人，而自大甲以至郡治，凡士夫野老每談及二君軼事，無不稱道不置，味其所言，如節之合，如珠之串，何其僉無異詞也。然則天殆厭戴、陳二逆之所為，故預生磊落瑰奇之士，以折其鋒而樹之敵，使之終弗得志歟，未可知也。」[33]以上的文字，鏗鏘有聲，其筆力和氣度大有直追古代史家紀傳境界之勢。

---

32 林豪：〈《淡水廳志》訂謬〉。

33 林豪：《東瀛紀事》。

但與之相關的文字，在陳培桂的《淡水廳志》中卻遭刪削。林豪在〈訂謬〉一文中憤慨指出：「戴逆之亂，大甲得以保全者，粵人羅冠英、廖廷鳳、廖世元、林傳生戰功最著。冠英等所居在淡、彰之間，而屢解大甲之圍，則功在淡水，必不可泯。余恐久而湮沒，鮮知其詳，故為冠英、世元立傳，猶《彰化志》之為淡水幕賓壽同春立傳也；其生者不能立傳，則散見紀兵以存其概。乃培桂一概刪削，不留隻字，鬼而有知，烏能已已。」[34]可歎流血流汗、湮沒無聞的是民間的磊落之士，最終封爵受祿、史志留名的卻是新進的官長。世道之不公就在眼前。基於林豪對整個事件的把握，難怪他對廳志的改篡充斥著難抑的憤懣之氣。

《東瀛紀事》作為私家著述，除了話語權問題之外，還有一個重要的關注，就是對於地方社會狀況的憂心。這裏涉及到前文吳希潛序中所提到的另一個維度，即歷史義理的問題。在該書中，林豪以多種方式，對戴潮春事件中的人事、官治和民俗狀況進行深度闡發，表述了自己對於臺灣社會的人性和文化上的觀察。

林豪採取的一種討論方式是「論曰」。他在〈自序〉中自謙：「余不敏，竊附草創討論之義，海內博雅君子，幸惠教之」。這一討論，把對戴潮春事件的敘述升進到了社會分析、人性昇華的層面。比如，在該書的開首敘述「戴逆倡亂」之後，他在「論曰」中冷靜地剖析了致亂之由：一是臺陽土性鬆脆，民俗浮囂，兼之無籍遊民趨之如鶩，無妻子之戀，無田宅之安，聚則成群，動輒滋事；二是碩鼠既肆其貪婪，奸蠹必因而為利，乃至豪猾武斷以噬民之膚，搢紳舞文以絕民之命。正是這兩面的結合，尤其是第二點即官吏的巧取豪奪，才使得戴潮春由一個「下走之吏」變成了「不軌之徒」。他所提出的解決辦法，是當仁不讓，勇於任事，以禮治教化的方式，完成移風易俗的使命。即所謂「獨是化干戈莫如俎豆，革鴟鴞獍端在驤虞，移風易俗，匪異人任。是故文翁治蜀，教以詩書；常袞使閩，先興學校」。經由這樣的追根溯源，並最終落實在具體施政的層面，自然浮出的結果是對良吏的期待。

---

34 林豪：〈《淡水廳志》訂謬〉。

　　另一種討論方式是「叢談」。林豪在〈例言〉中表述了「叢談」一目設置的用意：「叢談分上、下二編；下編多撿拾掌故，而與戴逆一案無涉者。蓋制度規為，今昔之情形不同，似宜因時變通，有裨治理，故略加論列，附於後以備觀覽云爾。」由此可知，林豪記述戴潮春事件並不僅僅局限於事件本身，更大的關注是臺灣社會治亂之理的探究。在討論臺灣問題的「叢談」下編中，他的探究始於臺灣的叛亂，終於臺灣的治理。起始，他提到臺灣闢地至今，起事達三十餘次，最大者是朱一貴、林爽文、張丙、蔡牽與戴潮春等五次叛亂，繼而對這五次叛亂的起事和敗事的根由一一作了剖斷。末尾，則從治理者的角度切入，為臺灣官員把脈，發現了其中的癥結所在：因臺灣官員多是渡海宦遊者，對他們來說臺灣是一片膏腴之地，故視之為「金穴」，這樣一來，其他利病便不再講求；在這種情形下，陳瑸、周凱、曹士桂、胡建偉、曹謹等勤政愛民、興利除弊的舉措才顯得尤為可貴。叢談的中間，亦夾敘各種民俗趣事，但均不悖於教化社會、悲憫人心的旨趣。

　　以上的著述和討論，無不顯示林豪作為一個民間士人的良知和見地。在近代臺灣的開發過程中，他作為一個見證，映照出了民間社會的成長及其所遭遇的挫折。此後臺灣的發展，多仰賴民間士人這種腳踏實地、敢作敢為的品行。吳德功於一八九四年撰寫的《戴案紀略》便頗受益於林豪的著作，《施案紀略》關於施九緞事件（1888）的記述則直接展示了士人群體的興起和臺灣叛亂暫時的終結。

參考文獻

余文儀　《續修臺灣府志》　臺灣文獻叢刊第121種

藍鼎元　《東征記》　臺灣文獻叢刊第12種

藍鼎元　《平臺紀略》　臺灣文獻叢刊第14種

趙　翼　《平定臺灣述略》　臺灣文獻叢刊第213種

楊廷理　《東瀛紀事》　臺灣文獻叢刊第213種

周　凱　《記臺灣張丙之亂》　見《內自訟齋文選》　臺灣文獻叢刊第82種

魏　源　《康熙重定臺灣記》　《乾隆三定臺灣記》　見《治臺必告錄》
　　　　臺灣文獻叢刊第17種

魏　源　《國初東南靖海記》、《康熙重定臺灣記》、《嘉慶東南靖海記》　臺
　　　　灣文獻叢刊第213種

林焜熿、林豪　《金門志》　臺灣文獻叢刊第80種

林　豪　《東瀛紀事》　臺灣文獻叢刊第8種

陳培桂　《淡水廳志》　臺灣文獻叢刊第172種

連　橫　《臺灣通史》　臺灣文獻叢刊第128種

谷應泰　《明史紀事本末》　北京市　中華書局　1977年

李祖基　《論清代移民臺灣之政策》　《歷史研究》　2001年第3期

王振忠　《朝鮮燕行使者所見十八世紀之盛清社會》　原載尹忠男（Choong
　　　　Nam, Yoon）編　《哈佛燕京圖書館朝鮮資料研究》　（*Studies on
　　　　the Korean Materials in the Harvard-Yenching Library*）　韓國　景仁
　　　　文化社　2004年

光復後初期臺灣文學與臺灣 「新女性」形象

——試論吳濁流〈ポツダム科長〉中玉蘭的地位

豐田　周子[*]

摘要

　　吳濁流以光復後的臺灣為舞臺創作的日文中篇小說〈ポツダム科長〉（1948），是一部描寫了當時外省男性和本省女性的婚姻生活以及他們隱憂未卜的前程的作品。

　　有些研究者指出，在臺灣光復後初期創作的小說裡，通過本省女性受外省男性壓迫這一內容結構，表現出了本省人與外省人政治立場對立的這一傾向。從臺灣女性受外省男性欺騙而與其成婚這一內容結構上，這篇小說也可以看作將政治對立、即省籍矛盾通過身為弱者的臺灣女性而得以表現的作品。

　　但是，這篇作品的女主人公並非是一味苦於受男性壓迫的臺灣女性。她是日據時代受過高等教育的「新女性」，滿懷對祖國的憧憬心理令她不去細究對方的經歷，通過「自由戀愛」就將自己的終身託付給了外省人。這一面臨人生歧路時被賦予決定自我命運的權利的臺灣「新女性」形象，至少在吳濁流以往作品中是未曾出現過的。同時，這一形象與光復後初期各種媒體所報道的，以及與女性運動所呼籲改善地位的被社會壓迫的臺灣女性亦有本質的區別。這篇小說在對女主人公的描寫上，讓人幾乎感覺不到生活氣息。那麼，作者為什麼要創作這樣一個臺灣女性形象呢？

---

* 關西學院大學兼任講師。

　　為了解開謎團，小稿立足於男作家所塑造的臺灣女性這一主題，帶有批判性的探討〈ポツダム科長〉中出現的臺灣女性形象。繼而考察作為創作主體的男作家筆下的光復後初期臺灣「新女性」形象全貌以及其局限。

關鍵詞：吳濁流、〈ポツダム科長〉、光復後初期臺灣文學、男性作家的臺灣
　　　　「新女性」形象

一 問題所在

　　有些研究者指出，在臺灣光復後初期[1]創作的小說裡，通過本省女性受外省男性壓迫這一內容結構，表現出了本省人與外省人政治立場對立這一傾向。這一現象，既可以認為是繼承了日據時代臺灣文學中所描述的被統治者壓迫的臺灣女性形象的主題，又可以說是光復後初期臺灣文學中重要創作命題之一。[2]同時，這一主題，也是被壓迫民族的文學藝術中的一種具有普遍意義的現象。

　　新竹新埔出生的作家吳濁流，以光復後臺灣為舞臺創作的日文中篇小說〈ポツダム科長〉（1948），是一部描寫了當時外省男性和本省女性的婚姻生活以及其隱憂未卜的前程的作品。從臺灣女性受外省男性欺騙而與其成婚這一內容結構上，這篇小說也可以看作將政治對立、即省籍矛盾通過身為弱者的臺灣女性而得以表現的作品。但是繞有意味的是，這篇作品的女主人公並非是一味苦於受男性壓迫的臺灣女性。她是日據時代受過高等教育的「新女性」，滿懷對祖國的憧憬心理令她不去細究對方的經歷，通過「自由戀愛」就將自己的終身託付給了外省人。又正趕上對方是接收權的高級幹部，於是

1　本文中的光復後初期指從日據結束的一九四五年至國民黨政府遷臺的一九四九年這一
　　期間。下同。

2　對於描寫二二八事件的一係列文學作品裡的臺灣女性，許俊雅教授有以下兩點論述：
　　（1）在以男作家為中心的光復後早期作品中，是從強勢父權下的弱勢性別這一典型視
　　點來描寫她們的。（2）九〇年代以後，李昂等女作家名氣漸起之後的後期作品裡，則
　　是從女性・族群・國家之間的復雜關係來描寫的。〔許俊雅：〈小說中的『二二八』〉，
　　《無語的春天──二二八小說選》（臺北市：玉山社，2003年），頁28-29〕。丸川哲史
　　先生曾詳細地表述過，光復後的臺灣文學中，呂赫若等臺灣男作家將臺灣比做女性，
　　進而描寫了臺灣人和外省人的交往。〔丸川哲史：〈光復後の脱植民地化と《省籍》問
　　題〉，《台湾における脱植民地化と祖国化──二二八事件前後の文学運動から》（東京
　　都：明石書店，2007年），頁75-115〕。此外，陳建忠先生也以與上述丸川先生同樣的
　　角度來閱讀〈ポツダム科長〉。〔陳建忠：〈自我殖民與『近親憎惡？』：以吳濁流〈波
　　茨坦科長〉為中心看臺灣戰後初期的後殖民情境〉，《被詛咒的文學：戰後初期（1945
　　～1949）臺灣文學論集》（臺北市：五南圖書出版公司，2007年），頁53-72〕。

打起了自己的小算盤，私下斷定對方能給自己帶來富足的生活，從而下定決心結婚。

這一面臨人生歧路時被賦予了決定命運權利的臺灣「新女性」形象，至少在吳濁流以往作品中是未曾出現過的，是富有新意的。同時，這一形象與光復後初期各種媒體所報道的，以及與女性運動所呼籲改善地位的被社會壓迫的臺灣女性亦有本質的區別。更令人費解的是，這篇小說在女主人公的描寫上，讓人幾乎感覺不到生活氣息。那麼，作者為什麼要創作這一臺灣女性形象呢？

為了解開謎團，小稿立足於男作家所塑造的臺灣女性這一主題，有批判性的探討〈ポツダム科長〉中出現的臺灣女性形象。首先，概觀〈ポツダム科長〉女主人公的形象在同時代文學女性形象中所占有的位置。其次，將光復後初期報刊媒體所報導的外省人眼中的臺灣女性形象，與吳先生的隨筆或自傳作品所體現的臺灣女性觀作對照比較。通過這些工作，力圖窺見這篇作品的女性形象和現實中臺灣女性之間存在的差距。繼而考察作為創作主體的男作家筆下的光復後初期臺灣「新女性」形象全貌以及其局限。

二　關於吳濁流的中篇小說〈ポツダム科長〉

（一）關於〈ポツダム科長〉

日文小說〈ポツダム科長〉脫稿於一九四七年十月八日，而翌年五月即由臺北學友書局出版問世。該作品為，十二章共六萬多字的中篇小說。小說梗概如下；

中國大陸男性范漢智，戰前參加北伐立功而在南京做了日本的特務工作。然而，「波茨坦宣言」公布後，即逃往臺灣。他改名「范新生」並隱藏身份搖身一變成了接收事業的科長。在祖國回歸熱潮中，對新時代滿懷期待的臺灣女性玉蘭，遇到了紳士派頭十足的范漢智，遂陷入情網與他結了婚。她滿以為自己找到了理想的伴侶，但不久，她就認清了丈夫貪占日本留下的

財產謀取不正當利益，為了賺錢不擇手段無節操無教養的真面目。玉蘭愕然失色，對自己的未來深感迷惘不安。另一邊，范漢智雖然巧妙地甩掉了追捕者，但終於還是被當局搜索隊逮捕了。搜索隊隊長驚訝於以范漢智為代表的由中國大陸逃往臺灣的漢奸人數之多。

（二）創作〈ポツダム科長〉的時代背景[3]

接下來，概括一下這篇小說創造的時代背景。

吳濁流，以日文寫小說是從一九三〇年代開始的，他在日據時代所寫的小說也並不多。一九三六年，日文小說〈どぶの緋鯉〉（〈泥沼中的金鯉魚〉、《臺灣新文學》第1卷第5號）被列為刊載雜誌的金獎作品侯補。這篇小說描寫了，因反抗以金錢販賣女性的納妾制度而離家出走的女主人公在都市裡不幸成為受雇用公司經理的情人這一悲劇。除此以外，就僅有兩篇短篇小說存在而已。吳先生真正開始創作活動的時間，應該是在描寫日據時代臺灣知識份子之苦惱的長篇小說《胡志明》（43年著手、45年脫稿）之後。

光復後，臺灣作家終於擁有了言論自由。然時過不久，從一九四六年十月二十五日起，報刊雜誌的日文專欄被禁止，繼而亦限制在公共場所使用日文。這一規定不僅給文藝工作者，也給以日文為謀生手段的普通民眾帶來了極大不安和混亂。面臨此語言危機，吳先生發表了散文〈對廢止日文的管見〉（《新新》第7號、10月17日），主張日文廢止為時尚早，對政府所採取的語言排斥措施敲響了警鐘。之後，吳濁流像是被剝奪了創作活動空間，辭去了由日據時代就一直從事筆耕的政府辦報紙《新生報》的工作，移職進了民辦報《民報》。另一方面，他在與自己淵源頗深的報刊上發表了以日據時代臺灣警察官為主角的短篇小說〈陳大人〉[4]、以及以皇民化時期「國語家

3　本節參考吳濁流：〈無花果〉，《夜明け前の台湾——植民地からの告発：吳濁流選集第一卷》（東京都：社會思想社，1972年）。

4　吳濁流：〈夜明け前の台湾〉，《夜明け前の台湾》附的「附記」裡，吳先生說這篇作品是一九四四年寫作的，但筆者所寫的刊載雜誌《新新》上看不到。

庭」中冥頑不化地維護臺灣人自尊的老母為題材的短篇小說「先生媽」（原載《民生報》，未見）。

一九四七年二月，因語言政策和文化背景的差異，在過渡片面鼓吹「臺灣人奴隸化論」的風潮中爆發了二二八事件，光復後來臺的接收政權與臺灣民眾之間逐漸出現裂痕，該事件促使此裂痕徹底無法補救。然而，同年六月，吳濁流懷抱為了鼓勵本省青年不失志向、希望他們追求更高理想並擔負起建設新中國的重任的一腔熱血，出版了隨筆《夜明け前の台湾》。其中展現了他對教育、意識改革、國語推進、以及通過日文／日本文化來獲取知識等諸多問題的獨到見解。

在這一連串的創作活動中，一九四八年，他發表了〈ポツダム科長〉（私人出版）。[5]

（三）對先行研究的討論

專門探討二二八事件後為世人品評的〈ポツダム科長〉的文章，目前只有以下三篇。

1 陳建忠「自我殖民與『近親憎惡？』：以吳濁流〈ポツダム科長〉為中心看臺灣戰後初期的後殖民情境」[6]

這篇文章分析了〈ポツダム科長〉中所描寫的後殖民的情景，就是臺灣人的命運。筆者指出，臺灣女性這一主人公就是臺灣自身的隱喻，作家通過

---

5 吳先生於一九六八年，在自己主辦的雜誌上連載了以日據時代至二二八事件前後的臺灣為時代背景的自傳性作品〈無花果〉（《臺灣文藝》（第19期-第21期）。這篇作品，在翌年一九六九年，由飯倉照平譯成日文，刊載於日本雜誌《中国》（詳細不明白）上，反響強烈。這篇作品，一九七〇年由林白出版社做為單行本發行，但次年發行即被禁止了。

6 見上述論文，陳建忠：〈自我殖民與『近親憎惡？』：以吳濁流〈波茨坦科長〉為中心看臺灣戰後初期的後殖民情境〉，《被詛咒的文學：戰後初期（1945～1949）臺灣文學論集》（臺北市：五南圖書出版公司，2007年），頁53-72。

小說中登場人物的婚姻關係來處理中國大陸與臺灣的關係。在對女主人公的覺醒、反省和成長的描寫上，表現了作家試圖展開臺灣獲得了主體權、即擺脫殖民的敘事。又強調了幾度被殖民統治的臺灣／臺灣人為了突破自己內心被殖民的狀態，有必要首先意識到自己內部被殖民的事實，從而強調確立主體性的重要性這一和現臺灣也直接關聯的問題。

通過「擺脫殖民」這一概念來分析這篇小說的解析方法，是令人容易理解的。不過，論者認為，除了從作為國家、民族的隱喻的側面來理解女主人公以外，應該尚存在將〈ポツダム科長〉的臺灣女性形象特徵與光復後臺灣女性所面臨的現實問題進行對比研究的空間。

2 河原功「關於〈ポツダム科長〉」[7]

這篇是日本綠蔭書房再版〈ポツダム科長〉時附載的小說內容簡介。河原先生指出：「因這篇作品脫稿於二二八事件發生的半年後，所以戰敗後臺灣社會的混亂狀況帶著緊張氣息迎面撲向讀者」，「作品的字裡行間流溢著暗淡」。特別是，從作品中可以體會到作者對「外省人」的批判以及對與他們結婚後飽嘗辛酸的臺灣女性的同情，評價此小說乃「對臺灣的前途亦憂心忡忡」的作品。其中，筆者對這篇小說深刻反映了時代現狀給予了高度評價。河原先生還指出，作家是以同情的視角來描寫臺灣女性的。但是，這裡沒進一步說明在「作品字裡行間」流溢著的「那種暗淡的氛圍」的具體所指，以及臺灣女性的悲哀到底悲哀在何處。關於此點，綜觀上面的論考1，應該可以把這種「暗淡的氛圍」的具體所指理解為「自我殖民」這一概念。

3 陳銘芳「歷史影像中的醜惡男人——談吳濁流兩篇短篇小說〈陳大人〉、〈ポツダム科長〉」[8]

這篇評論文在反映臺灣歷史上有著大變革的日據時代以及國民黨政權所

7　吳濁流著／河原功編：《吳濁流作品集》（東京都：綠蔭書房，2007年），頁539-540。
8　見《臺灣時報》，1998年1月2日。

接管的時代的種種無秩序時，論及了描寫了時代縮影式人物的〈陳大人〉和〈ポツダム科長〉。筆者認為在〈ポツダム科長〉中，雖未能發現對主題的深刻挖掘，但以臺灣人的視角對范漢智這一接收員行為的描寫，巧妙勾勒出了新政權給臺灣帶來的混亂，評價很高。

作為目前對這篇作品做出的權威解讀，以上述1、3的評論者的看法為代表，是通過人物形象的描寫折射出光復後臺灣的省藉矛盾。而本文試圖探討的在取材於同時代臺灣女性文藝作品以及出於女性筆下的論述中，〈ポツダム科長〉中的「新女性」形象到底處於何種地位、應給予怎樣的評價這些方面，目前還找不到相關研究。

三　光復後初期文學作品中的臺灣女性

下面，我們先來看在光復後初期文學作品裡是如何描寫臺灣女性的。首先，進行考察（一）當時占作家比重絕大多數的男作家作品裡的女性形象。其次，（二）進行討論女作家作品裡的女性形象。

（一）男作家作品裡的女性形象

正像既往研究指出的那樣，光復後初期男作家所寫的作品中，較多見「受壓迫的臺灣女性」形象。那些女性形象大致可分為，「政治隱喻」型和「女性人權問題」型的這兩種模式。

1　「政治隱喻」型

這種模式的作品裡，壓迫者都是作為外省男性來描寫的，從這裡可以明確看到「外省男性＝壓迫者＞本省女性＝受壓迫者」的省藉權利關係的構圖。下面「表一」中的1～4的作家都有一個顯著的特徵，即都是活躍於日據時代期間的作家，在一方面5所示，外省作家同樣寫過此類作品，這一點頗值得深思。5的模式從刊載雜誌的性質亦可推測，通過刊載這類作品，公示

出臺灣內部外省人肆意妄為、旁若無人的行徑，從而得以實現警示如上海等地海外左翼知識分子的作用。

表一 「政治隱喻」型

	作家		作品	刊載雜誌報刊、時間	概要
1	張冬芳	本省人	中文・短篇〈阿猜女〉	《臺灣文化》第1卷第2期、1947年1月	被外省將校強行所逼與之結婚的本省女性，婚後方知嫁與了有婦之夫
2	呂赫若		中文・短篇〈冬夜〉	《臺灣文化》第2卷第2期、1947年2月	身為咖啡店女給的本省女性，被外省男性強暴后，被迫結婚繼而墮落成妓女[9]
3	吳濁流		中文・短篇〈先生媽〉	《民生報》、1946年9月？	皇民化政策時期，「國語家庭」裡一老母親固守維護臺灣人的自尊心
4			日文・短篇〈ポツダム科長〉	私家版、1948年5月	與從中國大陸逃至臺灣的外省男性結了婚的本省女性的悲劇和苦惱

9　丸川哲史先生表示，呂赫若的小說〈冬夜〉，不單純是將壓迫者的男性與被壓迫者的女性比做國民黨政權與臺灣的政治寓言，對主人公臺灣女性在故事後半部分，感到萬年俱灰接受成為妓女的描述指出，這篇小說的創作目的在於真實地再現臺灣社會的最底層。（據上述丸川哲史：〈光復後の脫植民地化と《省籍》問題〉）。但本論暫時試將這篇歸為政治寓言式作品一類。

	作家		作品	刊載雜誌報刊、時間	概要
5	歐坦生	外省人	日文・短篇〈沈醉〉	《文藝春秋》（上海）第5卷第5期、1947年11月[10]	以二二八事件為背景，從大陸來的青年戲弄對其懷有芳心的不懂中文的臺灣少女。身為女僕的臺灣少女，既受到外省雇主的性騷擾，又備受雇主太太怨恨的折磨

2 「女性人權問題」型

　　此外，如下面〈表二〉，反映光復後臺灣社會女性的人權問題的作品亦數量眾多。這些作品往往采取同情的態度來描寫，飽受男性中心主義的封建制度折磨的臺灣女性，以及以女給這一職業謀生的臺灣女性。這些作品裡登場的壓迫者，相比於政治壓迫者（日本人或外省人），更多為臺灣男性。同時，當時報刊上也常常刊載的、直接關涉女性生命的墮胎問題也成為作品的一大題材。再有，由8可以看到，對於當時流行的「新女性」的實質，男作家所持有的懷疑態度。另外，著名大眾文藝作家吳漫沙（1912-2005）將自己的作品投稿於以女性為編輯主體的雜誌《臺灣婦女月刊》上。然而，令人關注的是，在該作品中所呈現的「母親」這一形象上，雖能體會到對母親的謝意，但找不到民族性或政治性的氣息。

---

10 在於當該雜誌上，上海文化人范泉關於這篇小說指出：「而〈沈醉〉，從臺灣本島婦女的身上，揭露了我們某一部分的祖國的同胞，正在如何把輕佻與侮辱拋給了這塊新生的土地。」見《文藝春秋》第5卷第5期，1947年11月附的范泉所寫的「編輯後記」。這篇小說，後來，在《臺灣文學叢刊》第二輯（1948年9月）上被重新收錄了。

表二 「女性人權問題描寫」型

作家		作品	刊載雜誌報刊、時間	概要
1	龍瑛宗	日文・短篇〈哀しき鬼〉	《中華日報》日文版，1946年10月13日	光復後，因生活困苦不得不當咖啡店女給的本省女性終於自殺了
2		日文・短篇〈燃える女〉	《中華日報》日文版，1946年4月23日	在戰爭期間的臺北市，四十出頭的一臺灣男性蓄了一個二十七歲的咖啡店女給。情婦因空炸而死，只有那男性得以逃生
3	吳漫沙	中文・短篇〈母難紀念日〉	《臺灣婦女月刊》創刊號，臺灣省婦女會，1946年9月，29頁	男主人公在自己生日的時候，對受難產折磨後不顧生命危險生下自己的母親表示深深的謝意
4	葉石濤	中文・短篇〈來到臺灣的唐・芬〉	《新生報》〈橋〉副刊，1948年6月28日	反映了臺灣家長制度下臺灣女性的人權
5		中文・短篇〈伶仃女〉（泰婦譯）	《新生報》〈橋〉副刊，1949年2月24日	被壓迫的臺灣女性的精神上、經濟上的自立渴望
6	楊逵[11]	中文・短篇〈知哥仔伯〉（劇本）	《新生報》〈橋〉副刊，1948年7月12日	受男性顧客搔擾戲謔的年輕咖啡店女給

（「本省人」一欄跨 1～6 列）

---

11 楊逵的兩篇作品都是將日據時代寫的作品改寫翻譯成中文的。〈知哥仔伯〉原載於《臺灣新文學》第1卷第8號（1936年9月）上。〈芽萌ゆる〉，一九四二年，刊載於《臺灣藝術》上。一九四四年，收錄於楊逵的日文小說《芽萌ゆる》裡，但排板中途被勒令禁止發行。光復後一九四九年，於《臺灣新生報》以陸晞白的中文翻譯刊載出來。光復後初期臺灣社會的脈絡下，翻譯版作了有些涉及日文原版內容的改訂。因此，本文想要將這翻譯版看做為光復後的文本。關於修訂的詳情，請參考拙搞：〈光復後初期の台灣における文化再建──楊逵の作品改訂を例として〉，《中國21》第39號（愛知大學現代中國學會，2014年1月）。

	作家		作品	刊載雜誌報刊、時間	概要
7			中文・短篇〈萌芽〉	《新生報》〈橋〉副刊，1949年1月13日	日本統治下臺灣女性的自我意識覺醒
8	王清桂		日文・短篇〈新女性（一）（二）〉	《婦女運動和公娼問題》，學友書局，1948年	・日本統治下，到城市裡就勞的年輕女性為了賺錢希望成為咖啡店的女給 ・光復後的臺灣，擺布失業丈夫的妻子
9	揚風	外省人	中文・短篇〈小東西〉	《臺灣文學叢刊》第一輯，1948年8月	從中國男性知識分子的視角來再現臺灣女性社會地位之低。家境不幸的臺灣少女當了養女後，飽受男雇主的虐待，為了家人被賣到妓樓
10	俞若欽		中文・短篇〈裁員〉	《新生報》〈橋〉副刊，1948年6月14日、16日、18日	給女性精神和肉體帶來巨大創傷的墮胎問題

這裡，試圖窺見小說以外的文藝領域裡男作家所寫的女性形象傾向性。著眼於光復後初期臺灣發行的政府報刊《臺灣新生報》的〈橋〉副刊（1947年8月1日至1949年4月12日）以及民間報刊《力行報》的〈力行〉副刊（1947年11月15日至1948年11月17日）上刊載的新詩，那裡所描寫的女性形象，往往可發現那裡所描寫的女性形象多為「母親」或者「年輕女性」，抑或是「殘疾女性」或者「妓女」。其中，尤以處於社會低層的女性倍受注目，例如有以農村女性為題材的詩作。不過，整體來看，雖然可感覺到作家對描寫對象的同情，但還有描寫多停留於表面的印象。另外，以「母親」為題的新詩占全體新詩的四分之一。這些新詩裡登場的「慈母」形象，可以認為含有外省男作家對祖國的思念眷戀，也可以看到通過描寫這些女性來強調民族性的意向。[12]

---

12 關於那些新詩的分析，論者曾經在「第十屆日本臺灣學會關西部會研究大會」（2013年

總的看來，可以說新詩中所見傾向大部分與小說傾向相吻合。

（二）女作家作品裡的女性形象

關於日據時期女作家的文學研究，近年來研究成果才相繼出現[13]。然而，在光復後初期的臺灣，不知是因為二二八事件導致的資料散逸、還是由於很難判斷作者的性別之類的原因，對女性創作的文藝作品乃至於對作家本身的研究，卻仍然尚未有所進展。[14]論者本身的調查也尚不充分，目前可以看到的只有下面幾篇。

表三　女作家小說的臺灣女性形象

	作家		作品	刊載雜誌報紙、時間	內容
1	慧潔	省籍不明	中文・短篇〈洪爐〉	《臺灣婦女月刊》創刊號，臺灣省婦女會，1946年9月，22-25頁。其中，22-23頁為缺頁。	年青女性逃脫舊習而當兵。不顧家人的反對，為了獲得自由，為了民族，參加鬥爭

1月27日）上，以〈光復後初期臺灣（1945～1949）における女性論述と文學形象——《台灣新生報》〈台灣婦女〉週刊の揭載作品を中心に〉為題有過淺論。統計結果等具體內容，因篇幅有限在此省略。

13 例如，呂明純：《徘徊於私語與秩序之間——日據時期臺灣新文學女性創作研究》（臺北市：臺灣學生書局，2007年）。

14 近年出版的陳芳明：《臺灣新文學史》（臺北市：聯經出版事業公司，2011年）以及臺灣女作家作品研究的第一人邱貴芬：〈從戰後初期女作家的創作談臺灣文學史的敘述〉，《中外文學》第29卷第2期（2000年），頁313-335，這兩篇論稿中的「戰後初期」皆指五〇年代，沒提到從四十五年到四十九年之間的女作家作品。樊洛平：《當代臺灣女性小說史論》（臺北市：臺灣商務印書館，2006年）也如是，以五〇年代以後活躍的女作家小說為中心展開的研究。只有在彭瑞金著／中島利郎・澤井律之譯：《臺灣新文學運動四〇年》（東京都：東方書店，2005年，頁49）一書裡言及了光復後，陳惠貞：《漂浪の子羊》入選成為《中華日報》應征獲獎小說之一。

	作家	作品	刊載雜誌報紙、時間	內容
2	菌露	中文‧短篇〈荒唐的國王〉	《臺灣婦女月刊》創刊號，臺灣省婦女會，1946年9月，26-28頁。	在民國以前的封建社會，國王調戲出身卑微的姑娘又將其拋棄
3	陳惠貞	本省人	日文‧長篇《漂浪の子羊》	原本預定刊載於《中華日報》日文版上，因日文版的全面撤廢而未能實現。單行本1946年10月出版。發行人：陳惠貞文藝出版後援會，綜合經理；新新月報社[15]	在宗主國日本長大的臺灣少女及家人的戰爭體驗

〈表三〉中作品1的舞臺是中國大陸，可感觸到當時婦女工作委員會在臺灣所開展的婦女解放運動的強烈理念。該小說描寫的是當兵的女性。值得注意的是，這裡是將當兵從軍作為女性擺脫封建束縛的一種手段來描寫的。2也是，通過描寫君王絕對服從時代裡的女性的悲劇命運，來批判以男權主義為中心的封建社會的作品。3的舞臺雖然脫離了光復後臺灣，但小說創作於作者戰後由日本返回臺灣的船上，所以這篇也可以歸納為光復後的作品之一。這裡描寫了在宗主國生活的在日臺灣二世少女的戰爭體驗。少女的母親畢業於女學校，支持正義愛國的丈夫，熱衷孩子的教育，被刻畫成相夫教子的賢妻良母。這種母親形象的塑造、並將她的活動範圍都局限於家庭周邊等事事物上的描寫，這一點，基本類同於同時代臺灣男作家所描寫的臺灣女性形象。可是，值得注目的是，這篇小說細膩地描寫了她的日常生活與內在心理。譬如，她在戰爭時期敵國日本社會裡愛惜地穿著旗袍的場面、把其中珍貴的一件作為臨別禮物送給可憐咖啡店日本女給的場面、既對鄉下出身的女

---

15 岡崎郁子：〈恋愛小説「紫陽花」の周辺〉，《黃靈芝物語　ある日文台湾作家の軌跡》（東京都：研文出版，2004年），頁143-175。同時，參照下村作次郎‧黃英哲編：《戰後初期臺灣文學叢刊〈1〉》（臺北市：南天書局公司，2005年）中收錄的下村教授解說。

傭天真爛漫的格性表示理解又能有針對的教導其不足的場面、下定決心好好教育女兒們，使她們如宋家姐妹般成為優秀的女人等場面，十分細致地勾勒出了她勤於擅於持家以及人格秉性。在知識・教養・判斷力的各方面出色的這種臺灣新女性形象，同時代其它作家作品裡或許找不到。[16]

接下來，與分析上述男作家作品裡女性形象的傾向性一樣，對於小說以外的文學領域所呈現的女作家作品裡的女性形象，加以探討一下。比如，在上面涉及過的《臺灣新生報》上，一九四七年二月新設了〈臺灣婦女週刊〉專欄。這裡刊載了各式各樣的女性論述。根據論者的調查，可見約一百二十篇新詩。投稿新詩裡的臺灣女性形象，與其說體現了以男作家為創作主體的〈橋〉副刊或〈力行〉副刊上刊載的新詩所具有的民族性，不如說更突出了相關性別的表現。這種傾向性，與女作家所塑造的女性形象的特徵具有相通之處。由此，論著認為，與男作家企圖實現文化建設的目標所帶來的創作上的巨大限制（a stereotype）相比，女作家筆下的女性形象才更加自由。[17]

四　光復後初期吳濁流作品中的女性形象的地位

以上，我們通覽了光復後初期臺灣文學中可見的女性形象。本小節，試將目光再次轉向吳濁流的〈ポツダム科長〉，重點探討女主人公玉蘭這一形象。

首先，對小說的概要進行整理如下〈表四〉。

---

16 這篇小說付梓後，為世人稱作天才少女的作者說，自己最愛讀的書是賽真珠的《大地》，因為那裡可以體味到主人公對母親深深的愛情（陳惠貞：〈省立臺北第一女中初中二年甲級學生：我最敬佩的人〉，《中華日報》〈青年園地〉，1946年12月1日）。同樣，這種感情在《漂浪の子羊》的母親形象上也有體現。

17 但是，論著並非打算說，女作家的作品完全脫離了政治。尤其是，對那些政府系報刊上刊載的文藝作品來說，考慮到那裡受著某種政治力量的支配當是自然的。

表四　小說〈ポツダム科長〉概要

章	分量	敘事視點	內容	時空
一	3頁	范漢智	范漢智從南京逃至臺灣。	南京→臺北
二	3頁	玉蘭	・迎來光復臺灣的熱鬧景象。國民黨軍隊來臺 ・玉蘭興奮於祖國的光復、開始學習國語	春天
三	1.5頁	玉蘭	・玉蘭邂逅紳士風度十足的范漢智 ・玉蘭第一次和外省人用中文聊天兒	咖啡店
四	8.5頁	玉蘭 范漢智	・開始跟范漢智交往（珍貴的禮物、大城市上海的話題、在接管車中的約會等） ・玉蘭的女的朋友結婚和妙齡女性的心情【回憶1】 ・玉蘭和范漢智，與曾經和玉蘭同在皇民奉公會的別動隊工作過的蕙英、以及與范漢智具有相同經驗的接管人員陳德清相識	玉蘭家 草山
五	4頁	范漢智 玉蘭	・玉蘭用上海風旗袍和玻璃皮包將自己打扮成時髦中國「新女性」 ・范漢智心生對臺灣女性的戀慕之情 ・范漢智向玉蘭求婚	舞廳 淡水河
六	3.5頁	玉蘭	・玉蘭的朋友蕙英和外省男性的結婚 ・玉蘭和范漢智的結婚 ・玉蘭面臨接管日產房屋時發生了臺灣學生槍斃事件 ・玉蘭假想日軍侵略中國大陸時殺害了眾多同胞【回憶2】（她擔心今後在臺灣也會發生同樣之事）	新居（接管的日本房子）

章	分量	敘事視點	內容	時空
七	12頁	玉蘭	・新婚旅行時，玉蘭覺得討厭丈夫用手擤鼻涕的行為 ・玉蘭由新竹停車場的爆炸遺痕，喚起了對戰爭時的空爆記憶【回憶3】 ・列車乘客對接管人員及被他們受騙的臺灣女性謾罵 ・停車場裡聚集的貧窮臺灣人、光復後臺灣社會風紀的敗壞 ・玉蘭將自己所享受的「文明」與原住民的原始文化做了比較 ・玉蘭看到臺灣各處所殘留的戰爭痕跡後，陷入深深的感傷之中【回憶4】 ・玉蘭對被無情踐踏了的日據時代威風感到悲哀、對丈夫漠不關心此一切感到氣憤	二等車輛；臺北→二水 三等車輛；二水→水裡坑 巴士；日月潭 高雄
八	7.5頁	玉蘭	・玉蘭對范漢智的戀情淡薄了 ・范漢智住著日產房子並不理解日本文化，只對日本人賣出的財產表現出貪婪購買欲望。對這樣的丈夫，玉蘭徹底失望了 ・玉蘭看到日本人悲哀的表情 ・玉蘭的女學校同學向她表露對文化水平低的外省人的諷刺挖苦 ・驅使玉蘭產生了欲逃避現實的想法	夏天
九	4頁	玉蘭	・臺灣社會的光復熱逐漸降溫 ・玉蘭厭煩丈夫所有沒有教養的粗野行為 ・玉蘭看到丈夫對貧窮的賣東西的小孩子在金錢上毫無援助欲望，再體	舞廳

章	分量	敘事視點	內容	時空
			會到彼此之間價值觀的差異 ・玉蘭憶起日本男性的求婚，比照現狀不免油然而生悔念【回憶5】	
十	5頁	玉蘭	・玉蘭由新婚的美夢中徹底甦醒了 ・玉蘭聽到蕙英丈夫被逮捕的消息，對自己的將來生出不祥預感 ・玉蘭不滿丈夫在夫婦之間也要保守秘密 ・玉蘭對作為被男性豢養在家的女性感到不滿、不安，漸生無能為力的焦躁	秋天 動物園
十一	8頁	范漢智	・范漢智厭倦了戀愛而將精力轉向賺錢 ・范漢智對寶島臺灣的美好憧憬逐漸消失 ・范漢智與當地商人勾結起來欲砍伐臺灣森林以獲不義之財 ・曾為雙重間諜的范漢智用計殺害無辜中國市民的前科被告發，當局開始搜捕他	
十二	2頁	搜索隊隊長	・接收工作告一段落後，當局開始著手對從中國大陸逃至臺灣的漢奸的逮捕工作 ・范漢智被逮捕了	站前廣場

1 小說敘事的特徵

這篇小說的敘事，基本上採用了第三人稱全知全能的視點來敘述的。但實際上，如上面〈表四〉裡的「敘事視點」指出，大部分都通過玉蘭和范漢智的視點展開敘述。這種敘事視點並沒有貫徹到底，玉蘭的視點在第十章淡

出後，玉蘭這個人物也就從這篇故事裡消失了。繼而，第十一章，范漢智的視點也模糊了，並終於在最後一章，以為捕獲范漢智而奔走的搜索隊長的視點結束了整篇小說。從整篇小說的視點分布上來看，不得不承認敘事的不平衡。然而，也正是因為具有多個登場人物的視點存在，使此小說與其他作家作品的敘事截然不同。

尤其是，通過玉蘭和范漢智兩人的視點揭示出的雙方內在心裡，巧妙地折射出，一個民族時隔五十年後重逢時的文化衝突和對異性的好奇心。二人開始戀愛的前半部分，雙方的視點相互交錯出現。而在戀愛漸次降溫的後半部分，正像表現雙方心裡隔閡那樣，雙方的視點在同一章內沒重復出現過。

如小說題目〈ポツダム科長〉所示，這篇小說的第一創作目的是，描寫一九四五年八月坡茨坦宣言承諾後，趁著臺灣局勢的突變，社會地位迅速攀昇而牟取暴利的外省人。在這一目的下，作者吳先生通過描寫本省女性對外省男性所抱有的憧憬逐漸變成失望的過程，表現出了光復後數年間本省人對外省人的心理變化。

這些玉蘭的內在心裡描寫，和《胡志明》（1946-1948）中出現知識分子的男主人公的苦惱以及內心糾葛時有相通之處。和外省男性結了婚的玉蘭，對周圍人的會話以及他們投來的視線過於敏感、逐一反應，沈浸於被迫害的妄想中不能自拔，常常回憶日本時代，憂慮將來，心裡毫無片刻安寧。玉蘭的敘述裡多為對日據時代的回憶。尤其是當她面臨殺人和空爆遺痕等駭人場面時，或者當她陷入憂鬱的心裡狀態時，在她的腦海裡就會不自覺地浮現出的記憶。正是這種隨處都夾雜著的對過往的回憶，充分展現了現在（光復後）和過去（日據時代）在她的內部所持有的連續性、以及從日據時代起即揮之不去的內在閉塞感。

2 小說構成和故事展開的方法

小說登場人物主要的活動空間，多開始於舞廳或咖啡店等這類適合摩登青年和「新女性」的時髦的地方。再從那些非日常生活地點移至玉蘭自家或她們的新居，又經過新婚旅行的臺灣各地，再次返回到范漢智從日本人手裡

接收的新居。跟隨玉蘭的視線，細致地描寫了如壁龕（床の間：tokonoma）、挂軸、衣櫃、以及鏡臺等房間內的日式格調，一種懷舊之感時由紙上躍然至眼前。接著，再經由動物園，最後移至臺北站前面的廣場。

那種空間移動上特別值得關注的是，從臺北至高雄的新婚旅行的移動行程。通過二人坐汽車和公車的一路南下，玉蘭（讀者）逐漸了解到了臺灣的現狀。比如，對有很多乞丐的停車場的描寫，讓玉蘭（讀者）意識到了臺灣農村的凋敝。讓她從二等車轉乘三等車，促使她聽到了各階層人們的心聲。在公車裡，她那雙鑲有漂亮裝飾的上海鞋子被踩來踩去而沾滿了泥土，為她們的新婚旅行塗上了一抹陰影。這也是一種將她從夢想世界拽回到現實的手段。另外，來到臺灣首屈一指的名勝地日月潭時，在她的腦子裡對列車及公車等所謂的近代文明和原住民的原始文明的比較：「……何の束縛もなく人間を馬鹿にした礼法もなければ、人間を奴隷として取り扱う法律もない。自由我儘の社会がなんとなく懐しく思われるのである。」（〈ポツダム科長〉、33頁）[18]，如這樣，讓她意識到原始文明勝於近代文明。由此描寫了她逐漸意識到臺灣的自然美。之外，到處都可看到利用聽覺或者嗅覺等感官所展開的有效表達。比如，在日產接收鬥爭中有臺灣男性犧牲者出現的場面，當晚槍聲震耳刺激著玉蘭的聽覺，第二天的白天又讓她目睹了倒在水溝裡的學生屍體。此外，范漢智亦用手擤鼻涕時令人作嘔的聲音、商人把鴨子旁若無人地帶到列車裡所產生的刺鼻的臭味等的描寫。通過借助不同感官的敘事表達，以及視野逐漸向外部世界擴展，從而精心描繪了玉蘭內心是如何逐步發生的變化。

3 登場人物形象設定的方法

小說將玉蘭設定為畢業於女校的二十六歲的未婚臺灣女性。如此一來，對當時的臺灣女性來說屬於晚婚的這一知識分子女性形象，酷似吳先生的成

---

[18] 出自上文提及的《吳濁流作品集》（2007年）。以下出現的〈ポツダム科長〉的引用文均出於相同文獻。因此，引用時標示為：「〈ポツダム科長〉、×頁」。原文的舊假名表記改寫成新假名表記、舊字體也改寫成新字體。

名作〈泥沼中的金鯉魚〉（1936）裡登場的臺灣女性·月桂這一形象（女學校出身、未婚、24-25歲、憧憬自由戀愛）。這類形象可說是作者所常用的臺灣知識女性的典型形象之一。——即一邊抗爭納妾制度以及內臺共婚給她們帶來了壓力，一邊為追求理想的伴侶而孑然獨身，最終卻仍逃脫不掉在男女關係上的失敗。

此外，較重要的是，小說敘述了她在日據時代曾經有過「改姓名」時，任她怎麼努力也不能成為徹底的日本人，時時承受著「無法承受的感情」的折磨。有一年輕日本醫生曾向她求婚，雖然那姻緣條件尚好，但她未能成婚的經歷。促使她作出結婚抉擇的，是一個和她同時代的叫「蕙英」的臺灣女性。蕙英通達世故、善於見風使舵，在日據時代就率先揮動著日本軍國主義的旗幟，光復後則搖身一變早早成為了外省將校夫人。玉蘭從旁豔羨蕙英的成就，受競爭心的驅使而倉促決定和范漢智結婚。然而，當蕙英的丈夫作為漢奸被逮捕，她們的婚姻生活趨於破敗時，玉蘭隨之開始擔心自己是否也將面臨同樣境遇。由此種種，在我們眼前浮現出一個易隨波逐流、對事情作出決斷後又常常反悔、一直不滿於現狀的女性人物形象。

至於另一主人公范漢智，隨著日本戰敗逃至臺灣，更名范新生，打扮成上海摩登男性。從結果上來看，玉蘭是受范漢智所騙而與其結婚的。但要注意的是，又不同於其他作家所寫的，臺灣女性被外省男性侵犯蹂躪後，因礙於世態、體面不得不委屈成婚的模式，這裡作者給予了玉蘭與男性自由戀愛的機會和自主決定婚姻的權利。小說的開頭部分，玉蘭對提著鍋碗瓢盆、雨傘登陸臺灣的祖國士兵感到困惑的同時，卻想方設法欲把他們（祖國）視為正常。同樣，她不問對方的來歷，單憑外觀的儀表堂堂以及是祖國的男性這一要素就輕易接收了這門婚事。作者曾寫過一部以完全忽視女性自我意識的聘金婚姻所造成的悲劇為主題的作品，以求世人注目（《胡志明》第二篇、〈悲恋の恋〉）。作者在本篇小說中，或許試圖將由聘金婚姻中走出、進步到根據自我意志來選擇婚姻的臺灣「新女性」的自主性作為問題來表達。

4 讓玉蘭著迷的要素 ── 臺灣女性眼中的外省男性

（1）作為中國人所具有的國語水平以及作為知識女性所具有的自負

　　臺灣沈浸於一片光復喜悅之中，玉蘭也想為國家作出自己的貢獻。但她不能像男性那樣去當兵。日據時代在女學校接受過高等教育的她，當會說一口文雅的日文。然而，以光復為界線，殖民地的語言勢力發生了轉變。她不得不放棄日據時代拼命習得的日文，為了早日成為一個徹底的中國人，努力提高國語水平。

> 　　若しも男であったなら兵隊になって国を護る……今更乍ら女と
> 生まれた身の何だか損をしたような感情に襲われた。しかし、女に
> も国に尽くす道がある筈だ。何と云っても国語を知らないことには
> 話にならぬ。……台湾語や日本語にもない喉元から出さなければな
> らぬ発音には一寸手古摺った。……（《ポツダム科長》、7頁）

吳先生說起光復後初期的國語熱時，不論男女都積極努力地學習，為了將整個臺灣成了三民主義模範省、為了重建比日本還要偉大的國家，國語學習會如雨後春筍般相繼誕生。[19]當時連女性或小孩子也充分意識到國語學習是臺灣社會迫在眉睫的任務。譬如說，當時，既可以用流利的日文寫小說又擅長國語而被世人稱為「天才少女」的女作家・陳蕙貞回臺之後，談到自己的經歷時說：「私は日本に於いて、母から毎日のように、「日本語ばかり使うと帰国したら皆に『日本狗』と笑われますよ」、と云われては恥じ入ったものだ。」，她認為學國語是我們臺灣省民的當務之急，大大強調了掌握國語的重要性。[20]

　　臺灣女性的國語學習，主要通過臺灣省婦女工作委員會主辦的婦女國語補習班，這一組織實施推廣的。其內容，從臺灣國語推動委員會編輯的國語

---

19 上文提及的吳濁流：〈無花果〉《夜明け前の台湾 ── 植民地からの告発：吳濁流選集第一卷》（東京都：社會思想社，1972年），頁150。

20 詳見陳蕙貞：〈日本より帰りて（二）〉，《人民導報》，1946年3月8日。

教科書《婦女班國語會話課本》即可推知。[21] 書中的課文裡，到處都有掌握國語，對加強兩岸的融和是何等重要之類的啟蒙性內容。在這一國語熱漸次升溫的背景下，玉蘭遇到一口「國語」說得堪當典範的外省青年范漢智。他那抑揚頓挫行如流水的「國語」一定是讓玉蘭聽得著了迷的。[22]

（2）從日本「新女性」到上海「新女性」──外表的時尚

玉蘭在不知不覺中被這祖國來的青年吸引住了。那是當時大多數的臺灣人所具有的、難於言表的、類似孩子渴望父母關愛般的感情所導致的。玉蘭的這一感慨，或許光復後初期吳濁流對祖國所懷感情的如實代言：

> 玉蘭は快く彼を迎え入れた。祖国に対する憧れが無意識の中に彼女の腹の底から自ら蠢めき、静かに祖国から来た人の身に這い上って行くのであった。つまり彼女の深い、声のない、思慕の情熱がある形態に凝結したからである。彼女すら解せない或るものが……、しかも漠然としたものである。（《ポッダム科長》、10頁）

不儘有對祖國的憧憬及學習國語的渴望，對年輕的玉蘭來說，上海髦登男性的時尚打扮、對女性的彬彬有禮，都成了足以令她著迷的要素。

---

21 臺灣省婦女工作委員會編輯。一九四七年十一月發行。這本教科書是爲強化中文中級學習者的聽力和會話能力而創作的。共三十一章。從與女性密切相關的兒童教育開始，涉及旅行、紅白喜事、懷孕以及衛生、家務、服裝、節約運動、婦女運動、女性高等教育等諸問題，包括了海倫克勒與居禮夫人等偉大女性的故事、也收錄了與外省同胞溝通必須學會中文、做爲中國人當具有學好中文的抱負等的話題取材。

22 問世稍晚於〈ポッダム科長〉，陶晶孫的〈淡水河心中〉，《展望》（東京都：筑摩書房，1951年7月，頁95-99）寫的是，本省女性和外省男性的戀愛以及一起殉情。出乎意料的事件真相，一如偵探小說般展開。這篇小說，取材於一九五○年發生的實有之事，設定了本省女性跟外省男性學國語以及新知識的過程中逐漸彼此愛戀的構成。（見黃英哲：《立命館文學》第615號，2010年3月，頁751-735）。此外，一九五六年攝制的電影〈黃帝子孫〉，亦取材於本省人和外省人的戀愛（導演：白克，制作公司：臺灣省電影制片廠，1956年10月）。如此，可以推測本省人和外省人的戀愛這一社會現象乃當時文藝作品的一大題材。

　　青年紳士は大変親切であった。台湾青年のようながさつなとこ
ろはなかった。歯切れのいい国語、それに教養豊かな接待ぶり、兎
もすると玉蘭の心は乱れ勝ちであった。……玉蘭ははじめて大陸の
方の魅力を感じ、春のような艶めかしさであった。(《ポツダム科
長》、9頁)

正像既往研究指出的那樣[23]，當她對外省男性懷有新鮮的好奇感時，往往會
把臺灣男性看做無可比擬、相形見絀的對象，這一點不容忽視：

　　社交に慣れた態度、油のてかてか光る頭髪、身にがっちり合っ
た洋服など、きょうはまた一入スマートに見えるのであった。慎ま
しやかで謙虚な話しぶり、殊に女性に対するその親切さはがさつな
台湾青年とは凡そ異った趣があり、何となく引き寄せられるような
思いだった。……裕かな話題は彼女にとって悉く珍しいものばかり
であり、殊に新時代に於ける上海女性の活躍ぶりが特に美しく聞え
るのであった。(《ポツダム科長》、10頁)

中國青年范漢智所提供的關於祖國的豐富的話題，更無限加深了她對祖國的
憧憬。她知道了堪稱臺灣第一現代化城市的臺北也遠遠不及國際大都市的上
海。她還一邊聽著在那裡跟自己同樣有著花樣年華的女性到底是過著何等進
步的生活，從而一邊在腦海中勾勒出了一幅與臺灣新時代相稱的「新女性」
的畫像：

　　彼女は范漢智の話につり込まれて上海へ行きたくてならなかっ
た。百貨店、ダンスホール、外国映画館公園など皆すばらしいもの
ばかりである。従って台北が何となく田舎くさく感じられてならな
い。……(《ポツダム科長》、14頁)

---

23 見上述論文，陳建忠：〈自我殖民與『近親憎惡？』：以吳濁流〈波茨坦科長〉為中心
看臺灣戰後初期的後殖民情境〉，《被詛咒的文學：戰後初期（1945～1949）臺灣文學
論集》（臺北市：五南圖書出版公司，2007年），頁63。

然而，實際上，玉蘭對祖國的印象，無非是通過眼前這位祖國青年的話語所想像出來的。那時，映入玉蘭眼簾的是，敗戰後留有日本痕跡的瘡痍滿目的現實臺灣，是那麼的「遜色」、「土氣」和「灰敗」。

（3）接收員科長太太的身份

作者在自傳體作品《無花果》中指出，正是無節制的接收行為造成了臺灣社會人們內心的失衡。此外，由作者向受外省男性所騙的（有時則是日本女性）投去的冰冷的目光這一點上可以感知，她們亦是造成這種後果的一大誘因。

> 接收員の大多數は戰勝は自らの力によって得たものと思いあがり、独りよがりの優越感を持つ者がとくに多かった。…いよいよ接收の段ともなれば、もう眼中に国家の利益というものはなく、私利私欲のために不正をあえてし、いわゆる「発国難財」〔国難をくいものにして金もうけをする〕のために血眼になっていた。…金、家、女、車を接收し、面子を保って楽しく暮らすというのが目標だった。…ついに女性に向かっても進軍した。…彼等は堂々と媒酌人を立てて正式に結婚するのであるが、実際には、たいてい二号に甘んじなければならなかった。
>
> 日本人のモダンガールや台湾人の先端を走る若い女性も、進んで外省人と手を組んで、街頭を臆面もなく横行闊步する姿が、雨後の筍のごとくふえてきた。（〈無花果〉、164-165，179頁）

作者批判的矛頭亦指向了戰爭時期被強行征往海外、戰後歸臺婚姻失意、苦於失業的本省男性。只是批判裡充滿了：若不糾正「忘記理想和目標，只會吵嚷或發牢騷，別人如果不發號施令，就一直停滯不前」而缺乏「自主獨立精神」[24]的缺點，不改善這樣「殖民地的性格」的話，現狀況就永遠得不到

---

24 上述作品：吳濁流：《夜明け前の台湾》，頁281。以下引自〈夜明け前の台湾〉的文字均出於相同文獻，引用時標示為：「〈夜明け前の台湾〉、×頁」。

改善，像這樣對下一代臺灣人所寄托的激勵和鞭策。

五　吳濁流「新女性」描寫的侷限

1　塑造玉蘭這一女性形象形成的動機

　　那麼，作家吳先生通過這篇小說，試圖對光復後初期臺灣社會的哪些現象表示憤怒、想要向世人傾訴什麼呢？小說裡，玉蘭坐在新婚旅行的火車上，聽到了乘客如下的話語：

> 　　何でもそこに戰爭娘が沢山滯って年頃二十七八のものばかり、誘う水あらば行かんと思う連中である。そこへ上海から超度級のモダンボーイが赴任してきた。四十六式の背広、ロイド眼鏡に目覺めるようなネクタイ、ガラスバンドに金の腕時計、頭髮はツルツルピカピカ光って蠅さえ辷りころげそうだった。垢じみた洋服に泥靴ばかり見慣れた彼女達、あっと云わざるを得ない。（《ポツダム科長》、28頁）

　　吳濁流的隨筆裡，恰好也可以看到有對此類臺灣女性的批判性論述如下：

> 　　最近では、用もないのに時價數千元もする大きなガラス・ハンドバッグを右腕に卷きつけ、誇らしげに抱えて四日三晚台北市中をさまよい、大官の太太（奧さん）にあろうとして步き迴っているカメレオン女性がいるそうだ。…もしもそのような女性が赤い唇を動かして婦人問題を云々したらどうなるであろうか？（〈夜明け前の台湾〉、282頁）

從這裡可以看到的是，第一，在玉蘭的人物塑造上包含了對隨波逐流浮華輕薄的臺灣「新女性」的批判。對這種華而不實的女性的尖銳言辭，和作者對前一作品《胡志明》裡出現的主人公太太陳淑春以及上海摩登女性的批判有

相通之處。此外，作者感到有教育的臺灣「新女性」仍然落伍、不諳世事，也發出了如下的慨嘆：

> 人生の大事な結婚でさえ自主性がなく、おたがい知らなくても、肩書きや出身学校を見て結婚する。まるで学校や肩書きと結婚するようなものだ。しかし、時たまそれに反抗して勇ましく出れば、社会知識が少ないためにすぐつまずくのである。彼女たちはまだ方便という言葉を知らないからである。（〈夜明け前の台湾〉、282頁）

2 玉蘭的男性情結──暴露出的作者女性觀

　　在內在心理描寫上，玉蘭常常出現對不能「與男性一樣」參加社會活動的、「處於不利地位的女性」立場表現出不滿。最初是，對女性即便要為國家而工作也不能當兵表現出的不滿：「今更乍ら女と生まれた身の何だか損をしたような感情に襲われた。」（《ポツダム科長》、7頁），第二次的則是在丈夫無視自己為平等的存在時所表現出來的：

> 夫婦の間でさえ秘密がある。その矛盾の大きいのに彼女は呆れてしまった。男って案外嘘を言うのが上手で女は常に騙されるものだと思った。斯う思うと彼女の腹の底から或る種の憎惡感がそぞろに頭を抬げて來るのであった。そして女と生まれてきたのがつくづくつまらなく感じられた。（《ポツダム科長》、51-52頁）

深覺丈夫看不起自己的玉蘭，將自己的狀況與飼養於動物園裡的大象進行比照說到：「象は一片の食物を得るために愛嬌をふりまいている。その媚態を売り、人の愛を求めている。ああ女もやはりその象と同じであろう。『家』と言う檻に入れてある見せ物に過ぎない」（《ポツダム科長》、53頁）。然而，她的這種頓悟不免讓人覺得有些突兀。因為小說中完全省略了，作為女性的她經歷了哪些現實的不利、吃了哪些苦頭才至今天這樣的心境的描寫。只是描寫了她有著男性居於絕對優勢的先入之見，由此往往過分

貶低自己或陷入一種被迫害的心理狀態。

　　例如，作為知識女性，她沒有像《胡志明》裡的淑春那樣參加過婦女解放運動。再有，她當了有著雇女傭的經濟實力的家庭婦女之後，小說裡看不到，她使用在女學校學過的財會知識，管理家庭收支的描寫。[25]這與上面提到過的陳蕙貞《漂浪の子羊》（1946）裡所出現的受過高等教育的新女性（主人公的母親）形象有著極大的差異。這兩者的分歧，歸根結底，應該說多緣於作者自身對女性日常所承擔的家務的重要性、以及對女性解放運動在認識上存在欠缺所導致的吧。譬如，吳先生的隨筆裡也可找到相關佐證：

　　　　台湾の女性は臺所にいる時間が実に長い。台所の時間を短縮しなければ新しい文化を獲得することはできない。科学をしらない彼女は、いつまでも台所の中でぐずぐずしている。彼女たちは火を起こさないでも食事のできる文化人のいることを、まだ知らないのである。食事の科学化だけでも台湾の女性は一歩前進しなければならないであろう。（〈夜明け前の台湾〉、281頁）

小說裡常常出現玉蘭與丈夫一同去中餐館進餐的場面。然而，若沒有丈夫的介入，她看不懂中文菜譜，也不會點菜。從這種表述可以看出，語言的優勢決定了夫婦之間的序列。丈夫不在則不能外出吃飯、在連自己的丈夫也看不起的狀況下，即便科技進步減輕了女性的家務負擔，外表裝扮成上海「新女性」，又怎麼能給臺灣女性帶來真正的解放呢。緊接著，對於女性解放這一問題，作者在論及咖啡店的女給時也有如下見解：

　　　　昨年せっかく女給の媚態廃止をしてやっても、かえって女給自身が反対する。彼女たちはチップや遊興税の性質を知らないからで

────────────

25 洪郁如指出，在受過新式教育的新精英的小家庭裡，雖然每個家庭的主婦不一定直接管理家庭的經濟收支，但一部分的丈夫為了專心工作把收支管理全權交給了妻子。那時，妻子在學生時期學到的以簿記為中心的系統的家庭經濟管理知識以及技能就相當奏效。〔洪郁如：《近代台湾女性史──日本植民地と新女性の誕生》（東京都：勁草書房，2001年），頁309-318。〕

ある。（〈夜明け前の台湾〉、282頁）

在這一表述裡滲透著作者認為自己有義務拯救社會的弱者——女給，使她們成為一個完整的個體的那種知識分子居高臨下的意識。然而，作者在這裡所批判的女性們，她們真的就是完全沒有自主性、極其愚昧無知的存在嗎？臺灣女性史研究者游鑑明教授在她的論文裡指出，隨著光復後臺灣經濟狀況的下滑，鑒於很多女性從事花柳業，娼妓問題使眾多家庭陷入混亂，嚴重影響了社會風紀，政府和民間團體應齊心協力共同開展廢娼活動。游教授又指出，因為光復後臺灣社會經濟蕭條，迫使很多臺灣女性不得不從事色情行業。當時，隨著妓女的大量增加，相關社會問題頻頻發生、很多家庭陷入混亂等，社會風紀受到了嚴重影響。所以，政府和民間機構聯手一起展開了廢娼運動。首先，隸屬於民間婦女團體的女性運動家們，竭力開展歸還妓女正當人權運動的結果，於一九四六年六月終於得以制定了禁娼令。然而，出乎意外的是，恰恰是妓女們對禁娼令提出了反對的意見，未經一年，公娼制度再次被恢複。之所以出現反對禁娼的意見，問題的根本在於光復後的臺灣存在著政局不穩定、經濟衰敗以及社會秩序混亂等很難得以立刻改善的問題。[26]

所以，我們應該想像得到，即便她們了解作者所說的「小賬」以及「遊興稅」等的性質，可現實生活中為了生存，她們依舊只能以身體為代價持續工作。「反對」禁娼未必就是作者所說得無知的行為，它是作為當事者的女性們一種對無可奈何的苦衷的表達。當我們觸及到這一深層社會現實時，不得不說作者的批判裡是缺乏如何處理廢娼理念與現實差距的具體策略的。

與此相同，我們可以推知，在想和擁有社會地位的外省男性匆忙成婚的臺灣「新女性」陸續出現這一問題上，複雜地交織著由戰爭以及光復後臺灣社會的混亂所帶來的經濟、階層、性別、語言以及人口等各方面的多種問題。

---

26 游鑑明：〈當外省人遭遇臺灣女性：戰後臺灣報刊中的女性論述（1945-1949）〉，《中央研究院近代史研究集刊》第47期（2005年5月），頁183-197。

3 對女性姓氏和懷孕的描寫

　　對於吳濁流小說中的臺灣「新女性」身上所出現的不和諧感，在作者對她們姓名的處理上就可以感受到。吳先生描寫的女性，除了《胡志明》裡的日本人內藤久子和中國大陸人的陳淑春之外，其他女性都沒有自己的姓。作者光復後首次公開發表的小說「先生媽」（1945）裡的老母，當兒子由「錢新發」更名為「金井新助」、力圖將原本的家庭改造成一個國語家庭時，自己仍然堅決抵制語言、服飾以及風俗習慣的皇民化而終於餓死了。然而，這一與蕙英和玉蘭完全相反的、擁有民族認同的老母也只被稱為「先生媽」，並沒有被賦予中國式的姓名。再來說，被改成日本式姓名的玉蘭，她光復後會恢復自己的原姓，在她和范漢智結婚時，儘管小說裡有過表述：「その月の末にはもう二人の姓名が揃ってでかでかと新聞紙上に広告された。その日から玉蘭は范太々となり、新しい家庭の主婦となった。」（《ポツダム科長》、23頁），也同樣提及具體的姓名。[27] 光復後，回歸祖國中國的臺灣人又恢復了他們中國式的姓名，這是證明他們重新拾回中國人身份的一個重要要素，而小說對此完全沒有描述不能不讓人感到很奇妙。但這裡要補充的是，這種省略臺灣女性姓氏的做法，不僅限於吳濁流的文本，上面論述到的男作家文本裡也可以捕捉到普遍的現象。

　　在這篇小說結尾處，玉蘭對懷孕的態度也讓人有無法釋懷的不和諧感。玉蘭為了確保作為中國人的身份，曾經拒絕過日本醫生的求婚。與之類似的，小說《胡志明》裡，男主人公跟日本人內藤久子談戀愛而毫無結果、與臺灣人月英結婚又怕生出與自己同樣的被殖民者、最終，除了中國人陳淑春以外無法將任何人作為結婚生子對象。或許對作者來說，臺灣人和祖國的中國人結婚這一主題，是臺灣人回歸祖國的最具決定性的方法。從此意義上來看，〈ポツダム科長〉中的玉蘭具有生孩子的種種必要資格。當玉蘭看到先

27　對臺灣人來說，改姓名是何等羞辱之事，譬如，陳惠貞的小說裡，通過她父親對女主人公不經意的言談充滿憤怒的描寫就可窺見。（上述陳惠貞：《漂浪の子羊》，2005年，頁114。）

她一步和外省將校結婚、懷孕的蕙英，因為丈夫漢奸的身份被逮捕而痛哭欲
絕、對懷了罪犯者的孩子感到前途末路時，設身處地想到自己的狀況亦會生
出同樣的不安。

> 　　ふと見ると蕙英の腹は重苦しそうにふくらんでいる。一寸変な
> 考えが頭の中を掠めて行った。あれが所謂汚官の孕みなのか？と蕙
> 英の言ったことを思い出してぞっとした。しかし、蕙英の夫は北伐
> に参加したほどの勇士である。それなのに……。ああ自分の腹の中
> にも同じようなものが蠢いている。それはなんだろう？ひょっとし
> たら……と思うと総身に身の毛がよだって来るのであった。同時に
> 苛々しい感情が湧き上がり、逆上された血が彼女を駆りじっとして
> いられなくなった。(《ポツダム科長》、53頁)[28]

此時的玉蘭可能已冥冥中感知到自己體內所孕育的新生命了。但在這裡可以
讀到的，與其說是擔心孩子的將來，不如說是出於以自我為中心的害怕、後
悔、恐懼以及憤怒等感情。在她被無法遏制的不安的驅使下一口氣從小山坡
跑下去的最終場面，失去自我的臺灣女性形象被歷歷在目得表現出來。這一
不可思議的結尾難道暗示出了同根生的外省人和本省人終究不能合在一起的
結局嗎？總之，可以判斷的是，與臺灣男主人公胡志明相比，作者在臺灣女
主人公玉蘭對自己的孩子的描寫上完全嗅不到人情味。

六　外省男性眼中的臺灣女性——與光復後初期的女性論述的對比

　　如上所述，〈ポツダム科長〉是臺灣本省男作家筆下的，通過外省男性
看臺灣女性的罕見的作品。通過和玉蘭的邂逅，只有賺錢頭腦的范漢智也產
生了人性的內在變化：

---

28 引用文的下線乃論著所加。以下同樣。

人生にこれと言う希望のない彼にとっては物欲や色欲以外には
何らの欲もない。殊に大陸では万事金次第で恋も愛も金の代償にす
ぎない。…始めはいたずら半分であったが何時の間にか無絃の糸に
引かれて…これというのも大陸で今まで味わったことのない女の素直
さと真面目さとに胸打つものがある……（《ポツダム科長》、18頁）

這些心理描寫，在其他作家筆下的外省男性形象身上並未見到。但是，這裡值得注意的是，這也僅僅是臺灣本省男作家「所創造出來的」外省男性的臺灣女性觀而已。

接下來，為了更客觀地把握光復後初期外省人對臺灣女性的印象，再次根據上述的游教授的研究來概括整理各種現象。網羅當時的活字媒體進行了調查的游教授指出，由於臺灣曾受日本統治且地處亞熱帶地區，外省男性眼裡的臺灣女性「有日本女性的風格，也有西洋女性的」，具有將她們看作與其說是「同胞」不如說是「他人」（others）的傾向。又指出，外省男性在逐漸參與到臺灣社會的過程中，對臺灣女性的看法更出現了種種分歧。

首先，當時關於臺灣女性的外貌，她們健康體魄和摩登打扮都被賦予過高度贊賞。同時，還有將日本風格認為是素樸及純真的看法。與此相反，亦有對她們鑲著金牙化著濃妝的打扮、個子矮、膚色黑和粗野等的偏見。此外，還有認為她們所具有的日本風貌乃「奴隸化教育」的結果、這更加劇了臺灣女性知識水平幼稚化的看法。隨著時間的推移，光復後三年之間臺灣女性模仿「上海風」變得華麗的嘆息聲亦可耳聞。

第二，關於她們的性格，有評價說她們有日本女性般的溫柔溫厚又不失活潑天真。反之，亦有認為她們的謙遜以及順從等傾向是「奴隸化教育」的結果以及「日本的負面遺產」的說法。在外省人主辦的報刊上，特別批評了殖民地時代的臺灣女性教育，針對臺灣女性主體性的喪失有過專門討論。

最後，關於她們的職業，很多人驚歎於她們從事職種的豐富多樣，很多外省人認為「勤勞儉約」、「刻苦耐勞」乃臺灣女性的美德，認為這些都將有效推進婦女運動。另一方面，也可看到與中國大陸的女傭比起來，臺灣女傭

徒愛虛表、金錢以及依靠他人生活這樣的偏見。[29]

　　如上所述，當時的臺灣女性成了外省人全面看臺灣時絕好的對象。[30]立足於以上現象，我們再將當時對女性作出的種種評價與范漢智對玉蘭所說的話作一比較。

　　　漢餐、洋楼、和妻と言われているように祖国では一時大和撫子に憧れていましたが、実際こちらへ来てみるとあながち日本留学生の戯言ばかりでもない……台湾女性は祖国のよさが残っている上に日本教育で洗練されているから尚更奥床しく感じられますよ…「台湾女性は技巧がなく素直で可愛いが案外情に脆いらしい。しかし、純真だ。純真なるが故に単純だ。単純なるが故に思う通りにもなれるのだ」と思って彼は急に朗らかになった。(《ポツダム科長》、11頁)

　　　大陸で今まで味わったことのない乙女の素直さと真面目さとに胸打つものがある……(《ポツダム科長》、18頁)

上述引用文的劃線處大部分都符合上面提及的外省人對臺灣女性的印象。但值得注意的是，有一部分，如描寫了范漢智對玉蘭產生的好感是緣於跟祖國的共通之處，對「受過日本教育」的臺灣女性之文雅也給予了肯定的評價。由此可以窺見，這裡塑造出的是一種符合作家吳先生來說，較符合作家自身觀念裡的外省男性眼中的臺灣女性觀。換句話說，它可以看做是作者本身對臺灣「新女性」所持有的偏見。

---

29 上述論文，游鑑明：〈當外省人遭遇臺灣女性：戰後臺灣報刊中的女性論述（1945-1949）〉，《中央研究院近代史研究集刊》第47期（2005年5月），頁174-183。

30 外省人對臺灣女性的論述毀譽參半，眾說紛紜。再有，當時處於社會底層的臺灣女性也站出來積極發表自己的意見（見上述游鑑明：〈當外省人遭遇臺灣女性〉，頁165-224）。如上所述，當時臺灣言論界存在的「臺灣女性」形象，並非只有男作家筆下的女性這一單純形象。此外，不論省籍，將女性做為創作主體的論述有：林秋敏：〈戰後初期臺灣的婦女議題——以臺灣婦女週刊為中心的探討〉，《走向近代：國史發展與區域發展動向》（臺北市：東華書局公司，2004年），頁487-525。

七　玉蘭所看到的情景──弱者之情景

不過，范漢智的這些心裡變化不久就消失了。隨著戀情的降溫，物質欲望變得具體化，他也隨之露出本性來。曾被日月潭的美麗深深打動而專心作詩的他，完全無視於臺灣各地殘留的醒目的戰爭瘡痍、目睹了空炸痕跡亦漠不關心而捷足離去。他對貧窮的賣東西的臺灣孩子視若無睹。對於假接收員的他來說，掠獲臺灣的日產或以臺灣的資源賺錢，比改善臺灣的現狀更為「當務之急」。由此種種，玉蘭對這樣的丈夫逐漸變得心灰意冷。

〈ポツダム科長〉採用玉蘭的視點，其優點在於作品各處都有對種種事態的感觸、感想的描寫。比如說，在小說後半部分，光復後掙扎在窮困中的人們、敗戰後日本人的潦倒落魄等等，都被清晰地描寫下來：

> 　　日本の敗戰が直ちに頑是ない子供にまで及び、夥しい小学生が痛ましい姿で街頭に出て煙草を売っている。……夥しい日本人が道端で家具を始めいろいろなものを投げ売りしている。幾十年汗水を流し築き上げた家財、家賃など例え平常どんなに愛用しているものでも今や敗戰の運命と共に惜しみなく売払っているが、その心境は察するに余りがあり、一掬の涙を注がざるを得ない。<u>ああ戰爭の禍が斯く無辜な人々にまで及び、非戰論者もなければ反戰論者もなく皆一様運命に遭うとは？と彼女は思った。</u>
> ふと見ると、どの日本人も淋しい顔をしている。そればかりではない。僅か数ヶ月の間に変わり果てた姿に一驚せざるを得ない。……終戰してから間もないのに、どの日本人も十年以上は年を取ったように見える。どうしてこんなに早く老いて行くのかと彼女は不思議に思った。（《ポツダム科長》、39-40頁）

正如《胡志明》裡，作為反戰論者的身份來登場的在臺日人「佐藤」對殖民統治的強烈批判。那些情景正是因為作者沒有將社會的不合常理簡單歸

結為民族性質的問題，而是同時帶著譴責同胞不正當行為的眼光來思考才得以表現出來的。同時，這篇〈ポツダム科長〉裡也塑造了一個玉蘭這樣的，受社會上無法抗衡的力量左右，不得不時時否定自己、苦惱於內心鬥爭的人物。通過這種人物設定，作者力圖再現光復後臺灣社會裡弱者們的生存狀態。與范漢智邂逅時，玉蘭眼中滿是「戰敗的臺灣」褪色土氣的景觀。然而，婚後她看到了臺灣的新現實，再次面對鄉土實情，一切又重新恢復為賞心悅目的令人珍愛的風景。她的這種心裡變化反映了臺灣人主體意識的覺醒這一見地可謂一語中的。[31]

八 小結：〈ポツダム科長〉的女性描寫與其侷限

日文中篇小說〈ポツダム科長〉是一部反映光復後初期以來臺灣社會的混亂、即省籍矛盾的作品。二二八事件後，以私家版的形式得以出版本身就是令人震驚之舉，考慮當時那種「社會肅清」氣氛，想來作者定是抱著大決心豁出命來以求作品問世的。

既往研究指出，通過描寫臺灣女性來隱喻臺灣這一點，給小說帶來了一定程度的成功。此外，作品裡，對外省人與本省人、或者男性與女性等多個人物的內在描寫，使作品擁有了其他作家作品所不具有的多個敘事視點。

不過值得關注的是，若著眼於作品中的女性描寫的話，這篇小說因為過渡重視政治性，從而顯得人物描寫太格式化，而回避了正視當時臺灣新女性所面臨的問題。最終，臺灣「新女性」玉蘭的形象未能突破男作家所創作出的客體範疇，也並未實現以女性為主體的嶄新的敘述視點的轉變，甚至不由地暴露了出作者自身對女性所持有的價值觀。

從小山坡上近乎狂亂般跑下去的玉蘭，從此以後到底會有怎麼的日子在等待著她呢？身為漢奸妻子的玉蘭肯定會受到當局嚴格的審訊的。然而，無

---

31 見上述論文，陳建忠：〈自我殖民與『近親憎惡？』：以吳濁流〈波茨坦科長〉為中心看臺灣戰後初期的後殖民情境〉，《被詛咒的文學：戰後初期（1945～1949）臺灣文學論集》（臺北市：五南圖書出版公司，2007年），頁71。

視於讀者的困惑，她的故事被過早終結了。接收政權的臺灣施政一方壓制了光復後臺灣人的主體意識，由此導致了各方各面發展的嚴重停滯。同時，通過在玉蘭的故事裡頻頻出現的被稱為「時代的憂鬱」的閉塞感，我們可以獲知，施政給光復後臺灣女性主體性的獲得和發展上也套上了沈重的腳鐐。

本文是，將在「傳統與現代——第一屆臺灣竹塹學國際學術研討會」（新竹教育大學中文系、新竹市政府聯合主辦，2013年11月8、9日）發表的內容加以修訂而刊載於《中國學志》大過號（大阪市立大學中國學會、2013年12月）上的中文翻譯。本文寫作時使用光復後初期文學文化資料，大部分由黃美娥教授（臺灣大學）提供。在「傳統與現代」的研討會上，評論人高嘉勵教授（中興大學）以及陳萬益教授（清華大學）都對小文提出了珍貴的意見。本文中文翻譯受到了韓艷玲女士（大阪市立大學）的很多協助。謹此衷心道謝。

參考文獻

一 資料（報刊、雜誌、書籍）

《中華日報》 1946年3月、12月

《臺灣新生報》〈橋〉副刊 1947年8月1日～1949年4月12日 〈臺灣婦女週
　　　刊〉專欄 1947年8月10日～1949年7月27日

《力行報》〈力行〉副刊 1947年11月15日～1948年11月17日

《臺灣婦女月刊》創刊号 臺灣省婦女會 1946年9月

《臺灣文化》第1卷第2期 1947年1月

《文藝春秋》（上海）第5卷第5期 1947年11月

《臺灣文學叢刊》第二輯 1948年9月

《婦女班國語會話課本》 臺灣省婦女工作委員會 1947年11月

王清桂 《婦女運動和公娼問題》 臺北市 學友書局 1948年

陶晶孫 〈淡水河心中〉 《展望》 東京都 筑摩書房 1951年7月
　　　頁95-99

吳濁流 《夜明け前の台湾——植民地からの告発：吳濁流選集第一卷》
　　　東京都 社會思想社 1972年

陳惠貞 《漂浪の子羊》 下村作次郎・黃英哲編 《戰後初期臺灣文學叢
　　　刊〈1〉》 臺北市 南天書局公司 2005年

吳濁流著 河原功編 《吳濁流作品集》 東京都 綠蔭書房 2007年

二 書籍

洪郁如 《近代台湾女性史——日本植民地と新女性の誕生》 東京都 勁
　　　草書房 2001年

許俊雅 《無語的春天——二二八小說選》 臺北市 玉山社 2003年

岡崎郁子 《黃靈芝物語 ある日文台湾作家の軌跡》 東京都 研文出版
　　　2004年

彭瑞金著　中島利郎・澤井律之譯《臺灣新文學運動四○年》　東京都　東方書店　2005年

樊洛平　《當代臺灣女性小說史論》　臺北市　臺灣商務印書館　2006年

丸川哲史　《台湾における脱植民地化と祖国化──二二八事件前後の文学運動から》　東京都　明石書店　2007年

陳建忠　《被詛咒的文學：戰後初期（1945～1949）臺灣文學論集》　臺北市　五南圖書出版公司　2007年

呂明純　《徘徊於私語與秩序之間──日拠時期臺灣新文學女性創作研究》　臺北市　臺灣學生書局　2007年

《フェミニズム文学批評》　東京都　岩波書店　2009年

陳芳明　《臺灣新文學史》　臺北市　聯經出版事業公司　2011年

三　論文

邱貴芬　〈從戰後初期女作家的創作談臺灣文學史的敘述〉　《中外文學》第29卷第2期　2000年　頁313-335

林秋敏　〈戰後初期臺灣的婦女議題──以臺灣婦女週刊為中心的探討〉　《走向近代：國史發展與區域發展動向》　臺北市　東華書局　2004年　頁487-525

游鑑明　〈當外省人遭遇臺灣女性：戰後臺灣報刊中的女性論述（1945-1949）〉　《中央研究院近代史研究集刊》　第47期　2005年5月　頁165-224

黃英哲　〈越境者としての陶晶孫──『淡水河心中』論〉　《立命館文學》　第615號　立命館大學　2010年3月　頁751-735

豐田周子　〈光復後初期の台湾における文化再建──楊逵の作品改訂を例として〉　《中國21》　第39號　愛知大學現代中國學會　2014年1月　頁125-146

地景、歷史與敘事：竹塹文學的
地方詮釋及其文化情境

陳惠齡*

摘要

本論文以「竹塹」為命題，乃植基於「竹塹」名詞襲用已久的歷史事實，因而將「竹塹」一詞視為隱喻性符碼的「地方意識」，強調由地方的視角出發，端視竹塹區域歷史經驗中所伴隨的文學實踐及其文化情境之脈絡。我們固然無法在短製篇幅中，盡覽從明鄭、清領、日殖到當代的竹塹文學發展歷程，然而藉由相對的「空間方位」與「時間序位」，卻可以嘗試規模出，在某一特殊時空中所產製或再現的地方詮釋與文學想像。論述進程主要以清領階段自然八景與私人園林的書寫，日治與國府時期「北埔」文學中的歷史記憶，以及都會、人文與自然同構的「當代新竹」書寫，作為觀測軸線。「記憶」是對已經過去的時間的一種感知意識，而「空間」則是作為界定及重新定義歷史的媒介，不管是「傳統竹塹」或是「現代新竹」，皆有其專屬的文化記憶與特殊的地方敘事，本文因此乞靈於文學書寫地方的想像與詮釋，期能尋找一種講述竹塹集體歷史記憶的方式。

關鍵詞：竹塹、新竹、地方詮釋、文學想像、文化情境、竹塹文學

---

* 國立新竹教育大學中國語文學系專任副教授兼系主任。

一 前言：記憶與文化遷變的地方敘事

全球化與地方化之間，原就具有相反相成的辯證關係。為因應二十一世紀龐大「全球化」趨勢的衝擊，遂有了「全球在地化」與「在地全球化」論述的回應，藉資擺脫被全球化的「主流」意識形態宰制，並企圖找出本國本土的「主體性」。職是之故，我們宜省思的是：全球發展地方化的強勢潮流，對於臺灣文化的自我定位，究竟產生了什麼樣的衝擊？當所有在地的知識都作為臺灣文化主體的重要組構元素時，我們又應該如何在全球文化生產中，來迎接所謂「臺灣學」的論述與實踐？

所謂「全球化在地感」，並非是將世界同質化，藉以減少地方差異，相反的卻是以一種重建的觀念，來強調地方的差異性與多樣性，並轉而對地域觀念或地方本身，有更為細緻豐富的概念化。至於強化的地方感現象，主要是以呈現地方習俗、生活實踐和母語的復興，以及族裔國族意識為要，藉由傳統認同、地方主體性與特殊風格，來達成全球化底下的本土情懷。

地方區域形態原是由自然與文化的質素兩相結合而成，此一「地方區域」可以是現今的各級行政區（如「新竹縣市」），可以是舊時的行政劃分（如「竹塹埔」），也可以是某一特殊聚落（如「竹塹社」）。臺灣各個地方因為自然與人文環境之不同，所呈現的地方學特色亦殊異而紛呈。近幾年來，在多方學者與各地文史工作專家的共同推動下，欣見部分區域文學的蓬勃發展，並漸次形成各區域文學或學術的大論述，諸如花蓮、彰化、臺中與屏東文學等等，都能從研究地方文學的各方脈絡，找出區域文學的主題性，並且由此整合出地方文學內在豐沛的生命力，以深耕在地文學的發展。有著「文學猶為北地之冠」盛名的竹塹，[1] 位於臺北與臺中之間，文化發達卻早於兩地，這一座具有古老記憶而今卻以現代科技揚名的城市，應該如何建構它特

1　連橫：《臺灣通史》，《臺灣文獻叢刊第二輯》（臺北市：眾文圖書公司，1994年），頁968。

有的地方文學與在地文化呢？在此之前，又應如何進入地方？發現地方？進而定義地方？

《新竹縣采訪冊》載記：「新竹縣，古荒裔地。自康熙二十二年始入版圖，二十三年設諸羅縣，隸臺灣府；南自蔦松、新港，北至雞籠山後，皆屬焉。」其後至雍正元年，虎尾溪以北改隸彰化，並添設淡水同知，稽查北路兼督彰化捕盜，駐劄彰化，至乾隆二十年，同知始由彰化移治竹塹。[2]歷史上的竹塹版圖，幾經更迭，其中且多攸關「竹塹」命名考源，如清康熙二十四年林謙光《台灣紀略・建置》云：「半線、馬芝林、阿束、竹塹等社。」[3]由是觀之，竹塹本為社名。康熙六十一年藍鹿洲《東征集・紀竹塹埔》一文，則以「寬長百里」，名為「竹塹埔」，[4]又雍正十一年，同知徐治民就竹塹環植莿竹為城，設樓四座，凡四門。因此也有以「環植莿竹為城」作為「竹塹」命名之始。至乾隆二十四年，又增建四城砲臺各一座，道光六年以後陸續建石城、添建外土城。[5]總理上述，顯見康熙前期已有「竹塹」之名，而「竹塹」詞彙概念的沿用，也有三百多年歷史之久。審諸各方文獻所載竹塹命名考查，頗多紛歧，然「竹塹」得名，乃源於原住民竹塹社番所居，則大致拍板定調。古之竹塹係指竹塹溪（今之頭前溪）隙子溪（客雅溪）及鳳山溪中流以下流域之原野而言，即昔稱之竹塹埔。[6]及至清光緒四年淡新分治，始改稱為「新竹」，十三年又從新竹縣劃分出苗栗縣。後經中日戰爭，日治時期的新竹版圖更易頻仍，或屬臺北縣所轄，或合新竹、苗栗兩支廳設新竹縣，或將苗栗廳併入新竹廳，及至民國九年則合併新竹、桃

2　陳朝龍等編纂，詹雅能點校：《新竹縣采訪冊・卷一・沿革》，《清代臺灣方志彙刊》三十五冊（臺南市：國立臺灣歷史博物館，2011年），頁32-33。

3　臺灣銀行經濟研究室編輯：《欽定平定臺灣紀略》（臺北市：國史館臺灣文獻館，1997年）。

4　藍鼎元：〈紀竹塹埔〉，黃哲永、吳福助主編：《全臺文》五十（臺中市：文听閣圖書公司，2007年），頁123。

5　陳朝龍等編纂，詹雅能點校：《新竹縣采訪冊・卷一・沿革》，《清代臺灣方志彙刊》三十五冊（臺南市：國立臺灣歷史博物館，2011年），頁33。

6　畢慶昌等著：《新竹新志》（臺北市：中華叢書委員會，1958年），頁277。

園、苗栗三廳為新竹州，共轄新竹、竹東、竹南、苗栗、大湖、中壢、桃園、大溪等八郡。另置新竹州廳於新竹街，民國十九年新竹街改為新竹市，置新竹市役所。民國三十九年為自治新竹縣，全縣轄一新竹市，[7]至於今則兩分為新竹縣市。高拱乾《臺灣府志》嘗云：「九月則北風初烈，或至數月，俗稱為九降風。」[8]九降風乃指九月霜降之後吹拂的強風，又稱「新竹風」，新竹因而也有「風城」之稱。上述即史載竹塹幅地範圍及其地名沿革。

在明鄭、清領階段的墾殖拓荒與文治教化下，「傳統的竹塹」，文風鼎盛，除文人社群與在地詩社，以及鄭、林兩大文士家族所奠基的竹塹文學發展外，不同族裔作家輩出，也匯聚出本地才俊與流寓文士的多元藝文創作風貌。乙未割臺之後的「現代的竹塹」，原先所享有「文學猶為北地之冠」的盛名雖已不再，然而文人新秀如林鵬霄、魏清德、張純甫、蔡啟運、陳濬芝等，更顯本土創作新猷。至於「當代的竹塹」，則坐擁地理與人文的絕佳優勢，外接政經文治重鎮的臺北與國家門戶的桃園，內有臺灣經濟命脈的科學園區，以及科技專業的一流學府環繞，遊目所見盡是山村眷戶與閩客小城風光。於此地出生或長年客居，或短暫棲身之藝文作家、學界名流與業界顯達，多薈萃於斯，諸如陳秀喜、吳濁流、楊華、龍瑛宗、杜潘芳格、李歐梵、張系國、李喬、張忠謀、沈君山、鄭愁予、席慕蓉、邵僩、愛亞、袁瓊瓊、陳銘磻、徐仁修、范文芳、彭瑞金、劉還月、黃美娥等等，可謂群賢畢至。

誠如上述所臚列與新竹區域有關涉之作家（於此地出生或客居等等），其文學實踐中所浮露的「地方意識」，可能是一種直接經驗和體會，也可能是一種間接經驗和概念性的觀念。顯見形塑「竹塹」文學自身地方意識的要素，並無法定於一。就人文主義地理學者觀點而言，地方本來即能以多種方法去下定義，[9]而什麼是地方？什麼可以作為一個地方的代表？自非以一篇

7　郭輝：〈歷史地理〉（臺北市：中華叢書委員會，1958年），頁277-290。

8　高拱乾：《臺灣府志》，《臺灣文獻叢刊第六五種》（臺北市：臺灣銀行經濟研究室，1960年），頁193。

9　Yi-Fu Tuan 著，潘桂成譯：《經驗透視中的空間和地方》（臺北市：國立編譯館，1997年），頁155。

論文即可畢其功於一役，然而人類地方感的構成，首先仰賴實有的景觀，因此本論文先採以「地景」與「歷史」敘事之作品，作為關懷焦點。至於以「竹塹」命題，乃植基於「竹塹」名詞襲用已久的歷史事實，因而將「竹塹」一詞視為隱喻性符碼的「地方意識」，並取「大新竹」之義，即以今日新竹市及新竹縣為限，[10]強調由地方的視角出發，端視竹塹區域歷史經驗中所伴隨的文學實踐及其文化情境之脈絡。

本文論題意識主要以「地景」作為觀測之切入點，論述實踐則在於探詢表層化地方地景書寫現象中，所蘊涵之內部意義，此乃因書寫景觀與風物，除了是一種在地體驗以及攸關地理與歷史的敘事外，地景書寫中的種種細節，也都呈現歷來觀看者對於地方或在地歷史的一種詮釋。地景書寫迥非侷限於「可見的」或「具體的」、「清晰的」地方特性，地景書寫的精神尤在於書寫者存在的立足點，及其作品所生發對於地方具有獨特「定義性」與「認同性」的意義。從觀看到書寫，本身即已有選擇性與建構性過程，並非只有外在環境刺激的簡單記錄。[11]準此，本文所謂「地方詮釋」乃指身份、經驗和時空背景殊異的作家，對於觀看並書寫竹塹景觀的不同路徑。[12]

由於三百年來繪製「竹塹人文地理全景」者，歷歷有人，即使精心選材也必然「掛一漏萬」，因此本文意圖以「地景」聯結「社群」與「聚落」作為觀照範疇，意即先從「集體性」與「綜合性」作為探索基準，所擇選作家作品背後的精神結構，除了有其表徵時代風雲的背景特性外，也應有其表徵為數眾多的「社群意識」（如宦遊幕客、在地文士與在地詩社等）；[13]或歸屬

---

10 就一般認知而言，所謂「竹塹」區域，或指新竹市而非新竹縣，而新竹縣市的分治，也可能使兩地的地方意識形塑略有不同，然新竹縣市由於比鄰而居，往來交通頻繁，實有共源共生的關係，因此本文乃以此界定「竹塹」幅地範圍。

11 Yi-Fu Tuan 著，潘桂成譯：《經驗透視中的空間和地方》（臺北市：國立編譯館，1997年），頁8。

12 有關本文論題、取材與名詞釋義，本文於此處已有若干增補。至於如何揀擇竹塹作家作品，作為凝聚或形構竹塹地方意識的必要條件，日後另撰他文論述。

13 必須特別說明本文擇取諸作中，除了述及清領階段的「北郭園」（「竹社」成員的雅集之地）與「潛園」（「梅社」成員的聚會之所）外，並未及於日治時期與國府彼時文壇

於某一特殊「生活空間」的一種集體性綜合現象（如現代都會、客家村群或原住民部落等），[14]然則「社群意識」與「聚落風貌」皆是作為導引並詮釋「地景」書寫的焦點角色。

　　本文論述進程主要植基於竹塹歷史發展軸線中的代表性地景書寫概況，在三個分期中並以呈顯雙向對應而有互寓關係者作為研讀文本。循此，首先探溯作為形塑整個竹塹地方模型的水系山脈景觀詩，這階段以清領時期宦遊幕客與在地文士為主。然而所謂「地景」當不只作為自然現象組合的「自然景觀」，其中尚包括因受到自然條件及自然環境影響，而結合社會、經濟、文化力量，長期演變展現的「人文風景」，因此必須擴及鄭林兩大家吟詠園

主流的諸多詩社與詩家，此乃因本文主要以「新竹地景」作為論述重點，並涉及「觀景」所代表的一種「選擇」與「詮釋」的行為實踐。彼階段的詩社，誠如黃美娥：〈實踐與轉化──日治時代臺灣傳統詩社的現代性體驗〉文中所言，日治時代的傳統詩社，迥非清代臺灣詩社側重文學技藝與文人交流的唱酬，而有其「新」漢文想像共同體的自覺，因而詩社成員的相關寫作也有嶄新的「新題詩」，諸如在現代性體驗下，對機器文明型態的禮讚、勾勒都會語境或商品世界，甚或是鳥瞰特殊城市景觀等等。見《重層現代性鏡像：日治時代臺灣傳統文人的文化視域與文學想像》（臺北市：麥田出版公司，2004年），頁162-170。總此雖也是一種「地景」書寫，然而審諸作品，卻鮮少有新竹在地之觀景書寫。即或有之，也多屬於個人獨到的觀景品味或詠景抒懷，例如日治時期創立「研社」、「柏社」等，與臺南洪鐵濤並稱南北詩壇祭酒的新竹文人張純甫，其詩作中不乏有新竹地景，諸如南寮、古奇峰、北埔、青草湖等等。參黃美娥編：《張純甫全集》下冊（新竹市：新竹市立文化中心，1998年）。其中青草湖或為張氏鍾愛之勝地，曾賦有〈青草湖八景〉及〈重遊青草湖雜詠〉六首。同屬詩壇大家的魏清德作品亦復如是，魏氏行旅紀遊之作豐碩，然書寫臺灣諸景之篇什者多，如〈日月潭〉八首、〈埔里社道上〉十首等，至於新竹在地景觀書寫者少，只見〈重遊古奇峰雜詠〉、〈自新竹望雪翁山〉等少數作品。參黃美娥主編：《魏清德全集》壹、貳詩卷（臺南市：國立臺灣文學館，2013年）。推究其因，應是觀景距離太近，司空見慣，而無法側目書寫在地景觀。其餘有關新竹在地詩社與詩家的寫景諸作，或限於本文命題意識而未予申論。

14 由於新竹在日治時代的戰略位置特殊（是日本南侵的重要軍事基地），國府配署的軍事單位頗多，因此移入新竹市的外省籍人口，相對於臺灣地區外省籍人口比例平均數為高，眷村文化遂順勢成為令人注目的新竹地方特色之一。有關新竹眷村地景書寫，限於篇幅，本文暫不處理。

林諸作並兼及在地詩社之藝文現象。其次則以「金廣福」設隘墾拓的獨特方式，所形成「北埔客家聚落」作為關照點。北埔武裝隘墾的背景不僅映照臺灣早期開拓方式之一，加上乙未戰爭中，北埔也是北臺灣抵抗日軍的重要據點，因而聚焦於「北埔」文學地景中的歷史記憶——日治時期的〈姜紹祖抗日歌〉史詩和國府階段龍瑛宗系列鄉土書寫中的北埔城鎮發展史，作為參差對照。最後則以分佔有「都會生活中的新竹」與「綠色空間裡的新竹」的現代風城，作為觀測「當代新竹」地景書寫的收梢，討論的文本主要以歷屆竹塹文學獎作品中的城市景觀與兩篇尖石部落報導文學，作為檢視當代新竹群眾如何觀看並書寫新竹的多元風貌。

在短製篇幅中，或無法盡覽從明鄭、清領、日殖到當代的竹塹文學發展歷程，然而藉由相對的「空間方位」與「時間序位」，卻可以嘗試規模出在某一特殊時空中所產製或再現的地方詮釋與文學想像。「記憶」是對過去時間的一種感知意識，而空間則是作為界定及重新定義歷史的媒介，不管是「傳統竹塹」或是「現代新竹」，皆有其專屬的文化記憶與特殊的地方敘事，本文因此乞靈於書寫地方的文學作品，期能尋找一種講述竹塹集體歷史記憶的研究門徑。

二　清領時期自然八景與私人園林的在地書寫

清領階段文人身份大致可分為本土文士與流寓文人，依據文獻資料，從事相關文學活動，創作詩文者，計有在地文士六十人，大陸流寓文人十九人。[15] 連橫《臺灣通史》有言：「夫以臺灣山川之秀奇，波濤之壯麗，飛潛動植之變化，可以拓眼界，擴心胸，供探討，固天然之詩境也。以故宦遊之士，頗多傑作。」[16] 連氏言下之意，自然山水詩作，多為宦遊人士所專營。然而施懿琳嘗根據陳漢光編《台灣詩錄》，統計出清代臺灣詩人最嗜寫景之

---

15 黃美娥：《清代台灣竹塹地區傳統文學研究》（臺北縣：輔仁大學中文研究所博士論文，1999年），頁88。

16 連橫：《臺灣通史・藝文志》（臺北市：臺灣銀行經濟研究室，1958年），頁616。

作，寫景內容則以河海、山岳等自然環境為要。[17]由上述可見，臺灣山水確然為詩人墨客最多表現的題材，且非為宦遊之士所獨擅。

（一）「外在者」視角中的異質文化景觀：草萊初闢的竹塹

竹塹丘陵地勢起伏複雜，山峰聳立，峽谷幽深，極為壯觀，至於平原則水系溝渠如網，池塘湖泊羅列如鏡，可謂集臺地、階地、平原、丘陵、谿谷、斷崖、盆地、湖泊、冰斗、堆石、冰蝕谷、環流丘、羊背岩、豬背脊、沖積扇、三角洲、沿海平原及人造水渠和隄防於全境，地形地景壯觀而秀麗。[18]竹塹山川形勝景觀如斯，面對奇偉大自然，或步履幽谷，或諦觀山水，而瀟然於山石草木之間，以之尋詩創作的現象，古今皆然。但所謂「景觀」終究內含主體感受的成分，因此「景觀」乃是作為與觀察者相對的一個觀察對象，觀景者的審美經驗必然關乎他的背景位置。諸如康熙年間，過海來臺灣北投採硫的郁永河，其《裨海記遊》（1697）在臺紀事，即提及所見竹塹蠻荒未拓景象：「竹塹、南嵌山中野牛千百為群，……自竹塹至南嵌八九十里，不見一人一屋，求一樹就陰不得，途中遇麋鹿麏麚逐隊行夥。」[19]其後臺灣北路營參將阮蔡文巡視北路，所賦〈竹塹〉詩：「竹塹周環三十里，封疆不大介其中。聲音略與後壠異，土風習俗將無同。年年捕鹿邱陵比，今年得鹿實無幾。鹿場半被流民開，藝麻之餘兼藝黍。番丁自昔亦躬耕，鐵鋤拙土僅寸許。……」[20]文中藉由藝植耕稼，可證竹塹普遍開發現

---

17 施懿琳：《清代台灣詩所反應的漢人社會》（臺北市：臺灣師範大學國文研究所博士論文，1991年），頁212、325。

18 畢慶昌等著：《新竹縣志‧地理》（臺北市：中華叢書委員會，1958年），頁23，以及周浩治總編纂，林柏燕點校：《新竹縣志續修（民國四十一年至八十年）‧卷二地理志》（新竹縣：新竹縣政府，2008年），頁582。

19 郁永河：《裨海紀遊》，《臺灣文獻叢刊第一輯》（臺北市：眾文圖書公司，1979年），頁22。

20 陳培桂編，郭嘉雄點校：《淡水廳志‧卷十五下‧文徵》（臺中市：臺灣省文獻委員會，1977年），頁434。

象，但南來平定朱一貴案的治臺名吏藍鼎元《東征集・卷六，紀竹塹埔》一文，[21]還是從主觀視野而言竹塹埔錯綜之水文：「野水縱橫，處處病涉，俗所謂九十九溪者」，並規模出竹塹總體景觀的幽森與驚心：

> 竹塹埔寬長百里，行竟日無人煙。野番出沒，伏草莽以伺，殺人割首級，剝膔體飾金，誇為奇貨；由來舊矣。行人將過此，必倩熟番挾弓矢為護衛，然後敢行。

郁、藍兩人所見，固然為三百年前榛莽未闢，漢番雜居的荒漠時代，以致而有宛若無主無序山林荒野的竹塹全景印象，然而其中畢竟暗含有「分離的外在者」（outsider）觀點。[22]作為短暫居旅的過客，他們終究無法積極沈浸在景觀之中，或依據住民日常生活的實際情境，或意識到景觀象徵的層次，來看待所見風土民情。來自中土的宦遊者，不無挾帶有保存「文化同一性」的君臨考察與拓墾評估的讚彈眼光，因此對於竹塹地方的聚焦，大抵是從「郡城上下必經之地，不能舍竹塹而他之」的交通樞紐位置，或是「其地平坦，極膏腴」、「以為溝澮，闢田疇，可得良田數千頃，歲增民穀數十萬」等涉及民生實利之面向，[23]來勾繪竹塹的地方形態特性。至於在觀景的文化態度上，對於竹塹殊異於主流文化模式的特殊環境或視覺景觀，則隱然流露出「駁斥」與「反對」的心態，無法看到竹塹自然海域風光與山林盛景之美。此時期就文獻所載關乎竹塹諸作，作者多數來自域外，因而撰文者對於竹塹埔的觀景，大致是作為「分離的審美經驗」。其後踵繼遊幕行旅者，則有史稱開發竹塹的墾首王世傑，王氏本籍泉州同安，明鄭時來臺營商不甚得意，後應募督工運糧，對抗施琅期間，路過竹塹埔，獨能慧眼洞識竹塹土地廣

---

21 藍鼎元：〈紀竹塹埔〉，黃哲永、吳福助主編：《全臺文》五十（臺中市：文听閣圖書公司，2007年），頁123。

22 〔美〕史蒂文・布拉薩著、彭鋒譯：《景觀美學》（北京市：北京大學出版社，2008年），頁40。外在者的典型是觀光客與過客的身份。

23 陳培桂編，郭嘉雄點校：《淡水廳志・卷十五下・文徵》（臺中市：臺灣省文獻委員會，1977年），頁359-360。

袤,沃野平疇,因而請求拓墾。[24]康熙五十七年,王世傑招集鄉里族親百餘人東渡開墾,初墾之地即為鄰接竹塹社址的東門街和暗街仔。[25]此後竹塹發展日積月盛,百里膏腴沃野,除卻留心經濟之士純就地理學或文化觀的環境視覺體驗外,已有更多文人雅士在自己的文學想像中進一步推廓而創造竹塹地方美學,所表現的詩文題材及景觀書寫面向有二:一為描寫自然景致外,更多表現封域內冠以「八景」的天然形勝;二則吟詠文酒盛會場所的私人「園林八景」。

(二)地域的奇景與詩意的感發:竹塹八景的水系山脈

道光咸豐以降,流寓竹塹之士,如汪昱、秋曰覲、查元鼎、曾驤、林維丞、林豪、楊浚等人,與竹塹名士鄭用錫或林占梅交遊密切,詩酒為樂,在塹城期間,登臨遊賞,詩作頗豐。如原籍福建晉江,入臺僅年餘的楊浚,同治八年不僅受同知陳培桂之聘,纂修《淡水廳志》,同時也應鄭如梁延請,為鄭用錫編次遺稿,刊刻《北郭園全集》。[26]楊浚〈全淡八景〉詩,即《淡水廳志》之「全淡八景」,隸屬今竹塹境內者有四:指峰凌霄、香山觀海、鳳崎晚霞與隙溪吐墨。[27]鄭用錫《淡水廳志稿・卷一・海防》並載記「淡八景」(淡北八景)與「塹八景」(塹南八景),[28]後者即指竹塹區域的八景:

---

24 依據連橫:《臺灣通史・王世傑列傳》所載:「永曆三十有六年春,北番亂,……時有王世傑者,運餉有功。師旋,許其開墾。」,頁799。另見黃旺成主修:《新竹縣志・卷九・人物志》(臺北市:成文出版社,1983年),頁3603。

25 朝龍等編纂,詹雅能點校:《新竹縣采訪冊・卷三・水利》,《清代臺灣方志彙刊》三十五冊(臺南市:國立臺灣歷史博物館,2011年),頁165,另可參張德南:〈王世傑開墾竹埔年代商榷〉,《新竹區域社會研究》(新竹市:新竹市文化局,2010年),頁81-85。

26 施懿琳主編,黃哲永總校對:《全臺詩》,第玖冊(臺南市:國立臺灣文學館,2008年),頁177。

27 陳培桂編:《淡水廳志・卷二・志一・封域志》(臺中市:臺灣省文獻委員會,1977年),頁23。

28 鄭用錫:《淡水廳志稿》(臺北市:行政院文化建設委員會、遠流出版事業公司,2006年)。

鳳崎遠眺、金門晚渡、北線聽濤、船港漁燈、衢嶺曉煙、香山夕照、隙溪墨水、五指連雲。就淡北與塹南八景分類現象而觀，也足以證明塹城區域日漸發展的隆景。其後《新竹縣采訪冊》並就《淡水廳志》中所採山川、園林諸勝而新擬四景：合水信潮、北郭煙雨、靈泉試茗與潛園探梅，與之合為「新竹縣八景」。[29]審諸清領竹塹文人於八景之作，多有篇什，且就蘇子建編著《塹城詩薈》而觀，[30]即有鄭如蘭和鄭毓臣〈北郭煙雨〉、黃如許和林鵬霄〈潛園探梅〉、林維丞〈隙溪吐墨〉、鄭毓臣〈五指凌峰〉、陳朝龍〈指峰凌霄〉、〈合水信潮〉、〈香山觀海〉，其中並收錄楊浚和張鏡濤完整八景之作。

臺灣區域八景多載錄於各類志書、封域或形勝中，所謂「方志」或「地方志」，主要是以敘述一地的政治、社會、軍事、文化、人物等為經；以地理環境、天然資源、自然現象為緯；進而分析該地的發展過程。[31]論者論及「臺灣府八景」之擇定，大都就行政區域和疆土四境的擘劃，而視八景所組構的圖象為徵驗統治階層的「政治意識與官方詮釋」，並清楚標誌清代臺灣八景的「非庶民化」。[32]然而作為區域層面的塹南八景或新竹縣八景，似乎較趨近於一種在地感、草根型與抒情性、歷史情懷的擇定模式，因此鮮少藉助景觀設定，框架疆域的版圖範疇，以宣示「領土主權」的政治性義涵。

權且以楊浚「全淡八景」中有關竹塹諸景篇什為例：[33]詩中就「橋門口夕看山色，天馬行空亦壯哉」來狀寫「五指連峰」之景，而以「溶溶新漲水

---

29 陳朝龍等編纂，詹雅能點校：《新竹縣采訪冊・卷一・古蹟》，《清代臺灣方志彙刊》三十五冊（臺南市：國立臺灣歷史博物館，2011年），頁81。

30 蘇子建：《塹城詩薈》上下冊（新竹市：新竹市文化中心，1994年）。

31 林天尉：《方志學與地方史研究》（臺北市：國立編譯館，1995年），頁3。

32 徐麗霞：〈臺灣清代八景的權力結構與回歸意涵——以「臺灣府八景」為例〉，《中國文學之學理與應用——紅樓夢國際學術研討會論文集》（桃園市：銘傳大學應用中國文學系編印，2010年），頁177-216；另參蕭瓊瑞：《懷鄉與認同：臺灣方志八景圖研究》（臺北市：典藏藝術家庭公司，2007年），以及劉麗卿：《清代台灣八景與八景詩》（臺北市：文津出版社，2002年）。

33 施懿琳主編：《全臺詩》，第玖冊（臺南市：國立臺灣文學館，2008年），頁182-184。此處主要以八景詩為論述，同為流寓文人如林亦圖、查小白等人，或對於竹塹地方更具感情，然檢索《全臺詩》並未見有八景詩之作，故暫缺而弗錄。

鳴渠，黯淡溪流潑墨如」來形容隙子溪的水流與水質特點；「誰上將軍籌海策，堠亭把酒話屯兵」則轉用來刻繪香山的夕照與海潮。且將楊浚詩中所繪製五指山、隙子溪與香山夕照諸景，與實際竹塹諸景作一對照：五指山屹立雲霄，環排秀削，原是廳治之祖山，[34]香山昔為香山塘，乃作為海防據點，更由於位於官道必經之路，是竹塹城南行公文廨及舖遞重要落腳之處。[35]至於隙子溪（即今之客雅溪），乃源於沙武壢山下北阬子，西行之後則與諸水匯合，分別名之「合水溪」、「雙溪」，又西行至青草湖、隙子莊，統名為「隙子溪」，再流至浸水莊，北行入於海。[36]隙子溪與竹塹溪（即今之頭前溪）為現代新竹市主要河川，隙子溪之被列為全淡八景之一，或因曲折彎延，沿途夾岸多為綠野平疇，加上水質清淨，因此雖無汪洋宏肆或波瀾壯闊，卻別有可親可愛的水系風光。昔所稱「隙溪吐墨」，以隙溪為「墨水」或指河水清澈，深三尺而不見底，或言色淡如墨，[37]而非指溪水污濁渾沌。

　　總理而觀，楊浚的景觀書寫乃先以尋常視角與具體時刻，如「村落幾家田畯宅，夕陽一棹估兒鉦」、「梯田直上有高崗，天外盤旋集鳳凰」，來刻寫「標奇領異」的在地景觀，而後再從根植於生態地理表層的空間，將之與記憶中的傳說典實聯繫，以此進入「地方中的歷史」而召喚「公共記憶」，於是乎「眼前景」已然化為與詩人邂逅的「古蹟遺址」，進而在大自然周而復始的山水景點與觀景者所在位置，畫出一條「時間」的界限。饒富趣味的是通過地景歷史的回憶，書寫者於今也成了「以景傳文」中被後人記憶的對象。

　　至於張鏡濤八景之作，則多藉景以抒情，其中別有渾然物趣，如〈隙溪吐墨〉中以「雲外孤鴻時過影，卻疑俾字學臨池」，反襯隙子溪清澈鑑底，以致看到隙溪倒映空中鴻影時，竟誤以為是可習帖練字的墨池污水；另〈合

---

34 陳培桂編：《淡水廳志‧卷二‧志一‧封域志》（臺中市：臺灣省文獻委員會，1977年），頁10。

35 張德南：《新竹區域社會研究》（新竹市：新竹市文化局，2010年），頁153。

36 陳朝龍等編纂，詹雅能點校：《新竹縣采訪冊‧卷一‧山川》，《清代臺灣方志彙刊》三十五冊（臺南市：國立臺灣歷史博物館，2011年），頁66-67。

37 陳培桂編：《淡水廳志‧卷二‧志一‧封域志》（臺中市：臺灣省文獻委員會，1977年），頁153-154。

水信潮〉、〈香山觀海〉、〈指峰凌霄〉等詩，則以仰視或俯窺客觀實景，例如「崇隆萬仞與雲齊」、「揮灑波瀾萬頃雄」，以表現山水意象，並表述對造物主偉績的景仰，然而真正詩意的感發則在於體會宇宙的明晰秩序：「來去朝朝不誤期，天然有信海潮奇。松風忽捲濤聲至，知是溪頭漲滿時。」（〈合水信潮〉）張鏡濤八景詩關注焦點既落於對自然物象的解讀，嚴格說來，詩篇中的細節與細部，無法充分表顯竹塹地域特徵。

　　前述八景詩作，被表述的地景，大致以竹塹水系和山脈為主，一方面可視為微型宇宙與自然空間的縮影，一方面則是作為形塑整體竹塹地方的模型，藉由可辨識的地方性景觀，作為穿越自然界的路標，而使塹城八景成為一個穩定的地標與位置。

（三）私人吟咏／詩意棲居與公共閱讀／流通文化的交涉：園林詩的詮釋

　　如果說八景詩是一種對地方認同的宏觀表徵，則作為私人生活獨特領域的亭臺園林，應也可視為竹塹地方書寫的另一種微觀反映。前所述竹塹八景詩中，以「北郭煙雨」與「潛園探梅」為命題者，亦屬於園林之作，但此處主要聚焦於鄭用錫《北郭園詩鈔》與林占梅《潛園琴餘草》等吟詠園林諸勝之作。[38]

　　一般園林主要有四個構景要素：山、水、植被和建築。現在所稱「園林」大致是指將大自然的風景素材，通過概括和提煉，藉以創造各種理想意境，從而再現自然景觀的藝術建築。因此，與史載最早的園林形式—「囿」（帝王的獵場），大異其趣，卻是與動盪時代中如魏晉士人遠離人事擾攘而逃匿於「第二自然」的私家園林有關，乃藉以表現隱逸，追求山林泉石之怡性暢情，並寓託蕭然高寄的襟懷。因此魏晉時期的古典園林，應是後世文人

---

38 見鄭用錫撰：《北郭園詩鈔》，王國璠總輯、高志彬主編：《北郭園全集》（臺北市：龍文出版社，1992年）；以及林占梅著，徐慧鈺等人校編：《林占梅資料彙編：潛園琴餘草》（新竹市：新竹市立文化中心，1994年）。

園林的先聲。[39]循此而論,從塹南四景或新竹縣八景而至私人園林諸景,除了說明書寫者觀景位置的挪移,以及與山水風景的距離遠近外,值此時期園林詩諸作,應有其特殊的審美意趣及其深層的觀景義涵。

　　《淡水廳志‧古蹟》所載園亭,共收有望海亭、竹林石室、潛園、北郭園、怡園與太古巢等。其中「北郭園」在縣城北門週水田街,為咸豐元年鄭用錫建,據載記「北郭園」:「中有小樓聽雨,歐亭鳴竹,陌田觀稼,諸景。」[40]至於「潛園」則在縣城西門內,道光二十九年林占梅建。《廳志》云:「中可泛舟,奇石陡立。又有三十六宜,梅花書屋,掬月弄香之榭,留客處,諸勝。」[41]據悉園中植梅最多,每花開時,遊觀者絡繹不絕。潛園和北郭園之所以被納為八景,也與騷人逸客常聚集或客寓於此覽勝吟詠有關。鄭、林二人藉名園舉辦詩酒吟會,招徠各地雅士,一時群賢畢至,少長咸集,文學盛事多薈萃於此。連橫嘗稱美清代竹塹「文學猶為北地之冠」,園林文風概有推波助瀾之功。

　　依據《北郭園全集‧總序》,有「開台黃甲」稱譽的鄭用錫,「在本籍辦團籌餉,保障有功」,並曾築造竹塹城,治績卓著。長於經史百家之學,「品詣學術卓絕一時」,然「淡於利祿,視一官如敝蹝,歸田後奉親盡歡,日嘯歌於所築之北郭園,怡然自娛,與世無忤,本和平之天倪悉於詩。」[42]鄭氏晚年築北郭園自娛,並「因其地以名之,而諸山拱峙,翠若列屏,又與李白『青山橫北郭』句相吻合也」,[43]平生詩歌多為此時之作。以下茲錄鄭用錫《新擬北郭園八景》:[44]

39　王三山:《中國建築與園林:天人合一構架世界》(武漢市:湖北人民出版社,1995年),頁69-72。

40　陳培桂編:《淡水廳志‧卷十三‧考三‧古蹟》(臺中市:臺灣省文獻委員會,1977年),頁334。

41　陳培桂編:《淡水廳志‧卷十三‧考三‧古蹟》(臺中市:臺灣省文獻委員會,1977年),頁334。另見陳朝龍等編纂,詹雅能點校:《新竹縣采訪冊‧卷一‧古蹟》,《清代臺灣方志彙刊》三十五冊(臺南市:國立臺灣歷史博物館,2011年),頁82。

42　鄭用錫:《北郭園全集‧總序》上冊(臺北市:龍文出版社,1992年),頁1、17。

43　鄭用錫:〈北郭園記〉,《北郭園文鈔‧卷一》,頁45。

44　鄭用錫:《北郭園詩鈔》,頁173-174。

1.〈小樓聽雨〉：南樓凭几坐，過雨又瀟瀟。有味青燈夜，為予破寂寥。

2.〈曉亭春望〉：閒立此孤亭，春光到眼青。東南山最好，金碧列圍屏。

3.〈蓮池泛舟〉：鼓枻正中流，蓮塘泛小舟。連城橋下過，四面芰荷浮。

4.〈石橋垂釣〉：且理釣魚絲，石橋獨坐時，一竿遺世慮，最愛夕陽遲。

5.〈小山叢竹〉：有山兼有竹，宜夏亦宜秋。絕似篔簹谷，新封千戶侯。

6.〈深院讀書〉：逍遙深院裡，一片讀書聲。金石開環堵，應推福地名。

7.〈曲檻看花〉：新築闢蒿萊，名花倚檻栽。迎年長有菊，羯鼓不須催。

8.〈陌田觀稼〉：好雨平疇足，門前似罫棋。繪來臺笠好，一一聚東菑。

　　北郭園八景詩，除第八首外，每首皆以園林裡的築造空間作為觀景位置與命名詩題，如樓、亭、池、橋、山、院、檻等，至於第八首「陌田觀稼」，觀景位置疑為「園林前後門」，視野則是往外觀看的田疇景致。不同於前述自然八景之命名，目的在於識別區域特點，使塹南諸景得以與其他地方（如淡北之景）區隔開來。所謂「迴環曲折略區分，編排一一增名字」，[45]北郭園諸景命名主要表呈園主保有這一方私人空間的擁有權與命名權，尤其是通過詩文詮釋而獲得的主權。

　　在北郭園八景詩中，主要是以園林這種人工微型自然，作為一種映照和反思空間，來傳達現實生活中自我心靈與精神領域的具現。揆諸相關北郭園諸作，更可體味鄭用錫對生命省思的經驗，如〈和迂谷題贈北郭園原韻〉所透顯的隱逸思想：「得藉邱園娛晚節，且培林木對芳晨。角巾已遂柴桑願，省卻浮名絆此身。」又〈北郭園記〉言：「自顧樗櫟散材，無復出山之志。竊效古人買山歸隱，以樂殘年。」臨老歸田，既無能安享好山好水之遊，朝夕於園林，觀山聽泉尋花看竹聞鳥觀魚，豈不快哉！但由於北郭園乃購之於家道中落之老翁，用錫公遂殷殷告誡子孫「所慮者，時運變遷，每見夫歌臺舞榭一變而為荒榛斷梗，或祖父有之而其子孫不能有。」據載記原北郭園建貌乃「譬如富家大室，其堂廈雖燦然巨觀，而人材未養，學殖多荒，空諸所有，闃如無人」，因而就地另闢。詩以明志，從「人材未養，學殖多荒」之

句,窺得用錫公晚年「結社集良朋,為期三五六」的園林雅集志業,是以北郭園固然是一處以快餘生的美土樂地,卻迥非私人天地一隅,而是意欲開拓為「文人騷客游觀之所」,因而轉為一種社會性與藝文性的展示空間,無怪乎北郭園八景的另一景即是:「週遭八景繫以詩,題箋滿壁群公賜」。

林占梅的「潛園」也同於「北郭園」,都是作為擁有微型自然的一個私人性與家庭化的獨立空間,雖然可以作為展現私人視角的基地,但園林內卻有一系列吟詠酬唱交流的社群活動,因此兩大名園都與竹塹在地詩社的淵源發展息息相關,如北郭園與「斯盛社」、「竹社」、「北郭園吟社」;潛園與「梅社」、「潛園吟社」。[46]依據文獻所載:林占梅「性慷慨,好任俠,凡興建、義舉、成美、濟困、施予,千金不少吝。遇地方急難,竭力保全,事濟乃已,雖蕩其產不顧也。」又言其人能詩,「建潛園,延賓客處其中,臺榭之勝、文酒之盛,甲於海外。著有《琴餘草》詩八卷。」[47]

有關潛園唱和,詩酒唱酬盛會,以下節選〈潛園適興六十韻〉說明之。[48]詩開篇即點題「潛園」興建之由:「不作封侯想,潛蹤已十年,屢因圖畫興,輒起眺遊緣。……築園容寄傲,著屐任周旋。適意欣孤往,娛情倦忘還。」作者既表明愛慕淵明情趣,「有心追隱逸,無志慕騰騫」,因此園林詩旨大致是逃於塵俗而歸於閒散的悠然之境。篇中尤其針對園林各種精美景觀,諸如彎橋、密籬、曲塘、蛇洞、巖瀑、荷池、竹徑、樓臺、亭榭……等等,頗多著墨,浮雕出咫尺山林美麗風光與園林花草樹木的生機神采,映襯出園主效法「阮籍遊而嘯,嵇康懶與眠」,追慕「逍遙傳」與「內外篇」的生活意趣。篇末則提及「射覆詞壇立,猜枚酒令宣。笙簫分雅部,醽醁醉華筵」,從中可窺知潛園名士雅集唱酬的一時盛況。前述林占梅慷慨好客,急公好義,因之頗多客寓名園及論詩唱和之潛園吟侶,據《台灣詩史》載記,

---

46 蘇子建:《塹城詩薈》上冊(新竹市:新竹市文化中心,1994年),頁69。

47 陳朝龍等編纂,詹雅能點校:《新竹縣采訪冊‧卷九‧鄉賢》,《清代臺灣方志彙刊》三十五冊(臺南市:國立臺灣歷史博物館,2011年),頁511-512。

48 施懿琳主編:《全臺詩》第捌冊(臺南市:國立臺灣文學館,2008年),頁87-89。

即有曾鑣雲、徐宗幹、林豪、查少白與林維丞等四十餘人。[49]其中林維丞〈潛園紀勝十二韻〉嘗提及「此間小住即神仙，景物撩人別樣妍。使酒連番開笑口，尋詩竟日聳吟肩。」[50]此紀勝詩並將潛園樓臺水樹榮景收攬無遺，然至乙未事變，烽火波及，潛園人丁寥落，原有園林的繁華銷歇，已然舉目蕭索，再對照今日斷井頹垣的廢墟潛園，令人不勝唏噓。

論者嘗針對清領臺灣園林詩，提出「景觀詮釋權」的移轉，認為觀景不再僅為官吏所掌握，亦不再為了地方志的編寫而制訂，而純粹根植於日常生活經驗，拉近了觀景人與景觀之間的審美距離。[51]總結清領時期的臺灣園林詩作，似乎尚具有多項對立之二元補襯特點，一是園林是屬於帝國或王土的，卻又不是它們的一部分，而是屬於私人的領域。[52]二園林是微型的家居遊處空間，藉由詩人廣為流通與流傳的詩文，縮結了世俗瑣細的生活情節與宏大的社會議題，而使園林詩作兼具了個人意識與社會整體藝文活動現象。此乃因園林詩作雖是然是一種私人情懷的展露，但藉由吟詠酬唱，終究屬於一種公共性和流通性的話語與閱讀。三是藉由園林詩作，也可連結個人生活情趣和公共文化之間的關係，表顯竹塹文士個人的生活閱歷，安置於公共的集體歷史敘事中，也占有一席之地。

清代文人的竹塹在地書寫，大致是以公共空間的山水八景與私人天地的園林景觀為主要題材。自然風物的八景諸作主要表現為一種標識國家區域與宇宙結構的調和；至於園林庭臺樓園，則表顯為私人生活的獨特領域與交流性的藝文場所。總而言之，當詩歌被帶入審美活動的複雜文化系統時，詩歌在其中扮演的評說與詮釋，將賦予審美活動以價值和意義，因此，自然八景

---

49 廖一瑾（雪蘭）：《臺灣詩史》（臺北市：文史哲出版社，1999年）。另參蘇子建：《塹城詩薈》上冊（新竹市：新竹市文化中心，1994年），頁73-78
50 施懿琳主編：《全臺詩》第捌冊（臺南市：國立臺灣文學館，2008年），頁334-335。
51 陳佳妏：〈滾滾波濤聲不息，斐然有緒煥文章──論清代台灣八景詩中的自然景觀書寫〉，網址：http://ws.twl.ncku.edu.tw/hak-chia/t/tan-ka-bun/pak-keng-si.htm（2013.10.16）
52 本節有關園林所表徵私人性天地與社會性展示的論證概念，源自於宇文所安：〈機智與私人生活〉，陳引馳等譯：《中國「中世紀」的終結：中唐文學文化論集》（臺北市：聯經出版事業公司，2007年），頁91。

或園林造景，雖作為一種映現的場所，但相關的詩歌展示對象並不是園林或自然，而是詩人自己的創造性心靈，以及提供文友交流傳佈的一種公共性閱讀現象。[53]

三 作為識別性的歷史景觀：日治與國府時期「北埔」文學地景及其歷史記憶

　　有關「地方」與「記憶」的密切關係，人文地理學者多有論及，主因是地方經驗的複雜性，而使地方成為記憶（再）生產的有效工具，而創造地方感的一個重要環節，也即關注特殊且經過選擇的歷史面向。[54]因此不管是在地方書寫或地景、地方的史蹟裡面，都可以尋致召喚個人記憶或集體記憶的要素。以下即探述日治與國府時期，有關北埔地方歷史記憶之作，主要援例則為北埔區域〈姜紹祖抗日歌〉史詩，以及龍瑛宗「北埔」在地書寫。

（一）北埔的客家歷史文化：〈姜紹祖抗日歌〉

　　〈姜紹祖抗日歌〉原名〈姜阿蘊〉，[55]全篇長達五千八百二十四字，共八百三十二句，是一長篇巨構的客家歷史敘事詩。詩歌先簡介鄭氏開臺，政權移交清廷，而後則將敘述重點轉放在乙未年間戰事（1895），依時間軸線，先是描寫姜紹祖抗日奮戰與悲辛血淚，進而鋪展此段可歌可泣歷史事件。篇中作者未表明身份，僅在詩歌末尾現身說及「住在北埔大隘人」。〈姜紹祖抗日歌〉是研究客家抗日歷史的重要文獻，黃美娥〈新竹地區傳統文學

---

53 宇文所安：〈機智與私人生活〉，陳引馳等譯：《中國「中世紀」的終結：中唐文學文化論集》（臺北市：聯經出版事業公司，2007年），頁102、107。

54 Tim Cresswell 原著，徐苔玲等譯：《地方：記憶、想像與認同》（臺北縣：群學出版公司，2006年12月），頁138。

55 黃榮洛：《臺灣客家傳統山歌詞》（新竹縣：新竹縣文化局，2002年）。

史料存佚現況（清代日據時代）〉一文嘗論及：[56]

> 幸有「北埔大隘人」的無名氏，現身說法地記載了交戰的慘況，便是
> 今日所見有關姜紹祖抗日事蹟的《姜少祖抗日歌》。這篇作品係一客
> 家歷史敘事詩，篇中作者自言「借問此書何人造，住在北埔大隘人。
> 造出一本大家看，流傳萬古到如今。」可知作者希望藉由其筆，留下
> 先人奮勇抗敵的史實。

黃榮洛《臺灣客家傳統山歌詞》也提及〈姜紹祖抗日歌〉：[57]

> 詩詞中不但對抗日戰爭詳細的敘述，對北埔庄民在該時所受到的情
> 形，姜紹祖的家庭，被日軍俘虜的義軍所遭遇的情形，及其他不少的
> 未知史料之紀錄，提供我們很珍貴資料。

本詩主要描寫乙未戰爭時北埔地區義民英勇抗日的行動，其中重要的英雄人
物即是「聞名大隘姜紹祖」。有關姜紹祖的生平事蹟，相關載記如下：姜紹
祖，幼名金韞，別號繀堂。原籍廣東陸豐縣鹽墩鄉，為開發北埔墾戶姜秀鑾
之曾孫。紹祖曾以監生資格，赴試福州秋闈，未售。乙未戰爭，即奔走國
事，訓練民軍敢字營於桃澗堡南嵌。迨日軍登陸，便與各地民軍首領會師，
抵抗日軍。後枋寮兵敗，日軍攻陷新竹城，姜紹祖乃回北埔，增募民勇，稱
為「繀字軍」，意圖反攻新竹城。然計畫外洩，各路民軍攻勢受阻，紹祖攻
佔火車站，深入敵營陣地，孤立無援，乃假借黃姓大廈防戰，雖以必死之力
防戰，但已處死地。後突圍衝出者悉被射殺，最後在屋內旋白旗示降者一百
餘人。翌日姜紹祖即服親兵所帶鴉片膏就義，時年二十一歲。[58]

〈姜紹祖抗日歌〉開篇先是點出臺灣歷經多次政權轉移的悲情歷史：

---

56 黃美娥：〈新竹地區傳統文學史料存佚現況（清代日據時代）〉，《國家圖書館刊》，1997
年，第1期。

57 黃榮洛：《臺灣客家傳統山歌詞》（新竹縣：新竹縣文化局，2002年），頁66。

58 黃旺成纂修：《臺灣省新竹縣志·卷九·人物志》（新竹縣：新竹縣文獻委員會，1976
年），頁48。

「自從鄭王開臺灣，開平臺灣幾百年。鄭王交過清朝官，管下子民千千萬。丟下閑文休要唱，且唱臺灣人受難。六十甲子轉了轉，轉到光緒乙未年。」繼之則以乙未年日軍反亂攻擊臺灣為敘事主軸，並聚焦於北臺灣抗日活動，全詩陸續浮現北臺灣二十多個古地名或古戰場，最重要場景則在於竹塹北埔——「北埔悽慘有來臨」。全詩可分為八大段落：一、清兵趁機作亂，敵我不分。二、士紳商議投降，請日入城。三、各地義軍抗日，少勝多敗。四、百姓期待援軍，合攻新竹。五、紹祖孤軍奮戰，服毒自盡。六、百姓生離死別，顛沛流離。七、眾人降日之後，暫得安身。八、十評清朝欽差，害人不淺。[59]從頌讚「大隘有介姜紹祖，紹祖頭家姜統領。就團五百義民勇，五百兵馬敢字營」等詩句，也見詩歌以姜紹祖抗日義舉作為主要敘述肌理，姜紹祖英勇事蹟本是乙未抗日史冊中斑斕一頁，在〈姜紹祖抗日歌〉中以民間記憶作為書寫立場，更增添人性的溫度，不同於官方多關注政治性事件。大眾記憶乃取材於更多的庶民人物與生活場景，因此〈抗日歌〉增多了敘述的「聲音」與「觀點」，也更趨於整體性的敘事。

　　如詩歌探掘姜紹祖個人故事的同時，也引渡出在政治事件下尋常百姓的日常生活故事，諸如母子連心與夫妻情深，以致乍聞姜紹祖生死未卜的憂惶，又如悲劇英雄當面對荒寒命運時不禁萌生最原始的悲愴：「我今一介身有死，丟別娘親在家庭。娘親聽兵肝腸斷，又怕愁切我一人。我知娘親愁大切，只怕切壞我娘親。一來丟別賢妻子，二來丟別我妻身。……我為清朝江山死，誤了自己做忠臣。頭來因介大局事，二來不敢逆眾人，裡般誤了單丁子，恁想回家亦閒情。」除卻面對生離死別而充脹胸臆的生命沈哀外，不幸身為亂世弄潮兒的憂憤深廣，也表現在長詩末尾對於統治階層如李鴻章、劉銘傳等人的批判：「一想欽差無好死、二想欽差臺灣王、三想欽差害人多、……九想欽差開火車，風水屋場開到壞、十想欽差真係僥」，來自底層民眾未必理性客觀卻是「憤怒的聲音」，作者十分忠實地傳達出市井小民對於乙未戰爭的素樸觀點。

---

59 全詩八大段落概要，參自黃筱婷：《〈姜紹祖抗日歌〉研究》（新竹市：新竹教育大學語文學系碩士論文，2010年）。

　　長詩不僅曲曲勾繪姜紹祖感嘆義軍犧牲，孤臣無力回天，以及對清廷政府無能的自嘆自憐，詩歌並兼以彼時庶民的觀點和生活語言來重現生活細節的真實性：「北埔有個何石妹，十八當少年人。佢個情哥楊阿旺，算來就係話戲人。……聞知情哥番捉去，丁時啼哭淚淋淋。」原指向昏天暗地、亂世景象的詩歌圖景，一變而為尋常百姓憂苦哀樂的生活經驗，藉此展演出極細膩的時代側寫，並浮現出多音複義的局面。

　　〈抗日歌〉所反映的不單是偉大人物與偉大事蹟，也是烽火年代中諸多庶民人物生離死別的社會普遍現象。然而「上感國變，中傷種族，下哀生民」的〈抗日歌〉，[60]在明確的歷史時間與具體的地理空間，以及彼時的政治環境中，尤其捕捉到區域性的、在地口語文化與民俗傳統的文化傳統景觀。

　　北埔鄉位居新竹縣偏西位置，北埔溪兩岸境內大小丘陵交錯，統稱北埔山地，北地開闢之初，稱為「大隘北埔莊」或「大隘聯莊」，因金廣福墾號設民隘，統稱金廣福大隘，此地為隘務指揮中心，故得稱。「北埔」意即北方未墾埔地，與其南方之南埔對稱而得名。北埔鄉境內分有北埔、水磜仔、大湖、小分林、南坑尾、大坪等區域。[61]長詩中有關北埔住民身影和在地生活景象，諸如「回文又唱大隘人，又來講看大隘肚。大隘庄庄驚番兵，又驚日本燒大隘」之句，即表現北埔墾戶姜家開發大隘，卻慘遭日軍鐵蹄蹂躪的滄桑史。而「就喊紹祖攻新竹，紹祖即時就領承。科派眾庄打甜粄，即做乾糧就出陣。眾庄甜粄都打好，就喊擔工幾多人。一程擔到金山面，擔入仙水廟內庭。仙水廟內廣方向，看來甜粄已百床。五月十八開甜粄，大家興兵就出陣。」則表現了客家粄食文化習俗。依隨節氣習俗與傳統米食而製成的甜粄（年糕），原是客家重要的飲食文化。臨戰爭前夕，眾庄賣力打粄，即是取其戰事圓滿，歸人團圓之意，以此祈求抗敵好兆頭。而日用飲膳慣習也與信仰習俗不可分，長詩中除了提及北埔觀音仙水廟外，也以義民爺信仰來描

60　黃遵憲詩作有「詩史」之稱，康有為〈人境廬詩草序〉稱其詩：「上感國變，中傷種族，下哀生民」。

61　周浩治等撰輯，林柏燕點校：《新竹縣志續修（民國四十一年至八十年）‧卷二‧地理志》（新竹縣：新竹縣政府，2008年），頁570-571。

畫乙未抗日北埔客家「義民」族群認同鄉土，保鄉衛梓的力戰史實：「幾多
子民來起願，盡忠義民愛有靈」、「心中就怕義民爺，只怕義民未顯身」諸
句，豁顯客家義民爺信仰之深。依據論者所引證顯示，「義民爺」的身分、
族群屬性，以及被人奉祀的原因其實是多元而非單一，然而儘管義民並非只
存在於客家族群，卻逐漸成為該族群之特有信仰標籤。[62]客家人對義民祭典
特別尊崇與慎重，時至今日，義民信仰已然成為客家人在臺灣的在地化特徵
與地方性神明。

〈抗日歌〉以姜紹祖少年英雄抗敵事蹟，交織在波瀾壯闊史詩中，傳達
出有關北埔的歷史過往與在地經驗。透過激勵忠義和英勇的「義民爺」信
仰，一方面以「義民史觀」的角度來解讀北埔姜氏族裔的抗日行動，闡明源
自民間的自衛性武力組織，正是臺灣乙未抗日戰爭的主力部隊。一方面則以
官方歷史與民間記憶，交疊出北埔住民緣於共同擁有豐富的傳統民俗文化的
記憶遺產，而得以自我定義「歷史一體感」中的「北埔在地文化意識」。

（二）「家族故事」與「在地歷史」中的地方感：龍瑛宗的北埔書寫

誠如〈姜紹祖抗日歌〉藉由抗日史詩，來整合北埔當地同籍住民的生活
共同體表徵，龍瑛宗的系列北埔書寫，也可視為在地集體記憶的歷史地景，
浮顯了北埔社會歷史發展的特殊性。人稱「孤獨的蠹魚」的龍瑛宗原名劉榮
宗，[63]新竹北埔人，一九三七年以處女作〈植有木瓜樹的小鎮〉獲日本內地
《改造》雜誌小說徵文的佳作推薦獎後，始於文壇嶄露頭角，是日治時期極
重要且多產的作家之一。[64]論者嘗謂龍瑛宗習以「感傷的私小說方式描

---

62 見孫連成：〈有關清代台灣義民研究探析〉，《歷史教育》第16期（2010年6月），頁193-
208。

63 《孤獨的蠹魚》為龍瑛宗作品集名稱，一九四三年付梓，內容主要是日本散文及評論。

64 陳萬益編選：《臺灣現當代作家研究資料彙編·龍瑛宗》（臺南市：國立台灣文學館，
2011年），頁36。

寫」，[65]且證之作家的現身說法：「我的作品群可分為兩種類，其一，如〈杜甫在長安〉、……等，可稱屬於虛構性作品。其二，如〈夜流〉、〈斷雲〉、〈勁風與野草〉等作品，屬於自傳性作品。惟於作品的主角，屢次在作品裡登場，名字叫作杜南遠，而他就是我。」[66]檢閱龍瑛宗諸作，以杜南遠為主人翁名字者計有數篇，[67]文中杜南遠的人物形象大都有龍瑛宗自我性格與心靈成長史的投射，諸如因口吃和色盲所造成的困挫，身體瘦弱多病，個子矮小，喜耽溺於空想勝於行動力等等，在在浮雕出杜南遠／龍瑛宗濃稠「近代蒼白知識分子的懷疑和徬徨陰影」，[68]以及那股快悒哀絕的性情與氣質。

有關龍瑛宗小說中杜南遠角色與真實作者的疊現合一，已見論述，[69]本節主要聚焦於龍瑛宗北埔書寫諸作：小說〈夜流〉，以及〈北埔金廣福〉、〈還鄉記——素描新竹北埔鄉〉等兩篇隨筆。[70]〈北埔金廣福〉寫於一九八三年，撰文方式近於區域導覽性質，書寫緣起有二，一是作者看到報載評定的第一級古蹟中有「北埔金廣福」，因此順勢將金廣福作一簡介，表顯先人披星戴月，開拓北埔的故事：

> 大隘是新竹縣的西南地方，北埔、寶山、峨眉三鄉的總稱。一八三三

65 見羅成純：〈龍瑛宗研究〉，張恆豪編：《龍瑛宗集》（臺北市：前衛出版社，1991年），頁295。

66 見龍瑛宗：《杜甫在長安·自序》（臺北市：聯經出版事業公司，1987年7月），頁8。另見龍瑛宗〈一個望鄉族的告白——我的寫作生活〉中所言：「光復後，在日本發表的〈夜流〉，和民眾日報副刊發表的〈斷雲〉，及〈勁風與野草〉三篇作品，可看作殖民時代的自傳作品。」陳萬益主編：《龍瑛宗全集·隨筆集（2）》【中文卷】第七冊（臺南市：國家台灣文學館籌備處，2006年），頁34。

67 如〈崖上的男人〉、〈海之旅宿〉、〈白色的山脈〉、〈勁風與野草〉、〈濤聲〉、〈夜流〉、〈龍舌蘭與月〉諸篇，主人公皆為杜南遠。

68 葉石濤：〈論龍瑛宗的客家情結〉，收入陳萬益編選：《臺灣現當代作家研究資料彙編·龍瑛宗》（臺南市：國立台灣文學館，2011年），頁90。

69 周芬伶：〈龍瑛宗與杜南遠的自傳書寫〉，陳萬益編選：《臺灣現當代作家研究資料彙編·龍瑛宗》（臺南市：國立台灣文學館，2011年），頁271-289。

70 分見陳萬益主編：《龍瑛宗全集·小說集（3）》【中文卷】第三冊，頁104-130，以及《龍瑛宗全集·隨筆集（2）》【中文卷】第七冊，頁60-62、151-155。

（道光十三年），北埔的姜氏和新竹的周氏集資成立了「金廣福」墾
號，並蒙批準。而「金」以示叔府資金，「廣」以示粵籍，「福」以示
閩籍資金。（《龍瑛宗全集・隨筆集（2）》，頁61）

其二則是回應東京日文雜誌《亞細亞的鼓勵》中所刊〈美麗的台灣，秘境客
家村〉一文對客家精神的禮讚，雜誌裡並附有一幀北城街頭風光，因此牽引
龍瑛宗充作嚮導，來介紹故鄉名勝古蹟，如秀巒公園、五指山、濟化宮、金
廣福公館與獅頭山等等。

〈還鄉記──素描新竹北埔鄉〉一文主要分為六個段落：爬上秀巒山、
彭家祠難忘、故鄉在變矣、金廣福古厝、慈天宮近貌與高齡同學會。標題為
「還鄉記」，撰文雖就眼前鄉景鄉情鄉人而抒發，「少小離家老大回」則作為
主體的敘述，因此，在這一次階段性的自我審視和總結中，「故鄉」的風情
畫即具有眼前時空意義上的區隔況味。行文中時見層層疊疊著孩提時代的北
埔和現實中北埔鄉土的交叉浮露，甚至是與異地異鄉的參差對比，如以登秀
巒山對照散步臺北公園；而北埔的交通日盛，也足堪與繁華臺北比擬種種。
文中浮現兩類不同的時間感，也同時表徵了兩個不同的時代風貌，所以全文
洋溢濃郁文化情緒與歷史記憶，如〈彭家祠難忘〉言及從彭家祠學習漢文，
後來私塾被禁，轉為接受日本教育，弔詭的是雖身受日帝主義之害，於今卻
是熟稔日文勝於漢文書寫的荒謬歷史感；〈慈天宮近貌〉主要追溯鄉史所載
大撈社原住民襲擊北埔鄉拓民與隘丁的事件，民眾祈求平息蕃害，因此增擴
慈天宮規模。文中也再度提及地方私塾漢文教育，以及北埔姜大地主興建北
埔公學校的由來。綴段式的小型敘事中，一方面是攸關童稚時代的記憶與懷
念，一方面也藉由傳達個人經歷，匯聚北埔許多地景、人事與歷史文化編碼。

迴異於前兩篇隨筆，鋪墊出漫步／矚目／賞味纖纖動人的北埔鄉景角
落，小說〈夜流〉則是以「個人記憶」與「家族故事」融攝而成「歷史私人
化」書寫。小說從父祖輩墾殖開始寫起，直寫到杜南遠離境北埔，初履風城
赴考師範作結，時間跨度約從道光年間以迄一九二五年。〈夜流〉明顯可見
以紀年標示出幾個特殊的歷史背景面向，以及固著於北埔地方的人物生活圖

像，以此二者交織出「舊世界舊北埔」的地圖，並牽引出北埔人事風華等諸
般歷史細節。小說開篇場景即已交代這是「在日本殖民地台灣北部一寒
村」，隨之則是濃墨重彩地以主人翁杜南遠氣喘咻咻的病弱身軀，映照出靜
寂寒村裡冬季強風無休歇的景象：

> 冬夜，季節風的跫音粗野地馳騁過杜南遠茅草屋頂，後山的樹林有些
> 落葉了，像散髮的裸體女人喚回將遠逝去的人，整夜呼呼地作響。
> （頁106）

小說以杜南遠喘噓噓的「病體」連結嗚嗚吼著的地方特有強勁「季節風」，
並敘及杜南遠曾祖從廣東饒平渡海來臺，由於平野已被閩人占據，加上言語
不通，只好落腳於鄰近番界臺灣北部，並由此而敘及北埔地方開發史：

> 這個地方屬小盆地，原來泰耶爾族盤踞的地方。迨至道光年間，竹塹
> 城的周族與九芎林庄姜族共同出資，在竹塹城東南廂橫崗一帶，建隘
> 募丁事開墾。當時大隘的總本營地，除東面靠山外，西南北三面都種
> 植刺竹為城；城邊挖掘池塘井且民房設有槍眼，以防泰耶爾族的來
> 襲。（頁107）

小說敘及杜南遠曾祖從唐山移民歇腳於人煙稀少的北埔邊地，雖然苛斂誅求
較少，蕃害事件卻常有迭起，杜家前兩代皆慘遭蕃人砍殺慘劇，然而在樟腦
寮工作的腦丁們也曾姦淫蕃婦，欺凌蕃族，小說於此即順勢引渡出殖民地政
府的理蕃撫墾與製造樟腦業史話。從「私我家傳」轉為「公共敘述」，交錯
體現了一種特別的文化記憶與地方史話，是為〈夜流〉最鮮明的敘述圖式。
類此敘述也表現在杜南遠家族經營史——先是種植茶樹及橘樹，繼之則搭蓋腦
寮，製造樟腦油，最後則掛起算命招牌兼售鴉片煙等，家族經商歷程平行對
照出小說刻繪的歷史風貌：「一八三〇年代，英國商人登陸雞籠，將鴉片煙
與臺灣樟腦油作物物交換貿易。」（頁119）臺灣北部客家人開發樟腦和茶葉
而有新利源，因此客家族群大都遷徙至丘陵淺山地區的現象載記，見諸乾隆

四十八年（1783）以後，[71]直至日治時期在萬國博覽會場上，日殖政府展示臺灣農業依舊以「茶」和「樟腦」比重最大，[72]而這兩項重要經濟作物產區大致來自竹苗等地。

〈夜流〉乞靈父祖移民的故事，而以「個人傳記」平行映襯「公共記憶」與「在地文化」的社會層面。文中呈現類近於小型編年史的大綱：先是從一九一〇年臺北府已有電燈，而北埔寒村仍舊使用煤油燈的年代作為紀年開始，依序往前追溯並標識出一八三〇年英商登陸，傾銷鴉片煙、一八八四年中法戰爭的「西仔反」事件（法蘭西侵臺）、一八九五年姜紹祖率領竹塹鄉民的攻防戰役、一八九六年殖民政府公布紳商條規，北埔村彭秀才與墾首第二代均授與紳商、一九〇七年則敘及蔡清琳率領隘勇、泰耶爾族，攻打北埔支廳的「北埔事件」，小說最後以一九二〇年收稍，同樣融攝私小說敘述與家國大敘述於一爐——「殖民地少年」杜南遠報考師範學校未果，而彼岸中國則發生了舉世聞名的上海五卅慘案，以及中國近代革命之父的辭世消息。

上述〈夜流〉中有關「小歷史」（個人境遇）中的「大歷史」（家國興衰），幾近表呈了一種「新史學」的概念：「所有人類自出世以來所想的，或所做的成績同痕跡，都包括在歷史裡面。大則可以追述古代民族的興亡，小則可以描寫個人的性情同動作。」[73]飽含時間意識的敘事中，龍瑛宗以過往種種騷動不安的地方歷史與地理景觀，鋪設出獨特而鮮明的北埔文化意識，然而除了往「個人故事」的小敘事方向探掘，以及再現「官方歷史」和「大眾記憶」裡的「豪傑人物及其不凡事蹟」小編年外，〈夜流〉中也攝錄了地方無名大眾的群像，以此組構北埔社會發展的生活經驗及其特殊性。小說中浮現的在地人物身影，計有養女出身的荒村野妓玉娘；從華北顛沛流離落腳寒村，在廟前廣場唱京曲的魁梧瞎子；在彭家祠開設書堂，教授漢文的彭秀才胞弟；原為開拓村莊墾首後裔而今沈淪為鴉片癮的阿漢舍；仰賴女兒賣

---

71 尹章義：《臺灣客家史研究》（臺北市：臺北市客委會，2003年），頁297。

72 參呂紹理所載日本參加一九〇四年美聖路易萬國博覽會的資料，見《展示台灣：權力、空間與殖民統治的形象表述》（臺北市：麥田出版公司，2006年），頁152-154。

73 〔美〕魯濱遜著，何炳松譯：《新史學》（上海市：上海古籍出版社，2012年），頁1。

淫，以供生活日用和買鴉煙的退休老隘勇；棲身「有應祠」，同為鴉片癮者，卻是熟習於喪葬禮俗的榮華仔等等，這些來自不同社會階層及社會邊緣人物，一一重現了地方常民生活面貌，此外，小說也以幾位本島知識菁英和旅臺日人，藉以展示彼時代「殖民地新式教育」風景的歷史經驗圖像。如日語並不流利而善寫書法的臺灣人 K 老師、在寒村作育英才二十多年的安部校長、引荐日本短歌《萬葉集》的成松老師，以及負責指導學生投考師範的須藤老師等等。上述龍瑛宗諸作，顯見曲曲繪製出北埔極明確的地理地方感。

總理而言，在〈姜紹祖抗日歌〉和龍瑛宗北埔書寫諸作中，時間意識與地方景觀，儼然成為一種可見性的歷史–社會–空間的現實裝置。所謂北埔書寫，即是作者以「回到過去」的書寫策略，藉由共同擁有豐富的在地記憶遺產，以及一種共享的地方傳統文化，而在北埔文學景觀中發現自己的歷史和身份。

四　可讀性與可參觀性的地方：都會、人文與自然的「當代新竹」書寫

從明鄭、清領階段的「傳統的竹塹」，到乙未割臺後的「現代的竹塹」，以至兼收並蓄的「當代的竹塹」，傳統與現代的共構，新與舊的交替，並存於竹塹歷史的時間洪流中，新竹即以一種奇特的方式，展現新穎的人文多元景致，並富含深層文化歷史的地方體現。當代的竹塹，因而是充滿「差異」的城市。隨著城市所孕育文化體驗的殊異性與當代生活方式的多樣性，諸如經濟活力、多元型態、綠色保育、年輕或古老的文化等等，在作家筆下所產製或再現的新竹遂成為具有「可讀性」與「可參觀性」的地方[74]—針對在地住民、旅遊參觀、漫遊／消費，或重返舊地等等，新竹顯然已被呈顯為一種

---

74 概念源自〔英〕貝拉・迪克斯著，馮悅譯：《被展示的文化：當代「可參觀性」的生產》（北京市：北京大學出版社，2012年）。該書主要揭現文化展示種種策略所制造的一種複雜過程，如塑造文化的被展示的場所，如何在與社會、經濟和政治等因素競爭的過程中形成等等。

可讀的文化與可觀賞的地景。新竹作為一個有著三百年文化歷史的古城,藉由文化展示的地方定位,也可以從中看到現實世界中看不到的一些「此曾在」的真實地方面貌。以下即嘗試入探當代書寫新竹者所依據自身處於不同時空位置,而形塑社會變遷中的地方詮釋與文學想像。

(一)「多重身世中的城市標記」:竹塹文學獎作品的地方書寫

地方文學獎的創立旨意,主要在於鼓勵地方藝文創作及提昇文化生活質,[75]終極歸趨則為取徑「文學意境」以為「文化建設」的目標。因此標舉「使文學更接近生活」的地方文學獎作品,[76]也等同是另一種重建鄉土、為地方塑像的地方報導形式,即使後來因為評審觀點殊異的導向,而使「竹塹文學獎」原初兼有「地方色彩、在地關懷,以及培養在地創作人才」的創設宗旨,漸趨於「開拓藝文創作」或「地方色彩鮮明」的分歧路數。雖然如此,有關地方標識與文物風土的觀察,乃至地方生活型態的模塑,仍是得獎作品中或多或少的必備要素,如是而觀,即使得獎諸家諸作,幾乎都為是初學之人,而非成熟的大家之作,然而就地方文學獎總體表呈的文學現象而言,卻也代表一種地方性的社會特質。歷屆竹塹文學獎得獎作品選集,因而可視為概覽地方地景生活書寫的重要材料之一。《竹塹文學獎》自一九九七年開辦第一屆活動迄今,起初並未設置命題寫作,[77]徵選文類概分為現代詩、散文、短篇小說、舞台劇本、報導文學、文學評論等六類,隨後部分徵選文類漸有消長趨勢,綜覽各屆得獎作品篇目及命題,可概分為三:一為地方圖像與風物,二為在地人文歷史,三為感官記憶與日常生活,茲以圖表例

---

75 見第一屆《竹塹文學獎‧市長序》(新竹市:新竹市立文化中心出版,竹塹文化發行,1997年),頁3-4。

76 見第一屆《竹塹文學獎‧市長序》(新竹市:新竹市立文化中心出版,竹塹文化發行,1997年),頁5。

77 二〇〇四年以後開始命題寫作,此屆以「風」為主題,二〇〇五則以「花園城市──書寫新竹」為主題,二〇一〇年又取消主題徵文。

示如下：[78]

屆別／命題	地方圖像與風物	在地人文歷史	感官記憶與日常生活
1997	女青年與街道圖誌（詩） 〈台灣肥料公司新竹廠的擴建經過及其貢獻〉（報導） 〈新竹香粉──一種漸漸被人遺忘的竹塹特產〉（報導）	山神（小說）	有關右邊窗外的一、二事（散文）
1998	酸酸的土（報導）	清代竹塹詩人林占梅及其《潛園琴餘草》（文學評論）	花蓮人談新竹事（散文） 重現戶籍謄本上的城市女人（報導）
2001	女人・竹塹──接泊哭泣，彭錫妹（詩）		雕刻時光（散文） 上京有雪（散文）
2002	塹城古蹟巡禮（詩）		
2003	城隍廟（詩） 花落盡（散文）	玻璃之光（詩） 鋼鐵蝴蝶（詩） 感官追憶靜山居（散文）	風城十夜談（散文）
2004 徵文主題： 【風】	風城故鄉（詩） 風吹過小園（散文）	聽風（小說）	一天（小說）

---

78 自一九九七年舉辦《竹塹文學獎》迄今，得獎作品多達百篇以上，本表格之作品採錄原則，大致依據本節「現實生活情境中的新竹」論題，因此著重「地方性」與「在地感」的呈現，至於虛化地方，或援地名以為索引之抒情敘事諸作，暫時弗錄。至於擇選作品，首先以竹塹文學獎課題概分為三，再就得獎作品篇名及其實質內容所關涉，並參考評審感言，作一歸類。如此分類界定，自有閱讀上的一種主觀或偏見立場，以致本表格或無法完整呈現竹塹文學獎總體風貌，但作為析論地方書寫概況，應有其參照性效用。

屆別／命題	地方圖像與風物	在地人文歷史	感官記憶與日常生活
2005徵文主題：【花園城市——書寫新竹】	我的客雅溪畔（詩） 來跳舞吧！新竹三民路（兒童詩） 竹塹四景（兒童詩） 遊走海岸線（散文）	北坑來的水（散文）	戀戀風城（詩） 花園停車場（小說） 回去新竹（小說）
2006徵文主題：【花園城市——風城印象】	城隍有好吃（詩） 竹風采景（詩） 外環大路（小說）	竹塹社之〈土官勸番歌〉（詩）	父親的蚵田（散文）
2007【花園城市——四季風城】	指南（詩）	春雨‧少年‧竹塹城（散文）	風城韻事（詩） 那年夏天，我遇見（散文） 梅雨‧霉雨‧美雨（散文） 在冬季最後一個早晨（小說）
2008【花園城市——幸福風城】	風城童話繪本（詩） 客雅溪口的凝眸（詩） 跟著風去旅行（青春散文） 與新竹的風約會（青春散文） 山邊剪影——贈十八尖山（青春散文）	越過城牆–記辛志平校長（詩） 幸福的花園、玫瑰花、樹的哀樂、雨後的彩虹（組詩）	城隍爺（小說）
2009【花園城市——快樂風城】	時光盛開的博物館花園（詩） 風城，夢想著床（詩）	生命的方格——向杜潘芳格致意（詩）	十八歲的風景（散文） 無薪假（小說）
2010	香山海邊：速寫四十句（詩）	玻璃賦（詩） 四月望雨——為紀	除了我們之外——記內灣一日（詩）

屆別／命題	地方圖像與風物	在地人文歷史	感官記憶與日常生活
	南寮遊曲（散文） 繪風城（散文）	念「台灣歌謠之父」鄧雨賢而作（詩）	他來自眷村——於眷村博物館裡想泛黃歲月（詩）
2011	雅典學園竹塹分校（詩） 米粉調（詩） 黑色遠流（散文） 十七公里海岸的風說（散文）	在夜空裡傾聽你們的呼吸–詩誌黑蝙蝠中隊（詩） 小綠葉蟬吻了一口（詩） 所謂的司馬庫斯（詩）	竹風‧逐風（散文） 弟弟（小說） 大樓裡的父親（小說）
2012	台68線往竹東（詩）	國風——謹以表演樂器歌詠竹塹國樂節（詩） 清泉補遺（小說）	井口的風聲（詩） 我的強迫回憶症（詩） 想念的季節（散文） 風城天使之家（散文） 懷鄉（小說）

　　《竹塹文學獎》初期，無涉風城書寫主題的入選作品，佔大多數，[79]自二〇〇四年「竹塹文學獎」開始以「風」作為徵文主題，即明顯可從命題篇名上窺見憬然赴目的地方地誌色彩。然而也就在二〇〇四年命題寫作後，各屆評審針對限題徵文利弊得失，意見喧嘩，在多聲交響中也轉達出有關地方文學是否攸關不可替代的在地性書寫，或是對地方可以有更多想像性、虛構性的創造力？諸如二〇〇四年陳萬益與二〇〇五年廖炳惠的評論大致趨近讚

---

79 如二〇〇二年新詩類入選作品〈隨愛而逝〉主要表現年輕世代的愛情觀，散文類〈古都的光與影〉則聚焦於觀看北京古都，小說類〈頭條新聞〉則關注情慾與政治、權勢。此即表格中二〇〇二年的闕如狀態說明。至於第一、二屆的文學評論獎作品，更無涉於新竹文學議題，如一九九七〈凝視鄉土困境——宋澤萊鄉土寫實時期（1975-1980）小說初探〉、一九九七〈人生的錯置與追尋——評蘇童《我的帝王生涯》〉、一九九八〈八十年代政治小說：資本部門、政治部門與文學現象的三角關係〉等等。

同發揮敘事認同及地方意識，以免同一篇作品到處投稿。[80]然而二〇一一年李癸雲與二〇一二年羅位育的詩評，則強調：「評詩應以『藝術成就』（包括語言表現和思想深度）為最高原則，其次才是地方主題的呼應」[81]、「在這片土地上成長的朋友，需要更多的想像和創造吧？」[82]凡此皆涉及目的性（「主題意識」）與美學性（「藝術表現」）之間的取捨比重。就本人曾參與地方文學獎評審的經驗，也發現「地方」元素頗多淪為參賽者配合徵文限題，而運用的配搭策略，然而多數作品卻是將「地方色彩」視為索引類的背景，真正書寫主軸則落於人、事、情的發抒，因此，若將作品中的背景，挪異地名，儼然又是另一篇他鄉異地的徵文作品。然則好的作品理當兼有情景與敘事、主題與藝術之美，如二〇〇五年戴玉珍即同時以〈花園停車場〉和〈北坑來的水〉分別在小說類與散文類奪冠。

以別來滄海的風城人事風華為題材的〈花園停車場〉，藉由表姐青春少艾的愛情故事，召喚出諸多竹塹風物的今昔對比：舊城區的放射性街道與新市區的棋盤象限規劃、中醫與西醫的差異世界、曾是奼紫嫣紅開遍的花園於今則是荒寥空曠的停車場，永恆不變的只有從舊繁華舊文化一路走到現代都城的城隍廟地景。另一篇〈北坑來的水〉，則是記載一條河的故事。穿流新竹縣市的客雅溪水系，源於寶山山溝「北坑仔」，不僅流經平原與市區，沿途照護二十四公里的土地，進入雙溪村後，匯齊了其他水源，歷經築壩攔堤而形成著名風景區青草湖。昔日水流清澈之時，堤上人家引溪水製米粉，而今則因過度開發，河川淤塞污染，溪水已載不動許多人間塵埃。該文藉由地域溪流的書寫，不僅收攬風城地景地標諸勝，也表顯新竹的風土人情與自然地誌。

有關地方文學獎評選辯證種種，自非本節的論述重點，然而從歷屆徵稿命題書寫現象，卻可逐一檢視具有多重城市身世的「現代新竹」，所表現新竹自身歷史和身份的文化資源，而成為大眾可見的一種文化遺產，且又如何藉由熱鬧窄仄的街道市景與科技城市流動的社交性，而指向新竹在地歷史及

---

80 見二〇〇四年《竹塹文學獎》，頁132；二〇〇五《竹塹文學獎》，頁110。

81 見二〇〇四年《竹塹文學獎》，頁11。

82 見二〇〇四年《竹塹文學獎》，頁165。

生活方式的活力樣貌。對於年輕世代的寫手而言，如一九九七年〈女青年與街道圖誌〉，即是以一種愛情絮語、校園經驗與在地街道市景的交響合奏，表現出「一派青春年華的新竹風貌」。[83] 新世代筆下的都會風景線如是，來到了二〇〇三年〈城隍廟〉、〈城隍有好吃〉和二〇〇八年〈城隍爺〉，則皆以新竹市景中最具可見度的宗教性廟神區域「城隍」為材，書寫關懷尤在於地方特有的文化風物。新竹城隍廟始建於清乾隆十三年（1748），由同知曾日瑛所建，歷史悠久，光緒十七年全臺官兵於此地舉辦消厄法事，特推崇為全省冥界司神代表，並升格為「都城隍」，[84] 因此遠近馳名，而神人交界之處的城隍廟口，也是道地新竹小吃集聚地，可謂「香火」與「爐火」共構鼎盛。〈城隍爺〉一文刻繪小主人翁童年孤寂與驚心躲債經驗的核心圖像，即是那位「使人知畏，人有所畏，則不敢妄為」的城隍爺。城隍廟既是新竹地方的重要建築／地物，城隍書寫因而也表呈對地方領域的再認定，以及地方結構符號性的再強化。

至於作為新竹歷史進程表徵的人物文史，也表現在諸多得獎作品中，諸如清領詩人林占梅、杜潘芳格、「台灣歌謠之父」、竹中老校長辛志平，又如二〇〇三年〈鋼鐵蝴蝶〉即勾勒新竹女詩人陳秀喜，〈幸福的花園、玫瑰花、樹的哀樂、雨後的彩虹〉組詩，則是先後喻寫在地畫家李澤藩、開臺進士鄭用錫、女詩人陳秀喜，最後則以貿易通商的新竹都會，收梢全詩。總此，皆作為展示新竹人文歷史的簡史，而在地知名文人傳記與公共文化之間的交錯體現，也成為一種很特別的地方遺產與史詩敘述的景觀。

上述「竹塹文學獎」得獎作品集，除了顯現風城人的歷史感和多元文化外，文學獎作品所強加文學獎評選者一再名之為「標準元素」者[85] ——在地特殊風物地景，如南寮、香山海邊、十七公里海岸、十八尖山、新竹眷村、科學園區、風城傳統玻璃、米粉與城隍小吃等等「目的性」標籤，實也有助於使「新竹」成為可被辨識的空間，且進一步可憑藉作品進行索驥並探

---

83 見陳銘磻：〈青春散文總評〉，二〇一一年《竹塹文學獎》，頁57。

84 參見花松村主編：《台灣鄉土續誌》第三冊（臺北市：中一出版社，1999年），頁388。

85 見楊佳嫻：〈現代詩總評〉，二〇一二年《竹塹文學獎》，頁11。

訪各個景點,使之成為一個「可閱讀的文化城市」或「可參觀性的旅遊地」。然而無論是作為文化展示的空間或是都會生活的空間,是歷史風景還是城市景觀,文學獎得獎作品中的「新竹」終究還是構成書寫者自己「生活故事」與「現實生活」中的新竹。

(二)「自然山川裡的荒村部落」:報導文學的地方演述

誠如上述,文學獎作品所援引的市景和地標,皆是可見度和公眾特徵性很高的景觀,這些可見的地方符號或城市標記,自可提昇縣市住民對地方的認同感與忠貞感,一方面也可吸引來自各地,充溢各種文化身份的參觀者、閒逛者,或旅遊者對地方的想像、尋異或獵奇。其中代遠年湮的文史地景或人物古蹟遺址,尤帶有歷史縱深與時間積澱的故事線索,可以界定出地方發展史的一個公眾性時間指示表。然而對於在地住民而言,所謂地方感,並不囿限於村群或聚落的實際空間範圍,[86]在地方住民的景觀意識中,除卻人文地景與遊客觀光景點以外,還包括了所謂沒有實質邊界的「自然山川」及其原始部落,此乃因「自然」已經從本質上被視為等同於「環境」的概念,意即「文化＋自然＝環境」。[87]

處於現代文明躍進的都市社會中,「自然」尤其被表徵為「逃避城市」與「歸返家園」的指向,於是乎每逢週日假期,往大自然旅遊、踩踏或探險的現象也日益增多,端視坊間此類風景指南導遊書籍之繁盛可證。因此在現代化之外,也形成另一種鄉村和自然的神話,驅使人們去參觀——「想看看它們是否還在那裡」。[88]「自然」的場所因而被重塑為一種文化消費和可參

---

86 見 Yi-Fu Tuan 著,潘桂成譯:《經驗透視中的空間和地方》(臺北市:國立編譯館,1997年),頁160。所言主要強調邊界概念與地方範圍內的村群自我意識。

87 論者嘗言自一九九○年代,自然與環境即被視為同一概念。貝拉・迪克斯著,馮悅譯:《被展示的文化:當代「可參觀性」的生產》(北京市:北京大學出版社,2012年),頁114。

88 貝拉・迪克斯著,馮悅譯:《被展示的文化:當代「可參觀性」的生產》(北京市:北京大學出版社,2012年),頁115。

觀的場所。然而以地方書寫而言，當透過報導文學的中介來體驗竹塹的自然
景觀及其深山部落時，其實別有一種發現和探索，且也異於一般著力宣揚生
態信息與教育意義的生態觀察書寫，而是將新竹的另一種歷史文化意義分配
給自然山水，從中浮露出另一種面貌的新竹。

　　就文獻載記而觀，列為竹塹風景名勝者概多已為人化自然的熱門觀光景
點，如芎林鄉飛鳳山、峨眉湖、清泉風景特地區等等，[89]竹塹自然景觀中尤
以竹東尖石鄉最富盛名。新竹縣地理形勢，極東為尖石雪白山，以桃山與宜
蘭、臺中兩縣為界，極西為竹北鄉崁子腳，面臨臺灣海峽，南為尖石鄉大霸
尖山，與苗栗縣毗連，極北為新豐鄉福興，與桃園縣接鄰。[90]「尖石鄉」位
於竹縣西南部，為雪山山脈、油羅山脈所盤結。全域高峰林立，以東南鄉界
有大霸尖山東（海拔3573公尺）屹立，故得稱。[91]《新竹縣采訪冊・卷一・
古蹟》形容：「油羅山內大溪中。巋然一塊，矗立九仞。下略方而未銳，嵌
空玲瓏，時有白雲從石罅繞出。每當晴雨之際，變態萬千，鬱勃奇絕。」[92]
油羅溪上昂然聳立雲霄的巨岩，上尖下方，此為「尖石」之得名。作為新竹
縣兩處邊界的尖石鄉，面積佔新竹縣的三分之一強，是新竹縣三個原住民區
域之一。從清代至日治，尖石鄉皆隸屬撫墾署管轄，一九二〇年隸屬竹東
郡，並分為尖石、秀巒及玉峰等三區，各區均設置警察部統制，主要在於監
管剽悍的泰雅原住民，遏止抗日行動，以期開發鄉境樟腦、杉木等森林資源
的「殖產」目的。二戰結束後，奉令設鄉治。尖石鄉境內全為山岳地帶，氣
候溫涼、地廣人稀、堪稱新竹縣的「綠色命脈」。[93]昔日地處偏遠邊界，交

89　花松村主編：《台灣鄉土續誌》第三冊（臺北市：中一出版社，1999年），頁324-327。

90　花松村主編：《台灣鄉土續誌》第三冊（臺北市：中一出版社，1999年），頁294。

91　周浩治等撰輯，林柏燕點校：《新竹縣志續修（民國四十一年至八十年）・卷二・地理
　　志》（新竹縣：新竹縣政府，2008年），頁572。

92　陳朝龍等編纂，詹雅能點校：《新竹縣采訪冊・卷一・古蹟》，《清代臺灣方志彙刊》三
　　十五冊（臺南市：國立臺灣歷史博物館，2011年），頁76。

93　周浩治等撰輯，林柏燕點校：《新竹縣志續修・卷三・住民志・氏族篇》（新竹縣：新
　　竹縣政府，2008年），頁1140-1145；以及「新竹縣尖石鄉公所」網頁：http://www.hccst.
　　gov.tw/content_edit.php?menu=2318&typeid=2318。（2013.10.27）

通不便，而鄉境富有自然美麗生態的尖石，被稱為神秘「黑色的部落」，現今雖成為知名觀光景點，且被傳媒喻為「文學故鄉」，[94]但依據二○一三年資料所載，尖石鄉總鄰數為二七八三戶，總人口數不過八九七七人。[95]顯見置於新竹縣市「中心－邊陲」大結構中的尖石，在「先進－落後」的序位性關係中，[96]雖然擁有「自然優位」，但終究還是處於對外交通不便的「文明邊陲」之境。以下即藉由古蒙仁〈黑色的部落〉（1977）和陳銘磻〈最後一把番刀─高山族的昨日、今日、明日〉（1978）兩篇皆以自然原始區域裡的「尖石鄉」報導作品，[97]作為「尋找深山部落裡的新竹」之例示。

在古蒙仁〈黑色的部落〉文中，尖石荒山先是以一個遠離塵俗的半原始部落的景象作為呈示：

> 從新竹縣的放大圖上看起來，尖石鄉的形狀就像是一個不規則的啞鈴。……秀巒村即位於這個啞鈴底端，已深深地探進了中央山脈的巨峰之間，……這支曾經是最慓悍的深山部族，就在那人煙絕跡之處生活了下來。三百六十七平方公里的廣袤山地，孕育著世世代代的泰雅人強悍的性格，也孕育著他們對山川河流的一種母性依戀。（頁24-25）

---

94 於二○○二年十二月十四日建造的「那羅花徑文學步道」，是臺灣原住民地區第一條文學步道，同時也是那羅部落的文學景點。步道有曾造訪尖石的當代作家（古蒙仁、陳銘磻、林文義、吳念真、劉克襄、蔡素芬等），所描寫的讚詠文字。見陳銘磻：《新竹風華》（臺北市：愛書人雜誌，2004年），頁227。

95 維基百科資料：http://zh.wikipedia.org/zh-tw/%E5%B0%96%E7%9F%B3%E9%84%89。（2013.10.27）

96 有關序位性概念來自於顏崑陽：〈「後山意識」的結構及其在花蓮地方社會文化發展上的異向作用與調和〉，《淡江中文學報》第15期，2006年，頁117-152。

97 古蒙仁：〈黑色的部落〉原發表於《中國時報‧海外版》，1977年，現收於《黑色的部落》（臺北市：時報文化出版公司，1978年）。本論文引用版本則為陳銘磻編選：《臺灣報導文學十家》（臺北縣：業強出版社，2000年），頁19-60。陳銘磻：〈最後一把番刀──高山族的昨日、今日、明日〉一文，原載《中國時報‧人間副刊》（1978年11月），今則收於陳銘磻：《最後一把番刀》（新竹市：新竹市文化中心，1993年），頁153-212。

基本上尖山是一個獨立蒼茫的天地，但它並沒有以其孤立而多重存在的秘境之姿，抵消她歸屬於新竹母體疆域之下的一個地方性景觀。〈黑色的部落〉全文除「因緣」、「後記」外，計分為十三段落，[98]從「山窮水盡一孤村」起，作者隨即將觀看深山密林整體的畫面，位移而朝向「孤村部落」——一個未知的、傳說中的黑色部落：

> 秀巒部落，剛好嵌於秀巒村的谷底，是整個秀巒村中最大也是最低的部落。部落的尾端，有一座長達百公尺的吊橋，橫跨在薩加牙珍溪上。木板腐朽得快掉光了，只剩幾條纜繩掛在半空中搖晃著，踏上去後就像個大搖籃。那是通往泰崗的唯一通道，每天人來人往，十分頻繁。（頁23）

秀巒位於新竹縣尖石鄉最深處，屬後山地區，靠近大霸尖山西北側支陵群山中，是由七個部落所組成的一支泰雅族「基那衣」社（其中有新光部落，即今所稱「斯馬庫斯」，Smangus/Knazi）。作者雖質詰「歷史在這些黑暗茫昧的部落間，原就不具備什麼意義」，但全文的探索卻在於藉書寫以梳理「歷史」所加諸部落的時間印痕。「歷史的幽靈」在這篇報導中主要是被轉化為「李棟山事件」。李棟山位於尖石玉峰村與桃園復興鄉分界的山崚，[99]日治時期殖民政府為開發山地、控制番民，遂於一九一〇年（明治43年）發動理番整頓計畫，所謂「隘勇線前進計畫」，其後並於一九一一、一九一二年，興發無數戰役，削平各大小山社，沿線山胞聞聲響應抗日，展開浴血奮戰。期間主要戰場即為李棟山鞍部。一九一三年日本總督府甚至將司令部設置李棟山上，決心勦滅最強悍的基那衣番，在腥風血雨飄灑中，血戰終於結束

---

98 全文概分為：茫茫天涯路、山窮水盡一孤村、血染李棟山、今日的泰雅人、山田燒墾的農業景觀、漸趨式微的狩獵業、新希望！香菇、風俗習慣的變遷、宗教信仰活動、學童的教育環境、一個泰雅家庭的實例、部落裡的平地人、打不開的死結——交通。

99 李棟山因冬天滿山覆蓋白雪，模樣很像發白霉之物，泰雅語稱 Tapung。周浩治總編纂，林柏燕點校：《新竹縣志續修（民國四十一年至八十年）‧卷二地理志》（新竹縣：新竹縣政府，2008年），頁574-575。

了，然而李棟山古堡卻挺立至今，成為尖石鄉泰雅原住民祖先以白骨堆垛而成的一塊巨碑、一座聖山，與唯一的一處歷史古蹟，甚至是一處遊客登覽的名勝。

以帝國之眼臨下而睥睨尖石的「落後」與「野蠻」，遂「正當化」了日本殖民主「理番治亂」的「文明使命感」。然而隨著時光流轉，歷經歷史風暴與烽火家園的秀巒泰雅族群，依舊守在原來的部落裡，「他們像遁跡世外的隱者。雖然落後、貧窮、懶散而愚昧，卻是愈快樂而知足的。」作者以興盛的「山田燒墾」和式微的「山林狩獵」，表徵今日泰雅族人不同的經濟生活型態，繼之則以「新希望！香菇」來說明當「對外封閉的小部族世界」秀巒與外界接榫時，激盪的火花已然是風俗習慣的變遷、昔日祖靈信仰與西方基督教、天主教等宗教信仰的奇妙混合。至於論及山區部落的學童教育，作者則擬出一張「希望的清單」，諸如山區小學生所表現的獨立自主精神，連大人也要為之汗顏，而奔跑跳躍在簡陋運動場上的孩童並不需要承受惡補、升學、留級或近視眼等等壓力。最後作者並以一個原住民家庭的實例與採訪部落裡的平地人，來綜論所謂「偏僻的半原始社會」的優劣得失：荒山歲月固然寂寥，卻是少有煩憂，且充滿原始部落社會的情調，然而在逼近的文明浪潮裡，秀巒村民終究不能像一隻不自覺的「堂內燕」，自縮在這荒村部落裡。文末作者以「打不開的死結──交通」，點出秀巒村之所以成為現代文明棄嬰的根本原因：

> 多少的世代過去了，直到今天，它與外界的交通，還是僅賴那條不到一尺寬的山路。須盤過多少的山頭，跨過多少的溪澗，繞過多少懸崖峭壁、原始森林、烈日烤晒，風吹雨打，文明的足跡，在那兒卻卻步了。（頁54）

報導紀實原也是一種概念式的建構，揆諸全文，作者一再以「世外桃源裡的隱者」，美稱這個「黑色的部落」，顯然寓託了有別於文明躍昇的一種原始健康優美生活方式的指標。然而作者的書寫或觀景關懷，迥非是執持浪漫主義情懷者，一味迷戀於「未受破壞」的自然景觀與原始樸拙生活，或是以孤

獨、原始主義或荒野概念等自然價值來定位尖石秀巒部落。〈黑色的部落〉撰作年代為一九七七年，距現今已近三十六年之遙，然而今天另易以「斯馬庫斯」部落而聞名的尖石，對新竹住民或對他鄉異客而言，依舊是一個遙遠的，有著詭祕神話傳說的「黑色的部落」，[100]但無論如何都無法改變它是新竹邊界角落的一個荒村。

陳銘磻〈最後一把番刀──高山族的昨日、今日、明日〉與〈黑色的部落〉一文，同樣述及尖石部落所遭逢最慘烈的黑暗歷史──「李棟山之役」，然而〈最後一把番刀〉卻讓歷史怪獸演化的「魂在」，更多流竄於尖石部落住民人心之中，而成為蠢蠢欲動的闇黑魔物。〈最後一把番刀〉全文概分為十個標目：從關懷出發、教育是根本問題、活水在他們脈絡流著、留住爺爺的這把番刀、對山地與城市的抉擇、不平衡的婚姻發展、在城市的山地人、一群熱衷山地文化的工作者、尊重他們的文化哲學、迎接亮麗的明日等。其中有關山區部落教育、原住民的宗教信仰等議題，頗多可與上述〈黑色的部落〉互為比勘。

作者開筆先是以遠鏡頭的冷色調，安靜鳥瞰全景，但尖石鄉還是很明顯地能在新竹縣版圖中找到自身的位置：

> 位於新竹縣尖石馬利可彎溪畔，海拔一千七百三十公尺那羅村，是塊山青水明，秀麗無比的山地部落，新竹「八景十二勝」著名的「錦屏觀櫻」，指的是就是這個地方。整座那羅村，從半山腰的田打那一直延伸到道下，沿途高山峻嶺、叢林密佈，可供耕作的土地不多；部裡裡的泰雅族人，除了從事山田燒墾的粗放農業外，種植杉木、各類竹子和培植香菇，形成他們經濟收入主要來源。（頁153）

陳銘磻與古蒙仁兩位作者的寫作位置，皆能穿越漢族文化意識而立足於尖石部落的歷史文化脈絡中，來傳達新竹邊境部落的生存樣態，然而陳銘磻主要

---

100 即使尖石「斯馬庫斯」部落聯外交通已大有改進，但相對於新竹其餘城鎮市區而言，畢竟是一個路途迢遙而林道步行艱辛的偏遠地區。

探討高山族部落如何在兩個文明國度裡，建立自身的文化觀念，以及如何謀求在平地工作或留守家園的未來遠景，[101]因此全文格局側重對於社會問題的思考。

相對於古蒙仁以公認的歷史版本來報導「李棟山事件」的紀實敘事形式，藉以建立讀者與歷史真實世界的聯繫，陳銘磻則是藉從「細節」（日人搜括番刀）與「物件」（高山族必備的番刀），來陳明歷史的具體情境，並援用「番刀」此一「歷史古物」穿越時間而推廓出「與過去不同」的部落新世代價值觀。作者敘及日本殖民理番政策的兇殘與蠻橫，報導主要以一個概括、集中與典型的人物及其家族故事來敷演歷史事件的進程——彼時謝老先生之父被日軍發現藏有私人武器番刀，遭受凌虐以致腳殘，被埋藏完好的番刀，最後傳承至正值少壯之年的謝老先生，而這把番刀終於在李棟山戰役中殺敵無數，締建奇功。然而表徵見證、回憶與懷舊的番刀，在下一代高山族的眼裡，非但不再具有「實用性」，連被視為傳統象徵體系的劫餘，也不可得。一心只想奔赴繁華都會唱歌的謝老先生之子，對番刀的質疑是：「這是什麼時代了，還用番刀。」於是這把作為日據時代部落裡留下來的最後一把番刀，就在謝老先生一怒之下被扔進湖心而渺不見蹤影。番刀故事或許有其傳奇性，卻由此衍生出當「華麗」與「原始」相遇時，被歷史邊緣化的原住民的生存困境。

〈最後一把番刀〉撰作於一九七八年，彼時對於臺灣原漢關係，以及原住民回歸論述中的認同迷思與文化復振議題，尚未臻深廣與周延，然而作者陳銘磻實已藉由人物採訪實例，針對原住民文化認同種種類別，提出觀察與探述，諸如對部落文化、主流文化、文化邊緣與雙文化認同等等。作者分就謀職、婚姻、人際、生活等等面向，讓不同年齡、階級、性別的原住民人物各自發聲，接力賽似地相互補充、推翻、對照、修正，造成眾聲交響的錯落效果，意圖在以漢族為中心主體的現實世界「對位音」中，找到混聲的新音質。顯見是極富遠見的一篇報導。

---

101 陳銘磻：《最後一把番刀》（新竹市：新竹市文化中心，1993年），頁156。

上述兩篇報導尖石深山部落族群生活樣貌的作品，自然也可置放於今日已然成為「認識臺灣這塊土地不可缺少的窗口」的「原住民文學」系譜中來看待，[102] 然而純就新竹在地書寫觀點而言，兩作的重要性尤在於同時展現了新竹在地生活、文化、歷史、社會與族群的多樣性面貌。就新竹的自然景觀而言，尖石鄉夙來即以「竹塹的綠色空間」聞名，卻是作為一個可參觀性卻不可親近性的地方展示；雖被視為一處渾然天成的自然山水美地，實質上卻又是處處依賴於城市的偏遠孤村。〈黑色的部落〉和〈最後一把番刀〉不僅一再強調人和自然互相依賴的生態話語，來籲請尊重深山部落的文化哲學，更重要的則是在自然景觀中豁顯了新竹多元在地文化的展示，讓我們看到了自然山川裡的另一種新竹地方演述。

五　結語：「曾經竹塹」與「現代新竹」的集體身份感／記憶

本論文藉從作品中地景與敘事，進行探述竹塹文學所形塑固有自然地理與在地歷史文化、社會變遷現象等等，期能重探竹塹過去的歷史和現在生活的觀察，而獲致新竹在地文化的多重體驗。

清領階段，榛莽未闢，漢番雜居的竹塹，固然予人以無主無序山林荒野的全景印象，然而來自中土的宦遊者作品中，畢竟暗含「文化同一性」的君臨考察與「分離的外在者」視角中的異質文化景觀。而後文人雅士則在自己的文學想像中進一步推廓創造竹塹地方美學，主要景觀書寫，大致為公共空間的山水八景與私人天地的園林景觀。八景詩作，一方面可視為微型宇宙與自然空間的縮影，一方面則作為形塑塹城地方的模型，使八景成為一個穩定的地標與位置。至於鄭用錫《北郭園詩鈔》與林占梅《潛園琴餘草》等吟詠園林諸勝之作，雖為私人吟詠／詩意棲居的映現場所，卻同時表顯出公共閱讀／流通文化的藝文活動現象。

---

102 董恕明：〈在輕與重之間──台灣當代原住民作家漢語小說概觀〉，「百年小說研討會」《會議論文》，2011年，頁28。

　　至於日治與國府時期，主要探討北埔書寫中極具識別性的歷史景觀。
〈姜紹祖抗日歌〉一方面從客家「義民史觀」來解讀北埔姜氏族裔的抗日行
動，一方面則以官方歷史與民間記憶，交疊出住民自我定義的「歷史一體
感」與「北埔在地文化意識」；至於龍瑛宗北埔書寫諸作，則多以「個人傳
記」平行映襯「公共記憶」與「在地文化」的社會層面，不僅類近於小型編
年史，更曲曲勾繪出北埔極明確的地理地方感。

　　傳統與現代共構，新與舊交替中的「當代竹塹」，在作家筆下是極具
「可讀性」與「可參觀性」的地方。從歷屆竹塹文學獎徵稿命題、書寫現象
及評選辯證種種，可逐一檢視大眾如何藉從可見的文化遺產、熱鬧窄仄的街
道市景與科技城市流動社交性的書寫，而指向「現實生活中的新竹」。然而
若將新竹的另一種歷史文化意義分配給自然山水時，從中也浮露出另一種面
貌的新竹。古蒙仁〈黑色的部落〉和陳銘磻〈最後一把番刀〉兩篇報導文學
皆以邊界荒村「尖石鄉」，作為尋找「綠色空間裡的新竹」窗口，並藉此豁
顯多元新竹在地文化的展示。

　　臺灣目前地方學研究現象，方興未艾，正足以說明全球化時代的臨現，
並沒有忽略地方身份感，反而增強了地方身份意識。然而讓地方更像地方的
同時，也必須進行一種地方改造，使地方表現出第二次生命。「遺產」是一
種求助於過去的現代文化生產模式。論者嘗就所謂「遺產社會」提出一些觀
點：認為遺產生產一方面是呈現和歌頌「真實」文化的主張，同時也包括拯
救過去和將其表現為可參觀的體驗，一方面也作為人們努力在公共舞台上表
現自己的歷史和身份的資源。因此遺產有面向大眾記錄歷史和傳播歷史的目
標和使命。[103]有著三百年歷史的竹塹／新竹，是一個被文化遺產環繞的古
城與新都，可供分享的遺產內容，豐美而可觀。當地住民或許是取徑於在地
文史與公共記憶，來復活竹塹歷史；來自異地的參觀者，或許是藉由文化古
蹟與地景風物的視覺印象，而與竹塹軼事光影產生聯繫；本論文則嘗試以閱

---

103 〔英〕貝拉‧迪克斯著，馮悅譯：《被展示的文化：當代「可參觀性」的生產》（北京
　　市：北京大學出版社，2012年），頁124-125。

讀／闡釋者之姿，重探塑造新竹地方文學三百年的竹塹意識與歷史記憶。重
新追憶傳統的竹塹與現代的新竹，才能對已然被視為科技城市，卻又蘊藏古
老記憶的現代新竹，有新形式的理解。

參考文獻

一 專書

尹章義　《臺灣客家史研究》　臺北市　臺北市客委會　2003年12月

王三山　《中國建築與園林：天人合一構架世界》　武漢市　湖北人民出版
　　　　社　1995年

古蒙仁　《黑色的部落》　臺北市　時報文化出版公司　1978年

宇文所安著　陳引馳譯　《中國「中世紀」的終結：中唐文學文化論集》
　　　　臺北市　聯經出版事業公司　2007年

呂紹理　《展示台灣：權力、空間與殖民統治的形象表述》　臺北市　麥田
　　　　出版公司　2006年

周浩治總編纂　林柏燕點校　《新竹縣志續修》　新竹縣　新竹縣政府
　　　　2008年

林天尉　《方志學與地方史研究》　臺北市　國立編譯館　1995年

林占梅著　徐慧鈺等校編　《林占梅資料彙編：潛園琴餘草》　新竹市　新
　　　　竹市立文化中心　1994年

花松村主編　《台灣鄉土續誌》　臺北市　中一出版社　1999年

郁永河　《裨海紀遊》　臺北市　眾文圖書公司　1979年

施懿琳主編　黃哲永總校對　《全臺詩》　第捌、玖冊　臺南市　國立臺灣
　　　　文學館　2008年

高拱乾　《臺灣府志》　臺北市　臺灣銀行經濟研究室　1960年

張德南　《新竹區域社會研究》　新竹市　新竹市文化局　2010年

畢慶昌等著　《新竹新志》　臺北市　中華叢書委員會　1958年

連　橫　《臺灣通史》　臺北市　眾文圖書公司　1994年

陳培桂編　郭嘉雄點校　《淡水廳志》　臺中市　臺灣省文獻委員會　1977年

陳朝龍等編纂　詹雅能點校　《新竹縣采訪冊》　《清代臺灣方志彙刊》
　　　　三十五冊　臺南市　國立臺灣歷史博物館　2011年

陳萬益主編　《龍瑛宗全集》　臺南市　國家台灣文學館籌備處　2006年

陳萬益編選　《臺灣現當代作家研究資料彙編・龍瑛宗》　臺南市　國家台灣文學館　2011年

陳銘磻　《最後一把番刀》　新竹市　新竹市文化中心　1993年

陳銘磻　《新竹風華》　臺北市　愛書人雜誌　2004年

陳銘磻編選　《臺灣報導文學十家》　臺北縣　業強出版社　2000年

黃旺成纂修　《臺灣省新竹縣志》　新竹縣　新竹縣文獻委員會　1976年

黃旺成主修　《新竹縣志》　臺北市　成文出版社　1983年

黃榮洛　《臺灣客家傳統山歌詞》　新竹縣　新竹縣文化局　2002年

黃美娥編　《張純甫全集》下冊　新竹市　新竹市立文化中心　1998年

黃美娥　《重層現代性鏡像：日治時代臺灣傳統文人的文化視域與文學想像》　臺北市　麥田出版公司　2004年

黃美娥主編　《魏清德全集》　臺南市　國立臺灣文學館　2013年

廖一瑾（雪蘭）　《臺灣詩史》　臺北市　文史哲出版社　1999年

劉麗卿　《清代台灣八景與八景詩》　臺北市　文津出版社　2002年

鄭用錫撰　王國璠總輯　高志彬主編　《北郭園全集》　臺北市　龍文出版社　1992年

鄭用錫　《淡水廳志稿》　臺北市　行政院文化建設委員會　遠流出版事業公司　2006年

蕭瓊瑞　《懷鄉與認同：臺灣方志八景圖研究》　臺北市　典藏藝術家庭公司　2007年

龍瑛宗　《杜甫在長安》　臺北市　聯經出版社　1987年

黃哲永　吳福助主編　《全臺文》五十　臺中市　文听閣圖書公司　2007年

張恆豪編　《龍瑛宗集》　臺北市　前衛出版社　1991年

蘇子建　《塹城詩薈》　新竹市　新竹市文化中心　1994年

臺灣銀行經濟研究室編輯　《欽定平定臺灣紀略》　臺北市　國史館臺灣文獻館　1997年

歷屆《竹塹文學獎》　新竹市　新竹市立文化中心出版　1997年5月至2012

年12月

〔美〕史蒂文・布拉薩著、彭鋒譯　《景觀美學》　北京市　北京大學出版
　　　社　2008年

〔美〕魯濱遜著　何炳松譯　《新史學》　上海市　上海古籍出版社　2012年

〔英〕貝拉・迪克斯著　馮悅譯　《被展示的文化：當代"可參觀性"的生
　　　產》　北京市　北京大學出版社　2012年

Tim Cresswell 原著　徐苔玲等譯　《地方：記憶、想像與認同》　臺北市
　　　群學出版公司　2006年

Yi-Fu Tuan 著　潘桂成譯　《經驗透視中的空間和地方》　臺北市　國立編
　　　譯館　1997年

二　論文

（一）期刊論文

顏崑陽　〈「後山意識」的結構及其在花蓮地方社會文化發展上的異向作用
　　　與調和〉　《淡江中文學報》　第15期　2006年12月　頁117-152

黃美娥　〈新竹地區傳統文學史料存佚現況（清代日據時代）〉　《國家圖
　　　書館刊》　1997年　第1期

孫連成　〈有關清代台灣義民研究探析〉　《歷史教育》　第16期　2010年
　　　6月　頁193-208

（二）學位論文

施懿琳　《清代台灣詩所反應的漢人社會》　臺北市　臺灣師範大學國文研
　　　究所博士論文　1991年5月

黃美娥　《清代台灣竹塹地區傳統文學研究》　臺北縣　輔仁大學中文研究
　　　所博士論文　1999年7月

黃筱婷　《〈姜紹祖抗日歌〉研究》　新竹市　新竹教育大學語文學系碩士
　　　論文　2010年7月

（三）研討會論文

徐麗霞　〈臺灣清代八景的權力結構與回歸意涵──以「臺灣府八景」為
　　　　例〉　銘傳大學「中國文學之學理與應用──紅樓夢國際學術研討
　　　　會」論文　2010年3月

董恕明　〈在輕與重之間──台灣當代原住民作家漢語小說概觀〉　國家圖
　　　　書館「百年小說研討會」論文　2011年5月22日

三　電子媒體

陳佳妏　〈滾滾波濤聲不息，斐然有緒煥文章──論清代台灣八景詩中的自
　　　　然景觀書寫〉
　　　　http://ws.twl.ncku.edu.tw/hak-chia/t/tan-ka-bun/pak-keng-si.htm
　　　　（2013.10.16）

新竹縣尖石鄉維基百科資料
　　　　http://zh.wikipedia.org/zh-tw/%E5%B0%96%E7%9F%B3%E9%84%
　　　　89。（2013.10.27）

新竹縣尖石鄉公所網頁
　　　　http://www.hccst.gov.tw/content_edit.php？menu=2318&typeid=2318。
　　　　（2013.10.27）

文學地景的想像與重構：以跨時代作家龍瑛宗的故鄉書寫為例

王惠珍[*]

摘要

　　「故鄉」是作家重要的書寫題材之一，本論文將以龍瑛宗（1911-1999）的文本與文獻史料的互文討論，參酌文化地理學之概念，探討跨時代作家如何想像與重構故鄉北埔的文學地景。首先，探討在他的故鄉書寫中如何回憶北埔公學校時期的文學啟蒙活動。其次，又將故鄉書寫分成文學地景的想像與歷史記憶的重構兩大議題。前者主要釐清作家如何描寫故鄉的文學地景，映襯殖民地知識分子苦悶的內在風景；在其中作家又如何將北埔特有的自然地理空間，發展鬼魅書寫形成他跨時代的文學特徵。戰後他在臺灣社會本土化的進程中，重新召喚他故鄉的歷史記憶，藉由書寫重構故鄉的文學地景。此時，故鄉象徵已非陰鬱不堪急欲逃離的殖民地空間，而是在他「重複」書寫的過程中，蛻變成一個個人成長、家族墾拓、臺灣抗日的歷史現場。他對故鄉的感情結構、文學地景的書寫雖有其變與不變之處，國族認同問題亦不斷遭到檢視，但，他一直堅持以文學性的話語講述北埔，讓讀者在他的文學地景中看見他的故鄉。

關鍵詞：龍瑛宗、北埔、故鄉、文學地景（literature landscapes）、感情結構（structures of feeling）

---

* 國立清華大學臺灣文學研究所專任副教授。

一　前言

　　故鄉是作家重要的寫作題材和文學靈感的來源，其涵括了作家過去的童年記憶、成長點滴，抑或當下離鄉的愁緒、返鄉的抑鬱，甚至是作家對未來烏托邦理想的託寓之處。藉由文學形式的轉化，「故鄉」早已非純然的自然地理空間，作家結合人文地景、個人的生命經驗等的敘事，將它昇華成另一種想像的文學地景（literature landscapes）。它既可能是表徵過去傳統的封建空間，如魯迅（1881-1936）的〈故鄉〉；但亦可能是沈從文（1902-1988）烏托邦式的湘西世界，為一切美好事物的寄寓之處，以形構一種特殊的地方感。同樣地，龍瑛宗（1909-1999）的故鄉新竹縣北埔鄉是他文學啟蒙之地也是他的文本舞台，因此本文將藉由龍瑛宗故鄉書寫的個案研究，說明他在離鄉後如何藉由文學書寫進行地方文字的描繪（word-painting），重新想像創造北埔的文學地景。

　　近期臺灣文學研究界進行跨界比較研究時，對作家離鄉的異國經驗、現代性經驗與離散的國族敘事等等較為關注，例如：戰前的留日作家楊逵、張文環、呂赫若、巫永福等人的帝都經驗研究已累積相當的研究成果。[1]但龍瑛宗因未曾留過學，因此他看待故鄉的視角有別於其他同時代的留日作家。以呂赫若為例，在他曾在日記中清楚地記載他從嚮往帝都，到演劇之夢的幻滅，最後帶著「寂寞」返鄉的過程。返鄉前的他安慰自己「回鄉就能定下心來幹了（1942.4.27）」帝都之行如黃粱一夢「夢裡夢見東京生活的寂寞。但，一早醒來後想到鄉下時，夢想繁華的東京，究竟是怎麼回事呢？事物正因伴隨空想而美好。（1942.5.2）。」[2]因帝都的孤寂之旅，讓呂赫若重新思索

1　例如：垂水千惠的《呂赫若研究　1943年までの分析を中心として》（東京都：風間書房，2002年）、張季琳的《台湾プロレタリア文学の誕生——楊逵と「大日本帝国」》（東京大學大學院人文社會系研究科博士論文，2003年10月）、柳書琴的《荊棘之道：旅日青年的文學活動與文化抗爭》（臺北市：聯經出版事業公司，2009年5月）等等。

2　呂赫若：《呂赫若日記》（臺南市：國家臺灣文學館，2004年12月）。

在「故鄉」實踐文學理想的可能。

但，龍瑛宗與故鄉的距離只有從「島都」臺北到客家山村北埔的距離，三〇年代現代交通工具巴士早已駛進這個小鎮，它與臺北之間並未形成太大的隔絕感，也缺少帝都東京與殖民地鄉下的反差感，致使他對故鄉地景欠缺像呂赫若那樣「因伴隨空想而美好」的想像美感，反而出現渴望離鄉的緊張感。然，現實的返鄉之路縱然欠缺距離美，但他仍試圖在返途中找尋山村的文學地景創造新的想像空間和書寫題材；戰後隨著時間的淬煉，北埔的風土民情與移墾、抗日歷史已風化成為龍瑛宗歷史書寫不可或缺的沃土。

龍瑛宗本名劉榮宗，一九一一年出生於當時的新竹廳竹東郡北埔庄，祖籍為廣東省饒平，為家中男子排行第五。其父劉源興（1869-1934）在北埔街上經商，小有積蓄足供家中男子進入北埔公學校就學。其兄長劉榮殿（二哥）任職於當時北埔庄庄公所。劉榮瑞（三哥）臺北師範畢業後，成為公學校教員。龍瑛宗一九一九年進入北埔公學校就讀，一九二七年自北埔公學校高等科畢業。可見，非地主階級出身的劉家兄弟學歷雖不高，但皆務實地以進入收入穩定的殖民地機關單位為目標，成為地方性的小知識分子。一九三〇年龍瑛宗於私立臺北商工學校畢業後，在日籍主事佐藤龜次郎的推薦下，以優異的成績進入臺灣銀行任職，並調往南投分行，一九三四年才調回臺灣銀行臺北總行。一九四〇年當他被東調到花蓮分行後，隔年一九四一年遂辭去銀行工作，返回臺北進入臺灣日日新報社擔任編輯工作。歷經戰後初期政權更迭通貨膨脹的困頓歲月，一九四六年短暫前往臺南主持《中華日報》日文版，但在新聞雜誌日文版遭禁後，一九五〇年再度重返臺北金融界任職於合作金庫，直至一九七六年退休，一九九九年於臺北終老，最後長眠於故鄉北埔。

從上述的經歷可知他終其一生都是受薪階級。在十七歲負笈臺北求學後，就未曾返鄉久居過，且除了工作之需短暫離開臺北城之外，鮮少離開過臺北都會生活。一九〇五年代以後的臺北告別其封閉性，成為具開放性的現代都市空間，公共的展示空間逐漸與新式的商業活動相互結合，一九三二年城內在菊元百貨公司開幕後，進入一個新的階段。一九三五年「始政四十周

年記念博覽會」又達到另一個高潮。[3]三〇年代的臺北城逐漸蛻變成吸引地
方青年的現代摩登都會，龍瑛宗北上升學正好躬逢其盛，見證了島都蛻變成
現代都市的過程並深受吸引。當時的臺北商工學校位於幸町四十番地（今濟
南路），地處臺北政經的核心地帶。離鄉後他完全浸淫在臺北的現代文明生
活中，好學的他經常駐足於新式書店站讀，享受閱讀剛從日本內地送達殖民
地的新刊雜誌與書籍的愉悅，同時養成他高度依賴都會的生活慣習。

　　解嚴後由於島內各族群意識高漲，龍瑛宗的文學身分除了是日語前輩作
家之外，他也是戰前少數的客籍作家。葉石濤曾以〈龍瑛宗的客家情結〉[4]分
析他客家行商之子的身分對其文學風格和文壇處境的影響。雖然客籍身分讓
他陷於某種困境，但北埔的地理文化空間卻提供他許多異於閩籍作家的特殊
書寫題材，希望藉由本文的爬梳讓當代讀者得以重新認識前輩作家龍瑛宗如
何在山村北埔孕育他的文學夢想，他的故里又如何被安置在他的文學地景中？

　　跨時代作家龍瑛宗的文學活動在輟筆近三十年後其進行跨語書寫語言，
但因其中文駕馭能力尚嫌不足，因此他的書寫策略亦隨跨語而有所調整，以
至於影響到他的故鄉敘事方式。龍瑛宗戰後的寫作活動，除了著手戰前日文
舊作的中譯，藉以提升中文書寫能力之外，以撰寫有關臺灣歷史的流變性、
個人的生活記憶和族群認同等的隨筆居多。關於當時龍瑛宗的寫作意識，許
維育曾根據龍瑛宗晚年的作品內容，探究他的國族認同問題，認為龍瑛宗雖
然不滿國民黨在臺的極權統治，但卻喜歡中國的傳統文化，視中國為原鄉，
自認是中國人，常懷「望鄉」之情，這種態度和思想終其一生他都未曾改變
過。[5]這是他與其他同世代的臺籍作家較為不同的地方，究其原委或許與他
的客籍身分多少有一些關係。但，戰前他的作品中其實不太提及個人對原鄉

3　蘇碩斌：〈空間不是自然，空間是社會〉，《看不見與看得見的臺北：一部於空間治理的
　　兩種不同城市哲學》（新北市：左岸文化出版社，2005年8月），頁266-279。
4　葉石濤：〈龍瑛宗の客家情結コンプレックス〉，《夜流》（臺北市：地球出版社，1993
　　年5月），頁1-10。
5　許維育：《戰後龍瑛宗及其文學研究》（新竹市：國立清華大學中國文學系碩士論文，
　　1998年6月），頁152。

的情感，客籍身分也未被刻意凸顯，對帝都卻充滿嚮往之情；戰後的望鄉所指涉的往往是想像的文化中國，為了梳理他的國族認同和文化認同的齟齬之處，就得對他戰後故鄉書寫的延續性與斷裂性有所理解。

因此，本文將利用龍瑛宗的文學文本和與北埔地方史相關之文獻史料互文佐證，探討這位未曾留日的客籍作家、跨時代跨語的故鄉書寫如何與時俱變？或者有何不變之處？其中，他又如何記憶書寫北埔公學校時期的文學啟蒙，成名之後，他又如何藉由故鄉地景展演他的文學想像，在戰後七〇年代的發現臺灣尋根熱中，他又如何召喚故鄉的歷史記憶和重構北埔的地方感？藉此說明龍瑛宗如何創造想像故鄉的文學地景。

二　北埔公學校時期的文學啓蒙

戰後龍瑛宗文學回憶性的隨筆和自傳性的小說[6]居多，其中，童年在鄉的閱讀經驗與公學校時期的文學啟蒙經驗是晚年的隨筆津津樂道的重點之一。公學校的語文教育經常是殖民地作家踏上文學之路的起點，其中日籍教師通常都扮演極其重要的文學啟蒙者角色，如：楊逵因深受公學校教師沼川定雄（1898-1994）的文學啟蒙，而拓展他的文學視野。[7]同樣地，龍瑛宗在回憶北埔公學校階段的歷史敘事中，經常提及兩位人物，一位是日籍校長安部守作；一位是他的文學啟蒙教師成松富夫。[8]因此，本節將透過史料與文

6　周芬伶：〈龍瑛宗與杜南遠的自傳書寫〉，《龍瑛宗（1911-1999）》（臺南市：臺灣文學館，2011年3月），頁271-290。

7　張季琳：〈第三章 楊逵と沼川定雄—台湾人プロレタリア作家と台湾公学校日本人教師〉，《台湾プロレタリア文学の誕生—楊逵と「大日本帝国」》，頁29-56。

8　根據《百年大愛‧千年大隘：北埔國小創校百週年特刊》（黎芳雄編，新竹縣北埔國民小學，1998年11月，頁54。）的「歷屆教職員一覽表」成松老師的全名應是「成松富夫」。雖然龍瑛宗曾在〈半世紀前的往事〉中憶起這位老師，提到：「成富先生是從九州地方的中學畢業不久的年輕先生，他愛好日本的短歌，他抄錄日本的《萬葉集》給我們讀，這，對我來說，文學之形成受惠非（按：匪）淺。」〈半世紀前的往事〉，《北埔國小八十周年紀念特刊》（新竹縣：新竹縣北埔國民小學，1977年12月26日）。

本互為佐證，釐清他如何記憶書寫北埔公學校時期重要的師長及其文學啟蒙活動。

　　北埔地區自一八九八年始設「國語傳習講習所」，後北埔分教場改稱為「北埔公學校」，成立之初由教諭宮得三代理校長，借用慈天宮作為臨時校舍。隔年由安部守作接任，為讓該鄉學童擁有一個較好的學習環境，由「姜義豐」代表者姜振乾先生捐地建造校舍，於一九○二年遷入目前的校址。一九一六年公學校開始附設高等科，讓學生可在鄉繼續升學。[9]龍瑛宗一九一九年進入公學校就讀，於一九二五年三月畢業（第二十二屆畢業生五十六名）。之後，他卻因口吃問題未能順利考取師範學校，故繼續進入北埔公學校高等科就讀，於一九二七年畢業後才離鄉（第二屆畢業生十三名），前往私立臺北商工學校繼續深造。[10]

　　在龍瑛宗的文本中曾多次提及公學校的安部校長，即是安部守作。一八九九年他攜眷來到臺，初抵北埔擔任校長一職後便熱心學習客家話，未曾仗其優越的統治者身分欺壓村民，盡心投入教育工作，備受村民愛戴，一九○七年爆發北埔事件時，他的妻子也因此才得以倖免於難。當時軍方原本要殺雞儆猴計劃將村裡的成年男性全部殺害，但因新竹州廳廳長極力反對，安部校長為救村民含淚奔走，才保住村民的性命。一九二二年他退休返日後，庄民為感念他在鄉的德澤，一九二八年（創校三十週年）在北埔公學校校門為他立碑以茲紀念。當年他的逝世訃聞傳至北埔時，有志者甚至為他舉行遙祭典禮。另外，其遺稿〈北埔事件之大要卜公學校卜ノ關係〉中詳實地記載事件始末與公學校的關係，以及夫妻在北埔事件中被營救的過程。[11]關於安部校長在北埔的行跡事宜，龍瑛宗曾在小說〈媽祖宮前的姑娘們〉和〈夜流〉等中提及他與村民之間的互動情況，推算時間當時龍瑛宗只不過是公學校低

9　范明煥總編纂：《北埔鄉誌》（新竹縣北埔鄉，2005年11月），頁634-637。

10　黎芳雄編：《百年大愛・千年大隘：北埔國小創校百週年特刊》（新竹縣：新竹縣北埔國民小學，1998年11月），頁227、237。感謝吳聲淼校長協助取得資料，謹此致謝。

11　黃榮洛：〈北埔事件安部校長手記〉，《北埔事件文集》（新竹縣：新竹縣文化局，2006年6月），頁40-65。

年級生，關於這個歷史事件的內容主要應該是聽聞抑或閱讀史料而來。

龍瑛宗戰後的小說〈夜の流れ〉[12]有中、日兩個版本，是他的作品中少見短時間內改寫的雙語文本。作品中雖是同是描寫安部校長，但因讀者的差異作者調整了敘事重點，在日文版〈夜流〉有關安部校長的相關描寫如下：

> 有一天 R 老師請假，所以國語課由校長代課出現在教室中。從杜南遠的眼裡看來，覺得他是一位頭髮花白濃密的老頭子。這位就是安部校長先生。村民用台灣話叫他 Anbu 校長先生。安部校長用日語授課，偶爾會用一兩句帶有腔調的台灣話說明。
>
> 安部校長為了說明芭蕉快被暴風吹倒的樣子，像喝酒醉般腳步蹣跚，左右地扭動身子，東倒西歪作勢向前摔倒。校長先生為了讓學童理解其意，而拼命地比手畫腳，可窺見其教學態度。
>
> 村裡設有公學校的隔年安部校長就到任，那時沒有校舍，公學校設在廟裡。
>
> 校長壯年時，發生台灣人反叛殖民地政府的暴亂。當時校長出差不在，校長夫人被藏匿在台灣人的家中，扮裝成台灣民婦，逃過一劫。在村裡當校長二十多年的安部先生，終於退休離開村庄。杜南遠等全校學生列隊歡送老夫婦。老夫婦搭乘輕便臺車離去，盛情向學生揮手致意。回到大分縣宇佐郡豐川村的老夫婦再也沒回來過這個村庄。
>
> 但村民並沒忘懷安部校長，創校三十週年時，在校園一角立紀念碑，上面寫著不太受歡迎的漢文。碑文上一節寫到：「先生大分縣人也，……，其間經營學校始終如一，樂育英才，桃李盈門，如斯盛況非先生之功曷及此……。」
>
> 在那之後沒有多久，安部校長在九州故里逝世的消息便傳到村裡來，得知此消息的村民、畢業生、在校學童們便到校集合，向東方舉行遙祭儀式。一位日本人從領台時就跑來台灣的鄉下，未曾搬至別處，在

---

12 〈夜の流れ〉「日語版」於一九七九年五月發表後，龍瑛宗又於一九七九年八月三至五日自譯〈夜流〉「中文版」連載於《自立晚報》副刊上。

這個村庄從事大半輩子的教育工作。<u>杜南遠低頭沉思著，他臨終前臥病在床時，台灣的種種恐怕仍令他在腦裡揮之不去吧。</u>（按：下線筆者）

但，龍瑛宗自行中譯的內容卻調整如下：

有一天，K老師請假，在國語課（日本語）時間校長來代課，校長是斑白毛髮濃密的老頭兒；村民們以臺灣語叫做安部校長先生。安部校長以日本語授課，偶爾一二句帶有日本鄉音的台灣語來講解。為說明香蕉被風暴險些吹倒的光景，他老人家扮演酩酊大醉的酒鬼，東歪西倒竟向前摔倒狀；拼命地指手劃腳使兒童略知其意。

自從村裏有公學校，第二年安部先生就當校長，他在壯年時，隘勇、腦丁、泰邦爾族們發起復中興的事件；那個時候，校長出差不在，校長夫人被臺灣人救了一命。

安部校長在村裏勤務二十幾年，竟告退休離村了。全校師生們排隊歡迎老夫妻；老夫妻搭乘輕便臺車而去，師生們不斷地搖手。

日據時代創校三十週年時，在校園的一角建立了紀念碑；在碑文上面記載著殖民地政府所不受歡迎的中國文；而碑文的一節是：「安部先生大分縣人也……其間經營學校，始終如一，樂育英才，桃李盈門，如斯盛況非先生之功曷及……。」

沒有好久，安部校長在日本鄉里抓（按：逝）世的訃聞來到村裏，學童們在校園聚集，向東方舉行了遙吊。一個日本人自從領臺伊始，就跑到臺灣的一寒村，從事一輩子的教育工作，也算稀奇的事。（按：下線筆者）

「日文版」和「中文版」的敘事重點顯然不同，「日文版」是刊於日本九州地區的同人誌《だぁひん》，因此作者特地標舉安部校長出身九州，以期拉近讀者與文本之間的距離感，同時也使用較長的篇幅強調杜南遠的個人經歷與想像，描寫村民動員進行歡送、遙祭安部校長的情況，強調日、臺友

好的情誼。但，在「中文版」中作者主要側重抗日的歷史敘事，例如：「復中興事件」和「日據時代」的敘述，可見「讀者」的差異影響作家的敘事模式。安部校長雖對龍瑛宗在校的學習雖未產生直接的影響，但他卻對北埔地方教育現代化貢獻相當的大，因此當龍瑛宗憶及北埔公學校點滴時，安部校長這位教育家便成為書寫的重點人物之一。

在龍瑛宗戰爭末期的小說〈歌〉[13]中，曾有一段描寫主角李東明少年時期求知若渴企求走入「辭之林」的過程，自道：「即使要學習國語，卻因為在偏僻的鄉下，書籍不容易取得，就連和內地人講話的機會也極為稀少。因此，一心一意想要學國語的少年李東明，曾經撿起被丟在路旁印有鉛字的紙片，像飢餓的人一般讀著。」這樣的描寫似乎也反映出山村少年龍瑛宗的學習片段。公學校教育的文學啟發成為他進入文學世界的重要知識路徑。來自熊本的日籍教師成松富夫[14]成為引導他在公學校時代立下文學志向的啟蒙者。成松對和歌寫作甚有心得，亦曾在當時臺灣最大的短歌誌《あらたま》（新玉）[15]發表作品。同時他也積極指導臺灣學童如何欣賞《萬葉集》的抒景和歌，讓臺灣少年龍瑛宗得以跨越日臺空間和古今時間的差異，浸淫在美好的文學世界中：

> 古代的日人歌詠美麗的風景，住在異域的異民族杜南遠透過日語，從那首詩獲得同樣的感受，得以體驗同樣的靈魂愉悅。在遙遠古昔死去的日本人之感懷，直接地傳給現在活著的台灣人的一位少年，對於讓他引起共鳴的這種靈魂與靈魂的接觸，杜南遠覺得非常地不可思議。[16]

---

13 龍瑛宗，〈歌〉，《臺灣文藝》第2卷第1號（1945年1月），頁15-20。

14 根據《臺灣總督府職員錄系統》（中央研究院台史所）的資料，成松富夫的官職為「教員心得」，一九二五年至北埔公學校任職，月俸四十。

15 根據筆者的調查，濱口正雄主持的短歌雜誌《あらたま集》5卷2號（1926年2月）刊有成松富夫三首〈姉みまかりぬ〉（兄姐逝矣）和一首〈或る人に〉（給某人）。同時，在平井二郎編的《歌集 臺灣》（1935年4月）中亦收入他的三首作品，但內容只見「山風」二字，實難研判當時他身在何處，何時離開北埔公學校。

16 龍瑛宗，〈夜の流れ〉，《夜流》（臺北市：地球出版社，1993年5月），頁33-34。

他在小學五年級時，接受成松老師的文學啟蒙後，便開啟了他的文學之眼。之後，他積極地涉略島崎藤村、石川啄木等人的作品，嗣後廣涉巴爾札克、果戈里等世界文學的作品。[17]他也自此開始對寫作感興趣，公學校的作文〈暴風雨〉曾被收入於《全島學童作文集》，並積極投稿至東京發行的全國少年雜誌。[18]甚至還會將手邊僅有的零用錢拿來購讀日本知名的兒童雜誌《赤鳥》。他在晚年憶及這段美好的閱讀時光時，提到：「恰似打嗝般，不時會懷念起那段記憶。」[19]可見，透過「日語」徜徉在文學世界的閱讀經驗，已成為作家身體自然反應的一部分，這是日語作家在文學養成過程特有的生命經驗。

關於上述的龍瑛宗的作文〈暴風雨〉的內容不得而知，但根據游珮芸的研究，當時島內的兒童作文集的徵文內容，與兒童雜誌《赤鳥》主編鈴木三重吉（1882-1936）「如實描寫生活」、「生動地描寫出真實感受」的作文主張若合符節。依據〈暴風雨〉的篇名此文也許是少年龍瑛宗撰寫日常生活體驗的文章。可見，龍瑛宗在北埔公學校階段顯然就展現他對文學創作的喜好，勇於自我實踐而主動將自己的稿件寄到「內地」少年雜誌，以現實生活中的臺灣「地方色彩」為題材，在徵文投稿活動中滿足個人寫作的慾望。這樣的文學感知訓練和從生活中尋求寫作題材的鍛鍊，奠定殖民地作家龍瑛宗日後寫作的基礎。

龍瑛宗個性較為內向，文學話題是他與同儕的重要觸媒，北埔雖然是個山村但仍有不少書香之家，青少年時期同鄉好友彭瑞鷺和他一樣都喜歡文學且氣味相投，且對具感傷抒情性的吉田絃二郎（1886-1956）的散文特別感

---

17 龍瑛宗：〈孤獨的文學路〉，《台灣時報》，1988年1月25日。

18 龍瑛宗：〈一個望鄉族的告白：我的寫作生活〉，《聯合報》，1982年12月16日。文中提到的《全島學童作文集》根據出版年份、徵文區域等它或許是《臺灣小公學校兒童選集 第六學年和高等科之卷》（臺灣通訊社出版，1925年收錄作文247篇，288頁）一書，書籍資訊參閱游珮芸：《植民地台湾の兒童文化》（東京都：明石書房，1999年2月），頁294。

19 龍瑛宗：〈幾山河を越えて〉，《咿啞》第24、25合併號（1989年7月），頁12-13。

興趣。[20]當時村里設有私人圖書館「木鐸會」，提供他們許多閱讀世界名著的機會，藏書雖由當地讀書人捐贈，但大都是姜家的日文書籍，一有空他便會跑到圖書館閱讀，在那裏遍讀世界文學，少年時就已讀過片山伸譯的《唐吉訶德》，年老再憶及山村閱讀歲月，仍令他引以為傲。[21]從小在北埔公學校時期累積而成的文化知識成為他日後立足文壇的文化資本。如此的文學閱讀習慣成為他重要的慣習，是他精神食糧的重要泉源，他的文學視野與文學美學的感知能力、作家性格，早在北埔公學校時期似乎就已奠下初步的文化教養基礎。

三 文學想像的展演

龍瑛宗一九三七年以處女作〈植有木瓜樹的小鎮〉一作獲獎進入文壇後，積極展開他的文學活動，故鄉的自然地理空間和文化地景時而成為他的文學地景。〈植〉的寫實主義的手法，反映了殖民統治底下臺灣小知識分子的煩悶和苦惱等等。他們的生活苦悶源自殖民體制的歧視問題與傳統封建社會對個人自由的壓抑。「故鄉」常常是象徵傳統的封建性，成為新知識份子追求理想與戀愛自由的壓力，離鄉成為他們逃避現實壓力的一種的方法。本節將探討作家如何描寫在鄉小知識分子離鄉與否的內心焦慮，和如何在文學地景展演他的鬼魅書寫？

（一）離鄉與否的焦慮

作家龍瑛宗得獎後曾燃起前進帝都一圓文學家夢的衝動，但卻礙於種種現實因素最終只能作罷。因此，究竟是選擇追求理想抑或屈就現實、離鄉與否的兩難也經常如實地投射在他的小說人物身上。他也有意識地透過文字描

---

20 龍瑛宗：〈怎麼樣看也不懂〉，《開南校友通訊》，1986年7月15日。
21 龍瑛宗：〈與舊友話當年〉，《民眾日報》（民眾副刊），1980年10月25日。

寫三○年代後地方青年在臺灣社會快速地現代化的過程中，面對摩登都會生活強大的吸引力時所呈現的集體焦慮感。他們雖然嚮往都會生活，但又不能無視故鄉親情的召喚和現實生活的問題，虛無的幻想世界竟成為作家為他們生活的出口，如：〈朝霞〉[22]的小說主角伊章，他的性格中帶有「軟弱無力的理想」，所以他總是猶豫不決，究竟是要選擇留在臺北都會，享受現代文明生活，閒暇之餘到書店購讀文學書籍，滿足個人的閱讀欲望呢？還是返鄉繼承家產，享受山林恬靜的生活？他因父親生病必須暫時返鄉，在這段期間他與宏堂兩人展開激烈的辯論，宏堂質疑地問伊章：

> 都市有什麼好的？像我這樣的鄉下人是不懂的。雖然年輕人不斷地嚮往都會。好像有一條無法抗拒強而有力的絲線拉著他們，但我一點也不想去都市。你到底是不喜歡鄉下哪裡？年輕的女孩如豐富的水果般新鮮，青山繚繞樹林私語，這些都是顯現著大自然深刻的啟示。

伊章在被詰問之後，重新喚起自己童年的身體記憶，裸足奔跑森林、山野、溪流的故鄉經驗，反思自己為何執意追求都會生活呢？「假如要學文學，在鄉下也並非全然不行，問題在於決心。」，以此作為說服自己，預告自己在勞動之餘，將於故鄉的山林鳥語間閱讀海涅的詩集。然，小說最後竟以他耽溺於各式各樣的空想作結，消解了屈就現實返鄉務農的可能性。

離鄉與否的爭辯和猶豫難決的苦惱與焦慮同樣出現在小說〈黃家〉[23]中，生活在寒村小鎮的兩兄弟，兄長若麗和弟弟若章兩人性格、興趣迥然不同，各自對未來有著不同的想像。若麗喜歡音樂，不願自己的才華被埋沒於寂寥的山村中，亟欲進入東京音樂學校學習一展抱負。若章雖然相信自己有

---

22 龍瑛宗：〈朝霞〉，《台灣藝術》創刊號（1940年3月），頁13-23。

23 龍瑛宗：〈黃家〉，《文藝》8卷11期（1940年11月）。龍瑛宗曾自道：「民國二十九年在東京的《文藝》雜誌上，發表〈黃家〉一篇小說，故事的背景是北埔鄉，當時用日文寫作，大部分讀者是日本人跟韓國人，發表以來經過約四十載。」（〈半世紀前的往事〉，《北埔國小八十週年紀念特刊》，新竹縣：新竹縣北埔國民小學，1977年12月26日）。

繪畫才能，但對成為一名專業藝術家，始終抱持觀望與懷疑的態度。他總是不時耽溺於華麗的幻想中而欠缺實踐力，當幻想消失時，「絕望的現實立刻像屹立的懸崖般，遮住眼前。深沉的憂鬱和冰冷的嘲笑，將他沉重地置於地面上拖行。」

有一天若麗收到友人從東京寄來江之島的明信片後，他便開始想像東京的生活，也因此越發對死寂的鄉居生活感到抑鬱不滿。兄弟倆人針對藝術理想和現實生活之間孰者重要的文本命題進行了激辯。最後，在不允許冒險的時代裡，若章選擇與現實生活妥協，選擇當一位在鄉的肖像畫家；若麗卻借酒澆愁成為一位難以離鄉的生活敗北者。

另外，具自傳性色彩的〈白色的山脈〉裡，主角杜南遠身處花蓮僻地，同樣地經常離群而耽溺於獨思。在現實生活裡他因為需要擔起照顧兄長的三名遺孤，不得不放棄前往東京實踐文學抱負的願望，就像個被囚禁的人。「現實生活是悲慘的，為了逃避他那種悲慘的心境，他變成了幻想主義者。」[24]三〇年代的帝都東京是在鄉的殖民地青年的嚮往之地，提供他們對現代文明和未來的想像。他們試圖逃離代表傳統封建家庭禁錮的故鄉，夢想前往遠方的帝都一展抱負，亦猶如〈午前的懸崖〉的主人公張石濤為爭取戀愛自由而逃離故鄉，前往東京尋夢一般。但，小說主角雖然崇尚自由文明的都會生活，不願窩居在鄉間，但也欠缺前進東京高飛的決斷力，總是在理想與現實的漩渦中掙扎，如：〈黃家〉的兄弟、〈朝霞〉的伊章即使具有「藝術家成長小說（artist-novel）」的特質[25]，但因為無法「離鄉」實踐理想，最後只能成為一位未完成的藝術家。

---

24 龍瑛宗：〈白色的山脈〉，《文藝台灣》3卷1期（1941年10月），頁43-45。
  無論〈黃家〉或〈白色山脈〉都有一位嗜酒潦倒的兄長，根據龍瑛宗二哥（劉榮殿）寫給龍瑛宗的家書（《龍瑛宗全集 第八冊 文獻集》（臺南市：國家臺灣文學館籌備處，2006年11月，頁48-49）中，可知，四哥劉榮瑞酒後吵鬧分家之事。最後，他因胃病在花蓮病逝。龍瑛宗為何長年悉心保留這份家書，或許為了讓後人理解他小說的原型人物。

25 蔡鈺淩：《文學的救贖：龍瑛宗與爵青小說比較研究（1932-1945）》（新竹市：國立清華大學臺灣文學研究所碩士論文，2006月7日），頁104-109。

戰前龍瑛宗並不刻意強調客家聚落的文化特性，唯〈貘〉是為符合《日本の風俗》（4：10，1941.10）介紹臺灣風俗特輯之需所撰寫的小說，臺灣傳統家庭的空間擺飾和建築形式等的描寫較為細膩，特別提到主角徐青松的邸宅（首富之家）留有早期為了防止土匪來襲，建造設有「鎗眼的土牆」，鎗眼設計室為了攻防自保，進入裡面又有樓門，等於環繞雙層的土牆，因為當地在百年前是泰雅族的棲身之地，以此暗示文本空間是一個曾發生原漢衝突的客家區域；另外，主角徐青松也會在黃湯下肚後吟唱地方客家民謠「山歌」，也提示了那是一個具有客家山歌的文化空間，但除此之外，作者未再深入介紹客家族群的文化特性。

在上述的文本中即使書寫故鄉的地景空間，但卻超越實際的地景，以文學地景象徵一個苦悶欠缺出路的、落後的殖民地傳統空間，充斥著令人不悅的氣味，〈黃家〉中寒村欠缺現代醫療設備，又因母親的「迷信」致使若麗喪子，情節最後若麗的「離鄉」竟是為了醫治積鬱已久的胃病，而非尋夢實踐理想之行。〈貘〉中，友人徐青松家的正廳神桌前的桌裙花樣雖說是麒麟（乘載許多美夢，飛向幸福之國的高貴動物），但在「我」看來徐因故鄉家族提供的財富而喪失了夢想的能力，家族亦隨之沒落，牠應是專門吞噬夢想的「貘」。

未曾離開何來鄉愁？在這個階段龍瑛宗的「故鄉」並非象徵田園浪漫的呼喚，提供他烏托邦式想像的空間，而是瀰漫著陰鬱苦悶的氛圍，加諸於小知識分子現實生活的重擔，象徵封閉的傳統社會壓抑個人自由的鄉土空間。他為了抽離有形無形的禁錮，文學想像成為自我安頓的抽象空間，「故鄉」的實體地理空間轉而被形構成一個虛實相間的文學地景，鬼魅之影也因之穿行其間。

（二）跨時代的鬼魅書寫

杜南遠系列的自傳性小說是龍瑛宗跨時代的文學主題，其主角經常沉默寡言，帶有無以名狀的疏離感，即使身處人群中，仍易於神遊遁入個人的想

像世界裡。在隨筆〈孤獨的蠹魚〉中他自道：

> 空想是孤獨的產物。總之，由於我孤獨，所以成為幻想家。從小我就
> 有各種嚮往，至少我的靈魂是從世界的一個角落旅行到另一個角落。
> 寒風徹骨，一個人浪跡到極光下而被凍到哆嗦，佇立在波斯的荒野，
> 目送被晚風吹拂著的波斯美少女。或在椰子的月下，與南方的蘇丹飲
> 酒作樂。我的幻想燦爛而綿延不絕。[26]

因為「在文學的領域中至少我可以自由地幻想翱翔，療癒殖民地生活的苦
惱。現實越是悲慘，幻想越是華麗。」[27]致使他在故鄉北埔那幽暗的巷弄和
陰森的樹林裡因其文學想像也不斷出現幢幢「鬼影」，在情節推移的過程中
故弄懸疑，以期達到臨場感的藝術效果。

　　北埔是新竹地區開發較晚的鄉鎮，位於新竹縣南方的丘陵間聚落，街道
的腹地並不大，其主要街道中心緊鄰秀巒山，山村屋舍群聚，多為土夯舊厝
巷弄略顯陰暗侷促，這樣的地理景觀提供龍瑛宗許多鬼魅想像的地方感。以
北埔為舞台的作品，戰前有〈黃家〉、〈白鬼〉、〈村姑娘逝矣〉、〈貘〉等，戰
後的〈夜流〉、〈媽祖宮前的姑娘們〉等小說。〈黃家〉中的枇杷庄近似故鄉
北埔庄的相對地理空間，小說一開頭便點出白晝時「慈雲宮」的廟埕風景：

> 枇杷庄是個看得見藍色中央山脈的寂寥山村。幾近位於部落中央，有
> 一座門扇被燻黑，柱子覆蓋著灰塵，屋頂長苔，雜草叢生的古廟。
> 這座古廟前鋪著石板，有一棵巨大的老榕樹，骯髒的枝椏接近地面爬
> 伏開展。（中略）
> 有時熱風常帶著沙塵、倦怠、睏覺吹向如植物般的村民們的臉上。太
> 陽燃燒著，溶解了所有的聲響。
> 的確，整個村子被白炎包圍著，鴉雀無聲風景寂靜。

---

26 龍瑛宗：〈孤獨的蠹魚〉，《孤獨的蠹魚》（臺北：盛興出版部，1943年12月），頁190。

27 龍瑛宗：〈「文藝台灣」與「台灣文藝」〉，《台灣現代史研究》3卷（1981年1月），頁86-
　　89。

古廟「慈雲宮」的地理配置與北埔的信仰中心的「慈天宮」相近，是一個象徵故鄉的重要地標，入夜之後古廟又提供神秘的地方感：

> 母親和兒子相依偎著，走在寂靜而月影淡薄的街道，不久來到慈雲宮前面。黑暗的巨樹高而可怕矗立在面前，好像深藏著自然的妖氣似的。若彰感到胸口一股莫名奇妙的壓力，疼痛似地抖著。
>
> 沿著慈雲宮有一條細小的窄巷。濕而有著尿騷味的土牆，好像會碰到鼻子一般，勉強走過那裡，就看到枇杷庄最悲哀的街景。
>
> 那是貧窮的，令人感覺像一個小迷宮的街。
>
> 慈雲宮的正後方，由巨樹、老樹覆蓋暗綠色，如懸崖般矗立的森林。但在其間有片傾斜的地方。在那裡有數百戶的人家，以各種形式擁簇地並排著。
>
> 靠著朦朧的月光，若彰跟母親在一起，在小巷弄中小心翼翼走著，時而跟蹌，想起這條街各種悲傷的事情。
>
> 若彰覺得這朦朧的月光與影子的相擁之處，必隱藏著鬼。

作者透過視覺與嗅覺的描寫，描繪出汙穢幽暗不堪的閉塞空間，妖氣與鬼影橫行，患有梅毒「鼻子潰爛，走路外八的賣淫女落魄樣，歪皺的臉比用舊了的抹布還要可憐」、衣著破爛「像木乃伊般，眼窩凹陷的鴉片上癮者」，還有頭披黑布巾，口中碎唸如烏鴉般的老太婆。如此悲哀不堪的街景，令人不悅的鄉土風景與充滿理想的新知識分子小說人物形象之間顯得格格不入，象徵著殖民地空間的陰鬱與絕望感。

除了上述以景喻情象徵殖民地抑鬱空間的文學地景之外，龍瑛宗亦嘗試在作品中虛化故鄉的地理空間，藉由文學敘事超越現實的自然地景，在人物的「移動過程」和「死亡過程」中將北埔的丘陵地景，轉化成另一種想像的文學風景。

短篇小說〈白鬼〉（《臺灣日日新報》，1939.7.13、22）是篇充滿懸疑性的短篇小說。小說一開頭就先說明，在某一年的初夏，因家中有事非得返鄉

不可，夜幕低垂的時分，因已無從竹東發車到北埔的公車[28]，只好一人獨自徒步返鄉，走在蜿蜒的丘陵道路上，他幻想著「鬼」事，「我的肉體變成植物，忽然扎根而下，恐懼的植物顫抖著。」當「我」耽溺於幻想之際，突然出現「白鬼」清喉嚨的聲響，但白鬼非「鬼」。兩「人」在途中擦身而過後。接著他又想像那位急欲請醫生幫妻子看診的白衣男人的家中狀況。之後，「我」並未因此減輕行走在黑暗中的恐懼，只好在一連串想像的音樂聲中渡過，因為音樂能夠取消對時間和空間方向的警覺性。旋律的聲音使人體產生同步的移動而消滅了其對目的性活動的感覺，亦消滅了透過歷史時空而趨向目的的感覺。[29]在充滿音樂性的情節裡消解他獨行於鄉間小路的不安，但一切美好的幻想和快樂的情緒，竟被「像癩蛤蟆般甲狀腺腫大的女人的嘶啞聲」打破。主角為了掩飾在闃黑空間的恐懼感，他試圖利用愉快的聽覺經驗遮掩其中的焦慮，但最後竟出現令人不悅的視覺景象，產生了感官經驗上的反差效果，提供讀者閱讀的趣味性。

小說的情節鋪陳隨著北埔蜿蜒的丘陵小徑順勢而下，進入村庄之前，俯視性地描寫「在那裏我寂寞故鄉，已經垂垂老矣，口水直流貪睡地進入夢鄉。」[30]這篇作品情節緊湊，藉由想像編織出人鬼、美醜、虛實的返鄉過程。但，作者的書寫重點似乎並不在鄉愁的傾訴或傳統封建性的批判，而是他沉浸在返鄉移動過程的幻想，以文學想像創造出屬於「故鄉」地景的文學故事。

又，小說〈村姑娘逝矣〉（〈村娘みまかりぬ〉），《文藝臺灣》創刊號，

---

28 根據范明煥總編纂：《北埔鄉誌》（新竹縣北埔鄉，2005年11月，頁591），「1937年北埔、竹東、新竹汽車往返時刻表」（轉引自《新竹州時報》1卷3期，臺北市：新竹州時報社，1937年8月），從新竹發往竹東的末班車為21:45）

29 段義孚著、潘桂成譯：〈經驗空間的時間〉，《經驗透視中的空間與地方》（臺北市：國家編譯館，1998年3月），頁121。

30 龍瑛宗：〈白い鬼〉，《臺灣日日新報》（1939年7月13日、22日）。龍瑛宗自譯成〈白鬼〉刊於《民眾日報》（1979年6月15日）。為了讓當代讀者便於閱讀，副刊主編鍾肇政建議進行裁剪內容，但龍仍非常堅持小說的音樂性，不願略過小說中的英文歌詞。（〈白鬼讀者〉，《大華晚報》，1985年7月6日）

1940.1）是他另一篇返鄉見聞之作。這篇作品的靈感來自於有一次他為替先人拾骨和母親週年忌返鄉時，聽聞鄉里有一位十二歲的女孩遭巴士輾斃的悲劇故事。又，回想起在母親葬禮的途中，曾發現有一簡陋的村姑之墓，觸發他以「藝術的喜悅與悲哀」弔念這些早逝的美麗生命。但在這篇小說中，唯有姑娘的墓是實際存在的，其他的部分盡是文學家的空想。[31]整部作品以第一人稱全知的角度敘事，他透過文學想像與夢境的鋪陳，藉由感官經驗的描寫，以詩語和象徵手法描寫天真美麗的少女被冷血毒蛇害死的「死亡過程」，以此達到文學美學上的對比效果。例如：

> 南方的天空、森林、烏鴉、少女的死、蒼白的屍體。瞬間，這些意象成為悲傷的詩句般，占據了我的腦海。

> 我作了個惡夢。路上有好多各類的蛇爬來爬去。一看，在路旁有一棵茂盛的菩提樹，樹下有一位豐腴裸身的少女，披垂著一丈長的烏黑長髮，天真地戲耍美麗的蛇。
> 如此的深夜，在黑暗中匍匐爬行的蛇，追慕著黃色的燈光潛進來。
> 牠在牡丹般美麗熟睡的村姑的肌膚上，粗糙冰冷的觸覺緊緊地貼近。
> 藏著毒牙盤纏成團。
> 村姑突然翻了個身子。
> 她壓住了蛇，這無情冷血的蛇瞬間，將許多毒液注入她宛如新摘的水果般的肌膚。
> 黎明時分，這位無名清純的村姑，如克麗歐佩特拉般，躺在冰冷的稻草床上。

作品的最後，作者援引了上田敏譯保羅‧法羅的詩〈このをとめ〉[32]，藉以表達抒發浪漫情懷。這作品的篇名也是援引譯詩：「このをとめ、みま

---

31 龍瑛宗：〈歸鄉記〉，《文藝臺灣》1卷6期（1940年12月），頁470-472。

32 ポオル‧フオオル著、上田敏譯：《上田敏全集》（東京都：改造社，1929年9月），頁379-380。

かりぬ、みまかりぬ、恋やみに」（這位少女、逝矣、逝矣、為情所困）為題。龍瑛宗雖不以詩作著稱，但其文學的抒情性卻深受法國象徵主義派的譯詩所影響，且喜好在小說作品夾雜詩句，以達抒情、象徵的文學效果。

　　戰後初期所撰寫的〈可悲的鬼〉[33]全篇由主角朱夢夫與找阿金婆的「女人」的對話構成，情節深具懸疑性，最後才點破「女人」非人也，她可能是戰後初期貧病交迫絕望而自縊的寡婦，朱對此深感不安，「黃昏」時刻不得不匆匆搬離那個屋子。戰後他的小說〈夜流〉依然延續戰前鬼魅書寫的文學風格，即是透過幻覺和夢遊的方式帶出拓墾族人的鬼魅身影。杜南遠系列的作品多為龍瑛宗自傳性的作品[34]，〈夜流〉的主角也是「杜南遠」，五、六歲的他是個夢遊者，所以在每天夜裏的幻覺中經常見到：「教人藐視的支那人的面貌，留著辮子的枯瘦長臉的人」、「在黑暗裏的蒼白臉龐，那是在底層掙扎的人們，因為挨餓而面有菜色，但那臉不就是折騰於冤業的臉龐。」甚至幻覺的場景和人物的面貌清晰可辨：

> 纖細的下弦月片，幽照著深綠色淤塞的池塘，蒼老的池塘旁邊長有茂盛的竹叢，而竹叢尖頂有個首級被吊下，潔白地勾臉譜，粗濃的眉毛根和眼睛如一條細線。那白色勾臉的肥胖首級，在竹叢梢上被微風晃搖著；好像京劇裏的淨扮相那樣。[35]

死神不斷地降臨到他的家族，歷代來臺祖先中，除了病故之外，多人曾慘遭泰雅族出草，只見屍身未見其首。但在他的死亡書寫中，卻藉由「幻想」的轉化，讓死亡場景以炫麗的景象取代幽暗的恐懼。他總是任憑想像馳騁在北埔丘陵的地景間：

> 他還記得幼年時的喘氣難堪，胸膛裏秋風隆隆作響，上氣接不了下氣

---

33 龍瑛宗：〈哀しき鬼〉，《中華日報》，1946年10月13日。

34 王惠珍：〈地誌書寫港市想像——龍瑛宗的花蓮文學〉，《台灣現當代作家研究資料彙編・龍瑛宗》（臺南市：國立臺灣文學館，2011年3月），頁179-212。

35 龍瑛宗：〈夜の流れ〉，《夜流》（臺北市：地球出版社，1993年5月），頁50。

時，也許踏上了黃泉路。森林的女精靈們，把削瘦的屍體輕輕地挑起來，放在月夜的森林中；女精靈們排了圓形陣，對於這個薄倖的少年屍體灑了一掬之淚；然而，森林的女精靈們個人摘了天竺牡丹和大波斯菊的花朵扔下去，不久死屍埋在花叢裡。

在月夜的丘陵上把豔麗美女排成赤裸的一大群，盡情地欣賞裸體群像，而群像在月光下律動地跳舞，暴君的心思一橫把這群裸體焚燒吧！熊熊的火焰，像紅蓮般的火舌追趕著群像，美女被迫在死亡邊緣，拼命地亂竄，紅蓮般的火焰摟住了美女，發出兇猛的臨終叫音，終於死神降臨了。
丘陵恢復了一片靜寂，奇形怪狀的燒焦屍體，遍野累累。黑白色的月亮照耀著丘陵枯樹與黑色累累的屍體。耽於殘酷空想的杜南遠，望見這眾多的燒焦物體，潛潛落淚了。杜南遠的境遇覺得越發悽慘，他的空想越發華麗了。[36]（按：下線筆者）

在夜色壟罩的山陵間，「我」想像著自己的死亡和描寫被凌虐燒死而扭曲變形的女體，死亡的過程淒絕而華麗，顯現出作者一貫浪漫想像的文學風格。故鄉的地理空間成為作家展演文學想像和死亡美學的文學地景。藉由上述的文本梳理，可見，龍瑛宗的文學除了杜南遠系列跨時代書寫之外，在他的故鄉書寫中鬼魅書寫也是他跨時代的創作題材之一。

　　龍瑛宗重複地描寫無法離鄉的文學命題折射出作家自己困於前往日本文壇追求成為一名「文學家」的生命困境。在他文本中的小知識份子欠缺鄉愁的抒發，亦無回望故鄉的反省，封閉陰鬱的故鄉地景空間成為無法讓他遠走高飛禁錮理想的隱喻。「小說的真相超越了單純事實。小說的真相相較於實質的日常真實，可能超越之，或者包含了更多的真相。」[37]龍瑛宗的故鄉書寫藉由北埔地景的書寫表徵了知識分子面對殖民地時代社會氛圍的壓迫苦悶

---

36 龍瑛宗：〈夜流〉（臺北市：地球出版社，1993年5月），頁65-66。
37 Mike Crang 著，王志弘、徐佳玲、方淑惠譯：《文化地理學》（臺北市：巨流圖書公司，2004年2月），頁60。

感，同時也透過描寫北埔自然山林蜿蜒高低的丘陵地景營造小說的文學地景，如：香煙繚繞的古廟「慈雲宮」前的廟庭、低矮而擁擠的廟後住宅、秀巒山的林木等等，作者不斷透過感官經驗重構北埔空間的地方感，幽暗陰鬱的地景空間孕育出龍瑛宗的鬼魅想像，成為他跨時代文學特徵。

羅成純曾言龍瑛宗進入戰爭期，除了幾篇意識時局所寫的小說之外，這個時期他的小說最大的特徵就是缺乏歷史因素。[38]同樣地，他對故鄉北埔的描寫中文學地景的鋪陳多過於空間歷史敘事，直到戰後藉由「回憶」的方式才娓娓道來屬於自己與北埔的故事。

四　歷史記憶的重構

七〇年代末龍瑛宗自合作金庫退休後，重新拾筆積極寫作，其寫作活動以重譯改寫戰前自己的作品、陳述殖民地抗日經驗、家族歷史書寫為主，藉此篩選重構他的歷史記憶。一九七七年龍瑛宗即以日文撰寫了中長篇小說〈媽祖宮の姑娘たち〉（未刊稿），全部十二段，林克三為主要的敘事者，因同學會與舊友重逢，藉由回憶日治時期與同學的互動情況，帶出戰後臺灣知識分子的處世之道（抑或發財之道）。在第十段「流放燈籠」和第十一段「可憐的鬼」中憶及曾帶領同學根石返鄉參加迎媽祖慶典的過往，才提及媽祖宮。根據文本的敘述其地理位置應是北埔慈雲宮。小說主要以民俗誌的寫法，描寫山村「迎媽祖」和客家中元普渡的景況，其中較為特別的是，文中作者記載了山村舊俗，村中貧窮的客家少女平常除了撿枯枝、賣菜、從事茶園的工作之外，也從事「賣春」，因為對她們來說那也是種勞動工作，姑娘們似乎不覺害羞，也無罪惡之感。她們並非以賣淫為業，本是山野裡工作的姑娘，即是居住在媽祖宮後面的貧民窟，是被媽祖拋棄的一群，她們也像雜草一般緊緊地深植於大地，從那裡獲得的勞動報酬作為生活之糧。身體的買

---

38 羅成純：〈龍瑛宗研究〉，《龍瑛宗集：纖美與哀愁》（臺北市：前衛出版社，1994年10月），頁264-269。

賣過程她們自己有自主權,如果姑娘不喜歡的話,也可以拒絕男人。[39]這篇小說雖然未正式發表,但除了前述的民俗內容之外,其他內容的大都可以散見於他戰後的小說〈夜流〉、〈紅塵〉等之中。

戰後龍瑛宗因跨語問題等因素輟筆多年,重新執筆再撰寫故鄉北埔時已是古稀之年,對故鄉的情感結構(structures of feeling)經過歲月的淘洗早已發生變異,小說主角從戰前急欲逃離故鄉的矛盾掙扎心境,蛻變成為敘述歷史記憶的說故事者。又,七〇年代末鄉土文學論戰後,臺灣社會出現尋根熱,方始臺灣作家的日語文學作品有機會重新被譯出閱讀,前輩作家們相繼受邀出席公開的座談會,講述過往的種種殖民地經驗。他也自一九八三年至一九八九年利用《開南校友通訊》的版面發表了十篇文章,重新陳述戰前的求學經歷、閱讀經驗和與校友之間的往來等。[40]

其中,他除了撰寫回憶日治時代個人的文藝活動之外,家族書寫亦是他歷史書寫的重要部分,而他的家族史又與北埔墾拓、抗日的地方史密不可分。本節將試圖透過龍瑛宗作戰後的文本,探討他如何回應八〇年代臺灣本土興起的臺灣民族論述,藉由故鄉的空間歷史性的敘事,召喚起對故鄉北埔的感覺結構。在文本重複敘述的過程中,他如何指涉作為客體的「故鄉」?這樣的重複(repetition)書寫的意義為何?從達希德解構學觀之,所謂的重複,並不是原點的完整再現(因為沒有原點),而是同時顯現真實與不真實。[41]龍瑛宗為什麼需要複述,在再造的過程,出現怎樣的縫隙(disjuncture)與延異(difference)?這些變化我們又將如何詮釋?

---

39 龍瑛宗:〈媽祖宮的姑娘們〉(未刊稿),《龍瑛宗全集 第三冊》(臺南市:國家臺灣文學館籌備處,2006年11月),頁78。

40 王惠珍:〈幸町四十番號的文學家龍瑛宗與《開南校友通訊》〉,《開南校友通訊》第779期(2014年7月15日)。

41 簡政珍導讀:《解構閱讀法》(臺北市:文建會,2010年1月),頁38-39。

（一）渡臺悲歌

　　龍瑛宗歷代先祖來臺移墾的過程，是他經常重覆的內容。即是，他不斷地「重複」敘述渡海來臺的客籍祖先們如何篳路藍縷，在貧病交迫中吟唱渡臺悲歌，累積家產才使得後代子孫得以在臺安居樂業。例如：小說〈夜流〉、〈斷雲〉等。他曾在戰前的隨筆中提及自己的祖先來自「南支那」的客籍身分，[42] 戰後初期他則強調太平天國之首領客籍人士洪秀全的民族精神，試圖連結兩岸抵抗異族的歷史經驗，[43] 但仍未曾完整地撰寫過個人的家族史。直至戰後自傳性小說〈夜の流れ〉中他才開始對個人家族歷史有所著墨。該小說仍以杜南遠的家族史和個人的生命史為敘事軸線，其中除了敘述個人的成長經驗之外，同時也穿插家族的渡臺悲歌、北埔地方的墾拓抗日史等重要的歷史事件。

　　解嚴前後臺灣社會民主化運動的浪潮席捲而來，追溯臺灣歷史記憶成為當時追求本土知識重要的路徑。〈時間與空間〉（《少男心事》，敦理出版社，1985年5月15日）、〈我的大陸行〉（《自立晚報》，1988年12月2日）、〈清代的祖先們〉（《聯合報》，1991年9月3日）等等和自傳性小說中亦不斷複述祖先渡臺的家族史，故鄉北埔的地理空間成為他主要描寫的文學地景，但此階段的書寫內容歷史沿革的介紹陳述多過於文學浪漫的鋪陳渲染。

　　龍瑛宗祖籍廣東省饒平縣，來臺第一代祖先劉萬助為逃脫官方的暴徵苛求，與三名外甥（有時稱姪子，人數時稱三人，時稱姪子和外甥等六位）從中國廣東省饒平縣一同渡海來臺。「搭乘帆舟橫渡了驚濤海浪，登陸臺灣北部的三芝鄉。萬助公和六個的姪甥輩，受雇於人家的短工。為了找尋工作的機會，離開了三芝鄉，南下到新莊落歇腳。」[44] 他們因渡臺的時間較晚，平原沃野早已被漳、泉的閩南人佔據了，又加上語言不通，約莫在一八四一至

---

42 龍瑛宗：〈台湾と南支那〉，《改造（南支那）》19卷15號（1937年12月），頁171-175。

43 龍瑛宗：〈太平天國（一）〉，《中華》創刊號（1946年1月），頁14-17。

44 龍瑛宗：〈我的大陸行〉，《自立晚報》，1988年12月2日。

一八四三年之間才輾轉南下落腳北埔。根據史料判斷，由於他們來臺的初祖並非集體招墾來臺者，初至北埔只能以佃農的身分租地墾殖，但第二代祖父卻在三十四歲時遭泰雅族馘首，使其家境再度陷入困境。後因父親入贅彭家經商有方，家中經濟才漸獲改善，並供家中男子就學。〈夜流〉中描寫三代人渡海來臺移墾時遭原住民馘首等艱辛過程，經歷顛沛流離的生活後，始得方寸安身之處。自傳性小說〈斷雲〉[45]與戰前〈植有木瓜樹的小鎮〉都是以龍瑛宗的南投經驗作為主要的寫作題材，但前者卻側重文本歷史性的敘事，作家刻意提及主角客族的原鄉想像：「由於父親的幻影自然而然地拖出杜南遠的遐想，飛越海浪晃蕩著的臺灣海峽的那一邊——那是未曾看過的祖先的大地。」又，每當清明掃墓見到〈瞭望海峽的祖墳〉[46]時，便思及祖先們向原住民購入的田地和山林，「以淚埋葬了來台祖的心酸與鄉愁」，想像著「渡海者的靈魂，天天在小坵上，瞭望著浩浩蕩蕩的大海。」因在臺灣有塊屬於自己的土地選擇落地生根，異鄉已成故鄉，懷鄉之情也因此逐漸消失成為「望鄉」之感。文中清楚地道出個人中國的原鄉想像，但在當時的政治氣氛中，這樣的文章或許攸關政治的敏感問題而遭退稿，在此階段家族移居北埔的歷史敘事是他重複書寫的重點之一。

（二）北埔移墾與抗爭史

「族群融合、武裝移墾」是北埔鄉的精神象徵與歷史記憶，該鄉為大隘三鄉（其他二鄉：寶山、峨眉）的中心。一九八三年龍瑛宗應《台灣新生報》之邀撰稿，自道對北埔的當代面貌似乎有些陌生，藉由閱讀日語雜誌的文章方始喚起他對故鄉片段的記憶，其中他憶及一九三三年特地從南投趕回

---

45 龍瑛宗：〈斷雲〉（1-16），《民眾日報》，1980年1月26日至2月10日。

46 龍瑛宗：〈瞭望海峽的祖墳〉（未刊稿）《龍瑛宗全集 第三冊》（臺南市：國家臺灣文學館籌備處，2006年11月），頁276-285。根據註釋本稿曾於一九八四年三月二十日（郵戳）遭《聯合報》副刊刊登退稿過。但不諱言相較於其他戰前臺灣日語作家，龍瑛宗的文章（譯作）算是相當受聯合副刊主編照顧的作家，他的退稿率並不高。

北埔參加盛大的大隘開墾一百週年慶典的點滴。[47]戰爭時期在大東亞共榮圈的口號下，「族群融合」的願景曾是他的文學題材之一。[48]在北埔「武裝移墾」過程中的原漢衝突所以留下的墾拓史，提供他發展獨特的族群觀察視角和書寫題材。

以下將根據龍瑛宗的小說〈夜流〉等的家族書寫內容對應北埔的移墾史，可清楚歸納出家族史與地方開發史之間的關係。大隘的武裝移墾始於一八三四年，姜秀鑾（1783-1846）獲淡水同知李嗣業頒發曉諭，同意他增丁移墾，並取得殷商紳周邦正（1781-1847）合夥，以「金廣福」為其墾號。金廣福武裝拓墾組織自一八三五年建置慈天宮，為墾民重要的信仰中心，並形成祭祀圈。北埔為大隘墾拓中心，以刺竹為城，池塘為壑，民房有槍眼，以防泰雅族來襲。一八三七年分配新墾拓的隘內土地，各墾戶在分得土地後，再自行招佃開墾。由於龍瑛宗的第一代祖先劉萬助抵達北埔時較晚，並未馬上取得城內拓墾的機會，只能暫住在城外搭建以茅葺為頂的窩棚，孰料同行的甥姪輩竟遭泰雅族出草馘首，傷心之餘又移居埔里社，但因水土不服，折返北埔後病故。

第二代祖父劉世覺（1827-1880）始在北埔取得在山谷佃耕之地，種植茶樹和橘樹勉強渡日，但在五十多歲時（〈夜流〉：34歲），遭泰雅族出草，因無頭屍無法帶回家中，因此喪事只能在外低調處理，家中經濟一時頓失依靠。直到第三代的父執輩，家族經濟狀況才獲得改善。

一八八六年金廣福大隘由當時的臺灣巡撫劉銘傳（1836-1896）改為官隘，但北埔商業繁榮已具規模，聚集二十餘家的商號，擁有樟腦市集、米市、柴市等，市街延伸至所謂的「下街」地區。當時漸有小地主累積資本轉而經營商店，亦有外地商來此投資建立商號。商號店鋪主要設於金廣福到慈天宮之間、廟前廣場兩側。

---

47 龍瑛宗：〈新埔金廣福〉，《台灣新生報》，1983年5月22日。

48 王惠珍：〈第一回大東亞文學者大會的虛與實：以龍瑛宗的文藝活動為例〉，《臺灣學誌》創刊號（2010年3月），頁33-60。

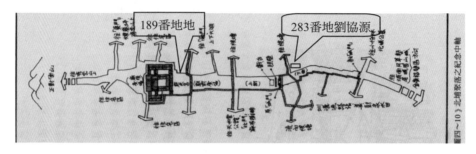

圖一　北埔聚落之紀念中軸[49]

　　第三代的父親劉興源（1869-1930）因入贅娶新埔人彭蘭妹為妻，但約莫一年後妻過世，再取其妹彭足妹。劉繼承岳家的雜貨店鋪，累積資本後經營屠宰業，甚至擴及樟腦事業。一八九九年從新埔搬回北埔，於一九一一年住進北埔189番地（如上圖），一九一一年出生的龍瑛宗應在此屋舍誕生，他也曾提到：「我出生於秀巒山腰下的慈天宮前一戶民家裡。孩提時候，爬到慈天宮門檻時，全身躺著跨越過去。母親看得稱奇，這是他後來她對我說的。」[50]一九一四年劉家才遷至238番地（如上圖）起造商店，店號取為「劉協源」，龍瑛宗的家書皆以此處作為收件地址（目前地址：北埔街17號），直至一九七六年劉家一族皆在此生活。[51]

　　龍瑛宗小說中的父親形象，經常與他的父親有其疊合之處，如〈黃家〉中的父親，在北埔街上開設店鋪經商為業：

　　　　這位父親開設的是販賣日用雜貨以及棉布類的鋪子，外加居酒屋。顧　　　　客都是住在更深山處的人。

　　　　有時從原住民居住地來了原住民，兩人共飲一個杯子，邊咕嚕地喝邊

49　梁宇元：《清末北埔客家聚落之構成》（新竹縣：新竹縣文化局，2000年3月），頁117。

50　龍瑛宗：〈還鄉記——素描新竹北埔鄉〉，《台灣新生報》，1987年3月25日。

51　根據《龍瑛宗故居及紀念園區環境營造調查研究暨規劃設計委託案之期中報告書》（新
　　竹縣：新竹縣文化局，2013年）與劉家的除戶資料及手抄祖譜等相關資料，為承熙建
　　築事務所團隊提供，謹此致謝。

> 採買。大概是魚干類、鹽、砂糖、火柴和色彩鮮豔的原色棉布類等。
> 父親趁著山裏的人們微醺之際，抖動手偷斤兩。（中略）
>
> 原住民回去後，父親總是喃喃自語說：「人無橫財不富，馬無夜草不
> 肥」以安撫自己的良心。

在家庭生活中，父親是位極端節儉之人，雜貨店的生意雖然足以維持生計，但並不闊措。「縮衣節食，逢到人家的婚喪喜慶，不得已只付該付的禮金，比別人少一些，總是有些不甘願。」即使父親吝於施捨，致富有術，但卻非常注重子弟的教育，讓家中的男子皆進入公學校就讀。

另外，在〈夜流〉中他也曾敘述：「杜南遠還未出世時，杜家經營雜貨兼腦寮，及至略識世事時，杜南遠的爹作算命先生兼零售鴉片煙。」根據日治時期的劉家戶籍資料，劉源興的職業欄註記為：「阿片煙膏請賣業」。殖民地政府為其經濟利益，並未嚴禁此項惡習，因為其他食鹽、樟腦、菸草的專賣收入都不及鴉片專賣。因此對於鴉片政策採漸禁政策，以核准制度限有菸癮者發給特許證。每天准以限量，但有人會購入所需鴉片煙膏，暗地再進行轉賣。[52]作者在小說中對吸食鴉片者的人物形象多所著墨，富者貧者皆有之，如阿漢舍有年輕婢女服侍的吸食者；但亦有像「幽鬼」般的老陬勇榮華仔般，「非常枯瘦的鴉片癮者，乾透的皮膚僅蓋上骸骨，尤其顴骨突出，反之大牙邊的兩頰凹陷下去，如活著的死屍」，經常出現在收納無主骨骸的「有應祠」旁。吸食鴉片的村民形象，也偶爾會出現在他其他的文本中，成為他描寫代表臺灣殖民地社會落後的人物形象。

龍瑛宗出身北埔，故在他應徵臺灣銀行的面試中，曾被主考官盤問北埔事件許久[53]，因為此事件是日本治臺之初著名的抗日事件。這個事件發生於一九〇七年十一月十五日由蔡清琳夥同陬勇、地方人士、賽夏族人共一百餘人，襲擊陬線各分遣所，並手持「安民」、「忠義」、「復中興」等旌旗，攻擊

---

52 劉明修著，李明峻譯：《台灣統治與鴉片問題》（臺北市：前衛出版社，2008年8月），頁103-126。

53 龍瑛宗：〈憶諸前輩〉，《開南校友通訊》第408期（1983年4月）。

北埔支廳，一共殺死了五十六名日本人，起義者一部分人留守北埔，一部分人進軍新竹。官方獲通報後，派三十名警察前往，雙方人馬在寶山相逢，義軍見狀逃往山中，觀望形勢的發展。當局隨即派警察練習生一百二十名和一中隊赴援，之後當地很快便恢復秩序。由於義軍入山藏匿，因此，臺灣總督府警視總長大島久滿次召集庄民開會，與當時的新竹廳廳長里見義正一搭一唱，恫嚇大隘全庄民，限三日交出參與者，否則剿光全庄。義軍顧及家族與全庄村民，棄械自首不出半月義軍幾乎逮捕殆盡。

北埔事件的策劃領導者為新竹縣峨眉鄉人蔡清琳，當時他年僅二十七歲，性聰敏、善言詞，自幼放蕩不羈、少讀私塾，畢業於日語傳習所，粗通日語。曾擔任巡查補，在山地服務過，因此與腦丁、隘勇、原住民關係熟稔，先後也擔任過土地測量，日人製腦公司、日人律師等通譯的多種職業。他因故憤恨日人才糾結群眾起義抗日，但箇中真正的原因為何？目前仍眾說紛紜。[54]

在龍瑛宗的〈夜の流れ〉中關於北埔事件亦多所著墨，誠如上述因發表語言、讀者對象的關係，同樣出現作者自行改譯的問題，關於北埔事件的歷史敘事的歧異之處如下：

> 一九〇七年秋天的一個清晨，一群荷著彈砲的腦丁、隘勇（在原住民地區的臺灣人壯丁）揭著「安民」、「復中興」的旗子，襲擊村裏的支廳。雖然支廳的警察應戰，但畢竟寡不敵眾，多人中彈身亡，連日本婦女小孩也趕盡殺絕。杜南遠的父親一聽到槍聲，就馬上到公學校，將杜南遠的兄長帶回來。殖民地政府派遣軍隊鎮壓，接到通報的叛亂者竄逃到深山中。
>
> 村民將全被殺害的謠傳四起散播。杜家也陷入恐慌的深淵。這次襲擊日人的首謀是隔壁村的人，參加的多數也非本村人士，多為鄰村的人。而村裏的人將日本婦人變裝成臺灣婦人，死裏逃生。杜南遠的父

---

54 黃榮洛：〈北埔事件與蔡清琳〉，《北埔事件文集》（新竹縣：新竹縣文化局，2006年6月），頁1-6。

親想，要將全村的人殺死談何容易。一想到異民族握有生殺大權這件事時，杜南遠的父親深切地體驗到亡國之民的悲哀。（按：原文日語）

但，龍瑛宗改譯中文的內容如下：

一九〇七年秋天的一個清晨，揹著槍子的腦丁，隘勇的一群，懸起「安民」、「復中興」的旗子，來勢洶洶地跑到北埔支廳的庭前：日本人警部渡邊支廳長敏捷地看到了這武裝臺灣人。
「汝等，為什麼擅自跑到……」
他的話還沒有講完，砰！的一聲就倒仆下去，日本人警察用槍還擊著，由於雙方的勢力懸殊，日本人統統死在砲彈下，連日本人的婦女孩子們也被殺了。
杜南遠的爹，一聽到槍聲，在巷口出現阿鼻地獄，即刻不顧生命的危險飛奔也似地往公學校去，把杜南遠的大哥接回來。
由鄰村月眉庄出身的蔡清琳率領隘勇、腦丁、泰耶爾族的一群二百多人，浩浩蕩蕩地向竹塹城進發去，到了離城十里路遠的地方，看見日本軍大隊，嚇得有些人就往回跑了。
村子裡的日本人幾乎被殺害，其中只有兩位婦人死裏逃生；一個公學校校長的妻子，把她隱匿於村民家裡，而替她換上臺灣衫，還有一位是躲在死屍堆中，佯裝死人而未被發現。
一場壯舉把村裡的日本人殺戮，卻是日本人痛恨臺灣人，屠滅全部鄉民作報復。因之村裡籠罩著風聲鶴唳了。
生殺予奪之權，掌握在異民族統治者之手裡，杜南遠的爹，痛切地覺得亡國民之悲哀：那個時候，杜南遠還沒出生，假如實施大屠殺的話，連出世的機緣也沒有了。（按：下線筆者）

相較這兩個雙語版本的敘事，可發現日語原文和改譯的中文內容雖皆忠於一般的歷史敘述，但原文對此抗日事件輕描淡寫，但改譯後的文字較為生動具臨場感，對抗日事件的細節敘述得較為完整，且站在「民族立場」標舉北埔

事件為「義軍」的抗日「壯舉」，進行個人對歷史事件的詮釋，以符合抗日的文藝觀。

龍瑛宗戰後復出寫作題材上很多兜繞在日治時代的過去，這是他書寫內容上的一大限制，他無法在作品中抓住快速轉換的臺灣社會的現實脈絡，作品難以聚集當代讀者的目光。[55] 即是，八〇年代臺灣社會內部快速民主化和本土論述積極展開之際，他卻一再地訴說他對中國文化的嚮往和客家人的原鄉之情，出現了某一種政治不正確的尷尬。但從這些作品中，可發現他仍繼續服膺在抗日的文藝觀之下，從家族的歷史敘事中，重構故鄉北埔的空間歷史，但此時北埔已不再是一隱晦陰鬱而不堪的殖民地文本空間，而是變成一個扣連個人生命故事、家族渡海移民、族群抗日歷史的歷史空間，歷史的發展進程和空間地景清晰可辨。龍瑛宗重複的故鄉書寫已非是單純的重複，而是作家在自我成長過程中不斷地延異，有其內在蛻變的過程。戰後龍瑛宗縱然對文化中國有著無限的嚮往之情，但與故鄉的情感並無相悖之處，兩者兼容並蓄蘊藏在北埔的文學地景中。

五　結論

龍瑛宗是臺灣文學界中少數跨時代、跨語作家，故鄉北埔是文學地景想像的依據地理空間。成長於在北埔庄鎮中心經商之家的他，鮮少處理農村內部的階級剝削等相關議題，但卻一直關注街鎮中地方小知識分子的精神狀態。北埔公學校時期是他文學啟蒙與奠定文化教養的重要階段。在他的故鄉書寫中安部守作校長和教師成松富夫是他最常憶及的兩位教育者。前者是北埔地方教育史中重要的人物，後者是龍瑛宗的文學啟蒙教師，引領他走入豐富多彩的文學世界。因此，在討論龍瑛宗故鄉書寫內容之前，不得不順便探討作家對這兩位人物的描寫。

---

55 許維育：《戰後龍瑛宗及其文學研究》（新竹市：國立清華大學中國文學系碩士論文，1998年6月），頁146-147。

　　戰前龍瑛宗的故鄉書寫主要著重描寫北埔自然地理空間的封閉性及熱帶南國的地方神秘感，偶爾將它特殊的客家文化地景帶出，創造屬於北埔的文學地景。同時他也致力於刻畫在鄉小知識份子的時代苦悶，一群嚮往殖民現代性，卻又不得不屈就於傳統家庭壓力的敗北者，他們總是身陷離鄉與否的泥淖中，與故鄉之間存在著一層緊張關係，導致他這一時期的文學風景顯得陰暗而醜陋不堪，街弄臭氣熏天，人物外貌扭曲，人物毫無目的地遊走在南國的街上，空氣中總是瀰漫著令殖民地知識青年窒息的氣味。因此，空想的世界成為他們苦悶的出口，故鄉空間轉換成鬼影幢幢的文學地景，成就了作家的鬼魅書寫，成為他跨時代的文學書寫的主題之一。此階段的故鄉書寫中的文學想像更勝於歷史敘事，藉由文學地景折射出知識分子的內面風景，透過文字描寫感官經驗表現文學的趣味性。

　　北埔地處原漢交接之處，龍瑛宗的祖先多人成為原漢衝突下的冤魂，特殊的地理空間和墾殖抗日歷史，致使他成為臺灣日語作家中少數關照原住民題材的作家。同時，因其客籍身分夾雜在多數的閩南族群和強勢的統治族群中，讓他更清楚意識到臺灣島內各族群複雜的權力角力關係，族群關係亦是他跨時代的故鄉書寫的主題之一。北埔故鄉的歷史敘事中錯雜交融著客家族群的移墾歷史、抗日歷史、作家個人的生命史、家族的發展史，這些重層的歷史敘事關係成為他戰後重構故鄉北埔地方歷史和地方感的重要題材。

　　龍瑛宗戰後的復出除了個人的書寫慾望之外，亦因七〇年代末鄉土文學論戰後，社會大眾對臺灣本土知識的渴求，報紙雜誌媒體的邀約才讓他重新受到鼓勵，找到作品發表的機會。但重新執筆的他已是回憶多於希望的年歲〈一個老頭兒的獨言細語〉，他不斷地「回顧」〈崎嶇的文學路：抗戰文壇的回顧〉、〈新聞老兵話當年〉或介紹歷史古蹟與歷史人物，及他的「鄉親」和同校好友，講述他的殖民經驗和帝國記憶。這些記憶雖然不少已模糊難辨，但他的文學養成經歷、祖先們的渡海悲歌、北埔事件等等卻一再重複敘述。在閱讀經歷的重複敘述中，讓我們窺見作家的知性累積與他對知識追求的矜持；但歷史敘事的重複則多少與七〇年代末開始「發現臺灣」重構臺灣的潮流趨勢有關。戰後龍瑛宗出現了罕見的雙語書寫現象，根據上述的稍長的引

文比較，我們發現了作家因讀者身分而改變歷史敘事的方式，由於文量不多本文未能系統性討論，但此一文學現象卻值得關注。

　　跨時代作家龍瑛宗因客籍身分、日本殖民統治、國民黨威權統治的時代翻弄，致使在歷史的巨輪下他不斷地被檢視國族的認同問題，他也得不斷辨識自我的言說位置，但具有深厚知性教養的他總是冷靜以對。即使在戰後詭譎的政治氣氛中，但他仍不迴避談論客族的原鄉想像；在抗日文藝觀為主流的時代中，雖然批判日本帝國的殖民侵略和種種歧視的問題，但他卻不諱言個人的殖民地經驗與闡述日本文化的教養對其文學創作的影響。在龍瑛宗戰後的言說中，讓我們窺見了身為跨時代臺灣作家的他，試圖在這種種政治矛盾中理出一條清理臺灣殖民地經驗的道路，使他對原鄉（中國）、帝國（日本）與故鄉（臺灣）的情感可以並存不悖。他對故鄉北埔的感覺結構雖然與時俱變，從戰前的逃離、陌生化到戰後的重拾記憶，無論敘事內容是文學的還是歷史的，他一直堅持以文學性的話語講述北埔，期待讀者在他的文學地景中看見他的故鄉。

參考文獻

一　專書（依出版時間）

濱口正雄　《あらたま集》　5卷2期　1926年

游珮芸　《植民地台湾の児童文化》　東京都　明石書房　1999年

梁宇元　《清末北埔客家聚落之構成》　新竹縣　新竹縣文化局　2000年

蘇碩斌　《看不見與看得見的臺北：一部於空間治理的兩種不同城市哲學》
　　　　　新北市　左岸文化出版社　2005年

二　編著

平井二郎編　《歌集 臺灣》　1935年

　　　　　　《新竹州時報》　1卷3期　臺北市　新竹州時報社　1937年

黎芳雄編　《百年大愛‧千年大隘：北埔國小創校百週年特刊》　新竹縣
　　　　　新竹縣北埔國民小學　1998年

范明渙總編纂　《北埔鄉誌》　新竹縣　新竹縣北埔鄉　2005年

簡政珍　《解構閱讀法》　臺北市　文建會　2010年

三　譯書

ポオル‧フオオル著　上田敏譯　《上田敏全集》　東京都　改造社　1929年

段義孚著　潘桂成譯　《經驗透視中的空間與地方》　臺北市　編譯館
　　　　　1998年

Mike Crang 著　王志弘、徐佳玲、方淑惠譯　《文化地理學》　臺北市
　　　　　巨流圖書公司　2004年

劉明修著　李明峻譯　《台灣統治與鴉片問題》　臺北市　前衛出版社
　　　　　2008年

四　專書論文

葉石濤　〈龍瑛宗の客家情結コンプレックス〉　《夜流》　臺北市　地球
　　　　出版社　1993年　頁1-10

羅成純　〈龍瑛宗研究〉　《龍瑛宗集：纖美與哀愁》　臺北市　前衛出版
　　　　社　1994年　頁264-269

黃榮洛　〈北埔事件與蔡清琳〉　《北埔事件文集》　新竹縣　新竹縣文化
　　　　局　2006年　頁1-6

王惠珍　〈地誌書寫港市想像──龍瑛宗的花蓮文學〉　《台灣現當代作家
　　　　研究資料彙編‧龍瑛宗》　臺南市　國立臺灣文學館　2011年　頁
　　　　179-212

周芬伶　〈龍瑛宗與杜南遠的自傳書寫〉　《台灣現當代作家研究資料彙
　　　　編‧龍瑛宗》　臺南市　國立臺灣文學館　2011年　頁271-290

五　期刊

王惠珍　〈第一回大東亞文學者大會的虛與實：以龍瑛宗的文藝活動為例〉
　　　　《臺灣學誌》　創刊號　頁33-60　2010年

六　學位論文

許維育　《戰後龍瑛宗及其文學研究》　新竹市　國立清華大學中國文學系
　　　　碩士論文　1998年

張季琳　《台湾プロレタリア文學の誕生──楊逵と「大日本帝国」》　東
　　　　京都　東京大學大學院人文社會系研究科博士論文　2003年

蔡鈺淩　《文學的救贖：龍瑛宗與爵青小說比較研究（1932-1945）》　新竹
　　　　市　國立清華大學臺灣文學研究所碩士論文　2006年

七　電子資料

《臺灣總督府職員錄系統》網站
　　　　網址：http://who.ith.sinica.edu.tw/mpView.action

八　其它

新竹縣北埔國民小學　《北埔國小八十周年紀念特刊》　新竹縣　新竹縣北
　　埔國民小學　1977年

新竹縣文化局　《龍瑛宗故居及紀念園區環境營造調查研究暨規劃設計委託
　　案之期中報告書》　新竹縣　新竹縣文化局　2013年

竹塹文學獎新詩組得獎作品研究

丁威仁*

摘要

　　竹塹文學獎自一九九七年設置，當年現代詩類收件二十二件，得獎兩件均為佳作，皆是展現「女性的愛情圖騰與鄉土標識」，可見最初的竹塹文學獎並未限定主題。到了二〇〇四年首次規定最高上限六十行，並設定主題限制「風」，二〇〇七年放寬行數為四十行以上，二〇一〇年主題為書寫風城，至二〇一一至二〇一二年主題為徵求書寫風城故事之文學作品。

　　由此可見竹塹文學獎的辦法隨著時代變更，也讓投稿作品的限制與樣貌不斷更動，但在其中仍存有一定規律，因此本文擬從得獎者姓名、性別與籍貫地等一般性數據，寫作行數趨向，主題趨向，評審結構問題等四個方向觀察竹塹文學獎歷年得獎作品的規則，並發現以下幾點：一、「寫長不寫短」是基本的書寫原則，二、「以地景空間與竹塹史述作為概念」佔得獎作品一半以上的比率，三、從評審的結構觀察來看，近年來抒情化的傾向漸漸高過純粹的敘事性，四、無須管徵文辦法中的「外地」或「在地」，依舊需以風城的相關題材中去找尋書寫線索與方向。至於前述男女性別比例、得獎次數、得獎者籍居地等數據，反而是基本的整理，投稿者不必被這些歸納整理影響，只要能符合前面四點所言，或許就能在竹塹文學獎的新詩組得獎作品中，獲得一個席次。

關鍵詞：竹塹文學獎、寫作行數、主題趨向、評審結構

---

* 國立新竹教育大學中國語文學系專任副教授。

一　前言

　　竹塹文學獎最早設置於一九九七年，當年現代詩類收件二十二件，得獎兩件均為佳作，皆是展現「女性的愛情圖騰與鄉土標識[1]」，評審稱讚得獎作品「寫作的概念來自獨特又飛躍的自我想像，歷史文化的包袱相對減量，絕對有助於表達本土的「心聲」[2]，可見最初的竹塹文學獎並未限定主題；一九九八年竹塹文學獎現代詩類收件二十六件，但評審普遍覺得水準不足，故本屆決定全部得獎名額從缺；到了一九九九年現代詩類收件增長近一倍至四十四件，有二十一件作品入圍複選，七件作品進入複決選，最終決選討論出四件得獎作品，且初次評選出首獎與貳獎，此外另有佳作兩件，主題橫跨哲思、社會、情愛。

　　至二〇〇〇年則略有衰退為三十五件，入圍決審有十三件，得獎件數與前年相同，題材也頗為廣泛，評選結果為首獎一名，剩下四件作品皆同分列為佳作，貳獎從缺；二〇〇一年則是首次要求投稿者附上參考作品五首，投稿件數下滑至三十二件，入圍決審則有十件，此次評審認為參賽作品並未有特別突出之作，故首獎、貳獎從缺，增加一名佳作，共計五件佳作；至二〇〇二年投稿件數三十三件，入圍複審有十一件，但因參賽作品未達首獎應有的標準而從缺，決選討論結果為一件貳獎、三件佳作。

　　但二〇〇三年的投稿件數大幅增加至六十七件，入圍複審有八件，進入決審為四件，最終討論結果首獎一件，餘下三件作品評審認為水準不分軒輊，故皆列為佳作；二〇〇四年投稿件數又大幅躍進到一百三十七件，第一階段選出六十四件，第二階段選出三十二件，第三階段選出十件，最終決選有四件作品，分別列為首獎一件、貳獎一件、佳作兩件，而二〇〇四年也是

1　出自〈燦爛又繽紛的火把——現代詩評審感言〉，《1997年竹塹文學獎得獎作品選集》，頁389。

2　出自〈燦爛又繽紛的火把——現代詩評審感言〉，《1997年竹塹文學獎得獎作品選集》，頁389。

首次設定主題，當年的主題為「風」，也是首次不需另外提供參考作品。

因為二○○四年的主題設定，導致稿件大幅躍進，故二○○五年進一步設定主題為「花園城市──書寫新竹」，卻導致投稿作品大幅衰退為三十九件（疑似編輯筆誤，下言「不論數量或品質皆比往年提昇」，但兒童詩件數也筆誤，無法計算正確數量），評選結果為首獎一件，二獎一件，佳作兩件；二○○六年繼續設定主題為「花園城市──風城印象」（但並未說明收件數），進入決選作品九篇，最終結果為首獎一件、貳獎一件、佳作兩件；二○○七年主題「花園城市──四季風城」（一樣未說明收件數），進入評審初選作品十件，決選為六件，評選結果為首獎一件、貳獎一件、佳作兩件。

至二○○八年主題訂為「花園城市──幸福風城」，收件件數八十餘篇，評審認為此年作品跳脫以往，「評選地方文學獎，最怕的就是寫景抒懷、以景寫景……但是2008年的新詩作品，卻呈現多種樣貌，涵蓋新竹舊歷史的內涵與新世代的演化、建築的硬體與人文的軟體、人物與年代事蹟的形塑。」[3]，最終結果為首獎一件，貳獎一件，佳作兩件；二○○九年主題「花園城市──快樂風城」，收件件數再次超過百件，為一百零二件，複審十二件，決審七件，結果為首獎一件、貳獎一件、佳作兩件。

二○一○年主題「書寫風城」，收件件數一百一十六件，複審十一件，決審五件，討論後選出第一名一件、第二名一件、第三名一件、佳作兩件；二○一一年主題為徵求書寫風城故事、景色、校園、美食、旅行、產業等之文學作品，收件件數一百三十六件，複審入圍二十一件，決審入圍九件，最終結果第一名一件、第二名一件、第三名一件、佳作兩件；二○一二年主題與去年相同，收件件數九十六件，最終結果第一名一件、第二名一件、第三名一件、佳作兩件。

3　出自《2008年竹塹文學獎得獎作品輯》，頁8。

二 1997-2012 年竹塹文學獎新詩組得獎名單的相關統計

以下筆者先從姓名（別）、名次、作品名稱、縣市籍、詩作主題、行數等相關區塊，以表格呈現歷年竹塹文學獎新詩組得獎名單的資料統計：

姓名（性別）	名次	作品名稱	籍居地	主題	行數	年度
黃裕華（男）	佳作	女青年與街道圖誌		日常都市生活	65	1997
陳孝慧（女）	佳作	她在街角的7-eleven前撥了一通電話		對消逝愛情的感念	46	1997
（1998新詩組名額從缺）						
溫榮彬（男）	首獎	太陽在遠處起身的聲音	新竹市	生命的哲思	50	1999
溫秀滿（女）	貳獎	茱迪納街──記某一印度加爾各達貧童	新竹市	社會的寫實	41	1999
陳俊彥（男）	佳作	一尾奮力游向釣竿的魚		對已逝情人的追思	105	1999
張幼丁（男）	佳作	我在這個世界發現你		對一既定目標的追尋	21	1999
葉俊甫（男）	首獎	攝影‧愛情		詠物兼抒情	27	2000
溫秀滿（女）	佳作	旅遊地誌	新竹市	情慾書寫	47	2000
陳榕笙（男）	佳作	文盲之詩	台南市	針對自身生命狀態的書寫	333	2000
黃程俊（男）	佳作	一部快樂與憂傷的機器		生命與存在價值的省思	14	2000
趙明高（男）	佳作	本地現實：成大學生之死的岐義性		情愛與生命的勸諫及反思	66	2000
蔡淑惠（女）	佳作	流浪貓		對生命存在的觀察	47	2001

姓名（性別）	名次	作品名稱	籍居地	主題	行數	年度
趙明高（男）	佳作	衰朽之冬——給我的母親		親情的悲痛	60	2001
陳榕笙（男）	佳作	形狀	台南市	文明的嘲諷	27	2001
薛弘生（男）	佳作	我在無法標明的座標		現代人生價值的反思	50	2001
解昆樺（男）	佳作	女人・竹塹——接泊哭泣，彭錫妹	台中	關懷性的族群歷史敘寫	29	2001
王智忠（男）筆名：河岸	貳獎	長夏	豐原	生命的哲思	28	2002
王宗仁（男）	佳作	塹城古蹟巡禮	彰化縣	圍繞景點歷史背景闡述	51	2002
趙明高（男）	佳作	隨愛而逝		對消逝愛情的感念	167	2002
詹碧蛾（女）	佳作	都會蒙太奇	台中縣	文明的嘲諷	21	2002
費啟宇（男）	首獎	玻璃之光	台南市	對鄉土的歌頌	50	2003
鄧榮坤（男）	佳作	城隍廟	桃園縣	圍繞景點歷史背景闡述	14	2003
張育銓（男）	佳作	老榮民的呼吸	台南市	族群文化反省	62	2003
詹碧蛾（女）	佳作	擺水果攤的阿婆		社會的寫實	24	2003
李長青（男）	佳作	鋼鐵蝴蝶——向杜潘芳格致意	台中市	反省式的族群歷史敘寫	35	2003
葉國居（男）	首獎	在暗夜中素描——兼記在風中出征的義民爺	桃園縣	反省式的族群歷史敘寫	55	2004
張碧霞（女）	貳獎	風城故事	南投縣	對鄉土的歌頌	50	2004
蔡富灃（男）	佳作	風中的羽毛	屏東	生命哲學信仰	51	2004
胡志偉（男）	佳作	招風等三首（招風、同鄉會、打聽）	後山（台東）	族群文化反省	55	2004

姓名 (性別)	名次	作品名稱	籍居地	主題	行數	年度
陳牧宏 (男)	首獎	城市的五個秘密	台北	觀察景點的歷史敘寫	81	2005
張繼琳 (男)	貳獎	一封來自花園城市的喜帖	宜蘭人	對鄉土的歌頌	60	2005
徐海倫 (女)	佳作	我的客雅溪畔	新竹	對生長土地的熱愛	87	2005
劉欣蕙 (女)	佳作	戀戀風城	苗栗大湖	情思與土地的結合	74	2005
倉田南 (？)	首獎	城隍有好吃——繼新竹城隍廟及其小吃		飲食歷史敘寫	60	2006
陳思嫻 (女)	貳獎	竹塹社之〈土官勸番歌〉新譯	台中縣	反省式的族群歷史敘寫	99	2006
永永 (？)	佳作	風城花季	台北市	對鄉土的歌頌	48	2006
代橘 (男)	佳作	竹風采景	台北	對鄉土的歌頌	75	2006
陳牧宏 (男)	首獎	在我們記憶的城市裡	台北	自身記憶與城市的交織	78	2007
劉志宏 (男)	貳獎	指南——記新竹	宜蘭蘇澳	以指南針穿梭城市景點路線	49	2007
陳朝松 (男)	佳作	六月，歌者的誘惑	台中清水	情思與土地的結合	41	2007
劉欣蕙 (女)	佳作	風城韻事	苗栗大湖	景點歷史敘寫	90	2007
陳朝松 (男)	首獎	風城童話繪本	新竹市	對鄉土的歌頌	64	2008
連明偉 (男)	貳獎	越過城牆——記辛志平校長	宜蘭縣	感念化育之恩	60	2008
李長青 (男)	佳作	幸福的花園——重讀鄭用錫（以下省略）	台中市	生命精神致敬	105	2008
陳利成 (男)	佳作	客雅溪口的凝眸	彰化縣	對鄉土的歌頌	61	2008

姓名（性別）	名次	作品名稱	籍居地	主題	行數	年度
李長青（男）	首獎	生命的方格 ——向杜潘芳格致意	台中市	生活情感、致敬詩（採用杜潘芳格女士的詩題）	92	2009
蔡文騫（男）	貳獎	時光盛開的博物館花園	高雄	生命的哲思	70	2009
王倩慧（女） 筆名：阿莫	佳作	風城，夢想著床		創造性的歷史敘寫	93	2009
初惠誠（男）	佳作	風滿了	新北市	對消逝愛情的感念	44	2009
李振豪（男）	首獎	除了我們以外——記內灣一日		旅途中的所見所聞	53	2010
李長青（男）	貳獎	琉璃賦	台中市	對鄉土的歌頌	84	2010
許舜傑（男）	參獎	香山海邊：速寫四十句	台南	片段靈感跳躍的景點敘寫	40	2010
賴文誠（男）	佳作	他來自眷村——於眷村博物館裡遙想泛黃歲月	桃園	親情的悲痛	61	2010
王珊珊（女） 丁威仁（男）	佳作	四月望雨——為紀念「台灣歌謠之父」鄧雨賢而作	王珊珊（宜蘭） 丁威仁（台中）	生命精神致敬	173	2010
沈政男（男）	首獎	雅典學園竹塹分校	台中市	創造性的歷史敘寫	56	2011
王正良（男）	貳獎	米粉調		抒情回憶、飲食與歷史敘寫	43	2011
趙筱蓓（女）	參獎	小綠葉蟬吻了一口		抒情寫物	40	2011
郭仲怡（女）	佳作	所謂的司馬庫斯		對族群文化的反省	42	2011
賴文誠（男）	佳作	在夜空中聆聽你們的呼吸——詩致黑蝙蝠中隊	桃園	情愛人生行旅	60	2011

姓名 (性別)	名次	作品名稱	籍居地	主題	行數	年度
游善鈞 (男)	首獎	井口的風聲	新竹	對生長土地的熱愛	40	2012
何志明 (男)	貳獎	我的強迫回憶症	新竹市	親情情感抒發悲痛	69	2012
吳瑋茵 (女)	參獎	台68線往竹東	新竹	日常的景物生活敘寫	46	2012
王珊珊 (女)	佳作	國風——僅以表演樂器歌詠竹塹國樂節	宜蘭	組詩形式（鄉愁、宗教、歲月）	94	2012
壽祐永 (女)	佳作	風城思想起	台北市	對生長土地的熱愛	78	2012

源於無法取得投稿者男女比例之資訊，所以我們先從得獎者姓名與性別比例來檢視，可以很清楚的發現以下的狀況：男女合計六十五位，其中男性得獎者共四十五位（　％），女性得獎者十八位（　％），無法確認性別共二位（　％）。除了二〇〇六年首獎性別不詳外，其他屆的首獎都是男性（共11人）；貳獎的部分為八男三女，自設參獎以來共計有一男二女獲此獎項。也就是說前三名的比例為二十男比五女，尤其得首獎者幾乎清一色都是男性，似乎也反映台灣詩壇仍是男詩人較多於女性詩人的狀態。如果就得獎次數來觀察，得過二次以上的有：

4次：李長青（2003、2008、2009、2010）

3次：趙明高（2000、2001、2002）

2次：溫秀滿（1999、2000），陳榕笙（2000、2001），陳朝松（2007、2008），賴文誠（2010、2011），王珊珊（2010、2012）

若我們進一步分析得獎者的籍居地，如果扣除無法查詢得知，得獎感言也未記載的得獎者，會發現台北五位、新北一位、桃園四位、新竹八位、苗栗二位、台中十一位、彰化二位、南投一位、台南五位、高雄一位、屏東一位、宜蘭五位、台東一位，未知十八位。也就是說共六十五位得獎者中，有四十七位可以查詢到他們的籍居地，其中得獎者最多的是台中（11）與新竹（8），若按大台北（台北市與新北市）、桃竹苗區域、大台中（中彰投）、大

台南（雲嘉南）、大高雄（高屏）與東部地區和離島地區〉作為區域性來觀
察，會有下列的結果；

　　大台北（基隆、台北市與新北市）：共6位

　　桃竹苗區域：14位

　　大台中（中彰投）：14位

　　大台南（雲嘉南）：5位

　　大高雄（高屏）：2位

　　東部地區：6位

　　離島地區：0位

因作者資料無法搜尋完備，就現有資料而言，得獎者的籍居地以台中市為主
其次才是新竹本地人，若按區域來看，桃竹苗與大台中的得獎者各十四位，
也不相上下，反而是東部地區書寫竹塹的得獎者佔有六位，較為特殊，可見
竹塹文學獎的得獎者並不會過度集中於新竹地區，這個文學獎對於培育台灣
文學創作風氣實具備一定成效。

三　得獎詩作的行數趨向

　　竹塹文學獎新詩組徵稿的行數限制分成幾個階段：

（一）一九九八至二〇〇三年並無限制，因此得獎作品的行數少至〈城隍
　　　廟〉的十四行，多至〈文盲之詩〉的三三三行（按評審會議指出，
　　　此詩原長1500多行），可以說各有特色，但綜觀來看仍以四十至六
　　　十行為評審較可接受的範圍。

（二）二〇〇四年規定最高上限為六十行，則可看見當年度評審青睞的得
　　　獎作品皆至少五十行以上。

（三）二〇〇五至二〇〇六兩年皆是規定最少為六十行，並無上限，但這
　　　兩年最高行數僅為九十九行，不像前幾年破百行之詩十分常見。

（四）二〇〇七年之後資格規定參賽者投稿作品皆須超過四十行，否則不
予以入選資格，二〇〇八年得獎作品皆超過六十行，詩人李長青更
是超過於一百行數，顯示當年評審評判皆以中長詩甚至長詩較受到
青睞。二〇〇九年得獎的五件作品中，其中一件「風滿了」僅以四
十四句獲選為佳作殊榮，其餘行數皆超過六十行以上。

（五）至於二〇一〇年，首獎和參獎作品不超過六十行，顯示評審不再以
長篇行數為較佳者，反而改變觀點，以有特色甚至書寫深入人心觀
點之作品得獎。二〇一一至二〇一二此現象最為明顯，長詩的得獎
僅僅佔三篇，其餘的得獎作品皆不超過六十行，而在此之中，也都
包含了景、物、人這三樣主題呈現，比照前幾年的作品，「景」佔
了多數篇幅，在「人」的部分相對注意較少，許多作家將所觀所感
投射到景象之中，自然也散發出抒情抒發的情感。

從上述的說明，我們可以進一步以數據進行討論，假設筆者以四十行做
為斷限，便可以區分出四個行數區塊，分別是三十九行以下、四十一至六十
行，六十至一百行，與一〇一行以上，以此四個區塊進行相關的統計，可以
產生以下的結果與論述：

（一）三十九行以下：十首，約佔百分之十五。四十至六十行：三十三
首，約佔百分之五十一。六十一至一百行：十六首，約佔百分之二
十五。一〇一行以上：五首，約佔百分之九。所以，半數得獎詩作
的行數區間，在四十至六十行。低於四十行與高於一百行，得獎機
率並不高，若再放寬一點觀察，若書寫行數落在四十至一百行的區
段，得獎的機會比較濃厚。

（二）若進一步觀察，得到參獎者，均落在四十至六十行的區段中。得到
貳獎者，四十行以下的只有一首；四十至六十行的佔最多，共有六
首；六十一至一百行也佔了四首。得到首獎者，四十行以下的也僅
有一首；四十至六十行的比例最高，佔七首；六十至一百行的佔了
四首。換言之，若想要拿到前三名，基本上書寫的行數應該座落在

四十至六十行的區段中，尤其在二〇〇七年之後，四十行是一個入選的基本門檻，更導致首獎的作品四十至六十行三首，六十至一百行三首的現象。若把所有前三名的作品行數平均，可以得到一個五十七點一行的數據，或許五十七行上下會是一個重要的行數參考數值。但千萬不能超過一百行，因為一百行以上的作品都只有佳作。

（三）如果按得獎四次詩人李長青的行數：三十五、一〇五、九十二（首獎）、八十四（貳獎）來觀察，他得到前三名的行數，基本上是落於六十一至一百行這個區間，倘若從得獎三次的趙明高來看：六十六、六十、一百六十七，似乎也落在行數較多的區間。這樣的情況其實並沒有違背筆者的論斷，畢竟這兩人所得之獎項以佳作居多，更何況寫長不寫短幾乎已經是不設限最高行數的文學獎之基本觀念，因此也可以產生一個推論，在近年來的竹塹文學獎中，因為四十行變成一個入選的門檻規定，所以書寫者必須讓行數儘量能夠向上攀登，如果按二〇〇七年之後（至少四十行）的數據，平均約六十三點五行上下，為得獎的平均行數，與上述全平均五十七點一行其實落差並不大。

（四）所以我們可以得到一個結論，自二〇〇七年竹塹文學獎新詩組的辦法規定四十行以上之後，得獎者的作品平均行數普遍拉高，在總得獎作品二十六首中，四十至六十行的詩作十三首，六十至一百行以上的詩作十二首，一百行以上一首的分佈中，發現六十至一百行的詩作比例提高到接近一半，「寫長不寫短」的情況更加明顯。

四　得獎詩作的主題趨向

一九九七年的佳作黃裕華〈女青年與街道圖誌〉，是一首以都市女性角度觀察城市散落景象的組詩。而陳孝慧的〈她在街角的7-eleven 前撥了一通電話〉，則以客觀的書寫觀察女性對消逝愛情的感念，兩首其實都以愛情與女性作為主題。

一九九九年的首獎溫榮彬以〈太陽在遠處起身的聲音〉，對社會現象與生命存在做一觀照。貳獎溫秀滿的〈茱迪納街－記某一印度加爾各達貧童〉，則對國際間弱勢族群之社會現象的紀錄與抒情。三首佳作：陳俊彥〈一尾奮力游向釣竿的魚〉以空軍失事事件記錄消逝愛情的美好；張幼丁〈我在這個世界發現你〉則是一首對自我存在的哲理思索作品。可以發現此年的主題雖然多元，但實際上幾乎都透過一些事件反省自身的存在價值與社會現象。

二〇〇〇年的首獎葉俊甫〈攝影‧愛情〉，是作者藉由攝影的各種技巧，來迂迴比喻兩人關係的情詩；佳作溫秀滿的〈旅遊地誌〉全詩分別用「草原」、「丘陵」等自然景物巧妙譬喻人體，表面寫旅行過程，實則於其中隱含情慾書寫；另外三首佳作：陳榕笙〈文盲之詩〉全詩長一千餘行，分節表述生命存在與自我價值的各種哲理思索、黃程俊〈一部快樂與憂傷的機器〉僅有分成三段的十四行，第一段將普遍生命存在現象譬喻成機器的運轉，之後以情緒帶入機器，隱射人的存在意義、趙明高〈本地現實：成大學生之死的岐義性〉藉由成大學生自殺的社會事件反省愛情之於人生命的價值判斷。可見今年的得獎作品大多集中在愛情此一主題，或是用辛辣的情慾譬喻，或是以社會事件入題，為今年得獎的趨勢，

二〇〇一年共計五首佳作，蔡淑惠〈流浪貓〉選了一個外物「流浪貓」來聯想到生命所必經的波折與流浪；而趙明高〈衰朽之冬－給我的母親〉，以冬天的寒冷映照春天的溫暖，是一首寫給親情的悼亡長詩；而陳榕笙〈形狀〉是一首把城市與生活接觸事物比喻成各種形狀，旨在嘲弄現代機械與制式化文明的詩作；薛弘生〈我在無法標明的座標〉對人生哲理和名利虛位的做一種抽象的思考與反省，座標不明即表達已與外界失去聯繫；解昆華〈女人‧竹塹－接泊哭泣，彭錫妹〉用一種帶著童趣天真的筆法向彭錫妹致敬，詩中帶有溫柔的關懷色彩。總結這年的題材多元，橫跨親情、愛情、關懷，但內在精神主體其實仍有共通，便是對人性的關懷。

二〇〇二年貳獎王智忠〈長夏〉以觀察夏天的景色為主題，從中體悟到生命的哲思；三首佳作中王宗仁〈塹城古蹟巡禮〉圍繞新竹的古蹟景點來描

寫其背景，並隱含一些歷史的氣息；趙明高〈隨愛而逝〉以魔幻的筆法勾勒出年輕人沈醉在情慾裡，與時下流行的虛浮愛情價值觀；詹碧娥〈都會蒙太奇〉則是以新竹的繁榮街道當做背景，描繪出一幅亂象，並藉此批判現代都市文明。總結今年雖未限定以新竹為主題，但得獎作品已有此現象，並以批判現代文明為主要走向。

二〇〇三年首獎作品費啟宇〈玻璃之光〉以玻璃製作時需燒灼的特性象徵韌性與堅強，讚頌新竹句特殊歷史意涵的產業與文化；三篇佳作為鄧榮坤〈城隍廟〉圍繞著新竹古蹟城隍廟的歷史背景與城隍的意象敘述；張育銓〈老榮民的呼吸〉反省台灣文化裡族群過度分裂，並產生無人照顧的榮民的問題；詹碧娥〈擺水果攤的阿婆〉記錄了本土社會弱勢族群在生活的困苦，以及老年仍無人能依靠的淒涼；李長青〈鋼鐵蝴蝶——向杜潘芳格致意〉歌頌詩人杜潘芳格的精神，並期許詩作有溫暖人心的作用。總體看來分成兩類，一類是開始以新竹的文化為主題創作，另一類則是關懷社會議題或弱勢族群的詩作，其實這兩類便是得獎作品裡最為常見的寫作趨勢。

二〇〇四年首獎葉國居〈在暗夜中素描——兼記在風中出征的義民爺〉是一首記錄客家族群歷史，並素描式的文化書寫；貳獎張碧霞〈風城故事〉旨在記錄作者本身對新竹在地文化的感懷和讚揚，分成數首小詩組合而成；佳作蔡富澧〈風中的羽毛〉為大陸詩人，藉詩內容發揚自身的生命哲學信仰；佳作胡志偉〈招風等三首（招風、同鄉會、打聽）〉用一個層次性的敘述，將過往歷史和記憶總結起來緬懷及反省。整體結果因今年開始限定主題為「風」，所以除了一首以風來譬喻自己生命精神堅韌的作品以外，主題大多凝聚在「風城」的景象或歷史意義上。

二〇〇五年首獎陳牧宏〈城市的五個秘密〉以詩觀察並描寫新竹各處景點，此外結合了詩人陳秀喜的詩觀，是首鄉土讚頌的詩；貳獎張繼琳〈一封來自花園城市的喜帖〉以喜帖連結自己的愛情和新竹這塊土地，讚頌鄉土的美好；佳作徐海倫〈我的客雅溪畔〉作者將自身童年經歷和生長土地放進詩中，深情描繪對鄉土的思念；佳作劉欣蕙〈戀戀風城〉用一個愛情層次的遞嬗結合新竹的各處景點遊歷，成為清新脫俗的情詩。這一年度的作品一方面

是把作者自身的情感放進城市的各個景點，一方面調性偏抒情，主要原因是為了符合主題「花園城市」。

二○○六年首獎倉田南〈城隍有好吃——記新竹城隍廟及其小吃〉是一首以飲食來記錄新竹的歷史，並藉由新竹美食聚集地——城隍廟來描繪這塊土地；貳獎陳思嫻〈竹塹社之〈土官勸番歌〉新譯〉以漢字重新書寫平埔族的歷史，並且融入關懷所受族群迫害的情感；佳作永永〈風城花季〉是一首對新竹花季、玻璃、海岸等景點的描繪與歌頌；佳作代橘〈竹風采景〉以新竹知名景點城隍、車站、玻璃、戲院、漁港為主題寫成的清新脫俗寫景組詩，且有意象突出之佳句。總體看來新竹各個景點已經是得獎作品主題的常客，但仍有以特殊取材角度切入的作品譬如首獎與貳獎，便是以創意取勝。

二○○七年首獎陳牧宏〈在我們記憶的城市裡〉選擇把遊歷城市景點的聯想與感觸分成三個段落，分別是致記憶、致詩人陳秀喜、致校園生活，組合成作者生活於城市的點滴；貳獎劉志宏〈指南——記新竹〉兼融歷史與地理指引出遊歷新竹的新路線，並以一條河的生命為全詩軸線；佳作陳朝松〈六月，歌者的誘惑〉以自然之美「季節」和人文之美「身體」結合成一首給新竹的情詩；佳作劉欣蕙〈風城韻事〉觀察城市各處景點描寫的鄉土讚頌，同時又在後兩節寫東門城、漁港的部份融入環保控訴。作品整體看來雖然仍是在歌頌新竹的景色，但已融入不同的主題豐富詩作，以免流於單純的寫景詩。

二○○八年首獎陳朝松〈風城童話繪本〉以童話繪本的比擬來描寫新竹的景物，譬如用書本的縫線來譬喻海岸線、用叢林來譬喻美食林立的城隍廟等；貳獎連明偉〈越過城牆——記辛志平校長〉記錄與感念教育家化育之恩，同時也批評當時政治的干涉和財團對校園的侵擾；佳作李長青〈幸福的花園－重讀鄭用錫〉對三位新竹前賢鄭用錫、李澤藩、陳秀喜的生命精神致敬，如在致鄭用錫的一首裡呼籲百姓不要對立，能有新意而非單純致敬；佳作陳利成〈客雅溪口的凝眸〉對自然生態的讚嘆和描繪，同時也是給一同觀賞自然的情人的情詩。這年度首獎作品較為特殊，加入了兒童文學的角度成為特殊的詩作，而有兩首致人詩、一首情詩也是歷屆得獎常見的主題。

　　二〇〇九年首獎李長青〈生命的方格—向杜潘芳格致意〉巧妙利用前輩詩人杜潘方格的詩題為小節題目所寫成的致敬組詩，表達許多細微的生活情感；貳獎蔡文騫〈時光盛開的博物館花園〉亦是以組詩的形式思索生命各種階段所蘊含的哲理，並抓出新竹三個博物館——影像博物館、玻璃博物館與眷村博物館作為主題；佳作王倩慧〈風城，夢想著床〉一個女性愛情與心情交織的地誌書寫抒情詩，同時以四處景點作為組詩的小標串連起來，最後用夢想著床圓滿收尾；佳作初惠誠〈風滿了〉篇幅較短，是在描述對消逝愛情隨風散去的感嘆。總共四首得獎作品，其中有三首是以組詩寫成，另一首也是篇幅不長的短詩，可見以往循著一冗長脈絡寫作的模式已經轉變，而主題也跳脫單純寫景、寫情，轉而加入許多精巧的創意。

　　二〇一〇年首獎李振豪〈除了我們以外——記內灣一日〉由等待啟程開始，有層次地書寫整日遊覽的歷程，並結合了情思與哲思；貳獎李長青〈琉璃賦〉利用玻璃產業的歷史文化意義歌頌新竹，並充分利用製作玻璃的各種工藝技巧譬喻生命；參獎許舜傑〈香山海邊：速寫四十句〉片段精巧的靈感跳躍，以四十句看似獨立實則有所聯繫的詩句串連；佳作賴文誠〈他來自眷村——於眷村博物館裡遙想泛黃歲月〉以一個因失親而悲痛的角色貫串全文，融合歷史故事與親情的書寫方式具有人文色彩；佳作王珊珊、丁威仁〈四月望雨——為紀念「台灣歌謠之父」鄧雨賢而作〉對新竹歷史人物的精神致敬，同時結合戰爭、愛情、親情等生命歷程。這一年度的作品較為特殊的是〈香山海邊：速寫四十句〉跳脫段落的框架，僅以四十句獨立的句子成詩，架構特殊，而〈四月望雨——為紀念「台灣歌謠之父」鄧雨賢而作〉以鄧雨賢的歌詞分段引頭，內容也扣合著主題，可見今年作品頗具特殊之結構。

　　二〇一一年首獎沈政男〈雅典學園竹塹分校〉作者回憶新竹高中的校園生活，同時以西方神話意象譬喻，並詠嘆教育的意義；貳獎王正良〈米粉調〉有回憶、親情和飲食書寫結合的抒情詩；參獎趙筱蓓〈小綠葉蟬吻了一口〉詠物的幽默詩，精巧地轉化譬喻泡茶的過程；佳作郭仲怡〈所謂的司馬庫斯〉反省歷史族群分化的史實，採用抒情柔軟揉合母語的手法；佳作賴文誠〈在夜空中聆聽你們的呼吸－詩致黑蝙蝠中隊〉模擬自身成歷史人物並向

其致敬,而較少悲歡的氣氛,較多緬懷情緒。這一年度的得獎作品除了〈小綠葉蟬吻了一口〉是篇幅短小的詠物之作以外,其他皆是寫給人物的作品,唯一的地景是未曾有人書寫過的新竹高中,這是與其他年度不同之處。

　　二〇一二年首獎游善鈞〈井口的風聲〉用不同感官體會家鄉的感觸時所寫下的懷鄉詩作,譬喻記憶是一口井,許多事物在其中迴盪而有一完整圓滿的結尾;貳獎何志明〈我的強迫回憶症〉因觸及曾與父親一同走過的新竹景象和特色,而感受到對逝去親情的懷念,以此詩悼亡哀痛;參獎吳瑋茵〈台68線往竹東〉對往返的交通過程以色彩、聲音譬喻成作畫過程,充滿視覺意象與散文化的流暢句法;佳作王珊珊〈國風-僅以表演樂器歌詠竹塹國樂節〉插入圖片並用組詩形式串起新竹各種文化面相,並註腳音樂之專有知識來補充敘述;佳作壽祐永〈風城思想起〉用童年物品的回憶,串起新竹特色景點及文化,是一首以童趣來歌詠新竹的作品。在這一年的得獎作品都有明確主軸,新竹景點反而退為其次,不管是回憶、親情、視覺意象或國樂都較新竹的意象突出,更有特色。

　　由上述對於每個年度竹塹文學獎新詩組得獎作品的分析,可以歸納出各種題材書寫的比例:

（一）反思生命及存在價值的哲學詩:包含著關於生命流逝之感歎,生命意識與生命哲學,或者是表述自身的存在孤獨,對於存在與時間流逝的反思,均可以放在這一類,此類型之作品多半都會呈現一定的哲學傾向,在閱讀上的晦澀與歧義度也相對較高。在六十四首中總共出現十四首之多,約佔總數百分之二二的。此部份作品較集中於二〇〇五年（不含）以前（有九首）,原因與二〇〇四年以前的徵文辦法並未特別規定需以新竹為寫作主題,所以呈現出作者選擇書寫與自身生命經驗以及價值觀、生命觀有關的面向。

（二）緬懷故土及族群變遷的歷史詩（以時間縱軸為書寫概念）:不僅是對於過往歷史事件的重構,也包含著對新竹當地風景與族群的歷史敘寫,或是土地或社會的變遷,均可放在此類中,此類作品的史述

傾向相當明顯，有些較為寫實的作品在閱讀上也比較少難以理解的部份，且會放入一定比例的懷鄉懷古情緒。在六十四首中總共出現十二首，約佔總數的百分之十九。而以古蹟、作家、原始住民為題材，帶有關懷的眼神，並運用和化用典故，詩作風格偏向敘事史詩，而作者自身的情感較不易察覺，歌詠在地文化（如食物、人物、精神）的作品有六首，佔了此類別的半數。

（三）稱許風光及空間地景的敘事詩（以空間橫軸為書寫概念）：此類作品亦屬於地方性文學獎常見的主題，將自身經驗與該地景物結合，成為帶有個人性質的抒情詩，也包括了歌頌故鄉與讚揚新竹美好的作品。不同於歷史敘寫，此類型詩作少了歷史的沉重感，多半具有明白輕快的色彩。在六十四首中總共出現二十首，約佔總數的百分之三十二。這類型的詩多以空間地景為主，著重在描寫新竹的風、海、山等自然景物以及城隍廟、火車站、玻璃工藝等人為建築及文化帶給作者的感受，能融情於景，使讀者身歷其境，或是創造不同於前人所描繪的新竹，從不同角度進行觀察及書寫。

（四）譏諷當地及批判亂象的社會詩：對於都市結構與都市裡各種存在體的批判或者嘲諷，抑或是較為中性客觀地呈現都市內各種現象，或是都市裡的環保議題，均可以屬這一大類。在六十四首中總共出現三首，約佔百分之五。在主題為發揚城市美好之處的主題限制之下，帶有明顯批判或呈現現象的都市詩得獎空間遭到壓縮，而有限的作品中也皆非批判新竹的作品，僅是針對大現象的都市文化書寫。

（五）其他類型之詩作：例如情詩與對整體文明反省等作品，在六十四首中總共出現十五首，約佔百分之二四。以限定主題的二〇〇五年為界線，一九九八至二〇〇四年裡有十首作品，二〇〇五以後僅有五首，前者能不受拘束地將創作靈感投射到世界的各個角落，包括外國受難的貧童、國內弱勢的族群，情愛拉扯時的糾結等等，而後者則必須一面顧及主題限制，一面符合作者創作動機，所以數目較少。

從以上的分析不難發現：地景空間的書寫（32%）、存在價值的反省

（22%），以及竹塹歷史變遷之敘寫（19%），而其中關於地景空間與竹塹史述，往往又會產生交集與交錯，也就是說，如果投稿者能夠集中火力於竹塹的地景與各種歷史的史述，相對於其他題材而言，會比較容易獲得評審委員的青睞，尤其在二〇〇四年開始限定主題之後，選擇何種素材與情緒去操作主題書寫，就變成決勝的關鍵之一。

五　結論：從評審結構談起

以下先列出歷屆竹塹文學獎新詩組的決審名單：

1997評審：呂興昌、李魁賢、黃恆秋
1998評審：呂興昌、李魁賢、黃恆秋
1999評審：范文芳、李敏勇、杜潘芳格
2000評審：李魁賢、呂興昌、杜潘芳格
2001評審：李魁賢、李敏勇、張芳慈
2002評審：李敏勇、林盛彬、張芳慈
2003評審：范文芳、沈謙、李魁賢
2004評審：范文芳、陳義芝、李魁賢
2005評審：范文芳、陳義芝、張芳慈
2006評審：范文芳、陳義芝、顏艾琳
2007評審：范文芳、陳義芝、蘇紹連
2008評審：范文芳、陳義芝、顏艾琳
2009評審：范文芳、陳義芝、陳育虹
2010評審：范文芳、陳義芝、陳育虹
2011評審：范文芳、陳義芝、李癸雲
2012評審：楊佳嫻、陳義芝、李癸雲

從上表可以發現，二〇〇五年之前，至少有一個笠詩社詩人作為評審，尤其是一九九九年與二〇〇一至二〇〇二年，三位評審全數是笠詩社詩人。以笠詩社詩人的觀念，書寫土地，且以語言思考，甚至於帶有新即物主義風格的

作品，會是他們比較青睞的作品。若按前述的分析，的確三位都是笠詩人做評審的得獎作品，社會性與現實性都比較高。

而其中擔任最多次評審的是范文芳（11次），其次是陳義芝（9次），李魁賢（6次），張芳慈與李敏勇（3次），而自二○○五至二○一一的評審，范文芳與陳義芝是固定班底，二○○五年以前則幾乎由李魁賢等笠詩人主導評審結果。雖然范文芳、張芳慈、杜潘芳格都是客家文學的作家或研究學者，不過並沒有全客語的詩作得獎，這或許是因為投稿者較少以全客語寫詩，或是書寫者的客語詩作不夠成熟，但實際上更有關係的應該是辦法中提出「作品符合徵文主題，以中文書寫，且未曾發表。」使來稿者頂多在詩作中運用幾句客語的句子，擔憂若以客語漢字書寫會不會不符合評審規定。譬如二○○六年貳獎〈竹塹社之〈土官勸番歌〉新譯〉雖非以客語寫作，而是用平埔族語寫成，但將平埔族語置於每段之首的形式便是能夠參考的方式。換言之，使用不同族群的語言書寫完整的一首竹塹文學獎徵文規範下的詩作，是不符合規定的，但倘若是在詩作中出現不同語言的句子，是可以被主辦單位接受的。

另外，除了一九九七、一九九八、二○○三、二○○四、二○○七五屆未有女詩人參與決審，其餘九屆都至少有一位女詩人擔任決審委員，二○一二年更有兩位是女詩人。男女比例的分配也是竹塹文學獎的重要特色，畢竟除了評審自身的美學觀點之外，不同性別詩人對於詩作書寫與閱讀的思維方式，也必然會有歧異，女性評審的參與，尤其二○一二年的三位評審有二位是女性，這在一般的文學獎中實屬少見。

若由組成成員的詩風與背景觀察，二○○四年之前仍由本土與客語詩人組成評審結構，縱使後來以抒情詩為主的陳義芝加入評審團中，但評審團的結構仍由本土及母語詩人為主，自二○○六年之後，或抒情化（陳育虹的加入），或學者化（李癸雲與楊佳嫻），當然也會使竹塹文學獎的得獎作品產生一些美學風格的變化。

然而若就徵文辦法的演變觀察，二○一○年之前的竹塹文學獎，在新詩組以外的各類組，都設定了在地人不限主題投稿的機制，但自二○一○年以

降，便擴大至新詩組，凡在地人（在學、工作、籍居）投稿，均不限主題[4]。但同時相對而言，也不再作任何主題式的徵文模式，只標明需要「徵求書寫風城故事、景色、校園、美食、旅行、產業等之文學作品。」，並且區分成非在地人要寫風城，在地人可以不寫風城、不限主題的情況。換言之，自二〇一〇年以降的新詩組創作投稿狀況應該會有如下幾種情況：

一、非在地人，以風城作主題。

二、在地人，以風城作主題。

三、在地人，其他非風城主題。

若按此再次檢視二〇一〇年以後的得獎作品：

性名（性別）	名次	作品名稱	籍居地	主題	年度
李振豪（男）	首獎	除了我們以外 ——記內灣一日		旅途中的所見所聞	2010
李長青（男）	貳獎	琉璃賦	台中市	對鄉土的歌頌	2010
許舜傑（男）	參獎	香山海邊： 速寫四十句	台南	片段靈感跳躍的景點敘寫	2010

---

4 歷代徵文辦法，於得獎作品集中並未詳細刊載，但經過查詢，可以列出以下的情況。2005年：http://www.tokyo.idv.tw/news/news_detail.php?MessageNo=1821；2006年：http://www.google.com.tw/url?sa=t&rct=j&q=&esrc=s&source=web&cd=1&cad=rja&ved=0CC0QFjAA&url=http%3A%2F%2Fwww.ntcu.edu.tw%2Flan%2FFile%2F2006%25A6%25CB%25B9%25D5%25A4%25E5%25BE%25C7%25BC%25FA%25BCx%25BF%25EF%25C2%25B2%25B3%25B9.doc&ei=QkpjUpeXJoKnlQW1h4CYBQ&usg=AFQjCNEBsjbxrnPJFmM8-kQFqCaTWOCupw&sig2=mrvfjvV-spBGoUOFqhtP6Q&bvm=bv.54934254,d.dGI；2007年：http://city.udn.com/56373/2167631；2008：http://www.gamebase.com.tw/forum/39006/topic/82970249/1；2009年：http://www.docin.com/p-267064842.html；2010年：http://forum.pchome.com.tw/content/78/35808；2011年：http://tw.myblog.yahoo.com/backof-true/article?mid=7186；2012年：http://www.khcc.gov.tw/Phone.aspx?ID=$0303&IDK=2&EXEC=D&DATA=27929&AP=$0303_HISTORY-0[查詢日期]2013.10.15

性名 (性別)	名次	作品名稱	籍居地	主題	年度
賴文誠 (男)	佳作	他來自眷村——於眷村博物館裡遙想泛黃歲月	桃園	親情的悲痛	2010
王珊珊 (女) 丁威仁 (男)	佳作	四月望雨——為紀念「台灣歌謠之父」鄧雨賢而作	王珊珊（宜蘭） 丁威仁（台中）	生命精神致敬	2010
沈政男 (男)	首獎	雅典學園竹塹分校	台中市	創造性的歷史敘寫	2011
王正良 (男)	貳獎	米粉調		抒情回憶、飲食與歷史敘寫	2011
趙筱蓓 (女)	參獎	小綠葉蟬吻了一口		抒情寫物	2011
郭仲怡 (女)	佳作	所謂的司馬庫斯		對族群文化的反省	2011
賴文誠 (男)	佳作	在夜空中聆聽你們的呼吸－詩致黑蝙蝠中隊	桃園	情愛人生行旅	2011
游善鈞 (男)	首獎	井口的風聲	新竹	對生長土地的熱愛	2012
何志明 (男)	貳獎	我的強迫回憶症	新竹市	親情情感抒發悲痛	2012
吳瑋茵 (女)	參獎	台68線往竹東	新竹	日常的景物生活敘寫	2012
王珊珊 (女)	佳作	國風——僅以表演樂器歌詠竹塹國樂節	宜蘭	組詩形式（鄉愁、宗教、歲月）	2012
壽祐永 (女)	佳作	風城思想起	台北市	對生長土地的熱愛	2012

會發現就得獎作品本身觀察，無論作者籍居地或者是否為新竹在地，幾乎八成以上作品仍以新竹風城作為題材或者主題，而評審所評選出來的這些作品，如果是呈現這樣的狀態，是否代表者幾個意義：第一，很單純且巧合地，這三年來，不以新竹作為主題的在地人作品，幾乎沒有受到評審青睞而

得獎（這有可能嗎？）。第二，管他在地還是不在地，反正寫新竹風城就對了（是不是評審也有這種先入為主的地方性文學獎評審概念？）就這兩點疑問，評審也曾經討論過：

> 范文芳認為當詩作藝術表現達致一定水準之後，可考量詩作是否能反應新竹題材，方能彰顯「竹塹文學獎的特色」……陳義芝的詩評原則則不刻意區分新竹與非新竹主題，只考慮詩作表達方式的優劣……李癸雲認同兩位委員的大原則與細膩要求，再補充一點評詩時的考量，即歷屆得獎作品中已重複出現的主題，如風景或人物，在評比時是否該區隔開來，以便免新竹印象被局限於特定事物，也避免未來投稿者追隨模仿。……最後達成共識，評詩應以「藝術成就」（包括語言表現和思想深度）為最高原則，其次才是地方主題的呼應，至於同題再書寫的現象，若後起者能超越前行作品，也不應捨棄。[5]

換言之，至少二○一一年的三位評審達成了「藝術性」高於「地方性」的原則，但得獎作品真的反映了這樣的狀態嗎？除非是像范文芳與陳義芝這樣的每年常態評審，誰又能確定過去有多少重複的主題？（這還要看常態評審的記憶好不好？或是評審會議當天，主辦單位拿出前面的作品集讓大家邊翻邊對照？）如果藝術性真的極高，在前述評審的標準（藝術性大於地方性）中，主題重複又有何關係呢？我們再來觀察二○一一年得獎的五首作品：

性名 (性別)	名次	作品名稱	籍居地	主題	年度
沈政男 (男)	首獎	雅典學園竹塹分校	台中市	創造性的歷史敘寫	2011
王正良 (男)	貳獎	米粉調		抒情回憶、飲食與歷史敘寫	2011
趙筱蓓 (女)	參獎	小綠葉蟬吻了一口		抒情寫物	2011
郭仲怡 (女)	佳作	所謂的司馬庫斯		對族群文化的反省	2011

5　引自《2011竹塹文學獎得獎作品輯》（新竹：新竹市文化局出版，2011），頁10-11。

性名（性別）	名次	作品名稱	籍居地	主題	年度
賴文誠（男）	佳作	在夜空中聆聽你們的呼吸 ——詩致黑蝙蝠中隊	桃園	情愛人生行旅	2011

首獎沈政男〈雅典學園竹塹分校〉以新竹高中的校園生活作為地景。貳獎王正良〈米粉調〉很清楚地就是新竹風城的飲食題材。參獎趙筱蓓〈小綠葉蟬吻了一口〉表面上與新竹無關，但實際上所指涉的茶，也是新竹的特產東方美人茶。佳作郭仲怡〈所謂的司馬庫斯〉反省歷史族群分化，賴文誠〈在夜空中聆聽你們的呼吸－詩致黑蝙蝠中隊〉運用的許多史料來源，非常詳盡的陳列於新竹的黑蝙蝠中隊文物館裡。換言之，地景空間的書寫（32%）、存在價值的反省（22%），以及竹塹歷史變遷之敘寫（19%）依舊是本屆得獎作品最大的來源，所謂的「藝術性」高於「地方性」的原則，在這樣的得獎名單中，是否可以得出如下的推測：

一、得獎作品藝術性極高，只不過正好都具備地方性。

二、因為來稿或進決審的作品幾乎都具地方性，少有在地人寫非地方性的作品，所以只有從裡面選出藝術性較高的給獎？

三、新詩與散文的書寫概念不同，多數作品當以風城相關為主題時，往往不會只將風城作為背景閃現，至少上述的詩作而言，幾乎都針對了某種風城的相關題材擴寫。

當然，經過論文的調查與分析後，筆者想提出的結論是必須經過未來投稿者進一步的驗證，也就是說，如果投稿者能夠以符合下列標準的方法投稿竹塹文學獎，或許就能提高得獎機率，甚至於容易獲得較佳的名次：

一、就行數而言，二〇〇七年竹塹文學獎新詩組的辦法規定四十行以上之後得獎的平均行數，約六三點五行上下，得獎作品二十六首中，四十至六十行十三首，六十至一百行以上十二首，一百行以上一首，可見「寫長不寫短」是基本的書寫原則。

二、就題材選擇而言,無論主辦單位限定什麼樣的主題,投稿者都必須將這樣的主題,以地景空間與竹塹史述作為概念,得獎的機率就會大幅增加(54%),假設又能在其中賦予對於自身存在價值的反省,那就更容易在比賽中出現。

三、就評審的結構觀察,近年來抒情化的傾向漸漸高過純粹的敘事性,若可以在地景與史述的敘事層次中,導入抒情性的語言節奏,是一個極佳的寫作策略。倘若以二〇一二年(去年)的得獎作品而言,創意性(譬如王珊珊〈國風-僅以表演樂器歌詠竹塹國樂節〉,此組詩是以不同樂器的圖作為貫串,相當具備創意的特色)反而變成一個重要的評審角度,若能在其中置放屬於新竹的意象,就算不一定是地景或史述,也能產生得獎的機會。

四、所以,評審委員與得獎作品之間的聯繫,在於他們各自美學觀的折衝,這個部分是投稿者無法測之與干擾的。但從上述的分析,可以發現評審委員所面對所有稿件的先天限制(這是一個地方性文學獎),是無法讓他們在「藝術性」與「地方性」的糾結中說得通的,他們或許為了避開被質疑評選標準,就必須說出前述那樣一套評選規則,但就得獎作品的各種狀態而言,似乎並非如此。

五、因而投稿者基本上無須去管徵文辦法中的「外地人」或「在地人」,縱使你在新竹工作、籍居或就業,若想要參與並獲得這個文學獎中的新詩獎,請依舊先以風城的相關題材中去找尋書寫線索與方向。倘若真的無法採行這種框架型態的書寫,想因為是在地人身分,寫非風城題材的作品,請接受筆者前述分析的建議,以存在價值的反省(佔總首數的22%)作為導向,或許也能取得獎項。

至於前述男女性別比例、得獎次數、得獎者籍居地等數據,反而是基本的整理,投稿者不必被這些歸納整理影響,只要能符合前面四點所言,或許就能在竹塹文學獎的新詩組得獎作品中,獲得一個席次。

附錄　竹塹文學獎得獎作品集出版一覽表

《竹塹文學獎一九九七得獎作品選集》，新竹：新竹市立文化中心出版；竹
　　塹文化資產叢書出版社發行，1997年5月初版。

《一九九八竹塹文學獎得獎輯》，新竹：新竹市立文化中心出版；竹塹文化
　　資產叢書出版社發行，1998年6月初版。

《一九九九竹塹文學獎得獎作品輯》，新竹：新竹市立文化中心出版；竹塹
　　文化資產叢書出版社發行，1999年6月初版。

《2000竹塹文學獎得獎作品輯》，新竹：新竹市政府出版；竹塹文化資產叢
　　書出版社發行，2000年7月初版。

《2001竹塹文學獎得獎作品輯》，新竹：新竹市政府出版；竹塹文化資產叢
　　書出版社發行，2001年11月初版。

《2002竹塹文學獎得獎作品輯》，新竹：新竹市政府出版；竹塹文化資產叢
　　書出版社發行，2002年10月初版。

《2003竹塹文學獎得獎作品輯》，新竹：新竹市政府出版；竹塹文化資產叢
　　書出版社發行，2003年10月初版。

《2004竹塹文學獎得獎作品輯》，新竹：新竹市文化局出版；竹塹文化資產
　　叢書出版社發行，2004年10月初版。

《2005竹塹文學獎得獎作品輯》，新竹：新竹市文化局出版；竹塹文化資產
　　叢書出版社發行，2005年10月初版。

《2006竹塹文學獎得獎作品輯》，新竹：新竹市文化局出版，2006年10月
　　初版。

《2007竹塹文學獎得獎作品輯》，新竹：新竹市文化局出版，2007年11月
　　初版。

《花園城市幸福風城2008竹塹文學獎得獎作品輯》，新竹：新竹市文化局出
　　版，2008年11月初版。

《花園城市快樂風城2009竹塹文學獎得獎作品輯》，新竹：新竹市文化局
　　　出版，2009年12月初版。
《2010竹塹文學獎得獎作品輯》，新竹：新竹市文化局出版，2010年12月
　　　初版。
《2011竹塹文學獎得獎作品輯》，新竹：新竹市文化局出版，2011年12月
　　　初版。
《2012竹塹文學獎得獎作品輯》，新竹：新竹市文化局出版，2012年12月
　　　初版。

（一）除1997-1999年由新竹市立文化中心出版，其他的年份均由新竹市文
　　　化局出版，此處的原因應該與主辦單位有關係。
（二）除1997-1999年三本作品集的名稱不統一固定外，其他屆作品集幾乎
　　　只更改年份，一目瞭然。但因為2008-2009年的徵文比賽有固定主
　　　題，所以這兩年的得獎作品集，在集名上特別呈現了不同於其他屆的
　　　情況。

參考文獻

《竹塹文學獎一九九七得獎作品選集》　新竹市　新竹市立文化中心出版
　　　竹塹文化資產叢書出版社發行　1997年5月初版

《一九九八竹塹文學獎得獎輯》　新竹市　新竹市立文化中心出版　竹塹文
　　　化資產叢書出版社發行　1998年6月初版

《一九九九竹塹文學獎得獎作品輯》　新竹市　新竹市立文化中心出版　竹
　　　塹文化資產叢書出版社發行　1999年6月初版

《2000竹塹文學獎得獎作品輯》　新竹市　新竹市政府出版　竹塹文化資產
　　　叢書出版社發行　2000年7月初版

《2001竹塹文學獎得獎作品輯》　新竹市　新竹市政府出版　竹塹文化資產
　　　叢書出版社發行　2001年11月初版

《2002竹塹文學獎得獎作品輯》　新竹市　新竹市政府出版　竹塹文化資產
　　　叢書出版社發行　2002年10月初版

《2003竹塹文學獎得獎作品輯》　新竹市　新竹市政府出版　竹塹文化資產
　　　叢書出版社發行　2003年10月初版

《2004竹塹文學獎得獎作品輯》　新竹市　新竹市文化局出版　竹塹文化資
　　　產叢書出版社發行　2004年10月初版

《2005竹塹文學獎得獎作品輯》　新竹市　新竹市文化局出版　竹塹文化資
　　　產叢書出版社發行　2005年10月初版

《2006竹塹文學獎得獎作品輯》　新竹市　新竹市文化局出版　2006年10月
　　　初版

《2007竹塹文學獎得獎作品輯》　新竹市　新竹市文化局出版　2007年11月
　　　初版

《花園城市幸福風城2008竹塹文學獎得獎作品輯》　新竹市　新竹市文化局
　　　出版　2008年11月初版

《花園城市快樂風城2009竹塹文學獎得獎作品輯》　新竹市　新竹市文化局
　　出版　2009年12月初版
《2010竹塹文學獎得獎作品輯》　新竹市　新竹市文化局出版　2010年12月
　　初版
《2011竹塹文學獎得獎作品輯》　新竹市　新竹市文化局出版　2011年12月
　　初版
《2012竹塹文學獎得獎作品輯》　新竹市　新竹市文化局出版　2012年12月
　　初版

「臺灣竹塹學的回顧與前瞻」
座談會紀錄

時　　間：2013年11月8日（五）17:10-18:30

地　　點：國立新竹教育大學國際會議廳

主 持 人：李喬先生

討論學者：范文芳教授、彭瑞金教授、陳銘磻先生、黃美娥教授、
　　　　　何明星校長

座談內容

前半段

1 李喬先生

　　這個題目非常大，而且竹塹學這個概念談了很久，中西方都一樣，所謂
學術上的派別有很多，但是到今天以一個地方為中心，把各種人文社會甚至
自然科學的東西結合起來形成某某學——竹塹學，可以說是很偉大也很嚴肅
的議題。竹塹學這名字聽了好多年，今天我們是第一屆的研討會，我想主辦
單位有很明確的意圖和期望。

　　我個人很具體地想要提出一個東西，因為談到竹塹學，大家可能都覺得
是在文學的範圍之內，但其實不只是這樣，早期的文學研究是注重作者背景
和作者作品，新批評以後使大家都研究作品，作家不見了；結構主義以後提
出很著名的觀點——語言創作主題，所以在文學的現象裡，閱讀理論和接受

理論就出來了。

可是這幾年，世界上有個很奇特的現象，回過來想對於作者整個的背景去做理解。實際例子是：二〇一一年加拿大兩位教授來臺灣，找了三個點去做作者背景的理解，他們做了很長的時間，因為我的一本書剛剛好寫到他想要找的東西，他的題目叫：消失或正在消失的文學地景，然後請本地的攝影團隊，跑到我們的深山裡面，整整拍了一個小時，我問他你在做什麼，結果是大家很關心的「生態」，這個給我很大的震撼，來源很簡單，今天的世界講明白是跨國的！講明白點就是說美國資本主義和中國資本主義，兩大資本主義在爭奪世界的利益，這個狀況下我們小地方要如何生存？世界化是不可能抵抗的，我們每一個單位要如何生存？所以要重新去理解自己的重要；另外一方面，人類發現了一個最重要的邏輯——生態學，這兩個力量之下使我們的各種研究，不只是文學又回到應該的地方，這種背景之下，我們談到竹塹學的研究，我想這是非常具有歷史意義的。我稍微提幾點我想到的給各位參考。第一個，在臺中臺北間，竹塹的人文自然景觀特質的考察；第二個，一八九五年之役，竹塹城的對應研究，若稍微了解一下是非常有趣，我們東南邊有一個動物園，金山面是科學園區，這兩個地方的歷史，也有關原住民的歷史，是哪個原住民還沒有找出來，然後客家人進去了，最後一九八〇年成立科學園區；第三個，人間佛教的發源者印順法師，早年是在新竹的山口，因為提出了人間佛教不為當道所喜而軟禁在那邊，並且在那邊帶出了佛法，這不得了。另外全臺灣都有城隍廟，新竹城隍廟可以和各種協會一樣結合起來；第四個，以風城為中心的族群分布、遷徙的研究；第五個，竹清交三所大學的特色，和在地的考察；第六個，風城古今文學譜系的考察；第七個，桃竹苗、老新竹今昔的比較；第八個，竹塹學的基本工程方案。

2 范文芳教授

第一個我想講的事情是，我們今天研討會的主題，冠了一個竹塹學，如果說「學」代表的是一門學科、學問，那他前面冠上去很有趣的修飾是「竹塹」，竹塹當然是老地名，所以他是某個地區的各種文化現象學術的研討，

可是實際上發表的論文是比較偏重文學，所以是以竹塹地區又偏重文學為主的學術研討會，這是我想先就我們的研討會主題，做一個切入點。

今天早上第一場，我們請李歐梵院士做一個專題演講，他比較集中在地方精神，比較屬於靈性的東西，用這個來連上文學，如果文學一旦被冠上了方言文學，就會被人家誤解，以為水準低一級，實際上如果純從文學的角度來看，文學有共通性、區域性、獨特性，所以我想竹塹學裡面，以文學為主要討論，在竹塹地區的歷史上，發生跟文學有關的人、事、作品，我們來做一個比較學術性的研討會。這是我第二件想要切入的主題。

第三件事，我想要透過我個人的觀察，融入到今天我們所關心的問題，如果標題就是「普世價值」這四個字，那我要細細地先講起幾件事情。大概去年、前年我看到北韓的官方，發布人民幸福感覺的問卷，我發現排名第一是中國，第二是北韓，南韓是第一百一十八，日本是第一百二十幾，美國第一百三十八，這是北韓所發布的，人類自己覺得生活品質最幸福的國家是那些？也許你很驚訝，怎麼跟我們想像中都不一樣，芬蘭、瑞典都排到那麼後面去了，我就在想，人民幸福的感覺，是不是有跨越文化客觀的標準，我們不能隨便質疑別人，他也許真的感覺到他很幸福啊！感覺幸福有沒有客觀的標準？這是讓我聯想到的一件事情。第二件事情是今年，中華人民共和國的黨中央，發布一個通告全國的第九號文件，還通告到各大專院校，勸教授們「七不談」──七個不可以談論的，那我就很好奇是哪七個？我記得幾個很重要的：不要談人權、不要談言論自由、不要去討論貪腐的黨政人員，其中有一個最有趣──不要談普世價值；我很震撼，但我也很客觀的想，普世價值真的不好講，而我們今天這個討論會，有沒有辦法跨越出不同的人民、不同的文化、不同的族群，用客觀的方法討論出文學藝術上普遍的價值。

接下來我也是講跟這個有關，比較具體一點的，以諾貝爾獎來作例子。也許有的文化會覺得諾貝爾獎是西方文明的標準，有個穆斯林國家的一位女性，原先是很努力在為女性同胞爭取受教權，不知道怎麼傳出來，說諾貝爾和平獎可能會頒給她，引起整個穆斯林回教團體的抗議，說她被西方建立起的價值觀來決定是非善惡，所以也許有些人的價值觀是男女平權，要有人

權，但有些宗教信仰，或者文化特質，會認為那是你們的標準，跟我們不同。這是兩件事情我想講的。

諾貝爾獎給我一個好奇，和平獎頒出去，會不會有某些族群覺得不公平，因為那是你們的觀點；不過我想，諾貝爾的化學獎、物理獎、經濟學獎、醫學獎，大概很少人會質疑，因為它比較沒有文化差異上的爭議，至於文學或和平獎可能就會有，我猜有人會認為你們是用西方的觀點來看文學，難怪你們西方得獎的比較多，有些人也許會有這樣子的一個質疑。

接下來講商業上的電影獎，電影獎我們知道蠻多的：奧斯卡、坎城、威尼斯，也許有人會說那都是西方的啊！用西方資本主義的觀點來評價，這樣子公平嗎？我們就簡單舉我們臺灣的金馬獎，到底有沒有客觀的標準？我們對於人文藝術的東西，想要透過科學方法來界定文學，而且很可能你的科學方法，是被認定為西方的科學，這是很值得討論的；所以就竹塹學的討論，我們還是借助西方的方法來做研究，在文學部分我也很認真的在反省，我在十幾年前寫的〈桐花〉「三四月間，油桐開花，花白如雪；／八九月間，油桐落葉，葉黃如土。／阿爸在世，滿山種桐，桐子商人買，／阿爸過身，滿山桐花，桐花詩人惜。」我今天聽出我的詩，還蠻有詩經的味道，四個字一句的節奏分四段，那是我不自覺創作出的，因為我是中文系出身，有純粹的語言美感，但我不願意完全遵守那個形式，可能會跳脫用客家話方言來書寫，但形式的美感還是有。所以我們談竹塹學，不論是文學、藝術、音樂，既保存傳統中，你覺得很好的東西，也勢必要加入一些新的手法，來做個大家共同努力的發展。

3 彭瑞金教授

剛剛主持人提到說，以地方為名的學術討論好像是第一次，其實不見得；過去彰師大一直在提倡彰化學，也辦了許多年，但失去經濟支援以後就停頓下來；屏東屏教大，這些年來也在辦屏東學的學術研討會，所以其實是有的。上個月我到宜蘭去，宜蘭地方也有類似宜蘭學的學術討論會；其實二十多年前，我是非常反對不管是文學或文化，用這種區塊式的討論，當年我

反對的原因，是因為主導單位有意的將臺灣文學切成一小塊一小塊，切塊以後就和人家山東也有山東文學一樣，是國家級文學之下的地方文學。表示臺灣文學不是一個國家級的文學。這條番薯被切成多塊以後，剩下的就只有中國文學屬於國家文學，所以二十多年前，我覺得提倡區域文學的人是別有居心，所以我是非常反對。但是今天我們從另外一個角度來看，不管是彰化學、屏東學還是竹塹學，都是我們自己在地的人去發起，由在地自己人自覺去提倡的，那基本上是截然不同。一個地方的文學、文化，要能夠生根，能夠一代一代的傳下去，當然要從地方上自己努力去培養，努力讓他茁壯，其實這幾個我所知道的彰化學、屏東學、宜蘭學，或者是我們今天的竹塹學，都是比較著重在文學這一塊，當然文學的研究還有很大的空間，我也不是要講研究詩人娶幾個老婆不好，而是要研究可能跟他的詩、思想和男女平權的觀念有相關的議題；但如果要把它變成一種學術，一種代表新竹的學術來講，剛才主持人也有提到，其實還有很多的面向，有關政治變遷、環境變遷、產業變遷、族群關係，譬如說我們前面幾場提到的鸞堂、民俗信仰，甚至楊兆禎教授是我們這裡的退休教授，可是竟然沒有一篇文章是去談論他，我覺得是非常可惜的；不過這個學術討論會，由我們新竹師範轉型的新竹教育大學來辦是非常好的，我想我們不必期待清大、交大來幫我們辦，是由我們這個一直在地方上成長的學校來主辦竹塹學，我覺得這是一個非常好的開始，只希望竹塹學不要只限於文學，雖然我本身也是從事文學，一輩子靠文學吃飯，但我想如果真要把竹塹學建立起來，那其實有很多面向，這麼廣大面相建立起來的竹塹學，才可能可以真正成為臺灣地方學的首創。

　　昨天我和身邊的主持人通電話的時候，他給了我一項作業，因為我是在新竹唸完中學才離開，幾十年來在高雄、臺中參與地方上的事情，但好像沒有替新竹做些什麼，他說我退休以後應該要回到新竹，替新竹做事，那倒不是說我一定會回來新竹，或這些事一定要由我來做，但我覺得這樣的想法很好，一個人在哪裡出發，然後回過頭來到你出生的地方，對於養育你長大的地方做出一些貢獻，或盡你的力量去做一些事，這樣的觀念，是文學、文化的本土化裡最重要的東西：一定是在地人去做在地的事情，這是一個必要的

文化生根的方法。

　　這些年來，不管是做地方的文學史或是方志，我都深深感覺到，如果我們把竹塹這個來自於竹塹城的觀念，不論是對作家、詩人的討論，只限定於新竹市這個地方，我覺得我們是畫地自限，因為事實上，這樣的劃分是非常困難的。過去我做高雄市地方文學史的時候，發現到怎麼去把高雄市劃一條界線，誰是高雄市誰不是高雄市？這是非常難的，這是可以用比較開闊的想法來實現。從早上開幕到現在，我們所談到的古典詩人、作家、詩社都是在新竹市裡面，但談到當代的吳濁流和龍瑛宗，你能說他們跟新竹市有什麼關係嗎？所以我們應該要把想法區域擴大，竹塹學在一開始的時候能用比較大的立基點出發，會是比較長久。

4 陳銘磻先生

　　大概在座我是最土生土長的，我出生在新竹市離這裡不遠的石坊街，從小在新竹市生活，一直到十九歲時到新竹縣尖石鄉去當小學老師，這一路走來在新竹，或者是離開新竹，我一直在從事一項工作，就是從小就一直在做的—報導。因為我父親是新竹的新聞記者，所以我從小就跟著他到處去採訪，小的時候當然不知道什麼叫做文學，只知道我在做報導的工作，把地方上發生的社會事件、用新聞把它呈現出來；我最驕傲的一件事情就是，新竹少棒隊來到新竹做集訓的時候，所有的記者都不喜歡去做採訪，因為他們都是小毛頭，我那時候十七歲，所以我就代替我爸爸以及所有的新聞記者，去清華大學集訓的場所裡做採訪，也因為這樣立下了我後來從事報導文學的工作。二十幾歲到臺北去，我就跟高信疆先生開始從事報導文學的工作，也寫了非常多作品。但是以鮭魚洄流的身分發現，我的報導作品還是以新竹為我的出發點，當年我的《最後一把番刀》寫的就是新竹縣尖石鄉，我的《賣血人》寫的是以新竹醫院為出發點，用在醫院裡賣血的一些人，提出很多社會問題。也因為一直在作報導文學的工作，當年所謂土地結合的概念也延續到我在尖石鄉教書的那兩年，前一年是在前山的錦屏國小，因為跟前山的主任吵架，原因是：年輕的老師有很好的創意，音樂課為什麼不能到河邊去上

課？可是主任堅決音樂課一定要在教室裡，所以後來被調到後山的玉峰國小。但是也因為那兩年在部落教書的經驗及經歷，告訴我：我必須為很多人說話，我一定要來做一些具體的工作。一直從事報導文學的緣故，也讓我深刻的體會到報導文學就是所謂的實踐文學。學術的讓專家學者去討論，而報導文學就是要去實踐文學的很多任務。作家關起房門來寫作，把他的作品呈現出來，評論家來評論這些作家朋友們的作品，可是我始終覺得，那些都是關起房門來的，或者只是在紙本上面而已，所以我後來在從事報導文學的過程裡，常常勉勵我自己、告訴我自己，我要做一件事情：「把文學種在土地上」，後來這句話，變成是我在從事報導文學上，非常重要的概念和支柱。

文學如何能種在土地上？我的意思是指文學不能只在紙本上面而已，畢竟看的人還是有限，那要如何推廣文學？推廣文學的曼妙、文學如何來淨化人心、文學如何來提升人的氣質等等，我覺得不能把它變成空談，但是要如何透過具體的行動把文學種在土地上，那是很辛苦的一件事。在十幾年前有個很好的機會，我當年在尖石鄉教書時，認識了一個年輕朋友，也就是現在的尖石鄉鄉長，他願意把尖石鄉這麼大的一塊土地讓我做實驗。實驗就是我剛才講的：「報導文學是實踐文學」，要如何去把文學種在土地上，我利用尖石鄉這麼大的地方，去實踐很多的文學。歷年來，我在部落裡做一條文學步道，因為部落就是文學，那些山林哪裡不是文學？到處都是文學，我們一群常常去那裡的作家朋友們，把關於尖石鄉的作品，做成一條文學步道，我也召集了一些有心人士、企業家，蓋了一棟房子叫做「那羅文學屋」，這些都是建立「把文學種在土地上」此概念的漸進式的動作。去年年底的時候，我們計畫找了一百位作家，到尖石鄉種了一百棵櫻花樹，種櫻花樹的原因是當年尖石鄉的錦屏村，是新竹的八景十二勝之一，有「錦屏觀櫻」的美名，但是被平地人不停的砍伐，櫻花就變少了，我私心覺得平地人的罪應該要平地人來還，也在園區成立了一個「那羅櫻花文學林」這就是具體地「把文學種在土地上」概念的實踐，這是我在報導文學上，具體的要來實踐文學的動作。

這十幾年來，我除了在尖石鄉做了這些工作以外，我覺得最具體實踐出文學的是日本。我喜歡日本這個國家，他們很懂得文化、文學，我去那裡學

習取經，先從京都講，你到那邊去，到處都是文學作家的作品，文學作家走過的路，或是作品當中提及的地點，被政府立碑在那裡，通通都把它紀錄下來，所以我這十幾年來，接二連三的去到那邊，寫了好多書，以城市為主的像是《京都的文學之旅》、《奈良的文學之旅》；以小說為主的，我寫了《源氏物語的文學之旅》、《平家物語的文學之旅》；城市也寫，個人也寫，後來也寫他們武士的櫻花文學之旅，像是《川端康成的文學之旅》、《三島由紀夫的文學之旅》，還有最近出版的《夏目漱石的文學之旅》，就是這些文學作家的作品，在書裡面所描寫到的地景，我通通把它找出來，就像剛剛李喬老師所提到的：消失的文學地景。

我覺得今天的竹塹學和未來的竹塹學，不應該只是在這邊討論，我覺得應該要有更具體的行動，把新竹縣市所有作家朋友們的作品，都真正落實「把文學種在土地上」的概念。我想以京都人跟臺北人來做比較，京都人覺得自己身為京都人的驕傲在於他們有文化，而臺北人的驕傲是什麼？是因為我們臺北人比較有錢，可是這樣子的驕傲背後不是文化！我在寫《京都的文學之旅》這本書時，跑了多少次京都，找了多少描寫京都文學的作家作品，就像我們這一次竹塹學一樣，把曾有寫過竹塹、新竹這個地方的文學作品通通找出來，我覺得這才是未來竹塹學要來做的，當然第一屆我想還是在做討論沒有錯，那未來還有機會的竹塹學，我們應該是要朝如何把有寫到新竹的作品呈現出來，當然這需要跟官方來做合作，新竹市政府就應該要來做這件事情，譬如說邵僴老師，他是在新竹東門國小教書，那他的老房子是不是應該給他立一個碑呢？小說家邵僴老師的舊宅。我覺得這才是竹塹學未來要發展的一個重要因素，跟結論。

5 何明星校長

我很同意陳老師說的：「文學要種在土地上」，那我算是文學種在校園裡的實踐者。我本身是學校的經營者外，還是一個從事二十幾年的文史工作者，曾經參與新豐鄉鄉志歷史篇的編撰，所以接下來，我會和大家分享兩個部分，一是吳濁流的文學怎樣進入校園推廣的經驗，還有另外一個，竹塹文

史研究面臨的幾個問題。

　　第一點，怎麼跟文學家吳濁流結緣的呢？我和吳濁流是同鄉新埔人，但是素未謀面，第一次認識他，是我在新竹中學偷看禁書——《台灣連翹》，當初看這個書應該可以說是膽大包天，這本書真的給我很大的震撼。以前我頂多是一個喜愛文學者，喜歡看錢鍾書、沈從文、魯迅這些文學，但都覺得文學是離我蠻遠的，這是第一次覺得文學離我這麼近，就是在自己的家鄉的一個作者。剛好吳濁流在四十歲時候，派任到當初的馬武督分校場，也就是現在的錦山國小，而我也在四十歲的時候，很巧的派到錦山國小擔任校長，我就在想：吳濁流曾說拍馬屁的不是文學，藏諸名山、束之高閣放在圖書館裡的也不是文學，但吳濁流的作品，對於小學生來說還是太困難了，那我就在想要怎樣在校園裡面闡揚吳濁流的文學精神呢？我大致朝七個方向來努力，而且也努力到了。第一個，我設置了吳濁流文學紀念館，申請特色學校的專案，我記得在第一次提這個計劃的時候，大部分的學校都是提生態特色方面，那我是提人文的主題，第一次被評為甲等，有獲得一些補助，但第二年就獲得了特優，後來我才了解到原來第一年的評審很多人還不知道吳濁流是何許人也，這個是一個經驗，讓我更想朝這方向來努力下去。第二個，第二年我就錄製了吳濁流漢詩音樂選集，在吳濁流的漢詩裡面，跟新竹地景有關的像是〈鳥嘴山下〉、〈竹北松濤〉、〈新埔大橋〉、〈獨上飛鳳山〉、〈別關西〉，還有包括桐花，他自己栽種的櫻花，和〈錦山楓〉楓樹，把這些主題錄製成音樂專輯，在學校裡面播放，讓孩子去學習。第三個，透過我們所舉辦的錦山楓情——吳濁流文學地景演唱會，也讓大家更認識吳濁流。有一年的吳濁流文學獎，就是在我們學校辦頒獎典禮，而我們也演出了吳濁流的兒童音樂劇——《回鄉》。吳濁流在錦山種下了二十幾棵楓樹，距今大概七十幾年的楓樹了，我們稱之為錦山楓，是他留給我們最珍貴的禮物。我們也舉辦了文學地景之旅，叫「戀戀馬武督」，結合了林柏燕先生寫的〈泰雅大地〉，還有吳濁流一些詩裡面，呈現出的場景，還有他住過的宿舍，他親手種下的楓樹、櫻花等等，這樣的一個文學地景旅遊，饒富意義；另外我們也辦了新竹在地文學的徵文比賽。

第二點我就要針對我在文史工作部份，鄉鎮志也好，地方文學也好，我覺得竹塹文史研究面的幾個問題大概有三點。第一個是地方耆老的凋零，我想這個部份大家都有所感受，因為我們文史工作大多是點，並不是線跟面的，所以說都是單打獨鬥，對於民間文學的採集及鄉土文物的採集，常戲稱說文史工作是穩死工作，就是說你盡了畢生之力也無法完成地方史的拼圖，另外在調查研究方面，不是沒有成果，而是皆藏諸名山；第二個，地方學術的論文有兩個缺點，一是重理論輕田野，二是重文獻輕訪談，我想文學的題材還是要靠一些訪談來達到，所以即使大家很努力，竹塹學的研究還是呈現輕薄短小、斷續的現象，雖然百川縱橫，也不能夠成為一條學術江河，陷入了這樣的窘境，這是我深深的感受。

最後是所謂鄉鎮志的部份，縣志有四十二年、六十年、八十年都有，陸續都有修新竹縣志，但這個部份，重城市輕鄉村—重視竹塹城的書寫，而忽視了鄉村史的書寫，特別是新竹縣的一些客家聚落，這些地方的書寫是長久被忽略的。再來是重西南輕西北，這是因為編撰者的學門背景不同，所以常造成體力和書寫極端的偏頗，史學背景的求真至善但是可讀性很低，文學背景的書寫尤其是一人書寫的結果，新竹縣有很多的鄉鎮志，可能文詞意美，可讀性很高，但是美則美矣，學術的參考價值還是有待商榷，這部分有是我們新竹縣鄉鎮志存在的問題，我想就是從這兩方面來和大家做一個報告。

6 黃美娥教授

很榮幸能夠來參與大會最後的座談，我自己是新竹人，在學位論文裡面，我應該是第一個以新竹地區文學為研究對象去撰寫博士論文的人。而能夠參與今天的會議，首先我要恭喜新竹教育大學，跨出了非常重要的一步。主要原因是，我自己是新竹人，從過去以來大概了解到地方的一些生態，也就是說如果竹塹學的會議在新竹市辦的時候，他們可能會想：那我們要不要寫新竹縣的事；如果在新竹縣舉辦的時候，他們可能會想：那我們要不要寫新竹市的東西，但是在學校裡面辦，就比較能夠掙脫行政體制上的侷限性，所以我想今天能夠在這裡舉辦這一次竹塹學的國際會議的時候，也就是從學

校的教育體制出發的時候，基本上不僅代表著新竹教育大學對於地方文學的
重視，然後它也勢必可以帶來一些不同的視野，而這個視野是可以跳脫出行
政體系上的困擾，所以我覺得的這是第一個很重要的一點。

　　第二個部分，其實臺灣陸陸續續這些年來，大概從九○年代區域文學、
區域研究被重視以來，其實每個地方都辦過會議了，像是宜蘭、澎湖、金
門、南投、嘉義、臺北都辦過，有這麼多地方都辦過了，對於我來講，今天
終於等到我個故鄉舉辦了第一屆的竹塹學會議，坦白說已經等了很久了。
但，我覺得很重要的是，它第一次辦就辦了國際性的學術研討會，而且為大
家找出了很多跟新竹地區很有淵源的人，譬如說早上的專題演講者李歐梵先
生，他是新竹中學畢業的。此外，像張系國、席慕蓉等，在臺灣文學史上有
一些出色表現的人，或者是如兒童文學的周伯陽先生，還有剛剛彭瑞金老師
提到的楊兆禎先生，這些人在臺灣的不同領域當中表現很出色，他們都跟新
竹有一些淵源；回過頭來講，也就是說，竹塹學要去成為一門可以去討論的
東西，其實內在它的豐富性應該是蠻多的。我自己在寫博士論文的時候，我
寫了《清代臺灣竹塹地區傳統文學研究》，我的學校說你是中文系的，中國
文學那麼大塊，臺灣已經夠小了，你還只研究新竹地區，這樣怎麼能夠寫出
一個博士論文出來？但是當我以同樣的題目，去中研院臺史所申請當訪問學
人的時候，他們卻是非常歡迎的，主要原因是因為：當時臺灣研究的知識系
統裡面，《淡新檔案》的重要性正被關注，這是整個清代臺灣縣級的行政、
法律檔案裡面非常重要的一塊，戴炎輝先生他們長期研究這一個。除此之
外，像施添福教授那時候很有名的研究，是從土牛溝談漢番區域空間問題，
就是以新竹為對象去討論的。而吳學明教授也做了新竹的開發史研究，他以
金廣福為例；再如林玉茹教授、卓克華老師則是研究新竹的商郊等等。也就
是說，在臺灣史研究的知識系統裡面，其實「新竹」是很重要的，這不管就
當時所見的臺灣歷史史料來講，或者是學界關注的學術議題來講，「新竹」
這個地方是一個亮點，所以當我要以新竹區域文學做研究的時候，臺史所認
為很好，這樣可以讓新竹研究更完整，所以我想這裡面，原來博論在中文系
被質疑的題目，到了另外一個地方的時候，那個知識系統的意義與價值顯然

就有所不同了。

也因為這樣的關係，我從臺史所那裡學了很多東西，在那個時期展開了很多的田野調查跟口述歷史，然後也因為這樣的關係，我自己覺得做為第一個以研究新竹地區區域文學來書寫博士論文的人，我希望能夠把很多的史料留下來，所以我手頭上有蠻多在博士班時期所訪問的錄音檔，還有那個時候還是拍攝幻燈片的時代，也拍了不少東西。此外，我跟外子詹雅能老師，還進一步把蒐集來的史料設法出版，這些年來總共編了七種的作家集，其中只有最後一種是國立臺灣文學館贊助的，前面六種通通都是新竹市文化局經費的贊助。而這一路上張德南老師給我很大的幫助，其他像蘇子建老師，還有剛剛在座的鄭坰精女士；其實，當時我連客家區域都去拜訪了，像黃榮洛先生到現在有時候一大早七點鐘，還會打電話給我，我在電話中還聽得到他家的公雞在叫；而林柏燕老師則已經過世了。至於客家歷史方面，也給我很多幫助的有黃卓權先生。所以這裡面當中，我發現新竹區域很有趣的問題，有閩南的、客家的，甚至還有原住民的，在這當中史料的建構也好、去思考研究的部分也好，我今天有這機會能夠回家鄉來，我要去談的，就是說明竹塹學內涵的豐富性，同時順道向許多幫助過我的人，表達深刻的謝意。

而以下，我想再談一談新竹市立文化中心，後來改為新竹市立文化局，或是新竹市政府，曾經做過什麼事？新竹市文化局有出版《竹塹文獻》，我幫《竹塹文獻》編過文學的專輯。那時候，我人還在靜宜大學任教。在進行「新竹區域文學專題」的主編時，我找人寫文章談現在在場的陳銘磻先生作品，還有張系國、席慕蓉等等這些人也都談了。蔡仁堅當市長的時候策劃了「東門之心」，他讓我提供了一些詩，他希望把文學記憶的東西跟新竹地景文化作連結；此外，還包括煙波飯店那邊的文學步道，其實甚至於他還有一個壯志是要恢復林占梅的潛園，當時蔡市長還找了李潛朗教授做模型，但最後因為選舉失利的關係，所以文化地景的恢復就沒有辦法去成功。我想那個年代裡，市政府很想把歷史記憶裡的東西去日常化、生活化，然後進到新竹人的心裡面去。這個部份回過頭來，剛剛諸位老師其實談了蠻多東西，我也分享了我看到新竹市政府做過什麼樣的事情，但是回到我們今天的竹塹學，

必須還是要回到學術的系統裡面去作思考，對我來講，在今天臺灣很多地方都辦了「某某學」這樣的情境之下，我們來辦理竹塹學，我們到底想要去思考什麼？或做些什麼？很像九〇年代我作區域文學的時候，在座的施老師做了臺中和彰化的區域文學研究，那時候我想我是新竹人，我應該可以來做北臺灣新竹的研究，主要原因是因為北臺灣的地理開拓、行政主持是以新竹為首。而在這樣子的思考過程中，馬上就遇到一個問題：新竹跟其他地方有沒有什麼不同？這個地方的表現要怎麼去思索？所以我想到這個地方的文學，新竹在北臺灣或是整個臺灣的意義是什麼？所以就回過頭來去想，整個新竹文學歷史記憶的問題。其實整個新竹當中，李喬先生剛剛有說，臺灣第一個本土的進士就是鄭用錫，在清朝的時候我們有蠻多的文人，且像鄭、林兩家的園林文學也很重要；而日治時期的時候，新竹傳統文學在整個臺灣的表現也是非常重要的；到了戰後，在戰後初期新竹還出現了全臺灣第一個民間出版的白話文學雜誌就是《新新》，另外還有一個承繼日治時代臺灣最大型的古典詩歌刊物《詩報》的傳統而來的《心聲》。也就是說，關於歷史記憶的部分，我們其實是可以去了解新竹曾經做過什麼事，出過怎樣的人才，發行過怎樣的作品與刊物？

除了文學歷史記憶的耙梳、整理與發揚，另一個可以關注的是空間地景。這當中，像朱雙一老師明天會報告眷村文學，我想眷村在新竹是蠻重要的一塊，我們如何在眷村當中思索人的遷徙問題，思索在反共的年代當中，這些眷村遷徙者的心境問題，甚至於再想其他地方的意義。譬如青草湖附近的靈隱寺，這些還會涉及到李喬老師剛剛提及的宗教問題，日治時代新竹宗教跟文學之間的連結，它在整個臺灣當中是有獨特性的，所以我們怎麼回過頭來想新竹這個地方？這個地方後來變成科技城之後，城市的性格的問題？我覺得竹塹學作為知識系統的累積，代表的是一個學術社群的形構，有這麼多人關注之後，這些知識系統的累積怎樣去對這城市產生意義，而這個意義是除了歷史記憶的召喚之外，可能還會思考到，知識系統的知識能不能為一個城市性格的形塑產生人文引導的作用？剛剛李喬先生和范文芳老師他們都特別提到的，和陳銘磻先生分享在日本觀察的，也就是說，新竹不缺錢，新

竹是科技城，所以它收入很多，它在臺灣應該是僅次於臺北的消費，但我們要藉由這個東西引導這個城市往何處去？這是不是竹塹學能夠去做的？那麼竹塹學還能夠做什麼？由這個「地方」研究作為一個能動性，它其實有一個很大的可能性。對我而言，我其實不太能夠有機會常常回到這邊，因為臺北的工作很多，但是我常常會打電話問我妹妹說：新竹好吃的東西在哪裡？我總覺得我回到新竹一定要去吃，很奇怪的，一樣的東西就覺得非得回來這邊吃不可。地方有一種鄉土，地方對於一個城市的性格，和地方對於國家的關係，地方跟全球化之間的關係，所以我覺得這個於「地方」的能動性實在別具意義。它可以由小到大，層層辯證，所以竹塹學還有它很大的可能性。所以剛剛很多位老師都是試圖為竹塹學研究，建立起很好的目標和理想，建構出一種理論的高度，我覺得這是我從一個最基層的史料累積者，還有一個學位論文撰寫者的身份，一路觀察我所出生與生活過的這個城市，它一路的累積和成長，我覺得今天還是要為新竹市政府，和新竹教育大學喝采，因為得到經費的來源和人力的支助，才能跨出非常成功的一步，我期待未來的第二屆、第三屆一直到後續，希望這個會議能夠為新竹這個城市，帶來更大提升的可能性。

後半段

1 李喬先生

今天我們來看這個，這應該是跨越學界和民間一起做的整體行為，而且這個方法論要確立起來，尤其是在做什麼學研究時，田野調查這一關絕對不能缺乏，我們開始研究的時候，要確定第一個階段的目標，然後再看要用哪個方法，方法需要討論所以叫做方法論。至於進行的時候和未來實施，應該和各學校有關學科的學位論文配合，這樣比較實際，今天講的是文學比較多，文學多不是不好，但是一定要扣住竹塹學，立足現在然後談論過去，過去的意義，過去是怎麼樣子，現在的實況如何，文化的展現評估，跟過去未來呈現什麼發展，這三點才能夠掌握得住。

　　除了文學以外，在文化生態的主體之下去把它圈起來，我們在做這個往往會跑到比較高的學術理念去，俗民學的東西往往被忽略，這是一個忌諱，竹塹學這個名字提出來以後，俗民學裡面有關學術的研究如果忽略的話，會是重大的缺失。當年印順法師把佛法帶到臺灣，在新竹佛學院，為什麼在這裡發展？當時的政治後來的結果如何？新竹城隍廟不得了，不管哪一個層面都有一大票的學術論文，做總體的綜合性研究。

　　一八九五年的戰爭，打得最好看也最不好看的是新竹，新竹在日本書裡的描述，新竹市西北的高樓裡面，掛著歡迎日軍我們的義軍三進三出新竹城，交通大學那邊金山面、西北面，最值得去研究。就是說，現在的科學園區，當年的金山面，一八九五年的大戰場，這樣的地方早期是原住民的獵首，照原住民的分布來講很可能是泰雅，但是呢！賽夏的分布也到新竹，或者是我個人懷疑，不是泰雅也不是賽夏，可能是有一些消失掉了的部落，所以每一個部份，需要各類的學者合作，民間、學界，跨學界，一起來研究，我想這樣會更有力量。

　　我這幾年一直要等一篇文章出現，我一直要看但沒有人寫，我現在就這樣問，當仁愛鄉春陽村時候的人民呢？還有林木村的人，還有小林村的人，當有人說你的故鄉在臺中市，你的故鄉在高雄市，你的故鄉到底在哪？故鄉是一個神祕的力量，真的，我老了就體會到，不管有沒有什麼內容，那是你生命定點安放的地方，你不要小看它，我以這一種態度來看新竹，西方東方都一樣，把地方發展的學問，推去全世界，譬如說從濟慈來的一個地方知識，他講一個很有趣的事，他引用故事說人間的知識藏在螞蟻窩裡面，所以說我們對於地方的知識都不夠，我一直覺得竹塹學的提出是非常嚴肅的、偉大的，如果今天能藉這次開會討論，不是散亂的，而是整體的、長遠的，過去現在未來合而為一，各種學問一起來把他做起來，為新竹而作、為臺灣而作、為全亞洲世界來做，這是連在一起的，我們今天既然出現了竹塹學，不要以後變成形容詞，而是真正有一個實體的，這是老同事的期待。

2 陳銘磻先生

　　我喜歡我的爸爸勝過於我的媽媽，因為我的爸爸好親近，我喜歡我的媽媽勝過於喜歡家庭，因為我的媽媽炒的米粉很好吃，裡面有愛，我喜歡新竹勝過於臺北，因為新竹有故鄉的滋味，剛剛聽了黃美娥老師所談的，真的心有戚戚焉，剛剛談到故鄉，我也是一樣，我期待的不一定是竹塹學這樣的名稱，新竹是文化、文學爆發出來的一個地方，竹塹這兩個字你說它涵蓋新竹市或新竹縣，其實都無所謂，因為新竹在過去包含桃竹苗，也不是說我們氣勢要高，我覺得竹塹學是非常優雅非常美的名稱。我們談到新竹的時候我們想到了什麼？就是風，就是米粉、就是貢丸，甚至於城隍廟，或者是東門城這樣而已，就這樣而已嗎？我想新竹是非常風雅的地方，竹塹學當然不只包括文學還有歷史，種種的學科在裡面，就很像我剛剛提到的，我們講到京都，一想到的畫面是什麼？金閣寺、五重塔，這些都是讓京都人驕傲的地方，你對於京都金閣寺的認識是從京都實體裡的金閣寺，還是從三島由紀夫的文學而來的？金閣寺這本書就是文學，我的意思就是說，我們在談竹塹學的時候，我們如何透過文學把新竹的美好去敘述他、書寫他。黃美娥老師有很多的書，其實我們只有跟文化局要，或者是常常去文化局的時候他們會送，這是多可惜的事情，包括黃美娥老師為新竹做這麼多的事情，記錄了這麼多不管是文、史的資料，可是很可惜的就是，我想書寫新竹就是竹塹學我們把他散播出去，今天是一個種子的栽種很重要的日子，但是能不能夠發芽，如何發芽，發怎麼樣的芽，我想這是未來很重要的一個指標，就是以後講到新竹，你想到的是什麼，不再只是貢丸、風，那多麼抽象。我最近有在要求自己，努力地寫一本書，這本書是我從事文學旅行之後回來的感想，為什麼寫了那麼多的日本？你忘了你的故鄉是新竹。我的結論是我開始認真地回過頭來的書寫新竹了，剛剛黃美娥老師談到潛園的時候，我整個人就像觸電了一樣，因為潛園是我小時候最常去玩躲貓貓的地方，我們當時也很期待蔡仁堅市長把它做出來，我想蔡仁堅是一個文學市長，他做了很多文學性的工作，前一任的林政則市長，我也跟他講過，因為林政則在當議員的時候常常跑我們家，我剛剛提了我爸爸是記者，所以常常就跑來跑去，我知道文學

不是一個政治人物喜歡去碰觸的，但我不曉得可不可以告訴現任的市長，我們雖然是幸福第一名的城市，可是新竹市這麼風雅的一個地方，我記憶中的古蹟都已經不見了，已經滅亡了，而且在更早以前他曾是文人雅士集會的地方，可是現在已經完全變了，我印象中文學的新竹不見了，我們可不可以重造、再造那個幸福的城市，不是因為他有個科學城，不是因為他消費力很高，如果我們新竹是可以變成一個文學的城市，那該多麼美妙！我想竹塹學如果能朝著這個方向來走的話，讓新竹市變成文學的城市，全臺灣還沒有一個城市叫做文學的城市，新竹有這麼多的文人作家，希望竹塹學第二屆第三屆能夠朝著這個目標，當然我們要鼓吹文化局，當然又得跟政治沾上邊了，找一些政治人物一起來做吧！把新竹市變成文學的城市。

3 李喬先生

大家想的方向、範圍，把它凝聚幾個要點，然後哪一個學校負責，把它撐起來，排出時間表，做出成績來，不然每年又再講一下，一點意思都沒有。

4 范文芳教授

最後站在新竹子弟的角度來講，為新竹寫作，陳銘磻先生和我也願意在做。我在新竹縣的文化中心，出了一本《頭前溪的故事》，在新竹市的文化中心，出一本《木麻黃的故事》，這就是用我最親切的語言，書寫我最關心的家鄉，那至於學術研究，我想瑞金跟美娥都做了相當多了。對於把文學種在土地上，還有把文學的活動在教育上去實踐，像何明星校長一樣努力在做。在座大家都關心這個大家一起來努力，用我們最真誠的心，用最真誠的語言，書寫我最親愛的家鄉。

二〇一三第一屆臺灣竹塹學國際學術研討會會議議程

第一天　2013年11月8日（五）

時　間	議　　　　　程
8:30 ｜ 9:00	報　到
9:00 ｜ 9:20	開幕式 新竹市許市長明財 新竹市文化局林局長榮洲 國立新竹教育大學陳校長惠邦 國立新竹教育大學中國語文學系黃主任雅莉
9:20 ｜ 10:20	專題演講：文學上的"地方精靈"（genius loci） 李歐梵院士 （中央研究院院士，香港中文大學文學院冼為堅中國文化講座教授） 引言人：陳惠邦教授 （國立新竹教育大學校長）
10:20 ｜ 10:40	茶　　敘

第　　一　　場			
臺灣竹塹學現象的探討			
時　間	主持人	發表人	評論人	論文題目

時　間	主持人	發表人	評論人	論文題目
10:40 ｜ 12:20	李瑞騰 （國家臺灣文學館）	李進益 （東華大學華文文學系）	柳書琴 （清華大學臺文所）	龍瑛宗〈植有木瓜樹的小鎮〉對日本近代文學的接受
		莊華興	洪淑苓	東亞邊緣現代性歷程的"零余者"：以黃

時 間	主持人	發表人	評論人	論文題目
		(馬來西亞博特拉大學外文系)	(臺灣大學臺文所)	錦樹與龍瑛宗小說為中心
		垂水千惠 (日本橫濱國立大學)	邱若山 (靜宜大學日文系)	日本人の描いた新竹—日影丈吉を中心に—
12:20 | 13:30		午　　　　　餐		
第　　　　二　　　　場				
清領迄日治時期的竹塹學研究				
時 間	主持人	發表人	評論人	論文題目
13:30 | 15:10	蔡英俊 (清華大學中文系)	楊晉龍 (中央研究院文哲所)	蔡英俊 (清華大學中文系)	民國前竹塹士人詩文應用《詩經》探論
		蔡振念 (中山大學中文系)	江寶釵 (中正大學臺文所)	呂赫若小說的女性主題
		詹雅能 (東南科大通識中心)	龔顯宗 (中山大學中文系)	擊缽吟活動的推手——蔡啟運其人、其事及其詩文
15:10 | 15:30		茶　　　　　敘		
第　　　　三　　　　場				
竹塹族群的多元性書寫				
時 間	主持人	發表人	評論人	論文題目
15:30 | 17:10	李奭學 (中央研究院文哲所)	施懿琳 (成功大學臺文系)	黃美娥 (臺灣大學臺文所)	新竹齋堂貞女鄭却（1909-1997）的漢學養成及其詩文書寫
		黃美娥 (臺灣大學臺文所)	廖振富 (中興大學臺灣文學與跨國文化研究所)	從「史料」到「評述」——魏清德作品綜論
		王幼華 (聯合大學華文系)	翁聖峰 (北教育大學臺灣文化研究所)	清代竹塹流寓文人查元鼎考述

17:10——18:30	座談：臺灣竹塹學的回顧與前瞻
（主持人：李喬，座談討論學者：陳銘磻、范文芳、彭瑞金、黃美娥、何明星）	
18:30—	迎賓晚宴（新竹市市長許明財主持）

第二天　2013年11月9日（六）

時　間	議　　　　程
9:00 ｜ 10:00	專題演講：主體性與翻譯——談臺灣文學和客家文學 杜國清教授 （美國加州大學聖塔芭芭拉校區東亞語言文化研究系，賴和吳濁流臺灣研究講座教授，暨臺灣研究中心主任） 引言人：王文進教授 （國立東華大學中國文學系教授）
10:00 ｜ 10:20	茶　　　　敘

第　　　　四　　　　場

竹塹傳統藝文及地方風物

時　間	主持人	發表人	評論人	論文題目
10:20 ｜ 12:20	顏崑陽 (淡江大學中文系)	朱雙一 (廈門大學臺灣研究院)	陳建忠 (清華大學臺文所)	新竹藝文作家的老兵書寫和眷村敍事
		林佳儀 (新竹教育大學中文系)	陳龍廷 (臺灣師範大學臺灣語文學系)	竹塹北管子弟軒社活動考察——起源年代、空間分佈及演出盛況
		武麗芳 (新竹市政府社會處)	黃雅莉 (新竹教育大學中文系)	塹城竹社話從頭
		吳貞慧 (新竹教育大學中文系)	蔡雅薰 (臺灣師範大學應用華語系)	新竹在地化華語師資培訓課程設計與實施——以竹教大碩班華語文教學實習課程為例

時 間				
12:20 │ 13:30	午　　　　　餐			

第　　　　五　　　　場				
竹塹現當代學術及其文學現象				
時　　間	主持人	發表人	評論人	論文題目
13:30 │ 15:10	陳文華 (淡江大學中文系)	許俊雅 (臺灣師範大學國文系)	楊雅惠 (中山大學中文系)	閱讀與傳播／正訛與補充：從《黃旺成先生日記》析論臺灣日治時期的中國文學作品
		張重崗 (北京中國社科院)	徐慧鈺 (長庚大學通識中心)	《淡水廳志》公案及臺灣士人社群的興起
		豐田周子 (日本關西大學)	高嘉勵 (中興大學臺灣文學與跨國文化研究所)	光復後初期（1945-1949）吳濁流作品中的女性形象
15:10 │ 15:30	茶　　　　　敘			

第　　　　六　　　　場				
竹塹在地書寫現象及其作品觀察				
時　　間	主持人	發表人	評論人	論文題目
15:30 │ 17：10	陳萬益 (清華大學臺文所)	陳惠齡 (新竹教育大學中文系)	范銘如 (政治大學臺文所)	地景、歷史與敘事：竹塹文學的地方詮釋及其文化情境
		王惠珍 (清華大學臺文所)	廖淑芳 (成功大學臺文系)	鄉關何處：論龍瑛宗故鄉北埔書寫的特徵與意義
		丁威仁 (新竹教育大學中文系)	曾進豐 (高雄師範大學國文系)	竹塹文學獎新詩組得獎作品研究

17:10 ｜ 17:50	竹社詩詞吟唱表演暨全國徵詩頒獎典禮
17:50——18:10	閉幕式 新竹市許市長明財 新竹市文化局林局長榮洲 國立新竹教育大學陳校長惠邦 國立新竹教育大學中國語文學系黃主任雅莉
18:10—	閉幕晚宴（國立新竹教育大學陳校長惠邦主持）

第三天　2013年11月10日（日）　學者參訪活動行程

8:30	竹大發車
8:40	福華飯店發車
8:40-8:55	市區觀光（鄭氏家廟應可路邊暫停拍照，其餘行經中正路） 鄭氏家廟及進士第、北大教堂、新竹州廳、東門 （鄭氏家廟：新竹市北門街175號）
9:00-9:30	辛志平校長故居（新竹市東門街32號）（需脫鞋） 10分鐘簡報，其餘自由參觀
9:40-9:50	往玻璃工藝博物館（新竹市東大路一段2號）
9:50-10:20	玻璃工藝博物館（自由參觀，一樓有特展）（提醒使用洗手間）
10:30-11:10	往新埔
11:10-11:50	吳濁流紀念館（新埔鎮巨埔里5鄰大茅埔10號） 吳聲淼校長、吳載堯老師導覽
11:55-12:10	往新埔豫章坊
12:10-13:30	新埔豫章坊午餐
13:30-14:10	往北埔鄉公所（北埔鄉中山路20號）
14:10-15:40	北埔老街巡禮（金廣福公館、姜阿新故居、慈天宮等） 彭瑞麟課長導覽

15:40-16:20	逛逛北埔老街
16:20-17:00	往新竹市（走東西向快速道路，車上觀光南寮夕陽）
17:00-18:10	城隍廟及廟埕小吃
18:10	送回福華飯店、竹大

二〇一三第一屆臺灣竹塹學國際學術研討會與會學者名錄

專題演講講者

李歐梵：中央研究院院士兼香港中文大學文學院冼為堅中國文化講座教授
杜國清：聖塔芭芭拉加州大學東亞語言文化研究系教授兼《臺灣文學英譯叢刊》主編

專題演講引言人

陳惠邦：國立新竹教育大學校長
王文進：國立東華大學中國語文學系教授

會議主持人
（依姓氏筆畫排序）

李瑞騰：國立中央大學中國文學系教授兼國立台灣文學館館長
李奭學：中央研究院文哲所研究員
陳文華：淡江大學中國文學系教授
陳萬益：國立清華大學臺灣文學研究所教授
蔡英俊：國立清華大學中國文學系教授兼人文社會學院院長
顏崑陽：淡江大學中國文學系教授

講評學者
（依姓氏筆畫排序）

江寶釵：國立中正大學臺灣文學研究所教授

邱若山：靜宜大學日本語文學系副教授

柳書琴：國立清華大學臺灣文學研究所教授兼所長

洪淑苓：國立臺灣大學臺灣文學研究所教授兼所長

范銘如：國立政治大學臺灣文學研究所教授兼所長

翁聖峰：國立臺北教育大學臺灣文化研究所教授兼師培中心主任

徐慧鈺：長庚大學通識中心助理教授

高嘉勵：國立中興大學臺灣文學與跨國文化研究所助理教授

陳建忠：國立清華大學臺灣文學研究所副教授

陳龍廷：國立臺灣師範大學臺灣語文學系副教授

黃美娥：國立臺灣大學臺灣文學研究所教授

黃雅莉：國立新竹教育大學中國語文學系教授兼系主任

曾進豐：國立高雄師範大學國文學系副教授

楊雅惠：國立中山大學中國文學系教授

廖振富：國立中興大學臺灣文學與跨國文化研究所教授兼所長

廖淑芳：國立成功大學臺灣文學系副教授兼系主任

蔡英俊：國立清華大學中國文學系教授兼人文社會學院院長

蔡雅薰：國立臺灣師範大學應用華語系教授兼系主任

龔顯宗：國立中山大學中國文學系教授

發表人
（依姓氏筆畫排序）

丁威仁：國立新竹教育大學中國語文學系副教授

王幼華：國立聯合大學華語文學系教授

王惠珍：國立清華大學臺灣文學研究所副教授

朱雙一：廈門大學臺灣研究院教授

吳貞慧：國立新竹教育大學中國語文學系助理教授

李進益：國立東華大學臺灣文學研究所教授

林佳儀：國立新竹教育大學中國語文學系助理教授

武麗芳：新竹市政府社會處處長

垂水千惠：日本橫濱國立大學教授

施懿琳：國立成功大學中國文學系教授

張重崗：中國社會科學院文學研究所副研究員

莊華興：馬來西亞博特拉大學外文系中文組高級講師（Senior Lecturer）

許俊雅：國立臺灣師範大學國文學系教授

陳惠齡：國立新竹教育大學中國語文學系副教授

黃美娥：國立臺灣大學臺灣文學所教授

楊晉龍：中央研究院中國文哲研究所研究員

詹雅能：東南科技大學通識教育中心副教授

蔡振念：國立中山大學中國文學系教授

許芷若：臺北市大安高工國文教師

豐田周子：日本關西學院大學兼任講師

二○一三第一屆臺灣竹塹學
國際學術研討會籌備工作人員名單

一 籌備會編制人員

黃雅莉主任、陳淑娟教授、李麗霞副教授、劉德明副教授、陳惠齡副教授、丁威仁副教授、曾美雲助理教授、邴尚白助理教授、林佳儀助理教授、吳貞慧助理教授

二 任務編組及工作執掌

本會議之任務編組及各組之工作執掌及負責事項如下：

組別	負責人員	工作執掌
主持人	黃雅莉	會議主持暨行政支援
召集人	陳惠齡	會議計畫、統籌與執行
副召集人	陳純玉	負責庶務與經費
總幹事	劉世誼	負責庶務與聯絡、工作分組與協調、接待事宜
副總幹事	謝秉憲	負責庶務與美編、會場佈置事宜
文書組	指導老師： 陳惠齡老師 劉德明老師	1.論文歸類 2.研討會議程及內容之安排 3.專題演講講員、主持人及評述人之邀請排定

組別	負責人員	工作執掌
	組長：陳詩涵 （編輯） 組員：林品馨 （司儀）	4.講員、主持人、評述人之邀請與聯絡 5.旅遊資訊之蒐集，行程之規劃 6.會議手冊之印製 7.與會人士之交通、膳食、住宿之安排及協助
秘書組	指導老師： 　李麗霞老師 　曾美雲老師（司儀） 組長：王譽潤 組員：楊　珣、 　陳美惠	1.會議通知及邀請函之寄發 2.報名表之整理與統計 3.會議紀錄之整理與發送 4.工作人員協調、聯繫及其他服務 5.調查所需器材、設備 6.原子筆及紀念品下訂及取貨 7.其他行政、文書作業
公關、 交通組	指導老師： 　陳淑娟老師 　邴尚白老師 組長：林啟禎 組員： 　陳宥佃、林佩瑩 　吳雅瑄、黃品勳 　何佩軒、周霈頤	1.會議通知及邀請函之寄發 2.邀稿活動設計、印製及請柬之撰寫及寄發 3.新聞媒體之聯繫及新聞稿發佈 4.宣傳活動之規劃與推動 5.貴賓接機、住宿安排、佩花與招待 6.貴賓休息室之佈置及接待服務
會場、 美工組	指導老師： 　林佳儀老師 組長：謝秉憲 組員： 　施安辛、張軒瑜 　周霈頤、吳俞儒 　吳雅瑄、梁芳瑜 　林克勉、黃品勳 　蘇柏丞、鄭凱文 　黃韻竹、蔡欣容	1.會議場地之洽借或洽租 2.會場佈置與設備安置 3.會場燈光、音響、空調之控制與管理 4.會場內外宣傳旗幟及指示標誌之設立 5.與會人士之名牌之製作 6.主持人及評述人之立牌製作 7.會場餐飲、點心、茶水之供應 8.與會人士之報到（資料袋、資料）及接待作業（含胸花購買） 9.會議海報設計、製作

組別	負責人員	工作執掌
	阮心姿、蘇潔盈	
財務組	指導人員： 　陳純玉 負責人員： 　謝孟凡、黃穎薇	1.收入與支出預算之編列及收支帳登錄與整理 2.協助經費籌措（贊助款、補助款之爭取） 3.經費之代收、提兌與費用支付 4.經費核銷及結報 5.講員、主持人、評論人、發表人之鐘點費發放、結報
資訊組	指導老師： 　丁威仁老師 組長：歐喜強 組員：吳佳穎	1.網頁設計及網站架構、設置 2.網頁規劃及系統管理 3.網路資料庫建置與維護 4.建立光碟檢索系統及製作光碟
攝影組	指導老師： 　吳貞慧老師 組長：吳俞儒 組員： 　洪嘉君、蔡凱文 胡郡容	1.攝影 2.照相 3.光碟製作燒錄（DVD）

學術論文集叢書 1500002

傳統與現代
——第一屆臺灣竹塹學國際學術研討會論文集

總策劃　國立新竹教育大學中國語文學系
主　編　陳惠齡
作　者　李歐梵等著
編　輯　謝秉憲　楊雨蓉
　　　　戴嘉馨　陳詩涵
指導單位　行政院科技部
主辦單位　國立新竹教育大學中國語文學系
協辦單位　新竹市政府、新竹市竹社

發 行 人　陳滿銘
總 經 理　梁錦興
總 編 輯　陳滿銘
副總編輯　張晏瑞
編 輯 所　萬卷樓圖書股份有限公司
排　版　林曉敏
印　刷　晟齊實業有限公司
封面設計　斐類設計工作室

發　行　萬卷樓圖書股份有限公司
　　　　臺北市羅斯福路二段 41 號 6 樓之 3
　　　　電話 (02)23216565
　　　　傳真 (02)23218698
　　　　電郵 SERVICE@WANJUAN.COM.TW
大陸經銷　廈門外圖臺灣書店有限公司
　　　　電郵 JKB188@188.COM

ISBN 978-957-739-929-8

2015 年 5 月初版

定價：新臺幣 1000 元

如何購買本書：

1. 劃撥購書，請透過以下郵政劃撥帳號：
　帳號：15624015
　戶名：萬卷樓圖書股份有限公司

2. 轉帳購書，請透過以下帳戶
　合作金庫銀行 古亭分行
　戶名：萬卷樓圖書股份有限公司
　帳號：0877717092596

3. 網路購書，請透過萬卷樓網站
　網址 WWW.WANJUAN.COM.TW

大量購書，請直接聯繫我們，將有專人為您服務。客服：(02)23216565 分機 10

如有缺頁、破損或裝訂錯誤，請寄回更換

國家圖書館出版品預行編目資料

傳統與現代——第一屆臺灣竹塹學國際學術研討會論文集 / 陳惠齡主編.
 -- 初版. -- 臺北市：萬卷樓, 2015.05
　面；　公分. -- (學術論文集叢書)

ISBN 978-957-739-929-8(平裝)
1.臺灣文學 2.文集

863.07　　　　　　　　　　104003073